Harald Kaup

AF288089

2014 A.D.

- Black Eye (II) -

Die Etablierung

Roman

NOEL-Verlag

Originalausgabe
Juli 2015

NOEL-VERLAG GmbH
Achstraße 28
D-82386 Oberhausen/Oberbayern

www.noel-verlag.de
info@noel-verlag.de

Autor: **Harald Kaup**
Umschlaggestaltung: Gabriele Benz

1. Auflage
Printed in Germany
ISBN 978-3-95493-080-7

Anders als ursprünglich geplant und entgegen der chronologischen Reihenfolge des Erscheinungstermins, empfehle ich dem Neueinsteiger, mit den vier Büchern der Black-Eye-Reihe zu beginnen. Die nachfolgenden Bücher der Neuland-Reihe basieren auf Black-Eye. Innerhalb der Neuland-Saga wird im Jahre 2130, also nach dem sechsten Buch Neuland, eine Verschmelzung der Zeitlinien erfolgen. Die hier agierenden Protagonisten wird man also 2130 ‚wiedersehen'. Es treffen also Menschengruppen aus unterschiedlichen Zeitepochen der Erde aufeinander – interessant!

2014 A.D. – Black Eye (II) –

Die Etablierung
Basis der Neuland-Saga

Nachfolgende Bücher:

2014 A.D. – Black Eye (III)

2015 A.D. – Black Eye (IV)

Anschließend beginnt die Neuland-Saga mit 2120 A.D. – Neuland – mit bisher (Stand November 2018) dann 17 Romanen – und die Reihe wird fortgesetzt.

Es macht Sinn, zumindest:
2014 A.D. – Black Eye (I) – ‚Die Anfänge' zuvor gelesen zu haben.

Wir starten im Protokollstil am 12. Mai 2014, also eine Woche bevor sich Jan Eggert mit seiner mehr als bunten Truppe anschickt, in die Black-Eye-Galaxie zu wechseln und zwar in dieser besagten und mehr als 24 Millionen Lichtjahre von der Erde entfernten Spiralgalaxie.

<u>Im Anhang und letzten Kapitel sind die wichtigsten Akteure kurz zusammengefasst.</u>

Ich wünsche mit der vorliegenden Erzählung „Gute Unterhaltung".

Euer (09.10.2018)

1. Wantana

12.05.2014, etwa mittags, Black-Eye-Galaxie,
New Genua, Hauptstadt Wantana:

Bat-Rar genoss das Bad sichtlich. Seine Chefin und Kanzlerin des Siedlungsplaneten, Meiora-Seth, war heute in aller Frühe mit einer Beta-Disk zum entferntesten städtischen Stützpunkt der GENUI-Siedler auf NEW GENUA aufgebrochen. Sie hatte mit dem dortigen Stadtpräsidenten ein mittelgroßes Hühnchen zu rupfen. Bat-Rar wollte jetzt nicht gerade in dessen Haut stecken. Wie es ihre Art war, hatte sie jegliche Begleitung abgelehnt und ihn beauftragt, sie zu vertreten. Nun ja, er war es recht ruhig angegangen und da Meiora ihn sonst heftig zu beschäftigen wusste, hatte er sich lediglich informieren lassen und dann festgestellt, dass keine schwerwiegenden Entscheidungen zu treffen waren. Aufgrund der von den SUBB ausgehenden Störstrahlung war außerhalb der Städte kein Funkverkehr möglich. Man verständigte sich von Stadt zu Stadt mit schnellen Drohnen – wie Brieftauben, nur moderner. Außerhalb der Stadt war die Kanzlerin also schlecht bis gar nicht zu erreichen. Der GENUI verfluchte die SUBB. Seit Monaten belagerten sie das System. Kein GENUI-Schiff konnte den Planeten verlassen. Die GENUI verfügten über starke Schutzschirme, sodass eine Art Patt entstanden war. Man befürchtete jedoch, dass die SUBB auf Verstärkung warteten. Die GENUI-Siedler selbst warteten ebenfalls: Auf Jan Eggert und die ODIN, die vor einiger Zeit zur Erde aufgebrochen war, um sich mit wirkungsvollen Waffensystemen auszurüsten. Die Menschen hatten beim Adjutanten der Kanzlerin einen guten Eindruck hinterlassen. Sie schienen so zu sein, wie das Urvolk der GENUI mal gewesen sein musste: Wehrhaft und aggressiv.
Genau wie seine Gedanken plätscherte auch die Flüssigkeit in Bat-Rars Wanne. Es war bei weitem kein Wasser – jedenfalls kein reines. Es handelte sich um eine Mixtur aus verschiedenen Säuren und die Grundsubstanz stammte vom heimatlichen GENUA II, einem Klasse-N-Planeten. Die Spezies stammte ursprünglich von dort und die Flüsse, Seen und Meere, aus denen die Oberfläche des Planeten hauptsächlich bestand, waren aus dieser Zusammensetzung. In regelmäßigen Abständen mussten die GENUI zur Pflege ihrer Schuppenhaut ein solches Bad nehmen. Viele taten es öfter als nötig, ungefähr wie die Menschen

– zur Entspannung. Und wie jetzt Bat-Rar. Mit einem leisen Seufzer lehnte er sich zurück, während eine Hand die wohltuend warme Flüssigkeit über seinen Brustkorb schwappen ließ. Er schloss die Augen und träumte – unter anderem von einem SUBB-freien System und seiner Chefin. Sie war zwar 50 Jahre älter, aber bei der Lebenserwartung der GENUI von ungefähr 200 irdischen Jahren konnte es bei nur einem Partner auch mal langweilig werden. Da Alterserscheinungen durch die hoch entwickelte Medizin der Spezies bis kurz vor dem Lebensende ausblieben, waren hohe Altersunterschiede bei den zeitweiligen Partnerschaften der GENUI tatsächlich unbedeutend. Außerdem war eine derart weit entwickelte Kultur im wahrsten Sinne des Wortes tolerant. Bat-Rar genoss das süße Nichtstun. Was sollte schon groß passieren? Seine Leute wären sicherlich in der Lage, jedwede Situation zu meistern. Darum hatte er seiner Haus-KI befohlen, ihn während des Bades auf keinen Fall zu stören. Der Adjutant der Kanzlerin wäre kaum so entspannt gewesen, wenn er seine Augen offengehalten hätte. Dann würde er nämlich wegen der auf Durchsicht gestellten Außenwände bemerkt haben, dass sich eine Beta-Disk im rasanten Flug seinem Haus näherte.

Etwa fünf Stunden vorher:

Meiora-Seth hob mit der zehn Meter durchmessenden Disk langsam vom Dach ihres größeren, zylindrischen Hauses ab. Zuvor hatte sie ihrem Adjutanten den mündlichen Tagesbefehl gegeben. Sie musste bei dem Gedanken daran schmunzeln. Meiora wusste genau, dass Bat-Rar nichts Eiligeres zu tun hatte, als einen mehr als schnellen Blick über eventuell vorhandene Berichte und sich dann seinerseits schnellstens in die heimische Badewanne zu werfen. Sie gönnte ihm diese kleine Entspannung, schließlich sah sie sich selbst als anstrengende Vorgesetzte. Aber sie konnte schließlich in ihren Ansprüchen nicht nachlassen. In etwa acht Jahren wollte sie ihr Amt niederlegen – nicht mehr zur nächsten Wahl antreten. Bis dahin musste Bat-Rar in ihre Fußtapfen treten können. Die meisten ihrer Zeitgenossen musste sie antreiben, nicht so ihren Adjutanten. Deswegen hatte er diese Stellung und deswegen traute sie ihm die Nachfolge zu.
Die Navigationsautomatik ließ die Beta-Disk langsam auf die Schleuse im Energieschirm zufliegen. Die Kanzlerin beobachtete das Farbspiel

der Bedienungsholos. Ein Licht zeigte das Vorhandensein der Lücke an und schon schoss die Disk hindurch. Mit einer entschlossenen Handbewegung schaltete die GENUI-Frau den Autopiloten ab. Sie liebte es als impulsive und tatkräftige Frau die Dinge selbst in die Hand zu nehmen und die Steuerung eines der Jets außerhalb der Städte war immer noch ein kleines, wenn auch ziemlich ungefährliches Abenteuer. Daher hatte sie mit Wonne die Gelegenheit beim Schopf ergriffen, mit dem Stadtpräsidenten von WALBURA persönlich zu reden. Wenn es nach ihr gegangen wäre, hätte es ein kräftiger Tritt sonst wohin auch getan. Sie hätte sich zwar per Drohne anmelden können, hatte aber gezielt darauf verzichtet. ‚Mal sehen, wie der Gute mit einer kleinen Überraschung umgeht‘, dachte sie und ein sarkastisches Lächeln umspielte ihre vollen Lippen. Meiora hatte es nicht eilig. Die Natur NEW GENUAs war archaisch, wild und gewalttätig. Kein Mensch, besser kein GENUI, würde ohne Schutzausrüstung länger als 30 Minuten überleben. Es wimmelte nur von giftigen Tieren oder Lebewesen mit scharfen Krallen und Zähnen oder Schnäbeln. Diese lebten zu Lande, im Wasser oder, was Meiora einiges an Unbehagen einbrachte, in der Luft. Sie hätte die Disk zwar tarnen können, aber man wollte versuchen, der Tierwelt eine gewisse Akzeptanz abzuringen und das ging nur, wenn man sichtbar blieb. Man versuchte das jetzt mehr als 400 Jahre – erfolglos, und während der Blockade war es einfach unvernünftig, sich zu tarnen: Es gab eine ganze Reihe kleinerer Verteidigungsstellungen der GENUI, verteilt über den gesamten Planeten. Sie waren in der Lage, ein getarntes Flugzeug anzumessen und mit einem Elektronenstrahl sämtliche Energieerzeuger an Bord zum Versagen zu bringen. Die Kanzlerin hätte in diesem Fall ihre Flugroute zuvor festlegen und alle Forts auf dem Weg per Drohne informieren müssen. Sie hatte nicht vor, sich derart an die Kette zu legen. So war sie klar erkennbar und musste sich lediglich vor üblen Flugsauriern in Acht nehmen. Dafür konnte sie unterhalb von 5.000 Metern, darüber geriet sie in den Erfassungsbereich der SUBB, fliegen wie sie wollte. Sie hatte es nicht eilig. Normal hätte sie in 30 Minuten WALBURA erreichen können. Wahrscheinlich hätte sie dann unzählige Flugsaurier unterschiedlicher Größe auf ihrer Scheibe kleben. Sie begnügte sich damit ein paar Insekten auf dem Gewissen zu haben und genoss den Flug über tosende Wassermassen, um schroffe Gebirgsmassive herum und über bis zu 200 Meter hohe Bäume. Ein heftiger Regenschauer mit Blitz und Donner zwang sie für zehn Minuten

7

sicherheitshalber den Autopiloten wieder einzuschalten – ein Sichtflug war nicht mehr möglich. Die GENUI liebte diese Welt, auch wenn sie ohne Schutzmaßnahmen viel zu gefährlich war. Sie hatten es sich zur Aufgabe gemacht, die unvermeidbaren Umweltschäden durch die Besiedlung so gering wie möglich zu halten. Nach einem herrlich entspannenden Flug erreichte sie gegen Mittag ihr Ziel. Mit einem spöttischen Lächeln hielt sie die DISK vor dem Energieschirm an – innerhalb der KOM-Reichweite. Sie wählte den Anschluss von Kom-Tar – ihrem auserkorenen Gesprächspartner und Stadtpräsidenten von WALBURA und genoss anschließend den Blick in das Gesicht ihres Gegenübers, in dem alle Gesichtszüge entgleist waren.

„Meiora-Seth, Kanzlerin! Ich war nicht gefasst auf diesen Besuch", rief Kom-Tar sichtlich geschockt.

„Ich wollte mir die Freude einer kleinen Überraschung gönnen", feixte die Frau und grinste breit. Kom-Tar war leider zu ihrem Vertreter gewählt, falls ihr irgendetwas passieren sollte. Sie hielt ihn für einen kompletten Blender – wenn nicht gar Idiot. Ein Sprücheklopfer auf dem Ego-Trip mit der Begabung, Massen für sich zu begeistern – und damit war er gefährlich. Die Absichten, die er immer lauter vertrat, waren nicht gut für die GENUI-Siedler.

„Sie ist dir gelungen, tatsächlich", erwiderte der Stadtpräsident. „Ich schicke dir einen Peilstrahl und verzeih, dass wir eventuell in der Kürze der Vorbereitungszeit nicht in der Lage sind, dich würdig zu empfangen."

„Schon in Ordnung", antwortete die Kanzlerin betont gnädig und wedelte mit ihrer rechten Hand in die Optik. „Für uns beide reichen je ein Getränk und zwei Stühle."

Meiora bemerkte mit Freude, dass ihr Gegenüber heftig schlucken musste, bevor er das Gespräch beenden konnte. Kom-Tar wusste, dass sie eine außerordentlich willensstarke Person war. Nicht umsonst war sie zum zweiten Mal zur Kanzlerin gewählt worden.

„Peilstrahl detektiert", meldete die bordeigene Künstliche Intelligenz.

„Folgen", ordnete die Frau knapp an und die Disk flog durch die Schleuse in die Stadt. Im Großen und Ganzen ähnelte WALBURA der Hauptstadt auf NEW GENUA. Hier fehlte zwar der Fluss, der WAN-TANA durchquerte, dafür lagen mehrere kleine Hügel innerhalb der Stadt und Meioras Disk hielt genau auf die größte Erhebung zu. Die Kanzlerin traute ihren Augen nicht. Sie flog auf ein Haus zu, welches bestimmt um den Faktor drei größer war als das ihrige. Es musste das Privathaus des Stadtpräsidenten sein. Bei ihrem letzten Besuch vor einem halben Standardjahr hatte er ein kleineres Haus bewohnt – irgendwo am Stadtrand. Dieses stand inmitten der Stadt und völlig abgehoben auf dem größten Hügel. Innerlich kochte die GENUI-Frau, als ihr Fluggerät auf dem Dach des Hauses gelandet war und sie die kurze Rampe herunterschritt.

„Willkommen in WALBURA", entgegnete der herbeigeeilte Stadtpräsident und schaffte es tatsächlich, so etwas wie eine kleine Verbeugung anzudeuten.

„Heißt wohl eher ‚auf WALBURA'", konterte Meiora und sah sich betont um. „Du hast dich örtlich verändert?", fragte Meiora vordergründig freundlich.

„Ja", Kom-Tar warf seinen Kopf etwas zurück. „Das vorherige Domizil entsprach nicht mehr den Erfordernissen. Folge mir in den Empfangsraum."

Die Kanzlerin schritt hinter dem GENUI her und starrte sprachlos den angehäuften Prunk an. Es gab seltene und wertvolle Metalle auf NEW GENUA – hier schienen sie im Gegenteil eher häufiger vertreten zu sein. Nach kurzem Weg hielt Kom-Tar an und betrat einen Raum. Tatsächlich waren ein kleiner Tisch und mehrere bequeme Stühle in Reichweite. Ohne aufgefordert zu sein, setzte sich die Kanzlerin gegenüber der Tür und sah ihren Vertreter auffordernd an. „Dasselbe wie letztes Mal", bestellte sie, als wenn es ganz normal wäre und sie jeden Tag hier sitzen würde.

Kom-Tar nickte ergeben und orderte bei der Haus-KI: „Wie immer." Im Gegensatz zu seinem Gedächtnis konnte er sich nämlich auf die Haus-KI verlassen. In ihren Speichern war der letzte Getränkewunsch der Kanzlerin unlöschbar verankert. Wenig später brachte ein Droide das Gewünschte.

„Was führt dich zu mir, Meiora?", der Stadtpräsident setzte sich ebenfalls und lehnte sich bequem zurück. Er bemühte sich dabei, einen mäßig interessierten Eindruck zu hinterlassen. Er konnte die Kanzlerin aber nicht täuschen. Die Frau bemerkte genau, dass ihr Gegenpart nicht nur sehr überrascht, sondern auch gestresst war.

„Meiora-Seth oder Kanzlerin, Kom-Tar – so viel Zeit muss sein", gab die GENUI scharf zurück, um die Situation noch ein klein wenig nach oben zu pushen. Nach den Gepflogenheiten der GENUI nannte man

9

sich lediglich beim ersten Namen, wenn man das Bett miteinander geteilt hatte. Die Frau mit den dunkelroten Augen erinnerte sich nur ungern der schleimigen Annäherungsversuche vor ein paar Jahren. Diplomatisch musste sie eine höfliche Absage aussprechen, tatsächlich hätte sie ihm lieber einen Kinnhaken verpasst, als der Blender die Abfuhr nach dem dritten Mal immer noch nicht verstanden hatte.

„Selbstverständlich, Kanzlerin", kam es sämig und aalglatt aus dem Mund des Stadtpräsidenten.

„Und, ... noch nicht bei der Arbeit?", kommentierte Meiora als Frage die Tatsache, dass Kom-Tar am Mittag des Tages noch nicht im Regierungsgebäude war.

„Nein, nein", wehrte er mit kraftlosen Armbewegungen ab und fasste sich mit der anderen Hand an die Stirn. „Ich arbeite an der Rede zu meiner Wiederwahl. Das Regierungsgebäude hat dazu zu wenig Karma."

Übergangslos wurde der Kanzlerin speiübel. ‚Sagt mir, wie ich es verhindern kann und ich tue es', dachte sie und spürte, wie sich ihr Magen drehte. Zorn machte sich in ihr breit und sie beschloss dieser Scharade ein Ende zu bereiten, man war lange genug freundlich gewesen.

„Wie kommt ausgerechnet so ein Schlappschwanz wie du auf die Idee, unseren Siedlern einzureden, dass die Menschen feige wären und wir sie nie wiedersehen würden?" (Der Berichtende ist sich nicht sicher, ob die Bezeichnung ‚Schlappschwanz' in der Übersetzung aus der Sprache der GENUI dieselbe Bedeutung hat wie hierzulande. Bei der großen anatomischen Ähnlichkeit zwischen Menschen und GENUI legen wir das hier einfach mal fest.)

Kom-Tar verschluckte sich fast an seinem Getränk. Abwertende Äußerungen im Hinblick auf seine Person vertrug er gar nicht. „Ich bitte dich, Kanzlerin", tat er entrüstet und tief getroffen. „Sie sind weg und werden nicht wiederkommen."

„Aha – und ausgerechnet du wirst wahrscheinlich in erster Reihe stehen, wenn wir die Feinde hier am Boden bekämpfen?" Meioras Augen blitzten. Sie wusste, dass der Egozentriker nicht einmal im Traum daran dachte, sich selbst in Gefahr zu bringen – er war schlicht ein Feigling.

„Nein", wo denkst du hin", abwehrend hob er die Arme. „Führer müssen im Hintergrund bleiben. Truppen ohne Leitung sind wehrlos."

„Und wie und womit ...", die Kanzlerin spuckte die Worte fast aus, „... sollen wir unseren Feinden zu Leibe rücken? Sollen wir etwa Flugsaurier dressieren?"

„Die Anfertigung von Waffen wird bedauerlicherweise noch ein Weilchen dauern. Unsere Vorväter haben erstaunliche Verhinderungsmethoden in den Speichern unserer Rechner etabliert", war die zögerliche Antwort des Stadtpräsidenten.

„Ja", rief die Kanzlerin erregt aus und zeigte mit dem Finger auf ihren Gegenüber. „Und in der Zwischenzeit hat unser Stadtpräsident von WALBURA nichts anderes zu tun, als unseren Siedlern mit blöden Sprüchen die Hoffnung auf eine Rückkehr der Menschen zu nehmen. Und alles um den Preis seiner Wiederwahl!" Die letzten, sehr laut gesprochenen Worte waren noch nicht verhallt, als die Tür zum Raum mit einem Ruck weit aufgestoßen wurde.

Ein paar Stunden vorher, NEW GENUA, WANTANA, Bat-Rars Badewanne:

Die Entspannungsphase von Bat-Rar erfuhr eine deutliche Trübung, als dieser ein lautes Geräusch und eine Erschütterung seines Domizils zur Kenntnis nehmen musste. Schlagartig war von Ruhe nichts mehr zu spüren. Er kannte diese leidigen Ankündigungen. Damals, als ein Teil des Schutzschirmes unvorhergesehen zusammengebrochen und viele gefährliche Tiere in die Stadt eindrangen, war es ganz genau so gewesen: Eine Disk war auf seinem Dach gelandet! Es hatte einige Zeit gedauert, bis man mit hastig aufgebauten Kraftfeldern die wilde Natur zurückdrängen konnte. Jetzt konnte das Landen einer Disk auf seinem Haus alles, aber wahrscheinlich nichts Gutes, bedeuten.

Der sportlich gute trainierte Mann sprang mehr aus der Wanne, als er ausstieg. Zum Abtrocknen blieb keine Zeit. Schnell streifte er eine Art Bademantel aus schwarzem Stoff über, griff Shorts und T-Shirt und verließ das Bad. Kaum auf dem geräumigen Flur angekommen, kam ihm der Pilot der Disk vom Dach des Hauses schon entgegen. Er kannte den Mann. Als Bat-Rar seine Gegenwart registrierte, verstärkte sich schlagartig der Druck in seiner Magengegend. Der Neuankömmling war nämlich der Befehlshaber der kleinen halbmilitärischen Verteidigungseinrichtungen WANTANAs. Der Kommandeur würde wohl kaum wegen Kleinigkeiten oder gar guter Meldungen selbst erscheinen.

„Wir messen größte Energieentladungen im Orbit an", war dann auch seine Meldung, ohne vorherigen Gruß. Bat-Rar war viel zu besorgt, um diesen Fauxpas überhaupt zu bemerkten.

„Die Menschen?", entgegnete er daher hoffnungsvoll.

Der Kommandeur machte eine Geste des Nichtwissens. „Unbekannt, Adjutant. Unsere Messungen sind wegen der Störstrahlung sowieso nur annähernd richtig. Wir gehen mit 85%iger Sicherheit davon aus, dass über unserer Welt ein Raumkampf stattfindet."

Bat-Rar ging gedanklich seine Möglichkeiten durch. Damals hatte er ebenfalls das Kommando gehabt, als die Tiere in WANTANA eingebrochen waren. Es hatte sich zwar herausgestellt, dass er nicht besser hätte handeln können, trotzdem klebte das Blut von 11 GENUI an ihm und seinem Amt – so empfand er zumindest. Er war keinesfalls bereit, ohne ausdrücklichen Befehl der Kanzlerin ein weiteres Leben zu riskieren. Die Kanzlerin musste dringendst benachrichtigt werden – am besten persönlich.

Bar-Rar streckte sich durch: „Du übernimmst das Kommando, während ich die Kanzlerin hole. Schick eine programmierte Drohne in das Kampfgebiet, damit wir bei unserer Rückkehr genauere Daten haben! Und lass dich abholen – ich nehme deine Disk."

Bat-Rar wartete die Bestätigung erst gar nicht ab, sondern hastete an ihm vorbei die Treppe zum obersten Geschoss hoch. Kurz darauf war er mit dem Flieger unterwegs. Während der Autopilot mit halbwegs moderater Geschwindigkeit in Richtung stadtauswärts steuerte, streifte der Adjutant den Bademantel ab und zog Shorts und Shirt an. Als die Schleuse passiert war, schaltete er die Flugautomatik ab und griff in die Kontrollen. Anschließend raste die Disk mit mehrfacher Schallgeschwindigkeit in Richtung WALBURA. Bat-Rar war die Konzentration selbst. Zum einen musste er unterhalb von 5.000 Metern bleiben, was wegen der Vielzahl der schroffen, weit über 10.000 Meter hohen Berge nicht einfach war, zum anderen wollte er zumindest nicht mit den größeren Flugsauriern kollidieren. Der Adjutant fluchte nach einem Beinahe-Zusammenstoß leise vor sich hin. Heute schienen mehr von diesen Viechern in der Luft zu sein als sonst – vielleicht sah er auch nur mehr, weil er sehr viel schneller flog als bei sonstigen Gelegenheiten. Der Flug der Disk sah so aus wie der Flug einer irdischen Fledermaus. Ständig kippte der Flieger in die eine oder andere Richtung. Ein kurzer Ruck und über die vordere Sichtscheibe schmierten die zerfetzten Reste eines kleineren Tieres. Bat-Rar fluchte jetzt etwas lauter – die Sicht war wegen des überall verteilten und schnell angetrockneten Blutes stark eingeschränkt. Kurz darauf schaltete die KI auf Monitor. Sofort war das Bild klar. Kameras zeichneten das Außenbild auf und dieses wurde innen auf die Scheibe projiziert. Bat-Rar stellte die Nav-Hilfe auf maximal 4.900 Meter über normal Null und ließ die Disk steigen. Er hoffte knapp unterhalb der größtmöglichen Höhe weniger Widerstand anzutreffen.

<u>Wenig später, WALBURA, Villa des Stadtpräsidenten:</u>

Die Tür zum Besprechungsraum von Meiora-Seth und Kom-Tar war ohne das geringste Anzeichen einer Ankündigung aufgerissen worden. Auch bei den GENUI war es üblich, sein Kommen vorher zum Beispiel durch Anklopfen anzukündigen.
Die Kanzlerin sah ihren Adjutanten überrascht an und beschloss erst einmal abzuwarten, er würde sein ungestümes Auftreten sicherlich sofort erklären. Diese Geduld bewies Kom-Tar nicht. Erbost über die Störung herrschte er den Neuankömmling an: „Was erlaubst du dir?"
„**Schweig!**" Nur dieses eine Wort donnerte die Kanzlerin heraus und ihrem Gesprächspartner blieben die nächsten Worte im Halse stecken. Meiora schaute ihren Adjutanten an und lächelte fast boshaft, als sie die äußerst intime Anredeform nutzte, natürlich im Hinblick auf Kom-Tar: „Mein lieber Bat, was verschafft mir das unverhoffte Vergnügen, dich zu sehen?" Der GENUI stand noch im Türrahmen. Sein ganzer Körper stand unter Spannung, die grauen Augen leuchteten. Ein Anblick, der der Frau sehr gut gefiel. Es wurde Zeit, die Intimität nicht einschlafen zu lassen, fand sie.
Der Adjutant stutzte. Meiora hatte die intime Anredeform in Gegenwart anderer noch nie benutzt. Ein Versehen, nein, dazu war die Kanzlerin viel zu beherrscht – also nutzte sie es bewusst. Aber für derartige Gedankenspielereien hatte er jetzt keine Zeit.
„Im Orbit findet aller Wahrscheinlichkeit nach ein Raumkampf statt."
„Die Menschen?", vermutete Meiora-Seth.
„Unbekannt", wiederholte Bat-Rar die Worte des Kommandeurs. „Ich habe eine Drohne geschickt. Wenn sie zurückkehrt, können wir die Daten vielleicht besser auswerten."

13

„Sehr gut", lobte die Kanzlerin und stand auf. „Dann will ich dich mal nicht weiter bei der Arbeit an deiner Rede zur Wiederwahl stören. Wollen wir nur gemeinsam hoffen, dass es noch eine Stadt gibt, der du mit deiner furchtlosen Art vorstehen kannst!" Die letzten Worte troffen vor Hohn. Meiora rauschte aus dem Zimmer, gefolgt von ihrem verdutzten Adjutanten. Dieser hatte seine Chefin schon öfter ärgerlich erlebt, aber niemals so ungehalten in Gegenwart Dritter. Wenig später waren beide unterwegs nach WANTANA.

„Na? Hattest du wenigstens ein angenehmes Bad?"

Bat-Rar zog etwas den Kopf ein. Meiora schien ihn ja bestens zu kennen. Er sagte nichts, während er in halsbrecherischer Geschwindigkeit die Disk um die Berge herumjagte. Dann spürte er, wie ihre Hand langsam seinen Arm streichelte. Er lächelte, nicht so sehr, weil er diese Berührung genoss, sondern weil das die Aufforderung der GENUI-Frauen war, bei nächster Gelegenheit intim zu werden. Er konnte nicht ahnen, dass dieses noch ziemlich lange auf sich warten lassen würde.

Später, Regierungssitz WANTANA, Verteidigungszentrale:

„Bericht!" Kaum war Meiora-Seth in dem tief im Keller liegenden Verteidigungstrakt angekommen, schaltete sie augenblicklich auf ‚dienstlich' um. Bat-Rar war in ihrem Kielwasser gefolgt und war nicht weniger gespannt auf die Ergebnisse.

Der Kommandeur nahm so etwas wie eine Haltung an. „Die Drohne ist soeben zurückgekehrt. Datentransfer zum Rechner ist gerade abgeschlossen."

Die Kanzlerin wies mit ihrer rechten Hand in Richtung eines großen Wandmonitors. Kurz darauf wurden die Aufzeichnungen der Drohne während ihrer kurzen Anwesenheit im Orbit abgebildet. Am unteren Rand liefen die Ergebnisse sonstiger Messungen sowie die Anzeigen des Weitreichenscans.

Im ersten Augenblick konnte der Adjutant nichts Genaues erkennen und hörte nur wie Meiora heftig atmete. Ein Seitenblick zeigte ihm, dass die Kanzlerin mit weit geöffneten Augen auf den Bildschirm starrte. Er hatte die Frau noch nie so erschrocken gesehen, fast starr – aber auch nur fast.

„Der Feind ist da", rief Meiora-Seth und im gleichen Augenblick erkannte der Adjutant ebenfalls die typische Silhouette ihrer Raumschiffe.

14

Das waren keine SUBB – gegen die SUBB hatten sie eine Chance – hier nicht.

„Evakuierung – sofort! Plan ROT 3 – schick Drohnen an alle anderen Städte", wies sie den Kommandeur an, doch als dieser die entsprechenden Schaltungen vornehmen wollte, hielt er inne und sagte: „Funkstörfeld zusammengebrochen – wir brauchen die Drohnen nicht mehr, wir können funken."

„Dann Evakuierungssignal absetzen – Dauerschleife! Und jetzt raus hier – alle!" Meiora-Seth drängte zur Eile, denn eine wirksame Verteidigung gab es nicht und die Schilde über den Städten würden nicht lange halten. Eine Erschütterung ließ das Gebäude bis tief in den Keller erzittern. Violette Lichter an den Wänden begannen zu blinken – das allgemeine Symbol für die angeordnete Flucht. Überall innerhalb der Städte und auch in den Häusern würden violette Lichter blinken. Es gab ein ausgefeiltes Notfallkonzept, welches tatsächlich alle halbe Jahre ernsthaft geprobt wurde.

Der Kommandeur sah die Kanzlerin fassungslos an: „Der Schutzschirm über der Stadt existiert nicht mehr."

Meiora arbeitete fieberhaft an einem Gerät und gab zur Antwort: „Du bist immer noch hier? Greif deine Leute und hilf bei der Evakuierung! Im Moment werden die ersten Tiere in die Stadt eindringen – **es wird Zeit!**" Der Automat warf einen roten Würfel aus, den die Kanzlerin auffing und einsteckte. Der Kommandeur entfernte sich rasch. Man hörte ihn auf dem Flur laut rufen. Bat-Rar wartete ab. Sein Platz war an der Seite der Kanzlerin und er gedachte nicht, diesen zu verlassen.

„Bat – ab mit dir. Die Notfallpläne werden greifen. Bring dich in Sicherheit!"

„Was ist mit dir?" Der Adjutant bewegte sich keinen Millimeter.

„Ich muss noch mit dem Gleiter zu meinem Haus!"

„Dann werde ich dich begleiten!" Meiora sah ihren Stellvertreter an und erfasste sofort, dass es ihm ungewöhnlich ernst war. Sie nickte zum Einverständnis und gemeinsam rannten sie die Treppen rauf bis zum Erdgeschoss. Bat-Rar sicherte kurz, als sie das Gebäude verließen. Es war sonniges Wetter und die Sicht recht gut. In weiter Entfernung flog einer der größeren Flugsaurier. Man würde genug Zeit haben Meioras Gleiter zu erreichen. Er winkte und beide rannten die 50 Meter zu dem kleinen Fluggerät. Als beide saßen, startete Bat-Rar den Antrieb und schaltete das Kraftfeld ein, welches den offenen Gleiter ansonsten nur

15

vor dem Fahrtwind schützte. Er gab vollen Schub und nachdem der Gleiter eine Höhe von 50 Metern erreicht hatte, drehte er ihn in Richtung Meioras Haus.

„Lande direkt auf dem Dach", rief Meiora und Bat bestätigte. In diesem Augenblick kam ihnen direkt von vorne ein Saurier in der Größe eines ausgewachsenen Seeadlers entgegengeflogen. Der Adjutant konnte nicht mehr ausweichen. Meiora schrie kurz auf, als das Tier kurz vor ihr im Kraftfeld verbrannte. Bat-Rar tat etwas, was er in Gegenwart der Kanzlerin noch nie wagte – er fluchte. Diese Gleiterkraftfelder waren lediglich für den Fahrtwind gedacht und nicht zur Abwehr wilder Tiere. Die Konsequenz folgte auf dem Fuße: Der Schirm flackerte, dann waren sie dem Fahrtwind voll ausgesetzt. Meiora musste sich festklammern, um nicht umgerissen zu werden. Der Adjutant sparte sich eine Meldung – es war ohnehin klar, dass sie jetzt noch vorsichtiger und schneller sein mussten. Der Gleiter schaffte maximal 150 km/h und war damit für die zugedachten Zwecke durchaus ausreichend. Die Saurier konnten, nicht alle – aber die größeren, schneller fliegen. Bat-Rar senkte das Gefährt wieder bis knapp über den Boden – er wollte in Deckung bleiben. Überall sahen sie wie voll besetzte SPHÄREN aus unterirdischen Hangars mit atemberaubender Geschwindigkeit in den Himmel schossen. Die GENUI-Siedler brachten sich in Sicherheit – sie gaben ihre neue Heimat auf.

Nach anstrengendem Slalomparcours kam das Haus der Kanzlerin in Sichtweite und Bat zog den Gleiter nach oben. Auf der Dachterrasse ließ er das Gefährt einmal kreisen. Aktuell war keine drohende Gefahr zu sehen.

„Ich beeile mich", rief die Kanzlerin und sprang aus dem Gleiter.

Während er unruhig wartete, überlegte Bat-Rar, was so wichtig war, dass die Kanzlerin ihrer beider Leben riskierte. Bat-Rar hatte noch nie die Entscheidungen seiner Chefin hinterfragt. Bisher hatte alles immer einen Sinn ergeben. Der Adjutant spähte nach Flugsauriern und bemerkte plötzlich, dass es dunkler wurde. Ein gewaltiger Schatten machte sich über große Teile des Bodens breit, den er übersehen konnte. Wenn Bat-Rar ein Mensch gewesen wäre, dann hätten sich seine Nackenhaare gesträubt und er hätte eine Gänsehaut bekommen. Langsam, ganz langsam, hob er seinen Kopf, als hätte er Angst davor, der Wahrheit ins Gesicht zu schauen. Eisiger Schreck durchfuhr ihn. In einiger

Höhe war ein gewaltiges Raumschiff aufgetaucht und warf kilometerweite Schatten.

„Los – weiter!" Der Adjutant hatte bei seinem Schrecken nicht bemerkt, dass die Kanzlerin wieder zugestiegen war. Er wies mit dem Finger nach oben.

„Habe ich gesehen – weiter zur nächsten SPHÄRE!"

Während Bat-Rar startete, tippte Meiora auf der Nav-Anzeige des Gleiters herum.

„Hier! Da ist noch eine Kapsel!" Das Nav-System zeigte die Richtung an – auf der anderen Seite der Stadt. Der Adjutant kniff die Lippen zusammen und beschleunigte das Gefährt.

„Bleib niedrig", rief Meiora gegen den stärker werdenden Fahrtwind und ihr Helfer drückte das Fahrzeug nach unten zwischen die in der Mitte der Stadt enger stehenden Häuser. Hier gab es auch einige Geschäfte und Verwaltungsgebäude, die erheblich größer waren als das normale Wohnhaus. Sie bogen in eine Seitenstraße ein und sahen sich einem der größeren Landsaurier gegenüber. Das Tier war mindestens 15 Meter hoch – am Rücken, der lange Hals war nicht mitgerechnet. Aus Beschreibungen wusste Bat-Rar, dass es sich um einen reinen Pflanzenfresser handelte. Allerdings konnte das Tier nicht gerade als friedlich bezeichnet werden. Diese Art betrachtete mindestens einen Quadratkilometer als ‚Intimzone', in der es niemanden duldete. Der Kopf ruckte in ihre Richtung herum – sie waren wahrgenommen worden. Geistesgegenwärtig drückte Bat-Rar den Gleiter noch tiefer. Er schrammte mit dem Unterboden auf dem Plaststraßenbelag auf, als er zwischen den Beinen des Sauriers durchflog.

Meiora-Seth schrie auf und Bat-Rar zog das Fluggerät anschließend wieder nach. Er begriff schnell, dass seine Chefin nicht wegen des gewagten Flugmanövers geschrien hatte. Sie zeigte nach vorne. Immer noch starteten aus unterirdischen Verstecken die SPHÄREN. Das gewaltige Feindschiff über ihnen hatte zu feuern begonnen. Meiora war Zeugin geworden wie eine Rettungskapsel getroffen und explodiert war. Atemlos beobachtete Bat-Rar, dass die Energiestrahlen des Feindes scheinbar wahllos nach unten gerichtet worden waren. Stellenweise gab es Explosionen in der Stadt. Dann wurde das Feuer eingestellt und es begann zu regnen – Bodentruppen. Zu Hunderten fielen Gestalten aus dem Feindschiff und begannen schon in der Luft mit dem Angriff. Immer wieder schossen sie mit Energiewaffen in die Tiefe.

17

Gehetzt schaute Bat-Rar auf den Nav-Monitor. Noch zwei Kilometer! Unter diesen Umständen ein erhebliches Risiko. Und wieder lenkte er den Gleiter in die Deckung der Häuser und gab vollen Schub auf das Triebwerk. Ein paar Sekunden konnte er den Flug unbehelligt fortsetzen, als er einen Schrei über sich hörte. Ein Flugsaurier befand sich direkt über ihnen. Das Tier hatte sie gesehen und war nur noch etwa 100 Meter entfernt. Auch den kannte Bat-Rar aus Beschreibungen, aber diesen kannte auf NEW GENUA jedes Kind: Es handelte sich schließlich um den mit 20 Metern Spannweite größten Flugsaurier – den Atrox. Ein gewaltiger Schnabel und eisenharte Klauen machten ihn zu einem gefährlichen Gegner – und er war schneller als der Gleiter.

„Gib mir ein Zeichen, wenn er zum Sturzflug ansetzt", schrie Bat-Rar und kümmerte sich um die Steuerung. Meiora hielt den näherkommenden Saurier im Blick. Der Gleiter gewann wieder an Höhe. Der Adjutant wollte mehrere Optionen haben, wenn der Angriff erfolgte – und er erfolgte.

„Jetzt!", schrie Meiora und Bat handelte sofort. Er ließ den Gleiter durchsacken, drehte ihn um 90 Grad und gab anschließend Vollschub. Die Insassen wurden wüst durchgeschüttelt, aber die scharfen Klauen des Angreifers packten ins Leere. Sie bekamen den Flügelschlag der mächtigen Schwingen als heftige Sturmböe mit – das war knapp gewesen. Aber die Gefahr war noch nicht vorbei wie Meiora-Seth bemerkte. Das Tier gewann wieder an Höhe und orientierte sich neu. Solche Kreaturen waren es nicht gewohnt, dass ihnen ein Opfer entwischte und so wurde in diesem Fall der Jagdtrieb des Atrox angestachelt. Bat-Rar hatte zwar einen Vorsprung, aber das Raubtier holte wieder auf. Vor ihnen befand sich eine breite Straße mit hohen Häusern rechts und links. In den Seitenstraßen abzutauchen war wegen der hohen Geschwindigkeit zu riskant.

„Er holt auf", schrie Meiora und Bat schaute sich nach einer Seitenstraße um. Er musste es riskieren, denn hier auf dem breiten Weg waren sie den Attacken des Sauriers hilflos ausgesetzt. Er wollte gerade den Gleiter nach unten und links ziehen, als ein Energiestrahl von oben herunterzuckte und die rechte Hälfte des Angreifers verbrannte. Das Tier schrie auf, wurde durch den Druck des Schusses ein Stück nach vorne und herumgeschleudert. Der verbliebene Flügel kam dem Gleiter wie ein Rotorblatt in die Quere. Bat-Rar hörte Knochen brechen und Kunststoff splittern, als die linke Seite des Gleiters von den Resten des sterbenden Tieres getroffen wurde. Sein Tableau zeigte Rotwerte und das Triebwerk stotterte. Schnell verlor der Gleiter an Höhe, ohne dass der Pilot etwas daran ändern konnte. Es gab einen heftigen Ruck und ein ohrenbetäubendes Splittern, als das Fluggerät auf den Straßenbelag aufschlug. Dort schlidderte der Gleiter mit ca. Tempo 120km/h weiter und begann sich leicht nach rechts zu drehen. Beide Insassen waren zu diesem Zeitpunkt lediglich Passagiere – tun konnten sie nichts mehr. Das Schiff über ihnen geriet in Vergessenheit, denn vor ihnen tauchte mitten auf der Straße ein Haus auf, und der Gleiter schoss mit seiner immer noch hohen Restgeschwindigkeit darauf zu. Starr vor Entsetzen sahen sie das Unglück auf sich zukommen. Der Gleiter schrammte mittlerweile quer zur Fahrtrichtung und kurz vor dem Hindernis kippte er um. Es gab einen heftigen Knall und es roch übergangslos nach Ozon. Der Gleiter hatte sich schräg an der Hauswand verkeilt. Seine Passagiere hatten den Halt verloren und waren aus dem Gleiter gefallen – genau vor die Hauswand. Bat-Rar hatte sich dabei etliche Prellungen zugezogen, aber ansonsten nicht weiter verletzt. Hastig sah er sich nach Meiora um. Diese lag bewusstlos neben ihm. Ein kurzer Vitalcheck offenbarte keine lebensgefährlichen Verletzungen – jedenfalls keine sichtbaren. Vorsichtig lugte der GENUI aus der Deckung des Gleiters hervor. Er wollte versuchen, das Wrack als Deckung zu nehmen bis er sich orientiert hatte. Der Gleiter nahm ihm diese Entscheidung ab – er fing Feuer. Blitzartig produzierte er dicken, fetten Qualm, der Bat-Rar ätzend in die Lunge drang. Hastig zog er Meiora unter den Trümmern hervor und lud sie sich auf. Die Energiezelle des Vehikels konnte jeden Augenblick explodieren – ein Aufenthalt in der Nähe war deshalb nicht angeraten. Er lud sich die Frau auf und spähte nach draußen. In fünfzig Metern Entfernung lagen die Reste des toten Sauriers. Der verbliebene Flügel war auf der von ihm abgewandten Seite wie ein Zelt aufgestellt. Kurzerhand rannte Bat-Rar los, so schnell es das Gewicht, das er zu tragen hatte, gestattete. Nun machte sich bezahlt, dass er seinen Körper im Gegensatz zu vielen anderen Geschlechtsgenossen regelmäßig trainierte. Er legte keinen Wert auf medizinische Eingriffe und joggte regelmäßig und stemmte in seiner Freizeit ordentlich Gewichte. So machte ihm das geringe Gewicht seiner schlanken Chefin nicht viel aus. Für nichts in der Welt hätte er sie zurückgelassen. Die GENUI besaßen ohnehin größere Körperkräfte als die Menschen. Kurz darauf hatte er Meiora unter den Flügeln des Sauriers auf den Boden gelegt und untersuchte sie genauer. Es roch fürchterlich unter dem mit einer ledrigen Haut bespannten Flügel. Das Tier hatte im Sterben noch Exkremente ausgeschieden, die buchstäblich zum Himmel stanken. Bat-Rar nahm nur am Rande Notiz davon. Stattdessen registrierte er, dass immer weniger Kapseln starteten – hoffentlich war seine angepeilte Rettungssphäre noch in der Starttube, sonst war ihr Leben keinen Pfifferling mehr wert. Während er seine Chefin untersuchte, gab es eine Detonation – der Gleiter war explodiert. Blitzschnell warf sich Bat-Rar über die Kanzlerin, um sie vor umherfliegenden Gleiterteilen zu schützen. Die Vorsichtsmaßnahme war überflüssig. Der tote Leib des Sauriers wurde erschüttert und fing alles in ihre Richtung ab. ,Hoffentlich glauben die da oben, dass wir beim Absturz getötet wurden‘, dachte Bat-Rar und ging seine Optionen durch. Es war früher Abend und es würde bald zu dämmern beginnen. Keinesfalls wollte er sich jetzt schon auf den Weg machen, es konnte gut sein, dass die Feinde die Gegend beobachteten. So versuchte er Meiora etwas bequemer zu betten und sie aus ihrer Ohnmacht zu holen – zwecklos. Während er damit beschäftigt war, hörte er ein Kratzen und Schnauben. Schlagartig wurde ihm sein Fehler bewusst: Ein so großer Tierkadaver blieb auf einer solchen Welt nicht lange ohne Beachtung. Der bestialische Gestank hatte Aasfresser angelockt. Ein dumpfes und mehrstimmiges Brüllen ließ ihn das Schlimmste erahnen. Vorsichtig spähte er unter dem Flügel des Flugsauriers hervor und sah gerade wie sich ein riesiges Gebiss in die Eingeweide des Kadavers schlug. Diese Aasfresser nahmen auch Lebendfutter, wie Bat-Rar zur Verstärkung seines Unwohlseins wusste. Diese Saurier hatten etwa die doppelte Größe eines ausgewachsenen sibirischen Tigers, eine Schuppenhaut und sechs Beine – und sie traten nur in Rudeln auf. Bat-Rar schloss mit seinem Leben ab – diesen Tieren würde er nicht entkommen. Jeder Augenblick würde eines der Aasfresser den Kadaver umrunden oder ihre Witterung aufnehmen. Fast beneidete er Meiora-Seth. Sie würde ihren Tod nicht bewusst erleben. Er gestattete sich einen letzten Blick in das weibliche Gesicht mit den liebgewonnenen Zügen. Unendliche Traurigkeit machte sich in dem Mann breit. Er hatte noch so vieles mit Meiora erleben wollen – zusammen sterben gehörte eindeutig nicht dazu. Er streichelte ihr Gesicht und versetzte sich in sie. Was würde Meiora jetzt von ihm erwarten? ,Sie würde von mir erwarten, dass ich es zumindest versuche‘, schoss es ihm durch den Kopf – wenn er blieb, hatte er bereits verloren. Das war einer ihrer ehernen Grundsätze – und hatte er nicht beschlossen, von ihrer Lebenserfahrung zu lernen? Neue Kraft durchströmte den GENUI-Mann. So leise wie es ging, lud er sich Meiora auf und verließ die Deckung. Sorgsam achtete er darauf, dass der Kadaver ihn und seine Last vor den Aasfressern verdeckte.

Es gelang ihm – fast!

Er hatte eine Häuserecke fast erreicht, als ein tierisches Brüllen zu ihm herüberschallte. Einer der Raubsaurier stand neben dem Kadaver und hatte ihn und seine Last als nächste Beute im Visier.

Bat-Rar verfluchte die Tatsache, dass dieses Tier lieber selbst auf die Jagd ging, als sich wie die anderen auf eine bereits erlegte Beute zu stürzen.

Der Angreifer setzte sich in erschreckend schneller Weise in Bewegung und der Adjutant begann zu rennen. Schnell umlief er die Hausecke und in zwanzig Metern Entfernung stand eine Tür auf. Er hörte die kratzenden Geräusche der Krallen seines Verfolgers schon auf dem Straßenbelag, als er mehr in den Hauseingang hineinstürzte als rannte.

Wenn jetzt die Technik versagte, war es definitiv aus!

„KI – Eingang zu! Haus verriegeln – sofort!"

Wie ein Fallbeil schoss die Tür seitlich aus der Wand heraus und trennte dem Angreifer ein paar Krallen ab. Wütendes Brüllen des schmerzgepeinigten Tieres war die Antwort. Bat-Rar bemerkte die Erschütterung des Hauses, als der Saurier mit mindestens vier Armen wütend versuchte durch die Wand oder die Tür zu dringen. Aber dafür waren die Häuser gebaut – keinem Tier auf NEW GENUA würde es gelingen gegen den Willen einer aktiven KI einzudringen.

Der Adjutant lag ihm Flur, die Kanzlerin lag quer über ihm. Hastig atmend gestattete er sich eine kurze Pause, bevor er sich umsah. Im Moment schien keine direkte Gefahr zu existieren. Da! Ein grüner Streifen über der Eingangstür, der deutlich leuchtete.

‚Oh‘, dachte der Mann, ‚hoffentlich haben wir Glück, hoffentlich!‘

Das Symbol zeigte an, dass dieses Haus in einen Notfallplan integriert war und vom Keller aus ein Schacht zu einer Rettungskapsel führte. Kurz überlegte er, zunächst allein nachzuschauen und Meiora liegen zu lassen, aber dann verwarf er den Gedanken wieder. Es konnten in der Zwischenzeit schon Tiere ins Haus eingedrungen sein, denen die Kanzlerin dann hilflos ausgeliefert wäre. Also lud er sich die Frau wieder auf und suchte den Gang zum Keller. Wenig später schritt er die Stufen

hinab und stand auch bald, vielleicht drei Etagen unterhalb des Stra-
ßenniveaus, vor der Zugangstür des Schachtes. Bat-Rar blickte in eine
Optik, die einen Scan seiner unverwechselbaren Netzhaut vornahm.
Wenig später schnellte die Tür zur Seite. Niemandem würde es ohne
Anwendung größerer Gewalt gelingen, diese Tür zu öffnen. Sämtliche
GENUI-Siedler waren erfasst und alle hatten Zugang zu jedem Not-
schacht. Bat-Rar hoffte, dass der Weg nicht zu lang sein würde. Die
Zugänge waren unterschiedlich in ihrem Ausmaß und diesen hier kann-
te er nicht. Als er den Gang von 2 x 2 Metern betrat, flammte eine Not-
beleuchtung auf. Er konnte das Ende in diesem diffusen Licht nicht
sehen. Entschlossen ging er in den Gang und registrierte, dass sich das
Schott hinter ihm schloss. Seine Sinne waren so angespannt, dass er das
Gewicht auf seinen Armen überhaupt nicht mehr spürte. ,Wenn der
Abschussschacht jetzt leer ist', so dachte er, ,dann bin ich mit meiner
Phantasie am Ende.' Den Waffen der Fremden konnte das Haus nicht
standhalten. Sie würden sich auch für den Zugang hier interessieren. Er
verfluchte die Tatsache, dass man diesen Weg nicht getarnt hatte, aber
dieser Ausgang war für die einmalige Benutzung gedacht – nicht für
mehr. Er nahm wahr, dass zehn Meter hinter ihm die Beleuchtung erlosch, um weiter vorne aufzuleuchten. Er ging langsam, fast so, als
würde er sich vor dem Ergebnis am Ende des Tunnels fürchten. Seine
Geduld wurde auf eine sehr harte Probe gestellt. Dieser Gang war bestimmt anderthalb Kilometer lang – er checkte die ungefähre Richtung
und kam zu dem Schluss, dass er schon außerhalb der Stadtgrenze sein
musste. Dann endlich kam der Augenblick, den er so sehr gefürchtet
hatte – er stand vor dem letzten Schott. Wenn sich dieses öffnete, würde sich zeigen, ob sich der Weg gelohnt hatte. Zögernd schaute er der
Frau, die er immer noch auf seinen starken Armen trug, in das entspannte Gesicht, dann blickte er in das Retina-Scangerät.
Zischend öffnete sich das Schott.

2. Ankunft

Eine Woche später, 19.05.2014, Black-Eye-Galaxie, ODIN:

Lautlos öffnete sich der Ereignishorizont eines grün schillernden
Wurmlochs am Rande der 56.000 Lichtjahre durchmessenden Spiralgalaxie Messier 64 oder NGC 4826, besser bekannt unter dem Namen

Black-Eye-Galaxie und spie im Vergleich zu ihr eine recht kleine, 2.000 Meter durchmessende Kugel aus. Bei besagter Kugel handelte es sich um ein Raumschiff. Genauer gesagt: Es materialisierte sich die ODIN. Seit 33 Stunden lagen die Passagiere im künstlichen Koma, um nicht wegen des Schocks beim Übertritt aus der 24 Millionen Lichtjahre entfernten Milchstraße zu sterben. Die Automatik registrierte die erfolgreiche Ankunft und schickte belebende Impulse durch die medizinischen Armbänder, die jeder an Bord trug.

Die KI des Riesenschiffes war bereits auf der anderen Seite des Wurmlochs sorgfältig präpariert worden. Die vorhandenen Energiestrahler waren geladen – die Schutzschirme liefen auf Volllast. Aktive und überlichtschnelle Taststrahlen gingen gemäß Programmierung auf die Suche nach möglichen Gegnern, zudem war die KI vorbereitet auf Ausweichmanöver aller Art. Im Gegensatz zu den galaxisinternen Wurmlöchern konnte man hier keine Drohne zur Erkundung vorausschicken und dann umkehren lassen. Die Aktivierung der Galaxiswurmlöcher bedingte eine gewisse Masse, die nicht einmal ein Alpha-Fighter mit zwanzig Metern Durchmesser aufbrachte. In ihrem Fall konnte das nur heißen: Augen zu und durch! Nach dreißig Sekunden stand für die KI fest, dass nicht unmittelbar mit einem Angriff zu rechnen war. Die Schutzschirme wurden auf normale Werte heruntergefahren, die Speicherbänke der Energiewaffen wurden geleert und die überschüssige Energie den Wandlern zugeführt. Die KI schaltete weisungsgemäß auf Stand By und die ODIN fiel antriebslos durch diesen Teil der Galaxis.

Jan Eggert, 35-jähriger Captain der von den GENUI erbauten ODIN, wachte auf und hörte ein leises Winseln. Er sah sich um. Er befand sich festgeschnallt auf dem Captainssitz auf der Empore in der 30 Meter durchmessenden, kreisrunden Brücke. Das Winseln wurde lauter. Jan schnallte sich los, stand auf und ging nach hinten von der Empore herunter. Er bemerkte aus den Augenwinkeln, dass die Crew ebenfalls erwachte. Sein Gang führte, wenn man seinen Arbeitsplatz als Mittelpunkt, was er ja auch war, betrachtete, auf etwa vier Uhr. Dort befand sich das Kom-Pult seiner Freundin Nina Holst, die soeben erwachte und sofort nach ihren beiden Mädchen sah. Die beiden 11-Jährigen, Eva und Zoe, regten sich bereits. Jan erlöste Heinz, so hieß der Golden-Retriever-Welpe, von den Anschnallgurten und dem Stase-Halsband, dann nahm er ihn auf den Arm und wurde prompt abgeschlabbert. Mit dem Hund auf dem Arm ging er gegen den Uhrzeiger-

23

sinn einmal an allen Stationen vorbei und überzeugte sich, dass die Lebensgeister in alle zurückgekehrt waren. Der Jamaikaner Bob Hillary winkte ab. „Alles klar, Mann", dann lümmelte er sich wieder zurück. Keine Drohne würde ohne seinen speziellen Befehl die ODIN verlassen. Als Nächste erreichte Eggert die Schwedin Alma Falkengren. Sie wischte eine lange, blonde Strähne aus dem Gesicht. Die CSG, Commander Space Group (Geschwaderchefin), nickte lediglich – alles okay. Dann kam er genau auf 12:00 Uhr an Carson Cunningham, dem Piloten der ODIN, vorbei.

„Nach JUNKYARD, Captain?"

Eggert lächelte. In der als Schrottplatz bezeichneten Gegend wimmelte es nur so von metallreichen Asteroiden. Nach dem ersten Zusammenstoß hatte man sich dort die Rohstoffe für eine Reparatur der schwer angeschlagenen ODIN besorgt. Die 75 vorhandenen Droiden an Bord des Kugelschiffes hatten viele Tage benötigt, um die ODIN wieder zusammenzuflicken.

„Genau, Carson – check aber zunächst deine Systeme!"

Der Schotte drehte sich um und begann seine Instrumente zu bearbeiten.

Die nächste Station war die des österreichischen Gunners.

„Johann, einen Teil der Waffen bereits klar?"

Hochreiter drehte sich zu seinem Captain um. „Wenn die Chinesen mir noch ein paar Raketen und Torpedos zur Verfügung stellen – mit entsprechender Durchschlagskraft – können wir es angehen."

Bevor Jan Eggert weiter auf zehn Uhr gehen konnte, wurde er aufgehalten. Parker, seines Zeichens persönlicher Assistent des Captains, eine halbhohe und goldene, künstliche Nachbildung der GENUI, gekleidet in einen dunklen Anzug mit Schleife und Melone, stellte sich Jan in den Weg und schaffte es, eine wichtige Miene aufzusetzen. „Einen Augenblick bitte, Sir!"

Jan blieb erwartungsvoll stehen und sah den Droiden fragend an.

„Doc Holliday hat mich über unser Droidennetz gebeten, Ihnen, Sir, mitzuteilen, dass er die Bio-Werte aller Individuen an Bord über die Stasearmbänder überprüft hat. Es gibt keine Auffälligkeiten, bis auf Heinz!"

„Bis auf Heinz?" Jan hatte den Eindruck, dass der Hund, den er übrigens immer noch auf dem Arm trug, völlig gesund war.

„Er zahnt!"

„Er zahnt?"

„Ja, er wechselt die Zähne, Sir!"

Jan hielt das Tier von sich und sah ihm in die treuen Augen, dann setzte er den Hund vorsichtig Parker vor die Füße, nahm sein Armband ab und übergab es mit dem von Heinz an den Droiden. „Sammel die Bänder von allen ein und bring sie zur Med-Station."

„Wie Sir belieben!"

Eggert setzte seinen Rundgang fort. Auf zehn Uhr saß seine wissenschaftliche Mitarbeiterin, Dr. Eleonore Klaffke. Die Physikerin aus Eisenach arbeitete bereits an ihrer Konsole.

„Elli – alles klar?"

„Meine Sensorenphalanx meldet nichts Ungewöhnliches – wir sind allein in diesem Sektor."

„Gut, danke." Jan ging weiter. Der Nächste, der zur ersten Crew gehörte, war der US-Amerikaner Sam Waterhouse. Der ehemalige Marine war als militärischer Berater an Bord überaus wertvoll. Im Übrigen war dieser der Einzige mit echter Kampferfahrung. Hier war er zuständig für die mechanischen Kampfdroiden, von denen die ODIN eine ganze Hundertschaft an Bord hatte.

„Sam – alles klar?"

Der Angesprochene grinste: „Lass uns die SUBB in den Allerwertesten treten!"

Jan gab das Grinsen zurück: „Machen wir – wenn unsere Fachleute mit dem Aufrüsten fertig sind."

Nun blieb nur noch eine junge Frau. Arzu Ödeniz, eine gerade erst 17 Jahre junge Pakistani, hatte ihre aufwendige Astrogationskonsole genau zwischen dem Captain und den auf zwölf Uhr sitzenden Piloten. Aufgrund ihrer Jugend hatte sie die Benommenheit des 33-stündigen Transfers schnell abschütteln können und arbeitete bereits fieberhaft an ihrem Pult.

„Was machst du, Arzu?"

Die dunkelbraunen Augen sahen Jan nur kurz an, dann antwortete sie: „Ich stelle die Kursvektoren für Carson zusammen. Schließlich wollen wir nach JUNKYARD – oder?"

Jans Grinsen wurde noch breiter: „Sicher, sicher – gute Arbeit, Arzu!"

Im hinteren Bereich der Brücke hatte Jan ein paar provisorische Betten aufschlagen lassen. Dort erhoben sich jetzt Huang Li und Feng Pu mit Familien von den Lagern. Sie reckten den Daumen nach oben: Alles klar. Die Chinesen-Combo war ebenfalls aufgewacht. Weiter hinten, zwischen Antigrav-Röhre und Notrutsche, standen bereits Manfred Holst und seine Partnerin, Sharon Hitman. Eggert nickte ihnen zu und begab sich dann wieder zu seiner Freundin. Die beiden Zwillingsmädchen sahen ihn erwartungsvoll an.

„So ihr drei! Schnappt euch Heinz und dann ab in die Kabine!"

Während die drei und der Hund von der Brücke verschwanden, stieg Jan auf seine Empore und sprach zu seiner Crew: „Ich weiß nicht, wie es euch geht, aber ich fühlte mich trotz 33-stündiger Untätigkeit wie gerädert. Ich bitte die chinesische Delegation die heimischen Gefilde auf Deck 38 aufzusuchen. Manfred und Sharon – bitte in euer Quartier. Von den anderen bekomme ich ein GO für gecheckte Systeme, dann verschwindet auch ihr. Wir haben schließlich 03:30 Uhr Bordzeit. Wir treffen uns hier um 12:00 Uhr, bis dahin ist Regeneration angesagt. Carson, du lässt die ODIN in Richtung JUNKYARD fallen. Elli, ich will, dass du, bevor wir hier auf der Brücke das Licht ausmachen, alle Energieerzeuger, soweit es geht, herunterfährst. Wir spielen ‚Toter Mann'."

Was Jan nicht besonders überraschte: Die grünen Lämpchen auf seinem Tableau erschienen recht schnell. Die ODIN funktionierte einwandfrei. Die Brücke leerte sich. Als Letzter verließ Cunningham seinen Platz, dann war Jan allein. Selbst das Licht war abgedunkelt worden und er erkannte nur schemenhaft, dass Parker von seinem Ausflug zur Med-Station zurückgekehrt war.

Jan schaltete sich die aktiven Langstreckensensoren auf sein Pult. Nichts – weit und breit einfach nichts, außer ein paar Atomen auf einem Kubikkilometer. Er schaltete die aktiven Scanner wegen der Entdeckungsgefahr aus.

„ODIN!"

„Captain?"

„Ich übertrage dir das Kommando. Sollte sich irgendwas Unvorhergesehenes ereignen, wirst du mich wecken. Bei Eintreten einer Gefahrensituation weckst du die gesamte Crew."

„Ay, Captain."

Seufzend erhob sich Jan und strebte dem Ausgang zu.

„Schlafen Sie wohl, Sir", beeilte sich Parker hinterherzurufen, dann schloss sich bereits das Schott.

26

20.05.2014, JUNKYARD, ODIN, Brücke, 09:00 Uhr:

Seit ihrer Ankunft in der Black-Eye-Galaxie hatte sich nicht viel getan, außer, dass die ODIN jetzt fahrtlos inmitten des kosmischen Schrotthaufens stand. Das, was Jan Eggert an Bord ,China-Town' nannte, also Deck 38 mit den chinesischen Fachleuten, Huang Li als Nuklearexperte und Feng Pu als Raketenantriebsspezialist, stand praktisch Kopf. Kurzfristig hatte Feng Pu in seiner freundlichen Art alle 73 verfügbaren Droiden für ihre Zwecke abgezogen. Ein geräumiger Tender zog innerhalb des Asteroidenfeldes seine Bahn und sammelte ein, was man von der ODIN als notwendig befunden hatte. Hin und wieder musste die bereits getestete Pulskanone des Kugelschiffes herhalten, um zu große Brocken zu sprengen. Die Gewinnung von Rohmaterial lief wie am Schnürchen. Huang Li bastelte an seinen Nuklearwaffen und Feng Pu lobte die Hilfe der bordeigenen KI bei der Konzeption neuer Raketenantriebssysteme. Die Herstellung von nicht reinen Energiewaffen lief auf vollen Touren – es fehlte noch das Herzstück, ein einwandfreier und schneller Antrieb. Pu war guter Dinge, diesen in den nächsten Tagen entwickeln zu können. Er hatte sich die Pläne der ANGUIDEN angesehen und auch ein paar der noch vorhandenen Raketen auseinandergebaut, um das Antriebssystem zu verstehen. Er hatte immer wieder was gemurmelt und den Kopf geschüttelt, dann hatte er sich in sein sehr kleines Büro, in dem er sich nur allein aufhalten konnte, zurückgezogen. Dort saß er dann und hielt Zwiesprache mit seinem Rechner, oder der KI – oder beiden.

ODIN, 10:00 Uhr:

„Ja – fast gut. Etwas mehr nach rechts, Höhe stimmt!" Sam Waterhouse machte sich als Schießausbilder ganz gut. Jan hob die Baretta, zielte kurz und drückte ab. Ein Schuss zerriss die Stille auf Deck 10. Ziemlich weit unten in der ODIN hatten sie ein leerstehendes Deck vorgefunden. Rasch wurde es mit den nötigen Ausrüstungsgegenständen versehen, dann erteilte Sam Schießunterricht für Faustfeuerwaffen. Man hatte mittlerweile über die Replikatoren der ODIN genügend Munition herstellen können, ohne gleich deswegen Chinatown zu belasten.

„Volltreffer", rief Waterhouse begeistert und Jan lächelte. Sam hatte zugesagt, nach dem ersten Volltreffer die Übungen interessanter zu variieren – und Eggert war gespannt. Er sicherte die Waffe.

„Okay, okay – ich hab's versprochen", winkte der Amerikaner ab. „Komm mit! Ich habe da mal was vorbereitet."

Er führte Jan etwas weiter weg, hinter eine Stellwand. Jan war überrascht, auf den nächsten 150 Metern eine Art Wald aus Zylindern zu sehen, die zwischen 50 und 100 Zentimeter Stärke und drei Metern Höhe hatten und in unregelmäßigen Abständen auf eine Breite von 20 Metern verteilt waren. Jan sah seinen Trainer fragend an.

„Ich habe eine Art Kombatschießbahn entwickelt und programmiert. Hinter den Stelen sind Ziele versteckt, die sich irgendwann zeigen. Viel Erfolg!"

Sam ging vorsichtshalber hinter Jan und dieser nahm seine Pistole in Vorhalte. Langsam schritt er voran.

Da! Schräg links schaute ein blaufarbener Alien hinter einer Stele hervor! Der Schuss dröhnte – die Abbildung wurde durchlöchert.

„Bravo!", schrie Sam von hinten.

Da! Schräg rechts! Wieder bellte die Waffe auf!

„Gratulation", rief Waterhouse. „Du hast soeben unseren Nuklearexperten erlegt!"

„**Was?**" Jan senkte die Waffe und drehte sich um. „Das hat mir keiner gesagt, dass ich Freund und Feind unterscheiden muss!" Eggert war ein wenig frustriert. Bei näherem Hinsehen erkannte er, dass in Huang Lis Abbildung ein mittelprächtiges Loch in seiner Stirn prangte.

„Sagt dir im Gefecht auch keiner", war daher die lapidare Antwort des erfahrenen Kämpfers.

Schmollend drehte sich Jan um und nahm sich vor, vorsichtiger zu agieren. Nach den nächsten drei erheblich langsameren Schüssen war seine Waffe ohne Munition und gewohnheitsmäßig hob er, wie auf einem Schießstand üblich, den Arm.

„Was soll das denn jetzt, Captain?", bellte Sam nach bester US-Army-Rekrutenbehandlung. „Meinst du, der Feind würde dir jetzt Munition rüberreichen? Nachladen – sofort! Die Übung ist nicht beendet!"

Als Jan, jetzt leicht gestresst, versuchte, mit zittrigen Fingern das Magazin zu wechseln und das leere umständlich in seinen Sachen zu verstauen, erhöhte sich der Schallpegel aus Sams Mund noch einmal drastisch.

„Es geht um Leben oder Tod, Captain! Wer zuerst trifft – überlebt! Du kannst die leeren Scheißdinger gleich einsammeln – Treffer sind gefragt, nichts anderes!"
Wut machte sich in Jan breit. Er drückte daraufhin lediglich auf den Halteknopf des Magazins und ließ es achtlos auf den Boden scheppern. Rasch führte er ein volles ein und zog den Schlitten zurück. Das Verschlussstück schnellte nach vorne – die Waffe war wieder schussfertig. Jan schaffte es, die Zielscheiben einer Reihe unangenehm aussehender Aliens abzuschießen, und verschonte die Abbildungen von Nina, Elli und Carson. Nun gut, dafür erschoss er Heinz, zumindest auf dem Bild – hatte aber als Ausrede, dass er in der geringen Höhe keinen Menschen vermutet hatte.
Beim anschließenden Waffenreinigen drückte Jan seine Sorgen bezüglich der bevorstehenden Befreiungsaktion der GENUA-Siedler aus: „Unsere Jungs in Chinatown werden noch einige Zeit brauchen, bevor sie etwas Verwertbares auf die Beine gestellt haben." Eggert meinte damit die Ausrüstung mit nuklearen Torpedos und Raketen. Die vormals von den ANGUIDEN überlassenen hatten sich in ihrer Wirkungsweise als zu ineffektiv erwiesen. Nun standen die beiden Chinesen vor der Aufgabe wirkungsvollere Raketen herzustellen.
„Dich belastet die Frage wie es auf NEW GENUA im Moment aussieht?", vermutete der Schießtrainer.
Jan nickte.
„Warum fliegen wir nicht hin?" Sam sprach seine Idee einfach aus. „Eine Alpha oder Beta-Disk würde doch reichen. Dann könnte hier die ODIN aufgerüstet werden und wir wären nicht untätig. Ohne gewissenhafte Aufklärung wärest du wahrscheinlich nicht in das Kampfgebiet geflogen – oder?"
Jan setzte die frisch gereinigte Waffe wieder zusammen. „Du hast Recht – wir sehen nach!" Schon wollte Jan den Schießstand verlassen, als ihm Sam hinterherrief: „Ich will mit – war meine Idee!"

Nur drei Stunden später war die einsatzerprobte MARS, eine Alpha-Disk mit zwanzig Metern Durchmesser und einer größten Dicke von acht Metern unterwegs. Man hatte bereits vorher einen Prototyp der neuen Umwandler eingebaut – allerdings ohne Wechselvorrichtung. Die Anzahl der möglichen Schüsse war also begrenzt. Neben Jan saß – Sam. Nina war nicht gerade begeistert gewesen, aber Jan hatte versprochen, äußerst vorsichtig zu sein. Die Ankunft im Zielgebiet sollte am 21.05. um 12:00 Uhr sein, also in elf Stunden. Jan hatte den Flieger getarnt und der KI aufgetragen, ohne Energieabgabe in das System der GENUI-Siedler einzufliegen. Man beschloss eine Ruhephase von neun Stunden.

21.05.2014, 10:00 Uhr, ODIN, Brücke:

Carson hatte, wie üblich, das Kommando von Jan übertragen bekommen. Der Schotte hatte sich tatsächlich über mangelnde Beschäftigung zu beklagen. Es gab einfach nichts zu tun. Die angebliche Waffenproduktion schien zu laufen, der Tender eilte draußen herum und sammelte weiter ein und die Brückencrew checkte heute schon zum dritten Mal ihre Systeme.
„Nina, schalte bitte eine Verbindung zu Chinatown!"
„Du kannst sprechen, Carson." Holst hatte schnell reagiert, obwohl sie fast weggedämmert war.
„Brücke an Chinatown!" Die Chinesen hatten diese Bezeichnung klaglos akzeptiert und es schien, als wären sie sogar stolz darauf.
Allerdings kam keine Antwort.
„Brücke an Chinatown!"
Die Chinesen antworteten nicht.
„ODIN, Audioübertragung aus Chinatown zur Brücke."
Statt einer Bestätigung knisterte es in den Lautsprechern und die leisen Stimmen von Huang Li und Feng Pu waren zu hören.
„Li – Pu, hört ihr mich?"
Das Gebrabbel im Hintergrund ging weiter, eine Reaktion erfolgte wiederum nicht.
„KI – Licht auf Deck 38 ausschalten!"
„Licht ausgeschaltet."
Das Gemurmel im Hintergrund hatte sofort aufgehört. Irgendjemand bediente da ein paar Knöpfe.
„Äh – Brücke?", offensichtlich war es, den freundlichen ausgesprochenen Worten zufolge, Pu, der dort etwas unsicher die Kommunikationsanlage versuchte im Dunkeln zu bedienen und dabei zu nahe an das Aufnahmemikrofon geriet. Er war mehr als deutlich auf der Brücke zu verstehen. Der Mann aus dem Land der aufgehenden Sonne hatte noch

30

nicht mitbekommen, dass man von überall, wenn man die KI direkt ansprach, mit jedem auf dem Schiff sprechen konnte.

„Ja, hier ist die Brücke", antwortete Carson langsam und betont zuckersüß.

„Ja, äh, hier ist das Licht aus", kam es etwas zu laut rüber.

„Das bleibt auch aus, bis ihr gelernt habt, dass ihr meine Kontaktversuche zu beantworten habt."

„Das ist eine Unverschämtheit", tobte Huang Li gemäß seinem Temperament dazwischen. Feng Pu entschuldigte sich und Carson glaubte förmlich, seine Verbeugungen dabei sehen zu können.

„Wir waren sehr abgelenkt – können wir unsere Physikerkollegin nach hier unten bitten? Ich denke wir hätten vielleicht eine Art Ergebnis."

Caron war im Nu wie elektrisiert und winkte Elli. „KI, Licht in Deck 38 einschalten."

Klaffke verließ die Zentrale und Carson informierte Chinatown: „Elli kommt!"

„Danke."

Über eine Woche vorher, NEW GENUA, etwa 21:00 Uhr Planetenzeit:

Das Schott zur Rettungskapsel hatte sich gerade geöffnet und Bat-Rat sah – nichts.

„Licht", brüllte er und sank anschließend fast auf die Knie. Sie war da – die SPHÄRE. Nie war er seinem Schicksal so dankbar gewesen, wie gerade jetzt. Nicht auszudenken, wenn er mit der bewusstlosen Frau weiterhin auf der Suche nach einer noch vorhandenen Rettungskapsel durch die mit wildem Tierleben erfüllte Stadt, besser ehemaligen Stadt, hätte irren müssen. Dabei war die heimische Fauna vielleicht nicht einmal das Gefährlichste. Bat-Rat hatte nicht vergessen, dass zahllose Aliens von diesem riesenhaften Raumschiff auf die Oberfläche ihres Planeten gesunken waren. Diese Gedanken waren nun unnütz. Schnell schaffte er Meiora-Seth in die Kapsel. Wie er wusste, gab es eine kleine Med-Staseeinheit. Nicht zu vergleichen mit den richtig großen, aber immerhin konnte sie bei kleineren Unfällen oder Krankheiten helfen. Der Adjutant legte Meiora in der mittleren von drei kleinen Etagen vorsichtig auf die dafür vorgesehene Pritsche und senkte eine Art Hau-

31

be darüber. Unfassbar: In kleinen Röhren konnten hier, allerdings nur in Stase, 15 Personen dieses Transportmittel als Fluchtkapsel benutzen.

„Medizinischer Scan beginnt – bitte warten!" Bat hasste diese unpersönliche Stimme.

„Die Kanzlerin erliegt eine Bio-Stase. Wahrscheinlich durch Schock ausgelöst."

Der Mann wunderte sich nicht, dass die medizinische Rechnereinheit ihre Patientin kannte. Die biometrischen Daten aller GENUA-Siedler waren erfasst und in sämtlichen Datenspeichern vorhanden. Zweifellos würde die Bord-KI ihn erkennen, wenn er die ersten Worte sagte.

„Ein Gleiterabsturz", bestätigte Bat-Rar.

„Dann ist die Ursache mit einer Wahrscheinlichkeit von 96% gefunden. Ich wecke die Patientin auf."

„Nein", verlangte Bat-Rar.

„Es ist die Kanzlerin! Wie kommst du als Adjutant dazu, darüber zu befinden?"

Bat-Rar hasste die Logik des Automaten. Selbstverständlich konnte er nicht einfach über seine Chefin bestimmen, daher musste er sich etwas einfallen lassen.

„Ich befürchte Schwierigkeiten beim Start – einen Angriff. Die bereits angegriffene Psyche von Meiora-Seth würde Schaden nehmen. Daher schlage ich dir vor, sie erst zu wecken, wenn die Gefahr vorüber ist. Helfen kann sie mir nicht."

„Deine Argumentation ist logisch – ich schließe mich aus medizinischer Sicht an."

Der Adjutant grunzte zufrieden. Tatsächlich sah er dem Start mit gemischten Gefühlen entgegen. Er hatte nicht vergessen, dass das große Alienschiff über ihnen sofort das Feuer auf Rettungskapseln eröffnet hatte. Diese Einstellung des Feindes ließ ihn fast würgen. Wie tief konnte man sinken, dass man Fluchtboote angriff? Er ließ die Kanzlerin in der Obhut der medizinischen Einheit zurück und erklomm die oberste Etage der SPHÄRE.

„Selbstcheck durchführen!" Bat setzte sich in einen der beiden Stühle, die aus Platzgründen ziemlich knapp über dem Bodenniveau standen. Die Instrumente, falls er welche brauchte, beugten sich von der Decke zu ihm herunter.

„Ich funktioniere innerhalb zulässiger Toleranzen."

Bat-Rar nickte. Die Worte der KI bedeuteten, dass die Werte keinesfalls über 0,0001 Promille von normal abwichen – eben ausgereifte GENUI-Technik.

„Soll ich den Alarmstart durchführen?"

„Nein", bestimmte der Adjutant. „Über uns ist ein feindliches und leider sehr großes Raumschiff. Ich rechne mit einem Angriff. Wir müssen die Fluchtsequenz modifizieren."

„Ich verstehe – was soll ich tun?"

In den nächsten zehn Minuten entwickelte der Adjutant im Zwiegespräch mit der KI einen Plan. Er würde keinesfalls so schnell reagieren können wie der Automat, daher war eine sorgfältige Instruktion, man könnte auch sagen Programmierung, notwendig.

„Ich bin bereit!"

Bat-Rar atmete tief durch. Die nächsten paar Minuten würden über Leben und Tod entscheiden. Fast beneidete er Meiora-Seth um ihren bewusstlosen Zustand – er würde dem Tod ins Auge sehen, sie ihn nicht einmal bemerken.

„Start!"

Der Adjutant hörte, wie die Außenschleuse arretierte. Langsam, statt schnell, setzte sich die Kapsel in Bewegung und folgte einem waagerechten Tunnel von fast einem Kilometer Länge, dann ging es in einem 90-Grad-Winkel nach oben. Der Adjutant ließ sich ein Holo zeigen. Anhand dessen konnte er genau die Lage der Kapsel unterhalb der Oberfläche feststellen. Die SPHÄRE stieg und es war nicht mehr weit bis zum Ausstieg. Leider musste der Tunnelverschluss abgesprengt werden – Bat-Rar wäre eine andere Lösung, vielleicht leiser und mit weniger Krawumm, also Energie, lieber gewesen. Er hoffte darauf, dass die Bodentruppen des Feindes sich mittlerweile in der Stadt verteilt hatten und das Schiff im Orbit nicht einfach die eigenen Soldaten durch Beschuss gefährden wollten.

Bat-Rar wusste gar nicht wie schief er mit dieser Annahme lag.

„Tunnelausgang offen", teilte die KI mit. Der Adjutant sah durch eine der Außenkameras, wie eine sechs Meter durchmessende Metallplatte noch oben wegflog. Die SHÄRE folgte augenblicklich und drückte sich sofort in den Waagerechtflug und nahm Geschwindigkeit auf. Die Anzeigen wechselten auf das grünliche Infrarot. Aus den Augenwinkeln sah Bat-Rar es aufblitzen. Fassungslos registrierte er, dass das Schiff auf das weggesprengte Schott geschossen – und getroffen hatte! In diesem

33

Augenblick schätzte er ihre Chance, lebend den Planeten verlassen zu können, als sehr gering ein.

„KI – Route variieren – Zickzackkurs. Prallfelder aktivieren und Belastungsgrenze auf maximal schalten!"

Kaum ausgesprochen, bemerkte er kräftig zupackende Fesselfelder, die ihn in seinen Sitz pressten und außer Sprache und Atmen keine körperlichen Aktivitäten mehr zuließen. Meiora-Seth würde es nicht anders ergehen, aber sie bekam ja nichts davon mit. In den nächsten Minuten bekam der Adjutant mit, was es heißt, trotz bester Andruckabsorber und völlig starrer Fesselfelder, Querbeschleunigungen ausgesetzt zu sein. Aufgrund der geringen Größe waren selbst die GENUI nicht in der Lage, diese Kräfte vollkommen auszuschalten. Rechts und links der Rettungskapsel schlugen Energiestrahlen in den Boden. Bat-Rar wurde es fast übel. Mal verlagerte sich sein Gewicht um das Zehnfache nach links, kurz darauf nach rechts, dann wurde gebremst, beschleunigt. Sein Blick war mittlerweile so getrübt, dass er den eigentlichen Flugverlauf im Holo nicht nachvollziehen konnte. Irgendwann, als er es gar nicht mehr aushielt, schrie er in einem kurzen Moment der gefühlten Schwerelosigkeit: „Aufstieg!"

Im selben Augenblick schoss die Kapsel aus ihrem waagerechten in den senkrechten Flug. Die Taststrahlen detektierten kein Hindernis und die KI gab volle Kraft auf den Antrieb. Innerhalb von Sekunden waren sie im Orbit und weit darüber hinaus. Sie ließen zur großen Erleichterung das große Schiff unter sich zurück. Bat-Rar atmete solange auf, bis ein Warnsignal ihn auf weitere Schiffe aufmerksam machte. Fassungslos starrte er auf seine Ortung.

„Ausweichen – neuen Kurs berechnen", schrie er, dann wurde er aufgrund des Andrucks fast ohnmächtig. Wieder einmal schloss er mit seinem Leben ab. Dieses Mal jedoch konnte er sich nicht aufraffen. Er war abhängig von einer funktionierenden Technik und darauf, dass die kognitiven Fähigkeiten der selbstlernenden KI nicht versagten. Er war lediglich Passagier und damit schlechter dran als Meiora-Seth. Irgendwann verlor Bat-Rar das Bewusstsein und wurde erst viel später wach. Die SPHÄRE war unterwegs – gemäß ihrer Programmierung.

Der Adjutant orientierte sich. Die Kapselaußenwände waren auf Durchsicht gestellt. Der Flug war ruhig und die Fesselfelder gerade so nachgiebig, dass er von der Bewusstlosigkeit, die in einen Schlaf übergegangen war, nicht aus dem Sessel rutschte.

„Kraftfelder abschalten!"

Im gleichen Augenblick musste er seinen Körper alleine aufrecht im Sitz halten, was ihm zu seiner großen Überraschung nur unter Anstrengung und Schmerzen gelang. Mit einem Blick auf sein Tableau registrierte er, dass die SPHÄRE voll einsatztauglich war, man sich im überlichtschnellen Flug befand und die Zielkoordinaten korrekt eingegeben waren. Es wurde Zeit Meiora-Seth zu wecken. So schnell es seine lädierten Glieder gestatteten, begab er sich in die mittlere Ebene. Die Kanzlerin lag immer noch unter der Haube der leichten Medo-Einheit.

„Aufwecken!"

„Die Gefahr ist vorüber?"

„So wie es aussieht – ja."

Statt einer Antwort der KI begann sich Meiora zu bewegen. Rasch hob Bat-Rar die Abdeckhaube hoch und half seiner Chefin, sich auf den Rand der Liege zu setzen. Sie blickte noch einige Sekunden verwirrt um sich und ihr Adjutant gab ihr die Zeit sich selbst zu finden. Meiora war klug genug aus den sichtbaren Umständen die richtigen Schlüsse zu ziehen. Ein sehr nachdenklicher Blick aus dunkelroten Augen traf ihn.

„Wir sind unterwegs", stellte sie fest.

Bat-Rar bestätigte.

„Und auch zu den richtigen Koordinaten."

Auch das konnte der Adjutant bestätigen.

„Ich erinnerte mich zuletzt daran, dass wir mit dem Gleiter abgestürzt sind. Berichte bitte ab da bis eben."

Der junge Mann fing an zu erzählen und obwohl er seine Aktivitäten eher in den Hintergrund drängte, konnte sich die lebenserfahrene Frau sehr gut vorstellen, was ihr Adjutant da vollbracht hatte. Es musste übermenschliche (übergenuische) Kraft und Willen gekostet haben, sich dabei auch noch mit einer bewusstlosen Frau abzuschleppen.

„Geh bitte nach oben auf die Kommandoebene und überwache unseren Flug. Gib mir ein wenig Zeit, ich komme gleich nach."

„Selbstverständlich – nimm dir Zeit, soviel du brauchst", antwortete der Mann und begab sich wieder eine Etage höher. Bei der Aussicht hatte sich nichts verändert. Es war kein Stern oder sonstige Erscheinung im nahen Umfeld. Lediglich an der sich rasch verändernden Lage der fernen Sterne konnte er sehen, dass sich die SPHÄRE mit einem Vielfachen der Lichtgeschwindigkeit bewegte. Die Minuten verrannen

35

langsam, während er von unten nur leise Geräusche nach oben dringen hörte.

Schließlich tauchte Meiora auf und hielt ein Tablett in der Hand. Dem Mann wurde kalt und heiß gleichzeitig.

„Es ist nicht ganz nach unserer Tradition, weil ich es nicht selbst hergestellt habe. Ich habe aus zwei Menüs eines zusammengerührt. Ich hoffe, es reicht in unserer derzeitigen Lage." Meiora stellte das Tablett mit einem Teller voll Durcheinander und abenteuerlicher Farbe direkt vor ihrem Adjutanten ab.

In Bat-Rars Hirn überschlugen sich die Gedanken. Die Bedeutung dieses Angebots war jedem erwachsenen GENUI seit mehreren zehntausend Jahren bekannt. Im Prinzip wählte die GENUI-Frau ihren Partner, indem sie ihm ein selbst zubereitetes Mahl anbot. Aß der Auserwählte davon, so war die Partnerschaft besiegelt. In diesem Fall hatte Meiora nur zu einem kleinen Trick greifen können – aber die Absicht war wichtig und es genügte tatsächlich auch der Tradition. In diesem für Bat-Rar so wichtigen Augenblick gingen seine gesamten Wünsche in Erfüllung. Alles andere, die Zerstörung ihrer Welt, die Flucht, alles trat in den Hintergrund – wurde klein vor dem jetzt so wichtigen Augenblick. Er sah nur diese wunderschönen, dunkelroten Augen und das liebgewonnene Gesicht. Ohne weitere Worte sah er auf das Mahl, griff zum Löffel und begann zu essen. Er merkte es nicht, aber für menschliche Gaumen schmeckte es in etwa so, als würde man aus einem Rollmops die Holzpinne rausziehen, den Fisch ausbreiten und dann gleichmäßig und dick mit Himbeermarmelade einstreichen. Im Übrigen empfanden genuische Gaumen in etwa ähnlich. Der verliebte Mann bekam es nicht mit, weil er in zwei strahlende, rote Augen schaute.

Er aß den gesamten Teller leer.

„Hallo, mein Partner", sprach Meiora, kam näher und umarmte ihn.

Mit einem Mal war Bat-Rar etwas verunsichert. „Wenn das offiziell ist, Meiora, dann kann ich nicht mehr dein Adjutant sein."

Sie lächelte ihn an: „Ich habe in den vergangenen Jahren immer versucht deine Karriere zu fördern, ja – dich zu fördern. Darum war ich streng und fordernd – fast immer."

Bat-Rar lächelte. „Ja, fast – manchmal warst du sehr fürsorglich."

Sie erwiderte sein Schmunzeln. „Ich konnte ja nicht nur streng sein – ich musste dich ja auch bei der Stange halten. Aber im Ernst: Für das, was wir beide nun zu tun haben, brauche ich keinen Adjutanten mehr.

Ich brauche einen Partner und zwar einen starken. Es gibt nichts mehr, was ich dir beibringen könnte und so brauche ich dich an meiner Seite – privat und im Amt. Die Zeiten werden hart und ich denke nicht, dass irgendjemand daran Anstoß nehmen wird."

„Wir werden diese harte Zeit gemeinsam überstehen", sagte Bat-Rar und wie er es sagte, hörte es sich an wie ein Schwur.

„Lass es uns gemütlich machen", lockte Meiora. „Die Reise ist noch lang und wir wissen nicht, was uns an ihrem Ende erwartet."

Später: 21.05.2014, 10:00 Uhr, ODIN, Deck 38:

Bei Ellis Ankunft in der Ideenschmiede der Chinesen hingen Feng Pu und Huang Li gebeugt über einer großen Folie und bemerkten die Physikerin erst einmal nicht. Klaffke sah den beiden über die Schulter und erkannte eine Art Schnittzeichnung einer der übrigen Raketen.

Sie räusperte sich leise und nun nickte ihr Li zu und Pu verbeugte sich hastig.

„Was habt ihr da?"

Feng Pu begann zu erklären: „Diese Art von Betriebsanleitung haben die … wie sagtet ihr dazu?"

„ANGUIDEN", half Klaffke aus.

„Ja, ANGUIDEN – mehr oder weniger der Lieferung beigelegt. Die technischen Daten hat die KI für uns übersetzt."

„Was gibt es da so Besonderes?", fragte die Frau und versuchte noch genauere Details auf der Folie zu entdecken.

„Das Treibmittel", antwortete Fu. „Die Zusammensetzung ist eine uns unbekannte Mischung."

Elli kräuselte die Stirn. „Wir können es nicht reproduzieren?"

Pu schüttelte heftig den Kopf: „Brauchen wir nicht!"

Klaffke sagte nichts und schaute den Sprecher nur fragend an.

„Unsere bisherigen Treibmittel auf der Erde sind effektiver!"

Elli hob die Augenbrauen: „Um – wie – viel?", kam es gedehnt und gespannt aus ihrem Mund.

Feng Pu hob beide Arme, und bevor er etwas sagen konnte, antwortete Huang Li: „Faktor zwei – nur dadurch."

„Wenn ich euch richtig verstehe …", fasste die Frau zusammen, „… bringt alleine der Austausch des Treibmittels eine Verdoppelung der Endgeschwindigkeit?"

Huang Li nickte: „Und auch in der Beschleunigung. Aber das ist noch nicht alles. Pu!"

Der Angesprochene fuhr fort: „Wenn wir hier und hier ...", er zeigte dabei mit dem Zeigefinger auf verschiedene Bereiche der Folie, „... entsprechende Änderungen vornehmen, können wir noch einmal den Faktor zwei erreichen."

Dr. Klaffke sah von einem zum anderen. „Ich stelle also fest, wenn ich alles richtig verstanden habe, dass diese Rakete auf die vierfache Geschwindigkeit getrimmt werden kann?"

Beide Chinesen bejahten.

Elli überlegte laut: „Wenn die Anguiden die besten Waffenhersteller in dieser Sektion der Galaxis sind und ihr zwei das um den Faktor vier toppen könnt, dann haben wir ein sehr effektives Waffensystem an Bord."

Feng Pu strahlte über das gesamte Gesicht und selbst in Lis Augen war ein Funkeln entstanden. Die Reaktionen der Asiaten beruhten auf grundsätzlich anderen Motivationen. Feng Pu liebte es, wenn er gelobt wurde und ihm Respekt und Achtung vor seinen Leistungen gezeigt wurde und Huang Li wollte es auf Grund seiner Mentalität ordentlich krachen lassen.

Elli sah von einem zum anderen. Vielleicht erkannte ja jemand von ihnen die ungestellte Frage, ob es sonst noch etwas gäbe. Tatsächlich regte sich ausgerechnet der ansonsten schweigsame und eher abweisende Huang Li. „Die Versuche in meinem Labor haben dazu geführt, dass ich mich entschlossen habe, auf Basis einer Wasserstoffbombe nach einer Lösung zu suchen. Es ist gelungen. Die Materialien sind da und ich habe sowohl die KI, wie auch die Droiden in der Gefährlichkeit der Waffe geschult. Sie haben die Kräfte nach anfänglichen Schwierigkeiten, weil mir Vergleichsgrößen fehlten, jetzt erkannt und verfahren mit den Rohstoffen und den fertigen Raketen oder Torpedos entsprechend vorsichtig."

Elli überlief es eiskalt. Eine einzige Atombombe kann dir den ganzen Tag versauen, fiel ihr der Uraltspruch irgendwelcher Alternativen von damals ein. Hier würde es bedeuten, dass die ODIN in Bruchteilen von Sekunden explodieren würde. Einziger Trost: Sie würden es alle nicht bemerken.

„Wie hoch ist die Sprengwirkung?" Obwohl sie Angst vor der Antwort hatte, stellte die Physikerin die alles entscheidende Frage. Allerdings

38

wurde sie enttäuscht. Huang Li konnte keine Größenordnung angeben. Er verwies darauf, dass die von ihm konzipierte Waffe nicht getestet war. Allerdings verbürgte er sich dafür, dass sie funktionieren und von der Wirkung ‚wegweisend' sei – was immer er mit dem letzten Ausdruck gemeint haben könnte. Zudem würden die kritischen Bestandteile einer Atomwaffe erst kurz vor ihrem Einsatz zusammengefügt. Seine Frau habe mit Hilfe der KI automatische Zusammenführungen der Teile konzipiert – sie seien kurz vor der Fertigstellung. Die revolverähnliche Nachführung der Umwandler für die Strahlwaffen sei in Produktion gegangen und werde bereits überall eingebaut.
Dr. Eleonore Klaffke war nun einigermaßen beruhigt, bedankte und verabschiedete sich.

21.05.2014, 12:00 Uhr, NEW GENUA-System:

Jan hatte die Nav-Automatik entsprechend programmiert und soeben zählte diese in einem Countdown die letzten Sekunden herunter, bevor sie den überlichtschnellen Flug unterbrach und die MARS in das GEN-II-System im normalen Einsteinraum materialisierte. Bei der hohen Überlichtgeschwindigkeit entschied eine Zehntelsekunde über Lichtjahre Entfernung. In diesem Fall war es also nötig, die KI das letzte Flugmanöver ausführen zu lassen, wollte man nicht stundenlange Umwege in Kauf nehmen. Eggert hatte schon im Vorfeld die Tarnung der DISK angeordnet und anschließend den freien Fall ohne nennenswerte Energieabgabe. Er konnte zu diesem Zeitpunkt nicht ahnen, dass diese Maßnahme nahezu wirkungslos war.
„Null!"
Übergangslos blickte Jan in die abgedunkelte Silhouette einer Sonne vom Spektraltyp A, also weiß mit Blaustich. Er wollte die KI gerade auffordern eine Holoabbildung des Systems zu produzieren, als er von Sams heftigem Ausbruch überrascht wurde.
„Scheiße! Was ist das denn?"
Erschrocken schaute Jan auf den Teil des Weltalls vor ihnen – ein Hindernis, welches nicht hätte dort sein dürfen. Eines? Nein, hunderte!"
„Übernehme Navigation, Notfallprogramm aktiviert!" Die nüchterne Stimme des KI war das Resultat des Bordrechners, dass die Menschen aufgrund der Schrecksituation keinesfalls rechtzeitig handeln würden. Jan und Sam sahen sich urplötzlich in Fesselfelder gehüllt, die sie sta-

39

tisch in den Sitzen festhielten, während einige Gravos beim Ausweich-manöver von den Beharrungsdämpfern eben nicht absorbiert werden konnten. Zu allem Überfluss aktivierte die KI noch das Waffensystem und schoss sich den Weg frei. Jan sah heftige Explosionen vor sich auf-leuchten. Eine halbe Minute später beruhigte sich der Flug, die Waffen wurden deaktiviert und die Fesselfelder abgeschaltet.

Sam keuchte: „Das war knapp." Ein trockener Husten folgte noch und ein hörbares Schlucken.

Jan Eggert schaute entsetzt auf die Anzeigen. Sie waren innerhalb eines Trümmerfeldes aus dem Überraum gekommen und nur die schnelle Reaktion der KI hatte eine Kollision vermieden. Aber was war gesche-hen? Woraus bestanden diese Trümmer? Und es waren nicht nur Trümmer!

„MARS! Schematische Darstellung des Umfeldes! Analyse!"

Vor den beiden Insassen baute sich ein Hologramm auf und die Auto-matenstimme begann zu sprechen: „Die Auswertung der Sensoren führt zu einer 88%igen Wahrscheinlichkeit für einen Raumkampf, der vor ein bis zwei Wochen irdischer Zeitrechnung stattgefunden hat. Es werden viele Wracks von SUBB-Schiffen angezeigt und eine geringe Zahl anderer Raumschiffe."

„Also waren die SUBB unterlegen", schlussfolgerte Sam.

„Wahrscheinlichkeit dafür liegt bei 95%", bestätigte die KI.

„Welcher Art sind diese anderen Raumschiffe?", fragte Jan alarmiert.

„Herkunft und Besatzung unbekannt – quaderförmig."

Eggert durchfuhr es eiskalt. Er erinnerte sich ungern an die Auseinan-dersetzung kurz nach Inbetriebnahme der ODIN, als sie auf dieses un-bekannte 14.800-Meter-Schiff getroffen waren. Das unbekannte Flug-objekt war quaderförmig gewesen und hatte sofort angegriffen.

„Sind Schiffe mit 14.800 Metern Länge darunter?"

„Ja", bestätigte die KI. Es sind vier – die größten von insgesamt 27 Einheiten. Und sie haben in unsere Richtung Fahrt aufgenommen!"

„WAS?"

„Ich gehe mit einer 76%igen Wahrscheinlichkeit davon aus, dass die Energieabgabe bei der Aktivierung unseres Waffensystems die Besat-zung dieser Quader dazu bewogen hat."

„Und ich gehe mit einer 100%igen Wahrscheinlichkeit davon aus, dass ich dich verschrotten lassen werde, wenn du nochmal derart wichtige

40

Informationen zuletzt angibst!" Jan war geschockt und sauer. Es war nicht gesagt, dass die Tarnung zu ihrem Schutz ausreichte.

„Fahrt Richtung NEW GENUA! Voller Scan, Aufzeichnung ein!"

„Ausgeführt!"

Jan sah in den nächsten Minuten, wie sich aus der Dunkelheit des Kosmos ein Planet herausschälte, der aus Richtung Sonnenseite angestrahlt wurde – NEW GENUA. Als halbe Sichel mit blau-grüner Färbung, die großflächig von grauen Wolken verhangen war. Mit einem Blick auf den Nahbereichsscanner stellte er beruhigt fest, dass die Riesenschiffe offensichtlich dort suchten, wo die KI das Feuer eröffnet hatte. Ein weiterer Blick zeigte ihm, dass der Planet nicht nähergekommen war.

„Ich habe den Anflug abgebrochen – ein Weiterflug scheint nicht ratsam."

„Warum?", Jan war von der Eigenmächtigkeit der KI mittlerweile genervt.

„Der Planet ist in ein Detektionsnetz gehüllt. Abstand der einzelnen Strahlen beträgt zehn Meter. Ich befürchte feindliche Aktionen, wenn wir das Netz passieren."

„Okay", Jan stimmte nachträglich zu. „Einen Kanal zu den GENUA-Siedlern öffnen!"

Der typische Ton für die Aktivierung der Sprechverbindung ertönte und Jan konnte diese nutzen.

„Hier spricht Jan Eggert von der ODIN, Meiora-Seth oder Vertreter, bitte meldet euch!"

Atemlos warteten die beiden Gefährten ab, aber es kam keine Antwort.

„KI! Hast du meinen Kontaktversuch aufgezeichnet?"

„Selbstverständlich."

„Im Abstand von einer Minute immer wieder absenden, den Planeten umrunden und vollen Scan mit allen Sensoren. Wir zeichnen alles auf, was wir bekommen können."

„Aye, Captain."

Die MARS begann sich zu bewegen und nach 30 Minuten meldete sich die KI. „Unsere Aktivitäten scheinen aufgefallen. Es werden aus einem Schiff mehrere hundert kleinere Einheiten ausgeschleust. Sie fliegen ungefähr in unsere Richtung."

„Haben wir Kontakt mit Meiora?", fragte Jan hoffnungslos, denn die KI hätte sich sicherlich gemeldet.

41

„Negativ!"

„Haben wir alles, was wir hier scannen können?"

„Ja, eine weitere Benutzung der aktiven Sensoren führt den Gegner auf unsere Spur."

„Okay", beschloss Eggert. „Abbruch – die Schiffe mit der quaderförmigen Signatur als Feindschiffe kennzeichnen und in der Datenbank ablegen – dann ab zur ODIN mit Vollgas!"

„Vollgas?"

„Maximalgeschwindigkeit."

„Verstanden, Befehle werden ausgeführt."

3. Laurin

23.05.2014, 08:00 Uhr, ODIN, Quartier Eggert/Holst:

„Was? Ihr seid so früh schon munter?" Jan betrat aus der Hygienezelle den großzügigen Wohnraum, wo er zu so früher Stunde, jedenfalls für Teenager, Eva und Zoe bereits am Frühstückstisch vorfand. Nina schüttete ihren Kindern gerade so etwas Ähnliches wie Orangensaft in die Gläser und antwortete für sie: „Heute ist doch ihr erster Schultag!"

Eines der Mädchen erwiderte: „Aber Mama!"

„Okay, okay, der erste Schultag an Bord der ODIN." Nina lächelte voll Stolz ihre Kinder an.

„Wir sind gespannt, ob es einen Unterschied gibt zwischen der Schule auf der Erde und Schule hier an Bord", sagte Zoe, nachdem sie sich zu Jan umgedreht hatte. Der Gute hatte in der letzten Zeit gelernt, die beiden Mädchen zu unterscheiden. War immer noch nicht ganz leicht, aber er hatte eine gute Trefferquote, die natürlich von der Zeit entscheidet beeinflusst wurde, die er hatte, um eine Wahl zu treffen.

„Ich bin sicher", mutmaßte Jan.

„Auf der Erde war unsere Klassenlehrerin auch eine Frau Doktor", konterte Eva.

Jan grinste. „Sie wird sich, denke ich, erheblich von Elli unterschieden haben."

Die beiden Mädchen nickten. „Ob wir sie jetzt mit Frau Doktor Klaffke anreden müssen?"

Jan zuckte mit den Schultern, konnte sich aber einen solchen Wechsel der Anrede nicht vorstellen. Hier sprachen sich alle, auch die Kinder, mit Vornamen an. So etwas wie ein Doktortitel war hier lediglich ‚nice to have‘, nicht mehr. An Bord des Raumers, der sich mehr und mehr in ein echtes Schlachtschiff verwandelte, war Effektivität gefragt und nicht Titel oder Abstammung. Die Brückencrew hatte sich angewöhnt im Dienst und erst recht im Gefecht bzw. in Gefahrensituationen Jan mit Captain anzusprechen, die KI sowieso – mit Ausnahme von Bob. Für ihn war Jan immer noch ‚Mann‘ oder ‚Bruder‘. Lediglich Parker wich nicht von der Bezeichnung ‚Sir‘ ab und Jan ließ ihm diese Schrulle.

Jan kam übergangslos auf ein anderes Thema: „Habt ihr euch bei Doc Holliday erkundigt, wann der kleine Iraker wieder fit ist?"

Eva nickte ernsthaft: „Wir waren gestern da. Übermorgen wird er körperlich wiederhergestellt sein."

„Ihr habt euren Job noch nicht vergessen?", wollte Jan sich vergewissern.

„Nein", erwiderte Zoe ernsthaft. „Wir werden ihn betreuen – Tag und Nacht!"

„Wo schläft er?"

„Wir bitten Parker übergangsweise ein zusätzliches Bett in unser Zimmer zu stellen – groß genug ist es ja."

Eggert gefiel das Wort ‚bitten‘. Die Mädchen baten einen Androiden etwas zu tun! Ein Zeichen dafür, dass sie sich noch nicht als Prinzessinnen fühlten – obwohl Parker die beiden bei der Einrichtung des Zimmers nach Strich und Faden verwöhnt hatte.

Jan setzte sich an den geräumigen Tisch und griff zu.

Das Gespräch glitt ab in ganz normales, banales – eben wie an einem Frühstückstisch, an dem Eltern mit ihren halbwüchsigen Kindern saßen. Jan fühlte sich zurückversetzt in die Zeit, als er noch mit Marie und seinen Jungs glücklich war. Hier spürte er mit einem Mal das längst vergesse Gefühl mitten in einer Familie zu sein. Die Mädchen waren großartig – sie hatten ihn sofort akzeptiert.

Jan schaute auf die Quartieruhr – 08:45 Uhr.

„Nina, ich glaube, wir müssen los. Um 09:00 Uhr ist die Besprechung, an der alle Erwachsenen an Bord teilnehmen. Ihr, liebe Mädels, werdet euch noch eine weitere Stunde gedulden müssen, dann ist Frau Doktor für euch frei. So lange brauche ich sie noch."

Nina gab jedem der Mädchen einen Kuss, dann schloss sie sich Jan an, der bereits in der Tür zum Flur stand. An diesem Morgen, falsch – jeden Morgen, begrüßte sie Parker vor dem Quartier.

43

„Ich wünsche einen guten Morgen, Sir! Madam! Ich hoffe, Sie haben wohl geruht."

„Danke Parker, danke – ganz exquisit." Jan gab eine blasierte Antwort und Nina lachte innerlich. Sie liebte es, wenn Jan den Snob gab.

„Gibt es heute einen besonderen Plan, Sir?"

„Aber gewiss, lieber Parker, gewiss – wie jeden Morgen." Eggert schaffte es vollkommen ernst nach vorn zu schauen. Der Butler, anders konnte man ihn nicht bezeichnen, schaute sich wie suchend um. „Gibt es einen Grund, Sir, warum wir nicht den direkten Weg zur Brücke einschlagen?"

„Den gibt es in der Tat." Nina musste sich das Lachen verkneifen.

„Ähm – und warum, Sir?"

„Weil die Brücke nicht unser Ziel ist!"

„Nicht?"

„Nein."

Jan musste dem Programm Respekt zollen. Die Umsetzung des Urgesteins eines englischen Butlers war grandios. Man konnte förmlich spüren, dass die Maschine wissen wollte, wo das jetzige Ziel lag, obwohl die verbaute Technik bestimmt nicht in der Lage war, irgendwelche Gefühle zu entwickeln. Es sollte nur den Anschein haben, um den Androiden menschlich wirken zu lassen – und das war einfach Klasse gemacht. Jan fand seine Idee im Nachhinein super, weil er sich an der mühsam unterdrückten Heiterkeit von Nina erfreute. Bring eine Frau zum Lachen und du bekommst alles von ihr, was du willst.

Um nicht ganz als Spielverderber dazustehen, ,erlöste' Jan seinen Butler: „Wir gehen zur Kantine. Dort ist Platz für eine Art Betriebsversammlung. Wir haben über die Operation LAURIN zu sprechen und zu entscheiden."

Parker nickte verstehend, obwohl selbst der schnellste Rechner nicht sofort im Bilde sein konnte, wer oder was LAURIN war. Der Butler hielt also über das Droidennetz Rücksprache mit dem Hauptrechner bzw. der KI der ODIN. Diese befragte das letztens komplett kopierte Internet nach dem Suchbegriff ,LAURIN'. Es gab dort mehrere Gasthöfe, Pensionen und Hotels mit dem bezeichneten Namen, auch wurden in letzter Zeit mehr männliche Babys auf den Namen LAURIN getauft. Die Mehrzahl der Eintragungen beschäftigte sich aber mit einem Zwergenkönig, namens LAURIN, und einem gewissen Rosengarten.

„Meinen Sie die ätiologische Erzählung, die als mittelhochdeutsches Heldenepos aus dem 13. Jahrhundert stammt?"

‚Verdammt', dachte Jan, ‚der Sack weiß wieder mehr als ich. Wie komme ich denn jetzt aus dieser Nummer raus?' Jan hatte sich nur oberflächlich informiert, als er aus einer Laune heraus einen Namen für die Aktion gesucht hatte. Ein Seitenblick zeigte ihm, dass ihn Nina fragend anschaute.

‚Trick 17 mit Selbstüberlistung' dachte er und trat die Flucht nach vorne an: „Genau die!"

„Ah, Sir. Trotzdem verstehe ich die Zusammenhänge nicht so ganz. Was sollen ein Rosengarten und eine entführte Tochter mit uns zu tun haben. Unterlag nicht der Zwergenkönig zum Schluss denen, gegen die er sich erhoben hatte?"

Jan verfluchte mittlerweile das Glatteis, auf das er sich selbst manövriert hatte und lenkte ab. Er war froh, dass sich gerade in diesem Moment die Tür zur Kantine öffnete. Rasch schritt er hinein: „Sicher, gewiss – mein lieber Parker. Dazu kommen wir später! **Guten Morgen, Crew!"**

Den letzten Satz hatte er laut gesprochen und sie wurden ebenso laut begrüßt. Neben der ursprünglichen Crew waren sechs erwachsene Personen dazugekommen. Eggert hatte Wert darauf gelegt, dass alle anwesend waren. Man begab sich schließlich insgesamt in Gefahr und er hielt es für unerträglich, dass Personen an Bord sein sollten, die dem Ganzen hilflos bzw. unwissend ausgeliefert waren. Außerdem hielt er alle für ausreichend intelligent, sinnvolle Vorschläge zur Bewältigung von Krisensituationen machen zu können. Die beiden Chinesen waren mit ihren Frauen bereits komplett in das Bordleben integriert und erfüllten ihre Aufgabe. Lediglich Manfred Holst und Sharon Hitman waren noch ohne verantwortliche Einbindung in das Bordleben, wobei Sharon schwanger war und deswegen nur für ausgesuchte Dinge in Betracht kam. Am Willen lag es aber bestimmt nicht, denn während alle an einem großen, fast quadratischen Tisch saßen, stand Sharon auf und holte aus dem Replikator zwei große Pötte Kaffee für die Neuankömmlinge. Jan dankte und sie setzten sich.

„Manfred und Sharon, ich habe eine Bitte an euch."

Beide Angesprochenen beugten sich interessiert vor.

„Ich möchte euch bitten, Elli bei ihrem Unterricht für die Kinder zu unterstützen. Manchmal werde ich meine wissenschaftliche Mitarbeite-

45

rin auf der Brücke benötigen und Unterrichtsausfall war schon auf der Erde ein leidiges Thema."

Manfred sah seine Frau an und hob anschließend beide Arme: „Wir sind dabei – kein Problem."

Eggert lächelte. „Vielen Dank."

Der Captain sah anschließend Huang Li an und dieser nickte. „Es ist alles vorbereitet, Captain."

„Ich weiß eure Hilfe zu schätzen – vor allem bei einem so kurzfristigen Auftrag. Danke!"

Huang Li beugte kurz seinen Kopf zum Zeichen, dass er den Dank annahm.

„Eleonore, darf ich dich bitten die Mission ‚LAURIN' vorzustellen?" Jan führte seine dampfende Tasse zum Mund. Statt einer Antwort stand die Physikerin auf und ging seitlich zu einem Holotisch, den sie erst vor kurzem von der Droiden hatte herbeischaffen lassen. Sie drückte auf ein paar Sensorpunkte und startete offensichtlich ein zuvor erstelltes Programm. Es entstand nach kurzen optischen Wirbeln ein Sonnensystem.

„Ihr seht hier das GEN-II-System in nicht maßstabsgerechter Abbildung. Der Gasriese HASBART als äußerster Planet wird sich in zwei Tagen fast genau entgegengesetzt zu NEW GENUA befinden. Wie wir aus den Scans der MARS erfahren haben, konzentriert sich das Feld der quaderförmigen Schiffe lediglich um New GENUA und dessen drei Monde. Der Rest des Planetensystems ist nahezu frei von Aktivitäten. Wir gehen bei allen unseren Planungen davon aus, dass sich die Stärke des Feindes in den letzten Tagen nicht erhöht hat und er die Standorte seiner Raumschiffe nicht wesentlich verändert hat. Sollte dies doch so sein, so werden wir sicherheitshalber die Mission sofort abbrechen.

Wir setzen uns kurz nach dieser Besprechung mit der ODIN in Marsch und dringen in das GEN II-System ein. Wir werden aus Richtung HASBART kommen und die ODIN tief in den Gasmantel eintauchen lassen. Eine Ortung durch den Feind halten wir für ausgeschlossen. Die starken Schutzschirme des Schiffes werden uns vor den enormen Druckverhältnissen vor Ort schützen. Weiterhin sieht die Planung vor, dass wir mit einer getarnten SPHÄRE Richtung des GENUI-Siedlungsplaneten vorstoßen und vorbereitete Wasserstoffbomben an den größten, den 14.800ern, Quaderschiffen befestigen."

„Ah – Laurin – Tarnkappe – verstehe", warf Parker dazwischen, der seitlich neben dem Tisch stand und die Erläuterungen verfolgte.

„Genau", bestätigte Elli leicht irritiert vom Zwischenruf des Droiden. „Chinatown hat insgesamt sechs Stück dieser Haftminen vorbereitet. Sind es mehr als sechs Schiffe brechen wir die Aktion zunächst ab. Die KI hat errechnet, dass wir gegen die übrigen Schiffe des Feindes eine gute Chance haben. Feng Pu und Huang Li haben mir versichert, dass bis dahin genügend Raketen und Torpedos zur Verfügung stehen. Zu diesem Zeitpunkt wird auch die Versorgung der Energiegeschütze mit Umwandlern komplett abgeschlossen sein. Im Moment bauen die Hälfte der Droiden bereits entsprechende Modifikationen in die Geschwader von Alma ein. Wenn die Aktion LAURIN erfolgreich war, wird die ODIN aus Richtung Sonne, also im Ortungsschutz, auf NEW GENUA zufliegen. Per Fernsteuerung werden die Haftminen gezündet und schalten hoffentlich die Dickschiffe aus."

„Das werden sie", warf Huang Li bestimmend dazwischen und Jan nickte ihm zu.

Elli sah Eggert an. „Es fehlt jetzt nur noch, dass der Captain bestimmt, wer den Einsatz ‚LAURIN' in der DISK fliegen wird." Als Zeichen, dass sie mit ihren Erklärungen fertig war, setzte sich die schlanke Frau aus Eisenach auf ihren Sitz und griff zum Kaffee.

Jan räusperte sich, blieb aber in einer relativ bequemen und entspannten Haltung sitzen. „Gibt es Anmerkungen oder Verbesserungsvorschläge?"

Carson sprach: „Ab welcher Größenordnung brechen wir die Aktion ab?"

Jan zuckte mit den Schultern. „Wie heißt es so schön: Erstens kommt es anders und zweitens als man denkt. Ich möchte keine Tausend ‚Waswäre-wenn-Pläne' machen. Es wird entschieden, kurzfristig dann, wenn die Informationen vorliegen."

Cunningham nickte. „Dann, wenn wir bereits im Kampfgebiet sind und eventuell bis zum Hals im Dreck stecken."

Jan lächelte mit einer hochgezogenen Braue. „Genau dann."

Eggert schaute die Teilnehmer der Runde der Reihe nach an, bevor er weitersprach. „Es gibt tatsächlich nur zwei, drei Leute, die an Bord im Moment nicht dringend gebraucht werden. Das ist der Chief der Landetruppen und der Captain." Nachdem er diese Entscheidung ausgesprochen hatte, hörte er Nina neben sich heftig ausatmen. Die Deutsche sah in dem ganzen Tun eine spezielle Art von Himmelfahrtskommando. Mit Wasserstoffbomben jonglieren! Nina konnte sich Besseres vorstellen. Jan konnte seiner Freundin dieses alles nicht ersparen. In den Augen des ihm gegenübersitzenden Sam Waterhouse, der zweite, der diese Mission angehen sollte, sah er ein Aufblitzen. Sam freute sich auf diese Herausforderung.

„Und es gibt noch einen: Bob! Ich brauche dich und eine ausgewählte Anzahl von Drohnen."

Der Jamaikaner hatte bis eben noch relativ entspannt im Sitz gehangen – nicht gesessen. Nun riss er schlagartig die Augen weit auf. Mühsam stemmte er sich mit den Füßen in eine einigermaßen aufrechte Sitzposition und schluckte.

„Bob! War in deinem Joint lediglich Tabak?" Sam lehnte sich vor und konnte sich eine kleine Spitze nicht verkneifen.

„Vielleicht reicht es, wenn ihm einer die Augen wieder reindrückt", mutmaßte Alma und konnte sich ein breites Grinsen nicht verkneifen.

„Bob? Alles klar bei dir?" Jan machte sich nun ersthafte Sorgen, da er nicht beobachten konnte, dass der Rasta-Man weiterhin atmete.

„Krass, Mann – krass, Mann!" Sein Adamsapfel hüpfte ein paar Mal auf und nieder, bevor er ihn mit einer gewissen Anstrengung wieder runterschlucken und an Ort und Stelle halten konnte.

„Bist du dabei, Bob? Ich kann niemanden brauchen, den ich erst überreden muss", Eggert wurde etwas nachdrücklicher.

„Bruder, ich bin dabei, Bruder – welche Drohnen?" Der Jamaikaner hatte sich gefangen und stellte eine logische Frage.

„Das überlasse ich generell dir. Aufklärungsdrohnen mit erweiterten Scanmöglichkeiten, hauptsächlich. Wir fliegen mit der bewährten MARS – ich glaub, ich hab da noch einen Koffer drin."

Unvermittelt sprang Hillary auf. „Ich rüste die MARS aus – ich bin dabei – und weg!" Schon war er mit schlaksigen Bewegungen aus der Kantine heraus. Jan hob in gespielter Verzweiflung beide Arme und rief ihm scherzhaft nach: „Genehmigung zum Verlassen des Briefings erteilt."

Einige der Zurückgebliebenen lachten und Eggert holte alle wieder auf den Boden der Tatsachen zurück. „Hat jemand von euch schon einmal versucht, innerhalb der ODIN eine Drohne per Neurointerface zu steuern?"

Alle schüttelten den Kopf.

48

„Ich schon. Ich bin, glaube ich, fünfzig Meter weit gekommen, bevor das Ding an irgendeinem Schott zerdepperte und die Droiden den Schaden wieder zusammenklöppeln mussten. Das Ganze ist eine äußerst knifflige Sache. Ich erinnere an Bobs Leistungen als der AN-GUIDE hier an Bord bekämpft werden musste. Hillary ist auf dem Gebiet ein echter Freak mit feinsten Sinnen. Ich werde ihn dringend brauchen, wenn wir mit den Dickschiffen des Feindes buchstäblich auf Tuchfühlung gehen."

Cunningham meldete sich zu Wort: „Wir mögen unseren Bob alle sehr. Er ist nur sehr viel anders als wir alle."

Jan grinste. „Das hoffe ich doch – und auch, dass wir alle unterschiedlich sind."

Eggert sah sich nach weiteren Wortmeldungen um – es gab keine.

„Elli, du bist entschuldigt für unseren Nachwuchs, vielleicht nimmst du Manfred und Sharon mal mit. Die restliche Brückencrew auf ihre Plätze, Check der ODIN und Abflug – Chinatown, es gibt viel Arbeit für euch."

Minuten später saßen alle, die Wissenschaftsstation war verwaist, auf der Brücke an ihren Plätzen. Der Check fiel positiv aus und Carson beförderte die 2.000-Meter-Kugel aus dem Geröllhaufen heraus.

„Arzu! Gib Carson die Vektoren für den Anflug auf HASBART!"

„Ay, Captain!"

Eggert beugte sich über seine Empore in Richtung der vor ihm sitzenden Pakistani.

„Pst, Arzu", flüsterte er und unterbrach damit die konzentriert arbeitende junge Frau. Sie drehte sich zu ihm herum.

„Sag bitte mal ,Jan' zu mir."

Kurz stutzte sie, dann sagte sie mit einem Lächeln: „Mach ich, Jan!"

Er zeigte ihr mit einem breiten Grinsen den hoch erhobenen Daumen.

24.05.2014, 11:00 Uhr, ODIN, Brücke:

„Wir haben heute Samstag", bemerkte der Gunner Johann Hochreiter so nebenbei und unterbrach damit für eine äußerst nebensächliche Information den nervenaufreibenden Countdown, der bei den letzten 45 Sekunden bis zum Austritt aus dem Überraum angelangt war. Man war kurz davor in das GEN II-System einzudringen.

49

„Möchtest du damit dein freies Wochenende einfordern", neckte Elli von der anderen Seite der Brücke und ging damit auf das entspannende Gepländel ein.

„Das eine sag` ich dir", Jan erhob drohend den Zeigefinger. „Bleib mir bloß mit der Gewerkschaft vom Hals!" Befreiendes Gelächter kam von allen Seiten.

„Fünf, vier, drei, zwei, ein, null – wir sind unterhalb der Lichtgeschwindigkeit", teilte die weibliche und sachliche Stimme der KI mit. Jan sah einen blauen Gasriesen in Flugrichtung schnell größer werden. Instinktiv klammerten sich seine Hände an den Armstützen seines Kommandositzes fest.

„Carson – mach was!"

Der Schotte brummelte etwas vor sich hin und sah auf seine Instrumente. „Ruhig Blut, Jan – passt noch!"

Eggerts Hände pressten den Körper weiter nach hinten, tiefer in den Sitz hinein. „Carson!" Arzu sah, genau wie Nina, erst gar nicht hin und Alma schien in Schockstarre gefallen zu sein. Aufgerissene Augen und Mund.

„Jaja, Captain", beschwichtigte der Schotte und hatte nur Augen für seine Instrumente. Das gashaltige Riesending genau in Flugrichtung schien er gar nicht zu bemerken. Die Hände von Dr. Eleonore Klaffke, Samstag war schulfrei, flogen über die Sensorflächen. „Carson, drei, zwei, ein, JETZT!" Jan sah nur noch HASBART vor sich, während Cunningham die Notbremsung einleitete. Die ODIN arbeitete mit vollem Umkehrschub. Elli und Carson hatten die nicht unerheblichen Anziehungskräfte des Gasriesen in ihren Anflug mit einberechnet. Die ODIN begann zu vibrieren. Spürbar stemmte sich das im Verhältnis zum Planeten kleine Schiffchen gegen die Urgewalten der Physik. Jan sah, dass Klaffke den Mund zusammenkniff. Eine Variable falsch berechnet? Die Vibrationen nahmen zu. Von Jans Tableau knallte ein Kaffeepott auf den Boden und er selbst schluckte mühsam. Er sah hinüber zu Nina. Ein hilfesuchender Blick traf ihn von dort.

„Entfernungsangabe auf den Schirm", bellte Jan der KI zu.

„Entfernung vom Mittelpunkt der ODIN zum Mittelpunkt des vor uns befindlichen Planeten", teilte die KI völlig sachlich mit. Jan sah eine Zahl, die stetig kleiner wurde. Allerdings verlangsamte sich das Kleinerwerden, allerdings auch immer langsamer. Eggert konnte sich ausmalen, dass, wenn die Zahlen statt langsamer wieder schneller wechseln, sie auf

50

oder in dem Planeten zerschellen würden. Jan konnte auf nichts anderes mehr achten. Geradezu magisch zog ihn diese Zahlenreihe an – und schließlich – stand die Anzeige.

Jan fuhr sich mit beiden Händen durch das Gesicht und anschließend nach hinten durch die vollen, braunen Haare, um sie dann im Nacken erst einmal zu belassen. „Vielleicht sollte ich doch einer Arbeitnehmerbewegung beitreten", stellte er dann nervlich angespannt fest. „Carson! Das war knapp – oder?"

Schuldbewusst drehte sich der Pilot um und nickte.

„Warum?"

Carson sah zur Physikerin und Jan richtete seine Aufmerksamkeit auf sie. Als er ihr aschfahles Gesicht sah, wurde ihm noch nachträglich schlecht.

„Die Masse des Planeten ist doch größer, als es die Scans der MARS vermuten ließen", gab sie flüsternd von sich.

„Mit anderen Worten, die Anziehungskraft ist höher und beinahe ... Leute! Ich bitte euch inständig, uns nicht mehr um Schamhaaresbreite an den Abgrund zu führen! Abstand zu HASBART?"

Statt der geschockten Menschen antwortete die KI.

„Gewöhnlicherweise nimmt man als Bezug ,Oberfläche' den Punkt, an dem das Gas in den flüssigen Zustand übergeht. Der Abstand von der ODIN bis zu diesem Punkt beträgt 20.532 Kilometer. Wir sind tief in die Gashülle eingedrungen. Eine Entdeckung ist nach unseren Maßstäben ausgeschlossen."

„Carson, wie viel Energie müssen wir auf den Antrieb geben, um die Position zu halten?"

Der Schotte rief die Information ab. „87%."

„Das ist zu viel", stellte Jan fest. „KI – welche Entfernung ist sinnvoll? Schließ bitte in deine Analyse mit ein, dass wir mit einer Alpha-Disk von dort starten müssen."

„Vom Leistungsverhältnis ist eine Entfernung von 43.000 Kilometern sinnvoll. Die Aggregate werden dann mit 47% ihrer Leistung belastet, die der DISK beim Start mit 85%."

„Carson – ausführen!"

Während der Schotte die ODIN wieder etwas nach ,oben' aus dem gefährlichen Überdruckbereich hievte, überdachte Jan noch einmal die Planung. Ursprünglich waren sie davon ausgegangen, wegen der geringeren Ortungsgefahr eine SPHÄRE zu nutzen. Sie hatten allerdings

51

feststellen müssen, dass die von Huang Li gebastelten Bomben eine Größe hatten, die mit der 5-Meter-Kugel nicht zu transportieren waren. Selbst in einer 10-Meter-BETA-Disk war man an die Grenzen gestoßen. Schließlich sollte der Rasta-Man ja auch noch ein paar Drohnen mitnehmen. So hatte man wohl oder übel die 20-Meter-Scheiben nehmen müssen. Die MARS ruhte fertig ausgerüstet und startbereit im Hangar der ODIN. An Bord lagen insgesamt sechs große Wasserstoff-Bomben mit Fernzünder. Jan beabsichtigte anschließend auch selbst in den Kampf einzugreifen, denn er hatte die Torpedorohre der DISK mit nuklearen Raketen füllen lassen. In einem Nebenraum befanden sich einige von Bobs Drohnen.

„Johann?"

„Captain?"

„Was macht deine Feuerorgel?" Eggert verließ seinen Kommandostand und begab sich zum Gunner.

„Die Magazine füllen sich, Captain", der Österreicher hatte sich nach einem Blick auf sein Tableau zum Captain umgedreht. „Die Produktion läuft wie am Schnürchen. Ojuna hat zusammen mit der KI und den Droiden ganze Arbeit geleistet. Die von Li konzipierten Raketen werden jetzt am Fließband hergestellt. Ich habe in wenigen Stunden alle Lager voll. Meine Station steht zur Verfügung!"

Jan nickte zufrieden. Die ODIN war nun zu einem Werkzeug geworden – zu einem gefährlichen. Die Wirkungsweise der chinesischen Vernichtungswaffen war zwar noch nicht abzusehen, aber er vertraute darauf, dass Li und Pu ihren Job gemacht hatten. Anderenfalls war schnelles Verschwinden aus der Kampfzone angesagt. Eggert hatte die Wasserstoffbomben von der KI noch mit einem Tarnfeld versehen lassen, welches sie per Tastendruck auf der Hülle einschalten konnten. Schließlich wollte niemand, dass die Kuckuckseier entdeckt und unschädlich gemacht würden.

„Wir haben einen Abstand von 43.000 Kilometern erreicht, Jan!"

„Danke, Carson. Nochmaliger Check aller Systeme, Sam und Bob zu mir, wir überprüfen die MARS!"

Im Laufe der nächsten zwei Stunden wurde alles bis auf das Penibelste untersucht. Jan ließ noch einige Atemlufttanks für die Raumanzüge an Bord der Disk schaffen. Er ging davon aus, dass man die meiste Zeit außerhalb der MARS zubringen würde.

Um 14:00 Uhr öffnete sich ein Hangarschott und die Besatzung der MARS konnte hinaus und ins Nichts sehen. Einige Nebelfetzen drangen sofort in den hermetisch abgeriegelten Teil der ODIN ein. Jan startete die DISK, ohne zu zögern. Er verließ sich voll auf den Instrumentenflug, denn nach Verlassen des Mutterschiffes war optisch keine Orientierung möglich. Man befand sich auf der zurzeit dunklen Seite von HASBART, aber selbst auf der anderen Seite schaffte die Sonne es nicht bis in diese Tiefe Licht zu bringen. Eggert trieb den Regler für den Antrieb bis auf volle 100% hoch, um eine ausreichende Fluchtgeschwindigkeit zu erreichen. Die Nav-Hilfe zeigte ihm auf dem HUD (Head Up Display) einen grünen Pfeil und danach steuerte Jan die DISK. Mit einem Handgriff schaltete er die Tarnung ein. Der Kurs führte sie in die oberen Gasschichten um den Riesenplaneten herum und dann heraus aus dieser Gashülle. Die ODIN würde dem Kurs allerdings tiefer im Gaskern folgen und in gerader Linie zu NEW GENUA im Schutz des Gasriesen Position beziehen. Zunächst war ein heller Fleck zu erkennen, dann schottete die KI das durchsichtige Kanzeldach der DISK ab – die Lichtflut der Sonne GEN-II war für menschliche Augen mehr als ungesund. Die MARS brach aus dem letzten Fetzen Gashülle hervor.

„Bob, ich brauche dein Können", Jan drehte sich zu dem Jamaikaner, der direkt neben ihm saß.

„Alles Bruder! Was soll ich tun?" Der sonst eher relaxte Typ schien sich tatsächlich zu konzentrieren.

„Ich möchte, dass du auf halbem Weg eine Relaisdrohne aussetzt. Sie soll gezielten Richtfunk an die ODIN weiterleiten. In der Nähe von NEW GENUA eine Scannerdrohne, die die aktuelle Situation über die Relaisstation an die ODIN weiter meldet."

„Kein Problem, Mann!" Hillary beschäftigte sich mit seiner Station und suchte die entsprechende Technik heraus.

„Wo ist eigentlich NEW GENUA", fragte Sam und schaute suchend aus dem Cockpit.

„Von hier aus genau hinter GEN-II", beantwortete Jan und verfolgte auf den Anzeigen, dass sich die Geschwindigkeit der DISK weiter erhöhte. Mit der Sonne als Deckung hatte er keine Hemmungen für ordentlichen Energieausstoß zu sorgen. Ein Scan in Richtung Sonne und dieser Riesenstern würde mit seiner harten Strahlung alles überdecken. In den nächsten Minuten war gespannte Ruhe. Jan berechnete einen

Kurs, der sie nach der Umrundung der Sonne in Richtung ihres Zieles fliegen ließ. NEW GENUA würde mit ihrer Anziehungskraft die DISK einfangen, stark abbremsen und nach einer halben Umrundung wieder ins All hinauskatapultieren – soweit zum Plan, oder zur Theorie. Dem stand eine nicht ganz unerhebliche Anzahl von Quaderschiffen gegenüber, die einfach mal so im Weg sein konnten – geschweige davon, dass sich die Anzahl der Feind noch erhöht haben könnte, oder sonst irgendwas, was man nicht hatte einplanen können. Mit einem entschlossenen Ruck schaltete Jan die Triebwerke auf Nulllast – die DISK fiel antriebslos durchs All. Die Sonne wanderte langsam an der Backbordseite vorbei und zwang das Fluggerät in einen leichten Bogen. Im Laufe der nächsten Stunden wurde klar, dass Jan den Kurs richtig berechnet hatte. Man fiel auf NEW GENUA zu.

„Nur passive Sensoren", ordnete Eggert in Richtung Sam. Bob schleuste seine erste Drohne, die Relaisstation, aus. Er brauchte mit Hilfe der KI fast 30 Minuten, bis das Objekt still im Raum stand. Dann hob er einen Daumen in Richtung Jan, der die Aktion mit einem Nicken zur Kenntnis nahm. Wenig später schickte Jan seine Mannschaft in die Betten. Nach vier weiteren Stunden wurde er von Bob abgelöst, der eine Scannerboje aussetzte. Eggert legte sich auf die Koje in seiner Kabine und fiel in einen unruhigen Schlaf. Er hatte die letzte Bordwache, Sam, gebeten, ihn zu wecken, wenn die MARS die entscheidende Wende um NEW GENUA absolvierte.

25.05.2014, 07:00 Uhr Bordzeit, MARS:

„Nein, lass ihn noch schlafen", war die Anweisung von Jan an Sam und brachte dem Jamaikaner noch eine Extra-Mütze voll Schlaf ein. Die MARS hatte ganz erfolgreich den Zielplaneten umrundet. Die passiven Scanner hatten eine Reihe von quaderförmigen Raumschiffen entdeckt. Leider hatte sich zu den vier 14.800ern ein weiteres Schiff dieser Kategorie gesellt. Die anderen Messungen waren wegen des Verzichts auf aktive Sensoren ungenau. Wie es Sam und Jan schien, sie schauten verkniffen auf die Ergebnisse, hatte es keinen größeren Zuwachs an Feindschiffen gegeben. Obwohl, der eine 14.800er war Jan schon fast zu viel und eine gewisse Unsicherheit blieb – wie man aus schlechter Erfahrung wusste. Das Glück war ihnen dieses Mal hold. Sie wurden durch die Anziehungskraft von NEW GENUA merklich langsamer und tatsächlich stießen sie in die Richtung eines der Riesenpötte. Mit vorsichtigem Einsatz der Korrektur- und Bremstriebwerke hob Jan die Fahrt der Disk auf, bis sie nach 45 Minuten in einem Abstand von 100 Metern längsseits eines der Riesen-Quader fahrtlos im Raum standen.

„Bob! Es wird Zeit – dein Einsatz! Raff dich auf!" Eggert hatte die Bordsprechanlage benutzt, um den Fachmann für die Drohnen zum Einsatz zu bitten. Gespannt warteten Jan und Sam auf ein Lebenszeichen des Mannes aus Jamaika.

„Oh – Bruder – krass. Ich brauch' ne Minute", kam die genuschelte Antwort des Dunkelhäutigen.

„Ich gebe dir zehn, dann bist du frisch gebügelt und geplättet an deiner Konsole!"

Die Antwort darauf konnten die beiden auf dem obersten Deck der Disk nicht verstehen, nahmen es aber als Bejahung an. Jan schaltete daraufhin die Verbindung ab.

Als Nächstes wählte er die Scannerdrohne an und richtete eine Funkbrücke zur ODIN ein. „Mars ruft ODIN!"

„Hallo Jan – schön, dich zu hören", klar und deutlich kam die Antwort von Nina Holst und genau so deutlich wurde Eggert in diesem Augenblick, dass er sein Leben riskierte und er es allein schon wegen Nina nicht verlieren wollte.

„Ähm, ja – freue mich auch. Können wenigstens alle zuhören?", scherzte Eggert trotz der bedrohlichen Anwesenheit des Schiffes direkt neben ihnen.

„Nein", antwortete Holst. „Nur die Brückencrew."

„Ach so – ist ja nur ein kleiner Teil unserer Besatzung", ulkte Jan.

„Dann wünsche ich mal einen schönen guten Morgen!"

Ein vielstimmiger Chor kam ihm aus den Lautsprechern entgegen.

„Das ist das letzte Funkgespräch. Wir beginnen jetzt unmittelbar die geplante Aktion. Ich wiederhole nochmal: Alma startet auf Code die 15 Geschwader Alpha-DISK. Sie fliegen Richtung der drei Monde um NEW GENUA. Wir werden sehen, ob die getarnten Jets geortet werden können. Nach dem zweiten Code brauche ich die ODIN so schnell wie möglich in der Kampfzone. Wir haben übrigens jetzt fünf Dickschiffe in der Aktionszone."

„Wir haben verstanden", antwortete statt Nina dann Jans Vertretung an Bord – Carson.

„Sei bitte vorsichtig, Jan", sprach Nina leise mit belegter Stimme.

55

„Ich versprech's dir, Nina", antwortete Jan und schaltete die Verbindung ab. Ein Blick auf die Scanner verriet nicht, dass der Gegner etwas von dem scharf gebündelten Richtfunk mitbekommen hatte.

„Gehts?", fragte Sam und sah Jan besorgt an. Der Ex-Marine wusste, dass Männer, wenn sie unter emotionalem Stress standen, eher zu Fehlern neigten.

„Es geht", bestätigte Jan und zu Sams Verwunderung setzte er hinzu: „Du passt ein wenig auf und hilfst Fehler zu vermeiden – ja?"

Waterhouse nickte und hob einen Daumen.

Als Bob tatsächlich 10 Minuten später erschien, hatte sich Jan etwas Besonderes ausgedacht. Der volle und rhythmische Sound von Bob Marleys besten Hits erfüllte die kleine Brücke des 20-Meter-Raumers. Der Rasta-Man lächelte glücklich und klatschte seine beiden Kameraden launig ab. Anschließend wippte er zum Song, sang leise mit, fläzte sich in seinen Sessel und überraschte mit einer serösen Statusmeldung: „Drohnenstation ist einsatzbereit, Captain. Wie lautet die Aufgabe?"

Jan befahl der KI die Lautstärke der Musik etwas zu drosseln und wandte sich an Hillary. „Deine Aufgabe ist es, mittels einer Drohne das gegnerische Schiff zu scannen und eine Möglichkeit zu finden, die Bombe an Bord zu bringen und zwar genau da, wo es den Kameraden da drüben übelst wehtut."

Der Jamaikaner überlegte kurz, nickte und begann zu schalten. Dann setzte er sich ein Neuro-Interface auf, lehnte sich zurück und entspannte. Kurz darauf verwandelte sich ein Teil der Cockpitkanzel in einen Monitor. Das Bild von der startenden Drohne wurde bereits übertragen. Man sah bewegte Bilder aus dem All. Schließlich kam der Quader in Sicht, bzw. füllte den gesamten Bildschirm aus. Erst als Bob längsseits flog, sah man zur Hälfte auch das All. Das Bild wurde pixelig und grün. Bob hatte eine optische Unterstützung eingeschaltet. Die Umrisse wurden grün nachgezeichnet.

„Soll ich aktiv scannen?", kam eine gemurmelte Frage aus dem Sitz der Drohnenstation.

Jan und Sam verständigten sich kurz und Eggert antwortete: „Voller Scan, Bob. Ich glaube nicht, dass man das aus dieser Nähe drüben wahrnehmen kann."

„Aye, Bruder."

Sofort wurde das Bild recht klar. Die am Rande eingeblendeten Werte wurden mehr und genauer. Am linken Rand lief eine ganze Datenreihe ab, die das menschliche Auge so schnell nicht erfassen konnte. Jan war davon überzeugt, dass die KI im Nachgang eine ganze Menge an Informationen herausarbeiten konnte – zumindest hoffte er das. Auf dem Bild war klar zu erkennen, dass das Fremdschiff nicht einfach ein Quader war. In der Mitte der Breitseite entdeckten sie einen tiefen Einschnitt, der sich offensichtlich ganz um das Schiff herumzog. Eine Tiefe von fast 100 Metern und eine Höhe von 80, da passte selbst die MARS komplett und bequem hinein.

„KI! Aus den Scannerdaten der Drohne ein Holo aufbauen!"

Der Bordrechner baute hinter den Arbeitsplätzen der Besatzung ein Holo des Feindschiffes auf. Zunächst waren nur grob die Umrisse zu sehen, aber überall dort, wo Bobs Maschine herflog, wurde das fiktive Bild sehr viel deutlicher. Einschnitte, Schotts, unbekannte Anbauten, alles war auf dieser ca. zwei Meter langen Nachbildung deutlich zu erkennen. Jan wappnete sich mit Geduld. Die Drohne hatte schließlich über 40 Kilometer zurückzulegen. Schließlich stellte man fest, dass eine entsprechende Einkerbung nicht nur auf den Seiten, sondern auch oben und unten, wenn man im Raum so sagen konnte, vorhanden war – mit der gleichen Größe. Auch diesen Weg musste die Drohne nehmen. Die Maschine selbst flog wegen höherer Effizienz mit geringer Geschwindigkeit. Währenddessen verhielten sich die Männer an Bord der MARS still, als könnte man sie drüber auf dem Quaderschiff hören. Schließlich wagte es Jan, wenn auch ziemlich leise, die Stille zu unterbrechen. „Der Feind muss einen Namen haben – einfach ‚Feind' reicht nicht!"

Sam schaute ihn verständnislos an. „Wir wissen nicht einmal wie er aussieht, eigentlich wissen wir bis auf die Tatsache, dass er in solchen Kisten durchs Weltall fliegt und einen hohen technischen Stand hat, nichts über ihn. Wie sollen wir da einen treffenden Namen vergeben können?"

Eggert grinste. „Du hast es selbst gesagt: Sie fliegen in Kisten! Ich taufe sie hiermit ‚HUTCH'! Egal wie die Typen dort drüben aussehen mögen."

Jetzt lächelte auch Sam. HUTCH stand für Kiste, Karton, Kübel oder so ähnlich – das passte.

Es ertönte ein leiser Gong und Bob erwachte etwas unsortiert aus seiner Halbstarre. „Der Scan ist abgeschlossen. Die Drohne ist auf dem Rückweg."

Eggert nickte ihm zu. „Danke, Bob. Gute Arbeit!"
Jan und Sam beschäftigten sich nun mit der recht deutlichen Wiedergabe des Riesenschiffes. Mit Fingerbewegungen innerhalb des Holos konnten sie das Schiff drehen und wenden, wie es ihnen passte. Zusätzliche Fragen an die KI vervollständigten das Bild. Kraftfelder waren auf dem Feindschiff nicht auszumachen gewesen. Zwar führten mehrere größere Korridore längs durch das gesamte Schiff, ohne erkennbare Schotts vorne und hinten, aber Jan erkannte keinen Hinweis darauf, dass man eine irgendwie geartete Atmosphäre an Bord halten konnte. Er tippte darauf, dass der Aufenthalt in diesen großen Kanälen nur mit Raumanzug vorgesehen war. Der Captain wusste nicht, wie schief er mit dieser Annahme lag. Eine weitere Angabe der Drohnenmessung war interessant. Im letzten Drittel des Schiffes lagen jeweils rechts und links die beiden größten Energieerzeuger. Zwar deutlich im Inneren des Schiffes, aber in Höhe der seitlichen Einkerbung. Jan besprach sich mit dem kriegserfahrenen Waterhouse. Dieser schlug vor, so dicht wie möglich mit der DISK an den HUTCH heranzufliegen und eine der Wasserstoffbomben dort an der Außenhülle zu befestigen.
„Und wenn wir durch diesen Korridor, der wahrscheinlich ein Landekanal für Beiboote oder Jäger ist, durchfliegen?", stellte Jan eine Angriffsoption zur Debatte.
Waterhouse schüttelte den Kopf. „Entdeckungsgefahr zu groß!"
„Aber wir müssen mehr über unseren Feind erfahren", gab Jan zu bedenken.
„Gut", gab der Ex-Marine nach. „Wenn wir vier von den Dicken vermint haben, können wir beim fünften noch einmal darüber nachdenken."
Eggert dachte kurz nach und erkannte, dass der Vorschlag von Sam logisch war. Darum nickte er.
„Bob, du übernimmst das Ruder der MARS, sobald wir uns innerhalb des Seitenkanals befinden."
„Alles klar, Mann – Bruder!" Bon hob in relaxter Haltung einen Arm und ließ ihn anschließend kraftlos herabfallen. Jan bearbeitete sein Nav-Pult. Mit Sams Hilfe gelang es ihm, die Nav-Hilfe auf den Energieemittenden auszurichten. Sie brauchten mit Minimalschub eine gute Stunde, um eines der beiden seitlichen Ziele zu erreichen. Eggert hoffte, dass eine Seite ausreichen würde. Wenig später waren er und Sam Waterhouse nach unten geeilt, hatten sich je einen Raumanzug überge-

streift und standen nun im Hangar mit den sechs Wasserstoffbomben. Eggert war es mehr als mulmig zumute, als er sich vorstellte, welche Zerstörungskraft eine davon entwickeln konnte. Huang Li hatte zwar keine Angaben machen können, hatte aber zugesagt, dass eine Bombe mit einer derartigen Kapazität auf der Erde nie getestet wurde – sie wäre einfach zu stark. Hier im Weltall fehlte das Medium Luft, um ausreichend Druck zu entwickeln. Mit Hilfe der KI hatte man einen Spezialhaftkleber entwickelt, der auch unter den widrigen Bedingungen des Weltalls seine Pflicht tun würde. Der Boden der quaderförmigen Bomben war sehr dünn gehalten, die Wände waren erheblich dicker. Bei der ersten Sprengung würden spitze Metalldornen nach unten geschossen, die hoffentlich die Außenhülle der Feindschiffe aufreißen und den Weg nach innen freigeben würden für die anschließend entfesselten atomaren Gewalten. Bob Hillary hing, selten genug, konzentriert über den Instrumenten der MARS. Jan hatte ihm eingeschärft, jede Veränderung sofort zu melden. Man hatte die Leistung der Funkgeräte soweit heruntergedreht, dass man eine Entdeckung deswegen kaum befürchten musste. Sam begann an den Schaltungen für den Raum und die Ladeschleuse zu hantieren. Wenig später schaltete eine Lampe im Raum von grün auf rot – die Atmosphäre war abgepumpt. Geräuschlos öffnete sich das Schott. Jan starrte nach draußen, konnte aber im Schein der geringen Innenbeleuchtung außer scharfen Schlagschatten kaum etwas sehen.
„Bob, schalte die künstliche Schwerkraft ab."
„Okay, Mann."
Kurz darauf hatten die Männer im Raumanzug das Gefühl, zu fallen, wie immer bei Schwerelosigkeit. Ein ganz klein wenig von der Schwerkraft des Dickschiffes übertrug sich, sodass nicht gleich alles beim geringsten Anstoß durch das Schott flog. Jan probierte seine Anzugsteuerung. Sie reagierte sofort und sehr sensibel. Eggert hatte keine Lust in die Unendlichkeit des Raums abzudriften. Sam tat es ihm gleich und hob anschließend einen Daumen – alles okay.
„Wir steigen jetzt aus, Bob."
„Viel Glück, Brüder!"
Gemeinsam bugsierten sie eine der Bomben an den Rand der Ladeluke. Sie mussten vorsichtig sein, denn Masse blieb Masse. Auch wenn die unter normalen Umständen etwa zwei Tonnen wiegende Vernichtungswaffe hier mal gerade 20 Kilogramm wog, konnte sie mit Schwung

einen Mann durchaus zerquetschen. Hier würde ein Riss im Raumanzug schon das Aus bedeuten. Langsam glitten Sam und Jan nach draußen – anderthalb Meter unter ihnen war die Außenhülle des Dickschiffes. Waterhouse wollte sich gar nicht vorstellen, dass die HUTCH ausgerechnet jetzt vielleicht so etwas wie einen Schutzschirm einschalten würden. Als sie den Untergrund berührten, probierten sie den Magnetismus ihrer Stiefel aus. Es klappte – ein Pluspunkt für die Aktion, denn wie hätten sie mit einem Eigengewicht von nicht mal einem Kilogramm einen 20 x schwereren Körper bewegen sollen? Ein Anker musste her – in Form dieser haftenden Stiefel. Mit einiger Mühe hoben die beiden Männer den ca. 2 Meter langen und 80 x 80 cm großen Sprengkörper aus der Disk und setzten ihn vorsichtig auf den Boden. Jan sah sich um. Nichts deutete darauf hin, dass die Bombe entdeckt werden konnte. Ein aufwendiges Verstecken konnten sie sich sparen, beschloss er, zumal das Feindschiff die Sonne verdeckte und die Sicht äußerst gering war. Trotz ihrer Winzigkeit im Vergleich zu dem Raumriesen wagte Jan es nicht, die Helmscheinwerfer einzuschalten. Sie waren mit der MARS ziemlich dicht bis an den inneren Rand des Kanals geflogen, und die paar Meter bis zum Kern des Schiffskörpers würden bei der Sprengung wahrscheinlich nicht ins Gewicht fallen. In der Nähe der Energiestation des HUTCH-Schiffes würde die Bombe hoffentlich ausreichend sein. „Wir lassen sie hier", beschloss Jan deswegen und von Sam, dessen angespanntes Gesicht durch das Visier des Helmes so gerade zu erkennen war, kam kein Widerspruch. Eggert zog eine Art Sprühflasche aus seiner Anzugtasche und kniete neben der Bombe. Er richtete die Kanüle der Flasche genau zwischen Seitenwand und Boden an und drückte auf den Auslöser. Sofort kam eine flexible Masse hervor, die sich genau in die Fuge setzte. Der Spezialkleber blähte sich auf das Zehnfache auf und schweißte die beiden Materialien zusammen. Langsam kroch Jan um die Bombe herum und verschweißte sie mit dem Schiff. Eine anschließende Belastungsprobe des Materials verlief positiv. Der Kleber war hart wie Stahl. Zufrieden nickte Jan und drückte einen seitlich angebrachten Schalter tief ein, der daraufhin leicht rot glühte. Huang Li hatte Jan wissen lassen, dass das Schärfen der Bombe nicht rückgängig zu machen war. Dann gab er das Zeichen zum Aufbruch. So leise, wie sie gekommen waren, entfernten sie sich anschließend vom HUTCH-Schiff.

„Auf zum Nächsten", kommandierte Eggert und griff in die Kontrollen. „Bob, wir müssen wissen, ob alle 14.800er den gleichen Aufbau haben. Die nächste Drohne schickst du aber nur dahin, wo bei dem letzten die Energieerzeugung stattfand."

„Sollten wir vielleicht ...", unterbrach Sam, „... die zweite Bombe oben zwischen die Meiler setzen?"

Jan überlegte. Der Vorschlag war nicht schlecht. Immerhin bestand dann die Möglichkeit, dass der Raumer in zwei Teile zerbrach. Sie hatten schließlich keine Erfahrungswerte bei derartigen Manövern. Es wurde Zeit, dass sie welche sammelten – also stimmte Jan zu.

Die MARS nahm Kurs auf das nächste Ziel.

25.05.2014, 12:00 Uhr Bordzeit, ODIN – medizinischer Bereich:

Man hatte sich entschlossen, die Wocheneinteilung der Erde mit zu übernehmen. Demnach war Sonntag, die Kinder hatten schulfrei, und in diesem Fall passte es überaus gut. Heute war der Tag, an dem Doc Holliday die Stase-Einheit mit dem kleinen Iraker öffnen wollte. Pünktlich waren die Zwillingsmädchen bei dem Droiden eingetroffen. Nina hielt sich mit Absicht etwas im Hintergrund. Da man den Jungen nicht zusätzlich verängstigen wollte, war keiner der restlichen Männer an Bord anwesend. Sonst fanden die beiden Schwestern es ja sehr nett, dass man sie nicht auseinanderhalten konnte, aber an diesem Tage siegte die Vernunft. Man wollte es dem jungen Gast etwas einfacher machen. So trug Zoe ein T-Shirt mit einem großen ‚Z' auf der Brust, Eva eins mit einem ‚E'. Man konnte zwar nicht davon ausgehen, dass der Junge überhaupt lesen konnte. Zumindest konnte er sich dann aber die Zeichen merken und die Mädchen danach auseinanderhalten.

„Wollen wir, Schwester?", rief Doc Holliday und als ein weiterer Droide aus einem Nebenraum erschien, bekam Nina am anderen Ende des Raumes fast einen Lachkrampf. In dem schon fast verzweifelten Bemühen, den Menschen so echt wie möglich eine medizinische Behandlung angedeihen zu lassen, hatte Doc Holliday nach Informationen aus dem Internet seine ‚Schwester' entsprechend ausstaffiert. Allerdings schien die Richtung des gesichteten Materials eine andere zu sein, denn der Kittel, den ‚sie' trug, war eindeutig zu kurz und vorne viel zu weit offen. Auch das Häubchen auf dem Kopf wirkte unter diesen Bedingungen deplatziert. Holst überlegte, während sie sich bemühte, eine

Zwergfellerschütterung zu vermeiden, ob sie schon einmal einen weiblichen Droiden gesehen hatte – wie es schien, war dies der oder die erste.

Die Zwillinge schauten leicht irritiert zu ihrer Mama und diese unterbrach schleunigst ihren Heiterkeitsausbruch – war nicht schwer, eine Erinnerung an den Zweck des Hierseins und alles war gar nicht mehr so lustig. Sie winkte ihren Kindern beruhigend zu. Daraufhin drehten sie sich wieder zu dem Stasetank und beobachteten, wie Doc Holliday und ‚Schwester Unbekannt‘ den Deckel abnahmen. Anschließend entfernte sich der weibliche Droide und gab damit dem Behandlungszimmer die nötige Seriosität wieder. Doc Holliday winkte die jungen Betreuerinnen zu sich. „Er ist wach“, verkündete er.

Nina sah zu wie sich ihre Mädchen über den Tank beugten.

Ein zaghaftes „Hallo“ wurde in die Behandlungseinheit geflüstert, allerdings kam keine Antwort.

„Kann er uns verstehen?“, fragte Zoe den behandelnden Droiden.

Dieser nickte. „Auf jeden Fall kann er das. Allerdings kann ich zurzeit nicht feststellen, ob seine bisherige Sprachlosigkeit vielleicht traumatisch bedingt ist – körperlich ist er gesund.“

Nina kam näher und stellte sich neben ihre Mädchen. Ein ca. achtjähriger Junge mit dunklem Teint, dunklen Augen und schwarzen, leicht gelockten Haaren schaute sie ängstlich aus klaren und wachen Augen an. Sein abgemagerter Körper war lediglich mit einer Shorts bekleidet. Holst sah nach den Gliedern. Beide Arme und Hände, sowie Beine und Füße, waren vorhanden. Es war nicht zu sehen, welche Gliedmaße vorher amputiert worden waren. Nina lächelte und griff in die Stasekapsel. Sie berührte die Arme und Beine des Jungen. Als wenn er jetzt erst darauf aufmerksam würde, starrte der Iraker an seinem Körper herunter. Nina meinte ungläubiges Erstaunen in dessen Augen feststellen zu können.

„Willkommen bei uns“, begann Nina ihre Ansprache so leise wie möglich. Er sah sie an und sie merkte, dass ihre mütterlichen Gefühle Oberhand bekamen. Ihre Augen füllten sich leicht mit Tränen. Sie waren jetzt verantwortlich für diesen Jungen. Sie konnte ihn unmöglich irgendwann wieder zur Erde bringen. Mit seinen Erfahrungen und Ängsten würde er wahrscheinlich dort nicht zurechtkommen – er gehörte ab jetzt dazu.

„Ich heiße Zoe" – „Und ich Eva", brachten sich die Zwillinge wieder in das Zentrum der Aufmerksamkeit. Nina hob den leichtgewichtigen Jungen vorsichtig aus dem Stasetank und stellte ihn auf die Füße. Die Medizin der Genui konnte wirklich Wunder vollbringen, dachte Nina dankbar. Der Junge stand und konnte auch wohl laufen, wie sie kurz darauf feststellten. Eva und Zoe nahmen den Jungen in ihre Mitte und fassten ihn an den Händen. Er ließ es willenlos mit sich geschehen. „Er ist unterernährt", stellte Doc Holliday die deutlich sichtbare Tatsache fest. „Wir hätten ihn jetzt noch künstlich ernähren können, aber dann wäre der Aufenthalt in der Stase-Kapsel länger ausgefallen. Außerdem besteht kein medizinisches Risiko – er kann ganz normal an Gewicht zulegen. Gebt ihm ausreichend zu essen und Bewegung. Das wird ihm guttun."

Nina nickte ihm zu. „Lasst uns gehen. Unser neuer Freund braucht was zum Anziehen und was zu essen."

Der Iraker schaute verwundert, als ihn die beiden größeren Mädchen mit den langen, blonden Haaren mitzogen – aber er ging mit. ‚Wie mag es jetzt in seinem Kopf aussehen', fragte sich Nina. ‚Er wird wohl kaum jemals in seinem Leben eine Frau wie mich und blonde Mädchen gesehen haben, ganz zu schweigen von der Einrichtung des medizinischen Zentrums oder gar den Droiden selbst.' Außerdem verstand er eine fremde Sprache – zumindest das musste ihm bewusst sein. Vielleicht glaubte er ja, gestorben und nun im Himmel zu sein, oder wie auch immer die Muslim dieses bezeichneten. Es war ihre Aufgabe, den Jungen an die Realität heranzuführen. Die Mädchen allein waren dazu nicht in der Lage. Sie konnten nur für ein kindgerechtes Umfeld sorgen und dem Jungen Orientierungshilfe sein.

Mit diesen Gedanken verließ Nina zusammen mit den Kindern das medizinische Zentrum der ODIN.

25.05.2014, 16:00 Uhr, MARS:

‚Es geht zu einfach', dachte Jan und ein ungemütliches Gefühl machte sich in seiner Magengegend breit. Soeben hatten sie den vierten ‚Brocken', wie Sam sie nannte, mit einer Wasserstoffbombe versehen. Nun waren vier Bomben aktiv und warteten darauf, dass Eggert auf den Knopf drückte.

„Wir fliegen in den Fünften rein?" Jan sah in Richtung Sam und erinnerte ihn damit an seine Zustimmung vor ein paar Stunden.

Sam nickte ergeben. „Lass Bob eine kleine Drohne kundschaften. Sie soll zumindest einmal von vorn nach hinten durchfliegen."

Jan beugte sich zum Jamaikaner herüber.

„Ich habe mitgehört, Mann – soll ich?"

Jan nickte. „Ja – bitte!"

Wenige Augenblicke später war eine kleine Spezialdrohne gestartet. Auf dem Panoramabildschirm sahen sie das Dickschiff, welches im Gegensatz zu den anderen langsam durchs All flog, näherkommen. Die Drohne näherte sich schnell von hinten und Eggert bedeutete Bob das Ganze etwas langsamer angehen zu lassen. Das Fluggerät bremste ab und näherte sich vorsichtig dem hinteren, zentralen Eingang. Seitlich des Schirms wurden wieder Informationen eingeblendet. Das quadratische Loch, welches Sam für die Einflugschneise des Landedecks hielt, hatte eine Kantenlänge von 1.000 Metern.

„Mann", murmelte Sam. „Das sind vielleicht Größenordnungen!"

Langsam flog die Sonde in das HUTCH-Schiff hinein und das Senden von Daten brach unvermittelt ab.

„Was ist passiert? Bob, warum kommen keine Daten mehr?"

Hillary war selbst hochgeschreckt. „Ich weiß nicht, Bruder. Der Kontakt zur Drohne ist abgerissen!"

„Scheiße! Und was macht sie jetzt?"

„Ich habe sie auf Geradeausflug gehalten. Wenn nichts im Weg ist, kommt sie vorne wieder heraus."

„Mist, Mist, Mist", fluchte Jan. „Und wenn nicht, sind wir vielleicht aufgeflogen! Wir müssen hinterher!" Eggert begann hektisch zu schalten und beschleunigte voll. Seiner Annahme nach waren sie bereits so dicht am Feind, dass dieser Energieausstoß im Zusammenhang mit dem eigenen Antrieb nicht auffallen konnte – eine Mücke schickte sich an, einen Elefanten anzugreifen. Das Dickschiff kam rasend schnell näher. In einer weitgezogenen Kurve kam die MARS aus überhöhter Position auf das Ziel zugeflogen. Jan bremste stark ab und ließ den getarnten Jet sinken, bzw. kam er von oben die gesamten 3.000 Meter bis zum Landedeck, 5.000 Meter hoch war das Feindschiff insgesamt. Aus der Nähe wirkte der HUTCH noch viel bedrohlicher und Jan schluckte.

„Krass – Mann", krächzte Bob und starrte mit weit aufgerissenen Augen durch das durchsichtige Kanzeldach.

„Da können wir die ODIN ein paar Mal reinpacken", stellte Sam ernüchtert fest.

„Genau 42 x – mit Sicherheitsabstand", stellte Jan trocken fest. „Was sagen die Scanner, Sam?"

„Willst du die aktiven einsetzen?" Waterhouse schaute Jan an und war froh für einen Augenblick eben nicht nach draußen schauen zu müssen.

„Klar – hier in der Nähe des Antriebs und gleich drinnen dürften sie nicht weiter auffallen – schalt ein!" Jan nahm den Blick nicht vom Feindschiff.

„Keine Kraftfeldabschirmung, nichts – der Weg ist frei", meldete der Ex-Marine.

Jan grübelte noch, wieso denn dann die Verbindung zur Drohne abgebrochen sei, musste sich aber dann auf seine Aufgabe konzentrieren. Im Vergleich zur MARS war die Einflugöffnung riesengroß. Es hätten in einer Reihe gleich 50 Alpha-Disks dort hineinfliegen können. Die MARS flog langsam in das Innere des Feindschiffes.

„Alle Aufzeichnungen ein", ordnete Jan an. Dann orientierte er sich anhand der Anzeigen für den Blindflug. Das Umfeld war nur mäßig beleuchtet und wenn der 14.800er nicht gerade in Richtung einer Sonne flog, konnte man wohl nicht bis zum anderen Ende, in fast 15 Kilometer Entfernung, schauen.

„Ich habe wieder Kontakt zur Drohne", teilte Bob mit.

„War vorauszusehen", sagte Jan. „Hol sie wieder an Bord – wir messen jetzt selbst."

„Verdammt dunkel hier drinnen", bemerkte Sam bedauernd. Scheinwerfer oder Infrarotbeleuchtung einzuschalten wagten sie nicht. Sie waren zwar getarnt, aber niemand wusste, welche Sensoren dem Feind zur Verfügung standen. Daher kamen Leuchtmittel auf keiner Wellenlänge infrage. Im diffusen Licht erkannte Jan an den seitlichen Wänden kastenförmige Gebilde, die an diese angeflanscht waren.

„Schwerkraft?", fragte Jan den ehemaligen Marine.

„Negativ – oder fast, etwa ein Prozent."

„Atmosphäre?"

„Nein – keine. Weltraumbedingungen hier."

„Kraftfelder?"

„Auch negativ."

65

„Was sind das wohl für Gebilde rechts und links?"
Waterhouse sah auf seine Instrumente. Ganz sicher war er sich nicht, aber trotzdem hielt er die Wahrscheinlichkeit für ziemlich hoch: „Es werden Beiboote sein – Jäger, Bomber – irgendwas Fliegendes!"
„Was?" Jan war entsetzt. „Sieh dir mal die Menge an!"
Waterhouse starrte nach draußen. Die Menge an Beibooten war nicht abzusehen. In unterschiedlicher Größe, sie maßen welche mit bis zu 200 Metern Länge, hingen sie dort. Je weiter sie kamen, desto mehr tauchten aus der Dunkelheit auf. „Das sind Tausende, wenn das so weitergeht!" Und es ging so weiter. Die Teilnehmer dieser Mission waren blass geworden, selbst Bobs Teint nahm eine leicht gräuliche Färbung an. Etwa in der Mitte des Feindschiffes lenkte Jan die MARS nach rechts und schickte sich an, ihren Jet zu landen.
„Was hast du vor?", fragte Sam und Jan meinte einen leicht nervösen Unterton herauszuhören.
„Wir müssen noch ein Paket ablegen – schon vergessen?"
„Was, hier?"
„Genau hier! Unsere kleine Exkursion hier dürfte deutlich gemacht haben, dass wir mit der ODIN allein keine Chance haben, wenn wir den Gegner nicht entscheidend schwächen. Allein diese Geschwader sind in der Lage, unser einziges Schiff zu zerstören – und dann gute Nacht. Ich habe da vorn eine Lücke entdeckt."
Den beiden Akteuren, die auch dieses Mal wieder das Ausbringen der Bombe übernahmen, war alles andere als wohl. Hier waren sie direkt und mitten in der Höhle des Löwen. Zum Unwohlsein kam noch hinzu, dass niemand eine Vorstellung vom Löwen, bzw. vom Feind selbst, hatte. Die HUTCH waren unbekannt. Achtarmige Kraken? Vier Meter große Aliens mit sechs Armpaaren? Jan scheuchte einen grässlichen Gedanken nach dem anderen aus seinem Kopf. Auch die Datenbanken der ODIN kannte nur die quaderförmigen Schiffe und die Feindseligkeiten. Nichts deutete auf die Körperformen einer Intelligenz hin. So kam es natürlich, dass den beiden Männern bei ihrem Außeneinsatz ein kalter Schauer nach dem anderen den Rücken herabfloss. Da das Landedeck komplett ohne Atmosphäre war, mussten sie auch auf den Gehörsinn verzichten – auch nicht Jedermanns Sache. Sie schauten sich mehr um, als dass sie ihrer Arbeit nachgingen. Hinter jeder Ecke konnte – ja was eigentlich – auftauchen. Als sie die Bombe in der richtigen Ecke verstaut hatten, betraute Jan seinen Kollegen mit der Sicherung.

66

Er selbst schweißte den Quader zügig fest, ohne noch einmal aufzusehen. Anschließend stürmten sie in den Jet. Ohne die Raumanzüge auszuziehen, startete Jan und lenkte die MARS weiter nach vorne, dem Ausgang zu. Als die Disk auf Kurs war, half Bob den beiden aus den Anzügen.

„Krass, Brüder – ich wollte da nicht rausgegangen sein", stellte er fest und schüttelte sich.

„Hier an Bord warst du auch nicht sicherer", konterte Sam und der Jamaikaner schluckte.

„Kollisionsalarm", plärrte die KI dazwischen und eine Lampe auf dem Pult begann hektisch zu blinken.

„Scheiße", flüsterte Jan und befasste sich mit den Anzeigen. Ein ganzer Pulk von Fliegern kam ihnen entgegen.

„Das sind Hunderte", stellte Sam mit belegter Stimme fest.

„Voller Scan", rief Jan und gleich darauf mussten sie erfahren, dass sie die Ausflugöffnung als Eingang benutzt hatten. Dort wo die entgegenkommenden Beiboote vorbeiflogen, schlossen sich die gerade passierten und noch an den Wänden befindlichen Boote dem Strom an. Es sah tatsächlich so aus, als würden alle das Mutterschiff verlassen.

„Wenn die erst draußen sind", sinnierte Sam.

„Das dürfen wir nicht zulassen", knurrte Jan verbissen und wendete die MARS.

„Haben die uns entdeckt?" Bob bekam seine weit aufgerissenen Augen gar nicht mehr zu.

„Ist jetzt auch egal", knurrte Eggert entschlossen. „Die heiße Phase hat begonnen! Ich brauche einen Kanal zur ODIN!" Mit einer Hand fummelte er an der Fernzündung der Nuklearbomben herum und mit der anderen schob er den Geschwindigkeitsregler weit nach vorne. Die MARS sprang geradezu aus dem Dickschiff heraus und ließ es weit hinter sich.

„Verbindung steht", meldete Sam.

Jan drückte den ersten Knopf und wendete die MARS.

25.05.2014, 17:00 Uhr, ODIN, Brücke:

Die KI hatte mittels der Daten von der Scannerdrohne über die Relaisstation in der riesigen Zentrale der ODIN ein recht großes Hologramm aufgebaut. Zu sehen war, in sehr viel kleinerem Maßstab, NEW GE-

NUA mit seinen drei Monden, sowie fünf 14.800er-Schiffe, drei 8.000er, vierzehn 3.000er und neun 1.500er. Jan hatte ein Datenfile mitschicken lassen und so war man auf dem Kugelschiff darüber informiert, dass man den Feind HUTCH genannt hatte. Carson stand mit Alma, CSG – Commander Space Group, und Johann Hochreiter, Gunner, inmitten dieser Darstellung und diskutierte einen Angriffsplan. Man war übereingekommen, die 14.800er als von Jan, Sam und Bob ausgeschaltet zu betrachten – jedenfalls dann, wenn das Signal kam. Anschließend würde Alma sämtliche 3.000er durch ihre Alpha und Beta-Staffeln angreifen lassen – immerhin noch 437 Maschinen. Für die drei 8.000er hatten sie sich etwas Besonderes ausgedacht. In aller Eile und mit der gebotenen Vorsicht waren drei SPHÄREN mit atomaren Aufschlagszündern versehen worden. Carson war bereit, drei von noch vierzehn Kapseln für die Vernichtung der zweitgrößten Feindschiffsklasse zu opfern. Beim zweiten Codewort war der Einsatz der ODIN selbst vorgesehen. Carson hatte Johann eingeschärft, sich um die verbleibenden 3.000er und die neun kleineren 1.500er zu kümmern.

Im Moment spielte man noch verschiedene andere Szenarien durch, aber im Prinzip wollte man, wenn es nicht eine grundlegend andere Lage gab, daran festhalten. Die Waffenproduktion lief in der Abteilung China-Town auf Hochtouren. Sämtliche abkömmlichen Droiden hatten die beiden Chinesen angefordert und Carson konnte sicher sein, dass keiner davon unnütz in der Ecke rumstehen würde. Die KI hatte diese Ressource freigegeben, bis zu dem Zeitpunkt, an dem Reparaturen an der ODIN anfielen. Selbst Parker, der im Moment nicht benötigt wurde, baute Nav-Teile in Raketen ein. Eine gewisse ‚Schwester‘, dieses Mal in dem ernüchternden grauen Overall eines Mechanikers, baute Raketenantrieb und Sprengköpfe zusammen. Mit anderen Worten – der Laden brummte. Carson konnte mit Recht behaupten, dass die ODIN bestmöglich gerüstet in den Kampf gehen würde. Wenn alles nach Plan verlief – wenn. Cunningham konnte nicht ahnen, dass dieser gerade gekippt wurde.

„MARS ruft ODIN!", laut hallte der Ruf über die Brücke des einzigen Schlachtschiffes der Menschen.

Nur einen Augenblick lang war Carson verwirrt, denn es sollte lediglich ein Codewort gesendet werden, dann nickte er Nina zu, die erschrocken an der Kom-Konsole saß.

„Hier ODIN!"

„Planänderung! Ihr kommt sofort mit der ODIN bis in die Nähe von NEW GENUA und greift sofort an. Alma soll alle Jets vor Ort starten! – Und beeilt euch!"

„Ay – Captain!" Carson war schon bei den ersten Worten Jans quer über die Brücke gehastet und hatte von hinten seine Kommandoempore erklommen. Vor Stunden schon hatte er die Kommandocodes für die Navigation dorthin gelegt und bisher halbstündlich einen Anflug neu programmiert. Daher reichte jetzt der Druck auf einen Sensorpunkt und die ODIN beschleunigte aus der Hülle des Gasplaneten heraus in Richtung Sonne, also noch im Ortungsschatten.

„Alma?"

„Ich bin bereit", antwortete die Schwedin und Carson erkannte, dass die Frau bereits das Neuro-Interface aufgesetzt und ihren Sitz etwas nach hinten in eine waagerechtere Position gebracht hatte.

Carson schlug auf einen hellroten Buzzer: „Klar Schiff zum Gefecht!" Die höchste Alarmstufe hallte durch das gesamte Schiff. Die Nuklearwaffenproduktion auf dem Deck Chinatown wurde augenblicklich eingestellt – halbfertige Produktionsteile wurden gesichert, dann begaben sich die Droiden in ihre Ausgangsstellungen und warteten die Kommandos der KI ab. Ein Teil von ihnen blieb, um die Umwandler in den Strahlwaffen zu ersetzen. Die Zwischenspeicher der Strahlwaffenbatterien wurden bis zur Belastungsgrenze gefüllt – der Schutzschirm wurde aufgebaut. Dr. Eleonore Klaffke hielt ihre aktiven Sensoren noch zurück und nutzte weiterhin die Daten über die Relaisdrohne. Dieses würde ein Ende haben, wenn man um die Sonne herum war und als klar erkennbares Ziel auf den Schirmen der Feinde auftauchte. Dann zählte nur noch Schnelligkeit und die – hoffentlich besseren – Waffen von Huang Li und Feng Pu. Carson Cunningham sparte sich weitere Kommandos – es war alles gesagt und angeordnet. Jeder war informiert und handelte selbstständig – die ODIN war unterwegs und schickte sich an, in den zweiten Raumkampf ihrer kurzen Karriere einzugreifen. Die Crew hoffte, dass man dieses Mal erfolgreicher sein würde.

MARS – Kommandoebene:

Die Automatic hatte rechtzeitig reagiert und einen Filter über die Kanzel der Brücke gelegt. Trotzdem stach das Licht der explodierenden Wasserstoffbombe unangenehm in den Augen der drei Menschen.

69

Mehrere gewaltige Stichflammen züngelten aus der Mitte des Riesenschiffes in die Schwärze des Alls. Langsam brach das Schiff in zwei Hälften. Aus dem Inneren brachen immer wieder die Druckwellen anderer Explosionen hervor. Offenbar hatte die Atombombe eine Kettenreaktion ausgelöst.

„Werden noch Beiboote ausgeschleust?", erkundigte sich Jan.

„Negativ", kommentierte Sam. „Keine Beiboote bisher."

In diesem Augenblick explodierten beide Hälften mit einer heftigen Energieabgabe. Die Einzelteile des ehemals großen Schiffes wurden weit durchs All geschleudert. Keines der Beiboote hatte das Mutterschiff noch verlassen können.

„Die restlichen Schiffe bauen Schutzschirme auf", warnte Sam und Jan zeigte ein grimmiges Gesicht. „Das wird das Todesurteil für die anderen 14.800er sein", schloss er.

„Wieso?" Waterhouse konnte im Moment nicht folgen.

„Die Schutzschirme brauchen nur für den Bruchteil einer Sekunde halten, dann wird sich der Druck unserer ‚Pakete' gleichmäßig im Inneren verteilen und alles pulverisieren."

„Teuflisch", kommentierte Waterhouse mit finsterer Miene und dann neugierig: „Lass sehen!"

Eggert drückte nacheinander die vier Knöpfe für die Zündung der ausgebrachten Wasserstoffbomben. Das Signal wurde von der KI der MARS empfangen und verstärkt ausgestrahlt. Dadurch, dass es sich um nur lichtschnelle Impulse handelte, wurden die Bomben zu unterschiedlichen Zeiten ausgelöst. Die erste Detonation erfolgte nach zwei, die letzte nach sechs Sekunden. Es lief so ab, wie von Jan vorhergesagt: Man sah bei der Detonation einen sehr schnell auseinanderdriftenden Explosionsball – wie bei einem Feuerwerk auf der Erde. Jan horchte in sich hinein. Die Aktion war angelaufen und er spürte – keine Nervosität und vor allen Dingen keine überschwängliche Freude über den grandiosen Anfangserfolg. Jan war die Ruhe selbst und darüber nicht unerheblich erstaunt. Eventuell hatten seine ‚Rekrutierer', Gram-Darr und Baldur-Set, diese Eigenschaft erkannt und ihn deswegen ausgewählt. Er hakte diese Tatsache einfach ab.

„Sam – Gegner in Reichweite?" Eggert hatte nicht vor, teilnahmslos dem folgenden Gefecht zuzuschauen.

„Äh", kam es vom derzeitigen Gunner leicht gedehnt. „Ein 1.500er als nächstes Schiff. Ich lege es dir auf die Nav-Hilfe."

70

Jetzt würde es sich unangenehm bemerkbar machen, dass der Feind seine Schutzschirme eingeschaltet hatte. Der Plan hatte vorgesehen, dass Almas Geschwader einen Überraschungsangriff starteten und zwar alle gleichzeitig. So hatte man sich den größten Erfolg versprochen. Das Codewort dazu hätte lauten sollen: ,Pearl Harbour'. Es hatte nicht sollen sein – die Geschehnisse hatten sich überschlagen. Der wichtigste Teil des Planes war bereits ausgeführt, die Ausschaltung der Dickschiffe war generalstabsmäßig geplant und ausgeführt worden – es gab sie nicht mehr. Jan schob auch diese Tatsache zur Seite und konzentrierte sich auf den grünen Pfeil auf seinem HUD. In kleinen Zeichen daneben wurde die Entfernung angegeben. Als Navigationsmöglichkeit hatte Eggert einen Joystick aus der Konsole fahren lassen. Mit ruhiger Hand richtete er das Gerät nach der Hilfsnavigation aus. Er schätzte noch 3 – 4 Minuten, dann konnte er den nächsten Angriff starten. Die Alpha- und Beta-Geschwader von der ODIN waren mit Torpedos ausgerüstet, die die einmal eingeschlagene Richtung nicht wechseln konnten. Dafür war innerhalb der kurzen Vorbereitung keine Zeit gewesen. Ein Steuerungsmechanismus, der auf verschiedene Reize reagierte, war aufwendig. Man hatte diese Teile auf der ODIN behalten. Die Geschwader waren darauf angewiesen, auf einen Feind zuzufliegen und den Torpedo auszulösen. Jan gedachte die Geschwindigkeit der Torpedos noch ordentlich nach oben zu korrigieren, indem er vor dem Abschuss die MARS kräftig in Richtung Ziel beschleunigte. Es bestand dabei immer die Gefahr, dass die Maschinen selbst zumindest in den EMP, den elektromagnetischen Puls, hineinflogen und dann für Minuten aktionsunfähig waren, bevor die Bord-KI neu gestartet werden konnte.

„Sam! Mach zwei Beta-Torpedos scharf! Feuern im Abstand von drei Sekunden!"

„Aye, Captain!"

Eggert bezweckte mit der Maßnahme, dass der erste Torpedo den Schutzschirm zerstörte und der zweite das gegnerische Schiff – soweit zur Theorie. Die Praxis sah, wie folgt, etwas anders aus – die Ereignisse überstürzten sich: „ODIN erreicht Gefechtszone", meldete Sam und etwas Erleichterung schwang in seiner Stimme mit.

„Flottenfrequenz eingerichtet", meldete sich der derzeitige Chef auf der ODIN, Carson Cunningham, über die Lautsprecher. Somit war sichergestellt, dass alle Befehle und Aktionen überall verstanden und gehört werden konnten. Bei der kleinen menschlichen Armada, die hauptsächlich aus KI-gesteuerten Geschwadern bestand, eine nicht unüberschaubare Aktion.

„Geschwader verlassen die ODIN – ALPHAS greifen die 3.000er an", laut war die etwas gestresst klingende Stimme von Alma Falkengren zu hören. Es war keine leichte Aufgabe, so viele Geschwader mittels neuronalem Interface zu steuern und gleichzeitig noch eine Meldung abzugeben. „SPHÄRE 1 erreicht das Ziel!"

Draußen im All ging eine Sonne auf und eine SPHÄRE plus ein 8.000er unter. Der erste Kamikaze-Angriff hatte den Menschen den Verlust eines der wertvollen 5-Meter-Raumschiffe eingebracht und dem Feind den Totalausfall eines der zweitgrößten Schiffe. Alma hatte die Kugel, die mit einer Wasserstoffbombe plus Kontaktzünder versehen war, mit ungefähr 30.000 Kilometern in der Sekunde, etwa 10% Lichtgeschwindigkeit, mittig in den Raumgiganten rasen lassen. Das Ergebnis war final.

„SPHÄRE 2 und 3 erreichen das Ziel!" Kurz darauf waren beide 8.000er kampfunfähig. Sie explodierten zwar nicht, aber die Wucht der Explosionen hatte die Schutzschirme ausfallen lassen und der EMP hatte sie wehrlos werden lassen.

„Ziehe BETA-Disks zur finalen Bekämpfung der 8.000er ab!" Alma handelte konsequent und richtig. Bevor so etwas wie ein Reparaturtrupp drüben in Marsch gesetzt werden konnte, oder der EMP seine Wirkung verlor, mussten die Feindschiffe ganz ausgeschaltet werden. Kurz darauf trafen die ersten Nuklear-Torpedos die ungeschützten Flanken.

„ODIN bestätigt Vernichtung eines 3.000ers", Johann hatte eines der Feindschiffe mit Torpedo, Laser- und Pulskanone schrottreif geschossen.

„**Scheiße, Scheiße, Scheiße!** Orte aus Richtung NEW GENUA kommend einen weiteren 14.800er. Er muss von der Oberfläche gestartet sein!" Ohne die Kraftausdrücke wäre die Meldung von Sam Waterhouse im allgemeinen Gewusel wahrscheinlich untergegangen, aber Jan fragte nach einer Schrecksekunde nach: **„Was?!"** Unangenehme Erinnerungen an die erste Auseinandersetzung mit den SUBB kamen in ihm hoch.

„Der sechste 14.800er", keuchte Sam.

„Auf die Nav-Hilfe!"

72

„Was hast du vor?", wollte Waterhouse wissen
„Sofort!", bellte Eggert.
„Okay." Besorgt registrierte Sam, dass Jan die DISK drehte und in Richtung NEW GENUA flog.
„ODIN an MARS!", tönte aus den Lautsprechern.
„Wir haben ihn gesehen", antwortete Jan. „Überlasst ihn uns – er darf seine Geschwader nicht starten!" Mit verbissenem Gesichtsausdruck beschleunigte Jan die ALPHA-Disk. „Jan an ODIN! Wenn noch ein 14.800er auftaucht, ist die Aktion hier automatisch zu Ende. Die ODIN nimmt dann Fahrt in Richtung HASBART auf, anschließend Einschleusung der Geschwader und dann weg."
„Was willst du jetzt gegen den Letzten ausrichten?" Sam stellte eine recht naheliegende Frage.
„Ein Paket haben wir noch", entgegnete dieser. „Bob – nach unten mit dir in den Lagerraum mit unserem Baby. Melde dich, wenn du den Raumanzug angelegt hast. Wir reduzieren dann die Schwerkraft und du schiebst das Ding bis zum Rand der Schleuse. Verschaff dir festen Halt – du wirst die Bombe manuell nach draußen befördern müssen."
Während Hillary vor Schreck ganz grau wurde, dachte Sam weiter: ‚Du willst mitten im Flug …'
„Genau", unterbrach Jan. „Die werden uns kaum die Möglichkeit lassen, dass Paket vorschriftsmäßig auf der Außenhülle festzuschweißen."

ODIN, Brücke:

Während der Diskussion an Bord der MARS kam die ODIN zum ersten Mal in ihrem mechanischen Leben tatsächlich in den Ruf, ein Schlachtschiff zu sein. Von außen gesehen spuckte die Riesenkugel Tod und Feuer – und hatte Erfolg dabei. Soeben zerplatzte der fünfte 3.000er nach konzentriertem Beschuss durch Laser und Pulskanonen. Danach ging ein harter Ruck durch die ODIN und die Belastungsanzeigen der Schutzschirme erreichten fast den roten Bereich.
„Mist", rief Carson. „Jan will tatsächlich auf den Dicken los und uns versperren die restlichen 3.000er den Weg! Alma – schick deine Betas in Richtung Jan. Sie sollen seinen Weg decken!"
„Mach ich, Carson", kam es gepresst aus dem Stuhl der CSG.
„Johann, wenn ich bitten dürfte – räum den Mist da weg!"

Hochreiter hatte sich schon eine Taktik überlegt. Er ließ jeweils die Zielautomatiken von zwei A-Raketen auf einen 3.000er einrasten und schickte sie mit zwei Sekunden Abstand los. Während die Vernichtungswaffen losflogen, befahl er der Waffen-KI alle Laser und Pulskanonen auf dieser Seite der ODIN auf den Gegner zu richten und nach Einschlag der zweiten Rakete mit dem Beschuss zu beginnen.

„Carson", rief Nina erschrocken von ihrem Arbeitsplatz.

„Ich hab`s gesehen", zischte Carson und wechselte den Kurs der ODIN. Nicht weniger als vier der 1.500er hatten die Verfolgung der MARS aufgenommen und holten schnell auf. Rücksichtslos überlastete Cunningham die Triebwerke und brachte damit den Gunner in Schlagdistanz.

„Hannes!"

„Ich mach, ich mach!" Der Österreicher hatte die Absicht des Interimscaptains schnell erkannt. Mit der bereits erfolgreich getesteten Methode loggte Johann die Raketen ein, allerdings nahm er wegen der geringeren Größe gleich zwei der Feindschiffe ins Visier. Entschlossen drückte er nach der Programmierung auf die Bestätigungstaste. Geräuschlos öffneten sich im gewaltigen Leib der ODIN zwei Raketensilos und vier kleinere Beta-Raketen rasten in genau kalkulierten zeitlichen Abständen auf ihr Ziel los.

„Johann – der 14.800er schleust Beiboote aus!"

Der österreichische Gunner schaute verkniffen auf seine Scannerangaben. Das Feindschiff war noch zu weit entfernt – sie würden zu spät kommen. Wieder wurde die ODIN stark erschüttert.

„Geringfügige Schäden in der äußeren Panzerung", kommentierte die KI das teilweise Versagen der Schutzschirme und Johann konzentrierte sich auf das Naheliegendste und dabei buchstäblich auf die 1.500er. Mit etwas Verzweiflung, weil er Jan und den anderen nicht helfen konnte, jagte er die nächsten Raketen los und ließ anschließend die Strahlkanonen feuern – wieder zwei Gegner weniger.

MARS:

Mit Erschrecken hatte Jan die Ortungsmeldung von ausgeschleusten Beibooten des 14.800er gehört und sie gleichzeitig auch auf dem Scanner erkannt. Die MARS befand sich in gerader Fluglinie auf das Heck des Dickschiffes und dessen Landedeck zu.

„Sam – Torpedos scharfmachen und raus!"

„Wieviele?", frage Waterhouse und begann zu schalten.

„Alle! Feuer, Feuer, Feuer!" Eggert schrie sich die Anspannung förmlich von der Seele. Er hatte das letzte Wort noch nicht gesagt, als der erste Torpedo die MARS verließ und schnurgerade Richtung Feind raste. Kurze Zeit darauf hatte die DISK alle vorhandenen Torpedos abgeschossen, es waren noch sechs Stück gewesen. Nun gab es nur noch die Laser- und Pulskanonen für eine sinnvolle Verteidigung bzw. Angriff, sowie das ‚Paket'.

„Bob – wie weit bist du?"

„Mann Bruder – ich brauche noch", kam es klagend über den Bordfunk.

„Mach hin – wenn wir die Bombe brauchen, dann sehr bald!"

Auf einer zweidimensionalen Nebenanzeige des HUD konnte Jan beobachten, wie der erste Torpedo zwischen den ausgeschleusten Beibooten hindurchflog und auf dem Landedeck des Dickschiffes verschwand. Genau so erging es den nächsten beiden Torpedos. Eggert hoffte, dass sie im Inneren des HUTCH-Schiffes auf Widerstand stoßen und explodieren würden. Der vierte Torpedo wurde von einem der HUTCH-Beiboote abgeschossen. Allerdings entwickelte er dabei eine Sprengkraft, die die dicht gestaffelte Formation der Beiboote ordentlich durcheinanderbrachte und die folgenden, letzten zwei, Torpedos auch. Sie wurden abgelenkt und trafen jeweils die Flanken von 400 Meter langen Beibooten, wenn sie denn diese Bezeichnung überhaupt noch verdienten. Das Ergebnis war für die HUTCH jedenfalls verheerend. In einer Kettenreaktion vergingen die Torpedos und die größte Anzahl der bisher ausgeschleusten Schiffe – und die MARS raste genau auf dieses Inferno zu.

„SAM – Dauerfeuer!"

Waterhouses Finger verkrampften sich geradezu auf den Auslösemechanismen der Strahlwaffen. Wild nach vorn feuernd schnellte die MARS auf das Chaos der verglühenden Wracks und havarierter Beiboote zu.

„Anschnallen, Sam – los!" Beide Männer vertrauten sich jetzt lieber handfesten Gurten an als einem möglicherweise labilen Fesselfeld.

Kurz darauf saßen sie festgezurrt in ihren Sitzen.

„Bob!"

„Ich bin fertig, Mann, ich bin fertig", kam es aus den Lautsprechern. Offenbar war es dem eher etwas behäbigen Jamaikaner gelungen, den Raumanzug in Rekordzeit anzulegen.

„Siehst du den Knopf auf der Bombe?"

„Ja, Mann!"

„Dreh den Knopf eine halbe Umdrehung nach rechts!"

„Jetzt?"

„Ja – jetzt!"

„In Ordnung, Bruder – erledigt. Und jetzt?" Bob schaute ziemlich konfus auf die riesige Bombe. Er hatte sich mit einem Seil an der Schottwand gesichert.

„Warte!"

Die MARS raste durch die Wolke. Schrott und die Schutzschirme verhinderten bei verschiedenen Kollisionen das Schlimmste. Der Funk knisterte, das Licht ging an und aus, das Triebwerk ruckelte und die Computer starteten wieder neu – sie waren in die Ausläufer ihres selbst ausgelösten EMPs geraten. Dann waren sie durch und hatten das große Feindschiff vor sich. Die Elektronik an Bord normalisierte sich. Aus dem Hangardeck des HUTCH züngelte ihnen eine gewaltige Explosion entgegen. Offensichtlich hatte einer der Atomtorpedos doch ein Hindernis getroffen.

„Wer gläubig ist, soll beten", flüsterte Jan und griff den Joystick fester.

„Was ist – wie?", kam es aus dem Funk von unten.

„Bob! Du zählst jetzt bis 20, und wenn du vorher nichts von uns hörst, sprengst du das Ladeschott mechanisch nach außen ab, drückst den roten Knopf ein und stößt die Bombe von Bord!"

„Was, krass, wie 20?"

„Ab jetzt, Bob!"

„Ist das krass, Bruder, eins, zwei …", danach zählte Hillary leise weiter. Sam wurde ganz übel. Er konnte sich in etwa vorstellen, was Eggert mit dieser Aktion bezweckte. Die Mars raste immer noch feuernd auf den 14.800er zu und nach wenigen Sekunden befand sie sich auf dem Landedeck. Die Geschwindigkeit war immer noch hoch, die Sicht dagegen schlecht. Der Scanner bekam die ersten Ausläufer des EMP zu spüren und zeigte nur noch Schlieren. Sam feuerte weiter und vor ihnen gab es eine helle Stichflamme. Jan drückte die MARS darunter weg und gab noch einmal Energie auf den Antrieb, dann gingen die Lichter komplett aus und das Waffenfeuer wurde eingestellt, obwohl Waterhouse mit seinen Fingern auf den Sensortasten verharrte.

Es gab einen mörderischen Ruck, als die Disk an der rechten Seite des großen Kanals aneckte und abprallte. Kurz darauf holte sie sich die nächsten Beulen an der linken Seite. Zu allem Überfluss begann sich ihr Schiff zu drehen und schlug wenig später auf dem Boden des Kanals auf und schlitterte dort ungebremst weiter. Dann gab es einen Knall von weiter unten und Jan begann mitzuzählen. Bob hatte die Bombe ausgestoßen.

28 Sekunden!

„Zeitzünder?", fragte Sam, der mit der Technik nicht ganz vertraut war, sich aber seinen Teil denken konnte. „Wie lange noch?"

„25 Sekunden!"

‚Scheiße', dachte Waterhouse, ‚noch etwas mehr als 20 Sekunden, dann geht hier in unmittelbarer Nähe eine Wasserstoffbombe hoch!'

20 Sekunden!

„Schalt alles ab, Sam!"

Waterhouse deaktivierte die Waffensysteme und Eggert machte komplett das Licht aus.

15 Sekunden!

„Schieb den Regler für die Schutzschirme auf Maximum", verlangte Jan und Sam tat wie ihm geheißen, obwohl diese lächerlichen Schirmchen einer Nuklearbombe diesen Ausmaßes nicht trotzen konnten.

10 Sekunden!

Nur kurz überlegte Jan, ob er richtig gehandelt hatte. Der 14.800er durfte nicht mehr in den Kampf eingreifen. Es kam darauf an, ob die immer noch wild schlingernde MARS, die hin und wieder irgendwo aneckte, schnell genug den EMP überwinden würde.

5 Sekunden!

„Einschalten, Sam! Los jetzt – und volle Kraft!"

Stotternd erwachten die Triebwerke, die Vid-Schirme zeigten zuerst nur Schlieren und Störungen …

ODIN, Brücke:

Fast die gesamte restliche Brückencrew, bis auf den hektisch agierenden Gunner, war aufgestanden und verfolgte atemlos das Geschehen um den letzten 14.800er. Sie hatten beobachtet, wie Jan die MARS ins Innere des Dickschiffes geflogen hatte.

„Um Himmels Willen", stöhnte Carson, als er beobachtete, dass sich kurz darauf das riesige HUTCH-Schiff von innen heraus aufblähte und der mittlere Teil einfach auseinanderplatzte. Den verbliebenen beiden Dritteln erging es nicht besser. Einer nach dem anderen explodierte in einer gewaltigen Stichflamme – und von der MARS keine Spur!

Ein Schrei hallte über die Brücke. Nina hatte die Hände vors Gesicht geschlagen und wurde von einem beginnenden Weinkrampf geschüttelt.

Carson handelte: „Arzu – kümmer dich. Auf die Medo-Station mit ihr!" Die junge Pakistani nickte und führte Nina aus der Zentrale. Cunningham sah sich um. Die Mitstreiter waren sichtlich geschockt, aber nicht handlungsunfähig. Sie brauchten Ablenkung.

„Los – der Weg ist geebnet. Vernichten wir den Rest, sonst war alles umsonst."

4. Zuflucht

Zehn Tage vorher: 15.05.2014, 18:00 Uhr, irgendwo in der Black-Eye Galaxie:

„Wir nähern uns dem Ziel", die wohlmodulierte Stimme der Bord-KI teilte Meiora-Seth und Bat-Rar mit, dass die fast dreitägige Reise mit der 5-Meter-SPHÄRE dem Ende zuging. Sie waren bis fast an das andere Ende der Black-Eye-Galaxie geflogen. Eine Zeit, die für beide buchstäblich wie im Flug vergangen war. Sie hatten sich ausreichend Zeit füreinander genommen und sich auf die kommende harte Zeit, so gut es ging, vorbereitet. Diese drei Tage hatten ein festes Team aus ihnen gemacht. Sie waren übereingekommen, welche Ziele sie verfolgen und wie sie diese erreichen wollen. Wortlos erhoben sie sich von ihrem Lager und begaben sich zur Steuerkanzel. Bat-Rar sichtete die auf den Monitoren angezeigten Werte.

„Wir nähern uns SHELTER", sagte er und drehte sich zu seiner Partnerin.

„Kanzel auf Durchsicht – Restlichtverstärkung auf Maximum", aus einer zauberhaften und liebevollen Frau war übergangslos die resolute Kanzlerin der GENUI-Siedler geworden.

78

Bat-Rar blickte nach draußen. Unzählige größere Gesteinsbrocken lagen genau in Flugrichtung und deren Ende war nicht in Sicht. Die Kapsel verlor an Geschwindigkeit.

„Wir sollten uns anmelden", bemerkte der Mann und bewies damit, dass auch er wieder in die Wirklichkeit zurückgefunden hatte.

Meiora-Seth nickte dazu. „KI – Grußfrequenzen und SHELTER rufen!"

Kurz darauf entstand vor ihnen auf der Innenseite der Kanzel ein Bild. Die Frau erkannte nach kurzem Zweifel ihren Vertreter, Kom-Tar. Von seiner geschniegelten Eitelkeit war nichts geblieben. Seine Augen schienen trübe. Als er Meiora sah, lächelte er flüchtig. „Ich bin froh, dich zu sehen, Kanzlerin!"

Die Frau blickte ernst in die Optik. „Das glaube ich dir sogar, Kom-Tar."

Meioras Partner schien es, als würde es auf der Seite, auf der sie stand, kälter werden.

Kom-Tar lächelte schmerzlich vom Bildschirm herab. „Wie dem auch sei – willkommen im SHELTER."

Der Bildschirm erlosch und das Paar schaute sich an. „Ich könnte mich vergessen, wenn ich diesen Kotzbrocken sehe", empörte sich Meiora-Seth.

„Vielleicht sollten wir angesichts der Katastrophe unsere Aversionen gegen andere überwinden", schlug Bat-Rar vor. Meiora sah ihm direkt in die Augen. „Dafür, genau dafür, brauche ich dich als Partner – ich reagiere zu emotional."

Der Mann grinste breit. „Ich bin froh, dass du emotional bist", sprach`s und musste schleunigst in Deckung gehen, denn Meiora hatte irgendwas nach ihm geworfen. Kurz darauf standen sie aneinander gelehnt und schauten, wie sich ihre SPHÄRE dem eigentlichen Ziel näherte. Mitten innerhalb der Gesteinsbrocken war der größte ihr Ziel. Mit 3.000 Kilometern Durchmesser fast so groß wie der irdische Mond hatte ihn einer der genuischen Forschungskreuzer vorgefunden. Das Besondere an ihm waren extrem große Höhlen, die ein paar hundert Meter unter der rauen Oberfläche lagen. Man vermutete ehemalige unterirdische Seen, die wahrscheinlich beim Vorbeiflug an einer Sonne verdampft waren. Die GENUI hatten diesen Zwergplaneten ohne Sonne SHELTER genannt und ihn entsprechend als Rückzugsgebiet für größere Bevölkerungsteile hergerichtet. Die Löcher in der Kruste des Planeten wurden mit Kraftfeldern abgedichtet, eine Atmosphäre innerhalb etabliert, sowie Sozialräume, Unterkünfte und Lagerhallen geschaffen – das Ganze mit ausreichend Wärme und Beleuchtung versehen. Der SHELTER konnte bis zu 200.000 Personen unterbringen – einzeln. Die Ausstattung war modern – zweckmäßig. Luxus gab es keinen.

Die von Meiora und Bat benutzte SPHÄRE näherte sich langsam der Steinkugel. Kurz vor Erreichen der Oberfläche öffnete sich ein Schott von bestimmt 20 Metern Durchmesser und die SPHÄRE sank hinein. Als sich der Zugang hinter ihnen schloss, wurde es kurzzeitig dunkel, dann glimmten die rohen Schachtwände aus Stein in sanftem Rot und sie passierten eine Schleuse. Die Kugel schwebte etwa noch 300 Meter nach unten und gelangte dann in eine recht große Höhle. Bat-Rar schätzte die mittlere Deckenhöhe auf fünfzig Meter, der nahezu kreisrunde Raum hatte einen Durchmesser von 400 Metern und stieg an den Rändern leicht an. Als sie ausstiegen, wurden sie von Tausenden GENUI in schweigsamer Erwartung empfangen. Kom-Tar kam ihnen entgegen und begrüßte sie.

„Wie viele?", fragte Meiora

„Was, äh, wie viele?" Der Vertreter schien die Frage nicht zu verstehen und wirkte recht angeschlagen.

„Wie viele den Angriff des Feindes überlebt und es bis hierhin geschafft haben?" Die Kanzlerin war empört. Ihre Vertretung hatte nicht einmal das Wichtigste drauf.

„Ich, ich weiß es nicht", bedauerte der Gefragte und schaute verlegen auf den Boden.

Meiora-Seth sah sich um und da fiel ihr ein junger Mann mit rosafarbenen Augen auf, der schnell und zielgerichtet näherkam. Erwartungsvoll sah sie ihn an.

„Kanzlerin, ich habe deine letzte Frage gehört. Da ich ebenfalls eine Antwort darauf haben wollte, habe ich mich in den letzten zwei Stunden darum gekümmert. Mit euch eingerechnet haben 14.211 GENUI den SHELTER erreicht."

Meiora wäre, wenn es biologisch möglich gewesen wäre, erblasst. Ihr wurde schwindelig und schnell hielt sie sich an Bat-Rar fest. „Wir haben über Zweidrittel unserer Bevölkerung eingebüßt!"

Der junge Mann mit den rosa Augen redete weiter. „Die ersten Flüchtlinge kamen vor neun Stunden hier an. Zwischen den letzten Ankömmlingen und euch lagen vier Stunden. Es ist eher unwahrscheinlich, dass noch viele von uns kommen werden."

Bat-Rar ergriff das Wort: „Wir brauchen eine Aufstellung unserer technischen Möglichkeiten, aller Ressourcen, die der SHELTER hier bietet. Weiterhin eine Liste aller geretteten Personen. Hast du noch ein oder zwei Leute, die ähnlich dir aktiv geblieben sind?"

Der Mann zögerte und sah die Kanzlerin an.

Meiora-Seth fragte ihn nach seinem Namen.

„Bor-Atak", wurde ihr geantwortet.

„Ah, bist du nicht derjenige, der vom Wachposten G7-3 den ersten SUBB-Raumer abschoss?"

Der Mann staunte, die Kanzlerin hatte ein ausgezeichnetes Gedächtnis. Er nickte lächelnd.

„Dann hör zu. Ich rufe als Kanzlerin den Notstand aus. Das Kommando der Stadtpräsidenten, falls sie überhaupt noch leben, geht an mich über. Als Vertreter schicke ich Kom-Tar aus dem Amt – wegen Ungeeignetheit, mit dieser Situation umzugehen. Stattdessen benenne ich hier meinen jetzigen Partner, langjährigen Vertrauten und Adjutanten, Bat-Rar zum Mitkanzler."

Bor-Atak nickte und machte sich auf den Weg, die gewünschten Personen zu holen.

Kom-Tar wirkte nach dieser Aussage völlig gebrochen. „Ich will nach Hause, nach GENUA PRIME", stieß er hervor.

„Was?" Meiora glaubte nicht recht gehört zu haben. „Warst du nicht der, der zu den nicht vorhandenen Waffen greifen wollte? Jetzt kneifst du?"

Der ehemalige Vertreter deutete auf die Menge. „Ich bin nicht der Einzige, der so denkt. Frag sie!"

Die Kanzlerin sah auf die umstehenden GENUI und nicht wenige nickten zu Kom-Tars Worten.

„Gut", sagte Bat-Rar laut und unterbrach damit den Streit zwischen Meiora und Kom-Tar. „Wir werden abstimmen und wir werden garantiert niemanden hindern, nach Hause zu fliegen. Ob wir alle uns zurückziehen in die Dunkelwolke hängt davon ab, wie viele von euch mit uns", dabei sah er seine Partnerin an, „hierbleiben und nach einer neuen Heimat suchen wollen."

„Wann wird diese Abstimmung sein?", fragte der ehemalige Stadtpräsident von WALBURA tonlos.

81

„Damit es sich jeder überlegen kann – morgen Mittag", antwortete Meiora-Seth. „Wir treffen uns hier um 12:00 Uhr – jeder von uns beiden kann noch einen kurzen Appell an die Siedler richten, dann wird abgestimmt. Danach gebe ich meine Entscheidung bekannt, ob ich mit dem Rest weiterhin außerhalb GENUA-Primes leben möchte, oder ob ich alle heimführe."
Kom-Tar nickte und entfernte sich. „Bis dann!"

16.05.2014, 12:00 Uhr, Black Eye-Galaxie, SHELTER:

Die Kanzlerin und ihr Mitkanzler hatten der Einfachheit halber die Nacht in ihrer Rettungskapsel verbracht. Sie hatten darauf verzichtet, wie viele andere in neutrale Kabinen zu gehen, die ihnen die KI dieses Stützpunktes zugewiesen hatte. Sie hatten in dieser Nacht weder Ruhe noch eine Lösung finden können. Eigentlich wollte Meiora eine Rede vorbereitet haben, jedoch hatte sie sich, nachdem sie einige Ideen verworfen hatte, zu einer spontanen Ansprache entschlossen. Am frühen Morgen hatte Bor-Atak ihnen zwei GENUI-Frauen vorgestellt, mit denen er gern bei der Verwaltung des SHELTER behilflich sein wollte. Es handelte sich um seine Mitbesatzung des Verteidigungspostens G7-3 auf NEW GENUA, Heisi-Dam und Silu-Tri. Alle drei übergaben Folien, auf denen das komplette Interieur des SHELTERS, sowie alle Rettungskapseln, ALPHA-Disk und sonstige nennenswerte Ausrüstungsgegenstände aufgeschrieben standen. Bat-Rar dankte den Dreien und entließ sie zum Schlafen und bat sie mittags zur Abstimmung zurückzusein.

Nun war der Zeitpunkt gekommen – der Scheideweg der siedlungswilligen GENUI. Der riesige Saal schien bis auf den letzten Platz besetzt. Kom-Tar war ebenfalls anwesend und sah nicht mehr ganz so ramponiert aus wie am Vortage. Offensichtlich hatte sich sein Gemütszustand ebenfalls erholt, denn er strahlte eine Arroganz, fast wie eh und je, aus. Selbstbewusst verlangte er als Letzter reden zu dürfen, aber damit kam er bei der Kanzlerin nicht durch. Energisch schob sie ihren höheren Rang vor und bestimmte die Reihenfolge. Der ehemalige Stadtpräsident musste sich zähneknirschend beugen. Sah er eben noch wütend aus wegen der Abfuhr, so wandelte sich sein Gesicht in ein gewinnendes und mit strahlendem Lächeln trat er an eine Art Rednerpult und hob theatralisch seine Arme: „Meine lieben Mitbürger!"

Meiora zu Bat – flüsternd: „Ich kotze gleich!"

Bat ebenfalls leise: „Bitte – Meiora!"

„Nein, ehrlich – jetzt", entgegnete sie und Bat-Rar winkte leicht belustigt ab. Er konzentrierte sich wieder auf die Worte des Widersachers.

Kom-Tar ließ die Arme sinken. „Ich freue mich mit euch, dass wir diese Katastrophe bis jetzt überlebt haben und wir nun darüber frei entscheiden können, wie wir unser weiteres Leben verbringen wollen. Doch bevor ich weiterrede, lasst uns schweigend der verlorenen Töchter und Söhne GENUA PRIMEs gedenken, die wir auf NEW GENUA zurücklassen mussten."

Meiora knurrte grimmig. Dieser Schachzug brachte ihm sicherlich Sympathiepunkte ein. Sie sah ihren Partner an: „Hol mir einen Beutel – schnell!"

Dieser grinste nur und bewegte sich keinen Zentimeter vom Fleck weg.

Schneller als gedacht beendete Kom-Tar die Schweigeminute.

„Wir haben über Zweidrittel unserer Bevölkerung auf dem Altar der sogenannten Freiheit für recht zweifelhafte Vorzüge geopfert und ich frage euch: Müssen wir auch noch den Rest in den Tod führen? Wir alle haben noch ein langes und sicherlich auf andere Weise erfolgreiches und erfülltes Leben vor uns. Wollen wir das wirklich gefährden? Gefährden gegen einen Feind, der uns dermaßen überlegen ist? Gegen die SUBB hatten wir selbst mit den Menschen keine Chance. Die SUBB hatten keine Chance gegen den, den wir seit Generationen nur den Feind nennen. Er hat uns aufgespürt und die Menschen sind fort. Sie nahmen das Schiff und wie ich hörte, sind sie damit zurück in ihre Heimat. Glaubt denn noch irgendeiner an deren Rückkehr und Hilfe? Lasst uns zusammen den Verlust unserer Brüder und Schwestern betrauern und zurückkehren in die Sicherheit der Dunkelwolke – zurück zu unserem Urvolk. Sie werden uns sicherlich wieder in ihren Reihen aufnehmen. Ich bitte euch – kommt mit mir! Sicherlich werden wir die Genehmigung bekommen auf GENUA PRIME oder vielleicht auch auf einem der Nachbarplaneten eine eigene Siedlung zu gründen. Ich werde mich sehr dafür einsetzen und gut für euch sorgen." Kom-Tar verbeugte sich leicht und trat zurück – er war mit seiner Rede fertig und Meiora wusste nun, woher der Wind wehte. Kom-Tar wollte eine Gefolgschaft um sich scharen, um anschließend wieder so etwas wie ein

Stadtpräsident zu werden. Meiora wurde bei einer solchen Geltungs-sucht endgültig übel. Als noch zustimmendes Gemurmel laut wurde ging sie mit einem schalen Geschmack im Mund zum Rednerpult. „Ich danke für euer Erscheinen. Ich glaube im Gegensatz zu meinem Vorredner, dass die Menschen zurückkommen werden. Aber kommen wir zur Abstimmung: Wählt auf euren Armbandcom das Signal gelb – es ist mit der SHELTER-KI verbunden. Drückt weiterhin Taste ‚0‘ für ‚ich bleibe‘ und Taste ‚1‘ für ‚ich will nach Hause‘. Danke.“ Meiora drehte sich um und schaute in das feixende Gesicht von Kom-Tar – sie hatte ihm in die Hände gespielt – und in das entsetzte Gesicht von Bat-Rar.

„Meiora –warum hast du …?“, begann er.

„Mit Angsthasen und Leuten, die auf einen solchen Scharlatan reinfal-len, kann ich keinen Planeten kolonisieren. Sollen sie wegbleiben!“ Kom-Tar hatte mitgehört und ihm gefror das Lächeln auf dem Gesicht. Bevor er aber zur Anzeigetafel schauen konnte, um die in Echtzeit dargestellten Ergebnisse abzulesen, begann etwas nicht Geplantes: Bor-Atak wuchtete plötzlich seinen kräftigen Körper hinter das Rednerpult und begann mit leuchtenden, rosafarbenen Augen zu reden: „Bevor ihr drückt und eine Entscheidung für den Rest eures Lebens trefft – hört mich an: Ich bin Bor-Atak, ein kleiner Kommandant einer nahezu un-bedeutenden Bodenverteidigungsstation auf NEW GENUA. Mir ge-lang es, den ersten SUBB-Raumer mit einem Zerostrahlemitter abzu-schießen – ein gutes Gefühl übrigens nicht immer nur der Spielball anderer Intelligenzen zu sein. Ich denke: Niemand von uns, der jetzt zu GENUA-PRIME zurückfliegt, wird zu seinen Lebzeiten noch einmal die Gelegenheit zur Auswanderung bekommen. Unsere Väter und Müt-ter haben lange für diese Gelegenheit gekämpft und ja, wir hatten Ver-luste – große sogar. Viele sind von uns umsonst gestorben, wenn wir nun wieder als Duckmäuser vor der ganzen Galaxie dastehen und uns wieder in unsere Löcher verkriechen! Das ist unser nicht würdig!“ Bor-Atak sah sich um und entdeckte einige zustimmende Mienen, da-her sprach er umso lauter weiter: „Wir sind eine weit entwickelte Spe-zies. Es steht uns zu, frei und ohne Zwang den Weltraum zu durchflie-gen, wann immer es uns beliebt. Es gibt keinen Grund, warum wir uns verstecken sollten. Wer uns daran hindern will, wird unseren Wider-stand spüren und zwar solange, bis er uns unbehelligt ziehen lässt, denn es ist unser Recht als freie Bewohner dieser Galaxis zu reisen und zu forschen!"

Bor-Atak drehte sich um und sah die gefälligen Blicke seiner beiden Partnerinnen auf sich ruhen. Das gab ihm zusätzliche Sicherheit und daher rief er in das Aufnahmemikrofon: „Ich werde mich nie wieder verkriechen – ich werde notfalls dafür kämpfen, mich nicht mehr verstecken zu müssen. Jetzt ist die Zeit gekommen – jetzt! Bis hierhin und nicht weiter! Der Tod unserer Brüder und Schwestern soll nicht umsonst gewesen sein. Diese Galaxie wird das Volk der GENUI kennenlernen – von seiner guten und wenn es sein muss, von seiner schlechten Seite! Das alles unter der Führung von Meiora-Seth – sie hat mein Vertrauen!"

Der Mann mit den seltenen rosa Augen legte eine kleine Pause ein und schaute über seine Zuhörer. Tatsächlich war es für diese Masse an Individuen ungewöhnlich ruhig. Dann beendete er seine Ansprache mit Nachdruck und Überzeugung in gedehnten Worten: „**Ich – bleibe – hier!**"

Der Mann trat zurück und beschäftigte sich gut sichtbar für alle mit seinem Armbandcom und schon stand auf der Anzeigetafel seine Abstimmung: Eine ‚0' für ‚ich bleibe'. Lautes Gemurmel erhob sich im Publikum und viele führten kurz entschlossen ihren Armbandkom vor die Augen und tippten eine der beiden Zahlen ein. Atemlos beobachteten die Redner sowie Bat-Rar die Anzeigen auf dem Großbildschirm. Zunächst waren beide Lager gleich, dann erhielt aber die ‚1' die weitaus größte Anzahl an Zustimmung. Je größer der Abstand zwischen beiden Zahlen wurde, desto breiter geriet das Grinsen des ehemaligen Stadtpräsidenten.

Bor-Atak wendete sich an Meiora: „Es tut mir leid, Kanzlerin – ich hoffe, es nicht vermurkst zu haben."

Meiora legte ihm eine Hand auf den kräftigen Arm: „Lass sie gehen – ich brauche nur die unerschrockenen, die, die es wirklich wollen und nicht gleich bei jeder Schwierigkeit heim wollen." Fünf Minuten später stand die Niederlage der siedlungswilligen GENUI endgültig fest. Lediglich 2377 von ihnen wollten weiterhin außerhalb ihrer Heimat eine Existenz aufbauen.

Die Kanzlerin gab sich einen Ruck und schritt an einem feixenden Kom-Tar vorbei zum Mikrofon.

„In Ordnung", rief sie ins Mikro. „Hier werden sich unsere Wege also trennen. 2377 Mutige unter euch reichen mir aus, um weiterhin nach einer geeigneten Siedlungswelt zu suchen und sie erfolgreich zu kolonisieren. Ich akzeptiere den Wunsch so vieler von euch zurück auf die Urheimat zu wollen. Ich danke für das Vertrauen, welches ich die letzten Jahre genoss. Ich wünsche euch viel Glück und Zufriedenheit in der alten Heimat. Morgen früh um 08:00 Uhr wird mein Partner mit einer ALPHA-Disk starten und den Nahbereich erkunden. Wenn kein Feind in Sicht ist, könnt ihr Richtung GENUA PRIME starten – lediglich mit Rettungskapseln. 12 Personen pro Schiff – anderthalb Tage Flugzeit werdet ihr aushalten. Es ist nicht gestattet Ausrüstung mitzunehmen."

„Aber ...", rief Kom-Tar dazwischen.

Meiora drehte sich wütend um: „**NEIN** – wir werden es vielleicht zum Überleben brauchen – gegen ein bisschen Bequemlichkeit! Ihr werdet es in Kürze im Überfluss haben. Es werden ausschließlich Rettungskapseln zum Rückflug genutzt! KI-SHELTER – ist meine Anordnung verstanden worden?"

Die allgegenwärtige KI antwortete sofort: „Selbstverständlich, Kanzlerin. Kein Schiff wird ohne ihre Zustimmung den SHELTER verlassen."

Meiora-Seth richtete ihre dunkelroten Augen wieder auf das Publikum. „Ich schlage vor, wir werden die nächsten Stunden zur Verabschiedung nutzen. Die Wahrscheinlichkeit ist hoch, dass sich unsere Wege trennen und sich nie wieder vereinen."

Die Kanzlerin war niemandem böse, der sich gegen sie entschieden hatte – sie empfand nur den beginnenden Abschiedsschmerz. Sie spürte, dass ein paar ihrer engsten Vertrauten und Freunde ebenfalls zurück in die Sicherheit wollten.

Zehn Tage später, GEN-II System, ODIN, Brücke:

„Ich führe dieses Gefecht zu Ende", hatte Carson tonlos, aber bestimmt, von sich gegeben. Auf Kommunikation und Astrogation konnte er im Moment verzichten. Die wichtigsten Leute waren er selbst – als Pilot, Alma als Kommandantin der Staffeln und Johann als Gunner. Die wissenschaftliche Mitarbeiterin, Dr. Klaffke, half die Gefechtssituation zu analysieren und spezielle Sensorauswertungen vorzunehmen. Worte waren überflüssig. Die ODIN erzitterte unter den statischen

Belastungen des Raumkampfes. Hin und wieder fing sie sich schwere Treffer ein, die nicht immer ohne Wirkung blieben. Die Hälfte der Droiden war bereits unterwegs, um irgendwo innerhalb der Kugel Reparaturen vorzunehmen. Carson lenkte das Schlachtschiff dorthin, wo es Treffer austeilen konnte. Johann erahnte die Absichten des Piloten und mühte sich entsprechend auf seiner Feuerorgel. Alles in allem ein mittlerweile gut eingespieltes Team – wenn nicht im Hintergrund die Frage nach dem ‚Wie geht es weiter ohne …?‘ gewesen wäre.

„Es werden Beiboote ausgeschleust!“, rief Eleonore warnend.

Cunningham orientierte sich kurz und steuerte die ODIN mitten hinein in einen Pulk aus Beibooten, die alle nicht größer als 50 Meter waren. Das Licht auf der Brücke flackerte und das Brüllen der Generatoren zur Energieumwandlung war bis zur Zentrale zu hören. Carson hatte soeben mehrere Geschwader des Feindes allein mit den starken Schutzschirmen der ODIN vergast.

„Du solltest das nicht öfter machen“, warnte Klaffke, aber Cunningham hatte selbst gesehen, dass er die Schirme kurzzeitig überlastet hatte.

„Raketenschächte sind leer“, kommentierte der Österreicher, dessen schweißnasse Haare am Kopf anlagen.

Carson schaute auf den Gefechtsmonitor. Ganz viele Feinde gab es nicht mehr. „Nutz die Strahlwaffen – den Rest müssen wir auch noch schaffen“, empfahl er dem Gunner.“ Das Gefecht wurde ruhiger, die Einschläge seltener. Nach weiteren 20 Minuten wurde klar, dass die ODIN den Sieg davontragen würde, wenn auch nicht unbeschadet. Trotzdem wandte sich keines der Quaderschiffe zur Flucht. Verbissen wurde auf der anderen Seite weitergekämpft.

Was sind das für Leute, fragte sich Cunningham, als der letzte 1.500er in einer gewaltigen Feuerblase unterging. Die noch umherfliegenden Beiboote gaben für das kugelförmige Schiff der GENUI lediglich bessere Zielscheiben ab. Nach einer weiteren halben Stunde war auch das letzte Schiff in Quaderform explodiert.

„Wir haben es geschafft“, stellte Eleonore freudlos fest.

„Ja“, bestätigte Carson. „Aber um welchen Preis!“ Er schaltete die Triebwerke ab und entließ die ODIN in den freien Fall. „Elli – was sagen deine Sensoren. Eine Spur von der Mars?“

Klaffke schüttelte bedauernd den Kopf. „Zu viele Trümmerteile in der Ortung. Ich kann nichts sagen.“

„Wir warten – such weiter!"

Carson drehte sich zu Alma. Die Schwedin hing halb bewusstlos in ihrem Sitz. Mit weiten Sätzen sprang Cunningham von der Empore herunter und kniete sich neben den Sitz der CSG. Müde Lider schauten ihn an. Er drückte ihre Hand. „Gute Arbeit, Alma!"

Cunningham stand auf: „KI – Kommandocodes CSG überbrücken! Bring die Geschwader zurück an Bord! Verlustmeldungen?"

„Verstanden, Captain. Verlustmeldung: 3 Beiboote der P-Klasse, 117 Beta-Disks, davon 45 reparabel im Raum, 44 Alpha-Disks, davon 13 reparabel im Raum."

„Okay – setz den Tender ein und bring die havarierten Einheiten zur Reparatur zurück aufs Schiff."

„Verstanden, Captain!"

Cunningham analysierte die Situation. Das All um NEW GENUA hing voller Trümmer. Eine intensive Suche musste nach den Vermissten gestartet werden – und die Raketensilos mussten neu befüllt werden. Sie hatten keine Ahnung, ob der Feind nicht noch Hilfe bekommen würde.

„KI! Nur die Hälfte der Droiden für Reparaturen einsetzen – nach Prioritäten vorgehen. Den Rest der Robots schickst du nach China-Town."

„Verstanden."

„Chinatown?"

Feng Pu antwortete: „Ja, Brücke?"

„Das Gefecht ist vorbei – fürs Erste. Produktion wieder aufnehmen! Wir brauchen Munition."

„Wir machen sofort weiter."

Cunningham ging zur Konsole des abwesenden Bob Hillary. ‚Den Mann bräuchte ich jetzt', dachte er. Er setzte sich vor die Arbeitsstation und schaltete sie ein. Unbekannte Codes leuchteten ihm entgegen. Carson beschloss sich von der KI helfen zu lassen. „KI – ich brauche Hilfe!"

„Genaue Definition – Hilfe?"

„Wir suchen im All eine ALPHA-Disk – die MARS. Wir müssen davon ausgehen, dass der Jet beschädigt ist und eventuell keine Kennung mehr ausstrahlen kann."

Die KI unterbrach den Stellvertreter Eggerts: „Die Wahrscheinlichkeit, dass eine DISK keine Kennung mehr aussendet, ist äußerst gering!"

„Wie gering?"

„Die Wahrscheinlichkeit, dass die MARS komplett zerstört wurde, liegt bei 98,3%."

Carson verfluchte diese unpersönliche Information. Das hätte man auch anders formulieren können – weniger endgültig. Allerdings musste er zugeben, dass er selbst nachgefragt hatte.

„Dann setzen wir mal auf die 1,7%. Die Suche muss so schnell wie möglich starten, und niemand hat hier eine Ahnung von der Drohnensteuerung."

Mit der nächsten Antwort zeigte der Bordrechner seine wahren Qualitäten: „Für die Suche sind 200 Drohnen geeignet. Ich kann eine effektive Suchroutine nach den vorgegebenen Daten programmieren, die Drohnen steuern und die gewonnenen Daten filtern. Radius der Suche?"

Carson atmete auf. „Suche bis zu den äußersten Trümmerteilen ausdehnen. Mittelpunkt der Suche dort wo das letzte 14.800er-Schiff der Feinde explodierte."

„Ich habe verstanden, starte Drohnen."

Cunningham sah seine restlichen Gefährten an. Es waren nur noch Johann, Alma und Eleonore auf der Brücke. Bis auf die völlig fertige Schwedin, die vor Erschöpfung eingeschlafen war, hasste der Rest das folgende Nichtstun. Elli war nach vorn gegangen und umarmte den einigermaßen apathisch auf seinem Stuhl sitzenden Hochreiter von hinten. Cunningham hörte ein leises Schluchzen. Der Schotte suchte den Replikator im hinteren Bereich der Brücke auf und zog zwei Pötte Kaffee. Mit dem dampfenden Getränk in den Händen ging er langsam zu Alma. Er kniete sich vor ihren Sitz und sah auf das schweißnasse Gesicht. Ein warmes Gefühl stieg in ihm hoch. Die blonde Frau war ein Traum – selbstbewusst und temperamentvoll. Bisher hatte er in seinem Leben noch kein weibliches Wesen gefunden, das Alma gleichkam. Er fragte sich, ob eine Liebe unter den gegebenen Umständen eine Chance hätte. Vielleicht gerade deswegen? Er versuchte gerade die Hand voll Sommersprossen zu zählen, als die Schwedin sich rührte. Der stark aromatische Duft des Kaffees hatte sie in die Wirklichkeit zurückgeholt.

„Was …?" Sie wusste als erfahrene Frau den liebevollen Blick ihres Gegenübers zu deuten und lächelte. Ihre Hand suchte seine und drückte sanft zu.

89

„Die KI sucht jetzt mit Hilfe von 200 Drohnen nach der MARS. Ich bin nicht gewillt unsere Leute abzuschreiben", erklärte Carson leise. „Hoffen wir also und warten", stellte die Frau fest und nahm einen Schluck Kaffee.

MARS:

Bob kam zu Bewusstsein und stellte fest, dass er mit seinem Raumanzug hilflos durch den Laderaum schwebte. Das Schott war abgesprengt und wie ihm befohlen worden war, hatte er nach 20 Sekunden den Knopf an der Bombe eingedrückt und sie mit Füßen mehr oder weniger von Bord ‚getreten'. Danach war ein gewaltiger Ruck durch die DISK gegangen und er gratulierte sich zu seinem Entschluss, sich mittels eines stabilen Seils an einer Halterung innerhalb des Laderaums festzuzurren. Andernfalls würde er jetzt hilflos durchs All schweben. Bob versuchte sich zu orientieren. Der Blick nach draußen half nicht wirklich. Gelegentlich schwebten Trümmerteile vorbei und hin und wieder änderte die DISK ruckartig die Drehbewegung, erkennbar an der Sternkonstellation draußen und spürbar an der heftigen Straffung seines Halteseils. Offenbar kollidierte ihr Fluggerät mit diversen Bruchstücken von Raumschiffwracks. Es wurde Zeit, sich zu melden. „Bob ruft Brücke!" Hillary nutzte seinen Anzugfunk – erhielt aber keine Antwort. Nach fünfmaligem Versuch gab er es auf. Vielleicht hatten Jan und Sam schwerwiegende Verletzungen erhalten. Vielleicht gab es das Kanzeldach überhaupt nicht mehr, vielleicht … Ein paar zu viele ‚vielleichts' gestand sich der Jamaikaner ein. Ein Blick auf seine Anzeige belehrte ihn darüber, dass er noch für knapp drei Stunden Luft hatte. Wieder ging ein Ruck durch die MARS. Bob konnte zwar nichts hören, jedoch befand er sich urplötzlich drei Meter draußen im All wieder, und das straff gewordene Seil verhinderte mit einem schmerzhaften Ruck an seinem Körper, dass er abgetrieben wurde. Ihm flogen an dieser Stelle verschiedene Trümmerteile um die Ohren. Hastig ergriff er mit beiden Händen das Sicherungsseil und zog sich schnell in den schützenden Laderaum zurück und überlegte. Er brauchte gar nicht zu versuchen den Durchgang in Richtung Brücke zu öffnen. Da das Außenschott wahrscheinlich schon kilometerweit durch den Weltraum trieb, verhinderte eine Zwangsschaltung wegen des Atmosphärenverlustes die Öffnung. Er musste anderweitig sehen wie er mit seinen Gefährten Verbindung aufnahm. Zögernd löste er den Karabinerhaken, der ihn per Seil mit dem Schiff verband. Er wusste, dass er mit dieser Aktion alles riskierte.

Ihm war speiübel – alles drehte sich. Er erinnerte sich mühsam an einen Traum, in dem er riesige Atompilze über Städten auf der Erde, oder war es NEW GENUA – die Gebäudeformen waren seltsam vermischt, schweben sah. Immer wieder blitzten die Explosionen neuer Atombomben auf. Dazwischen sah er Menschen aller Hautfarben und sogar GENUI laufen. Er selbst befand sich in einer Art Schaufenster und schaute einfach nur auf das Grauen hinaus. Das Gesicht einer GENUI kam ganz nahe und er konnte tief in die dunkelroten Augen schauen – Meiora! Heftig hämmerte sie mit einem harten Gegenstand gegen sein Schaufenster. Nur zögernd entließ ihn die Ohnmacht aus ihren Fängen und fassungslos starrte er mehrere Sekunden lang aus dem Kanzeldach heraus und erkannte eine Person im Raumanzug, die mit einem Karabinerhaken auf die Scheibe eindrosch. Gleichzeitig pfiff es laut und schrill. Das Tableau vor ihm war tot – kein Licht, nichts. Als Jan sich innerhalb der stark eingegrenzten Möglichkeit seiner Anschnallgurte aufrichtete, bemerkte er stechende Schmerzen in der Brust. Offenbar hatte er sich Rippen gebrochen oder geprellt. Es war kalt auf der Kommandoebene der MARS und er atmete bereits schneller. Ein Leck – zuckte es ihm durch den Kopf. Er schnallte sich los und begann gleich darauf zu schweben.
„Sam, Sam – kommt zu dir. Los aufwachen! Wir haben ein Leck!"
Leises Stöhnen antwortete ihm und ein Seitenblick zeigte Eggert, dass der Kopf seines Copiloten blutüberströmt war. Trotzdem konnte er jetzt keine Rücksicht nehmen. „Sam – sofort!"
Ein Ruck ging durch den Verletzten und rein mechanisch schnallte er sich ab. Jan hangelte sich zu einem seitlichen Wandfach, öffnete es und holte zwei leichte Raumanzüge heraus. Zunächst half er dem arg benommenen Waterhouse in seinen hinein, dann streifte er sich selbst den nächsten über. Es wurde Zeit, die Bedienungselemente der DISK waren schon mit Raureif überzogen und er bekam aus Luftmangel langsam Schwindel und Atemnot. Ein schneller Check und die beiden Männer waren in ihrer Umgebung autark – das Leck hatte seinen Schrecken verloren. Eggert schaute nach draußen und ihm gefror das Blut in den Adern. Hinter Bob, er hatte mittlerweile aufgehört auf die

91

Scheibe zu hämmern, kam ein größeres Trümmerteil in Reichweite. Es bestand keine Gefahr, es zog vorbei, aber darauf bewegte sich etwas. Nur schemenhaft konnte Eggert etwas erkennen, aber eine dürre Figur machte sich zum Sprung bereit. Sie stieß sich ab, wobei das Wrackteil eine etwas andere Richtung erhielt. Das fremde Wesen hielt genau auf die MARS und damit auf Bob zu.

„Bob, Bob!", schrie Jan und deutete auf das Wesen hinter dem Jamaikaner. Dann erst besann er sich und schaltete den Funk seines Raumanzuges ein: „Bob, hinter dir!"

Hillary drehte sich reflexhaft um und schlenkerte dabei mit seinem rechten Arm. Mehr unabsichtlich traf er das Individuum mitten im Flug und an einem hässlich verzerrten Kopf. Bob selbst wurde mit Schwung auf die Kanzelscheibe geworfen, das Wesen selbst trieb getroffen ab.

„Boah, krass Mann! Was war das denn?"

„Wir haben wahrscheinlich zum ersten Mal einen der HUTCH gesehen", antwortete ihm Jan. „Geh wieder zurück in den Laderaum, Bob. Dort bist du sicher vor umherfliegenden Trümmern."

Bob überraschte mit einem kurzen „Okay" und machte sich auf den Rückweg, wobei er den Magnetismus seiner Stiefel benutzte.

„Sam –alles klar?"

Waterhouse stöhnte: „Mein Kopf – aber es geht!"

Einigermaßen beruhigt versuchte Jan den Bordrechner der Jet wieder zu starten – Fehlanzeige. Der Flieger konnte zumindest im Moment als Totalverlust abgeschrieben werden – keine Energie. Er taugte lediglich dazu, kleinere Trümmerteile von ihnen fernzuhalten. An größere Dinge wagte Jan erst gar nicht zu denken. Entschlossen drückte er den Notsender an seinem Anzug. Falls die ODIN noch existierte und in Reichweite war, hatten sie eine Chance. Den Gedanken, dass ihr Mutterschiff vernichtet worden war oder das Schlachtfeld hatte verlassen müssen, erlaubte sich Jan erst gar nicht.

Zwei Stunden später:

„Drohne R-154 übermittelt Eingang eines Notsignals!"

Nach den Worten des Bordrechners schnellte Carson von seinem Platz neben Alma hoch und hastete zu seinem Befehlsstand. „Woher?" Die Bord-KI gab Koordinaten und einen Anflugvektor durch.

„Nav-Hilfe ein und welcher Art ist das Signal?"

Sogleich bekam Carson einen Pfeil auf sein Tableau und er fuhr die Energiemeiler der Triebwerke hoch.

„GENUI-leichter Raumanzug. Die Wahrscheinlichkeit, zumindest einen der Vermissten gefunden zu haben, liegt bei 99%!"

‚Genau', dachte Carson, ‚einen und der muss noch nicht einmal leben.' Gewaltsam verdrängte er die negativen Gedanken und leitete Energie auf den Antrieb – die ODIN ruckte an.

„Das Signal bewegt sich mit 15 Kilometern pro Sekunde von uns weg", berichtete die KI. Ich melde Kollisionsalam. Ein größeres Schiffswrack liegt in Flugrichtung des Signals. Zeitpunkt bis zum Einschlag 185 Sekunden!"

„Johann!", schrie Carson und schob die Schubregler der Triebwerke bis über das Maximum hinaus. Die Kugelhülle der ODIN begann wie eine Glocke zu schwingen und lästiges Dröhnen klang an die Ohren.

„Brücke, hier China-Town. Was geht da vor?" Laut hallte die Stimme von Huang Li über die Brücke. Der Atomexperte machte sich offensichtlich Sorgen wegen der neuerlichen Umstände, nachdem man doch das Ende der Schlacht gemeldet hatte.

„Rettungseinsatz, Li! KI – Flottenfrequenz ausschalten!"

Hochreiter schaute auf seine Anzeigen. Rechts oben war automatisch ein Countdown erschienen. Es waren noch 120 Sekunden. Er richtete alle in Flugrichtung vorne liegenden Laser- und Pulsbatterien aus und leitete Energie in die Speicherbänke.

„Johann – feuern sobald möglich!"

„Ay, ich mach, Carson."

55 Sekunden!

Auf der MARS starrte Jan mit schreckgeweiteten Augen nach draußen. Die blauweiße Sonne beleuchtete das Ende ihrer Existenz. Eggert schätzte das entfernt quaderförmige Wrackteil auf bestimmt 500 Metern Länge – und sie rasten mit einem Affenzahn darauf zu. Jan vermied es, die Kameraden darauf hinzuweisen. Er wollte ihnen den Blick in das hässliche Gesicht des Todes ersparen. ‚Ersticken ist bestimmt auch nicht schön', dachte er und bedauerte Nina nicht mehr sehen zu können. Zu gern hätte er seine verlängerte Lebensspanne genutzt, um mit ihr noch vielleicht das eine oder andere Kind zu haben. Doc Holliday hatte ihm mitgeteilt, dass es bis zum 100sten Geburtstag für eine menschliche Frau, nachdem sie die Optimierung durch die medizinische Staseeinheit der GENUI erfahren hatte, kein Problem wäre, Kinder zu gebären. Jan wünschte sich Kinder – gemeinsame mit Nina. Vor seinem geistigen Auge erschien das halb durchsichtige Gesicht seiner großen Liebe. Dahinter wurde das Wrack schnell größer. Plötzlich zerschnitten helle Strahlbahnen und intervallartige Lichterscheinungen das schöne Gesicht seiner Traumfrau und rissen große Löcher in das Wrack. Kurz bevor die MARS in die Reste hineinraste, wurde sie von einer riesigen Kugel überholt. Die ODIN schlug mit hochgespannten Schutzschirmen wie eine überdimensionierte Kanonenkugel in das Wrack hinein und säuberte mit ihrem Körper den Flugweg der ALPHA-Disk. Jan schrie erleichtert auf und wenig später rauschte es in seinem Funk.

„Hier ist die ODIN – Kann uns jemand hören?"

Völlig erleichtert antwortete Jan der Stimme seines Vertreters.

„Hallo, Jan. Zustandsbericht!"

„Wir leben, haben allerdings keine Energie. Sam ist verletzt und braucht Behandlung. Ihr müsst uns bergen, aus eigener Kraft geht nix!"

Der Jubel auf der Brücke der ODIN war groß. Carson wies die KI an, den Tender zur Bergung der MARS einzusetzen und ließ sich mit dem Med-Lab verbinden.

„Holliday, hier", meldete sich der kleine Droide.

„Kann deine Patientin mithören?"

„Jetzt, ja!"

„Nina, wir haben Funkkontakt mit Jan. Es gibt Verletzte, sollte aber lösbar sein. Wir schicken jetzt den Tender zur Bergung raus. Ich schlage vor, dass du dich zum Landedeck begibst, um Jan zu begrüßen."

Als Antwort hörte Carson ein heftiges Schluchzen und ein zittriges „Ja".

„Und du, Doc, gehst ebenfalls zum Landedeck. Rechne mit drei verletzten Personen!"

„Ay", bestätigte der leitende Bordarzt, dann wurde die Verbindung unterbrochen.

„Johann – übernimm mal eben", ordnete Carson an und schnellstmöglich machte sich der breitschultrige Schotte auf den Weg zum Landedeck. Dort angekommen traf er mit einer erwartungsvollen und total hibbeligen Nina Holst und einem ruhigen Doc Holliday zusammen, der

94

in Erwartung mehrerer Verletzter noch eine Schwester ... Wie sah die denn aus?

Nina bemerkte den fassungslosen Blick des Schotten, der auf der üppigen und freizügig dargestellten Oberweite der Droidin ruhte und grinste. „Beim Design einer Krankenschwester hat man wohl die falschen Filme von der Erde als Vorlage genutzt." Carson lachte lauthals und befreite sich damit aus der psychischen Anspannung der letzten Stunden. Holst lachte mit und ihr liefen die Tränen der Erleichterung die Wangen hinunter. Aufgrund der geringen Schwerkraft auf dem Landedeck, etwa nur 5%, verließen die Tränen alsbald ihr Gesicht und fielen nur langsam auf den Boden. Wegen des Tendereinsatzes musste die künstliche Schwerkraft soweit herabgeregelt werden, sonst würde die relativ dünne Plattform unter dem Gewicht auseinanderbrechen. Das große, quadratische Hangartor mit 50 Metern Höhe und 300 Metern Breite war offen. Kraftfelder hielten die Atmosphäre an Bord. Am Rande des Hangars warteten sie und sahen, wie der 50 x 30 Meter breite Tender, im Prinzip eine fliegende Plattform mit einem überdimensionierten Greifarm, langsam auf die ODIN zuflog und dann das Kraftfeld durchbrach. Im Abstand von 40 Metern zu ihnen setzte das von der KI gelenkte Schiff sanft auf. Nina rannte los und bevor sie die arg in Mitleidenschaft gezogene MARS erreichte, rollte etwas aus dem offenen Laderaum des ALPHA-Fighters heraus: Es war Bob Hillary, der sich wieder abgeseilt hatte und dann wegen des leichten Schiefstandes der MARS einfach von Bord rollte. Aufgrund der geringen Schwerkraft rollte und fiel er äußerst langsam, es konnte also nicht viel passieren. Doc Holliday und seine Krankenschwester machten sich ebenfalls auf den Weg und die Schwester öffnete vorsichtig den Helm des Anzuges. Carson ging davon aus, dass lediglich das Design der Droidin misslungen war, nicht aber deren Funktion – und beim Design konnte man auch noch streiten. Bob schaute, nachdem der Helm ab war, mit Riesenaugen auf die so füllig dargebotenen Brüste. Da sich die ‚Schwester' über ihn bückte, blieb kaum etwas verborgen.

„Schnell, ganz schnell – welche Art von Joint hatte ich beim letzten Mal – krass", rief er und ließ sich in die Höhe ziehen. Holliday befasste sich mit einem medizinischen Scanner und las die Biowerte des Jamaikaners ab. Anschließend wandte er sich ab. „Ein paar Hämatome – nicht der Rede wert."

95

Erschrocken wollte sich Bob auf die Krankenschwester stützen, aber die entwand sich seinem Griff und folgte ihrem Chef in Richtung Schleuse der ALPHA-Disk. Dort waren zwei Droiden damit beschäftigt, das energielose Schott mit Werkzeugen aufzubekommen. Wenig später glitt es langsam am Rumpf herab. Jan Eggert stand dort und nahm zunächst den Helm ab, dann stützte er den angeschlagen wirkenden Sam Waterhouse. Doc Holliday und seine Hilfe kamen hinzu und nahmen Jan den Verletzten ab. Wenig später wurde der Ex-Marine mittels einer Antigrav-Trage vom Landedeck transportiert.

Nina hatte sich Jan an den Hals geworfen und weinte vor lauter Erleichterung. In einigem Abstand wartete Carson und als Nina sich endlich von Eggert löste, gab er einen kurzen Zustandsbericht der ODIN ab. Jan bat ihn, das Kommando noch einen Augenblick zu behalten. Er selbst wollte zunächst duschen und dann die medizinische Abteilung aufsuchen – die Stiche in seiner Brust hatten nicht nachgelassen. Etwas umständlich zog er seinen Raumanzug aus und ging dann gemeinsam mit Nina zum gemeinsamen Quartier.

Man hatte die Kinder im Ungewissen gelassen. Trotzdem hatten sie die Bedrohlichkeit der Lage offenbar erfasst, denn Zoe und Eva, sowie Heinz als Erster, kamen ausgelassen auf sie zugerannt, als sich die Tür des Quartiers öffnete.

„Wir hatten Angst", sagte Zoe, während Heinz immer wieder an Jan hochsprang. Eggerts Blick wanderte weiter und fand den irakischen Jungen, der sich bescheiden im Hintergrund hielt. „Was ist mit unserem Zuwachs", erkundigte er sich.

„Mehmet sagt nichts", bedauerte Eva. „Er braucht sicher noch Zeit. An uns und an den Hund hat er sich schon gewöhnt – der Rest macht ihm wohl noch Angst."

„Okay", nickte Jan. „Dann kümmert euch bitte weiter."

„Machen wir", riefen die Mädchen und nahmen Heinz und den kleinen Jungen mit in ihr Zimmer.

Nina wich nicht von Jans Seite. Selbst als dieser duschte, hockte sie sich im Hygieneraum auf einen Stuhl und sah zu. Eggert hatte ein paar mächtige Blessuren in Form von blauen Flecken davongetragen. Anschließend begleitete sie ihn in die medizinische Abteilung. Leider kam Jan nicht mehr in den Genuss Docs Hilfe begutachten zu können. Zunächst fragte Jan den leitenden Mediziner an Bord nach dem Gesundheitszustand seines Kameraden Sam. Ihm wurde mitgeteilt, dass die

Verletzungen innerhalb der nächsten zwölf Stunden durch eine medizinische Staseeinheit geheilt und Sam wieder ganz der Alte sein würde. Holliday diagnostizierte bei Jan ein paar Rippenprellungen und fragte nach, ob Jan die nächsten Stunden in einer medizinischen Staseeinheit verbringen wollte. Eggert spürte, dass die Hand seiner Freundin die seine leicht drückte. „Ich bin vorsichtig", hauchte sie ihm ins Ohr. Jan sagte daraufhin diese Möglichkeit ab. Er wollte, selbst wenn es etwas schmerzte, lieber an Ninas Seite liegen. Er ließ sich mit Carson verbinden und bat ihn, die ODIN zurück nach HASBART zu fliegen und dort die Reparaturen durchführen zu lassen. Schließlich wusste man nicht, ob die Feinde Verstärkung bekommen würden. Jan wollte zunächst erst einmal abwarten, bis seine Mannschaft wieder komplett fit und die Raketensilos der ODIN zumindest teilweise bestückt waren.

28.05.2014, 10:00 Uhr, ODIN, Brücke:

Seit über einer Stunde war eine Besprechung aller erwachsenen Crewmitglieder im Gange. Die chinesische Abteilung hatte gemeldet, dass alle Droiden wieder dabei seien Raketen und Torpedos herzustellen, da die Reparatur der ODIN abgeschlossen sei. Alma Falkengren berichtete, dass man aus Prioritätsgründen die Wiederherstellung der geborgenen Jäger zurückgestellt habe. Die übrigen Jets seien zu neuen Geschwadern zusammengestellt worden. Man verfügte demnach immer noch über neun komplette Geschwader ALPHA-Disks, 18 Geschwader der kleineren Jägereinheiten, nebst ein paar Reservejets und 11 Beiboote der P-Klasse. Die beschädigten Maschinen standen aufgereiht auf mehrere Hangars verteilt und warteten auf die Reparatur. Sam Waterhouse hatte sich zurück und wiederhergestellt gemeldet, Bob Hillary schien immer noch ein wenig durch den Wind, aber wann war er das nicht.

„Es ist ruhig im Sektor – keine Feindkontakte. Die ausgeschickten Drohnen haben bis weit über das System hinaus keine weiteren Feindeinheiten scannen können", berichtete Eleonore Klaffke und lehnte sich dabei wie zufällig etwas an den neben ihr sitzenden Johann Hochreiter an, der seinerseits deswegen keine Miene verzog. Jan beobachtete die Szenerie sehr genau und gönnte jedem, wirklich jedem, sein privates Glück. Er hoffte dabei, dass dieses sich nicht negativ auf ihr Vorhaben

97

auswirken würde. Aber das war menschlich, dass sich Paare zusammentaten und nicht anders erging es ihm mit Nina.

„Wir haben es wiederholt versucht", berichtete seinerseits Jan und sah seine Partnerin dabei an. „Es gibt keinen Funkkontakt zur Oberfläche von NEW GENUA. Die besondere Absicherung ist immer noch aktiv und wir können keine Drohne nach unten steuern – wir würden sie verlieren beziehungsweise bekämen keine Daten. Es bleibt also nichts anderes übrig als nachzusehen. Ich denke, wir werden mit einem Zweier- oder Dreierteam in einer ALPHA-DISK …", Jan unterbrach sich, weil Waterhouse bereits aufstand. „Sam?"

„Ich mache zwei meiner Kampfmaschinen fertig und lade sie in eine ALPHA-Disk. Habe ich deine Gedanken erraten?"

Jan lächelte: „Sicher, Sam. Aber nicht so eilig. Setz dich wieder."

Waterhouse nahm zögernd wieder Platz. Er wäre am liebsten sofort aufgebrochen.

„Nachdem Sam meine Gedanken so quasi erraten hat", fuhr er fort, „wird es unsere nächste Aufgabe sein, uns nach dem Befinden der GENUI-Siedler zu erkundigen. Sam und ich werden gehen, Carson wird wieder meine Vertretung hier übernehmen. Die Kommunikationswege bleiben dieselben wie vor dem Kampf. Die Drohnen sind noch aktiv. Die ODIN bleibt in der Atmosphäre von HASBART. Wir starten in zwei Stunden."

Die versammelte Mannschaft zerstreute sich, speziell Sam Waterhouse hastete los, um seine Kampfmaschinen in eine ALPHA zu laden. Dabei war noch gar nicht gewiss, ob man die Maschinen überhaupt gebrauchen würde. Nina beschloss die neuerlich aufkommenden Ängste um ihren Liebsten sportlich zu nehmen. Sie umarmte ihn: „Hat wohl keinen Zweck, dich zu bitten, den Einsatz einem anderen zu überlassen?"

Jan wurde verlegen und Carson, der noch in der Nähe war und die Worte gehört hatte, wandte sich an Jan. „Es ist wenig professionell, dass der Leiter der Mission in erster Linie den Kopf hinhält. Ich bin gern bereit, für dich einzuspringen und auch Alma würde sicherlich den arg strapazierten Sam ersetzen wollen."

Jan sah seine Vertretung an. „Dieses Mal nicht, Carson. Ich komme aber darauf zurück. Schließlich muss ein Vernünftiger hier übrig sein und Alma muss im Gefahrfall die Geschwader steuern."

Der Schotte nickte und wandte sich ab. Er würde Jan den Rücken freihalten.

GEN-II Sektor, 14:00 Uhr:

Da die MARS ebenso wie viele andere Maschinen auf ihre Wiederherstellung warteten, hatte das Einsatzkommando Jan und Sam einen anderen Flieger nehmen müssen. Waterhouse hatte den Flieger auf den
sinnigen Namen SCOUT getauft. Die ALPHA-Disk stürzte sich im
Moment in die oberen Wolkenschichten von NEW GENUA. Jan hoffte Meiora-Seth und ihre mutigen Siedler unverletzt vorzufinden. Damit
sie nicht versehentlich abgeschossen wurden, wie vor einiger Zeit Johann und Eleonore, hatten sie auf eine Tarnung des Scheibenraumers
verzichtet. Jan gab den Piloten und war entsprechend auf der Hut. Die
Schutzschirme des Beibootes waren eingeschaltet und die Scanner im
aktiven Modus. In einer Höhe von 10.000 Metern brach die SCOUT
durch die dichte Wolkendecke. Übergangslos wurde die wilde und bisher unbeherrschbare Natur des urwüchsigen Planeten sichtbar. Weit
unter ihnen flogen riesige Saurier. Jan ließ den Jet weiter sinken und
Sam bemühte die Funkanlage. ‚Normalerweise müsste ab jetzt eine
Funkverbindung möglich sein', dachte Eggert, aber der Äther blieb
stumm.
„Unser erstes Ziel?", fragte Waterhouse, obwohl er es sich denken
konnte.
„Wir fliegen nach WANTANA", gab Jan Auskunft und bemühte sich,
keine Flugsaurier zu rammen. Wegen der Nav-Hilfe erwies es sich jetzt
nachträglich als gute Idee, den Inhalt der Speicherbänke der MARS
schon gleich nach dem ersten Besuch von NEW GENUA in die der
KI auf der ODIN geladen zu haben. Damit war gleichzeitig gewährleis-
tet, dass alle Geschwaderteile über dieselben Informationen verfügten.
Jan folgte einfach dem grünen Pfeil. Die Entfernung wurde mit knapp
1.000 Kilometern angegeben. Eggert rechnete bei der derzeitigen Geschwindigkeit mit etwa 30 Minuten, bis er die Stadt sehen konnte. Es
dauerte auch nur 20 Minuten als er etwas sah – und das war dicker,
fetter Qualm, der über der Stelle hing, an dem die Stadt auftauchen
musste. Sam winkte und zeigte mit dem Daumen nach unten. Jan verstand und drückte die SCOUT weiter in Richtung Boden, derweil verlangsamte er den Flug.
„Scheiße", murmelte er und Sam ergänzte auf die etwas feinere Art:
„Das sieht nicht gut aus!"

99

„Stell den automatischen Sender ein", verlangte Jan, „und beschäftige dich mehr mit den Scannern."

„Der Schutzschirm um die Stadt ist nicht mehr existent", meldete Sam und Jans Laune rutschte noch mehr in den Keller. Die SCOUT tauchte tief in den Qualm und in den Bereich der Stadt ein und Jan erkannte hier und da die Ursache: Schwelbrände aus unterirdischen Hohlräumen erzeugten eine Unmenge an Qualm. ‚Die technische Entwicklung der GENUI sollte soweit fortgeschritten sein, dass Feuer keine große Gefahr mehr darstellt', dachte Jan. Allerdings dachte er auch an den mehr scherzhaften Werbeslogan von der Heimat: Jeder Feuerlöscher ist Mist, wenn du mal nicht zu Hause bist. Damit habe ich wahrscheinlich den Nagel auf den Kopf getroffen."

Jan ließ die Schultern hängen. Hier war niemand mehr. Irgendeiner musste sich doch bemerkbar machen! Funksprüche von der SCOUT ohne Ende, der Anflug selbst war bestimmt nicht leise und trotzdem – nichts. Keine Reaktion. ‚Nur kein Risiko', dachte Jan und ihm lief noch nachträglich ein Schauer über den Rücken, als er darüber nachdachte, mit welcher Naivität er mit einer Nussschale von ALPHA auf das Landedeck eines 14.800-Meter-Schiffes des Feindes geflogen war. Er gedachte nicht, die Nerven seiner Freundin erneut so zu strapazieren.

„Mach die Kampfmaschinen fertig", rief er Sam zu und bereitete die SCOUT auf die Landung vor. Er ließ den Jet einmal um einen größeren freien Platz inmitten der Hauptstadt kreisen, während Sam weiter unten die Kampfmaschinen auf den Einsatz vorbereitete.

Die SCOUT stand schließlich inmitten der freien Fläche. Wenn die wilden Tiere NEW GENUAs, die man ab und zu auch innerhalb der Stadt gesehen hatte, nicht zu befürchten gewesen wären, so hätte Jan den Ausstieg ohne Kampfdroiden angeordnet. So blieb er vorsichtig und schlängelte sich im Inneren seiner sechs Meter hohen Kampfmaschine in die Halteschlaufen und startete den bordeigenen Energiemeiler. Kurze Zeit später standen zwei stählerne Giganten auf den Straßen der, man muss wohl sagen: ehemaligen, Hauptstadt. Sam war stolz auf die Umbauten an seinen Droiden. Diese gehörten zu den ersten, die er von Huang Li und Feng Pu hatte umrüsten lassen. In einer magnetischen Halterung ruhte auf der rechten Hüfte eine Kanone mit Explosivgeschossen, die einem starken Panzer auf der Erde zur Ehre gereicht hätte. Links war eine Pulskanone angebracht, die der Gigant, ganz genau wie auf der anderen Seite, mit Hilfe seiner großen Pranken bedienen konnte. Für den Uneingeweihten sahen die Droiden grotesk aus, denn sie hatten keine Köpfe. So stapften sie nebeneinander durch die Straßen der Stadt, bis sie sich urplötzlich einem Rudel von größeren Echsen gegenübersahen, die gleich in Angriffsposition gingen. Sam reagierte, wie er es von der Natur abgeschaut hatte: Mit einer Drohgebärde. Er schaltete die Außenlautsprecher ein und riss beide Arme in die Höhe. Mit lautem Gebrüll stapfte er auf die Amphibien zu, die nur kurz innehielten und sich dann zur Flucht wendeten.

„1:0 für uns", kommentierte Jan das Intermezzo.

„Nein, wir haben verloren", kommentierte Sam. „Schau dir die Spuren an! Überall sind Verbrennungen zu sehen. Wir sehen keine Leichen, weil die Natur NEW GENUAs keine Leichen über mehr als ein paar Minuten zurücklässt."

Eggert gab ihm widerwillig Recht. Trotzdem ließen sie die Giganten weiterstapfen. Schließlich erreichten sie einen zentralen See und sahen sich um. Ein platschendes Geräusch ließ Jan herumfahren. Ein großer Fisch oder sonstiger Räuber war aus dem Wasser hochgesprungen und dann wieder in sein Element zurückgefallen.

„Da ist nur Wasser", kommentierte Sam die schreckhafte Reaktion des Captains.

„Ja und", versetzte Jan. „Die HUTCH überleben im Weltraum ohne Ausrüstung! Warum nicht auch im Wasser?" Es brauchte einen Augenblick bis Jan selbst verstand, was er da soeben gesagt hatte. Eisiger Schreck durchfuhr ihn. „Himmel – Mist, Sam – zurück, sofort!"

„Was ist denn?", brachte dieser hervor und bemühte sich, den jetzt zurückrennenden Kampfdroiden seines Kameraden einzuholen.

„Überleg mal", keuchte Jan vor Schrecken. „Die HUTCH können im Weltraum überleben und Carson hat die havarierten DISK innerhalb der ODIN abstellen lassen!"

„Au Scheiße!", kommentierte Waterhouse als er die Situation begriff.

„Eben – Beeilung", forderte Eggert.

Der Boden bebte, als die tonnenschweren Kolosse vorüberrannten. Die Fauna NEW GENUAs wich vor dem Getöse zurück … Jan und Sam erreichten unbehelligt die SCOUT und krochen eiligst aus ihren Maschinen. Jan legte einen Gewaltstart hin, der die stark zerstörte Stadt noch mehr in Mitleidenschaft zog. Gerade im Orbit, nutzte Jan die Funkanlage: „SCOUT ruft ODIN – SCOUT ruft ODIN!"

28.05.2014, 17:00 Uhr Bordzeit, irgendwo auf der ODIN:

Helles Kinderlachen hallte über Deck 23-30 im unteren Bereich der ODIN. Eva und Zoe hatten ihren irakischen Schutzbefohlenen zu einem Versteckspiel aufgefordert. Das Prinzip des Spiels war dem Jungen bekannt und daher machte er auf die Mädchen einen motivierten Eindruck – Mehmet wollte unbedingt gewinnen.

„... fünf, vier, drei, zwei, eins – komme!" Eva war dran und hatte langsam von 50 heruntergezählt. Zu Beginn hatte sie noch das Trappeln der Füße von Zoe und Mehmet gehört, aber spätestens bei der Zahl 41 war Schluss gewesen. Mittlerweile war sie auch gar nicht mehr sicher, in welche Richtung ihre Spielkameraden gelaufen waren.

Eva drehte sich herum und ließ dabei ihr langes blondes Haar fliegen. Sie sah sich um und lauschte.

Der Fund dieses Lagers, etwas anderes konnte es nicht sein, war für die abenteuerlich veranlagten Teenager ein Glücksfall gewesen. Das Lager umfasste insgesamt sieben Decks und war über 14 Meter hoch. Überall waren Gitterregale angebracht mit großen und kleinen Inhalten, Leiter, Treppen mit Geländern und dergleichen und eines gab es im Überfluss: Versteckmöglichkeiten. Das gesamte Areal war in diffuses Licht gehüllt, in so etwas wie eine Notbeleuchtung. Bei genauerem Hinsehen konnte man an der Decke hin und wieder lichtausstrahlende Teile sehen, aber das konnte nicht alles sein. Stellenweise schienen die Lichtstrahlen auch von der Seite zu kommen. Durch die Anordnung der gelagerten Gegenstände gab es durchaus helle und auch dunklere Bereiche, gerade so, wie man es für ein schönes Versteckspiel benötigt. Eva hatte keine Ahnung, was hier alles gelagert wurde. Die Erwachsenen kannten sich hier ebenfalls nicht aus. Dieses war das Refugium der Droiden und wahrscheinlich ein Ersatzteillager. Hier roch man fast das Verbotene – das Verbotene eines Abenteuerspielplatzes, den jeder Erwachsene sofort als zu gefährlich für Kinder einstufen würde. Genau deswegen zog es Kinder geradezu magisch an. Das geringe Licht bewirkte, was Kinder eigentlich nicht mögen: Es gab keine Farben. Alles war in verschiedenen Grautönen gehalten. Eva musste zugeben, dass sie sich in einer solchen Atmosphäre auf der Erde gefürchtet hätte. Aber was sollte ihr hier passieren? Schließlich war sie an Bord der ODIN.

Langsam und völlig geräuschlos bewegte sich das Mädchen und lauschte immer wieder. Keinesfalls durfte sie sich zu weit von ihrem Startpunkt entfernen, denn, wenn eines der anderen Kinder zuerst dort zurück war, hatte sie verloren. Trotzdem, wenn sie sich nicht vom Start entfernte, hatte sie auch keine Chance Zoe oder Mehmet zu finden – und es war doch nur ein Spiel. Die nächste Regalreihe war nur noch ein paar Schritte entfernt. Zögernd trat sie vorsichtig auf und verursachte dabei so wenig Geräusche wie möglich. Die Faszination des Spiels und die ungewöhnliche Location hatten ihren Reiz. Eva schlug das Herz bis zum Hals und verspürte dabei den Wunsch, unbedingt gewinnen zu wollen. Kurz vor der Regalreihe ging sie in die Knie und bewegte sich die letzten zwei Meter in gehockter Position. Vorsichtig lugte sie um die Ecke. Hatte sie da hinten an der Hell-Dunkelgrenze eine Bewegung gesehen? Im ersten Augenblick zuckten ihre Muskeln. Sie wollte aufspringen und zum Start zurückrennen. Dort hätte sie abschlagen und den Namen des Gefundenen rufen müssen. Aber wen hatte sie dort gesehen? Sie beschloss weiter zu suchen. Es wäre aber auch zu peinlich, wenn sie auf ‚Gut Glück' den falschen Namen rufen würde. Langsam ging sie in den dunkler werdenden Gang hinein. Irgendwo da hinten wurde es heller. Das Zwillingsmädchen erreichte eine Stelle, an der sie kaum die Hand vor Augen sehen konnte. Vorsichtig setzte sie einen Fuß vor den anderen – bloß nicht über irgendwas stolpern. Hier, wo sie kaum etwas erkennen konnte, blieb sie stehen. Sie spürte, dass sie eine Gänsehaut auf dem Rücken bekam. Ein leichter Luftzug hatte sie getroffen. Eva hielt sich an einer Regalstrebe fest und konzentrierte sich auf ihr Gehör. Nach zwanzig Sekunden empfand sie die Stille als laut. Überdeutlich hörte sie ihre eigenen Atemzüge und was sie noch mehr erschreckte – sie hörte ihr Herz pochen. Nur ganz gering war dazwischen ein leises, monotones Brummen zu hören – ganz entfernt, sicherlich die Triebwerke. Durch die Hand, mit der sie sich an der Strebe festhielt, liefen ganz winzige, kaum spürbare Vibrationen. Sie wollte gerade weitergehen, da hörte sie ein kleines Geräusch. Es klang wie Metall auf Metall – ein winziges ‚Pling'. Sie schaute sich um. Der Ton war ein oder zwei Regalreihen weiter entstanden. Sie merkte, wie ihre Kopfhaut kribbelte und die Haare versuchten sich senkrecht aufzustellen. Ein ungutes Gefühl beschlich sie. Dieses Spiel ging jetzt schon eine ganze Weile – eigentlich viel länger als sonst. Vielleicht war dieses doch kein so guter Ort. Sie fühlte sich allein, und zu rufen wagte sie nicht. Schließlich wollte sie sich nicht nachsagen lassen, dass sie beim Spiel gekniffen hat. Irgendwo fiel eine kleine Metallplatte scheppernd um.

Das an sich geringe Geräusch hallte wegen der besonderen Akustik besonders laut und mit einer Art Echo nach. Eva wandte sich schaudernd um. Sie hatte genug von diesem Spiel. Langsam bewegte sie sich wieder in Richtung Start. Von dort konnte sie das Spiel gefahrlos abbrechen, zumindest mit einem Remis für sie – ohne das kindliche Gesicht zu verlieren. Fast geräuschlos hastete sie von Regalreihe zu Regalreihe. Ein Blick auf ihre Uhr ließ sie wissen, dass sie bereits über 30 Minuten mit diesem Versteckspiel zubrachten. Wo waren die anderen? ‚Das gibt es doch gar nicht‘, dachte sie. Ihre Schwester war sonst bestimmt nicht die Leiseste und auch Mehmet müsste irgendwann ein Geräusch von sich gegeben haben. Aber nichts – gar nichts. Wenn die Platte jetzt nicht umgefallen wäre, so hätte sie gedacht, allein zu sein auf diesem Deck. Eva bemerkte wie ihr der Schweiß ausbrach. Unwillkürlich huschte sie schneller durch die Regalreihen auf den Start zu. Beim Laufen wurde sie immer schneller und schließlich war es ihr völlig Schnuppe, ob sie gehört wurde oder nicht – egal, wer gewann. Sie rannte um die letzte Reihe herum auf das Ziel zu und blieb wie erstarrt, um Gleichgewicht ringend, stehen. Ihre Schwester stand fünf Meter vor dem Abschlagpunkt. Eva erschreckte sich nicht vor Zoe, sondern eher über deren Gesichtsausdruck, gepaart mit der Tatsache, dass ihre Zwillingsschwester keine Anstalten machte, das Spiel für sich zu entscheiden. Zoe hing das blonde Haar wirr im bleichen Gesicht und abwehrend hielt sie die Hände nach vorne gestreckt, als würde sie ganz jemand anderes erwarten – jemanden, vor dem sie sich fürchtete. Eva sah sich um und als sie niemanden entdeckte, ging sie rasch auf ihre Schwester zu und nahm sie in den Arm. Zoe war immer etwas ängstlicher als sie. „Ich habe Angst", gestand sie leise ein und sah sich dabei um. „Ich will hier weg."
„Was ist los, Zoe", fragte ihre eine klein wenig mutigere Schwester und konnte dabei nicht verhindern, dass auch ihr Blick suchend durch die Gegend wanderte.
„Ich habe was gesehen", flüsterte Zoe eindringlich und so leise, dass Eva sie kaum verstand.
„Ja, klar – Mehmet."
„Nein, nein", wehrte die Ängstliche ab. „Es war größer. Größer und dünn."
„Du spinnst", stellte Eva fest, obwohl ihr bei der Aussage von Zoe die Angst den Nacken hochkroch. „Wer sollte denn hier sein?"

Die Schwester zückte die Schultern.

„Keiner von den Erwachsenen hat im Moment Zeit, sich hier an diesem Ort aufzuhalten. Es bleiben also nur noch die Robots."

„Nein", flüsterte Zoe erregt weiter. „Ich sagte doch, es war größer – keine Robots."

„Vielleicht ist es doch besser, wenn wir gehen", schlug Eva vor. „Aber was ist mit Mehmet? Wo ist er?"

Nun übernahm wieder Zoe: „Wir dürfen auf keinen Fall ohne Mehmet hier raus. Jan hat uns gesagt, wir sollen auf ihn aufpassen."

„In welche Richtung ist er denn gelaufen?", fragte Eva und meinte den Zeitpunkt des Spielbeginns.

Zoe schaute sich und überlegte. Schließlich zeigte sie in eine Richtung.

„Dahin ist er gelaufen."

Eva überlegte. Wenn Zoe Recht hatte und irgendjemand noch im Lager war, dann konnten sie nicht laut nach Mehmet rufen. Auch die KI der ODIN aufzufordern, Mehmet ausfindig zu machen, würde eine gewisse Lautstärke erfordern – ebenso die Kommunikation mit den Erwachsenen. Beide Mädchen waren sich darin einig, dass sie ihren Auftrag, Betreuung von Mehmet, erfüllen wollten.

Eva nahm ihre zitternde Schwester an die Hand und zog sie mit hinein, in den dunkler werdenden Gang.

ODIN, Brücke:

Carson Cunningham fiel fast vom Captainsstuhl als Jans Funkanruf hektisch und überlaut aus den Lautsprechern dröhnte. Mit einem Handzeichen bedeutete er Nina die Kom freizuschalten.

„Hier ODIN. Was gibt`s so Dramatisches?"

„Carson", rief Eggert über Funk. „Wir haben vielleicht Feinde an Bord!"

Cunningham erschrak. „Wie kommst du darauf?"

„Ich habe gesehen, dass die HUTCH ohne Schutzanzug im Weltraum überleben können. Hast du vielleicht daran gedacht, unsere havarierten Jäger nach der Bergung zu durchsuchen?"

„Nein, habe ich nicht. Aber das haben wir gleich. KI, biometrische Sensoren aktivieren und fremde Lebensformen an Bord detektieren!"

„Es sind keine fremden Lebensformen an Bord", antwortete die unpersönliche Stimme des Bordrechners.

105

„Hörst du – hier ist alles okay, Jan."

„Carson, ich bezweifle, dass die Sensoren eine Lebensform aufspüren kann, die unter Weltallbedingungen existieren kann. Eventuell gibt es keine messbare biometrische Ausstrahlung!"

Cunningham bekam Zweifel – die Argumentation hatte was für sich. Auch eine so tolle Technik konnte eventuell nur genau das finden, was sie suchte. Da nichts über den Feind bekannt war, schlugen allgemeine Suchroutinen eventuell fehl.

„Was schlägst du vor, Jan?"

„Trommel die Mannschaft, ich meine alle, auf der Brücke zusammen und lass sie hermetisch abriegeln. Wir sind bald zurück."

„Okay – beeilt euch!"

Nina unterbrach die Verbindung.

„Nina, ich brauche China-Town!"

„Steht, Carson."

„Brücke an China-Town!"

„Wer stört jetzt wieder?", der brummige Huang-Li schien über die Unterbrechung seiner Arbeit wenig begeistert.

„Wie gesagt – die Brücke. Es besteht die Gefahr, dass wir Eindringlinge an Bord haben. Trommelt eure Familien zusammen und kommt zur Brücke – sofort. Und geht nicht allein und bewaffnet euch!"

„Aha", brummte der Chinese. „Und womit? Raketen mit Atomsprengköpfen?"

Widerwillig musste Carson dem Asiaten Recht geben – man hatte keine Waffen verteilt. „Nehmt irgendwas – ein Rohr oder so."

„Na prima", konterte Li. „Mit Eisenstangen gegen Strahlwaffen!"

Carson wusste sich nicht anders zu helfen und schloss die Kommunikation ab: „Beeilt euch!"

Li brabbelte irgendwas, dann war die Verbindung unterbrochen.

Die nächsten beiden waren Manfred Holst und Sharon Hitman. Sie reagierten gefasst und versprachen so schnell wie möglich zur Brücke zu kommen.

„Wen haben wir noch", fragte er in die Runde und bemerkte, dass Nina hektisch an der Kom-Konsole arbeitete. „Nina?"

Die Deutsche schüttelte heftig den Kopf. „Meine Mädchen sind nicht im Quartier – und Mehmet!" Sie sah Carson ängstlich an. „Wo sind sie? Ich muss sie rufen!"

„Nein", rief Caron und stoppte den Versuch von Holst, die Mädchen über die schiffsweite Durchsage zu erreichen. „Der Feind hört vielleicht mit – lass uns überlegen."

„Arzu fehlt", bemerkte Klaffke.

Der Interimscaptain begann zu handeln.

„Bob?"

Hillary hatte im Gegensatz zu seiner sonstigen Lethargie aufmerksam zugehört und antwortete sofort. „Du hast die Aufgabe, mit Drohnen nach den Vermissten zu suchen – okay?"

Der Jamaikaner hob ergeben beide Arme. „Innerhalb der ODIN ist die Steuerung schwer. Ich kann im Ego-Modus nur eine fliegen."

Carson nickte: „Dann tu das."

„KI – Arzu Ödeniz lokalisieren!"

„Die gesuchte Person ist nicht an Bord!"

„KI – Eva, Zoe und Mehmet lokalisieren!"

„Die gesuchten Personen sind nicht an Bord!"

Aus den Augenwinkeln bemerkte Carson, wie die Mutter der Zwillinge die Hände vors Gesicht schlug. Sie tat Carson leid – irgendwann würde sie zusammenbrechen. Wieder ein schwerer Schock für die angegriffene Psyche.

„KI – Protokolle durchsuchen: Haben Arzu Ödeniz, Eva, Zoe und Mehmet die ODIN verlassen?"

„Negativ!"

„Wie erklärst du dann deine Aussage, dass die gesuchten Personen nicht an Bord sind?"

„Es gibt keine logische Antwort dafür." Die Stimme war und blieb nüchtern und sachlich.

„Du erklärst uns also, dass Personen, die vorher da waren, das Schiff nicht verlassen haben, jetzt nicht mehr an Bord sind?"

„Exakt. Die Protokolle besagen, dass die Personen bis 17:30 Uhr Standardzeit auf der ODIN lokalisiert waren. Es gibt hingegen keine Aufzeichnungen darüber, dass diese Personen die ODIN verlassen haben."

Carson brummte unzufrieden: „Wahrscheinlichkeitsberechnung – Auswertung: Was ist passiert?"

„Die Daten reichen für eine Wahrscheinlichkeitsberechnung nicht aus."

„Gibt es eine Hypothese?"

„Die Daten reichen für eine Hypothese nicht aus."

Carson gab auf und beschloss, auf die Mannschaft und Jan zu warten.

107

5. ODIN

Scout:

Jan schwitzte während des 30-minütigen Rückfluges zur ODIN Blut und Wasser. Sein Zustand besserte sich nicht, als ihm von dort per Funk mitgeteilt wurde, dass man die drei Kinder sowie Arzu vermisst und die stets allwissende KI mehr oder weniger auf dem Schlauch stand. Bedeutungsvoll sah er Sam an. Offensichtlich hatte er mit seiner Befürchtung ins Schwarze getroffen. Der Ex-Marine wirkte seltsam nervös. Mit fahrigen Bewegungen wischte er über seine Kom-Konsole.

„Sam? Gibt es ein weiteres Problem?"

„Stelle ich auch gerade fest", murmelte Waterhouse mehr zu sich selbst. „Die Vorstellung, dass Arzu und die Kinder von den HUTCH bedroht sein können, lässt mich mehr als unruhig werden."

Jan zog den richtigen Schluss. „Es ist Arzu. Du hast was übrig für das Mädchen."

Sam zuckte verlegen mit den Schultern. „Im Moment wird mir das so richtig bewusst. Vielleicht mehr, als es gut ist für uns – oder?"

Jan war nicht nur Captain und verantwortlich für diese Mission, sondern auch Kamerad und Freund, daher sah er seinen Gefährten nachdenklich an. „Ich denke, Sam, das ist normal. Wenn wir Menschen nach Black-Eye kommen, dann müssen wir vor allem eins mitbringen: Menschlichkeit. Und das gehört zweifellos dazu. Wir werden feststellen, was mit den Kindern und Arzu ist. Sofort!"

Den Landevorgang ließ Eggert komplett von der Automatik abwickeln und zwar mit dem Zusatz ‚Noteinschleusung'. Mit atemberaubender Geschwindigkeit kam HASBART näher und bevor sie es richtig registrierten, schnellte die SCOUT in die äußere Gashülle. Nur kurz war die Außenwandung der ODIN zu sehen, da standen Jan und Sam bereits in der unteren Sektion, hatten die leichten Schutzanzüge mit Tarnfunktion angelegt, bereit zum Aussteigen.

„Fertig?"

Sam stand seitlich neben der Schleusentür und nickte. Er hielt dabei den entsicherten M4-Karabiner mit dem Lauf nach oben, der rechte Zeigefinger lag dicht neben dem Abzug. Waterhouse hatte gleich ein 100-Schuss-Trommelmagazin eingelegt. Jan verfluchte die Tatsache, dass man die Pistolen auf der Brücke gelassen hatte. Im eventuellen

Nahkampf waren die Karabiner, trotz kurzem Lauf, vielleicht nicht so effektiv. Jan hielt seine Waffe mit der rechten Hand nach unten und schlug mit der linken Hand auf den Öffnungskontakt. Während das Schott sich zischend öffnete, ging auch der Deutsche in den Anschlag. Die Tarnung war eine prima Sache, aber deswegen konnten sie noch lange nicht ungesehen Schotts, Türen und dergleichen öffnen.

Sam sprang hinaus und kurz darauf rief er: „Okay – komm nach!"

Sie brauchten weitere 30 Minuten, bis sie die Brücke erreicht hatten. Eggert hatte es in einer kurzen Diskussion mit Sam abgelehnt, die Tarnung als effektiv zu betrachten. Niemand wusste, mit welchen Sinnen die HUTCH ausgestattet waren. So kam es, dass der weitere Weg an jeder Abzweigung oder Kreuzung nur unter größtmöglicher Vorsicht passiert werden konnte.

„Carson! Hauptschott Brücke öffnen – wir stehen davor!"

Die Schotthälften gingen nur kurz auseinander. Jan und Sam huschten hinein und schalteten die Tarnung der Anzüge aus.

ODIN, Deck 23-30:

Die beiden Schwestern zitterten. Die Zeit war längst schon überschritten, bei der sie sich geschämt hätten. Sie wagten bei ihrer vorsichtigen Suche nach Mehmet nicht zu rufen oder sonst irgendwelche Geräusche von sich zu geben. Sie versuchten die stellenweise sehr mangelhafte Beleuchtung des Lagers durch ihren Gehörsinn zu ersetzen. Das war gar nicht so einfach, denn erstens hörten sie ihre eigenen Atemzüge und zweitens gab es immer wieder kleine Geräusche, die die Mädchen nicht zuordnen konnten. Mittlerweile war es an dieser Stelle so dunkel, dass sie sicherheitshalber die Arme ausstreckten, um nicht irgendwo vorzulaufen. Links von ihnen gab es ein Geräusch, das sie sich nicht erklären konnten – irgendwo zwischen Zischen und Fauchen. Die Mädchen drehten sich zum Geräusch und gingen ein paar Schritte rückwärts, bis sie gegen ein Regal stießen. Eva wollte ihre stark zitternde Schwester gerade beruhigen, als Zoe aus Leibeskräften schrie, sich losriss und panisch die Flucht ergriff. Eva zögerte keinen Augenblick und setzte ihrer schreienden Schwester nach. Zoe hetzte um die Regale herum und ihre Schreie hallten überlaut über das gesamte Deck. Die Mädchen konnten gleich schnell rennen und nur dadurch, dass Zoe ihre Luft für das anhaltende Schreien benötigte, versetzte Eva in die

Lage, ihre Schwester einzuholen und festzuhalten. Mit einer leichten Ohrfeige verdutzte sie Zoe derart, dass sie mit ihrem Gebrüll aufhörte. Schnell zerrte Eva ihre Schwester ein paar Regalreihen weiter.

„Was ist passiert, Zoe? Warum hast du geschrien?"

Die Gesichter der beiden Teenager waren höchstens 20 Zentimeter voneinander entfernt und Eva sah in die panisch weit aufgerissenen Augen ihrer Schwester.

„Irgendwas hat mich berührt", stammelte Zoe und zitterte am ganzen Körper.

Eva lief ein eiskalter Schauer über den Rücken, sagte aber trotzdem: „Du spinnst! Wer soll denn das gewesen sein? Mehmet war es bestimmt nicht." Bei der Erwähnung des Namens fiel ihr auch der Grund wieder ein, warum sie immer noch in diesem Lager waren. Eva schaute auf ihre Uhr. Es war bereits nach 19:00 Uhr und ihre Mutter würde sauer sein, wenn sie nicht pünktlich, nämlich um 19:00 Uhr, im Quartier waren. ‚Mehmet', dachte sie. ‚Normalerweise müsste er sich doch melden.' Zoes Schreie waren auf dem gesamten Deck zu hören gewesen und der jüngere Spielkamerad hätte bestimmt erkennen müssen, dass dieses nicht zum Spiel gehörte. Eva wollte ihre Schwester gerade bei der Hand nehmen, als sie sah, wie Zoe mit weit aufgerissenen Augen an ihr vorbeistarrte. Hastig drehte sich Eva um. Was war das? Etwa 80 Meter weiter, in einem halbdunklen Gang, bewegte sich etwas. Eine eiskalte Hand schien ihr Herz zusammenzupressen. Dennoch ahnte Eva, dass ihre Beobachtung eventuell wertvoll sein konnte, darum schaute sie genauer hin. Rasch hielt sie Zoe den Mund zu, damit diese Gestalt nicht auf sie aufmerksam würde, falls es Zoe wieder einfiel, zu schreien. Die Gestalt war größer als die Droiden, damit schieden diese aus. Das Individuum bewegte sich ruckartig, war dürr und größer als die meisten Erwachsenen – dann war es weg.

„Kann ich die Hand wegnehmen und du bleibst ruhig?"

Zoe nickte hastig und ein „Hmmm" war zu hören.

Vorsichtig löste die mutigere Schwester die Hand und Zoe hielt sich an ihre Zusage.

„Du hattest Recht", flüsterte Eva. „Da ist wer. Wir werden nicht weiter nach Mehmet suchen. Wir müssen hier raus – schnell und ohne Lärm. Komm!"

Eva zerrte Zoe hinter sich her und versuchte den Ausgang aus dem Lager zu finden. Das war nicht so einfach, denn im Zuge der Rennerei und Zoes Panik hatten sie vollends die Orientierung verloren. Eva wagte nicht, die KI laut anzusprechen und nach einer Führung zu fragen. So mussten die Geschwister suchen. Leider waren sie sich in der Richtungswahl nicht einig. Eva setzte sich durch, weil Zoe noch viel zu geschockt war. Über 15 Minuten irrten sie umher, bis Eva hörbar aufatmete.

„Da!" Rasch zog sie ihre Schwester vor das Schott, das sich normalerweise öffnete, wenn man in einem gewissen Abstand davor trat.

Das Schott öffnete sich nicht.

Nun geriet Eva fast in Panik, weil sie so kurz vor dem Ausgang ihre Hoffnung auf ein Verlassen dieses mittlerweile unheimlichen Ortes aufgeben konnte. So etwas Altmodisches wie ein Drücker oder Taster war nicht vorhanden. Lediglich eine Klappe für die Notentriegelung, aber Eva wusste, dass sie diese mit ihren schwachen Kräften nicht bedienen konnte, außerdem verursachte das Lärm.

Mühsam unterdrückte sie den lähmenden Schrecken und zog ihre Schwester weiter. Es gab noch mehrere Ausgänge. Irgendeiner musste ja schließlich funktionieren. Beim vierten Schott, das sich auch nicht öffnete, verließ Eva der Mut. Mittlerweile liefen ihr die Tränen an den Wangen herunter. Sie schaffte es, lautlos zu weinen. Ihre Schwester war rein apathisch und ließ sich in jede beliebige Richtung ziehen. Eva drehte sich um und überlegte krampfhaft nach einer Lösung ihres Problems.

Dann hörte sie wieder das Zischen und Fauchen.

Es kam von links und es kam von rechts.

Hastig zog sie ihre Schwester mit sich und ging in die dritte, einzig mögliche Richtung, im rechten Winkel vom Schott weg, weiter in das Innere des Decks.

ODIN, Brücke:

Jan hatte seine Tarnung gerade abgeschaltet, als Nina schon vor ihm stand und ihn umarmte. „Jan – die Kinder", sagte sie und sah ihn besorgt an.

Eggert schob seine Freundin sanft ein wenig von sich weg. „Ich weiß, Nina, ich weiß." Er sah sich um und stellte fest, dass die komplette chinesische Gruppe sowie auch Manfred Holst und Sharon Hitman anwesend waren. Bob Hillary hing in seinem Sitz und hatte das neuronale Interface aufgesetzt.

„Nichts Neues, Jan", meldete Carson und verließ die Kommandoempore. „Bob durchsucht das Schiff mit einer Drohne. Aber mehr als eine kann er so nicht steuern."

‚Dafür braucht er Jahre', dachte Jan, ‚oder einen Glückstreffer – besser als nichts.'

Die Mannschaft sah Jan erwartungsvoll an.

„Ich gehe davon aus, dass die Vermissten noch an Bord sind. Wir müssen sie finden! KI!"

„Captain?"

„Wie viele Drohnen sind für eine Suche innerhalb der ODIN nach Personen geeignet?"

„Wir haben zurzeit 57 Drohnen dafür zur Verfügung."

„Gut, sofort anfangen. Suchkriterium: Bewegungen aller Art, die außerhalb der Brücke stattfinden und nicht von den Droiden verursacht werden."

„Verstanden – Aktion läuft."

Jan dachte nach. Die Vermissten mussten eventuell schneller gefunden werden. Selbst für die Drohnen war das eine Sache von Tagen, bis der letzte Winkel durchsucht war. Selbst dann war immer noch nicht sicher, dass die Suche vollständig gewesen war. Die Personen mussten an ihrem Aufenthaltsort irgendeine Veränderung, eine messbare, hervorrufen. Jan kam eine Idee.

„KI! Kannst du einzelne Räume von der Lebenserhaltung hermetisch abriegeln?"

„Ja, die Funktion ist gegeben."

„Dann riegel aller Räume mit Ausnahme der Brücke von der Klimaversorgung ab. Miss die Sauerstoffwerte. Wenn in einem der Räume die Konzentration abnimmt, dann gib uns ein Signal."

„Verstanden – Aktion läuft."

Johann mischte sich ein. „Meinst du, die Sensoren wären so sensibel, dass sie das innerhalb vertretbarer Zeit registrieren können?"

Eggert hatte zwar auch seine Zweifel, aber die KI antwortete: „Ich kann nach drei Stunden den Sauerstoffverbrauch eines einzelnen Menschen innerhalb der gesamten ODIN detektieren."

‚Das müsste reichen', dachte Jan und machte sich auf eine entsprechend kurze Wartezeit gefasst.

112

„Wo sind die Waffen?"

Hochreiter reagierte. Er ging zu einem der Wandfächer am Rande der Brücke und öffnete diese. „Wer soll eine bekommen?"

Jan sah sich um. „Wer kann damit umgehen?"

Mit grimmigem Gesicht meldete sich Huang Li als Erster. Sharon Hitman als ehemalige Mitarbeiterin des US-amerikanischen Geheimdienstes – selbstverständlich. Zu seiner Überraschung hob auch Man-fred Holst die Hand. Er war ebenso wie Johann Hochreiter Sportschütze. Alma Falkengren war in ihrer Heimat mit zur Jagd gegangen und hatte ebenfalls Erfahrungen mit Kurzwaffen. Alle bekamen eine der M9-Pistolen und ausreichend Munition. Carson Cunningham stellte Jan ebenfalls eine der Faustfeuerwaffen zur Verfügung, obwohl sein ständiger Vertreter auf der Brücke diese nicht verlassen sollte. Sam war von vornherein als Waffenträger gesetzt. Eggert war froh, dass er einige Übungsschießen auf der ODIN absolviert hatte.

„Sam, wir beide gehen, wenn die KI etwas herausgefunden hat."

Waterhouse nickte – wie selbstverständlich.

„Ausrüstung? Welche Waffen?", fragte Jan. „Sollen wir lediglich die Pistolen nehmen?"

Der Ex-Marine schüttelte den Kopf. „Kommt auf den Bereich an. Mit den Karabinern haben wir maximale Feuerkraft. Wir haben keine Ahnung, wer oder was uns erwartet. Wir können die Pistolen zusätzlich mitnehmen, eventuell sogar ein paar Handgranaten – dann noch Brillen mit Restlichtverstärkern und jeweils ein großes Jagdmesser." Mit den letzten Worten ging er zu seiner Konsole und holte aus den darunter befindlichen Fächern zwei der Nachtsichtgeräte hervor. Ebenso zwei Messer, die in einer ledernen Scheide an einem Gürtel steckten. Eins davon übergab er an Jan. Dieser zog das Messer aus seinem Behälter und staunte nicht schlecht. Die Schneide war gut und gerne 30 Zentimeter lang und sehr scharf. Er steckte die Waffe zurück und band sich den Gürtel um die Hüfte.

Es ist so – manchmal passt es eben. Dieses ist nicht gerade häufig, aber nun war es so. Die Meldung der KI, auf die alle warteten, hallte wie bestellt über die Brücke: „Sauerstoffdifferenz detektiert im Lager QS3!"

„Kannst du die Anzahl der Personen errechnen?" Nina warf ihre Frage dazwischen, bevor Jan auf diesen logischen Einwand, wie er fand, reagieren konnte.

113

„Nein", beschied die KI. „Der Sauerstoffverbrauch ist auch abhängig von der Arbeit, die der verbrauchende Körper geleistet hat. Bei der Berechnung des Durchschnitts ergibt sich eine 69%ige Wahrscheinlichkeit dafür, dass sich die Vermissten im Lager QS3 aufhalten."

Jan winkte die Versammelten zum Multifunktionstisch, der im Bereich von 07:00 Uhr auf der Brücke stand.

„KI – holografische Darstellung des Lagers QS3 und Beschreibung!"

Auf dem riesigen Tisch baute sich ein Holo auf mit der Grundfläche von 2 x 1 Meter.

„Lager QS3 geht über sieben Decks und hat eine Grundfläche von 11.255 Quadratmetern, ist leicht gewölbt, weil es auf der Außenseite der Kugelwandung liegt und enthält Ausrüstungsgegenstände und Ersatzteile. Wird eine Auflistung der Gegenstände gewünscht?"

Jan wehrte ab. „Nein, Umweltkontrolle nur dort wieder aktivieren, schließlich wollen wir niemanden aufschrecken. Den Rest weiter beobachten!"

Die Beteiligten hielten einigen Abstand vom Tisch, sodass Jan ungehindert um das Hologramm herumgehen konnte.

„Fünf Zugangstüren von Außengang aus", murmelte er vor sich hin, wurde aber offensichtlich von der KI verstanden.

„Ich habe keinen Zugriff auf die Türen!"

„Was? Du kannst die Türen nicht öffnen? Ist das normal?" Jan horchte auf.

„Negativ – normal bin ich in der Lage, alle Zugänge an Bord der ODIN zu steuern."

Eggert war sehr aufmerksam geworden. Hier gab es den zweiten Hinweis auf Eindringlinge. „Was ist mit den anderen, innen liegenden, Türen?"

„Ebenfalls negativ. Die Türen können nicht geöffnet werden."

„Sind Notentriegelungen beidseitig vorgesehen?"

„Ja, wie an allen Türen."

Waterhouse mischte sich ein: „Diese Türen sind für uns kein akzeptabler Zugang. Wir müssen damit rechnen, dass sie bewacht werden, wenn nicht mehr …"

Eggert musste dem Ex-Marine strategisch den Vortritt lassen. Der Einwand war unbedingt logisch. Zunächst mussten sie mal herausfinden, wo die Kinder und Arzu waren. Ihr Leben galt es zu sichern, dann konnte man sich um die Eindringlinge selbst kümmern.

„Haben wir Bilder aus QS3?" Jan kam auf das Naheliegende.

„Videoübertragung defekt", antwortete die KI und Jan machte den dritten Gedankenstrich. Das waren zu viele Indizien.

„Ich bin sicher, sie sind in QS3", sagte Jan, stützte sich auf den Tisch und sah seine Mannschaft der Reihe nach an. „So viel an Technikausfall kann kein Zufall sein! KI, zeige uns alle Zugänge in rot, die ein Mensch passieren kann – einschließlich Wartungs- oder Lüftungsschächte! Sam hat recht, keinesfalls dürfen wir durch einen der Eingänge hinein."

Es dauerte einen kleinen Augenblick, da trat auch Sam vor und inspizierte die zusätzlich erschienenen roten Markierungen. Er deutete auf zwei, die einen recht komfortablen Weg aufzuzeigen schienen und fasste dabei in das Hologramm hinein.

„Es handelt sich einmal um den Hauptzugang der Atmosphärenkontrolle und den Abgang", erklärte dazu die KI.

„Wie ich das sehe", kommentierte Jan, „befinden sich die Eintrittsöffnungen im Lager in einer Höhe von geschätzt sechs Metern."

„6,98 Meter", korrigierte die KI.

Jan sah sich um: „Wo ist Parker?"

„Parker ist auf der Suche nach den Vermissten, wie alle anderen Droiden auch", antwortete die KI.

„Verdammt", entfuhr es Jan. „Suche einstellen! Doc Holliday soll sein Med-Lab verbarrikadieren, Parker soll mit einem 25-Meter-Seil auf der Brücke erscheinen und die restlichen Droiden werden sicher irgendwo geparkt."

„Verstanden, Captain."

„Hast du noch Zugang zu allen Droiden oder haben wir da auch schon Vermisste?" Jan war leicht ungehalten. Die eigenständige Suche hätte ins Auge gehen können. Eggert hoffte, dass die KI mit der Zeit lernte, sich auf die Menschen einzustellen und zu erkennen, wann sie selbstständig handeln sollte und wann eben nicht.

„Nein, alle Droiden senden den gültigen Code und reagieren auf meine Befehle."

„Gut", Jan war beruhigt. „Was kannst du im Lager QS3 steuern?"

„Die Umweltkontrolle, das Licht und Kommunikation."

Jan speicherte die Information in seinem Gehirn ab. „Empfängst du Geräusche aus dem Lager?"

„Nein, ich habe die Empfänger eingeschaltet, als ich den Sauerstoffverlust registrierte. Seitdem kein Geräusch."

„Okay", meinte Jan. „Benachrichtige uns, wenn du was hörst – und zeichne es auf."

„Selbstverständlich."

Sam beschäftigte sich mit einer rein praktischen Frage. „Diese eben erwähnten Gänge: Wie groß ist der Querschnitt und wo können wir hinein?"

Die Darstellung des Lagers verkleinerte sich und die roten Röhren wurden über das Lager hinaus verlängert.

„Die Zugänge sind im Querschnitt quadratisch mit einer Seitenlänge von 75 cm. Der kürzeste Zugangsweg führt über Deck 27 Verteilerstation 27-3. Es wird erforderlich sein, die Belüftung für die Zeit des Passierens zu deaktivieren."

‚Klar', dachte Eggert, ‚sonst sausen wir wie die Sektkorken durch die Kanäle.'

„Leidest du unter Klaustrophobie?", fragte Sam seinen Weggefährten und als dieser nicht sofort antwortete, setzte er nach: „Platzangst, ich meine Platzangst."

Jan schaute ihn nachdenklich an. „Ich weiß, was du meinst. Ich denke darüber nach, auch, wie viel 75 Zentimeter sind. Die Antwort ist: Ich weiß es nicht – wir werden sehen."

„Wenn du da mitten drinsteckst, wird es schwierig", gab Waterhouse zu bedenken.

11 Tage vorher, 17.05.2014, 08:00 Uhr
in der Nähe des SHELTER:

Bat-Rar, frisch gekürter Mitkanzler, steckte in einer Alpha-Disk und hatte soeben einen zweistündigen Aufklärungsflug hinter sich gebracht. Der Weg in Richtung heimatliche Dunkelwolke, der Urheimat der GENUI, war sein Observationsziel gewesen. Meiora-Seth wollte, dass die gleich aufbrechenden Rettungskapseln mit dem GENUI, die zurück nach Hause wollten, unangefochten bis in den Überraum kamen, in dem sie nicht angreifbar waren. Das hatte sie am letzten Mittag versprochen und ihren Partner mit der Ausführung beauftragt. Etwas wehmütig dachte der grauäugige GENUI an den gestrigen Abend zurück. Gleich nach der Abstimmung hatte Meiora sich auf den privaten Modus umgestellt und die Kanzlerin der Siedler aus sich verdrängt. Bat-Rar liebte es, wenn aus der strategisch denkenden Frau eine liebevolle

116

und sehr gefühlvolle Partnerin wurde. Sie hatten sich gemeinsam, bei einer kleinen Festivität, von ihren Bekannten und Freunden verabschiedet, die nach Hause wollten. Meiora tat das auf ihre ganz eigene Weise. Niemandem nahm sie die Entscheidung übel und das drückte sie auch aus. Gleichwohl kam bei den Gesprächspartnern aber auch an, dass die Kanzlerin den Abschied als endgültig, ein bisschen wie Sterben, ansah. Niemand war nach ihren Abschiedsworten noch derselbe. Er selbst hatte sich von seinem einzigen Freund verabschiedet. Koj-Lot hatte ihm versichert, dass ihm diese Entscheidung nicht leichtgefallen war und er wäre auch geblieben, wenn nicht seine jetzige Partnerin unbedingt nach Hause gewollt hätte. „Die Liebe", hatte Koj-Lot gesagt und die Geste der leichten Verzweiflung ausgeführt. Das emotionale Band zwischen den beiden GENUI-Männern war entstanden, als damals das Kraftfeld um WANTANA versagt hatte. Rücken an Rücken hatten sie gestanden und sich gegenseitig bei ihrem Kampf gegen die Fauna von NEW GENUA unterstützt. Daraus waren regelmäßige Treffen geworden.

„Du hast, glaube ich, dein persönliches Ziel erreicht – Meiora-Seth."

Der ehemalige Adjutant nickte. Sein Gesprächspartner wusste natürlich aus unzähligen Gesprächen, wie er emotional zur Kanzlerin stand. Und unter dem Einfluss alkoholähnlicher Substanzen hatte er sich vor Koj-Lot nicht zurückhalten können. Dieser hatte ihm damals lachend auf die Schulter geklopft und ihm versichert, dass er sich daran wohl die Zähne ausbeißen würde.

„Sag mir bitte zum Abschied", begann der Freund. „Sind Frauen mit dunkelroten Augen so wie man sagt? Ich hatte schon einige Partnerinnen, aber noch keine mit dunkelroten Augen."

„Sie sind …", und dabei geriet der verliebte GENUI fast ins Schwärmen, „… sagen wir, sie ist: temperamentvoll und kompromisslos."

Koj-Lot schaute skeptisch drein: „Kompromisslos? Ist das gut?"

Bat-Rar lächelte: „Intelligente Frau nehmen sich zum Ausgleich einen Partner und sich in diesen Dingen etwas zurück."

Nun lächelte auch der Freund. „Ist sie denn clever?"

„Die Klügste überhaupt."

Bat-Rar würde das letzte Gespräch mit seinem Freund für immer in Erinnerung behalten. Nun hockte er allein in der ALPHA und hatte zum Abschluss seiner Aufklärungsmission ein mehr als beschissenes

Gefühl und nur noch eins zu tun: „SHELTER von Bat-Rar! Ihr könnt Starterlaubnis geben – der Beschleunigungsraum ist frei!"
Es kam eine kurze Bestätigung und dann sah er sie auf seinen Scannern auch schon kommen. Sicherheitshalber hatte er sich weit abseits der Flugroute positioniert und so passierten Tausende der Rettungskapseln in weitem Abstand seinen Standort. Er sah es als seine Pflicht an so lange zu bleiben, bis auch die letzte Kapsel den schützenden Überraum erreicht hatte. Eine halbe Stunde später war es soweit. Auch Bat-Rar musste gefühlsmäßig damit klarkommen. Nur sehr langsam beschleunigte er seine Disk und machte sich auf den Weg zum SHELTER.

„Schön, dass du zurück bist", empfing ihn Meiora-Seth, die zusammen mit dem ehemaligen Kommandanten vom Wachposten G7-3 und seinen beiden Helferinnen eine Art Kommandozentrale 100 Meter unter der Oberfläche betrieb und so etwas wie Inventurlisten sichtete.
„Start planmäßig verlaufen – sie sind weg", meldete Bat-Rar und setzte sich mit einem Seufzen auf einen der bereitstehenden Stühle. Die Kanzlerin sah ihn etwas mitleidig an und bevor sie etwas sagen konnte, mischte sich Bor-Atak ein: „Es sind sogar mehr abgeflogen, als sich gestern noch für den Rückflug entschieden haben."
„Was?" Der Partner der Kanzlerin schaute geschockt.
Meiora antwortete: „Uns mit eingerechnet, bleiben 1.940 Freiwillige hier. Das reicht immer noch gut aus."
Bat-Rar war erschöpft. Nur am Rande bekam er die Aufstellung der Ausrüstung mit. Offensichtlich gab es reichlich Geschwader der Alpha- und Beta-Klasse und schließlich stand Meiora auf: „Ich will sie sehen, jetzt gleich!" Bor-Atak wandte sich daraufhin an den ehemaligen Adjutanten: „Dafür brauchen wir deine Alpha. Willst du mit?"
Und ob Bat wollte. Gemeinsam gingen sie zum nahegelegenen Flugdeck und bestiegen die zuvor zu Aufklärungszwecken benutzte Alpha-Disk. Bor-Atak schaltete die automatische Steuerung ein und ließ den Flieger von der SHELTER-KI lenken. Es fand kein Start an die Oberfläche statt, sondern es gab einen inneren Flug durch die Höhlen und Gänge des Gesteinsmondes. Da es für die Passagiere angenehmer war, hatte der kräftige GENUI mit den rosa Augen die Außenscheinwerfer eingeschaltet und die KI angewiesen, langsam zu fliegen. So bekamen die zwei Männer und drei Frauen eine Vorstellung von der Größe des Mondes. Nach über einer Stunde verlangsamte sich der Flug und

schließlich landete die Disk am Rande einer unübersichtlich großen Höhle, deren weiterer Verlauf im Dunkeln lag. Die Crew stieg aus und als sie alle ins Dunkle starrten, befahl Bor-Atak der KI lautstark Licht zu machen.

Im ersten Augenblick musste Bat-Rar blinzeln, dann stellte er fest, dass die Höhle größer war als er gedacht hatte. Die Decke lag bestimmt 2.000 Meter hoch und die größte Tiefe betrug sicherlich vier und die Breite zwei Kilometer. Und dann sah er sie: Zwei nagelneue Kugelraumer der C-Klasse. 1.600 Meter im Durchmesser. In roten Lettern waren die Bezeichnungen aufgebracht: C-3 und C-6.

Bat-Rar glaubte zu träumen. Davon hatte er definitiv nichts gewusst und Meiora-Seth, ihren weiten Augen nach zu urteilen, ebenso nicht – lediglich etwas geahnt. Hier stand also ihre Lebensversicherung und mit einem Mal fühlte sich der ehemalige Adjutant nicht mehr so wohl. Ob wohl einige der Rückreisenden sich für ein Bleiben entschieden hätten, wenn sie von den gewaltigen Schiffen gewusst hätten? Meiora schien seine unausgesprochene Frage gehört zu haben. „Es ist gut so, Bat. Dann hätten sie bei der nächsten Schwierigkeit nach Hause gewollt."

Der Mitkanzler nickte und schob seine Gewissensbisse beiseite. „Zwei Schiffe?"

„Ja", nickte Meiora und zog kein ganz so glückliches Gesicht. „Eines unter meinem Kommando und eines unter deinem."

Bat-Rar machte die Geste der Verneinung. „Ich habe da eine bessere Idee. Unser entschlossener Freund Bor-Atak scheint mir ein würdiger Captain zu sein. Ich werde dich weiterhin mit Rat und Tat unterstützen."

Die Augen der Kanzlerin leuchteten. Der Vorschlag gefiel ihr und so sah sie den kräftigen GENUI-Mann erwartungsvoll an: „Was sagst du dazu?"

Bor-Atak war überrascht und atmete rascher als sonst. „Wenn ich den Befehl und damit das Vertrauen der Kanzlerin erhalte, werde ich gern dieses Schiff befehligen."

„Ich denke mal", so sprach Meiora mit einem Blick auf die beiden anderen GENUI-Frauen, „steht ein Teil deiner Crew schon fest, Captain!"

Bor-Atak verneigte sich. „Ich danke, Kanzlerin. Wie sind deine weiteren Pläne?"

119

Bat-Rar konnte sich ein leichtes Schmunzeln nicht verkneifen. Sein Geschlechtsgenosse hätte sich im Rang eines kleinen Stationskommandanten nie getraut, eine diesbezügliche Frage zu stellen. Als Captain eines Raumschiffes der C-Klasse aber wohl schon. Da stand ihm eine solche Frage zu, und allein die Tatsache, dass er es tat, qualifizierte ihn nachträglich noch zu seinem neuen Rang. Aus Sicht der Kanzlerin hatte es also nicht nur Vorteile Führungskräfte zu bestimmen. Bat erwischte sich dabei, obwohl er Tisch und Bett mit Meiora teilte, dass er selbst neugierig auf die Antwort seiner Partnerin war. Deshalb zog es ihm den Boden unter den Füßen weg, als er Meiora sagen hörte: „Bat-Rar, sei so gut und erklär ihm unsere Pläne." Dass sie zu diesem Thema nichts mehr sagen wollte, demonstrierte sie dadurch, dass sie dem Geschehen den Rücken kehrte und die Arme vor der Brust verschränkte.

„Ja nun", begann der Mitkanzler etwas lahm und überlegte fieberhaft, welches die Gedankengänge seiner Partnerin sein mochten. „Wir werden die übrigen GENUI auf die beiden Schiffe aufteilen. Du, Bor-Atak, wirst eine Mannschaft zusammenstellen, genau wie wir. Wir werden uns an Bord der Schiffe häuslich einrichten und dann eine gewisse Zeit, die wir noch bestimmen werden, auf die Menschen warten – abflugbereit. Du, Bor-Atak, wirst die C-6 übernehmen und wir werden uns einen Namen überlegen, genau wie die Menschen. Ich finde es gut, Schiffen nicht nur eine Bezeichnung zuzuweisen. Möglicherweise werden diese Transportmittel für eine ganze Weile unser Zuhause sein. Bitte leitet die Verteilung unserer Leute ein!"

Bor-Atak verneigte sich, „Kanzlerin – Mitkanzler", dann bedeutete er seinen beiden Begleiterinnen ihm zu folgen. Wenig später stieg die DISK auf und begab sich auf den Rückweg.

Bat-Rar sagte nichts, hielt das Schweigen einfach aus und sah auf den Rücken seiner Partnerin, die die Ruhe schließlich unterbrach. „Ausgezeichnet, mein Lieber – ganz mein Wille. Und jetzt will ich die C-3 von innen sehen."

Der ehemalige Adjutant lächelte befreit. „Die SHIRTAN, Meiora, die SHIRTAN willst du sehen."

Nun drehte sich seine Partnerin um und nickte gefällig. Der Name gefiel ihr. Shirtan wurde eine sechsfüßige Meeresechse auf der Urheimat, also der Wasserwelt im GENUA-System genannt. Sie war mit zehn Metern Länge die Gewaltigste ihrer Art und hatte keine natürli-

120

chen Feinde. Meiora gestattete, dass sie Bat-Rar an die Hand nahm. Gemeinsam gingen sie auf die gewaltige Kugel zu.

11 Tage später, ODIN, Deck 27 Verteilerstation 27-3:

Jan und Sam hatten sich durch den Droiden Parker begleiten lassen. Dieser stand wie ein distinguierter englischer Butler, vom Outfit her völlig deplatziert, etwas abseits und harrte der Dinge, die da kommen mochten. Im Prinzip war er dafür da, die Kommunikation mit der KI sicherzustellen. Jan wollte außerhalb von Notfällen auf keinen Fall laut die KI ansprechen, denn man wusste nichts über die Empfindlichkeit feindlicher Ohren. Der Zugang lag in einem Meter Höhe und würde über fünfzig Meter zum Ziel führen. Was Eggert keinesfalls beruhigte, war die Tatsache, dass es im Gang selbst stockdunkel war. Auf den Plänen hatte man gesehen, dass es an zwei Abzweigungen vorbei ging, an denen der Gang verbreitert war, weil dort noch einmal seitlich eingelassene Ventilatoren die Luft weitertransportierten. Nach Darstellung des Hologramms gab es auch auf der Empfängerseite kein Gitter oder sonstiges Hindernis. Beide Männer hatten sich den Karabiner stramm auf den Rücken binden lassen, um nur ja nirgendwo hängen zu bleiben. Jan zog die Pistole aus dem Holster und legte sie in den Kanal und setzte sein kleines Funk-Headset auf, damit er sich mit seinem Kameraden leise verständigen konnte. Er schlang sich das von Parker besorgte Seil um die Hüften und verknotete es. Dann nickte er Sam, der das andere Ende des Seils in den Händen hielt, zu und schob sich mit dem Kopf voran in den dunklen Schacht. Eggert hatte angenommen, stickige Luft vorzufinden, aber als er die Luft prüfend durch die Nase einatmete, roch sie nach, wie überall auf der ODIN, gar nichts. Er schalt sich einen Narren. Eben Schächte wie diese waren ja dazu da, frische Luft zu transportieren, und die Zirkulation war gerade erst abgestellt worden. Auch spürte er keinen Staub oder sonstigen Dreck unter seinen tastenden Fingern – auch logisch. Staub und Dreck konnten sich bei der spiegelglatten Oberfläche und dem Luftdurchsatz gar nicht absetzen. Da Jan jetzt mit seinem Körper dem vom Verteilerraum einfallenden Licht den Weg versperrte, wurde es fast übergangslos dunkel. Er merkte, wie die leisen Anzeichen der Panik in ihm hochkrochen. Er wusste nicht, was über, neben oder unter ihm war, die Stärke der Schachtwand und so weiter – und so weiter. Seine Fantasie überhäufte ihn mit wahren Horrorszenarien. Jan war bereits nach zehn Metern schweißgebadet. Fast hektisch tasteten seine Hände den vor ihm befindlichen Teil des Weges ab. Da! Hier wurde der Gang breiter. Eggert merkte, wie der Schweiß von seiner Stirn heruntertropfte. ‚Den linken Abzweig nehmen', so war es im Holo angegeben. Vorsichtig tasteten seine Hände weiter und er glaubte den richtigen Weg eingeschlagen zu haben. Mittlerweile verfluchte er die Tatsache, dass er seine Pistole nicht eingesteckt hatte. Ab und zu kratzte das Ding recht laut über den Schachtboden. Nur mühsam konnte er das Gefühl unterdrücken, dass der Gang immer enger wurde. Aber es zu wissen oder zu fühlen, waren eben zwei Paar Schuhe. Er musste sich gewaltsam dazu zwingen, den Angaben der KI zu glauben – der Schacht war vom Anfang bis zum Ende 75 x 75 cm und dabei hatte es gefälligst zu bleiben! Mit schweißnassen Händen robbte er weiter.

„Ich folge", leise hörte er neben seinem Keuchen die Worte seines Kameraden Sam über den Ohrstecker. Das Seil war 25 Meter lang und es war vereinbart, dass Sam, der sich die Sicherung ebenfalls um den Leib geschlungen hatte, folgte, wenn Jan mit dem Rest irgendwo im Schacht verschwunden war. Im ersten Augenblick wollte Jan einen Augenblick ausruhen, denn er war nach seiner Meinung schon mindestens die doppelte Distanz gerobbt, dann bemühte er sich jedoch um gleichmäßige Weiterbewegung, ansonsten würde es ein ständiges Rucken am Seil geben. Jan spürte ein Kratzen im Hals. ‚Um Gottes Willen, nicht husten', dachte er und versuchte sich so leise wie möglich zu räuspern.

„Hast du ein Problem?", erkundigte sich Waterhouse, der aus dem Gekrächze im Funk nicht recht schlau wurde.

„Geht schon", würgte Jan hervor und konzentrierte sich auf den Weg. Dann kam der nächste Abzweig. ‚Jetzt rechts', dachte Jan und ertastete sich den Weg. Sein Geist gaukelte ihm Luftknappheit vor und er merkte es erst, als ihm schwindelig wurde und Sam ihm leise über Funk zurief: „Langsamer atmen, Jan – atme langsamer!" Eggert stöhnte – er hyperventilierte. Das konnte zum Kollaps führen und er steckte in dieser verdammten Röhre.

„Moment bitte", murmelte er und legte den Kopf vor sich auf die Arme.

„Ruh dich einen Moment aus und beruhige dich", flüsterte Sams Stimme.

Eggert musste zugeben, dass der Ex-Marine in gewissen Situationen einfach abgebrühter war als er. Kunststück – als Marine würde er eine harte Schule durchlaufen haben – das zahlte sich jetzt aus.

Jan dachte an vergangene Zeiten und seltsamerweise war es nicht Nina, die vor seinem geistigen Auge erschien, sondern Marie. Als beide noch jung, verliebt und glücklich waren. Jan gab sich ganz dem Schmerz dieser verpassten Lebenschance hin. Was war er mit dieser Traumfrau glücklich gewesen und als die Kinder kamen, fühlte er sich wie ein König. Das Leben lief wie am Schnürchen, bis, ja ... bis Sven Wulgner kam und das Glück mit seiner Karrieresucht rücksichtslos beendete. Vor Jans geistigem Auge lief noch einmal die Szene ab, als er das Leben dieses Mannes beendete. Das war Selbstjustiz gewesen und durch nichts zu entschuldigen, oder? Jan grinste grimmig. Eigentlich war der Tod viel zu schnell und schon fast barmherzig zu Wulgner gekommen. Das Leben von Millionen Menschen endete viel schrecklicher. Sicher, die Justiz auf der Erde suchte weiterhin nach Jan Eggert – sollten sie suchen. Was juckte es ihn, 24 Millionen Lichtjahre entfernt in einer anderen Galaxie in einem Raumschiff, das mit einem einzigen Feuerschlag ganze Kriege auf der Erde gewinnen oder beenden konnte. Er fand das Haar in der Suppe seiner Betrachtungsweise recht schnell wieder: Er steckte in einem verdammt engen Schacht und bereitete sich auf die Auseinandersetzung mit irgendwelchen Aliens vor, von denen er kaum eine Ahnung hatte, wie sie aussahen und über welche Möglichkeiten, körperlich wie technisch, sie verfügten. Er wusste nur eins: Die Crew und Nina wollten die Kinder zurück und auch Arzu. Zu diesem Zweck war er hier in dieser Scheißlage. Mit dem letzten Kraftwort hatte sich Jan wieder gefasst und murmelte ins Mikro: „Es geht weiter."

Nach etwa 10 Minuten, Jan kam es vor wie eine Stunde, sah Eggert von vorne ein schwaches Licht. Das musste das Ende des Schachtes sein – dort vorne war das Ziel, Halle QS3. Sieben Decks hoch und eine Grundfläche von 11.255 Quadratmetern. Wahrscheinlich voll mit Regalen, relativ unübersichtlich und besetzt von Aliens, dazwischen Arzu und die Kinder. Jan musste zugeben, dass die Ausgangslage als nicht gerade glücklich zu bezeichnen war. Auch war nicht ganz klar wie ihr weiteres Vorgehen aussehen sollte. Im Wesentlichen war es davon abhängig, was Jan gleich zu sehen bekommen würde. Notfalls würde man zurück – bei diesem Gedanken streikte die Seelenwelt von Eggert. Keine 100 Aliens würden ihn zurück durch diesen Schacht treiben.

123

„Bin gleich da", knurrte Jan in sein Mikro und Waterhouse würde sich bei der letzten Abzweigung irgendwie verkeilen, damit er eventuell Jan abseilen konnte. Sieben Meter nach unten waren kein Pappenstil. Langsam kroch Jan auf die verheißungsvolle Öffnung zu. Dort bot sich ihm die Chance, die quälende Enge zu verlassen. Durch seinen Tunnelblick, ca. fünf Meter vor dem Lager, konnte er das andere Ende der Halle im diffusen Licht nicht ausmachen. Er sah eine Reihe hoher Regale und jede Menge an Ausrüstung im Halbschatten auf ihn warten. Schließlich, er wagte kaum zu atmen, hatte er den Ausgang erreicht. Wie vereinbart zog er am Seil und als es stramm war, ruckte er zweimal daran – das vereinbarte Zeichen. Er bemerkte, wie das überschüssige Tau wieder im Gang verschwand, bis es auf seiner Seite stramm war. Sam würde ab jetzt nur noch wenig Seil nachgeben, sodass sich Jan eventuell abseilen konnte – wenn es denn ging. Dann waren es nur noch zwei Meter und der begrenzte Horizont weitete sich etwas. Fast ärgerlich brachte es Jan unter schmerzenden Verrenkungen fertig, seine Pistole wegzustecken. Sie würde ihm jetzt nicht mehr nützlich sein. Er löste die leichten Stricke, die man findigerweise seitlich verknotet hatte und schob langsam den Karabiner über seinen Rücken von hinten nach vorn. Als der Lauf nach vorne zeigte und er die Waffe fest im Griff hatte, schob er sich das letzte Stück weiter. Dann hing er halb aus der Öffnung, sieben Meter über dem Boden, heraus und musste zugeben, dass dieses eine der dämlichsten Stellungen überhaupt war. Hier war er leicht angreifbar. Es musste ihn nur jemand sehen. Den Schild des Anzugs einzuschalten war in der Enge nicht möglich – dieser baute sich in einem gewissen Abstand zum Träger auf. Er musste so schnell wie möglich runter. Er schaltete die verschiedenen Möglichkeiten seines Visors durch. Infrarot, Restlichtverstärkung, wobei Letzteres eine Möglichkeit der Erkennung von Aliens darstellte. Jan glaubte nicht, dass Individuen, die im Weltraum überleben konnten, irgendeine Art von Wärme abstrahlen würden. Lediglich die Vermissten würden ein Wärmebild erzeugen. Jan erkannte nichts, fühlte sich aber völlig unwohl in dieser Situation.

„Abseilen – und schnell", murmelte er deswegen in sein Mikro und stürzte sich kopfüber aus dem Schacht hinaus. Es gab einen heftigen Ruck, als sich das Seil spannte. Eggert wurde herumgewirbelt und kam mit den Füßen zum Boden voran langsam nach unten. Plötzlich sah er aus der Mitte der Halle ein grelles Blitzen und einen dumpfen Schlag über sich. Gleich darauf stürzte er haltlos ab – der Schuss hatte das Seil getroffen! Schwer schlug Jan auf dem Boden auf und war einen kurzen Augenblick ohne Besinnung.

„Jan, Jan, was ist passiert – sag was! Schalte deinen Schutzschirm ein!" Benommen und fast automatisch gehorchte Jan. Knisternd baute sich der körpereigene Schutzschirm auf und Eggert erhob sich stöhnend.

„Jan?"

Dieses Mal war es die Stimme von Carson gewesen.

„Ja – alles okay, aber man hat uns bemerkt – anschleichen is nich!" Jan konnte ein leichtes Stöhnen nicht unterdrücken. Zu schmerzhaft waren die Prellungen, nachdem er auf die rechte Seite gefallen war. Augenblicke später meinte er, wieder zu fallen, obwohl er auf dem Boden stand. Über ihm spielte sich eine gespenstische Szene ab. Sam Waterhouse hatte, nachdem der Überraschungseffekt gescheitert war, die KI angewiesen, die künstliche Schwerkraft innerhalb des Lagers und im Bereich der Zugangsröhre auf Null zu setzen. Dann begab er sich in Startposition und feuerte ein paar Mal den Karabiner nach hinten ab. Vom Rückstoß der Waffe angetrieben, schoss er durch den Kanal und schwebte jetzt, allerdings ziemlich schnell, in etwa sieben Metern Höhe quer durchs Lager. Er hatte seinen Schutzschirm aktiviert und drehte sich in der Luft – der Karabiner zeigte nach unten.

„KI – 10 % Schwerkraft – sofort!" Jan brüllte sein Kommando. Jetzt kam es auf Schnelligkeit an. Er spürte, dass er schwerer wurde und die Flugbahn von Waterhouse ging in eine Parabel über.

„KI – 20% Schwerkraft – sofort!" Waterhouse feuerte einen Schuss nach unten ab und durch den Rückschlag der Waffe änderte er seine Flugbahn, was positiv war. Eine Reihe von Strahlschüssen verfehlte ihn und brachte die Decke über ihn zum Glühen. Jan hatte sich den Gang gemerkt, aus dem die Energiewaffen abgefeuert worden waren. Mit riesigen Sätzen eilte er die Gangreihen entlang.

„KI – volles Licht – sofort!"

Eggert erreichte den fraglichen Gang und ging neben einer Regalstrebe in Anschlag. Er umklammerte dabei mit dem linken Arm die Strebe und drückte mit der linken Hand auf die Waffe, damit sie nach dem Rückschlag nicht nach oben aus dem Ziel herauswanderte. Mittlerweile waren die Deckenfluter angegangen und es herrschte schon fast eine blendende Helligkeit im Lager. Jan sah ein paar Gestalten im Hintergrund und 15 Meter vor sich einen der HUTCH. Zum ersten Mal hatte er die Gelegenheit einen von ihnen in voller Größe und bei ausreichendem Licht zu sehen.

Nach menschlichen Maßstäben war das Wesen hässlich. Der unbehaarte Kopf war dreieckig und lief im unteren Bereich spitz zu. Die Hautfarbe schimmerte golden. Anstelle der Nase waren drei querlaufende Hautlappen zu erkennen, die in der Mitte des Kopfes die Hälfte des breiten Schädels einnahmen. Das Wesen hatte den Mund offen und Jan erkannte anstelle der Zähne schwarze Knochenplatten. Das Merkwürdigste aber waren die Augen. Sie standen ziemlich hoch und weit auseinander und statt eines Augapfels bestanden die übergroßen Sehorgane aus Facetten, wie man sie von den Insekten der Erde kennt. Ohren oder so etwas waren nicht vorhanden. Das Wesen war rund zwei Meter groß und hatte zwei Arme und Beine. Der Hals führte über einen Bogen von hinten zum Kopf. Offensichtlich hatte das Alien Probleme mit der Helligkeit, denn es reagierte nicht sofort. Nun, 15 Meter Entfernung ist für einen M4-Karabiner nicht wirklich eine Entfernung. Jan hatte die Waffe auf Einzelfeuer gestellt und brachte sie ruckartig in den Anschlag. Schon bellte der erste Schuss. Jan konnte sehen, dass er das Wesen in etwa Bauchhöhe getroffen hatte. Es spritzte etwas von einer schwarzen Flüssigkeit heraus, das Wesen taumelte durch den Schlag nach hinten. Dann schloss sich zu Jans Entsetzen die Einschussöffnung und der HUTCH wandte sich ihm wieder zu. Eggert schoss erneut – dreimal. Dreimal geschah dasselbe. Er konnte das Individuum, welches langsam und ruckartig auf ihn zukam, nicht aufhalten. Weiter hinten hörte er Sams Karabiner. Jan war fassungslos. Diese Wesen steckten tödliche Schüsse mal eben so weg. Außer einem rein mechanischen Effekt konnte er nichts bewirken.

„Schieß auf die Augen", hörte er Sam brüllen, mehr auf normalem Weg, als durch die Ohrstöpsel „Und lass die Tarnung aus – die können sie anmessen!" Jan riss den Karabiner höher. Sein nächster Schuss traf das rechte Facettenauge des Gegners und dann endlich fiel der Gegner um und rührte sich nicht mehr. Jan musste zugeben, dass er im Eifer des Gefechtes überhaupt nicht an die Tarnung gedacht hatte. Aus den Worten von Sam war zu entnehmen, dass dies wohl sein Glück gewesen war, ansonsten hätte man ihn schon oben am Schachtausgang unter Feuer genommen.

„Was ist bei euch los? – Statusbericht!" Cunningham konnte die Akustik aus dem permanent aktiv geschalteten Funk heraushören. Und nicht

126

nur Cunningham. Die gesamte Besatzung verfolgte auf der Brücke atemlos das akustische Geschehen. Nina klopfte das Herz bis zum Hals.

„Überraschungseffekt danebengegangen", keuchte Jan. „Wir sind im Gefecht!" Wieder schoss er und zielte dabei ausschließlich auf die Köpfe der Aliens. Dann wurde er selbst getroffen. Die rein mechanische Wucht des Strahlschusses ließ ihn zwanzig Meter über den Boden schlittern.

„KI – volle Schwerkraft!" Die sonst eher sich schnell, zwar ruckartig, aber immer schnell bewegenden Gestalten der HUTCH wurden übergangslos langsamer. Offensichtlich waren sie die Schwerkraft von einem Gravos nicht gewohnt.

„KI – Schwerkraft auf 133%!" Jan hörte die Stimme seines Kameraden, der offenbar selbst zum gleichen Schluss gekommen war. Gleichzeitig spürte er, wie das Mehrgewicht plötzlich auf seinen Schultern drückte. Das M4-Gewehr wog jetzt um einiges mehr, aber er erkannte an den feindlichen Gestalten, dass diese wesentlich mehr unter der hohen Schwerkraft zu leiden hatten. Eggert legte seinen Karabiner auf eine der Ausrüstungskisten auf und begann zu feuern. Trotz dieser Vorteile war es nicht einfach, die sich ruckartig bewegenden HUTCH im Kopfbereich zu treffen. Jan ärgerte sich über jeden Fehlschuss, denn irgendwann würde ihre Munition verbraucht sein. Dann hörte er das Bellen von Sams M4 im Dauerfeuerbetrieb. Waterhouse haute bestimmt 60 Schuss am Stück raus und Jan konnte sich an den Fingern einer Hand abzählen, dass der erfahrene Ex-Martine nicht grundlos so verschwenderisch mit Munition umging.

„Sam – wo bist du?" Jan rannte los und hielt seine Waffe im Hüftanschlag. Immer wieder stellten sich ihm Feinde aus den Nebengängen in den Weg. Auch Eggert war dazu übergegangen, mit kurzen Feuerstößen auf Dauerbetrieb die Feinde kurz kampfunfähig zu machen und dann aus dem Nahbereich in den Kopf zu schießen. Wieder einmal wurde Jan von einem Schuss getroffen und seitlich in einen Nebengang geschleudert. Das kleine Energieaggregat seines Schutzschirms brummte in unangenehmen Tonlagen. Jan konnte sich ausrechnen, dass er nicht noch mehrere Schüsse abbekommen durfte. Noch im Schlittern richtete er die Waffe auf den Gegner und gab Feuer. Ein, nein zwei, Gegner wurden nach hinten geworfen, dann sagte seine Waffe: „Klick". Hastig führte Jan sein Reservemagazin, sein einziges, in die Halterung ein und lud die Waffe durch. Erst dann stand er auf und sah nach den Feinden. Er hatte beide am Kopf erwischt – kein Problem mehr. Aus der Richtung, in der er Waterhouse vermutete, waren keine Schüsse mehr zu hören. Besorgt rannte Jan, so schnell es mit seinem um 33% erhöhten Gewicht ging, los. „Sam! Status – Sam, melde dich." Waterhouse meldete sich nicht, dafür Cunningham von der Brücke. „Ich schicke Verstärkung, Jan – halt aus!"

Aus Richtung Brücke waren schon vor einigen Minuten Johann Hochreiter und Alma Falkengren in Begleitung von vier Droiden in Richtung Lager QS3 unterwegs. Die Menschen waren in leichte Schutzkleidung gehüllt, inclusive des leichten Energieschirms. Jeder hatte sich zwei der P9-Faustfeuerwaffen eingesteckt und eine Menge Ersatzmagazine. Die Pistolen waren durchgeladen und feuerbereit. Schwer atmend kamen sie vor einem der Zugänge zum umkämpften Lager an. Die Droiden wussten, worauf es ankam, einer nahm die Abdeckung der Notentriegelung der Zugangstür ab und zwei weitere begannen wie wild den Pumpmechanismus zu bedienen. Langsam erschien ein Spalt in der Zugangstür, dann glitt sie weiter auf. Heller Lichtschein aus dem Lager drang auf den Flur. Johann und Alma hielten die Waffen schussbereit und sich selbst rechts und links in der Deckung der Schotthälften. Laut schallten ihnen die Schüsse aus den M4-Karabinern entgegen. Johann lugte durch den Spalt der Tür und raunte Alma zu: „Auf die Augen, Alma – vergiss es nicht!" Dann schlüpfte er durch den Zugang. Alma brummte aggressiv. Ihre Aufgabe war es zu verhindern, dass einer der Aliens durch den nun offenen Zugang das Lager verließ.

„Johann im Lager!" Fast hätte Jan die Anmeldung des Mitstreiters beim Kampflärm überhört. „Alma bewacht den Zugang." Klick! Das war nun die letzte Patrone gewesen, Jans Karabiner war höchstens noch als Keule zu gebrauchen. Achtlos ließ er das Gewehr fallen und zog seine Pistole. Geduckt schlich er durch die Regalreihen. Zu seinem Bedauern hatte er immer noch nicht den Standort von Sam erreicht. Vereinzelt hörte er Schüsse aus einer P9. Da Johann ebenfalls im Kampfbereich war, konnte Eggert dieses nicht als Lebenszeichen von Waterhouse werten. „Sam – melde dich!" Die Rufe per Funk und auf dem normalen Wege verhallten ungehört – beziehungsweise wurden nicht beantwortet. Dafür war überdeutlich das Zischen von Strahlwaffen zu hören. Von Unruhe über den Verbleib des Kameraden getrieben, huschte Jan von Reihe zu Reihe, bis er hinter sich einen Schuss hörte. Rasch drehte er sich um und sah noch, wie zehn Meter hinter ihm ein HUTCH, der ihm offensichtlich unbemerkt gefolgt war, mit halbem Kopf hinschlug. Dahinter kam Johann halb geduckt zum Vorschein, der die Pistole immer noch im Anschlag hielt.

„Wo ist Sam", rief ihm Jan zu.

„Keine Ursache", quittierte Johann die Tatsache, dass Eggert nicht einmal ‚danke‘ gesagt hatte. „Ich weiß nicht, die Strahlschüsse kommen von dort hinten. Gemeinsam rannten sie los und prallten 20 Meter weiter, nachdem sie um eine Ecke allzu hastig herumgelaufen waren, fast gegen einen HUTCH, der mit Strahlwaffe im Anschlag auf sie wartete. Bevor die beiden Männer ihre Waffen hochreißen konnten, knallte etwas seitlich mit voller Wucht gegen die Schläfe des Aliens. Der Aggressor wurde dabei mit Wucht von den Füßen geholt und ein Blick der Männer reichte aus: Der Kopf war zertrümmert.

„Danke, Bob", rief Hochreiter, dann rannten beide weiter. Offensichtlich hatte Hillary eine seiner Drohnen zweckentfremdet und im Ego-Modus wuchtig gegen den Kopf des HUTCH gesteuert.

„KI", rief Jan, während sie weiterhasteten. „Drohnen ins Lager QS3 entsenden und unsere Gegner biometrisch scannen. Wir müssen später in der Lage sein, sie anhand irgendwelcher Emissionen aufzuspüren!"

„Ich habe verstanden! Drohnen sind unterwegs."

Noch zwei Mal wurden sie von HUTCH aufgehalten, ihre Waffen verschickten tödliche Projektile und wieder bekam das Gespenst der Munitionsknappheit Formen. Dann sahen sie in einem Gang Sam kämpfen. Als sie auf ihn zurannten, sahen sie sein Messer blitzen. Offensichtlich war ihm die Munition ausgegangen, und er benutzte nun sein langes Messer im Nahkampf gegen HUTCH, die ihn wohl lebendig haben wollten. Kurz vor Erreichen des Kameraden schnitt Sam mit einer geschmeidigen Bewegung seinem letzten Gegner den Kopf vom Rumpf. Dumpf polterte der Schädel Johann vor die Füße.

„Das war wohl der Letzte", keuchte Sam, dann klatschte hinter den Männern etwas auf den Boden. Ruckartig und schussbereit drehten sich der Österreicher und der Deutsche um. Auf dem Boden lag die verrenkte Gestalt eines toten HUTCH, darüber schwebte eine etwas größere Drohne.

„Krass Brüder", hörten sie die schrillen Worte des Jamaikaners aus den kleinen Lautsprechern der fliegenden Einheit. „Ich habe ein paar biometrische Daten!"

„Na gut, der Vorletzte", räumte Sam ein.

„Was ist mit deinem Funk?", wollte Jan wissen.

Waterhouse drehte sich etwas herum und da war zu sehen, dass die Energie eines Strahlschusses Sams Schirm durchschlagen und einen Teil seiner Ausrüstung beschädigt hatte. Schwarze Brandflecken waren auf der Kleidung zu sehen und nun roch Eggert es auch.

„Bist du verletzt?"

„Nein, war nur etwas sehr warm geworden", Sam winkte ab. „Was ist mit den Kindern? Wo sind sie?"

Eggert versuchte Geräusche wahrzunehmen. Übergangslos war es ruhig geworden im Lager.

„Zoe, Eva, Mehmet – es ist vorbei. Meldet euch!" Jan rief aus Leibeskräften – umsonst, keine Antwort.

„Parker!"

„Sir?" Die Nachbildung eines englischen Butlers antwortete über Funk sofort.

„Schaff mir Heinz hierhin und beeil dich."

„Es ist mir eine Ehre, Sir!"

„KI! Reichen die biometrischen Daten aus?" Jetzt kam es darauf an, ob man demnächst zu Fuß die gesamte ODIN durchkämmen musste oder ob die KI helfen konnte. Langsam gingen sie zurück zum jetzt offenen Eingang und sammelten dabei ihre Waffen wieder ein.

„Die HUTCH senden ständig im fünfdimensionalen Bereich – offensichtlich eine Art von Verständigung. Ich bin in der Lage über eine Distanz von zwanzig Metern zuverlässig einen HUTCH zu detektieren."

„Gut", antwortete Jan. „Reichen deine internen Sensoren für eine schiffsweite Durchsuchung aus?"

„Nein, die Abstände sind in einigen Bereichen deutlich höher. Ich kann allerdings Drohnen entsenden, die die Lücken im Netz meiner Sensoren schließen."

„Wunderbar", fuhr Jan fort. Lass sofort die internen Sensoren und die Zugänge hier im Lager reparieren – schick Droiden. Gleichzeitig beginnst du mit der Suche nach HUTCH. Zeitansatz?"

„Ich werde zwölf Stunden brauchen."

130

„Anfangen! Und schalte die Gravitation hier auf Normalwerte!"
Mittlerweile war Parker aufgetaucht. Jan bewunderte die Geschwindigkeit, mit der der Droide vor dem Lager erschienen war. Offensichtlich erreichten sie, wenn die Menschen sie nicht gerade beobachteten, respektable Geschwindigkeiten. Dafür sprach auch, dass er Heinz trug. Jan winkte und Parker setzte den Welpen ab. Heinz kam aufgeregt auf Jan zugesprungen und dieser ging in die Knie. „Heinz! Eva – Zoe – Mehmet, such!"
Einen kleinen Augenblick schien der Hund etwas verwirrt zu sein, dann lösten die Namen in seinem Köpfchen eine Reaktion aus. Die Kinder hatten ständig Zeit mit ihm zu spielen – nicht so wie die Großen, die immer was anderes Wichtiges zu tun hatten. Er wollte spielen – mit Eva, Zoe und Mehmet. Wo waren die? Aufmerksam sah er an Jan hoch – seinem Rudelführer. Vorsichtshalber setzte er sich erst einmal auf sein Hinterteil. Das machte sich gut und wurde immer gern gesehen. Ah, bestimmt sollte er sie suchen – gehörte bestimmt schon zum Spiel. Heinz rannte los. Soviel Gerüche hier. Da lag was im Weg – übelriechend und musste dringend kurz angebellt werden.
Der Welpe sprang über die Leiche eines HUTCH und setzte seinen Weg eilig fort. War da was? Er spürte die Nähe seiner Spielkameraden und da: Jetzt roch er es. Der junge Hund rannte aufgeregt los.
Jan, Sam und Johann hatten das Tier aufmerksam beobachtet und versuchten ihm zu folgen. Bald war er aus ihren Blicken entschwunden und als kurz darauf ein freudiges Winseln erklang, orientierten sich die Männer erneut und machten sich auf den Weg. Schließlich sahen sie wie der Welpe versuchte an einem Regal hochzuspringen. In etwa zwei Metern Höhe gab es eine Kunststoffkiste. Schnell kletterte Jan auf das Regal und öffnete mit klopfendem Herzen die Box. Aus dem Inneren schauten ihn ängstlich drei Kinder an, die eng umschlungen in der Enge ausharrten. Jan atmete durch. „An alle – Kinder gefunden. Offenbar wohlauf."
„Es ist vorbei – ihr könnt herauskommen", sagte Jan in die Kiste hinein. Allerdings war das leichter gesagt als getan. Die Kinder waren noch starr vor Schreck und Jan musste sie mit sanfter Gewalt aus ihrem Versteck ziehen. Dann reichte er sie einzeln nach unten. Kurz darauf erreichten drei Männer, die jeweils ein Kind trugen, und ein aufgeregt hin und her springender Heinz den Zugang, wo Alma auf sie wartete. Die Schwedin schien unendlich erleichtert und hatte Tränen in den

131

Augen stehen. Von weiter hinten hörte Jan, wie Sam Zoe, die er trug, nach dem Verbleib von Arzu fragte. Das Kind konnte jedoch keine Antwort geben. Es schüttelte nur stumm den Kopf. Jan bat alle nach draußen. Anschließend bedeutete er den Droiden, den Zugang wieder zu schließen.

„KI – Umweltkontrolle im Lager QS3 abschalten. Das Verfahren wie zuvor. Wir müssen wissen, ob Arzu noch im Lager ist."

„Verstanden!"

„Parker – wir brauchen Munition!"

„Ich eile, Sir!"

Die Gruppe brachte die Kinder zur Brücke, wo sie von einer gleichsam besorgten wie erleichterten Nina Holst in die Arme genommen wurden. Der Transport hatte über zwanzig Minuten gedauert und nach einer überschlägigen Kopfrechnung sollten die Sensoren bis dahin in der Lage sein, einen Sauerstoffverlust anzuzeigen.

„KI – Ergebnis?"

„Kein Sauerstoffverbrauch. Mit einer Wahrscheinlichkeit von 100% hält sich Arzu Ödeniz nicht lebend im Lager QS3 auf."

Jan verfluchte die gefühlskalte KI, als er Sam zusammenzucken sah.

„Gehen wir davon aus, dass Arzu lebt. Wo könnte sie sich aufhalten, wenn die KI den Sauerstoffverlust nicht detektieren kann?"

„Mir fällt da nur das Arboretum ein", warf Eleonore Klaffke ein und Jan sah sie nachdenklich an. Da war was dran. Frau Doktor bewies, dass sie den Titel zu Recht trug. Daher hakte er an dieser Stelle ein.

„KI, ist es möglich, dass du aus dem Arboretum nicht genau genug detektieren kannst?"

„Das ist korrekt. Die Vielzahl natürlicher Sauerstoffverbraucher und -produzenten lässt die Werte ständig schwanken."

„Gut, aber du müsstest Arzu doch mit den Biosensoren scannen können." Irgendetwas passte da nicht, fand Eggert.

„Ich wurde vor einiger Zeit gebeten, die Biosensoren zu deaktivieren."

„Ach ja?" Jan sah sich um und Alma senkte schnell den Blick. Eggert dachte sich seinen Teil dabei. „KI! Biosensoren aktivieren und nach Arzu scannen!"

„Die Sensoren müssen kalibriert werden."

„Dann mach!" Sam war ungeduldig und er würde nicht eher Ruhe geben, bis sie Arzu gefunden hatten.

„Sensoren sind kalibriert!"

„Und?" Jan war genervt und nicht bereit, besonders lange auf die Ergebnisse zu warten.

„Kein Ergebnis, die Übertragung wird gestört."

„Also auch keine HUTCH-Werte?"

„Das ist korrekt."

Jan Eggert knurrte. Nun machte sich langsam aber sicher das Fehlen des Alpha-Droiden bemerkbar. Die KI war offensichtlich allein nicht in der Lage, die richtigen Schlüsse zu ziehen oder auch die richtige Eigeninitiative zu ergreifen. Sam ging auf Parker zu, der soeben mit einem Behälter voll Munition in der Zentrale aufgetaucht war. Jan gesellte sich dazu und versorgte sich ebenfalls mit Munition. Sam sah ihn an.

„Nein", antwortete Jan auf die unausgesprochene Frage. „Keinen Schacht mehr. Wir nehmen den direkten Weg, Johann und Alma, sowie ein paar Droiden mit. Wir öffnen den Zugang, gehen rein und holen das Mädchen raus."

Mit verbissenem Gesicht führte Waterhouse ein Trommelmagazin in das M4-Gewehr und lud durch. Das metallische Klacken ließ Eleonore zusammenzucken.

„Hört sich nach einem guten Plan an, Jan." Waterhouse legte sich das Gewehr lässig über die rechte Schulter. Er tat betont ruhig, aber Eggert wusste, dass es in dem Amerikaner brodelte.

Minuten später standen sie vor dem einzigen Zugang des Arboretums. Die KI hatte alle darüber informiert, dass dieser Raum der größte auf dem ganzen Schiff war und gleichzeitig auch der Sauerstoffgewinnung diente. 40.000 Quadratmeter und mehrere Decks hoch, hauptsächlich aus Wald und Wiesen, sowie einem kleinen See und einem Bach bestehend, erweckte dieser Raum den Anschein eines Stücks Natur von der Erde. Die Pflanzen und Bäume waren echt – extra von der Erde auf dieses Deck der ODIN transportiert und angepflanzt. Bisher war Heinz der eifrigste Benutzer dieses Territoriums gewesen – an zweiter Stelle kamen Johann und Elli.

Die Droiden begannen wieder die Schotthälften per Hand auseinanderzupumpen.

„KI! Hast du bereits Drohnen präpariert, die die Aliens detektieren können?"

„Nein, die erforderliche Zeit war nicht vorhanden. In frühestens zwei Stunden kann ich entsprechende Suchmaschinen zur Verfügung stellen."

Jan sah in Richtung Sam und dieser schüttelte den Kopf. Keinesfalls war dieser bereit, weitere zwei Stunden im Ungewissen zu verbringen. Da Jan den Amerikaner nicht aufhalten wollte und wahrscheinlich auch konnte, beschloss er, ihn zu begleiten. Eine Aktion, die für den Ex-Marine wohl umgekehrt selbstverständlich gewesen wäre.

„Wenn das hier gut ausgeht", flüsterte Jan, „trinken wir die eine oder andere Tasse Bier zusammen."

Waterhouse erlaubte sich ein kurzes humorloses Lächeln: „Abgemacht".

„Ich gehe zuerst!" Kaum hatte Eggert diesen Satz gesprochen, als er eine harte Hand auf seiner Schulter spürte. „Bei allem Respekt, Captain. Die Kinder waren dein Part – meiner kommt genau jetzt!" Mit diesen Worten drängelte sich Waterhouse vorbei, schaltete den Schutzschirm ein und schlüpfte mit vorgehaltener Waffe und geduckt durch den Türspalt. Jan sah zu Alma und Johann. „Keiner außer uns kommt durch diese Tür – klar?" Als beide ernst nickten, eilte er Sam hinterher und musste sich erst einmal orientieren. Urplötzlich stand er auf weichem Gras. Nach etwa 20 Metern sah er eine dichte Buschreihe und dahinter standen Bäume. Etwa in der Mitte führte ein Pfad hindurch. Er bemerkte, dass Sam nach rechts abtauchte und wählte darum die linke Seite. Eggert war zwar kein gelernter Marine, trotzdem zog er es nicht einmal in Erwägung, den angelegten Pfad zu benutzen. Dafür benutzte eine von Bob Hillary gesteuerte Drohne diesen Weg, die kurz nach deren Eintritt durch das Schott gerauscht kam. Allerdings kam die fliegende Einheit nicht weit. Kurz nachdem sie aus den Blicken der Männer entschwunden und zwischen den Bäumen untergetaucht war, wurde sie von einem Strahlschuss erfasst und explodierte in der Luft. Der Knall zerriss die friedliche Stille und nicht zuletzt die Druckwelle machte den beiden Männern klar, dass es hier auch um ihr Leben ging. Irgendwo weiter weg drang Rauch zwischen den Bäumen hervor. Es begann im Unterholz zu knistern.

Jan, der durch die Erschütterung zu Boden gerissen worden war, rappelte sich mühsam wieder auf. Das Knistern wurde lauter. Jan schaute vorsichtig zwischen ein paar Büsche in Richtung der Abschussstelle und seine schlimmsten Befürchtungen wurden Wirklichkeit. Dort brannte der Wald bereits lichterloh. Eggert sah mindestens ein halbes Dutzend Tannen, die ab zwei Metern Höhe brannten. ,Das Arboretum steht in Flammen', dachte er entsetzt. Er hatte zwar, wie alle anderen

134

keine Erfahrung mit Bränden auf Raumschiffen, allerdings reichte seine Phantasie aus, sich vorstellen zu können, dass 40.000 qm Grundfläche über mehrere Decks etliche 100.000 Kubikmeter Luft ergeben, die auf Grund des Brandes giftige Substanzen enthielt. Er zweifelte stark daran, dass die schiffseigene Klimatechnik damit zurechtkommen würde.

„Es brennt", schrie Sam von der anderen Seite und ließ den Funk völlig außer Acht. Merkwürdigerweise beruhigte Jan dieser Fauxpas, zeigte er, dass der Ex-Marine nicht unfehlbar war. Offenbar hatte Waterhouse dieselben Schlüsse wie Jan gezogen und geriet etwas in Hektik.

Jan sprach in sein Funkgerät: „Such weiter, Sam. Ich kümmere mich um das Feuer!"

„In Ordnung", kam es leise über Funk zurück.

Eggert funkte die KI an: „Wir haben ein Feuer im Arboretum. Optionen?"

„Ich könnte es regnen lassen", war die Antwort des Schiffsrechners.

„Tu das und lass es kräftig regnen!"

„Ein kräftiger Regen ist nicht vorgesehen, es gibt nur eine Einstellung."

Eggert fluchte. „Mach!" Vielleicht konnte der Regen wenigstens verhindern, dass sich das Feuer ausbreitete.

Gleich darauf wurde es innerhalb der Kampfzone noch ungemütlicher. Zu dem Brandgeruch kam jetzt auch noch ein mittelschwerer Nieselregen, der sofort die leichte Kampfkleidung durchnässte. Damit nicht genug, fielen weiter hinten die ersten Schüsse aus Sams Karabiner. Gleichzeitig war das Zischen der Energiewaffen der Gegner zu hören. Dummerweise entzündeten diese zusätzlich Bäume und Buschwerk. ‚Das muss sofort aufhören', dachte Jan und stürzte in Richtung des Kampflärms los. Der fallende Regen traf auf den Brand und wurde zu Wasserdampf, der heiß zwischen den Bäumen stand und dabei auch noch die Sicht behinderte. Wie Gewitterleuchten war dahinter die Leuchtentwicklung der Energiewaffen zu sehen – Sams Karabiner bellte mehrfach kurz hintereinander auf. Aus den Augenwinkeln sah Jan eine Bewegung und ließ sich instinktiv fallen. Ein Strahlschuss zischte über ihn hinweg und verschmorte eine dicke Eiche am Waldrand. Eggert riss sein M4 hoch und schoss. Er traf den HUTCH in der Körpermitte und außer dem rein mechanischen Effekt erzielte er keine Wirkung. Gerade hatte sich das Alien wieder gefangen und wollte erneut auf Jan feuern, als dieser dann mit dem zweiten und dritten Schuss den Kopf des Gegners traf. ‚Wir müssen andere Munition einsetzen‘, dachte Eggert.

„Jan, bist du okay?", kam es leise aus dem Sprechgerät.

„Ja", bestätigte Eggert. „Deine Situation, Sam?"

„Ich scheine hier was gefunden zu haben, jedenfalls habe ich hier häufiger Feindkontakt."

„Ich komme", teilte Jan seinen Entschluss mit.

„Das wollte ich vorschlagen", kam es vom Amerikaner zurück.

Eggert sprang auf, stürmte durch eine Gruppe von Büschen und setzte im vollen Lauf über einen kleinen Bach hinweg. Heftiges Blitzen aus den feindlichen Strahlwaffen zuckte ihm entgegen. Obwohl er sich sofort zur Seite warf, wurde er zweimal kurz hintereinander getroffen. Jan wurde übel herumgeworfen und ein pfeifendes Geräusch signalisierte ihm, dass sein Schutzschirm zusammengebrochen war – irreparabel. Hastig lehnte er sich mit dem Rücken zu einem dicken Baum und überprüfte seine Waffe. Dann funkte er Sam an: „Mein Schutzschild hat den Geist aufgegeben!"

Die Antwort kam sofort. „Meiner auch! Schalt den Funk ab – sie können das wohl anmessen! Meine Güte!"

Die letzten zwei Worte elektrisierten Jan. „Was ist, Sam?" Es kam keine Antwort, Sam hatte offensichtlich seine Kommunikation abgestellt. Jan fluchte und tat es ihm gleich. Dann rollte er sich, so schnell es ging, seitlich hinter dem Baum weg und legte auf diese Weise fast zwölf Meter zurück. Etwas schwindelig sprang er auf und hielt seinen Karabiner im Anschlag, während er die nächste Deckung suchte. Da! Ein Feuerstoß, Jan hatte mittlerweile seine Waffe auf Dauerfeuer gestellt, und einer der goldenen Feinde fiel mit zerschossenem Kopf hinten über. Mittlerweile brannte es an mehrere Stellen im Arboretum. Rauchschwaden aus Brandrauch und Wasserdampf verhüllten teilweise die gespenstische Szenerie. Eggert versuchte sich zu erinnern, aus welcher Richtung er die letzten Schüsse von Sam gehört hatte. Er sprang auf, aber heftiges Strahlfeuer zwang ihn, sich wieder hinter einem Baum zu verschanzen. Mit dem Rücken lehnte er sich an den Baum. Dann hörte er Sams Karabiner im Dauerfeuermodus und ihn selbst anschließend schreien: „Achte auf die Bäume, Jan – von oben …!" Hastig richtete Eggert seine Waffe nach oben und versuchte durch die Schwaden etwas im Wipfel zu erkennen – richtig, dort bewegte sich etwas. Seine Waffe ruckte wie wild in seinen Händen als er zwanzig Schuss wahllos und auf gut Glück in die Baumkrone abfeuerte. Etwas brach daraufhin durch das Astwerk nach unten und schlug keinen Meter von Jan auf – einer der Aliens. Mit Entsetzen sah Jan, dass er diesen keinesfalls tödlich getroffen hatte. Der Goldene wollte gerade seine Waffe, die am Boden lag, ergreifen, als Jan noch im Sitzen ein Bein darauflegte. Das Alien versuchte die Waffe darunter hervorzuziehen und Jan war überrascht, dass es dem Wesen nicht gelang. ‚Besonders kräftig scheinen sie im Gegensatz zu dem, was sie einstecken können, nicht zu sein‘, dachte Jan. Dann drehte er seinen Karabiner um und zerschlug damit den Schädel des Angreifers. Schwarze Flüssigkeit spritzte umher. Jan duckte sich wieder und kroch auf allen Vieren zum nächsten Baum. Mittlerweile war der Brandrauch so dicht, dass die sicherste Fortbewegungsart das Kriechen war – weiter oben atmete man bereits die Schwaden ein. Jan hörte ein Husten und orientierte sich. Die Aliens, die im Weltraum ungeschützt überleben konnten, würden wohl kaum Lungen im normalen Sinne haben und wahrscheinlich eher nicht husten. Das Husten kam näher. Jan stand auf und schaute dem Husten entgegen. Dann schälte sich eine Gestalt aus dem Nebel – Sam. Und Sam trug etwas – Arzu!

„Hier entlang", rief Jan leise und er hoffte, dass er ausschließlich von Sam gehört wurde. Waterhouse reagierte und änderte leicht seine Richtung und erreichte Jan kurz darauf.

„Sie sind dicht hinter mir", keuchte der Ex-Marine. „Arzu ist ohnmächtig und verletzt."

Jan nestelte am Gürtel von Sam herum und entnahm diesem zwei Trommelmagazine für den M4. „Lauf weiter – ich gebe uns Rückendeckung!"

„Danke", Waterhouse lief weiter und Jan, der jetzt nicht mehr befürchten musste, den eigenen Mann zu treffen, streute im Dauerfeuermodus die restlichen paar Dutzend Patronen seines ersten Magazins in anderthalb Meter Höhe in den von Rauchschwaden verhüllten Wald. Ein unheilvolles Zischen antwortete ihm, als er hastig das alte Magazin achtlos auf den Boden fallen ließ und ein neues einführte. Nach dem Durchladen bewegte er sich rückwärts und folgte dem vorausgeeilten Sam. Hin und wieder zuckte ein ungezielter Strahlschuss auf. Offensichtlich hatten die Fremden auch ihre Probleme mit der Sicht. Immer, wenn Jan glaubte, den Standort des Schützen durch die Lichtreflexe der Strahlen ausfindig gemacht zu haben, richtete er kurze Feuerstöße darauf und wechselte schnell seine Stellung. Auf diese Weise verbrauchte er auch das zweite Magazin und der Lauf des M4 wurde heiß. Dann sah er, wie eine Drohne seinen Weg kreuzte und über die Außenlautsprecher hörte er Bobs Worte: „Geht weiter zum Ausgang. Ich versuche sie mit den Lautsprechern abzulenken!"

Jan grinste. Die Idee des Jamaikaners war nicht schlecht – wenn die Aliens keine Übersetzung dafür hatten, konnte es funktionieren. Anschließend hörte Jan Reggae-Sound und schüttelte den Kopf. Hillary übertrieb, fand er. Trotzdem sah er, dass das Gewitterleuchten der Strahlwaffen in eine andere Richtung zeigte. Sam drehte sich herum und rannte im Zickzack-Kurs Richtung Ausgang – leider auch in die Ausläufer eines größeren Brandes. ‚Wenn jetzt hier ein Alien steht, bin ich geliefert', dachte Jan und drang weiter vor.

War das der richtige Weg? Schließlich erreichte er die Begrenzungswand und wäre fast dagegengeprallt. Wohin rechts – links? Jan überlegte und wählte dann den Weg links. Mittlerweile konnte er die Hand vor Augen nicht mehr sehen und musste husten. Er tat es so leise wie möglich und ein schmerzlicher Reiz legte sich auf seine Atemorgane. Er würgte und als ihm schwindelig wurde, kniete er sich hin und kroch weiter an der Wand entlang. Hier unten war die Luft etwas besser – etwas. Er musste husten und konnte sich nicht mehr beherrschen. Laut und krächzend kamen die Laute aus seinem Hals. Er spürte wie ihm schwindelig wurde. Er hatte das Gefühl sich erbrechen zu müssen. Mühsam hob er den Kopf, konnte aber keinen Ausgang erkennen. Den schweren Karabiner ließ er einfach liegen, er konnte sich sowieso nicht mehr damit verteidigen. Hoffentlich hatte er sich bei der Richtung nicht getäuscht – er würde kaum zurückkriechen können. Mühsam bewegte er sich weiter, bis ihm endgültig schwarz vor Augen wurde – er würgte, dann – aus!

Sam hatte mit seiner Last ein paar Minuten vorher den Ausgang erreicht. Heftig keuchend stand er vor Alma und Johann. Der Österreicher hatte, nachdem er die ersten Schüsse gehört hatte, Doc Holliday und zwei Droiden mit Antigrav-Tragen zum Eingang des Arboretum beordert und ebenso Atemschutzmasken, nachdem er den Brand bemerkt hatte. Sam legte die junge Pakistani auf eine der bereitstehenden Liegen. Doc Holliday beugte sich über sie und nahm die ersten Vital-

138

tests vor. Anschließend brachte er einen medizinischen Scanner zum Einsatz.

„Arzu Ödniz auf die Krankenstation", wies er einen der Droiden an. Dieser machte sich sogleich auf den Weg. „Wenn ich das richtig sehe, ist Arzu gebissen worden", fasste Doc Holliday sein Untersuchungsergebnis zusammen. „Der Biss ist höchstwahrscheinlich toxisch – ich werde sehen, was ich tun kann." Damit wandte er sich ab und folgte dem vorauseilenden Droiden. Sam hatte nur mit einem Ohr zugehört und stand schon wieder halb im Arboretum.

„Sam – ist gut. Ich kümmere mich", sagte Johann und zog den Marine vom Eingang weg, aus dem mittlerweile schon der Rauch herausströmte. „Geh ebenfalls zur Krankenstation – du hast wahrscheinlich eine Rauchvergiftung." Waterhouse bemerkte ein unangenehmes Kratzen im Hals und jetzt auch erst die Erschöpfung.

„Hol ihn da raus", bat er darum. Statt aber Doc Holliday zu folgen, setzte er sich hin und lehnte sich mit dem Rücken an die Wand. Dann zog er eine Pistole und dokumentierte damit, dass er Alma bei der Bewachung des Zutritts unterstützen wollte.

Hochreiter nickte, legte eine der Rauchschutzmasken an und betrat geduckt das Arboretum.

<u>12 Tage vorher – SHELTER, 17.05.2014, 12:10 Uhr:</u>

Meiora-Set und Bat-Rar hielten sich an den Händen und waren unter die riesige Kugel des 1.600-Meter-Schiffes gegangen. Die ständig mit einem kleinen Teil Restenergie versorgte KI des Schiffes reagierte augenblicklich. Die beiden GENUI wurden in einen hellen Lichtstrahl getaucht und Bat-Rar sprach das Synonym für Brücke auf genuisch aus. Das Paar wurde emporgehoben und in das Schiff transportiert. Ziemlich in der Mitte der C-3 änderte sich leicht die Richtung der beiden und wenig später traten sie aus dem Antigrav auf der Brücke heraus. Das Licht ging automatisch an und Bat-Rar besah sich den kreisrunden Raum von etwa 10 Metern Durchmesser. Er ähnelte etwas der Brücke der ODIN, jedoch war auf eine Empore zum hufeisenförmigen Kommandostand verzichtet worden. Lediglich eine Stufe führte zum Sitz des oder der Captain. Die Brücke war kleiner als die auf der 2.000 Meter durchmessenden ODIN – kleiner und kompakter. Selbst knapp unter der vier Meter hohen Decke hingen Monitore und sonstige technischen Elemente. Im Halbkreis vor dem Captainssitz gab es sieben weitere Arbeitsplätze und im Rücken davon der normale Schottzugang, ein Multifunktionstisch, ein Replikator, der eben benutzte Antigrav sowie eine Notrutsche.

Meiora-Seth sprach in die Stille: „C-3! Autorisation Meiora-Seth, Kanzlerin von NEW GENUA!"

Eine kühle und sachliche, computeranimierte und weiblich klingende Stimme antwortete: „Meiora-Seth, Kanzlerin und Captain – Autorisation bestätigt!"

Die Frau nickte ihrem Partner zu und dieser erhob das Wort: „C-3" Autorisation Bat-Rar, Mitkanzler von NEW GENUA und 1. Offizier!"

Und wieder antwortete die Bord-KI: „Bat-Rar, Mitkanzler und 1. Offizier – Autorisation bestätigt!"

Der Mann sprach weiter, während seine Partnerin auf den Kommandositz zuging: „C-3! Du wirst ab sofort auf den Namen SHIRTAN hören. Vollständigen Selbstcheck einleiten, Lebenserhaltungssysteme hochfahren für etwa 1.000 GENUI!"

„SHIRTAN hat verstanden. Ergebnis des Selbstchecks wird in ca. 15 Minuten vorliegen. Die Lebenserhaltung für die genannte Anzahl von Personen wird in zwei Stunden bereit sein."

Bat-Rar nickte befriedigt und ging auf seine Arbeitsstation zu, die aus Sicht von Meiora auf exakt 09:00 Uhr lag. „Kommunikation mit C-6 möglich?"

„Selbstverständlich – 1-O!"

„Übertrage dieselben Kommandos auf die C-6."

„C-6 hat bestätigt – Vollzugsmeldung in demselben zeitlichen Rahmen."

Bat-Rar setzte sich. Überall auf den Tableaus und an den Wänden waren Bildschirme und Touch-Screens zum Leben erwacht. Die Zentrale des großen Schiffes erwachte und die KI riss sämtliche Peripherie-Geräte aus dem Ruhezustand. Nach 15 Minuten kam zuerst von der SHIRTAN, dann über Lautsprecher eine ähnlich klingende Stimme von der C-6. Beide künstlichen Intelligenzen meldeten den Abschluss des Selbstchecks ohne erkannte Schäden. Die Raumer waren voll funktionsfähig und startbereit. ,Noch etwas mehr als anderthalb Stunden', dachte Bat-Rar, ,dann sind sämtliche Nebenräume mit Atemluft und Wärme versorgt, dann können die restlichen Siedler an Bord kommen.'

Er wusste wohl, dass Bor-Atak eine gewaltige Aufgabe vor sich hatte.

140

1.940 Siedler so auf zwei Schiffe zu verteilen, dass dabei familiäre und freundschaftliche Verhältnisse gewahrt wurden, war nicht einfach. Erst wenn Bor-Atak den Vollzug melden würde, konnte er darangehen, aus ‚seiner‘ Besatzung eine Brückencrew zu finden. Diese Crew war wichtig, alle anderen Positionen konnten durch die KI selbst oder von ihr gesteuerten Droiden besetzt werden.

„Sollen wir Drohnen an den äußeren Grenzen des SHELTER stationieren, Kanzlerin?"

„Bat", kam es leicht vorwurfsvoll rüber. „Wir sind allein."

„Okay", gab der Mitkanzler nach. Ihm fiel es nicht leicht, während seiner Arbeit auf ‚privat‘ zu schalten. „Sollen wir oder nicht, Meiora?"

„Nein", entschied sie. „Ich möchte gar keinen Hinweis auf unser Hiersein draußen wissen. Wir bleiben in unserem Versteck."

„Wie lange?", wagte Bat einzuwerfen.

Meioras Augen blitzten: „Bis ich meine Geduld verliere."

Bat-Rar lächelte, als er sagte: „Dann werden wir wohl nicht lange hierbleiben!"

„Täusch dich nicht. Ich halte viel von den Menschen. Wir müssen ihnen die Zeit auch geben."

„Hoffentlich finden sie uns auch."

Die Kanzlerin zuckte mit den Schultern. „Lass uns eine Kabine für uns aussuchen und ein paar Sachen replizieren."

12 Tage später, 29.05.2014, 06:45 Uhr:

Übergangslos schlug Jan Eggert seine Augen auf. Er sah eine Decke, die aus sich heraus leicht zu leuchten schien. Er fühlte sich gut – so gut wie seit Tagen nicht mehr. Wo war er? Er spürte eine weiche Matratze unter sich und eine leichte Decke über seinem nackten Körper. Er versuchte, sich zu erinnern. Da waren der Kampf mit den Aliens im QS-3 und anschließend der Brand im Arboretum. Das Arboretum brannte! Und er war mittendrin! Es ging um Arzu! Er und Sam waren hinein. Bei dem Gefecht kam es zum Brand. Sam hatte Arzu auf der Schulter und er hatte ihnen Rückendeckung verschafft. Dann war Waterhouse weg gewesen und Jan war allein. Der Brand – die Orientierung hatte er verloren, dann das Bewusstsein – aus!

„Hallo Jan!"

141

Die sanften Worte der schönsten Stimme der Welt ließen ihn seinen Kopf seitlich drehen. Da saß sie, direkt neben seinem Bett und schaute ihn aus tränenerfüllten Augen aber lächelnd an. „Guten Morgen, mein Held." Nun rollte eine Träne über ihre rechte Wange und tropfte von dort auf ihre Hose.

Eggert lächelte seine große Liebe an und gleich darauf fiel ihm ein, warum sie sich in den Kampf in das Waldstück an Bord begeben hatten.

„Arzu und Sam?", fragte er daraufhin. Ein leises Räuspern ließ ihn den Kopf zur anderen Seite wenden. Dort stand Doc Holliday mit seinem unverzichtbaren weißen Kittel und ebensolchem Stethoskop. „Sam Waterhouse hatte eine leichte Rauchvergiftung und sich völlig überanstrengt. Er war nach drei Stunden in der Stasekapsel wieder fit. Du selbst hattest eine schwere Rauchvergiftung und die Staseeinheit brauchte fünf Stunden für deine Genesung, den Rest hast du geschlafen. Arzu Ödeniz liegt noch in der Stasekapsel. Der giftige Biss stellt für unsere Medizin ein größeres Problem dar. Die oberflächlichen Wunden sind geheilt, aber die toxischen Bestandteile in ihrem Blut widersetzen sich im Moment noch unseren Versuchen, sie zu neutralisieren."

Jan nickte dem medizinischen Droiden zu, der sich anschließend entfernte und wandte sich wieder seiner Partnerin zu.

„Wir haben jetzt den 29.05. und es ist 6:45 Uhr morgens. Johann hat dich übrigens aus dem Arboretum gezogen. Ein paar Minuten mehr und wir hätten keinen Captain und ich keinen Mann mehr. Ich weiß nicht, Jan, ob ich das noch öfter durchstehen kann. Bitte gib mehr Acht auf dich."

Eggert beteuerte, dass er demnächst vorsichtiger sein wollte und schlug die Bettdecke zurück. Wenig später stand er neben dem Bett. „Gibt es hier etwas zum Anziehen für mich?"

Ohne zu antworten ließ Nina langsam ihren Blick über Jans gesamten Körper wandern. „Mich stört es nicht", warf sie ein.

„Gut, dann schau`n wir mal, was die anderen dazu sagen", scherzte Jan. Nina warf ihm wortlos eine leichte Bordkombi zu, die hinter ihr über der Stuhllehne hing. Schnell war er hineingeschlüpft und verließ mit Nina den Krankenraum. Der Raum, eine Tür weiter, war offen und Jan sah eine geschlossene medizinische Staseeinheit und einen müden Sam Waterhouse daneben auf einem Stuhl sitzen. Er ging hinein und legte dem Kameraden eine Hand auf die Schulter. „Sie wird wieder, Sam.

Arzu ist jung und widerstandsfähig und die Medizin der GENUI uns weit voraus."

Sam zuckte unglücklich mit den Schultern. „Waren wir nicht schnell genug, Jan?" Fast liebevoll sah er auf die Staseeinheit. Eggert schaute durch das oben angebrachte Schauglas und sah eine entspannt schlafende junge Frau. „Es ging nicht schneller, Sam. Noch schneller und keiner von uns dreien hätte das Arboretum lebend verlassen. Es war so schon mehr als knapp."

Waterhouse nickte. Es war ihm klar, dass ohne Vorbereitung die ganze Aktion gescheitert wäre.

„Willst du nicht in deine Kabine gehen?", fragte Jan und wusste die Antwort schon, bevor Sam den Kopf schüttelte. „Okay." Er klopfte dem Amerikaner auf die Schulter und verließ mit Nina den Raum. Kurz vor dem Ausgang traf er auf Doc Holliday.

„Hey Doc! Lass ein Bett für Sam in den Krankenraum von Arzu stellen."

„Wird sofort erledigt, Captain!"

Draußen auf dem Flur wandte sich Jan wieder an seine Partnerin und seine nächsten Worte drückten die Sorge um Schiff und Mannschaft aus. „Wie ist der aktuelle Status?"

Nina hakte sich bei ihm ein. „Carson hat alle Probleme im Griff. Das Feuer im Arboretum ist gelöscht und wie ich das mitbekommen habe, hat Bob mit Hilfe von speziellen Drohnen auch das Alien-Problem beseitigt."

Jan schaute seiner Nina in die grau-grünen Augen. „Du meinst, wir hätten Zeit für ein gutes Frühstück?"

Holst lächelte: „Ganz bestimmt sogar."

Wenige Minuten später betraten sie ihr Appartement.

„Sag mal – die Kinder schlafen noch?" Jan sah sich suchend um.

„Ja – und wahrscheinlich auch noch tief und fest – warum?", unschuldig und abwartend sah sie Jan an. Bevor Nina sich wehren konnte, hatte Jan sie gepackt, sich gebückt und die Frau auf seine Schulter gelegt. Mit heftig strampelnden Beinen wurde Nina dann ins Schlafzimmer abgeschleppt. Die Tür fiel zu und leises Kichern war zu hören. Die folgenden Geräusche schluckten Wände und Tür.

ODIN, Brücke um 09:00 Uhr:

Jan hatte zusammen mit seiner Familie, Mehmet rechnete er schon mit
dazu, ein ausgiebiges Frühstück zu sich genommen. Dabei konnte er zu
seiner großen Erleichterung feststellen, dass die Erlebnisse in QS-3
offensichtlich keinen bleibenden negativen Eindruck bei den drei Kindern hinterlassen hatten, wobei eine Einschätzung bei dem wie immer
schweigsamen Mehmet schwierig war. Die Mädchen plapperten munter
drauf los und wollten mehr über die Aliens wissen. Eggert hatte mit
den Schultern gezuckt. Auch er wollte mehr über diese Spezies in Erfahrung bringen.

Jan ließ sich jetzt gerade auf der Brücke von Carson auf den neuesten
Stand bringen. Cunningham hatte aufgeatmet, als ihm Eggert die Verantwortung wieder abnahm. Zum großen Teil konnte er Entwarnung
für die ODIN geben. Bob Hillary, der im Moment fehlte und sich
wahrscheinlich in seiner Kabine ein Pfeifchen nach dem Kampf gönnte, war mit getarnten und schnellen Drohnen äußerst effektiv gewesen.
Eleonore hatte zusammen mit der KI ein HUTCH-Suchprogramm
geschrieben, welches die fünfdimensionalen Ausstrahlungen der Wesen
erfassen und orten konnte. Bob hatte dann mit Hilfe der speziell ge-
panzerten Flugdrohnen einen Kamikaze-Angriff nach dem anderen im
hermetisch abgeriegelten Arboretum geflogen und das so lange, bis
auch der letzte Goldene mit zerschmettertem Kopf auf dem Boden lag.
In QS-3 hatten die Menschen bereits ganze Arbeit geleistet. Von den
dort aufgetauchten HUTCH hatte keiner die Auseinandersetzung überlebt. Die Schäden im Arboretum waren beträchtlich, aber die KI hatte
die Auskunft gegeben, dass man mit Abstrichen natürlich, aber schon
sehr bald wieder dort seine Freizeit verbringen konnte. Sie hatte zehn
Droiden abgestellt, die ununterbrochen die gröbsten Brandschäden
beseitigen würden. Den Rest wollte man der Natur überlassen. Weiterhin waren flächendeckend entsprechende Sensoren auf der ODIN
verteilt worden. Keinem HUTCH würde es mehr gelingen unbemerkt
an Bord zu kommen. Carson hatte daraufhin die Zusammenkunft der
kompletten Besatzung auf der Brücke aufgelöst.
Jan nickte zufrieden. „KI!"
„Captain?"

„Ich will, dass du einen permanenten Selbstcheck durchführst. Es kann zukünftig nicht mehr sein, dass du ganze Sektionen aus der Kontrolle verlierst. Schäden sind mir zu melden und unverzüglich instandzusetzen."

„Ich habe verstanden, Captain. Ein Selbstcheck-Programm wird in etwa 30 Minuten einsatzfähig sein und implementiert werden."

Jan sah sich um und richtig, da stand er: Die halbhohe Ausführung eines englischen Butlers.

„Parker?"

„Sir?"

„Ich will, dass du Droiden abstellst, die die Überreste sämtlicher HUTCH nach Doc Holliday bringen. Unser leitender Bordmediziner soll die Leichen pathologisch untersuchen. Ich will wissen, wie diese Wesen funktionieren, warum sie so widerstandsfähig sind und wieso sie im Weltraum überleben können."

„Ich eile, Sir!"

„Noch was!"

Der schon im Gehen begriffene Droide stoppte und wandte sich wieder Eggert zu. „Sir?"

„Die Waffen und sonstige technische Ausrüstung der HUTCH werden unverzüglich nach China-Town zur Untersuchung gebracht."

„Auch das, Sir, auch das", versicherte Parker und enteilte.

„Nina – Verbindung zu China-Town, Bild und Ton – bitte."

Einer der kleineren Monitore flackerte und nach ein paar Sekunden erschien das Bild des stets lächelnden Feng Pu. „Ich bin erfreut, dich gesund zu sehen, Captain", erklärte der liebenswürdige Chinese und deutete eine Verbeugung an.

„Danke für die Blümchen, Pu. Es gibt Arbeit für euch."

„Was können wir tun, Captain?"

„Zwei Dinge – Pu. Erstens lasse ich euch die Fremdtechnik nach Chinatown schaffen. Waffen und andere Geräte. Macht euch ein Bild davon – untersucht sie, vielleicht können wir Ähnliches bald gebrauchen. Es sind Waffen und sonstige Dinge."

Feng Pus Augen leuchteten, als er begierig nickte. Fremde Technik. Das war etwas für den Wissenschaftler. „Und zweitens?"

„Zweitens brauchen wir andere Munition. Sprecht mit Doc Holliday, der gleich ein paar der Leichen untersuchen wird. Unsere Projektile

145

gehen durch wie Butter und die Wunden schließen sich nach dem Durchschuss."
Auch dazu nickte Pu. „Wird erledigt, Captain."
Jan ließ abschalten und suchte dann erst seinen Sitz auf, den Carson schon vor einigen Minuten freigegeben hatte.

6. Suche

29.05.2014, 14:00 Uhr, ODIN, Brücke:

„Die Medo-Station ruft uns, Jan", teilte Nina mit und drehte sich von ihrem Arbeitsplatz zur Mitte. Eggert winkte lässig mit der rechten Hand und seine Partnerin deutete das als Signal, den Anruf auf einen der kleineren Frontmonitore zu legen. Kurz darauf erschien Doc Holliday, der hinter einem Untersuchungstisch stand, auf dem eine der HUTCH-Leichen lag. Der Droide hatte arg daran herumgeschnippelt und so sah das Ganze nicht gerade appetitlich aus.
„Die Untersuchungsergebnisse wären da – soweit möglich", begann er seinen Bericht. Er wollte gerade fortfahren, als Jan ihn unterbrach. „Ich komme zu dir."
Der Droide klappte seinen Mund wieder zu und Nina schaltete die Übertragung ab. Eggert erhob sich. Das lange Warten auf Ergebnisse hatte ein Ende und er spürte Bewegungsdrang. Daher wollte er sich vom Doc höchstpersönlich unterrichten lassen und zwar direkt. Vielleicht konnte er nebenbei einen Blick auf Sam werfen; er machte sich Sorgen um den Mann. Es blieb nach mehreren gemeinsamen gefährlichen Einsätzen nicht aus, dass man mit dem Kameraden fühlte. Vielleicht gab es auch etwas Neues zum Thema Arzu.
Als der Captain in den geräumigen Untersuchungsraum des leitenden Bordarztes kam, wunderte er sich zunächst, dass eine angenehme Temperatur herrschte. Er kannte pathologische Einrichtungen, zugegeben aus dem Fernsehen und meistens vom Tatort als etwas kühl, schließlich verwesen Leichen bei Wärme schneller. Er sah sich um und ein leichtes Frösteln konnte er nicht unterdrücken. Sicherlich hatte Doc Holliday in seiner streng logischen und leider auch wenig pietätvollen Weise effektiv gehandelt. Trotzdem hätte Jan nicht erwartet, die geborgenen Leichen der HUTCH in simplen Regalen vorzufinden, die an den Wänden aufgebaut waren. Nur wenige der Leichen waren an einem Stück. Hier

146

hatte Holliday ein paar Köpfe, heile und in der Mitte geteilt, da ein paar rechte Arme, linke, die Beine in derselben Weise, sowie einige Torsi in die Regale gestopft. Überall tropfte noch etwas von dieser schwarzen Körperflüssigkeit herunter. Auf dem Untersuchungstisch lag eine in der Mitte aufgeschnittene Leiche.

„Ist es nicht ein bisschen warm hier", fragte Jan statt einer Begrüßung.

„Ist es dir zu warm? Soll ich die Klimaautomatic veranlassen ein paar Grad herunterzuregeln?" Der Doc machte ein besorgtes Gesicht.

„Nein, nicht wegen mir, sondern wegen der Zersetzung der Leichen, äh ... oder Leichenteile", Jan besah sich demonstrativ die makabre Ausstellung.

„Ach deswegen. Die verwesen so schnell nicht – das dauert ein paar Monate bis wir eine Veränderung feststellen."

Jan nickte. „Was hast du zu berichten?"

Doc Holliday legte sein Besteck, welches auch in die Hände eines Metzgers gepasst hätte, zur Seite, und zog zwei überdimensional lange und petrolfarbene Gummihandschuhe aus und warf sie in den Abfallcontainer. Dann griff er zu einer Folie mit Notizen auf einem Klemmbrett, die er als Droide mit Sicherheit nicht brauchte – wieder so eine Schrulle nach dem Motto: Ich bin menschlicher Arzt.

„Ich fasse mal zusammen. Ich würde diese Spezies als Insektenabkömmlinge bezeichnen. Das Besondere, was sofort auffällt, ist, dass alle zunächst erst einmal gleich aussehen. Mit Speziallicht oder hochauflösenden Kameras ist es möglich, verschiedene Goldschattierungen der Haut festzustellen. Ansonsten gleichen sie sich wie ein Ei dem anderen. Alle sind exakt 200 Zentimeter groß, haben dieselben Körpermaße und das gleiche Gewicht."

„Gibt es Geschlechtsunterschiede?", fragte Jan.

„Diese Spezies ist eingeschlechtlich und pflanzt sich autark durch sich selbst fort. Ich habe in jedem Untersuchungsobjekt drei Eier in verschiedenen Reifestadien festgestellt. Ich konnte keine Kopulationsmechanismen feststellen – sie tragen ihren eigenen Nachwuchs aus, den sie sich selbst befruchten."

„Aber", begann Jan mit krauser Stirn. „Die Evolution, wie wir sie verstehen, besteht aus zwei Dingen: Sex und Tod. Der Tod macht Platz für etwas Neues und beim Sex werden die Erbinformationen zweier Wesen gemischt und es besteht die Chance auf etwas Besseres."

147

„Ja", bestätigte der Droide. „Auch für die GENUI gilt dieses Gesetz. Allerdings gibt es für die GENUI nur selten die Chance auf Verbesserungen, sie sind nahezu perfekt nach so langer Reife. Die HUTCH hier leben in einer Sackgasse der Evolution. Sie können sich nicht mehr verbessern. Sie können sich nur noch ausbreiten – über die Galaxis. Ich kann zwar nicht feststellen, wie lange sie zum Ausbrüten der Eier benötigen, aber allein die Tatsache, dass es immer drei sind, bei jedem hier, lässt eine ungeahnte Fruchtbarkeit befürchten. Allein das könnte sie zu gefährlichen Feinden machen."

„Wir haben sie erlebt", seufzte Jan.

„Ja, und überlebt", bestätigte der Mediziner. „Leider ist dies fast alles, was ich zu den HUTCH sagen kann. Deren Biologie ist so fremdartig, dass ich wahrscheinlich Monate, wenn nicht Jahre, zu forschen habe. Das schwarze Zeugs, was wir wahrscheinlich gerne mal mit Blut verwechseln, ist von ganz besonderer Güte. Ich kann es weder einfrieren, noch zum Kochen bringen. Es verändert bei keiner Temperatur seine Eigenschaften. Wahrscheinlich können die HUTCH deswegen im Weltraum überleben. Knochen gibt es keine. Der Körper scheint in einer gummiartigen Substanz eingelagert zu sein. Die Muskeln sind daher recht schwach ausgeprägt und an dem Gehirn – ich weiß nicht."

„Was weißt du nicht?"

„Diese Spezies fliegt mit Raumschiffen durch das Weltall – richtig?" Holliday legte eine Hand ans Kinn, als würde er angestrengt nachdenken. „Ja!"

„Haben sie die Raumschiffe selber gebaut oder haben sie die zur Verfügung gestellt bekommen?"

„Ich weiß nicht. Worauf willst du hinaus?" Jan schaute seinen Gegenüber genau an.

„Fliegen sie die Raumschiffe selber oder werden sie geflogen?"

„Doc! Lass dir die Würmer nicht aus der Nase ziehen! Was willst du sagen?"

„Nun, das Gehirn ist recht einfach aufgebaut, enthält allerdings eine Komponente, die ich nicht einschätzen kann." Holliday ging ein paar Schritte hin und her.

„Deine Schlussfolgerung?" Jan wurde ungeduldig.

„Wie sagt man so schön bei euch: Der hier …", damit deutete er auf die aufgeschnittene Leiche, „… ist zu dumm, um ein Loch in den Schnee zu pinkeln."

148

Eggert prustete los. Woher hatte dieser Aushilfskomiker denn den Spruch? Der Droide lächelte zurück und gab den Anschein, dass er sich über seinen eigenen Beitrag zur Belustigung freute. Tatsächlich war er über das kopierte Internet an eine Reihe von Sprüchen gelangt, die er nun von Zeit zu Zeit einzusetzen gedachte.

Es dauerte einen Augenblick, dann antwortete Jan: „Es kann gut sein, dass die Schiffe nur geliehen sind oder dass diese Wesen hier nur transportiert werden. Es kann aber auch genauso gut sein, dass es verschieden intelligente Exemplare, vielleicht auch mit verschiedenem Äußeren, bei ein- und derselben Spezies gibt. Dann wäre der hier vielleicht ein Soldat."

„Denken also unerwünscht", stellte der Doc fest.

„Lass das mal nicht den Sam hören", mahnte Jan. „Aber möglich wäre es. Danke für deine Ergebnisse. Vielleicht hast du bei Gelegenheit noch etwas Zeit und forschst weiter. Aber mach diese Kammer hier zu, das ist ja das reinste Gruselkabinett." Eggert wollte sich gerade zum Gehen wenden, als er aus Richtung Flur ein Signal hörte.

„Oh, es wird spannend", hörte er den Droiden sagen. „Die Staseeinheit von Arzu hat die Behandlung beendet."

„Erfolgreich?", fragte Jan und eilte hinter dem Droiden her, der den Raum bereits verlassen hatte.

„Keine Ahnung", antwortete dieser. „Daher nutzte ich den Begriff ‚spannend'."

Beide zusammen stürmten in Arzus Behandlungszimmer und da dieses nicht gerade leise geschah, schreckte Sam Waterhouse vom Bett hoch, welches Jan ihm hatte dort aufbauen lassen. „Was, wie – äh …?"

Jan deutete auf den sarkophagähnlichen Behälter und in Bruchteilen von Sekunden stand der Ex-Marine neben dem Behälter.

„Hilf mir den Deckel abzunehmen", forderte Doc Holliday den Amerikaner auf. Während Sam sich sichtlich anstrengen musste, bereitete es dem Droiden offenbar keine Mühe, seine Seite des Deckels anzuheben. Mit hochrotem Gesicht legte Waterhouse den Deckel zusammen mit dem Doc auf den Boden, dann richtete er sich hastig auf und schaute, genau wie Jan, in das Innere des Behälters. Zunächst schlief die Pakistani noch, als Holliday die Ergebnisse der Behandlung bereits auf einem Monitor an den Wänden des Raumes laut vorlas: „Arzu Ödeniz ist körperlich zu 100% wiederhergestellt. Sämtliche toxischen Substanzen konnten entfernt werden." Der mechanische Arzt berichtete noch von

einer Vielzahl von Heilungen an der jungen Frau, die Jan überhörte und Sam gar nicht wahrnahm, denn die Pakistani hatte die Augen geöffnet. Den Ersten, den sie sah, war derjenige, der sie aus den Klauen der HUTCH befreit hatte – Sam. Ihre Augen füllten sich erschreckend schnell mit Tränen und sie streckte, noch in der Staseeinheit liegend, beide Arme nach Waterhouse aus. Jan hörte nur ein schluchzendes „Sam", dann hievte der Amerikaner das Mädchen mit den langen schwarzen Haaren wie ein Kleinkind aus dem medizinischen Gerät. Eggert hörte die Pakistani hemmungslos weinen, während Sam das Mädchen auf den Armen trug und sie selbst ihn fest umklammert hielt. Jan ging zu Waterhouse und flüsterte dem Kameraden ins Ohr: „Arzu ist körperlich wiederhergestellt – körperlich. Ich stelle dich von allen Aufgaben frei. Du wirst Arzu betreuen und für sie einfach da sein – Tag und Nacht. Und: Du wirst sie behandeln wie ein Kind – wie ein verängstigtes Kind. Versprichst du mir das?"
Eggert hatte Waterhouse dabei ernst angesehen und Sam nickte: „Selbstverständlich verspreche ich dir das. Ich kümmere mich um Arzu wie ein Vater um seine Tochter, wenn du das meinst."
Jan lächelte und schlug dem Freund auf die Schulter: „Unser Tässchen Bier wird noch ein wenig warten müssen. Ich wünsche euch Erfolg." Mit diesen Worten verließ Jan die Medo-Station und wollte sich zur Brücke begeben – wollte, denn als er gerade außerhalb des medizinischen Bereichs war, erhielt er einen Funkanruf von China-Town. Feng Pu fragte in seiner betont höflichen Art nach, ob der Captain auf der Brücke abkömmlich sei. Man wollte erste Ergebnisse präsentieren. Jan machte auf dem Absatz kehrt und suchte China Town auf.

„Das hier", Pu hielt eine Patrone des M4-Gewehrs hoch, „ist unsere Lösung für die HUTCH."
Jan ging etwas näher ran und besah sich die Munition genau. „Ich sehe keinen Unterschied."
„Das ist richtig", bestätigte der Asiate. „Sehen kann man es nicht. Wir haben einen Teil der Spitze aus einem anderen Material gefertigt – ein sogenannter Teilmantel."
„Aha", machte Jan. „Ein Dum-Dum Geschoss also?"
Der Chinese wiegte den Kopf. „Könnte man auch so bezeichnen."
„Wirkungsweise?"

Hier sprang der etwas bärbeißige Huang Li ein: „Ich habe Beschuss-proben an HUTCH-Leichen durchgeführt, die mir der Zwerg in der Med-Abteilung zur Verfügung gestellt hat."
Jan sah den größeren Mann mit dem strengen Gesicht und längeren schwarzen Haaren an. ‚Warum wundert mich nicht', dachte er sich, ‚dass von den beiden hier Li die praktischen Tests durchgeführt hat?'
„Wir haben eine so kleine Eintrittsöffnung", Huang Li zeigte etwa ei-nen halben Zentimeter zwischen dem Zeigefinger und Daumen der rechten Hand, „und so eine Austrittsöffnung." Der Chinese benötigte jetzt schon beide Hände, um einen Kreis zu zeigen. „Bei Schüssen auf Arme oder Beine fällt alles nach dem Treffer vom Körper ab. Köpfe explodieren geradezu. Selbst bei der Mitte des Leibes bleibt nicht viel an Eingeweiden drin."
Jan schluckte und stellte sich gerade vor, wie der Chinese Schießübun-gen auf irgendwie festgebundene oder von der Decke herabhängende HUTCH veranstaltet hatte. Er traute ihm sogar Spaß an der Sache zu. Trotzdem bedankte Jan sich artig und sparte nicht mit Komplimenten. Wissenschaftler wollen bei Laune gehalten werde und in der Tat, so makaber die ganze Angelegenheit war, man brauchte solche Munition. Huang Li eröffnete, dass die ersten paar tausend Schuss, auch für die P9, bereits fertiggestellt seien.
„Wenn ich, Captain, die Aufmerksamkeit darauf richten darf", lenkte der schüchtern wirkende Feng Pu ein und hielt ein kleines, schwarzes Kästchen hoch.
„Sicher, sicher", beeilte sich Eggert zu versichern. „Was ist das?"
„Das ist das Gerät, welches den Körperschutzschirm der HUTCH aufbaut."
„Interessant – unseren Geräten überlegen?"
Feng Pu schüttelte den Kopf. „Ganz und gar nicht. Weder die Leistung noch die Art des Schutzes. Es schützt nämlich nur vor Strahlwaffen. Projektile lässt das Gerät unbehelligt passieren. Li hat es ausprobiert – an HUTCH."
„Ach!" Jan zog eine Augenbraue nach oben. Eigentlich hatte er ‚faszi-nierend' dazu sagen wollen in Anlehnung eines bekannten Science-Fiction-Schauspielers, ließ es dann aber doch sein. „Was ist mit den Strahlwaffen?"

151

„Es handelt sich ganz klar um Laser – hochverdichtete Lichtstrahlen. Wir haben 27 davon sicherstellen können. Wir sind noch nicht ganz fertig mit der Analyse und machen gerade Praxistests …"
„Ich nehme an Huang Li?"
Pu tat verwirrt. „Ja, äh – wieso?"
„Schon gut, schon gut", Eggert winkte ab, bevor es noch Ärger mit Huang Li gab. Dieser schaute eh schon etwas knurrig aus der Wäsche. „Dann bitte weitermachen – und vielen Dank."
Feng Pu verbeugte sich und Huang Li hob halbherzig die rechte Hand, als sich Jan in Richtung Brücke verabschiedete.

Auf dem Weg zur Mitte des Schiffes überlegte Jan die nächsten Schritte. Ganz viele Möglichkeiten standen ihm nicht mehr zur Verfügung und er beschloss die Crew nach ihrer Meinung zu fragen. Carson räumte den Captainssitz, als er die Brücke betrat und alle Anwesenden zum Multi-Tisch bat. Kurz erläuterte er den Zustand der Astrogatorin Arzu Ödeniz und entschuldigte Sam Waterhouse für die nächsten Tage. Ebenso gab er das Untersuchungsergebnis bezüglich der HUTCH von Doc Holliday weiter und beschrieb die Innovationen aus China Town. Dann kam er zum zentralen Punkt: „Was machen wir jetzt? Bitte, Elli, erläutere uns den derzeitigen Status."
Klaffke atmete durch und zeigte dann, dass sie alle Hausaufgaben gemacht hatte. „Wir befinden uns immer noch im atmosphärischen Bereich von HASBART. Die Scannerdrohnen haben seit dem letzten Gefecht keinerlei HUTCH-Aktivitäten innerhalb des GEN-II-Systems detektiert – wir sind allein."
Jan sah sich um, dann stutzte er. Sam und Arzu fehlten entschuldigt – wo war Bob Hillary?
‚Oh nein, nicht schon wieder', dachte er. „KI, Bob Hillary lokalisieren!"
„Bob Hillary befindet sich in seinem Appartement."
Jan atmete erleichtert aus und nickte Nina zu: „Ich will ihn sprechen."
Holst ging zu ihrer Konsole und kurz darauf sah man auf einem der kleineren, vorderen Wandmonitore, dass Bob das Gespräch annahm. Man sah zumindest, dass das Gespräch angenommen wurde. Heftiger Qualm war zu sehen, dann ein paar schwarze Hände mit heller Innenseite, die versuchten der Qualmmassen Herr zu werden und hektisch hin und her wedelten, damit der Besitzer selbst einen Blick auf die Übertragungseinrichtung werfen konnte. Jan wartete geduldig bis der

Jamaikaner, der zwischenzeitlich wie eine Windmühle agierte, den Dunst gleichmäßiger im Raum verteilt hatte und er schattenhaft zu erkennen war. Im Hintergrund lief, was sonst, Reggae-Musik.

„Wer stört?"

„Ich, Jan Eggert!"

„Oh, Captain – Bruder", sang Bob mehr als er sprach.

„Wir vermissen dich auf der Brücke – wir wollen beraten, wie es weitergehen soll."

Bob hustete und kam mit dem Gesicht ziemlich nahe vor die Kamera, sodass seine Nase größer als sonst erschien. „Beschließt was ihr wollt – ich bin einverstanden – ich bleibe bei euch. Selbst der härteste Joint ist nicht so krass wie ihr!" Schrilles Lachen begleitete seine Worte und sein Kopf verschwand wieder etwas weiter weg im Dunst. Lediglich sein strahlend weißes Gebiss war überdeutlich zu sehen. Jan gab Nina ein Zeichen und sie unterbrach die Verbindung.

„Er richtet sich zugrunde mit seiner Sucht", bemerkte Johann.

Eggert schüttelte den Kopf. „Eben nicht. Ich sprach darüber mit Doc Holiday. Die physische Konditionierung durch die Stasebehandlung im Med-Lab verhindert, dass er überhaupt süchtig wird oder Schaden davon nimmt. Bei mir ist es nicht anders. Ich kann Alkohol trinken, ohne rückfällig zu werden – auf der Erde eine Unmöglichkeit. Einmal Alkoholiker – immer Alkoholiker."

„Lassen wir ihm seine Pause", schlug Carson vor. „Er hat im Ego-Modus Drohnen gesteuert, dass mir schwindelig wurde – ein echter Könner. Seien wir froh, dass er bei uns ist."

„Gut – in 30 Minuten will ich mit Ausnahme von Bob, Sam und Arzu alle erwachsenen Crewmitglieder hier am Tisch haben. Wir müssen beschließen, wo es lang geht." Jan ging zu seinem Kommandositz und Nina trommelte die Mannschaft zusammen.

29.05.2014, 18:15 Uhr, Brücke ODIN:

Exakt 30 Minuten später hatte Jan alle Crewmitglieder um den Multitisch versammelt und stellte noch einmal die Frage nach der Zukunft.

„Die GENUI haben ihre Siedlungswelt nach dem Überfall der HUTCH entweder verlassen, sind verschleppt oder gänzlich vernichtet worden", fasste Jan noch einmal die Ereignisse der letzten Tage zusammen.

153

„Oder sie sind von GENUA PRIME heimgeholt worden", warf Johann ein.

Eggert nickte dazu: „Für uns ist das Ergebnis dasselbe. Wir können nicht nach GENUA PRIME, wir würden uns in der Dunkelwolke verirren. Um die HUTCH zu verfolgen, hätten wir gleich zwei Probleme. Erstens: Wo sind sie hin? Zweitens möchte ich die ODIN nicht gefährden. Im Prinzip gibt es für uns nur zwei Möglichkeiten: Wir fliegen zurück zur Erde oder wir suchen uns einen Planeten der Klasse M." Jan schaute seine Gefährten der Reihe nach an.

Alma ergriff als erste mit nachdenklichem Gesicht das Wort: „Einige, eigentlich die meisten von uns, können nicht zurück, weil sie von irgendwelchen Staatsanwälten gesucht werden. In 50 Jahren haben wir alle ein Problem, das unerklärliche Nichtaltern zwingt uns Wohnortwechsel und ein Undercover-Leben auf. Das ist mit Sicherheit nicht lustig und wir werden, wenn wir nicht zusammenbleiben, sehr einsam sein, denn jeder andere Partner wird uns nach 30-40 Jahren verlassen. Ich bin da alles andere als scharf drauf. Ich bin dafür, dass wir zusammenbleiben und uns einen Planeten suchen."

Eggert sah zustimmende Gesichter. Die chinesische Fraktion sowieso. In China würden sie alsbald der Staatsobrigkeit in die Hände fallen und überall woanders würden sie misstrauisch beäugt werden. Ihre Haltung war eindeutig – sie würden bleiben. Sam war zwar nicht anwesend, aber seine Situation war klar – die US-Army würde ihn finden. Arzu Ödeniz hatte erst keine Heimat und keine Familie mehr, jedenfalls keine, bei der sie unterkommen könnte. Die Sprecherin, Alma selbst, hatte allein drei Männer auf dem Gewissen. Der Staatsanwalt in Schweden würde ihr die Notwehr keinesfalls abkaufen. Ihm selbst klebte das Blut von Sven Wulgner an den Händen, nachdem er Rache genommen hatte. Durch die Verbindung zu ihm und die unerklärliche Heilung ihrer tödlichen Krankheit war das Betreten der Erde für Nina zumindest problematisch. Lediglich Carson, Johann und Elli waren ohne schuldhaft begangene Verbrechen, darum suchte Jan ihre Blicke. Carson lächelte: „Meinst du, ich gehe auf die Erde zurück mit dem Bewusstsein, dass ich so viele Abenteuer erleben könnte? Sicherlich könnte ich wieder irgendwo in der Einsamkeit hausen, aber daran habe ich kein Interesse. Es ist schön, wieder unter Menschen zu sein – mir geht es gut. Hier!"

Eggert beobachtete anschließend die Blicke, die sich Alma und Carson zuwarfen und ihm war dann sehr schnell klar, warum der Schotte bleiben wollte.

„Was ist mit euch?" Jan sah den Österreicher und die Deutsche an.

Eggert registrierte erstaunt, dass Eleonore für beide sprach: „Du brauchst eine wissenschaftliche Mitarbeiterin und einen Gunner – oder?" Ihr Lächeln bei dieser etwas provokativen Frage erstarb augenblicklich. „Ich – äh, zu Hause vermisst mich niemand. Ich hoffe hier mein frustrierendes, altes Leben endgültig hinter mir lassen zu können." Elli senkte den Blick. „Auf der Erde nimmt mich niemand überhaupt auch nur wahr – hier habe ich das Gefühl, so akzeptiert zu werden wie ich bin. Ich möchte … bitte, bleiben."

Johann nickte nur dazu und Jan erwiderte: „Du bist ein wichtiges Mitglied der Crew, Elli. Ich habe gehofft, dass du bleibst und ich habe gehofft, dass ihr alle bleibt."

Eggert lächelte zufrieden. „Also, wir sind uns einig – zumindest keinen Rückflug zur Erde – vorerst?" Jan wandte sich anschließend an den Bordrechner: „KI! Liste alle Klasse M-Planeten im Umkreis von 1.000 Lichtjahren auf. Ausgabe auf dem Hauptschirm!"

„Der Befehl ist unzulässig!"

Sofort konnte man eine Stecknadel fallen hören. Niemand wagte auch nur zu atmen. Die unpersönliche Stimme des Bordcomputers hatte gerade eine Wand zwischen sich und der Crew aufgebaut.

„Warum?" Obwohl es kaum einen Nutzen haben würde, hatte Jans Stimme frostig und aggressiv geklungen.

„Meine Programmierung verbietet die Ausführung des Befehls."

Jan überlegte. „Alle Systeme anzeigen, die im Umkreis von 100 Lichtjahren Planeten besitzen."

Die Mannschaft wartete atemlos. Nach und nach tauchte ein System nach dem anderen auf dem Hauptbildschirm auf.

Klaffke beobachtete das Geschehen misstrauisch. „Ich gehe davon aus, dass uns zwar die Systeme, nicht aber die dazugehörenden Klasse M-Planeten angezeigt werden. Richtig, KI?"

„Das ist korrekt."

Jan fluchte leise in sich hinein. Die GENUI hatten noch eine Barriere aufgebaut, damit die Menschen sich nicht vor der Hilfeleistung drücken konnten. Leider war ihnen diese Hilfe überhaupt nicht möglich und kein GENUI erreichbar, der die Programmierung begradigen konnte.

„KI! Systeme anzeigen", hörte Jan seine wissenschaftliche Mitarbeiterin sagen, „in denen mindestens ein Planet ausgeblendet wurde."

„Der Befehl ist unzulässig!"

Elli wirbelte zu Jan herum. „Ich bin sicher, die Wahrscheinlichkeiten für Planeten in der habitablen Zone ausrechnen zu können. Der Rest der Daten wird ja angezeigt. Ich muss ein wenig rumprobieren, aber es wird zu 80% funktionieren."

Eggert grinste: „Ich sagte schon, dass ich froh bin, dich dabeizuhaben."

Die Klaffke gab das Grinsen zurück: „Oder wir wählen die dritte Möglichkeit."

„Dritte Möglichkeit?" Nicht nur der Captain war überrascht.

„Ich kenne Meiora-Seth ein bisschen und ich halte viel von ihr", begann Elli eine Erklärung. „Ich kann mir nicht vorstellen, dass sie NEW GENUA verlassen hat, ohne uns einen Fingerzeig auf ihr Ziel gegeben zu haben. Und dass alle GENUI-Siedler tot sind, will ich nicht glauben – noch nicht. Sie hat fest mit uns gerechnet und das wird sie bei einer Flucht berücksichtigt haben."

„Was schlägst du also vor?"

„Hinfliegen und nachsehen – ich will selbst mit."

Die Crew schwieg und Jan dachte nach. Die Argumentation von Eleonore Klaffke war schlüssig und viel verlieren, außer ein wenig Zeit, würden sie nicht. Die Crew konnte noch ein wenig Pause vertragen, zumal er erst einmal Sam und Arzu von der aktiven Liste streichen musste.

„Okay, ich denke eine BETA wird reichen für uns beide?"

Klaffke nickte energisch. „Wir können sowieso bei der Suche keine Kampfmaschinen einsetzen. Klein und schnell reicht also."

„Gut, dann sind wir einig. Morgen früh 09:00 Uhr geht es los. Es war ein harter Tag heute. Die KI übernimmt die Nachtwache. Feierabend!"

Während alle anderen eine einigermaßen ruhige Nacht verbrachten, hatte Sam Waterhouse so seine liebe Not. Arzu Ödeniz verweigerte jegliche Nahrung und nahm nur ein wenig Wasser zu sich. Das Mädchen zitterte unentwegt am ganzen Körper und klammerte sich fest an Sam. Waterhouse hatte so seine Probleme, selbst in dieser Umklammerung etwas zu essen. Schließlich legte er sich mit dem Mädchen, vollständig angezogen, ins Bett. Als er der KI das Löschen des Lichtes befahl, begann Arzu zu schreien und schnell veranlasste Sam wieder

Licht. So kam es, dass der Amerikaner kaum ein Auge schließen konnte. Ödeniz beruhigte sich etwas und schlief schließlich in den Armen ihres Retters ein. Morgens, es muss irgendwann gegen 03:00 Uhr gewesen sein, war auch der Mann eingeschlafen. Die Pakistani hatte sich etwas von Sam gelöst und lag neben ihm. Dann schreckte das Mädchen hoch. Mit panisch weit aufgerissenen Augen sah sie sich um, aber nichts von allem kam bei ihr an. Sie stand auf.

Für Arzu Ödeniz, die 17-jährige Pakistani, war das bisherige Leben auf der Erde schon eine Tortur gewesen. Die ärmlichen Verhältnisse im Kriegsgebiet, dann auch noch die Nachstellungen ihrer eigenen Familie, die ihr nach dem Leben trachtete, die sie als Schande ansahen. Die Erlebnisse der letzten Stunden waren jedoch die Hölle. Die Verschleppung durch die HUTCH, diese unfassbaren Wesen, deren Denken und Handlungen niemand nachvollziehen konnte – die gewalttätigen Auseinandersetzungen bei ihrer Befreiung – ihre Seele hatte Schaden genommen, auch wenn sie sich an einige der erlebten Dinge nicht erinnern konnte. Diese hässlichen Fratzen, die aus menschlicher Sicht nur Aggression und Feindseligkeit auszudrücken vermochten. Diese Gesichter, mit den stumpfen, ausdruckslosen Facettenaugen und den schwarzen Hornplatten statt Zähnen, verfolgten sie. Sie versuchte zu fliehen, war aber nicht schnell genug. Jedes Mal versuchten diese Wesen sie unter heftigen Quietschgeräuschen festzuhalten, und zu ihrer eigenen Überraschung gelang es ihr bisher, sich aus dem Griff der Häscher zu befreien und weiterzulaufen. Sie schrie ihre Angst hinaus und begann immer schneller zu laufen. Eben war sie aus einer Art Sackgasse gerade noch entkommen. Nun lag ein langer Gang vor ihr und sie rannte so schnell wie noch nie in ihrem Leben. Sie hörte die hinter ihr laufenden Aliens immer näherkommen. Der Gang bot ihr keine Versteckmöglichkeiten. Ihr Blick suchte während des Laufens immer wieder die Wände ab. An machen Türen und Schotts lief sie vorbei, weil sie sie zu spät erkannte. Ihre Lungen brannten und ihre Beine waren mittlerweile schwer wie Blei. Nur die Todesangst ließ sie weiterrennen. ‚Wenn ich stehen bleibe, bin ich tot – kein zweites Mal werden sie mich entwischen lassen', jagte es ihr durch den Kopf. Ein gehetzter Blick zurück – sie hatte fast 30 Meter Vorsprung, dann kamen sie – eine Horde dieser goldfarbenen Aliens mit den übergroßen und stumpfen Augen. Sie bewegten sich ruckartig; der Kopf schnellte mit jedem

Schritt auf dem gebogenen Hals vor und zurück – wie ein Fischreiher, der auf Beute aus durch knöcheltiefes Wasser watet. Allein diese Bewegungsart war fremd – so abartig fremd, wie die gesamte Spezies. Dann – urplötzlich kamen sie ihr von vorne entgegengerannt, nicht ruckartig, sondern gleichmäßig. Arzu schrie auf und warf sich, ohne zu zögern, nach rechts. Im letzten Augenblick hatte sie ein Schott entdeckt und nutzte es, um seitlich auszuweichen. Schmerzhaft rammte sie mit der rechten Schulter die entsprechende Schotthälfte, die sich nicht schnell genug öffnete. Die Pakistani stürzte hinter der Schwelle, richtete sich blitzschnell wieder auf und rannte weiter. Zorniges Gebrüll hinter ihr ließen sie darauf schließen, dass es gerade sehr knapp gewesen war. Fast hätten die Häscher sie erreicht. Sie konnte sich nicht erinnern, wie lange sie schon flüchtete. Waren es Minuten oder Stunden – war sie bereits seit Tagen unterwegs? Sie hatte jegliches Zeitgefühl verloren und rannte einfach weiter. Dieser Raum hatte Ähnlichkeit mit Lager QS-3. Riesig groß und hoch und voller Regale. Im Zickzack rannte die Pakistani durch die Gänge. Gespenstisch schaltete die KI immer dort Licht ein, wo gerade Bewegung war. Mit einem hastigen Blick hinter sich registrierte Arzu, dass ihr das Licht auf breiter Front folgte. Offensichtlich war eine ganze Linie von Verfolgern hinter ihr her und diese verdammte KI machte denen auch noch Licht! Sie beschloss nur noch geradeaus zu laufen, um ihren schmalen Vorsprung nicht noch weiter zu verkleinern. Sie wollte gerade in einen Seitengang einbiegen, als ihr von dort eine menschliche und männliche Gestalt entgegenkam. Sie kannte den Mann und schrie panisch. Dieser Mann hatte sie vergewaltigt und damit ihre Familie in die Schande gerissen. Eine Schande, die sie nur mit dem Tod von sich weisen konnte. In einer Art Reflex riss sie das Knie hoch und traf den Mann dort, wo es die Männer im Allgemeinen sehr ungern haben. Dieser begann zu prusten und bekam einen knallroten Kopf, dann fiel er stöhnend seitlich weg. Die junge Frau hatte keine Zeit, sich über ihren Treffer zu freuen, zu dicht schon waren die anderen heran. Sie tauchte ab und lief in den nächsten Gang, aber dort war ihre Flucht zu Ende – mit Schwung knallte sie gegen einen riesenhaften Alien, der sie mit seinen kräftigen Armen umschlungen hielt.

„Arzu! ARZU! **Arzu! ARZU!**" Die Stimme kam ihr bekannt vor. Eine Stimme, bei der sie sich bisher immer wohl und sicher gefühlt hatte. Eine Stimme, die Vertrauen und Zuneigung ausdrückte. Sie riss die

Augen auf und schaute der Person, die sie festhielt, ins Gesicht. Sie kannte diese Gesichtszüge … ja, sie kannte sie. Etwas Undeutliches tauchte aus ihrer Erinnerung auf. Etwas Vertrautes – sie stellte ihre Abwehrbewegungen ein und hörte auf zu schreien. Sie atmete den bekannten Geruch dieser Person ein. Der Geruch hatte etwas Beruhigendes – wo hatte sie das schon einmal gerochen? Sie fühlte sich sicher und starrte dem Mann ins Gesicht. Dann, ganz langsam, als diese Person immer leiser werdend ihren Namen sagte, kam die Erinnerung. Das war Sam. Sam hatte sich um sie gekümmert. Er hatte ihr versprochen sie in die westliche Welt einzuführen. Dieser Mann war nett und ein Restgefühl in ihrem Inneren gebot diesem Menschen zu vertrauen. Arzu stellte ihren Widerstand ein.

„Ich hab` sie, ich hab` sie", hörte Ödeniz Sam rufen und wunderte sich. Wovon sprach diese bekannte Stimme? Gleichzeitig spürte sie starke Arme, die sie festhielten. War sie selbst gemeint? Sie sah sich zum ersten Male seit ihrer Flucht bewusst um.

Jan Eggert hielt sich japsend mit einer Hand an einem der Regale fest und hatte sich weit nach vorne gebeugt. Der Captain war, zur großen Verwunderung von Arzu, lediglich mit einer Shorts bekleidet und barfuß. Nur mühsam konnte sie seine Worte, unter großer Atemnot ausgestoßen verstehen: „Ich werd` zu alt für sowas – ich werd` zu alt für sowas!"

In unmittelbarer Nähe sah sie Carson Cunningham zusammengekrümmt am Boden liegen. Alma Falkengren kümmerte sich gerade um den offensichtlich verletzten Mann. Beide, darüber wunderte sich Arzu ebenfalls, waren in Nachtwäsche gekleidet. Nina Holst stand ebenfalls schwer atmend neben Jan. Die Gute hatte lediglich ein, wie es aussah, normales Männerhemd an, welches gerade mal bis über den Po reichte. Carson, der Shorts und ein kunterbuntes T-Shirt trug, rappelte sich stöhnend auf und stützte sich auf Alma, die einen pinken Jogginganzug übergeworfen hatte. Die Pakistani sah auch Johann Hochreiter, der gerade seine längs gestreifte Schlafanzugjacke Elli über die Schulter hängte, damit von ihrem Körper, bei dem schwarzen, fast durchsichtigen Negligé, nicht alles zu sehen war.

Beide wirkten, wie die anderen, außerordentlich angestrengt.

Eggert war wieder zu Atem gekommen: „KI! Wie viel Zeit ist vergangen seit der Alarmauslösung?"

„Eine Stunde und 17 Minuten!"

„Au Mann", Jan schüttelte den Kopf. „Wir haben weit über eine Stunde gebraucht, um ein verängstigtes Mädchen zu fangen! Das ist blamabel! Das ist bitter, das ist Scheiße!"

Arzu Ödeniz registrierte langsam, dass von ihr die Rede war. Es ging um sie. Ihre Freunde hatten sie verfolgt – nicht irgendwelche Aliens. Sie hatte einen Albtraum gehabt oder war schlafgewandelt – oder beides.

„Alles wieder richtig sortiert, Carson? Oder willst du zu Doc Holliday?" Jan ging zum Schotten, der noch ein wenig krumm an der Schwedin hing.

„Nein, nein, geht schon – kriegen wir wieder hin", stöhnte er und Alma kommentierte: „Will ich auch hoffen!"

„Entschuldigung", flüsterte Arzu und die Blicke aller wandten sich ihr zu. Es waren Blicke, die keinesfalls vorwurfsvoll oder böse zu nennen waren, sie drückten eher Mitgefühl und Erleichterung aus. Nina kam auf sie zu und sah ihr tief in die dunklen Augen: „Da gibt es nichts zu entschuldigen, Arzu. Du bist unsere Freundin – nicht nur ein Crewmitglied. Es hätte wer weiß was passieren können und wir sind sehr erleichtert, dass wir dich unverletzt wiederhaben. Du bist Teil unserer Familie."

Die Pakistani flüsterte ein ‚Danke' und sah verlegen auf den Boden.

„Da kommt noch ein Familienmitglied", kommentierte Eleonore Klaffke in die folgende Stille und tatsächlich hörte man eine Person schnell angestapft kommen. Kurz darauf bog ein dunkelhäutiger Mensch in einem viel zu großen, neongrünen Hawaiihemd, Jesuslatschen und einem schwarzen, überdimensionierten Cowboyhut um die Ecke. Er hielt an und schneeweiße Zähne leuchteten der Crew unter einer übergroßen Sonnenbrille entgegen.

„Hab' ich was verpasst?", fragte die schrille Stimme von Bob Hillary. „Ich musste mich erst ein wenig sammeln und Klamotten überwerfen", trug er zur Entschuldigung vor. Dann fiel sein Blick auf das Outfit der Gefährten und sein Gesicht wurde lang. „Vielleicht hätte ich doch sofort ...", begann er, aber Eggert winkte ab. „Schon gut, Bob. Wir haben sie."

„Krass", Bob wedelte mit den Armen. „So eine Übung mitten in der Nacht." Schrilles Lachen begleitete seine Worte.

„Bob!" Johann sprach den Jamaikaner an.

„Bruder", Bob sah den Österreicher an.

160

„Keine Übung, Bob!"

„Keine?" Hillary schaute von einem zum anderen.

„Keine!"

„Noch krasser!" Hillary pfiff zwischen seinen Zähnen.

„KI!" Jan wandte sich an den Bordrechner.

„Captain?"

„Bordzeit?"

„30. Mai 2014, 04:55 Uhr."

„Lasst uns alle zusammen in die Kantine gehen und etwas frühstücken. Ich denke mal, Schlaf werden wir in der nächsten Stunde nicht finden", schlug der Captain vor und alle nickten zustimmend. Jan sah Arzu und Sam an. „Sam, verriegel demnächst bitte dein Appartement."

„Geht klar, Jan und Dank für eure Hilfe."

Die Crew suchte anschließend, so wie sie war, geschlossen die Kantine auf. Niemand nahm Anstoß an der unvollständigen Kleidung.

<u>Zuvor ODIN um 03:00 Uhr:</u>

Seit der Enterung durch die HUTCH waren die Schiffssensoren dichter gestaffelt und deren Meldungen maß die KI mehr Bedeutung bei. Die KI registrierte, dass Arzu Ödeniz gegen 03:00 Uhr Bordzeit das Appartement, in dem sie sich mit Sam Waterhouse aufhielt, verließ. Sie stufte dieses Ereignis bestenfalls als ungewöhnlich ein – mehr nicht. Wenn eine KI hätte verwirrt sein können, dann wäre sie es anschließend gewesen, denn sie konnte aus der Laufrichtung der jungen Frau kein Ziel bestimmen. Die Richtungswechsel wirkten willkürlich. Dann begann Arzu zu rennen, ohne dass für den Bordrechner ein Grund für besondere Eile erkennbar gewesen wäre. Die KI schaltete mehrere Bio-Sensoren hinzu – kurz darauf gab sie Alarm.

„Captain, ich bedaure die Nachtruhe unterbrechen zu müssen!" Kühl tönte die nüchterne Stimme der Bord-KI im Schlafzimmer von Nina Holst und Jan Eggert. Das Paar genoss die Zweisamkeit und lag eng umschlungen in dem üppig bemessenen Bett.

„Hä? Was – was ist los?" Zögernd löste sich Jan von seiner gerade erwachenden Partnerin. Die KI hatte gerade auch das Anschalten der Zimmerbeleuchtung veranlasst, allerdings in einem sehr abgedimmten Rahmen.

161

„Arzu Ödeniz bewegt sich schnell durch das Schiff. Ihr Ziel ist unklar. Sie artikuliert laute Schreie, die Herzfrequenz liegt im Schnitt bei 190, die sonstigen Biowerte lassen auf erhöhten Stress schließen."

Jan schüttelte seine Müdigkeit ab. „Ist jemand bei ihr?"

„Negativ!"

„Lokalisieren!"

„Arzu Ödeniz befindet sich auf Deck 79 in Sektion A/30."

Jan sprang aus dem Bett. Schnell zog er sich zumindest eine Shorts an und während Nina sich mit einem Hemd versorgte, erteilte Jan weitere Befehle: „KI! Weck die Brückencrew! Ansage: Arzu rennt hilflos durchs Schiff! Dann alle 30 Sekunden eine Standortmeldung von Arzu an alle!"

„Verstanden. Anordnung wird ausgeführt!"

Jan und Nina verließen eiligst ihre Suite. Auf dem Flur orientierte sich Jan. „KI! Orientierungshilfe anzeigen!"

Statt einer Antwort war auf den Wänden ein grüner Pfeil zu sehen. Dieser würde sie auf dem kürzesten Weg zur Pakistani führen.

„Deck 79, Sektion A/33!"

‚Verdammt, das Mädchen ist schnell unterwegs', dachte Jan und während er den Pfeilen folgte, überlegte er sich eine Strategie. Die nächste Stunde dirigierte er seine Brückencrew und versuchte den Weg der Flüchtenden vorauszusehen – ständig vergeblich. Wenn seine Leute am festgelegten Ziel eintrafen, hatte Arzu bereits die Richtung gewechselt. Trotzdem zog sich die Schlinge immer enger. Es war nur eine Frage der Zeit, bis sie das Mädchen erwischen würden, aber wie leicht konnte sich die panisch fliehende Frau schwer verletzen. Diese Sorge wich nicht aus den Köpfen der Crew, daher rannten alle und versuchten, die junge Frau so schnell wie möglich aufzugreifen. Aber Arzu war schnell und sie schien die verschiedentlich ausgeführten Zangenbewegungen zu erahnen und schlüpfte ihnen das eine ums andere Mal durch Lücken. Die panische Angst verlieh ihr Kräfte, bei denen die Crew nur noch das Nachsehen hatte. Jan hätte geflucht, wenn ihm dazu der Atem gereicht hätte. Stattdessen dirigierte er lieber seine Crew. Nina hatte sich längst schon von ihm getrennt, da sie die Geschwindigkeit nicht mithalten konnte und sie sich ebenfalls an Einkreisungen beteiligen wollte. Schließlich, nachdem sie kilometerlang durchs Schiff gerannt waren, konnte Sam das Mädchen erreichen und festhalten.

30.05.2014, 09:00 Uhr, ODIN, Flugdeck:

Elli war nervös. In der Simulation hatte sie reichlich das Fliegen von Alpha- und Beta-Jets geübt. Es fehlte ihr lediglich der praktische Umgang. Rechts neben ihr saß Jan, der offensichtlich neugierig war, ob seine wissenschaftliche Mitarbeiterin diesen Jet tatsächlich fliegen konnte. Klaffke war aber nicht wegen ihres Begleiters nervös. Eher beruhigte sie die Tatsache, dass er neben ihr saß. Nein, Elli hatte schon einmal ungeschützten Kontakt zur wilden Natur NEW GENUAs gehabt und nach ihrer Meinung sollte das bis zu ihrem Lebensende reichen. Nur knapp hatten Johann und sie die Attacken der Fauna dieses Planeten überlebt. Nun schickte sie sich wieder an, diesen gewalttätigen Planeten erneut zu betreten – und das auf eigenen Wunsch! Ihr lief es heiß und kalt den Rücken runter, als sie die Bord-KI den Selbstcheck machen ließ. Als ihr Grünwerte angezeigt wurden, meldete sie sich per Funk auf der Brücke ab. Carson Cunningham gab als stellvertretender Captain die Starterlaubnis. Das Triebwerk der Beta begann zu summen und souverän lenkte die Deutsche den Flieger durch das Kraftfeld vor dem geöffneten Flugdeckschott in die trübe Suppe der HASBART-Atmosphäre. Der grüne Pfeil auf dem HUD zeigte Jan an, dass Elli die Navigationshilfe eingeschaltet hatte. In Anbetracht der schlechten Sicht und der Tatsache, dass Elli heute zum ersten Mal tatsächlich einen Jet steuerte, eine weise Entscheidung. Klaffke richtete die Beta mit Hilfe eines Joysticks aus und schob dann den Beschleunigungshebel weit nach vorne. Die HOPE, beide hatten sich auf diesen Namen geeinigt, sprang geradezu aus dem Schwerefeld des Gasriesen heraus und ließ die ODIN zurück. Elli schaltete die Tarnung ein und Jan warf einen Blick auf die Sensoren, die aus den immer noch im System existierenden Scannerdrohnen mit Informationen versorgt wurden. Nichts – keine gegnerische oder sonstige Aktivität. Es versprach ein ruhiger Flug zu werden.
Klaffke flog nicht allzu schnell und Eggert ließ sie gewähren.
Der Ausblick war gigantisch. Die Bord-KI dunkelte den Teil der Scheiben ab, der in Richtung Sonne lag, den übrigen Teil des Weltraums konnten die beiden Insassen direkt durch das transparente Kuppeldach des linsenförmigen Fluggerätes beobachten. Jan drehte sich herum und sah hinter ihnen die riesige, blau leuchtende Scheibe von HASBART. Drohend und gefährlich stand der Gasplanet in ihrem Rücken. Er wi-

derstand der Versuchung Elli zur Eile anzumahnen, zumal der Planet erkennbar kleiner wurde.

„Ich muss ein wenig üben", entschuldigte sich Elli lächelnd.

„Mach du nur", entschied Jan und lehnte sich bequem zurück. „Die letzten Tage waren nicht gerade leicht. Wir haben eine kleine Verschnaufpause verdient – also: Keine Hektik!" Trotz der entspannten Pose ließ Eggert die Scanner keinen Augenblick aus den Augen. Er wusste, dass der Feind urplötzlich aus dem Nichts auftauchen konnte. Dennoch ließ er Elli Zeit, ein tatsächliches Gefühl für die Disk zu erhalten. Sie änderte ständig den Kurs, gab Berechnungen in den Nav-Computer ein und ließ sie überprüfen. Nach zwei vollen Stunden, Jan drohte trotz aller Selbstbeherrschung fest einzuschlafen, gab Klaffke bekannt, dass sie nun zügig NEW GENUA anfliegen wollte. Eggert raffte sich mühsam aus der halb liegenden Position in eine normale Sitzhaltung auf und stöhnte leise dabei. Er war doch leicht eingedusel und hatte geträumt, dass er mit Nina an einem der schönsten Strände auf der Erde liegen würde – einem FKK-Strand übrigens. Nun widerwillig verscheuchte er die angenehmen Bilder aus seinem Kopf und schaute aus dem Cockpit auf die schwarze Kühle des Universums – mit ihrer unendlichen Zahl von Sternen, die in allen Farben leuchteten. Wie leicht man sich an diese gigantische Aussicht gewöhnt, stellte er betroffen fest. Noch vor ein paar Monaten hätte er werweißwas dafür gegeben, einmal einen solchen Anblick real erleben zu dürfen – jetzt war es schon fast normal. Eggert nahm sich vor, sein Leben etwas bewusster zu erfahren und nicht alles, was ihm geboten wurde, als selbstverständlich hinzunehmen.

„Abstand drei Lichtsekunden", teilte Elli mit und NEW GENUA sah so groß aus wie der Mond von der Erde aus betrachtet. ,Verdammt', dachte Jan, ,alles wird ständig mit der Erde verglichen.' Aber woran sollte sich das Häuflein Mensch sonst orientieren wenn nicht an bekannten Dingen? Er nahm widerwillig zur Kenntnis, dass der Heimatplanet in den Köpfen der Crew noch eine ganze Weile eine große Rolle spielen würde. Elli verzögerte den Anflug und Jan bemerkte es daran, dass die automatische Abstandsanzeige weniger schnell herunterzählte und der Planet langsamer größer wurde. Mit einem knappen mündlichen Befehl ließ sich Jan das Zielgebiet ,WANTANA' anzeigen. Auf dem Planeten erschien ein roter Fleck – natürlich nicht auf dem Planeten, sondern auf dem ,Head Up Display' (HUD) der Kanzelscheibe.

„Oh – wir haben schlechtes Wetter im Zielgebiet", stellte er daraufhin fest. Klaffke sah hoch und auch aus ihrer Sicht war eine entsprechende Markierung auf dem HUD.

„Dürfte ein ausgewachsener Hurrikan sein", wertete Klaffke die Untertreibung des Captains auf. Tatsächlich war von ,oben' die typische weiße Wolkenspirale für ein heftiges Unwetter zu sehen. Gleichzeitig sah man die Leuchterscheinungen von Blitzen aufzucken – und davon eine ganze Menge.

„Eine echte Waschküche", stellte Jan fest. „Fliegen wir rein?"

„Selbstverständlich", antwortete Elli. „Allerdings will ich von der Seite, knapp über Grund, anfliegen."

„Okay – du bist die Pilotin. Bring uns ans Ziel!"

Dr. Klaffke ließ sich das nicht zweimal sagen. Sie schaltete zwar die Navigationshilfe nach WANTANA ein, ignorierte aber den grünen Pfeil und entschied sich dafür aus ihrer Sicht nach links für einen Sturzflug. Jan wurde es unangenehm in seinem Sitz, als der Jet auf die ersten Atmosphärenausläufer traf und etwas zu wackeln begann. Eine Beta war nun mal eine Beta und nicht mit dem größeren Schwesternschiff zu vergleichen. Eggert beschloss in diesem Augenblick zu bereuen, dass er sich nicht doch für das 20-Meter-Boot der Klasse Alpha entschieden hatte. Nun war es zu spät und diese Nussschale ritt auf einem Feuerbesen aus ionisierter Luft. Lange Flammen leckten von vorne über das Kanzeldach und nur die Schutzschilde verhinderten, dass es unangenehm warm im Inneren wurde. Elli ließ den Flieger eine halbe Pirouette drehen, dann führte der Flug 50 Meter über dem Boden in Richtung WANTANA oder, so sah es zumindest aus, in Richtung Hölle. Jan sah eine fast schwarze Wand auf sich zukommen. Straßen und Häuser verschwanden darin und wenig später auch die HOPE. Klaffke hatte die Restlichtverstärkung computeranimiert eingeschaltet und so wurde auf dem HUD, grün gerändert, die Umgebung schemenhaft dargestellt. Die Instrumente der HOPE begannen von innen heraus zu leuchten, als die Beta in die Schwärze eintauchte. Sofort wurde der Flieger von stärkeren Sturmböen erfasst und Elli musste sich konzentrieren, um den Kurs und eine gerade Richtung zu halten. Sie reduzierte die Flughöhe auf zehn Meter, sodass es ein wenig Windschatten von den Häusern gab. Diese standen allerdings so weit auseinander, dass dieser Versuch zum Scheitern verurteilt war. Klaffke zuckte heftig zusammen und riss dabei am Joystick, sodass der Jet einen harten Hüpfer ausführte. Direkt neben ihnen war ein Blitz in eines der Häuser eingeschlagen. Jan beobachtete interessiert die Bemühungen seiner Pilotin. Es wäre einfacher gewesen, einen mündlichen Befehl an die Bord-KI auszusprechen. Offenbar hatte Elli beschlossen die Herausforderung durch die Natur NEW GENUAs anzunehmen. ‚Was wohl passiert, wenn die Beta vom Blitz getroffen wird?' Kaum hatte Eggert diesen Gedanken zu Ende geführt, als ein ohrenbetäubender Knall erfolgte, der Jet einen noch wilderen Satz machte und nach den grellen Leuchterscheinungen kleine Elms-feuerchen über die Kanzelscheiben wanderten. Klaffke bekam den Flieger wieder unter Kontrolle. Einigermaßen still verharrte die Maschine in etwa zehn Metern Höhe, während Elli mit offenem Mund auf die Cockpitscheiben schaute. „Ich weiß, dass es sie gibt, aber gesehen habe ich ein Elmsfeuer noch nie."

Jan fühlte sich immer noch so sicher wie in Abrahams Schoß und antwortete daher völlig entspannt: „Und dafür musstest du 24 Millionen Lichtjahre reisen."

Elli nickte. „Es ist nicht mehr weit – ich glaube, da vorn ist es."

Wenig später landete Elli die HOPE in der Nähe des Hauses, in dem sie schon einmal für eine Nacht Gast war. Meioras Behausung war etwas größer als alle anderen Häuser und kaum hatte der Jet den Boden berührt, als es wie auf Kommando zu schütten begann. Was da draußen stattfand, war eine wahre Sintflut. Jan hatte die Außenscheinwerfer ein-und die Restlichtverstärkung ausgeschaltet mit dem Erfolg, dass man etwas besser beobachten konnte, welche Wassermassen gerade am durchsichtigen Kanzeldach herunterflossen. Ein Blick auf die Umgebung war nicht möglich. Nicht mal das Haus, was nach den Instrumenten nicht mal 20 Meter entfernt stehen sollte, konnte Eggert erkennen. Er verschränkte die Arme trotzig vor seiner Brust und stellte fest: „Keine zehn Pferde bringen mich da jetzt raus!"

Klaffke ließ die Schultern sinken, sah aber ein, dass man sich höchstens draußen verirren konnte – oder ertrinken. „Warten wir halt."

Alsbald machte sich Schweigen bereit im Jet. Die Stille wurde nur gelegentlich unterbrochen durch das Krachen von Blitzen, die in der Nähe einschlugen und natürlich dem Rauschen des Wassers.

Bevor es peinlich werden konnte, suchte Jan ein Gesprächsthema. „Eigentlich kenne ich zwei Frauen an Bord, die unterschiedlicher nicht sein können. Zu Beginn gab es eine Frau Doktor, kühl und distanziert, schlau und unnahbar. Nun gibt es eine Eleonore, die sich vom hässlichen Entlein zum schönen Schwan gewandelt hat. Ich frage mich die ganze Zeit, wie konnte so etwas gehen? Spielt Johann eine Rolle dabei?"

Klaffke sackte etwas in sich zusammen und eine leichte Röte überzog ihre Wangen. „Ich – äh, das ist privat – oder?" Klaffke stotterte mehr, als sie sprach und Jan half etwas nach. „Elli, wir sind zwei Hand voll Menschen – etwas mehr. Wir sind, wie eben schon erwähnt, die lächerliche Strecke von 24 Millionen Lichtjahren von unserer Heimat entfernt. Du hast zwar Recht mit dem Begriff privat, aber sind wir hier nicht alle aufeinander angewiesen? Bei einem so kleinen Kreis kann eine Partnerschaft kein Geheimnis sein oder bleiben. Zur menschlichen Existenz gehört nicht nur Luft zum Atmen und etwas zum Essen und zum Trinken, sondern auch ein Partner für die Liebe, oder meinetwegen für Sex." Eggert beobachtete die Wirkung seiner Worte und kam zu dem Schluss, dass er vorlegen musste: „Weißt du, Elli. Nina war schon lange Zeit meine Traumfrau. Schon zu der Zeit als sie noch mit Manfred zusammen war. Nachdem Manfred ausgezogen war, hat sie mich gelegentlich in ihrer Nähe geduldet. Das war schon viel für einen Säufer, der von Hartz IV lebte. Alle meine Gedanken kreisten lediglich um Nina, jedenfalls dann, wenn ich nicht selbst um meine Gedanken kreiste." Der selbstironische Seitenhieb entlockte Elli ein schüchternes Lächeln. „Ich musste dann erfahren, dass Nina unheilbar krank war. Eine Welt brach für mich zusammen – keine Chance auf Heilung. Es zerriss mir das Herz. Dann diese wunderbare Fügung, ein Wunder, des Schicksals. Nina wurde ein zweites Leben geschenkt. Und nicht nur ihr. Die Technik der GENUI half mir vom Alkohol loszukommen und die Verantwortung und das Vertrauen für diese Mission gaben mir Halt. Ich habe mittlerweile das, wovon ich am meisten geträumt habe – Nina. Meine Vorstellung von der Zukunft ist, dass wir einen Ort zum Leben finden – einen friedlichen. Dort möchte ich Kinder haben, zusammen mit meiner Traumfrau, die ich über alles liebe."

Jan beobachtete wie Elli schwer durchatmete. Er hatte sie vielleicht mit seinem Seelen-Striptease etwas überfordert. Aber Elli sah ihn mit großen Augen an und tonlos kamen die Worte von ihren Lippen: „Ich habe ein Leben hinter mir, dass ich meinen Feinden nicht wünsche. Ich galt in der Schule als hochintelligent, allerdings wollten meine Eltern für mich keine Sonderbehandlung, die ich dringend gebraucht hätte. So wurde ich als Streberin von allen Mitschülern gehasst und gemobbt.

167

Selbst meine Lehrer gingen auf Distanz, weil ich schneller begriff, als sie es nachvollziehen konnten. Ich war ihnen unheimlich. Dann kam die Pubertät. Ich konnte als logisch denkende und angehende Wissenschaftlerin mit den Signalen meines Körpers nichts anfangen. Jungs verschreckte ich gleich und innerhalb von Sekunden. Das wurde später nicht besser, obwohl ich mich bemühte, mangelnde Erfahrungen im sexuellen Bereich schnellstmöglich auszugleichen. Als ich mitbekam, dass einige Jungs Wetten darauf abgeschlossen hatten, wer mich ins Bett bekam, fiel bei mir die Klappe. Später vergraulten mir meine Eltern einen wirklich guten Kandidaten. Danach ging ich nur noch mit der Wissenschaft ins Bett."

Jan hörte aufmerksam zu – und der Regen stürzte weiterhin unvermindert auf den Jet herab. „Aber", warf Jan eine Zwischenfrage ein, „was hat die Verwandlung ausgelöst?"

„Nicht weitersagen – ja?" Klaffke wirkte wie eine schüchterne 13-Jährige.

„Großes Captains-Ehrenwort", Eggert hob die rechte Hand zum Schwur.

„Es war Johann. Er hat mich berührt. Er war charmant und suchte an mir, was ihm gefiel. Und das sagte er dann. Ich fühlte mich zum ersten Mal in meinem Leben als Mensch, als Frau, respektiert. Johann hat eine Art, die mich schweben lässt. Ich wusste schon, dass ich mehr aus mir machen konnte. Das Outfit diente eher dazu, Männer abzuschrecken. Allerdings war ich es auch nicht gewohnt, mich zu schminken oder auch ein paar nette Sachen zum Anziehen zu tragen. Bei Johann bekam ich weiche Knie und Alma …"

„Ah", unterbrach Jan. „Alma war also die Kupplerin. Sie hat`s faustdick hinter den Ohren."

Elli lachte auf, offenbar war die Scheu vorbei. „Ja, sie hat mich ermuntert, nein … fast gezwungen, mein Glück bei Johann zu versuchen – im Arboretum."

„Es ist dir gelungen, wie mir scheint", sagte Jan.

„Ja!" Elli schaute verträumt aus dem Fenster.

„Dann steh` dazu, Elli. Ihr seid ein schönes Paar und ich wünsche euch Glück."

Klaffke schaute ihren Captain fast liebevoll an, als es einen fürchterlichen Schlag gab und die HOPE erzitterte. Elli stieß einen spitzen Schrei aus und der Jet hatte Schlagseite. Mit einem Griff hatte Jan die

Außenscheinwerfer abgeschaltet und mit der zweiten Handbewegung die Restlichtverstärkungen auf das Kanzelglas gegeben. Übergroß wurde ein grün gerändertes Lebewesen abgebildet, welches aus einem Albtraum entsprungen sein musste. Man konnte einen tonnenförmigen Körper erkennen, der mindestens doppelt so hoch war, wie der gelandete Jet. Man sah eine Extremität heruntersausen. Im nächsten Augenblick krachte es wieder und der Jet hatte noch mehr Schlagseite.

„Meine Güte", rief Jan. „Was ist das denn für ein Monster?"

„Das muss ein ‚Meereskönig' sein", antwortete Klaffke. „Meiora hat mir davon berichtet. Eigentlich ein Meeresbewohner und kommt nur bei solchen Unwettern aufs Festland. Die Tiere sind extrem selten."

Und wieder krachte ein Schlag auf die HOPE.

„Wir müssen den Schutzschirm einschalten", drängte die Wissenschaftlerin.

„Nein", wehrte Eggert ab. „Dann wäre das Tier bei der nächsten Berührung tot." Kurz nachdem der nächste Schlag auf der Jet gelandet war, schaltete Jan die Außenlautsprecher ein. Kurz darauf stieß er ein lautes Brüllen aus und draußen nahmen die Wasserströme auf dem Cockpitglas andere Richtungen, so sehr wirkten die Schallwellen des verstärkten Brüllens. Das Tier zuckte zurück und diese Zeit reichte Jan, um einen der Bordstrahler auf minimale Leistung zu stellen und auf den Tierkörper auszurichten. Mehrfach löste er anschließend die Waffe aus. Innerhalb des Jets hörte man trotz des Rauschens der Wassermassen ein tierisches Gebrüll. Jan hatte das Tier nicht verletzen wollen, aber offensichtlich empfand es doch heftigen Schmerz. Als Jan sah, dass das Tier beide vordere Extremitäten zum Schlag erhob, gab er etwas mehr Energie auf den Strahler und löste bestimmt ein halbes Dutzend Schüsse aus. Das war zu viel. Unter Ausstoß von infernalischen Tönen wandte sich das Monster, oder der ‚Meereskönig', um und verschwand im Schutze des Unwetters. Jan und Elli atmeten auf.

Jan und Elli saßen anschließend noch eine gute Stunde und warteten auf das Ende des Unwetters. Jeder hing seinen Gedanken nach. Elli stellte sich eine Zukunft mit dem Österreicher vor und Jan mit seiner Nina. Schließlich hörte der Regen auf und es wurde heller draußen. Der Sturm flachte ab und die Wolken verzogen sich. Aufmerksam suchte Jan die Umgebung um die gelandete Disk ab. Es schien, als würden sich alle Tiere nach diesem Naturspektakel zur Ruhe begeben. Eggert sah nicht ein einziges größeres Tier. Trotzdem, oder gerade deswegen, beschloss er höchste Wachsamkeit. Im Prinzip war auch keinesfalls klar, ob sich hier nicht noch ein paar dieser HUTCH aufhielten. Leider waren die speziellen Scanner noch nicht in diese Beta eingebaut. Eggert bemerkte, wie sein Körper den Puls erhöhte und Adrenalin durch die Adern pumpte. Ein nicht ungefährlicher Aufenthalt im Freien stand bevor.

„Du hoffst einen Hinweis auf den Verbleib der GENUI-Siedler zu finden", stellte Jan fest, um die Zeit bis zum Ausstieg noch ein wenig hinauszuzögern. Es war keine Frage, der Sinn ihres Aufenthaltes hier war seit Beginn der Aktion klar.

„Ich kann mir einfach nicht vorstellen, dass Meiora-Seth so sang- und klanglos verschwunden ist. Dass würde nicht zu ihr passen. Ich vermute einen Hinweis auf den Verbleib." Elli schien sich ihrer Sache sehr sicher zu sein.

„Gut! Dann lass uns jetzt die leichten Kampfanzüge anlegen und in ihren Gemächern nachsehen", beschloss Captain Jan Eggert und stand gleichzeitig von seinem Sitz auf. Es nutzte nichts, sie mussten raus. Er wollte sich später nicht von anderen oder von sich selbst vorwerfen lassen, dass er nicht alles getan hatte, um den Weg der GENUI-Siedler nachzuverfolgen. Kurz darauf standen beide im großen Schleusenraum, hatten die angelegte Ausrüstung gecheckt und den Körperschutzschirm eingeschaltet. Jan nutzte den Funk: „KI! Ich werde dir gleich befehlen das Außenschott zu öffnen. Sobald wir dich verlassen haben, wirst du das Schott wieder schließen und nur auf Anforderung durch uns wieder öffnen. In der Zwischenzeit sind dir alle Mittel erlaubt, dich zu verteidigen. Fahr die Landestützen so weit wie möglich ein!"

„Ich habe verstanden, Captain."

Gleich darauf bemerkten beide einen kleinen Fahrstuhleffekt nach unten. Der Jet zog die Landebeine ein, damit ein zeitraubendes Absteigen zum Boden entfallen konnte. Während Elli lediglich mit einer Pistole bewaffnet war, hatte sich Jan einen der M4-Karabiner gegriffen. Beide Waffen waren bereits mit der neuen Munition ausgerüstet, sodass Jan sich einigermaßen gerüstet sah. An seinem Vielzweckgürtel hingen eine leistungsfähige Taschenlampe, sowie das eine oder andere Reservemagazin für den M4 und ein paar verschiedene Handgranaten.

„KI! Öffnen!"

Sofort schwang das schwere Außenschott auf. Jan vergewisserte sich, dass zwischenzeitlich keine neue Gefahr aufgetaucht war, dann sprang er die maximal 50 Zentimeter auf die Oberfläche des Planeten. „Bleib dicht hinter mir", rief er Eleonore über den ständig eingeschalteten Funk zu, dann hastete er mit großen Sätzen auf das Haus der Kanzlerin zu. Die knapp 20 Meter hatte er schnell überwunden und immer noch zeigte sich kein größeres Lebewesen. Jan hörte die raschen Atemzüge der Physikerin, dann bemerkte er die ersten Kampfspuren am Haus der GENUI-Chefin. Die Tür war zerborsten, es gab meterlange Risse in der Außenfassade und insgesamt schien das schwarz befleckte Haus etwas schief zu stehen. Ohne weiter zu zögern drang er durch den defekten Zugang mit vorgehaltener Waffe ein.

„Wohin?"

„Ein Geschoss höher. Dort sind die Privaträume", dirigierte Elli. Sie nahm an, dass Meiora dort eventuell einen Hinweis hinterlassen haben könnte. Dicht hinter Eggert stürmte sie die Treppe hinauf. Dieser lief in der ersten Etage angekommen sofort in das erstbeste Zimmer, welches Elli noch als das Arbeitszimmer erkannte. Sie wollte ihrem Captain gerade folgen, als ein Zischen ertönte, anschließend ein wütender Schrei und Jan kam ihr mit dem Rücken voran entgegengeflogen. Heftig prallten sie zusammen. Elli wurde seitlich nach hinten geschleudert und sah aus den Augenwinkeln, dass Jan heftig mit dem Rücken auf den Boden aufprallte. Sein Körperschutzschirm war wegen des direkten Lasertreffers und des anschließenden Kontaktes mit dem von Elli zusammengebrochen. Jan stöhnte vor Schmerz, versäumte aber nicht, den M4 im Dauerfeuermodus auf die geöffnete Tür zu halten. Elli hörte das Peitschen der Schüsse und die dumpfen Einschläge.

„Scheiße – HUTCH", hörte Elli ihren Captain fluchen, nachdem er das Feuer eingestellt hatte und sich zwar stöhnend, aber doch recht zügig aufraffte. Er benutzte die seitliche Wand neben der Tür als Deckung und schaute vorsichtig in den Raum. Klaffke stand auf und stellte sich hinter den Captain.

„Weg", kommentierte dieser und betrat den Raum.

„Bist du verletzt", rief sie ihm hinterher und beeilte sich, ebenfalls in den Raum zu gelangen.

„Weiß ich noch nicht", erklärte Jan lapidar.

Elli sah die Schäden, die der Energieschuss und die Spezialgeschosse des M4 angerichtet hatten. Überall lagen Splitter verteilt, Möbel waren beschädigt, umgestürzt oder rußgeschwärzt. Jan schaute aus dem Fenster, riss den Karabiner hoch und feuerte einen weiteren Schuss ab. Ein

171

leiser Fluch aus seinen Lippen ließen Elli nicht unbedingt einen Treffer vermuten.

„Er griff hier einen kleinen, roten Würfel und sprang nach dem Schuss auf mich aus dem Fenster", erklärte Eggert.

„Ein Speicherwürfel", erklärte Elli hastig. „Solche Dinger benutzen die GENUI zum Speichern von Daten. Wahrscheinlich die Zielkoordinaten – ich hatte Recht!"

Eggert warf einen Blick aus dem Fenster. Es waren mindestens sechs Meter bis zum Boden.

„Komm", er warf sich herum zum Treppenhaus. „Wenn wir diese Kakerlake nicht erwischen können wir uns das Wiedersehn mit den GENUI von der Backe putzen." Jan stürmte die Treppe hinunter. Dort angekommen rannte er um das Haus herum und rief Elli per Funk zu: „Steig in die HOPE und unterstütze mich aus der Luft!"

„Jan, dein Schutzschirm – es ist zu gefährlich!"

„Baut sich gerade wieder auf", hörte Elli ihren Captain schnaufen. Offensichtlich befand sich dieser im vollen Lauf. Klaffke spurtete zurück zum Jet. Die KI reagierte schnell und öffnete die Luke. Kurz darauf saß Elli hinter den Kontrollen. Sie hatte es gerade mal geschafft, den Schutzschirm auszuschalten und den Helm abzulegen. Für andere Dinge war keine Zeit.

„KI! Ich brauche Hilfe!"

„Definiere Hilfe."

„Ich steuere unseren Flug und du hältst Kontakt zum Captain. Gib mir eine Nav-Hilfe auf den HUD. Du wirst die Waffensysteme einsetzen, wenn ihm irgendwelche Gefahren drohen!"

„Verstanden. Peilsignal per Fernschaltung ausgelöst. Navigationshilfe geschaltet. Die Waffensysteme sind feuerbereit!"

Elli klopfte das Herz bis zum Hals, als sie grimmig, „dann los" knurrte. Sie hatte kurz darüber nachgedacht Hilfe von der ODIN anzufordern, aber bis diese eintraf, wäre es vermutlich zu spät. Jan verließ sich jetzt auf sie. Elli wollte auf keinen Fall später vor Nina, den Kindern und der gesamten Mannschaft stehen und erklären müssen, dass Mann, Vater und Captain beim gemeinsamen Einsatz den Tod gefunden hatten. Ein grüner Pfeil erschien auf dem Kanzelglas und Elli griff in die Kontrollen. Die 10-Meter-Linse startete nicht auf ihren Antigravfeldern, sondern machte einen regelrechten Satz in die Höhe, wobei der Druck so hoch war, dass das deutlich angeschlagene Haus der Kanzlerin ins

172

Wanken geriet und anschließend zusammenbrach. Klaffke steuerte die HOPE durch die entstandene Staubwolke.

„Entfernungsangabe einblenden!"

Sofort stand neben dem grünen Pfeil: 787 Meter und die Physikerin staunte. Jan musste sich im vollen Lauf befinden. Ansonsten wäre er noch nicht so weit in diesem Dschungel. Die Deutsche richtete die HOPE aus und schob den Beschleunigungshebel nach vorne – zu weit. Sie sah das Panorama unter sich wegschnellen und erschrocken riss sie den Hebel zurück. Die Entfernungsangabe stand jetzt auf 2.320 Metern. Sie warf weit über den Aufenthaltsort von Jan hinausgeschossen. Sie zwang sich mühsam zur Ruhe. Hektik brachte hier nichts. Sie drehte die Hope und gab ein wenig Energie auf das Triebwerk. Gehorsam flog die Disk zurück – langsam.

„KI! Außenmikros an!"

Beinahe sofort hörte Elli die Windgeräusche durch den Flug der HOPE. Was sie allerdings auch hörte, waren die Schüsse aus Jans Karabiner. Dort unten befand sich eine Lichtung und was sie dort sah, ließ ihr Herz stocken. Ein halbes Dutzend dieser hässlichen HUTCH-Kreaturen huschte in abgehackter Bewegungsart über die grasähnlichen Kleinpflanzen. „KI!" Ca. 150 Meter voraus, etwa rechts von der Flugrichtung – Feinde!"

Statt einer Antwort begann die Pulskanone zu feuern. Bisher hatte Elli diese Art der Waffe nur im Weltraum erlebt – also lautlos. Das und auch die Lichterscheinungen waren im planetaren Rahmen innerhalb einer Atmosphäre anders. Unter hohem Singen verließ eine Feuerzunge die HOPE und auf dieser Zunge rasten in geringem Abstand fußballgroße, ebenfalls brennende Bälle auf das Ziel zu. Der erste Treffer brachte den Schirm des Getroffenen zum Zusammenbruch, der zweite ließ die Individuen einer Brandwolke verglühen. Elli musste die Geschwindigkeit der Hope weiter verringern, um der KI die Zeit für Wirkungstreffer zu geben. Dann war auch der Letzte erledigt, jedoch störte Klaffke weiterhin das Hämmern von Jans Waffe. Angestrengt suchte sie die Botanik unter dem Jet ab. Lediglich die Schüsse deuteten darauf hin, dass Elli nicht ganz falsch lag. „KI! Wärmesensoren ein!" Sofort veränderte sich das Bild auf der Kanzel. Wärmequellen wurden, abgestuft natürlich, in den warmen Farben rot-orange, abgebildet, alles andere war grün-blau-violett und schwarz. Allerdings gab es auch einen Nachteil: Die Darstellung war schemenhaft und ließ leider reichlich

173

Interpretationsmöglichkeiten zu. Elli meinte weiter links etwas gesehen zu haben und steuerte den Jet in diese Richtung. Doch bald musste sie einsehen, dass die Aktion über die Wärmesensorik zum Scheitern verurteilt war. Die HUTCH schossen mit Laser. Allein die Schussbahnen leuchteten im grellen Gelb und natürlich der weite Umkreis, in dem sie auftrafen. Dagegen schien der Schutzschirm von Jan dessen Körperwärme abzuschirmen – nichts zu sehen. „KI – Normalbild ein!" Die Hope stand vielleicht im Mittel 50 Meter über der Botanik und Elli marterte sich das Hirn, wie sie Jan helfen konnte. Der Wald brannte mittlerweile an mehrere Stellen und hin und wieder blitzte es mehrfach auf, ohne dass eine genaue Lokalisierung möglich gewesen wäre. Die M4 hämmerte ihr tödliches Lied in kurzen Stößen, dann war Ruhe – es brannte nur noch.

„Kontakt abgerissen!"

„WAS?"

„Das Peilsignal ist ausgefallen", erklärte die KI. „Die Wahrscheinlichkeit dafür, dass der Träger ...", aber da wurde die Automatenstimme harsch unterbrochen. „Halt die Klappe! Ich will nichts von Wahrscheinlichkeiten hören! Tatsache ist, dass wir nach dem Wahrscheinlichkeitsprinzip alle schon tot wären – oder?"

„Das ...", wieder kam die KI nicht weit.

„Du sollst ruhig sein!" Elli schrie sich ihre Anspannung raus und fühlte sich anschließend ein wenig besser.

Es trat Stille ein im Cockpit und Elli ließ in einer Art Verzweiflungstat den Jet wie einen Jagdfalken hinabstürzen. Sie fing den Flug erst ab, als die Bauchseite die ersten Baumwipfel berührte. Die Außenmikros übertrugen unnatürlich laut das Brechen der Äste. Die HOPE bewegte sich anschließend wie ein Elefant im Porzellanladen durch die Baumkronen NEW GENUAs, während Klaffke ihren Blick auf die Monitore geheftet ließ, die das Bild unterhalb des Fliegers wiedergaben. Es ruckelte leicht, als der Jet in zehn Metern Höhe über Null eine ganze Baumkrone abrasierte und nun bedauerlicherweise selbst einen Schwelbrand, mehr schaffte er nach dem Unwetter nicht, auslöste. Verzweifelt ließ Elli die HOPE wieder aus den Niederungen der Botanik aufsteigen. Sie begann zu schwitzen und das Herz klopfte ihr bis zum Hals.

„Jan! Jan, kannst du mich hören? Antworte!" Fast wütend traktierte Klaffke das bordeigene Funkgerät, erntete aber nur leichtes Störungsrauschen aus dem Äther.

„KI! Übernimm die Steuerung! Unser Standort als Mittelpunkt. Kreisbahn, bei jeder Runde 50 Meter an Halbmesser dazu. Geschwindigkeit: 100 km/h. Ausführen – jetzt!"

„Verstanden – übernehme die Navigation."

Kurz darauf registrierte die Physikerin, dass ihre Bewegungen am Joystick keine Wirkung mehr hatten. Die Automatik ließ die HOPE in größer werdenden Kreisen über NEW GENUA fliegen. Elli sah teilweise aus dem Cockpit, teilweise sah sie auf die Monitore und ihre Verzweiflung nahm zu. Sie schwor sich, 15 weitere Minuten aktiv zu suchen und dann Hilfe anzufordern. Einzelne Schweißtropfen fielen ihr vom Kopf auf das Nav-Panel.

„KI! Countdown 15 Minuten auf HUD, die letzten drei Minuten akustisch!"

„Verstanden, Countdown läuft!"

Die HOPE flog in größeren Kreisen, während Eleonores Blick hektisch zwischen draußen und Countdown hin- und herwanderte.

„Wir werden von größeren Flugechsen angeflogen", warnte die KI.

„Wir haben keine Zeit für son` Mist. Laser, brenn ihnen ein paar Löcher in die Schuppen, aber nicht zu dolle!" Eleonore fror plötzlich, trotz des Schweißes auf ihrer Stirn. Als Wissenschaftlerin wusste sie die Reaktion ihres Körpers einzuschätzen: Sie hatte wegen der hohen Konzentration erhöhte Temperatur – Fieber. Dabei waren kleine Frostattacken normal.

„Verstanden."

Wenig später rasten ein paar Lichtblitze auf anfliegende Großechsen zu und Elli hörte wütendes Brüllen, dann drehten die Tiere wieder ab.

„Ich leite die letzten drei Minuten ein: 180 … 179 … 178 … 177…"

Klaffke stellte erschrocken fest, dass bereits zwölf Minuten von der selbst festgesetzten Zeit von einer Viertelstunde verstrichen waren. Sie schaute noch angestrengter nach draußen und schließlich meinte sie, auf einem unbewachsenen Hügel in der Nähe eine Bewegung erkannt zu haben.

„KI! Suchmuster einstellen. Navigation wieder zu mir!"

„Verstanden – Nav-Interface aktiviert!"

Klaffke riss heftig am Flightstick und der Jet schaukelte bedenklich in die Richtung der kahlen Erhebung. Nur kurz gab Elli Energie auf die Triebwerke und der Hügel ‚sprang' sie quasi an. Sie hatte richtig gesehen: Oben auf dem Hügel stand ein Mann im leichten Schutzanzug, das

175

konnte nur Jan sein. Er schwenkte den Karabiner über seinem Kopf und gab Zeichen.

„Raubsaurier im Anmarsch", warnte die KI und zur gleichen Zeit sah Elli, dass unweit von Eggert der riesige Kopf einer gigantischen Echse aus dem Wald schaute. Im nächsten Augenblick schob das Reptil den gesamten Körper hinterher und begann die Erhebung mit erschreckender Zügigkeit zu erklimmen. Der Abstand zwischen Jan und dem Angreifer schmolz sichtlich und Elli hatte arge Zweifel, ob diesem Urviech mit ein paar Brandwunden beizukommen wäre.

„KI! Feuer frei – volle Wirkung!"

Der Bordrechner setzte die Pulskanone ein. Wieder schoss eine Flammenzunge auf das Riesentier zu und ein ‚Brandball' nach dem anderen schlug in den Körper der Echse ein. Erst beim vierten Treffer kam das Tier ins Straucheln, schlug kurz vor Eggert auf den harten Boden auf und verendete.

Ellis Herz klopfte noch schneller, als sie erkannte, dass die harte, tierische Natur NEW GENUAs nach dem Unwetter wieder zu sich und seiner Aggression gefunden hatte. Der Hügel wurde nun von allen Seiten von größeren und kleineren Raubtieren gestürmt. Nicht zuletzt hatte sie vielleicht durch den deutlich sichtbaren und vielleicht auch riechbaren Kadaver der Großechse für eine Konzentration der Tierwelt auf diesen Hügel gesorgt. Elli bemühte sich, den Flieger schnellstmöglich in Richtung ihres Captains zu bringen, dabei schrie sie die KI an, die Außenschleuse zu öffnen – gefälligst und sofort.

„Außenschleuse geöffnet!"

Klaffke wandte wieder die Raubvogeltaktik an und der Jet stürzte wie ein Habicht. Die Pilotin sah noch, wie ihre Zielperson mit einer Hechtrolle hinter den Kadaver in Deckung sprang, dann fing sie die Disk kurz vor dem Boden ab.

„KI! Kamera Schleuse einspielen!"

Elli beobachtete kurz darauf auf einem der Monitore, dass Jan in langen Sätzen angerannt kam und sich mit einem Sprung in die Schleuse brachte.

„KI! Schleuse zu!"

„Schleuse geschlossen!"

Klaffke bemerkte noch ein paar harte Schläge auf die Außenhülle der HOPE. Ein paar größere Echsen waren nicht damit einverstanden, dass man im letzten Augenblick noch ihre Beute entführte. Sie riss am Joystick und die Druckwelle beim Start fegte Fauna und Flora vom halben Hügel. Erst in zwanzig Kilometern Höhe brachte sie die Disk in eine geostationäre Umlaufbahn. Mittlerweile hörte sie Jan kommen. Er zwängte sich von unten auf die oberste Ebene und hatte offensichtlich Mühe dabei. Klaffke sprang auf und half ihm. Vorsichtig drückte sie ihn in den nächsten Sitz. Aus merkwürdig glasigen Augen schaute er sie an.

„Jan, bist du verletzt?"

„Ich ...", statt einer Antwort hob er nur die linke Hand hoch. Zwischen seinen Fingern steckte ein roter Würfel.

„Du hast ihn!", rief Elli erfreut und Jan nickte nur schwer und begann zu husten.

„Jan, Jan – du bist verletzt!"

„Nein, nein", wehrte dieser ab, aber Elli war wieder aufgestanden und besah sich ihren Captain genauer. Mit Entsetzen stellte sie fest, dass sein rechter Arm und die Schulter verbrannt aussahen – zumindest war die Uniform halb geschmolzen und mit der Haut und dem Fleisch darunter eine ungesunde Verbindung eingegangen. Eggert musste höllische Schmerzen haben.

„Dass sich den Schutzschirm wieder aufbaut, war gelogen, nicht wahr?" Elli hatte den Eindruck, dass Eggert durch sie hindurchschaute als er antwortete: „Hihi, hat geklappt – oder?

Dann begann Jan zu stöhnen und schließlich zu schreien.

„KI! Autopilot ein! Ziel ODIN! So schnell wie möglich!"

Während die KI den Befehl bestätigte, richtete die Physikerin eine Funkbrücke zur ODIN ein.

„Hier Nina, was gibt es Elli? Wart ihr erfolgreich?" Lächelnd schaute Nina in Ellis Gesicht und als sie die Anspannung wahrnahm, verschwand ihr Lächeln.

„Jan ist verletzt – ich brauche unseren Doc!"

„Was ist mit Jan?", fragte Holst ängstlich.

„Den Doc – sofort!" Elli wurde energisch und Nina schaltete ins Med-Lab, wo Holliday den Anruf entgegennahm. Wortlos hörte er sich Ellis Beschreibung der Verletzungen an. Mit unbewegtem Gesicht nahm er auch die Schmerzensschreie des Verletzten hin. „In dem roten Fach hinter dir ist die medizinische Notfallausrüstung. Öffne die Klappe."

Nina tat, was der künstliche Arzt von ihr verlangte.

177

„In dem Koffer ist eine gelbe Hochdruckspritze. An die Halsschlagader setzen und die Hälfte des Serums injizieren. Dann fünf Minuten warten und den Rest an dieselbe Stelle eingeben. Anschließend so schnell wie möglich zurück hier an Bord. Ich werde mit einem Team auf dem Landedeck warten."

Elli bestätigte. Mit zittrigen Fingern schärfte sie die Hochdruckspritze.

„Halt jetzt bloß still, Jan!" Es ging ein Ruck durch den schmerzgepeinigten Körper, aber Eggert hatte wohl mitbekommen, dass Elli ihm helfen wollte. Er hielt still und Klaffke setzte die Spritze an. Mit einem Zischen war die Aktion des Hochdruckgerätes deutlich zu hören. Elli beobachtete beim aufgesetzten Glasbehälter, dass die gelbe Flüssigkeit langsam weniger wurde. Bei der Hälfte nahm sie den Finger vom Abzug und lehnte sich zurück.

„KI! Countdown still, fünf Minuten jetzt!"

„Läuft!"

Aufmerksam beobachtete die Wissenschaftlerin die Reaktion ihres Captains. Er hatte aufgehört zu schreien und stöhnte nur noch leise. Seine Bewegungen liefen ab wie in Zeitlupe. Jan hatte die Augen nur noch halb geöffnet und stierte vor sich hin. Fünf Minuten waren, das merkte Elli jetzt, eine lange Zeit. Sie erhob sich wieder und beugte sich über Jan, als die letzten fünf Sekunden laut von der KI angesagt wurden. Der Rest des Medikaments entlud sich anschließend in die Blutbahn Eggerts. Jan sackte anschließend hilflos in seinem Stuhl zusammen – er war ohnmächtig geworden. Elli orderte ein lockeres Prallfeld, damit der Mann nicht aus dem Sessel rutschte, dann erst sah sie zum ersten Mal wieder aus dem Cockpit und wollte im ersten Augenblick aufschreien. Die blaue Scheibe von HASBART war schon recht groß zu sehen und wurde schnell größer.

„Nina an HOPE, bitte kommen!"

Elli schaltete die Funkübertragung ein.

„Hast du jetzt Zeit, Elli? Ich mache mir große Sorgen."

Klaffke nickte erschöpft und kontrollierte noch einmal die Vitalzeichen ihres Begleiters.

„Jan hat schwere Verbrennungen erlitten. Ich habe ihm ein Medikament gespritzt. Sein Zustand ist stabil. Er schläft oder ist ohnmächtig. Holliday wird auf dem Flugdeck sein."

Nina bestätigte. „Unser Bordarzt ist schon da. Ich komme auch runter – bis gleich."

178

Bei den letzten Worten der Funkerin war die HOPE schon in die Atmosphäre des Gasriesen eingetaucht. Wenig später schwebte die HOPE durch das Kraftfeld des Landedecks und setzte sanft neben dem wartenden Arzt-Droiden auf. Jan war nicht ansprechbar, als ihn Holliday auf einer Antigrav-Trage wortlos und schnell an Nina vorbeischob. Die Deutsche hielt entsetzt eine Hand vor dem Mund, als sie die Verletzungen ihres Partners sah.

„Ich halt` das nicht aus, ich halt` das nicht aus", flüsterte sie leise und die Tränen begannen zu fließen. Dann spürte sie eine warme und große Hand auf ihrer Schulter. Sie drehte sich um und erkannte Carson Cunningham, der sich selbst ein Bild von der Situation machen wollte.

„Wir müssen zukünftig verhindern, dass unser Captain weiterhin so leichtsinnig mit seinem Leben umgeht", sagte der Stellvertreter Jans mit seiner ruhigen und tiefen Stimme. „Doc Holliday wird ihn wieder hinbekommen – seine Verletzungen nach dem Motorradunfall waren viel schlimmer. Du wirst nur ein wenig auf ihn verzichten müssen."

Nina Holst nickte und wischte sich die Tränen von den Wangen.

„Trotz der Verletzungen unseres Captains haben wir wahrscheinlich einen Erfolg gehabt", sagte die mittlerweile hinzugekommene Eleonore Klaffke und hielt triumphierend einen roten Speicherwürfel hoch. „Wir müssen ihn nur noch der KI zur Auswertung überlassen."

Carson griff sich den Würfel und ließ ihn in seiner Hosentasche verschwinden. „Machen wir – wenn Jan wieder auf dem Damm ist."

Elli wollte zum Protest ansetzen, doch Carson wiederholte seine letzten Worte: „Wenn Jan wieder auf dem Damm ist!" Die Wissenschaftlerin sah ein, dass sie so nicht weiterkommen würde und fügte sich. „Was machen wir bis dann?"

„Du …", entgegnete der Schotte, „… wirst die Kinder wieder unterrichten. Wir anderen schauen, dass wir die ODIN so schnell wie möglich zu 150% einsatzfähig bekommen. Das schließt auch unsere eigene persönliche Fitness ein. Ich bin gespannt, wie weit unser Marine mittlerweile bei Arzu ist. Ich erwarte mittlerweile alle, Johann wird einen Plan erstellen, auf der Schießbahn. Ich will niemanden mehr an Bord haben, der nicht exzellent mit dem M4 oder mit der P9 umgehen kann. Die chinesische Fraktion ist gerade dabei, die Munition aufzufüllen und die Waffen der ODIN und aller Beiboote zu optimieren. Das wird noch eine Zeit brauchen. Ich denke ich verstehe unseren Chef richtig:

Wir werden erst dann die Sicherheit HASBARTS verlassen, wenn alles und alle bereit sind."
Cunningham drehte sich zu Nina: „Geh' gleich in die Krankenstation – würdest du wahrscheinlich sowieso tun. Ich will eine Einschätzung unseres Docs wann Jan wieder fit ist. Das war's hier!"

01.06.2014, 09:15 Uhr, ODIN, Brücke:

Jan hatte die letzte Nacht bereits schon wieder in den Armen seiner Freundin verbringen können. Allerdings hatte Nina ihren Partner vor dem körperlichen Kontakt inständig gebeten, auf weitere Aufenthalte im medizinischen Stasetank zu verzichten. Ihre mittlerweile sehr angegriffene Psyche würde weiteres Bangen um sein Leben irgendwann nicht mehr verkraften.
Eggert hatte ganz bewusst darauf verzichtet, seiner Partnerin klarzumachen, dass es einfach nicht anders möglich gewesen war. Er wusste, dass Wissen, also auch Logik, und Gefühl zwei ganz unterschiedliche Dinge sind und seine Freundin nun mal ein sehr gefühlsbetonter Mensch war, was er auf der anderen Seite durchaus zu würdigen wusste. Er gelobte daraufhin Besserung und hatte dadurch die Freude, in ein strahlendes Gesicht zu schauen. Die nachfolgenden Stunden belehrten ihn darüber, dass er mit einem vorzeitigen Abschied aus diesem Leben noch so einiges verpassen würde.
Nun betrat er die Brücke und sah die meisten seiner Crewmitglieder zum ersten Mal nach seiner Rückkehr wieder. Bis auf Sam Waterhouse und Arzu Ödeniz waren alle Besatzungsmitglieder, auch die Kinder, anwesend. Als Jan durch die selbsttätig öffnenden Schotthälften hindurchschritt, verstummten die Gespräche und alle erhoben sich von ihren Plätzen.
„Captain auf der Brücke", meldete Johann Hochreiter überlaut und Jan wollte ihm schon zurufen: „Lass den Quatsch", als er feststellen musste, dass alle begannen ihm Applaus zu spenden. Wie angewurzelt blieb er stehen. Schließlich ebbte das Klatschen etwas ab und Carson Cunningham kam vom Podest des Captainssitzes herunter und ging auf Jan zu. „Ich übergebe die Brücke, Captain!"
Jan wollte verlegen abwinken, als der Schotte weiterredete: „Wir, also die Crew, ist zu dem Schluss gekommen, dass du dein Leben etwas zu

häufig aufs Spiel setzt. Bitte versprich uns, dass du zukünftig etwas vorsichtiger mit deiner Gesundheit umgehst."

Mittlerweile war vollkommene Ruhe eingekehrt und Jan sah in die erwartungsvollen Gesichter seiner Mannschaft. „Ich gebe zu, die letzte Aktion war sehr gewagt. Nur mit der Hilfe von Elli ...", dabei verneigte sich Jan andeutungsweise in die Richtung der Wissenschaftlerin, „... und einer guten Portion Glück konnten wir etwas bergen und zu meinem Leidwesen weiß ich bis heute nicht, ob sich das Risiko gelohnt hat." Jan sprach die Tatsache an, dass er bis jetzt auf seine Nachfragen keine genaue Antwort bekommen hatte.

„Die letzte Aktion, mein lieber Captain", entgegnete Elli von ihrer Konsole aus, „war nicht riskant, sondern schlicht der Wahnsinn. Aber, um deine Frage zu beantworten: Von uns weiß es bisher auch niemand. Carson hat angeordnet, dass bis zu deiner Wiederherstellung dieser Würfel nicht angerührt wird. Nun ja, ich habe eine kleine Ausnahme gemacht und ihn der KI der ODIN zur Auswertung gegeben. Allerdings weiß ich nur, dass der Würfel intakt ist und auch etwas darauf gespeichert ist. Bitte setz` dich auf deinen Platz, dann werde ich die KI anweisen, die Daten auszugeben."

Jan bekam von Carson noch einen freundschaftlichen Klaps auf die Schulter, anschließend gingen die beiden Männer zu ihren Arbeitsstationen. Jan setzte sich und gab der Wissenschaftlerin ein Zeichen.

7. SHELTER

01.06.2014, 09:25 Uhr, ODIN, Brücke:

Gespannt erklomm Jan sein Kommando-Podest und setzte sich in den Captainssitz. Alle anderen, so sah er aus den Augenwinkeln, suchten sich ebenfalls Plätze. Man konnte die berühmte Stecknadel fallen hören, so ruhig wurde es auf einmal auf der Brücke. Es brauchte keine technische Verstärkung, um die Stimme von Dr. Klaffke bis in den letzten Winkel zu hören: „KI! Inhalt des roten Würfels wiedergeben."

„Ich habe verstanden."

Die KI dimmte das Brückenlicht etwas und Jan fühlte sich an einen Kinoabend mit Freunden erinnert, wobei dieser Film hier wohl eher von existenzieller Bedeutung war – außerdem gab es kein Popcorn.

Der große Frontschirm flammte auf und zeigte Meiora-Seth innerhalb ihres Hauses – ihres intakten Hauses. Allerdings war die Kanzlerin nicht auf eine nette Video-Botschaft aus, sondern, ihre nächsten Worte bewiesen es, auf einen Appell an die Menschen um Jan Eggert. Meiora machte einen gehetzten Eindruck und ihre dunkelroten Augen waren größer als sonst und blitzten aus welchem Grund auch immer. Ihre Worte wurden von großem Lärm teilweise unterbrochen oder unhörbar gemacht, dennoch war allen Zusehern klar, dass es sich hier um einen Hilferuf handelte.

„Falls ihr den Daten-Kubus in die Finger bekommt: Wir mussten fliehen, der Feind naht und ist bereits dabei, unsere Lebensgrundlage zu zerstören. Ein Feind, der viel schrecklicher ist als die SUBB und der keinerlei Gnade kennt. Ein unbekannter Feind, vor dem uns bisher nur die Flucht gerettet hat – wenn überhaupt. Ich breche jetzt ebenfalls auf und versuche von diesem Planeten zu fliehen. Falls ihr diese Botschaft vernehmen könnt: Die Koordinaten unseres Zielsystems sind auf diesem Speichermedium abgelegt. Die Dechiffrierungsmatrix der ODIN kann daraus einen Kurs errechnen." Es knallte immer wieder im Hintergrund und Meiora wollte sich gerade zur Flucht wenden, als ihr noch etwas einfiel. „Es kann sein, dass niemand von uns den Sammelpunkt erreicht. Allein die Tatsache, dass ihr zurückgekehrt seid, ehrt euch. Sagt der KI der ODIN den Namen meines Adjutanten, dann werden die Koordinaten eures Zielsystems, eure Belohnung, freigeschaltet. Ich bitte euch, seht wenigstens nach, ob von uns etwas übriggeblieben ist. Ich danke euch!" Die GENUI nickte in die Kamera, lächelte flüchtig und wandte sich zur Flucht. Kurz darauf wurde der Bildschirm schwarz.

„KI!", rief Jan.

„Captain?"

„Kannst du einen Kurs aus den Daten zum Sammelpunkt berechnen?"

„Ist bereits geschehen, Captain."

„Gibt es Hinweise darauf, was uns am Ziel erwartet?

„Nein, außer, dass dieser Ort SHELTER genannt wird."

‚Wie originell', dachte Jan und sah sich um.

„Was sagt ihr? Den Namen des Adjutanten angeben?"

Heftiges Gemurmel erhob sich bis Carson Cunningham seine Meinung äußerte: „Ich bin dafür, dass wir unser Versprechen einhalten und nach den verbliebenen GENUI sehen. Allerdings wüsste ich schon gern, wie unser Endziel wohl aussieht."

Zustimmende Rufe wurden laut und Jan nickte lächelnd: „Könnte uns vielleicht zusätzlich motivieren." Dann sprach er laut zum Bordrechner: „KI! Codewort ‚BAT-RAR'!"

Die Künstliche Intelligenz reagierte mit einer halben Sekunde Verspätung. Der Frontschirm zeigte einen schnellen Anflug auf ein System mit einer gelben Sonne und die kühle, weibliche Stimme der KI erklärte dazu: „Es handelt sich um das AVALON-System. Meine Erbauer haben sich bemüht, den Menschen einen Planeten zur Verfügung zu stellen, der ihren Anforderungen entspricht. Die Sonne ist vom Typ Sol, also ein Stern der Kategorie G. AVALON besitzt nur einen Planeten, dieser wiederum zwei Monde. Das System ist eingerahmt von einer Meteoritenschale größeren Ausmaßes. Der Planet ist Typ M-N und von keinerlei Intelligenz bewohnt. Die Temperatur entspricht 15-35 Grad, die beiden Polkappen sind schneebedeckt, sonst gibt es keine nennenswerten Jahreszeiten. Die Schwerkraft liegt im Bereich der Erde, der Tag dauert 25 Stunden. Es gibt hauptsächlich Pflanzen, die Sauerstoff herstellen und von der Fotosynthese existieren. Atembare Luft ist für menschliche Begriffe ausreichend vorhanden." Das Bild zoomte schnell heran und zeigte in der Schwärze der Unendlichkeit ein glitzerndes Juwel. Ein Edelstein, der in den Farben Grün, Blau und Weiß funkelte und glitzerte.

„Eden!" Nur dieser Begriff stand im Raum und alle hatten sich so auf das Gezeigte konzentriert, dass man erst einmal nachschauen musste, wer diesen Namen prägte. Es war Nina. Sie stand vor ihrem Pult in Richtung des Frontschirms und hatte die Augen vor Staunen weit geöffnet. Ihr war dieser Begriff durch die Gedankenwelt geschossen und sie hatte ihn, mehr ungewollt, ausgesprochen. Nun lächelte sie ihre Schicksalsgenossen eher verlegen an.

„Eine gute Wahl", beschloss Jan und beendete damit die Stille auf der Brücke. „Elli, vertritt bitte Arzu und trag den Namen in unsere Datenbank ein. Unsere zukünftige Heimat soll den Namen ‚EDEN' tragen."

Jan sah sich um.

Carson hatte sich von seinem Nav-Pult ihm zugewandt und sagte nur ein Wort: „SHELTER?"

„Ja", bestätigte Jan energisch. „Aber erst dann, wenn meine Crew wieder halbwegs fit ist. Wir werden erst in zwei Tagen starten. KI, du kannst schon mal einen Kurs zum SHELTER berechnen."

„Ist schon geschehen, Captain. Wir queren dabei das Gebiet der ANGUIDEN."

Mit Captain Jan Eggert ging mit diesen Worten eine merkwürdige Veränderung hervor. Er rieb sich die Hände und seine Augen wurden zu Schlitzen.

Nun hatte sich auch der auf etwa 11:00 Uhr sitzende Österreicher und Gunner in Personalunion zu ihm herumgedreht und lächelte boshaft, sofern dieses bei einem derartigen Landsmann überhaupt möglich war.

„Kleinen Umweg, Captain?" Johann hatte die Gemütsverfassung des Deutschen durchaus registriert.

Jan war aufgestanden und ballte die Fäuste: „Ja, Pay-Back! Trotzdem warten wir auf Sam und Arzu. Rache ist ein Gericht, wie ich hörte, welches man kalt genießt."

Dr. Eleonore Klaffke konnte die Reaktionen ihrer Gefährten durchaus nachvollziehen, trotzdem fragte sie: „Was hast du vor, Jan?"

Eggert grinste boshaft: „Sagen wir so, verehrte Kollegin und Freundin. Die letzte Reklamation der von den ANGUIDEN erstandenen Waffensysteme hat lediglich dazu geführt, dass wir unseren Einsatz in materieller Form zurückerhalten haben – wenn auch gegen den vehementen Widerstand der Zulieferer. Es blieb allerdings die Tatsache ungesühnt, dass unser stolzes Schiff und wir als organische Besatzung fast dem Untergang anheimgefallen waren. Das alles durch eine mehr als reklamierbare Ware der ANGUIDEN, die sich nicht zu schade waren, uns zu bescheißen! Dieser ganze Vorgang ruft im Innersten meiner Seele einen Schrei nach Vergeltung aus – mein Stolz verlangt es. Die Schlangen sollen oder wollen die Waffenmeister der Black-Eye-Galaxie sein? Ich vertraue hierbei völlig auf unsere chinesische Fraktion an Bord und rufe daher zum mehr oder minder edlen Wettstreit auf! Wir werden uns diesen kleinen Umweg gönnen und sei es nur deswegen, um uns einen Namen zu machen – in dieser Galaxie. Menschen, so wird man sprechen, verzeihen es nicht, wenn man sie übers Ohr haut."

Wie fast immer war er der Vernünftigste: Carson Cunningham. Er räusperte sich und machte so auf sich aufmerksam.

„Höre ich dort, wie sich die Stimme der Vernunft räuspert?" Jan schielte über eine imaginäre Brille zu seinem Piloten und Stellvertreter.

„Entschuldige, Jan", begann dieser den Versuch, ein gewisses Nachdenken über den kurzfristigen Waffengang mit den ANGUIDEN herbeizuführen. „Willst du dich wegen der Verfehlung eines Individuums mit dem gesamten Volk dieser Schlangenwesen anlegen?"
Eggert tat verwundert. „Wer sagt, dass ich den Snakes den Krieg erklären will? Wir werden den Mond ZIRRAK und damit die Festung meines persönlichen Freundes angreifen. Obwohl wir blitzartig zuschlagen werden, habe ich vor, eine Botschaft an die ANGUIDEN auszustrahlen, in dem ich unser Verhalten erkläre. Ich denke mal, sie sind mit im Boot gewesen und wussten, dass uns FRAKTORZ betrügen wollte. Trotzdem, diplomatisch können sie behaupten, von nichts gewusst zu haben. Ich habe nicht vor, hier als jemand durch die Gegend zu fliegen, den jedermann nach Belieben verarschen kann!"
Der Schotte nickte dazu mit hochgezogenen Brauen. „Dann wollen wir mal hoffen, dass die ANGUIDEN dasselbe unter Diplomatie verstehen, wie unsere unverstandenen Politiker auf der Erde – 24 Millionen Lichtjahre entfernt."
Jan grinste: „Außerdem will ich es!" Damit war die Entscheidung gefallen. Jan hatte deutlich zum Ausdruck gebracht, dass er diese Angelegenheit für nicht diskutierbar hielt.

03.06.2014 – ODIN:

Die letzten beiden Bordtage waren ruhig verlaufen. Selbst China-Town war längst fertig mit der Produktion von Vernichtungswaffen. Die Umrüstung der fliegenden Einheiten mit den verstärkten Strahlern und Umwandlern war mit Hilfe der Droiden ebenfalls vollzogen. Der Einzige, der unter nicht unerheblichem Stress litt, war Ex-Marine Sam Waterhouse. Er versorgte Arzu Ödeniz mit einer behutsamen und einfühlsamen Art, die man dem Amerikaner nicht zugetraut hätte. Er selbst sich übrigens auch nicht. Er verlor sich jedes Mal in dem Anblick der dunklen Mädchenaugen, die zu seinem Leidwesen lange noch recht teilnahmslos und wenn teilnahmsvoll, dann traurig durch die Gegend schauten. Aber die Frau war jung und Jugend schüttelt solche Erlebnisse leichter ab. Zudem war die Zeit in der Gewalt der HUTCH nicht sehr lang gewesen. Eine Hilfe war zudem, dass sie schon zuvor Zutrauen zu dem aus ihrer Sicht großen und kräftigen Amerikaner gefasst hatte. Nach und nach fiel der Schock von ihr ab und Sam ließ ihr alle

185

Zeit, damit fertigzuwerden. Instinktiv versuchte der nun Hobby-Psychologe nicht Arzu nach ihren Erlebnissen bei den Feinden zu fragen. Er hoffte, dass binnen kurzer Zeit, die Erfolge gaben ihm Recht, Gras über diese Sache wachsen würde und er wollte auf keinen Fall das Kamel sein, welches selbiges wieder abfraß. So ließ sich die junge Pakistani fallen und wurde aufgefangen von der Zuneigung eines Mannes, der immer mehr einsah, dass sein früheres Wirken auf der Erde widerlich gewesen war. Hier, zwei Dutzend Millionen Lichtjahre von der Heimat entfernt, sah er in der Pakistani als das was sie war: ein junger Mensch und Punkt! ‚Braucht man tatsächlich eine so große Distanz, um zu diesem einfachen Schluss zu kommen‘, dachte er. Wahrscheinlich nicht. Es würde reichen, jeden Menschen einmal von Ferne, vielleicht vom Mond aus, einmal auf die Erde schauen zu lassen. Keiner würde anschließend wieder so an sein Tagwerk gehen wie davor. Arzu entwickelte sich und Sam nutzte die Situation nicht aus. Nachts lag er bewegungslos neben ihr und tröstete sie, wenn schlimme Träume kamen. Er gab ihr Aufmerksamkeit und Halt. Vielleicht lag es daran, dass Arzu zuvor niemals diese Zuwendung erfahren hatte – sie bemerkte, dass außer Vertrauen nichts von ihr verlangt wurde. Arzu gesundete psychisch schnell und aß und trank immer größere Portionen. Als zwei Tage später, am 03.06.2014, Sam beim gemeinsamen Frühstück etwas ungeschickt mit den Lebensmitteln hantierte, er war nachvollziehbar müde, und in dem Bemühen, ein im Umfallen begriffenes Glas Fruchtsaft aufzufangen, sich den Inhalt einer heißen Tasse Kaffees in den Schritt goss und demzufolge unter Schmerzenslauten hüpfend die Hygienezelle aufsuchte – lachte Arzu schallend. Für Sam, der unter leichten bis mittleren Schmerzen die heißnasse Hose und Slip auszog, ging eine Sonne auf. Das helle Lachen aus der Kehle dieser liebenswerten Person ließ sein Herz vor Freude hüpfen – er hatte sich nichts sehnlicher gewünscht. Mit neuem Beinkleid ausgerüstet schritt Sam mit wichtigem und aufgesetzt ernstem Blick quer durch den Wohnraum zum Vid-Com-Anschluss, wählte die Nummer der Brücke und meldete Arzu gesund und beide einsatzfähig. Jan legte per Schiffs-Com den Starttermin auf 11:00 Uhr fest und bat die Crew, alle Systeme bereits um 10:00 Uhr zu checken.

11:00 Uhr, ODIN, Brücke:

Die Brückencrew beobachtete auf dem Frontschirm, wie die ODIN unter den Händen des Piloten Carson Cunningham gewaltsam aus der Umklammerung des Gasriesen HASBART hervorbrach. Kurz nur wurde der vehemente Flug unterbrochen, um die Scannerdrohnen wieder in ihre Schächte einzuholen, dann stürmte das einzige Schiff der Menschheit, somit auch gleichzeitig das Flaggschiff, weiter – in Richtung des Hoheitsgebietes der ANGUIDEN, quer durch das ehemals von den GENUI-Siedlern bewohnte System.

„Carson, ich bin begierig, möglichst bald meinen langgehegten Wunsch nach ein klein wenig Wiedergutmachung befriedigen zu können." Die ODIN hatte längst schon die Grenzen des Systems verlassen und Jans leise Stimme, verständlich durch Akustikfelder an jeden Arbeitsplatz transportiert, hörte sich gefährlich sanft an.

„Die ODIN wird in Kürze die Höchstgeschwindigkeit erreichen, Captain", meldete der Pilot.

„Carson?" Etwas Ungeduld in der Stimmlage schwang mit.

„Schon gut – schon gut, wenn nichts dazwischenkommt, dann werden wir morgen zur Mittagszeit an Ort und Stelle sein", entgegnete Cunningham auf die nicht gestellte Frage.

„Was soll dazwischenkommen?", fragte Jan, schlug die Beine übereinander und legte die Fingerspitzen beider Hände vor seiner Brust gegeneinander. Carson hob nur einen Arm mit der Handfläche nach oben – er wusste auch keinen Grund. Jan rieb sich unternehmungslustig die Hände. „Sieht jemand einen Grund, warum wir nicht gemeinsam zu Mittag essen könnten?"

Aufmerksam sah Jan auf die Reaktion seiner Crew – es kam keine.

„KI – du hast das Kommando!"

„Verstanden, Captain."

„Nina, schiffsweite Kom aktivieren!"

„Steht, Jan."

„Hallo Besatzung, hier spricht euer Captain: Um 12:00 Uhr erwarte ich euch zum gemeinsamen Speisen in der Hauptkantine!"

Aus Richtung China-Town kam die prompte Antwort des immer noch mürrischen Huang-Li: „Wir haben keine Zeit! Wir müssen arbeiten!"

„Alternativ", säuselte Eggert, „biete ich einen Spaziergang im All an – ohne Schutzanzug." Der Ton, in dem er seine Drohung aussprach, hatte nicht den Anspruch, ernstgenommen zu werden, allerdings ging mehr als deutlich daraus hervor, dass Jan keinen Widerspruch duldete. Darum überraschte auch nicht, wer dann die Antwort übernahm: „Wir kommen", antwortete der stets freundliche Feng-Pu – etwas hastig. Jan gab Nina einen Wink, die daraufhin die Schiffscom abschaltete. „Geht doch", knurrte Eggert und überlegte krampfhaft, wie er am schnellsten morgen Mittag erreichen könnte. ‚Wir warten aufs Christkind', dachte er ironisch – allerdings fühlte er so.

SHELTER:

Seit über 14 Tagen war Bor-Atak mittlerweile bemüht, die verbliebenen GENUI-Siedler auf die beiden C-Klasse-Schiffe aufzuteilen. Vor drei Tagen hatte er Bat-Rar einen entsprechenden File mit den Namen der Betreffenden digital übersandt. Meiora-Seth, die seit einigen Tagen relativ unbeteiligt dem ganzen Prozedere folgte, hatte nur müde abgewinkt und damit ihrem Partner die Entscheidung überlassen, wen er zur Brückencrew der SHIRTAN berief. Seit einigen Tagen stand die Crew so ziemlich fest. Es fehlte lediglich der Pilot des C-Raumers. Vor sechs Tagen hatte Bor-Atak sein Schiff im Beisein vieler Siedler ebenfalls getauft. Es bekam den Namen ATROX. Dies war die Bezeichnung für den schnellsten und gefährlichsten Flugsaurier auf NEW-GENUA. Auch die Wahl des Namens bezeichnete der ehemalige Adjutant als gelungen. Eines hatte der nach außen hin impulsive und durchaus, entgegen seiner Herkunft, auch gewaltbereite GENUI nicht geschafft: Die gesamten GENUI-Siedler tatsächlich auch **in** die Schiffe zu bringen. Eine Aufteilung war schon schwierig genug gewesen, bei der tatsächlichen Einquartierung der Individuen gab es echte Probleme. Die GENUI sahen überhaupt nicht ein, ihre relativ bequemen Domizile knapp unter der Planetenkruste für ein enges ‚Bordleben' aufzugeben. Im Großen und Ganzen war Bor-Atak auch die theoretische Unterbringung der Passagiere auf den C-Kugeln gelungen, jedoch gab es auch hier ein paar Schwierigkeiten.

03.06.2014, 05:13 Uhr, SHELTER:

Bat-Rar hatte schlecht geschlafen. Das ständige Palaver und die Diskussionen, die Siedler aus Sicherheitsgründen doch an Bord zu bringen, waren nervig. Die Kanzlerin und er, unterstützt durch eine kleine Crew um Bor-Atak, hatte den gesamten gestrigen Tag damit zugebracht, die Siedler in die beiden C-Raumer hineinzureden – im wahrsten Sinne des Wortes. Einige wenige hatten sich einsichtig gezeigt und waren der Bitte nachgekommen. Dann gab es noch welche, die es zwar taten, sich aber über alle möglichen Unzulänglichkeiten mokierten. Die Mehrzahl blieb ihrer ablehnenden Meinung treu und daher den Schiffen fern. Völlig erschöpft waren Meiora-Seth und Bat-Rar ins Bett gefallen. Während die GENUI-Frau offensichtlich die Gabe hatte, praktisch sofort einzuschlafen, wälzte sich ihr Partner Stunde um Stunde wach im Bett. In den Morgenstunden schlief er für eine kurze Zeit ein. Als er aufwachte, zeigte der Chronometer gerade mal 05:13 Uhr an. Mit einem wehmütigen Blick auf seine immer noch friedlich schlafende Partnerin schob sich Bat-Rar vorsichtig aus dem Bett. Er legte einen leichten Raumanzug, die neueste und leichteste Ausfertigung aus der GENUI-Produktion, an und beschloss ein wenig zu meditieren. Er versprach sich etwas mehr innere Ruhe. Die Warterei auf die Menschen zerrte auch an seinen Nerven. Schließlich fand er einen Ausgang zur Oberfläche und saß eine halbe Stunde später im Schutze seines Raumanzuges auf einem großen Stein und schaute zu den Sternen hinauf. Er hatte die innere Schutzzone durch eine Mannschleuse verlassen und saß ‚auf‘ dem Asteroiden. Er liebte diese Ruhe und die Aussicht in die Unendlichkeit. Auf NEW GENUA hatte man niemals einen so grandiosen Ausblick gehabt. Hier störte keine Atmosphäre oder Fremdlicht den Glanz der Black-Eye-Galaxie. Das Licht der ungezählten Sonnen reichte allemal aus, um die steinige Wüstengegend um ihn herum zu beleuchten. Er unterzog seinem Leben ein wenig Selbstkritik. Hätte er etwas anders oder besser machen können? Nein, entschied er, auch wenn er zugeben musste, dass sein Tun in den letzten Jahren nur einem Ziel gedient hatte – Meiora-Seth. Sicherlich hätten die Umstände nun besser sein können, aber wahrscheinlich wäre er jetzt noch nicht an seinem persönlichen Ziel, wenn das Schicksal nicht so hart zugeschlagen hätte. Vielleicht wäre er dann auch niemals der Partner dieser unvergleichlichen Frau geworden. Nicht eine Minute hatte er es bisher bereut, so schnell den Löffel geschwungen zu haben, als ihm die GENUI mit den dunkelroten Augen das traditionelle Partnerschaftsmahl anbot. Meiora war umwerfend. Hinter der kühlen und nur gelegentlich impulsiv werdenden Führerin der GENUI-Siedler steckte eine Frau mit

Humor, Herz und überschwänglichem Temperament. Und eine unstillbare Neigung zur Nähe, zur Liebe, zum …

„Darf ich mich zu dir setzen?"

Bat-Rar brauchte nur etwa anderthalb Sekunden, um den Schrecken zu überwinden, doch nicht allein zu sein, die Stimme trotz der Lautsprecherverzerrung zu analysieren und zuzuordnen, mit einer halben Drehung aufzuspringen und zu rufen: „Koj-Lot, mein Freund! Du hier?" Mit weit ausgebreiteten Armen ging der Überraschte die wenigen Meter bis zu seinem Freund, der etwas verlegen vor ihm stand, zu und umarmte ihn. Eine Geste, wie sie die Menschen und die GENUI kannten. Koj-Lot erwiderte die herzliche Umarmung, obwohl die Schutzanzüge und die Helme echte Nähe durchaus vermissen ließen. Durch das glasähnliche Material sahen sich beide in die Augen.

„Du bist nicht abgeflogen, mein Freund?" Es war mehr eine Feststellung als eine Frage.

„Warum? Hattest du nicht eine Partnerin? Ist sie auch hiergeblieben?"

Koj-Lot schüttelte etwas traurig den Kopf. „Nein, ist sie nicht. Sie flog ab in Richtung GENUA PRIME."

„Warum, Koj-Lot?" Der Mitkanzler hatte sich damit schon fast abgefunden, seinen Freund nie wiederzusehen, daher war er in dieser Situation fast überwältigt vor Freude. Dennoch wollte er wissen, wieso Koj-Lot geblieben war.

Sein Freund wurde noch mehr verlegen. „Frauen gibt es viele, Bat-Rar. Echte Freundschaft ist sehr selten. Das allein wäre es vielleicht nicht einmal gewesen, aber ich spüre das Abenteuer – ich will nicht zurück in den goldenen Käfig. Es gibt so viel zu entdecken." Dabei richtete der Freund seinen Blick gegen den Himmel. Bat-Rar tat es ihm nach. Ja, die Farbenvielfalt der Sternenhaufen, Galaxien, und Pulsare war gigantisch. Man konnte stundenlang den Himmel betrachten und würde immer wieder etwas Neues entdecken. Irgendwo dort draußen würde eine Welt auf sie warten – vielleicht ein wenig gastfreundlicher als die vor kurzem verlorene Heimat. Dort würden sie siedeln, hoffentlich unter einem friedlicheren Stern, dachte der Mitkanzler. Obwohl die GENUI schon eine Menge wussten, hatten sie über ihre eigene Galaxie erschreckend wenige Informationen. Vielleicht konnten sie als Siedler genau dort … Bat-Rar bemerkte eine blinkende Lampe auf der Innenseite seiner Helmscheibe. Jemand wollte ihn privat sprechen – nur ihn. Er legte seinem Freund die Hand auf die Schulter und deutete mit der anderen auf seinen Helm, dann gab er den Sprachbefehl für die Aktivierung des Kom. Kurz darauf hörte er die Stimme seiner Partnerin. Sie zitterte leicht und verriet damit die Erregung der Sprecherin. „Bat-Rar, wir haben ein Problem! Es gibt einen Annäherungsalarm!"

„Die Menschen?", fragte der Mann hoffnungsvoll.

„Leider nicht – es ist der Feind. Komm bitte so schnell es geht in die Zentrale der SHIRTAN."

Der Kom wurde abgeschaltet und so war der Weg wieder frei für ein Gespräch zwischen den Freunden.

„Komm mit, Koj-Lot!"

„Was, wohin?" Der Freund war mehr als überrascht.

„Auf die Brücke der SHIRTAN. Du hast doch mal navigiert – oder nicht?" Bat-Rar hatte es eilig und zog Koj-Lot mit sich.

„Ja, ist aber schon eine Ewigkeit her – warum?"

„Du bist der neue Pilot der SHIRTAN!" Sie erreichten den Zugang zum Inneren des Asteroiden.

„Was? Wieso ich?"

„Du wolltest doch Abenteuer erleben – oder? Es geht los!" Die Schleuse schloss sich – sie waren im Inneren angekommen.

„Ja aber …"

„Nix aber! Du bist bereits ernannt, Pilot!"

Bat-Rar begann mit langen Sätzen zu rennen und Koj-Lot wäre nicht sein Freund, wenn dieser nicht so langsam begriffen hätte, dass Eile aus irgendwelchen bestimmten Gründen geboten war. Er setzte seinem Freund nach und sparte sich die Luft – er fragte erst einmal nichts mehr. Nach weniger als zehn Minuten waren sie mit Hilfe von Antigrav-Einrichtungen und Aufzügen bis auf die Brücke der SHIRTAN gekommen. Die komplette Brückencrew war bereits anwesend. Meiora schaute ihren Partner konzentriert an und sah dann seine Begleitung.

„Unser Pilot. Koj-Lot, mein Freund."

Die GENUI hatte wieder auf den dienstlichen Modus umgestellt und akzeptierte die Personalwahl ihres Partners. „Willkommen auf der Brücke, Koj-Lot." Sie zeigte mit einem Arm nach vorne. „Dort ist dein Arbeitsplatz. Mach dich mit den Geräten vertraut. Es kann gut sein, dass wir dein Können bald testen müssen."

„Ja, Kanzlerin." Der GENUI nickte der Frau zu und beeilte sich, an seine Konsole zu kommen.

Meiora sah ihren Freund an. „Vorschläge?"

191

„Ich weiß nicht. Gibst du mir einen Statusbericht?"

„Ja. Viel ist das nicht. Die Brücke der ATROX ist besetzt. Vor etwa 20 Minuten kam der Alarm von den äußeren Drohnen. Es handelt sich um drei Quader der 4.000er Größe. Zeit bis zum Eintreffen beim SHEL-TER, wenn sie die Geschwindigkeit konstant halten, etwa 13 Stunden. Wenn nicht, können sie in wenigen Minuten hier sein."

„Wurde Evakuierungsalarm ausgelöst?" Bat-Rar war zu seinem Arbeitsplatz, der im rechten Winkel nach links vom Kommandositz der Kanzlerin lag, gegangen und aktivierte seine Systeme.

„Ich befürchte eine Panik", antwortete die Kanzlerin.

Ihr Partner hatte eine Idee: „Können wir das Ganze vielleicht als Übung tarnen?"

Meiora machte die Geste der Verneinung. „Nach den Diskussionen würden die Leute meinen, dass sie gezielt auf die Schiffe gelockt werden sollen. Sie würden uns keine Übung abkaufen."

„Hmm", Bat-Rar überlegte. „Soll ich übernehmen?"

Die Kanzlerin seufzte. „Ich bitte dich darum!"

„Lass das Schiff startklar machen, ich kümmere mich um unsere halsstarrigen Brüder und Schwestern." Während die Kanzlerin Befehl gab, die Systeme durchzuchecken und die Energiemeiler hochzufahren, schaltete Bat-Rar einen Vid-Com-Kanal zur ATROX. Ernst sah ihn der dortige Captain an. „Wir sind startklar, Mitkanzler. Es fehlen uns nur noch die Passagiere."

„Das deckt sich leider mit unserer Situation", gab Bat-Rar zu. „Die meisten unseres Volkes werden zu dieser Zeit noch schlafen. Ein allgemeiner Alarm scheidet wegen der Panikgefahr aus."

Bor-Atak nickte dazu – er war derselben Meinung.

03.06.2014, 12:00 Uhr, ODIN, Hauptkantine:

Zufrieden lächelnd setzte sich Jan Eggert als letzter an einen Platz. Die dienstbaren Droiden hatten mehrere Tische zu einem fast quadratischen Quader zusammengestellt. Auf Befehl des Captains waren vier der kleinen Robots erschienen, um als Service-Kräfte zu fungieren. Jan saß an einer der längeren Seiten, rechts neben sich Mehmet, links von ihm Nina und danach wieder links die beiden Zwillingsmädchen. Die anderen Mitglieder saßen nach Partnerschaft oder Familienzugehörigkeit locker verteilt um den Tisch.

192

‚21 Personen sind wir', dachte Jan, ‚und maßen uns an, den GENUI helfen zu können.' Nur die ODIN und die Vernichtungswaffen der Chinesen brachten sie überhaupt in die Lage, in dieser fremden Galaxie zu überleben. Nun griffen sie auch noch, zugegeben ohne Not, einen Außenposten der ANGUIDEN an. Jan hielt trotzdem an seiner Entscheidung fest. Niemand sollte ungestraft die kleine menschliche Gemeinschaft an den Rand der Vernichtung gebracht haben. Er hoffte, dass man sich auf diese Weise eine Art Respekt verdiente und man zukünftig vor Betrügern geschützt war. Die Menschen gaben ihre Bestellungen an Speisen und Getränken bei den Droiden auf und diese gaben es über ihr internes Netzwerk sofort weiter. So war es nicht verwunderlich, dass schnell aufgetischt werden konnte. Während des Essens unterhielt man sich lediglich mit seinem Tischnachbarn. Danach ließ sich Eggert Zustandsberichte aus allen Abteilungen geben. Die ODIN war gefechtsklar und der Captain erläuterte seine nächsten Pläne. Ausgerechnet Huang Li stimmte ihm zu, was Jan nicht weiter verwunderte. Der Chinese schlug vor, den Mond direkt mit einer Wasserstoffbombe aus seiner Fertigung anzugreifen. Da Eggert sich nicht lange im System der Schlangenwesen aufhalten wollte, war der Einsatz einer solch ultimativen Waffe durchaus eine Option und daher nickte er anerkennend. Zum ersten Mal sah Eggert einen kurzen Anflug von Freude auf dem Gesicht des ansonsten eher ernsten Asiaten. Jan dankte und hob damit die Tafel auf.

16:00 Uhr, irgendwo auf der ODIN:

Der Stock sauste durch die Luft und wurde abrupt abgebremst, als ein kräftiger Arm danach langte und die dazu gehörende Hand das Holz festhielt.
„So wird das nichts, Carson. Du musst heftiger zuschlagen", tadelte Sam Waterhouse. Die beiden Männer befanden sich in einem 10 x 10 Meter messendem Trainingsraum, dessen Bodenbelag aus elastischem Material bestand.
„Du weißt schon, dass trotz der dicken Gummiumwicklung das verflixt wehtun kann, wenn ich dich damit treffe?", gab der Pilot der ODIN zu bedenken.

„Is` mir klar. Trotzdem werden wir keine reale Situation hinbekommen, wenn du versuchst mich mit dem Ding zu streicheln. Also greif mich an – richtig!"

„Du hast es nicht anders gewollt", gab Cunningham nach und ging auf den Amerikaner los. Der wuchtig geführte Schlag pfiff an dem abgetauchten Sam vorbei. Bruchteile von Sekunden später spürte Carson einen Triff in der rechten Kniekehle. Er knickte kurz ein, dann wurden ihm die Beine unter dem Körper weggeschlagen. Ein stechender Schmerz fuhr durch seine Waden und wurde dann abgelöst von dem Aufprall mit seinem Rücken auf dem auf einmal nicht mehr ganz so elastisch erscheinenden Bodenbelag. Der Fall presste ihm die Luft aus den Lungen, doch damit nicht genug, plötzlich saß Waterhouse auf ihm und hielt ihm seine eigene Angriffswaffe quer vor die Kehle. Carson hatte keine Wahl und schlug mit einer Hand dreimal auf die Matte – das Zeichen des Aufgebens. Der Amerikaner kletterte sofort von ihm herunter und keuchend richtete sich der Schotte mit Hilfe seines Trainers auf. Dabei rieb er die schmerzenden Waden – Sam hatte ihm die Beine unter dem Körper weggeschlagen. Die Aktionen des ehemaligen Marines waren schnell und absolut zielgerichtet: Ausschaltung des Gegners ohne zeitraubende Umwege. Sam handelte kompromisslos und trainierte auf Wunsch von Jan Eggert jeden Erwachsenen an Bord – bis auf China-Town. Sie hatten glaubhaft versichert, jeden Tag ihr Trainingsprogramm durchzuziehen. Sharon Hitman war wegen ihrer Schwangerschaft, die Doc Holliday in seiner unnachahmlichen, trampeligen Art in aller Öffentlichkeit breitgetreten hatte, vom Training befreit. Außerdem traute Jan ihr zu, als ehemalige Geheimagentin der US-Regierung, sich selbst verteidigen zu können. Die anderen Erwachsenen, einschließlich des Captains, saßen am Rand des Raumes und warteten darauf, dass Sam mit ihnen das Gleiche veranstaltete. Jan war eigentlich klar, dass diese Verteidigungsübungen nur gegen Menschen eingesetzt werden konnten, was wenig wahrscheinlich war. Trotzdem, er wollte eine fitte Mannschaft. Mit leichtem Schmunzeln und völliger Toleranz nahmen die Trainingsteilnehmer zur Kenntnis, wie behutsam der Marine mit Arzu Ödeniz umging. Das Mädchen klatschte bei ihren vergeblichen Angriffsversuchen auf den kräftigen Amerikaner nicht wie alle anderen auf die Matte, sondern wurde von Waterhouse dort mehr oder weniger behutsam ‚abgelegt'. Selbst der Unsensibelste unter ihnen konnte mühelos erkennen, was das Mädchen für diesen Mann bedeutete.

Nach zwei Stunden begann das Schießtraining – mit den Asiaten und Sharon. Für die Kinder und Jugendlichen an Bord veranstaltete Sam auf Wunsch von Eleonore Klaffke, als leitende Lehrerin an Bord, Sportstunden. Waterhouse hetzte seine minderjährigen Schüler über Hindernisparcours, machte Dauerlaufen, ließ von den Droiden Fahrräder herstellen und fuhr mit den Kindern über die Außenbahn auf Deck 99. Jan handelte nach dem Motto: Nur in einem gesunden und fitten Körper steckt auch ein gesunder Geist. Zunächst stöhnte die Jugend an Bord, dann fanden sie es cool. Mittlerweile hatten die Droiden auch einen luxuriösen Wellnessbereich mit Schwimmbad fertiggestellt. Schwimmen gehörte also auch mit zur Schulbildung. Einzig Mehmet hatte Schwierigkeiten mit so viel von dem wichtigen Element. Er war es nicht gewohnt. Derjenige, der richtig gefordert wurde, war natürlich Sam selbst. Wenn Arzu es einrichten konnte, begleitete sie ihn bei all seinen Ausbildungseinsätzen. Wenig später war dieses ganz normal. Wo Sam auftauchte, war auch die junge Pakistani zugegen – und niemand störte sich daran. Mit unendlicher Geduld versuchte Sam ihr in der wenig zur Verfügung stehenden Zeit, seit zwei Tagen nämlich, das Schwimmen beizubringen. Irgendwie wurde er immer wieder abgelenkt. Der dunkle Teint von Arzus Haut brachte einen sinnverwirrenden Kontrast zum grellroten Bikini und Sam musste sich zusammenreißen, dass man seine Begeisterung für das Mädchen nicht allzu deutlich sah.

20:00 Uhr, ODIN – Hauptkantine:

Jan Eggert hatte das Quartier mehr oder weniger fluchtartig verlassen. Nina hatte beschlossen, die eine oder andere Meinungsverschiedenheit mit ihren Töchtern auszudiskutieren. Die beiden Zwillinge begannen jetzt langsam mit der Pubertät. Zwar war dies wegen der äußeren Umstände etwas in den Hintergrund getreten, aber trotzdem – die Natur forderte ihr Recht. Jan schüttelte innerlich den Kopf, wenn er daran dachte, um welche Nichtigkeiten es überhaupt ging. Das Theater im heimischen Quartier war jedenfalls groß, und selbst Mehmet hatte vorgegeben, die Jugendlichen in China-Town besuchen zu wollen. Nun genoss der Captain der ODIN sein Bier in der Einsamkeit der Hauptkantine und genoss die Stille. Das tat er solange, bis sich das Zugangsschott öffnete und Sam Waterhouse auf ihn zutrat.

195

„Bring Bier mit", verlangte Jan und winkte mit einem leeren Glas. Sam wechselte abrupt die Richtung und ging zur Ausgabe. Wenig später stießen sie an.

„Wie läuft es mit Arzu?", wollte Jan wissen und konnte nicht ahnen, dass er damit einen wunden Punkt berührte. Sam wand sich ein wenig unbehaglich und erst als Jans Blicke fragender wurden, quetschte er sich eine Antwort heraus. „Sie wird wieder."

Ungläubiger konnte kein Mensch mehr gucken, denn das war Eggert schon mal durch die Gesundmeldung bekannt. Sam wechselte schnell das Thema und Jan beschloss, dass man noch das eine oder andere Bier trinken musste, bevor der Ex-Marine mit der Sprache herausrücken würde. Jan legte vor. Mit farbigen Bildern beschrieb er seine Vorstellungen von der Zukunft mit Nina. Zwischendurch gab es immer mal wieder Nachschub für die Leber. Er hatte Erfolg damit. Der auf einmal etwas spröde gewordene Amerikaner rückte zaghaft mit seinem Problem heraus.

„Sag mal, Jan ..."

„Ja?" Eggert hätte sich am liebsten auf die Zunge gebissen. Sein forderndes ‚Ja<' war mit großem Abstand zu früh gekommen. Hoffentlich bemerkte Waterhouse nicht, dass ihm da etwas entlockt werden sollte. Jan konnte kurz darauf aufatmen, dem war nicht so. Sam stierte mit verklärtem Blick irgendeinen Fleck an der Wand hinter Jan an.

„Du hast gesagt, ich soll auf Arzu aufpassen."

„Habe ich." Die Anspannung in Jan wuchs.

„Habe ich getan!"

„Ach!"

(Man muss dazu erwähnen, dass beide Gesprächspartner zu diesem Zeitpunkt der Wirkung des Alkohols ausgesetzt waren – nicht unerheblich.)

Man trank noch ein Bier.

„Ja. Und du hast gesagt, ich soll die Situation nicht ausnutzen!" Sam kam der Sache näher.

„Habe ich!" Jan wurde ungeduldig.

„Habe ich getan!"

„Ach!"

(Wie gesagt: Normalerweise, dass heißt nüchtern, wäre die Konversation anders verlaufen – bestimmt!)

Man trank noch ein Bier und nach einer Weile unterbrach Sam das gehaltvolle Schweigen.

„Aber nun ist sie geheilt", bemerkte Sam und schaute immer noch am Captain vorbei.

„Und?" Jan wusste nicht, worauf Sam hinauswollte – vielleicht auch wegen des oder der Biere.

„Nun kann ich doch gar keine Situation mehr ausnutzen – oder?" Mit diesem Satz schaute Waterhouse seinen Captain direkt in die Augen.

„Hä?", Jan sah zurück und da fiel es ihm wie Schuppen aus den Haaren. Er griff seinen Freund und Kameraden dorthin, wo man allgemein das Revers vermutet. „Sag mal, mein Freund. Fragst du mich hier um Erlaubnis, ob du mit Arzu schlafen kannst?" Waterhouse hob beide Arme und senkte den Kopf. Also hatte Jan mit seiner Vermutung recht.

„Ich fass` es nicht", stammelte dieser ungläubig. „Hör zu: Unsere junge Freundin ist wieder im Besitz ihrer geistigen Fähigkeiten und kann frei über sich selbst bestimmen. Sie bestimmt, ob du oder jemand anderes mit ihr schläft. Solange sie es aus freiem Wunsch selbst entscheidet, ist alles okay."

Jan ließ sein Gegenüber los und dieser nickte.

„Darauf trinken wir noch ein Bier", beschloss Jan. „Aber dann ist Feierabend. Wir haben morgen ein kleines Date mit meinen speziellen Schlangenfreunden!"

04.06.2014, 12:20 Uhr Bordzeit, ODIN, Brücke:

Seit einer knappen Stunde war die Brücke der ODIN voll besetzt. Während Jan gespannt den nächsten Minuten entgegensah, checkte die Crew sämtliche Systeme.

„Noch zwei Minuten, Captain. Dann fallen wir im System der ANGUIDEN aus dem Hyperraum", meldete der Pilot. Carson war mit der Bezeichnung Captain in den dienstlichen Modus gewechselt. In Anbetracht des kurz bevorstehenden Angriffs auf den Mond hielt er es für angebrachter.

„Johann?", fragte Jan, der mit offiziellen Anredeformen weniger am Hut hatte.

„Das Paket ist gepackt und geschnürt – reisefertig!"

„Gut, gut!" Jan schmunzelte. Mit Paket war eine Wasserstoffbombe besonderen Kalibers gemeint. Johann sagte nichts anderes, als dass eine

197

Rakete mit dem entsprechenden Sprengkopf scharf und auf das Ziel programmiert war. Nach dem Start konnte sie nur noch ein direkter Treffer ausschalten.

Eggert sah sich noch einmal um. Die Miene von Cunningham konnte er nicht erkennen. Jan wusste aber, dass der Schotte nichts von derlei Dingen hielt. Carson war mit Abstand der Vernünftigste an Bord. Aber auch auf den Gesichtern von Nina und Arzu war keinerlei Begeisterung zu erkennen – eher im Gegenteil. Sie wären am liebsten sofort in Richtung SHELTER weitergeflogen, ohne den ihrer Meinung nach überflüssigem und gefährlichem Einsatz im Hoheitsgebiet der ANGUIDEN. Jans Absicht war, die Gefährlichkeit dieses Zwischenstopps so gering wie möglich zu halten. Er musste aber zugeben, dass der Vorabeinsatz einer Aufklärungsdrohne sinnvoll gewesen wäre. Allerdings hätte dieses auch Zeitverlust bedeutet und Zeit war das, was man am wenigsten hatte. So beschloss Eggert, den Anflug ohne vorheriges Auskundschaften – trotz eines gewissen Unwohlseins in der Magengegend.

„Elli, wenn wir unterhalb der Lichtgeschwindigkeit sind – voller Scan!"

„Ay, Captain." Die Wissenschaftlerin konnte sich ebenfalls denken, dass die Schlangenwesen ihr Heimatsystem mit weitreichenden Detektionsmöglichkeiten ausgerüstet hatten. Insofern war es egal, ob zusätzlich noch die Taststrahlen der ODIN registriert würden. Ihre Finger schwebten über den entsprechenden Sensorflächen.

„Nina, wenn wir im Einsteinraum sind, öffne alle Frequenzen. Ich will sofort sprechen!"

„Geht klar, Jan." Als Eggerts Partnerin erlaubte sie sich auch im scharfen Einsatz die persönliche Anrede. Allerdings zitterte ihre Stimme etwas.

„Wir sind raus", rief Carson. Die Automatik hatte im richtigen Augenblick die Überlichttriebwerke abgeschaltet und Jan, der ständig den Hauptschirm im Auge hatte, erkannte gleich darauf das helle Licht der blauen Riesensonne, das Zentrum des ANGUID-Systems.

Eleonore startete den Scan und Nina rief Jan zu: „Du kannst sprechen!"

Eggert zögerte keine Sekunde, denn Zeit wollte er seinem persönlichen Widersacher FRAKTORZ nicht geben. „Hier spricht Captain Jan Eggert vom Erdenraumschiff ODIN. Ich verlange euren Kra'Tak zu sprechen!" Jan musste nur zwei Sekunden warten, dann schaltete Holst die Antwort der ANGUIDEN, eine Vid-Com-Verbindung auf einen der kleineren Frontmonitore. Eggert zuckte unwillkürlich zusammen, als er ein Schlangengesicht mit den typisch stechenden Augen auf sich herabblicken sah.

„Sss nicht zu sprechen für dich – was wollen sss?"

„Jan, äh Captain", versuchte Dr. Klaffke flüsternd auf sich aufmerksam zu machen, aber Jan winkte ab, er musste sich konzentrieren.

„Wir sind von einem Mitglied eures Volkes betrogen worden! Sein Name ist FRAKTORZ. Wir legen Wert auf die Feststellung, dass wir nichts gegen das Volk der ANGUIDEN haben, jedoch werden wir FRAKTORZ zur Rechenschaft ziehen!"

„Jan – so hör doch", Elli flüsterte erregt auf ihren Captain ein, der aber immer noch unwillig abwinkte.

„Sss was ihr vorhabt sss?"

„Wir greifen seine Waffenproduktion an!"

„Sss FRAKTORZ ist wir – du greifst wir an – stirb sss."

Das Bild, auf das sich Jan die gesamte Zeit stark konzentriert hatte, wurde übergangslos dunkel und nun hatte Klaffke freie Bahn. „Jan! Willst du das wirklich? Sieh dir die Scannerergebnisse an!"

Allein die Erregung und Hektik in der Stimme ließen Jans Alarmglocken anschlagen. Völlig entgeistert schaute er auf die Anzeigen.

„Scheiße!"

„Ja, Scheiße – viel Scheiße", bestätigte Carson ärgerlich. „Ich habe schon mal den Kurs geändert, damit du überhaupt noch Zeit hast zum Nachdenken und Entscheiden, anderenfalls wären wir jetzt schon Asche!"

Vor Jans Augen entstand ein dichter Ring von großen und größeren Walzenraumern. Die Anzeigen sagten ihm, dass alle dabei waren, sich in Richtung ODIN zu bewegen.

„Johann! Wenn wir zwischen den dichteren Pulks Atomsprengköpfe zünden, würden sie durch den elektromagnetischen Puls ausfallen!"

„Ja, höchstwahrscheinlich", antwortete der Gunner wenig überzeugt.

Jan sah sich um – einmal in die Runde, mehr als 180 Grad. Bis auf den Piloten, der alle Hände voll zu tun hatte, die Gegner auf Abstand zu halten, sahen ihn die restliche Brückencrew an und die Mienen waren eindeutig. Als letzte sah er Nina an und die drückte das aus, was alle dachten: „Jan, wir verstehen, dass du eine alte Rechnung zu begleichen hast. FRAKTORZ läuft dir nicht weg. Die Nummer hier ist zu hart! Die ODIN wurde uns in allererster Linie überlassen, um den GENUI-

199

Siedlern zu helfen. Jan, bitte, lass uns hier verschwinden! Denk an deine Verantwortung uns und den Kindern gegenüber! Ich habe Angst!"

Es machte ‚klick' in Jans Bewusstsein – vielleicht auch wegen der letzten Bemerkung. Gewaltsam schob er seinen Hass und den Willen, FRAKTORZ zu vernichten, in den Hintergrund. Er hatte die Fähigkeit zu erkennen, wann er sich in etwas verrannt hatte – hier hätte er es gar nicht so weit kommen lassen dürfen. Wenn er seine Autorität noch retten wollte, dann musste er schnell entscheiden und zwar richtig.

„Du, ihr – habt recht. Carson – weg hier und zwar auf dem schnellsten Weg!"

„Ay, Captain", sprach Cunningham und leitete ein Ausweichmanöver ein.

„Wenn wir nicht aufpassen, werden wir eingekreist", warnte Elli, die ein holografisches Miniaturmodel des Schauplatzes von der KI vor sich hatte aufbauen lassen und nun besorgt die Zangenbewegungen der feindlichen Schiffe beobachtete.

„Ich habe einen Kurs für uns", rief Arzu dazwischen. Offensichtlich hatte sich die junge Pakistani gleich um eine praktische Lösung bemüht und präsentierte jetzt ihr Ergebnis.

„Rüber zu Carson damit", entschied Jan.

Ödeniz schickte dem Schotten ein Datenfile und er speiste es gleich in die Nav-Hilfe ein. Wieder wechselte der Kugelraumer seinen Kurs.

„Wir werden allerdings sechs richtig große Pötte in unserem Kielwasser haben und das mehr als dicht hinter uns", warnte Eleonore Klaffke. Jan sah zur Astrogatorin und Arzu zuckte mit den Schultern. „Das war die Option mit der geringsten Gefährdung!"

Eggert stand schnell aus seinem Sitz auf und hetzte in Richtung Gunnerpult. Gespannt sah er dem Österreicher über die Schulter. Auch dieser bemerkte, dass sich die erwähnten Walzenraumer anschickten, aus dem seitlichen Bereich auf den Kurs der ODIN zu gelangen.

„Johann – sechs Atomminen schärfen, auf Annäherungszünder stellen und im Abstand von zwei Sekunden einfach ausstoßen! Stimmst du zu?"

„Geniale Idee", grinste Hochreiter und begann die angesprochenen Waffen zu programmieren.

„Mine eins raus!", zählte er runter.

„Zwei – drei – vier – fünf – sechs – fertig!"

Jan drehte sich um: „Nina – Frontschirm auf Heckansicht schalten!"

Kurz darauf sah die Crew, was hinter der davoneilenden ODIN geschah. Die erste Mine explodierte mit einer gleißenden Intensität. Nina hatte schnell genug reagiert und die Kameraperspektive der zurückbleibenden Waffe angeglichen. Im extremen Zoom sah man zwei der Verfolger als Schatten auftauchen. In diesem Moment detonierte die Zweite.

„Elli – Bericht!"

Die Wissenschaftlerin las die Angaben von ihrer Station ab. „Die ersten beiden Verfolger haben starke Schäden durch die Detonation selbst. Totalausfall sämtlicher Systeme durch den Puls. Inwieweit eine länger andauernde Schädigung der Schiffs- und Überlebenssysteme erfolgt ist, kann frühestens in 10 Minuten gesagt werden. Weitere Ausfälle – ein Schiff davon Totalverlust."

Jan senkte niedergeschlagen seinen Kopf. Nun war das passiert, was er auf gar keinen Fall beabsichtigt hatte: Eine Vernichtung einer ANGUIDEN-Walze durch die ODIN. Seine Hoffnung, sich nur gegen FRAKTORZ wenden zu können, war damit hinfällig, wenn es überhaupt je möglich gewesen war. Die dritte und vierte Mine detonierte und riss ein weiteres Schiff in den Untergang. Die letzten beiden Atomsprengköpfe richteten keinerlei Schäden mehr an, weil die Captains dieser Schiffe den Kurs abrupt gewechselt hatten. Damit waren sie auch keine Gefahr mehr für das Menschenschiff. Jan wollte gerade aufatmen, als Elli eine neue Warnung aussprach: „Jäger voraus! Anflug frontal auf die ODIN!"

Jan wirbelte herum: „Was? Wie groß sind die Einheiten und wie viele?"

„Die größten sind fünfzig Meter – viele kleiner. Die Scanner melden 243 Einheiten!"

„Wann?"

„Zusammentreffen in etwa 55 Sekunden."

„Optionen, können wir ausweichen?" Jan sah sich um.

„Nein", antwortete Carson an Klaffkes Stelle. „Die sind einfach zu schnell und zu wendig."

„Soll ich Jäger starten?", fragte Alma Falkengreen.

„Nein", Jan verwarf diese Idee. „Ich will keine Jäger opfern und zu viel Zeit mit einem Raumgefecht verlieren – schließlich werden wir noch verfolgt."

Alma nahm ihre Finger von den Auslösemechanismen.

„Okay", murmelte Jan, dann lauter: „Johann! Volle Energie auf die vorderen Schilde! Carson, wir fliegen einen absolut berechenbaren Kurs geradeaus weiter – bring uns durch!"

„Ay, Captain."

Eggert beeilte sich, wieder in seinen Kommandositz zu gelangen.

„Frontschilde verstärkt. Soll ich die anfliegenden Einheiten bekämpfen?" Johann drehte sich zu Jan herum.

„Nein. Wir beschießen sie nicht – sie werden abdrehen. Ich habe immer noch die Hoffnung, dass sie unsere Aktivitäten nicht als Kriegserklärung sehen."

Johann zog zweifelnd eine Augenbraue nach oben, nickte aber dazu.

Elli zählte die Sekunden bis zum Kontakt herunter: „30 – 25 – 20 – ein Teil dreht ab – 10, 9 …"

Nina hatte die Frontkamera wieder auf den Hauptschirm geholt und die Zoomtechnik genutzt. Die Automatik hielt die immer noch gut 100 Schiffe – zumindest für das Auge durch gleichmäßiges Herauszoomen – auf gleichbleibende Distanz. Bei ‚5' drehten fast alle Maschinen ab und waren schnell aus dem Erfassungsbereich verschwunden. Dann gab es einen mörderischen Ruck und das Licht, sowie die Anzeigen sämtlicher Monitore begannen für einen kurzen Augenblick zu flackern.

„Elli?" Eggert sah in Richtung seiner wissenschaftlichen Mitarbeiterin, die von der KI automatisch einen Schadensbericht angefordert hatte. Bevor Klaffke etwas sagen konnte, rief Carson dazwischen: „Wir haben Fluchtgeschwindigkeit für Hyperraumeintritt erreicht!"

„Elli? Spricht was gegen einen Überraumflug?"

Jan war vorsichtig. Wenn es bestimmte Schäden aufgrund des Zusammenpralls an der ODIN gab, konnte diese beim Eintritt in den Hyperraum zerrissen werden. Klaffke schüttelte jedoch ihren Kopf.

„Carson! Weg hier!"

Der Schotte aktivierte die Überlichttriebwerke und Bruchteile von Sekunden später war man raus aus dem ANGUIDEN-System und vor weiterer Verfolgung sicher.

„Es sind drei der 50-Meter-Boote gleichzeitig in unseren Schirm gekracht", erläuterte die Physikerin. „Die Schirmbelastung im vorderen Bereich betrug kurzfristig 105%. Wären es vier Boote gewesen, brauchten wir uns nicht mehr unterhalten." Sie sah Eggert bedeutsam bei ihren letzten Worten an.

Jan schluckte. „Carson – Kurs SHELTER einschlagen und an KI übergeben. Treffen aller am Multitisch – jetzt!" Die Automatik übertrug die leise gesprochene Anweisung über Akustikfelder zu allen Arbeitsplätzen. Recht niedergeschlagen erreichte der Captain als erster besagten Treffpunkt. Als sich alle dort versammelt und gesetzt hatten, Jan blieb stehen, sah jeden einzelnen an und musste bemerken, dass ein paar Mitglieder seiner Mannschaft seinem Blick auswichen. Jan zog daraus seine Konsequenzen.

Er sah zu Boden und sagte bedauernd: „Ich habe versagt. Man kann keine schöneren Worte dafür finden – es ist so. Mein Hass auf FRAKTORZ hat uns in eine bedrohliche Situation gebracht und das ohne Not. Ich kann verstehen, wenn ihr mir nicht mehr vertraut. Mein Urteilsvermögen war bedauerlicherweise meinem Hass unterlegen. So etwas darf sich kein Captain erlauben. Ich stelle meinen Job zur Verfügung. Soll ein anderer statt meiner uns anführen! Ich will kein moderner Ahab sein!" Man sah Nina Holst an, dass sie am liebsten im Boden versunken wäre – sie liebte diesen Mann und sie wusste, dass er selbst mehr unter dieser Beinahe-Katastrophe und seinem Versagen litt, als man nach außen bemerkte. Andere zeigten ebenfalls Anzeichen von Unwohlsein bei dieser Situation. Wenn jemand im Moment angeschaut wurde, dann war es nicht Jan, sondern Carson. Als designierter Vertreter des Captains hatte er bisher immer als ruhender Pol gedient und damit gleichzeitig als Ausgleich zum impulsiven Eggert agiert. In seiner logischen Art war der Schotte absolut berechenbar. Dem einen oder anderen kam der Gedanke auf, warum die GENUI nicht Cunningham zum Captain bestimmt hatten, und nur Carson selbst erkannte in diesem Augenblick warum. Er war als Mahner an Bord. Er würde aus logischen Gesichtspunkten wahrscheinlich den Kampf bei der Befreiung der GENUI-Siedler verlieren. Es waren wahrscheinlich die Entscheidungen, die aus dem Bauch und intuitiv getroffen wurden, die hilfreichsten. Damit stand Jan Eggert immer noch weit an der Spitze. Daher räusperte sich der Schotte, stand auf und ergriff das Wort, ganz wie es viele von ihm erwarteten.

„Sag, Jan: Wie lange bist du schon Captain der ODIN?"

Jan sah überrascht hoch: „Etwa sechs Wochen."

„Hattest du eine der Verantwortung entsprechende Ausbildung erhalten oder wenigstens Verhaltens- und Verfahrensvorschriften?"

Eggert schüttelte den Kopf: „Nein – natürlich nicht. Ihr kennt die Abläufe bei der Übergabe der ODIN an uns."

Carson nickte: „Siehst du. Du erwartest von keinem von uns, dass wir fehlerfrei arbeiten. So erwarten wir auch nicht, dass du ohne Fehler bist. Hier dies zuzugeben bedeutet einen Lernvorgang und die Tatsache allein ehrt dich – auch oder gerade als Anführer. Ich bin davon überzeugt, dass, wenn wir unsere Bedenken vorher intensiver vorgetragen hätten, wären wir nicht in das ANGUID-System geflogen. Du bist unser Captain, aber kein Despot. Darum hast du weiterhin mein volles Vertrauen!"

Cunningham setzte sich und ließ den verdutzten Jan stehen. Zögernd, dann aber umso fester, klopfte die Crew auf den Multifunktionstisch. Mit Nina ging eine deutliche Verwandlung vor. Sie atmete auf und sah ihren Partner liebevoll an. Dieser fühlte sich von einem Augenblick auf den anderen von einer Woge des Vertrauens getragen, die ihm deutlich guttat. Schließlich stand die Crew auf und applaudierte. Sie hatten aufgrund des gerade etwas missglückten Angriffs nicht etwa vergessen, dass Jan ständig in erster Reihe stand und selbst keinen noch so risikoreichen Einsatz scheute. Ganz bestimmt aber war er jemand, der niemanden im Stich lassen würde. Die Crew hatte nach wie vor großes Vertrauen in ihn als Captain. Nina wischte verlegen eine kleine Träne von ihrer Wange und lächelte erleichtert. „Ich besorg uns dann mal einen Kaffee", tat sie kund und machte sich auf den Weg zum Replikator.

Einen Tag zuvor: 03.06.2014, 07:05 Uhr, SHELTER, Brücke der SHIRTAN:

Bat-Rar schaute per Vid-Com in das konzentrierte Gesicht des Captains der ATROX. Beide hatten das Problem, so schnell wie möglich eine Evakuierung des Mondes durchzuführen, sprich die Siedler auf die beiden C-Schiffe zu bekommen und zwar ohne eine Panik auszulösen. Die GENUI waren in diesem Falle empfindlicher als die Menschen und würden eher dazu neigen, sich in wilder Flucht gegenseitig über den Haufen zu rennen. Der Mitkanzler konnte ein gewisses Risiko nicht ausschließen, wenn er nicht bald handeln würde, könnte es für eine erfolgreiche Flucht zu spät sein.

„Bor-Atak! Ihr werdet, genau wie wir, eure Passagiere einzeln, bzw. in Familiengruppen, per Com den Alarm mitteilen und sie bitten, schnellstmöglich an Bord zu kommen – ohne Alarm zu schlagen. Lügt ruhig und sagt, dass wir ausreichend Zeit haben und sie sich bitte wegen der Panikgefahr absolut ruhig verhalten müssen."

„Ich habe verstanden. Allerdings wird über kurz oder lang irgendeiner doch Alarm schlagen und dann haben wir die Panik", gab der Captain des zweiten Kugelraumers mit skeptischem Gesichtsausdruck zu bedenken.

„Ich teile deine Ansicht. Hoffen wir, dass es lang bis dahin dauert und wir die meisten GENUI schon an Bord haben – fangt an!" Bat-Rar schaltete ab und drehte sich zu seiner Brückencrew. „Ihr habt mitgehört – anfangen! Polschleuse unten öffnen, Antigrav aktivieren und die Droiden nach draußen schicken. Sie können dort eventuell helfen, falls es Verletzte gibt."

Die nächsten zwei Stunden wanderte Bat-Rar von einem Brückenarbeitsplatz zum nächsten und hörte in die Gespräche hinein. Die meisten Benachrichtigten waren zwar überrascht, stellten aber keine großen Fragen und versprachen baldmöglichst auf der SHIRTAN zu erscheinen. Andere jedoch vermuteten lautstark eine Übung und den Verdacht, dass sie einfach nur an Bord gelockt werden sollten – manche mussten buchstäblich überredet werden. Seine Crew bewies Geduld und Ruhe. Der Mitkanzler beobachtete nach einer Viertelstunde über eine Außenübertragung, dass ein langer Strom von GENUI auf die beiden Schiffe zukam und dort einer nach dem anderen vom Antigrav unter der Polschleuse nach oben gehievt wurde. Bislang hatten sie Glück, niemand der Passagiere hatte bisher die Nerven verloren und für Panik gesorgt. Trotzdem: Bat-Rar hatte die KI damit beauftragt, die an Bord kommenden Personen zu zählen. Nach der Liste des Captains der ATROX waren die Siedler unterschiedlich aufgeteilt. Die SHIRTAN sollte 900 der insgesamt 1.940 Personen aufnehmen. Bisher waren jedoch nur 500 Personen an Bord gekommen und der Strom an Personen, die in den Aufnahmebereich der Außenkameras auftauchten, wurde dünner, tröpfelte schließlich nur, dann versiegte er ganz.

Bat-Rar befragte seine Instrumente. Ursprünglich war die Ankunft des Feindes auf etwa 19:30 Uhr avisiert. Die neuesten Berechnungen gingen von 16:17 Uhr aus. Der Zeitmesser zeigte mittlerweile an, dass die neunte Stunde des Tages angebrochen war. Wenn er ehrlich war, musste er zugeben, dass er mindestens fünf Stunden Vorsprung benötigte, um die unbewaffneten Schiffe aus dem Einflussbereich des Feindes zu fliegen – ab Start. Der Mitkanzler brauchte keinen elektronischen Rechner um festzustellen, dass bei gleichbleibender Anfluggeschwindigkeit lediglich knappe zwei Stunden für eine Evakuierung übrig waren. Er schaltete die Vid-Com-Übertragung zur ATROX aktiv.

„Captain, wie viele sind an Bord?"

Bor-Atak wirkte gestresst, trotzdem gab er ruhig die Antwort: „Wir haben etwa 65% an Bord. Es scheint, dass sich einige wieder völlig entspannt hinlegen, nachdem wir sie kontaktiert haben."

Der Partner der Kanzlerin nickte niedergeschlagen. Zu diesem Ergebnis war er auch schon gekommen.

„Es bleiben uns noch zwei Stunden, Captain der ATROX."

„Deine Befehle?"

,Das war zu einfach', dachte Bat-Rar. Er musste diesem frischgebackenen Captain beibringen, dass es manchmal nicht ausreichte, Befehle abzuwarten. Von Führungskräften wird bisweilen Eigeninitiative erwartet.

„Vorschläge?", fragte er daher zurück.

Der Andere wand sich unbehaglich. „Wir müssen, ob wir wollen oder nicht, den Evakuierungsalarm auslösen."

„Und eine Panik in Kauf nehmen?", fragte Bat-Rar fast lauernd. Hier würde sich entscheiden, ob dieser Mann genug Mumm besaß, diesen C-Raumer zu kommandieren. Unpopuläre Entscheidungen und Risiken für Mitglieder des Volkes waren nicht unbedingt das Ding für genuische Vorgesetzte. Zu sehr hatte sich das Gefühl der Sicherheit im goldenen Käfig der letzten zigtausend Jahrzehnte in ihnen manifestiert. Daher auch die Sensibilität bei Paniken. Selbst durch äußere Einflüsse in Lebensgefahr zu geraten war auch für die etwas ,härteren' Siedler nahezu undenkbar. Jetzt war es soweit.

Bor-Atak straffte sich. „Es muss sein, Mitkanzler. Wir haben über die Hälfte der Leute an Bord. Wenn es im Laufe der nächsten zwei Stunden gelingen soll noch weitere aufzunehmen, müssen wir Opfer in Kauf nehmen. Nicht umsonst haben wir tagelang geredet – unsere Leute waren uneinsichtig!"

Bat-Rar empfand Hochachtung für den Mann mit den rosa Augen. Er war tatsächlich würdig. Darum nickte er ihm zu: „Ich lasse dir gern den Vortritt. Löse den Alarm aus."

Der Captain der ATROX machte ganz den Eindruck eines Mannes, der zögert, seinen eigenen logischen Entschluss umzusetzen. Er wusste ganz genau, dass er damit das Leben für ein paar Hundert seines Volkes aufs Spiel setzte. Schließlich gab er sich einen Ruck. Bat-Rar bemerkte, dass sich der GENUI nach vorn beugte und offenbar eine Taste berührte. Wenig später hallte der Evakuierungsalarm durch die SHIR-TAN und nicht nur dort. Überall im SHELTER hallte der durchdringende sirrende Ton in der Luft und raubte auch dem Schläfrigsten die Ruhe. Kurz darauf begann der Run auf die C-Raumer. Die Albträume des Mitkanzlers bestätigten sich relativ schnell. Dieser Alarm war keine Übung und erst recht kein Scherz. Das wussten alle GENUI. Dementsprechend waren die Reaktionen. Über die GENUI-Siedler brach das Chaos herein. Der Preis seit zehntausenden von Jahren in bequemer Sicherheit zu wohnen. Diese Spezies war es einfach nicht gewohnt, sich irgendwelchen tatsächlichen Gefahren auszusetzen. Jeder versuchte sich selbst, in wenigen Fällen nahm man die Familie mit, schnellstmöglich in Sicherheit, sprich in eines der beiden Raumschiffe, zu bringen. Bat-Rar und Bor-Atak hatten schnell miteinander vereinbart, Ankommende ohne Kontrolle, ob sie nach Planung auf das jeweilige Schiff gehörten, aufzunehmen.

ATROX-Brücke:

Die große Stärke Bor-Ataks war die Fähigkeit, eins und eins zusammenzählen zu können und daraufhin strategisch zu reagieren. Er verfluchte eine Super-Technik der beiden C-Raumer, die ihresgleichen mit Sicherheit in der gesamten Black-Eye-Galaxie suchten, die aber leider nicht bewaffnet waren. Der GENUI-Mann hasste es, sich nicht wehren zu können. Mit den großen Schiffen würden sie eventuell wie Tontauben, zum Abschluss freigegeben, im Weltraum hängen. Der Mann mit den rosa Augen war Pragmatiker durch und durch. So hatte er keinesfalls die letzten Stunden seit Beginn der Evakuierung nur hilflos auf den Monitor gestarrt. Nach seinen Anweisungen hatten die Borddroiden in einem Hangar auf Deck 65 ein Notlazarett aufgebaut. Die Ausmaße allein ließen durch den Anblick frieren – sicherlich größer als ein Fußballfeld. Bor-Atak hatte alle in medizinischen Sachen gebildete Genui und Droiden dorthin beordert mit der Maßgabe, sich bereitzumachen für eine Vielzahl von Verletzten. Die Sorge des Captains der ATROX entsprang dem Wissen lediglich 12 medizinische Staseeinheiten zur Verfügung zu haben. Die Phantasie der C-Raumer-Konstrukteure reichte offensichtlich nicht für ein solches Szenario. Kaum hatte er den Evakuierungsalarm ausgelöst, so lief ein zuvor geplantes Programm ab. Das Außenschott des Notlazaretts schwang auf und zahlreiche Rettungskapseln mit je zwei Droiden an Bord starteten und schwebten den Flüchtenden entgegen. Auf dem Deck selbst war eine 20 Meter breite Spur ab Schott ins Innere vorgesehen für das Landen der Kapseln und das Ausladen von Verletzten. Daneben standen flache Notbetten und regelmäßig verteilt medizinische Droiden oder fachkundige GENUI. Bor-Atak stellte eine Vid-Com-Leitung zum Mitkanzler her und teilte ihm die eingeleiteten Maßnahmen mit. Er regte an, Verletzte, wenn die bordeigenen Stasekapseln der SHIRTAN ‚voll' seien, an Bord der ATROX zu bringen, die KI würde die Landekoordination übernehmen. Bat-Rar lobte die Um- und Weitsicht des Kommandanten und versprach auf das Angebot zurückzukommen.

Draußen, außerhalb der Kugelschiffe und innerhalb des Asteroiden, herrschte das Chaos. Seit mehreren zehntausend Jahren praktizierten die GENUI einen pazifistischen Lebensstil. Zwangsweise entwickelt sich aus solchen Wesen, die nicht daran gewöhnt waren, an so etwas wie Gegenwehr auch nur zu denken, reine Fluchtcharaktere. Seit Jahrtausenden steckte die Gewissheit über die Sicherheit des eigenen Lebens so quasi in den Genen und wurde von Generation zu Generation mit vererbt. Nun sah man sich dieser sicheren Bank beraubt. Die ansonsten zurückhaltenden Individuen sahen sich einer unermesslichen Katastrophe ausgesetzt. Der reine Urtrieb setzte wenige Sekunden nach dem Evakuierungssignal ein. In den Gehirnen aller, die noch in ihren so sicher geglaubten Domizilen außerhalb der Raumschiffe lebten, setzte sich ein Gedanke fest: Erreiche ich eines der beiden Schiffe, dann bin ich gerettet! Dementsprechend agierten sie. GENUI, die noch halbwegs in der Lage waren, neben dem Gefühlschaos zu denken, sorgten für ihre engsten Familienangehörigen – wenn es welche gab. Nur in wenigen Fällen wurde das Nötigste an persönlichen Dingen schnell zusammengerafft und mitgenommen – mitgenommen auf die Flucht Richtung Schiffshangar. Dort, wo die GENUI nur einzeln aus ihren Quartieren hervortraten, ging alles glatt. Auf dem Fluchtweg kamen aber aus allen Richtungen weitere GENUI dazu, ohne dass sich der

Weg verbreiterte. Man hatte einfach nicht damit gerechnet, dass ein solcher Fall eintreten würde. Auf der Erde hätte das Ordnungsamt oder die Feuerwehr dieses Versteck der GENUI einfach geschlossen – wegen mangelhafter Fluchtwege. Die Masse der GENUI wurde auf den Wegen mehr, je näher man den Schiffen kam. Es wurde gedrängelt, die Vorderen liefen vor den Nachfolgenden weg, man schubste und schließlich kamen die Ersten zu Fall. Die Welle strömte über die Unglücklichen hinweg, ohne dass diese eine Chance hatten, wieder aufzustehen. Trotz genetisch guter Voraussetzung blieb das nicht ohne Folgen. Knochen brachen, es gab innere Verletzungen. Die Kameras waren überall und trugen ein schonungsloses Bild in die Zentralen der beiden Fluchtschiffe. Bor-Atak wurde bald übel, als er das so hochstehende Volk der GENUI, sein eigenes, wie wilde Tiere, in Panik flüchten sah. Mit verbissenem Gesichtsausdruck schickte er Rettungskapseln dorthin, wo er nach der Bildübertragung Verletzte vermutete. Schnelligkeit zählte nun und das Können derer auf Deck 65, diejenigen so lange am Leben zu halten, bis eine Stase-Einheit frei wurde. Bor-Atak beobachtete mit unterdrücktem Entsetzen, wie die ersten Rettungskapseln auf Deck 65 einschwebten und mehr tote als lebendige GENUI ausluden. Er übergab das Kommando auf der Brücke, streifte sich ein Head-Set über den Kopf und machte sich schleunigst auf den Weg zum provisorischen Lazarett. Als er nach ein paar Minuten dort angekommen war, verließen bereits wieder die ersten Rettungskapseln das Deck, um neue Verletzte aufzunehmen. Bor-Atak stellte fest, dass die Droiden auch von der Möglichkeit Gebrauch machten, mit ihren speziellen Waffen die GENUI lediglich zu paralysieren, wenn eine unterwegs angetroffene Situation es erforderlich erscheinen ließ. Hier auf den Betten wurde dann festgestellt, inwieweit die GENUI tatsächlich verletzt waren oder nur schliefen. Bor-Atak besorgte sich einen medizinischen Scanner und machte sich mit vielen anderen ans Werk. Die Scannerdaten wurden automatisch an die KI der ATROX geschickt, und diese entschied, welcher GENUI als Nächster in den medizinischen Staseeinheiten behandelt wurde. Es kamen jeweils zwei Droiden und transportierten den nächsten Patienten ab. Bor-Atak hatte die Staseeinheiten auf Notfall programmieren lassen. Sie behandelten nur die lebenswichtigen Verletzungen, dann gaben sie den Patienten wieder frei. Das schaffte Platz für andere lebensgefährlich verletzte GENUI. In einer Viertelstunde zeigte der Scanner bei Bor-Atak zweimal nichts an. Die GENUI waren bereits tot – man konnte nichts mehr für sie tun. Verdammte Ignoranten, wollte der Captain der ATROX über diese schimpfen, warum seid ihr unserer Aufforderung nicht gefolgt, aber er schaffte es nicht. Zu groß war seine Trauer um die unersetzlichen Leben. Bat-Rar schickte ebenfalls verletzte GENUI zur ATROX und auf Anraten von Bor-Atak hatte er die Staseeinheiten an Bord der SHIRTAN ebenso auf Notfall programmiert.

Bor-Atak hatte seine KI angewiesen, sich mit der der SHIRTAN auszutauschen. Er wollte wissen, wann der letzte GENUI an Bord eines der beiden Schiffe gebracht worden war. Bat-Rar erhielt zeitgleich das Ergebnis. Dieser konnte auf der Brücke die aktuelle Zahl aller Individuen auf beiden Schiffen an einem Counter ablesen. Nach 90 äußerst anstrengenden und nervenaufreibenden Minuten kam von der KI der ATROX das langersehnte Signal auf das Headset von Bor-Atak. Der letzte GENUI hatte eines der beiden Schiffe erreicht. Bisher lagen dem Captain des zweiten C-Raumers elf Todesmeldungen vor. Er hoffte, dass der Rest es schaffen würde. Gleich nach dem Signal reichte Bor-Atak seinen Bioscanner weiter und rannte zur Brücke der ATROX, um den Start einzuleiten. Unterwegs gab er schon einige Kommandos. Auf der Brücke angekommen riss er sich das Headset vom Kopf und wollte gerade seinen Captainssitz einnehmen, als der Frontschirm den Oberkörper des Mitkanzlers zeigte.

„Wir können starten, Mitkanzler", kam er dem 1. Offizier der SHIRTAN zuvor.

„Eben nicht", kam es von dort mit deutlicher Missstimmung rüber. Als Bor-Atak ungläubig bis entsetzt reagierte, präzisierte Bat-Rar mit unbewegtem Gesicht seine Aussage: „Schau auf die Scanner!"

Bor-Atak sah mit zusammengekniffenen Augen auf die Anzeigen, während der Mitkanzler das Geschehen kommentierte: „Die Feinde haben die Distanz zu uns innerhalb der letzten Minuten erheblich verkürzt. Sie befinden sich im Abstand von nur 10 Lichtminuten. Das ist viel zu wenig, um mit unseren Großschiffen starten und entkommen zu können."

Der Captain der ATROX senkte enttäuscht seinen Kopf. Umsonst, schoss es ihm durch den Kopf. Sie hätten sich Zeit lassen können mit dem Anbordbringen der GENUI. Elf Leute seines Volkes waren umsonst gestorben.

„Mitkanzler …" begann er enttäuscht, wurde aber unterbrochen.

„Ich weiß – umsonst. Wir haben den Evakuierungsalarm umsonst ausgelöst. Wir mussten es aber wagen. Mit der Bürde, Tote verantwortet zu haben, werden wir bis ans Ende unserer Tage leben müssen, mein Freund!"

„Ich weiß nicht, Mitkanzler, ob ich das kann." Der GENUI war sichtlich erschüttert.

„Du wirst können müssen! Du hast exzellent vorgearbeitet. Ich lobe deine Weitsicht und die Fähigkeit zum Krisenmanagement. Du bist ein Mann der Tat. Wir brauchen Führer wie dich und daher hast du keine Wahl – du stehst im Dienste deines Volkes. Also bezwinge deine Selbstzweifel und geh mit gutem Beispiel voran!" Bat-Rar hatte klar und deutlich seine Meinung und damit auch seine Erwartung formuliert. Er erreichte damit genau das, was er wollte. Er packte Bor-Atak bei der Ehre. Sein Gesprächspartner straffte sich und allein die Tatsache, dass der Mitkanzler ihn ‚Freund‘ genannt hatte, gab ihm Zuversicht und auch die benötigte Rückendeckung. „Ich werde zu Diensten sein, Mitkanzler! Was tun wir jetzt?"

Bat-Rar lächelte statt einer Antwort milde und Bor-Atak hob beide Arme: „Ich weiß! Ich würde hier das Licht ausmachen und die Energieerzeuger drastisch herunterregeln, nur noch passive Scanner einsetzen – und dann abwarten. Wie ich auf dem Monitor sehe, fliegen sie nicht direkt auf uns zu. Wie es scheint, haben sie uns noch nicht entdeckt. Wir versorgen unsere Leute und bringen sie unter. Dann stellen wir gemeinsam einen Notfallplan auf, falls man uns entdeckt."

Der Mitkanzler nickte dazu. „Spielen wir ein wenig Verstecken. Das Asteroidensystem ist so groß, dass man durchaus ein paar Tage mit der Suche verbringen kann. Vielleicht haben sie auch weniger Geduld oder sind aus einem ganz anderen Grund hier. Machen wir es so wie du es vorgeschlagen hast."

Während die Versorgung und Unterbringung der GENUI-Siedler in vollem Gange war, beobachteten die Kanzlerin und Bat-Rar auf der SHIRTAN und Bor-Atak auf der ATROX das Verhalten der drei 4.000-Meter-Quader des Feindes. Sie kamen näher, peilten aber offensichtlich einen Punkt an, der weit vom Liegeplatz der beiden C-Raumer entfernt war. Sie begannen sich Hoffnung zu machen, dass der Feind sie nicht entdeckt. Trotzdem entwarfen sie einen Plan. Dieser sah vor, die Hälfte der Disk beider Schiffe, immerhin 140 Maschinen, bewusst zu opfern. Sie sollten sich in einer Art Kamikaze den Feindschiffen entgegenwerfen und dabei erhebliche Schäden verursachen. Man wollte dieses Manöver nutzen, um die C-Raumer auf Fluchtgeschwindigkeit zu bringen. Der Plan war schlecht – das sah jeder ein, aber zumindest war es ein Plan und niemand hatte eine bessere Idee. Meiora-Seth, die das Bemühen ihres Partners aufmerksam verfolgte, schaltete sich in das interne Kom-Netz beider Schiffe ein. Nahezu von beiden Brückencrews unbemerkt, hielt sie eine Ansprache an die GENUI. Sie erklärte die Lage, es sei ihr verziehen, dass sie dabei nicht so dramatisch vorging, wie es eigentlich war, beruhigte damit ihre Landsleute und beugte einer Panik an Bord vor.

Dann begann das lange Warten – Stunde für Stunde.

Der Feind schien doch irgendwas zu suchen. Beunruhigt stellten die Beobachter fest, dass die drei Schiffe sich trennten und jedes einen anderen Abschnitt des Asteroidenfeldes anflog. Zwei der Raumer entfernten sich dabei vom SHELTER, einer kam direkt auf sie zu. Bat-Rar ließ die künstlich hochgehaltene Gravitation abschalten. Er sparte damit Energie und verringerte die Entdeckungsgefahr.

„Angriffsmodus der DISK umprogrammieren! Alle attackieren das nächstgelegene Feindschiff!" Mit ruhigen Worten bereitet Bat-Rar den nun unvermeidlich erscheinenden Fluchtstart vor. „Pilot! Neuen Kursvektor weitab der anderen beiden Feindschiffe eingeben."

„Ja, Mitkanzler."

Gespannt wurde das sich nähernde Schiff auf den Scannern beobachtet.

Die Nerven der Kommandooffiziere wurden einer harten Belastungsprobe ausgesetzt. Der Feind reduzierte seine Geschwindigkeit und wich gleichzeitig von seinem direkten Kurs auf den SHELTER ab. Trotzdem gab es an Bord der beiden Kugelraumer kein Aufatmen. Der Feind suchte etwas und die Art und Weise seines Vorgehens machte deutlich, dass er nicht eher abdrehen würde bis er gefunden hatte, was er suchte.

Das Warten nahm einfach kein Ende. Mal schien es, dass der Quaderraumer näherkam, dann wieder entfernte er sich. Die anderen beiden spielten am äußeren Rand der Erfassungsmöglichkeit der passiven Scanner augenblicklich keine Rolle. Meiora-Seth richtete schließlich eine Nachtwache ein und schickte die Führungsmannschaft ins Bett. Aber auch der nächste Tag verging noch, ohne dass sich die prekäre Lage geändert hätte. Wieder fand ein Tag/Nacht-Wechsel statt und die vermeintlich Belagerten waren mit den Nerven am Ende. Bor-Atak verfluchte zum x-ten Male die Tatsache, dass die eigenen Schiffe über keinerlei Offensivbewaffnung verfügten. Die pazifistischen Erbauer hatten lediglich Wert auf einen starken Schutzschirm und kraftvolle Triebwerke gelegt. In diesem Falle wusste man, dass die Feinde ebenso schnell beschleunigen konnten wie man selbst. Unter diesen Umständen den rettenden Überraum zu erreichen war mit hohem Risiko behaftet.

05.06.2014, 10:30 Uhr, SHELTER:

Das Nervenkostüm war in den letzten Stunden nicht besser geworden. Bor-Atak gierte nach Aktion. Der temperamentvolle Mann litt sichtlich unter der aufgezwungenen Untätigkeit. Aber auch alle anderen Besatzungsmitglieder beider Schiffsbrücken waren körperlich und nervlich völlig ausgelaugt. Die ungewohnt niedrige Gravitation erforderte jeden Augenblick volle Konzentration, ansonsten konnte es Verletzungen geben. So mancher hatte sich in den Nächten im Bett festgeschnallt, damit er nicht bei unbewussten Bewegungen quer durch seine Kabine flog.
„Wir strahlen Energieemissionen aus", rief warnend die wissenschaftliche Mitarbeiterin auf Bor-Ataks Schiff.
„Was?" Der Kopf des Captains flog herum. „Ursache?"
Hektisch bearbeitete die GENUI-Frau ihr Arbeitspult. „Die Automatik hat eine Energiespitze in der Umweltkontrolle durch Einschalten des Schwarzlochemitters ausgeglichen."
„Ausschalten – sofort ausschalten!" Wenn Bor-Atak hätte schwitzen können, so hätte er es jetzt mit Sicherheit getan.
„Ist geschehen – Captain!"
Der Kommandant der ATROX drehte sich in die Kamera: „Mein Fehler! Die benötigte Menge Energie für die Umweltkontrolle für so viele Passagiere ... es tut mir leid." Er senkte den Kopf.
Bat-Rar beschloss pragmatisch damit umzugehen. Bor-Atak war viel zu frisch als Captain, um solche Automatismen zu kennen. Auch der Mitkanzler selbst hatte keine Ahnung davon, dass die Schiffsautomatik in diesem Fall selbstständig handelt. „Lass gut sein", gab er darum zurück. „Es ist, wie es ist." Ab dann starrte man noch intensiver auf die Scanner, um eine mögliche Reaktion des Feindes rechtzeitig zu erkennen. Und dann geschah das, was man befürchtet hatte.

Das in der Nähe befindliche Quaderschiff flog eigentlich von ihnen weg, stoppte dann bis zum Stillstand und drehte sich dann um die Hochachse. Solange, bis die Front des Schiffes genau in Richtung SHELTER zeigte.

„Sie haben uns entdeckt", flüsterte Bor-Atak tonlos über die ständig eingerichtete Vid-Com-Verbindung.

„Sieht so aus", antwortete Bat-Rar. „Die übrigen drehen auch in unsere Richtung bei. Wir müssen starten, bevor sie heran sind und eingreifen können! Aktion läuft! Künstliche Gravitation ein!"

Auf beiden Schiffen wussten alle Beteiligten, was sie zu tun hatten. Die Mannschaft auf den Kraftwerkdecks schalteten die Schwarzlochemitter hoch und befüllten die Meiler mit Energie. Über den C-Raumern detonierten in genau dosierten Abständen und Größenordnungen die Ränder der Abdeckplateaus. Geröll und Sand prasselte auf die beiden Kugelschiffe hernieder. Die Reichweite der nun wieder eingeschalteten künstlichen Gravitation ging auch noch über die Kugelhülle der Schiffe hinaus und so polterte es heftig, als die Schiffe den herabfallenden Gesteinsmassen auch noch beim Start entgegenflogen.

„Wir sind raus! Angriff der DISK – jetzt!" Bat-Rar zitterte vor Aufregung. In wenigen Minuten würde sich entscheiden, ob sich der ganze Aufwand gelohnt hatte und sie überleben würden. Zu den elf Toten durch die Panik war kein weiterer hinzugekommen – bis jetzt. Die lebenswichtigen Heilungen waren von den vorhandenen Staseeinheiten vorgenommen worden. Die Behandlungen hatten schließlich aufhören müssen, als man den Großteil der Energie abgeschaltet hatte. Die Stasekapseln verschlangen eine Unmenge davon. Die restlichen Verletzungen heilten auf natürlichem Wege und Schönheitskorrekturen mussten eben später nachbehandelt werden – wenn es denn ein ‚später' gab.

Die beiden C-Raumer hatten kurz nach Verlassen des Asteroiden die Schotts der Flugdecks geöffnet. Wie zornige Hornissen, nur lautlos, machten sich 140 Disks der Größen A und B auf zu ihrem letzten Flug.

„Volle Scans!", rief Bat-Rar. Er wollte über alles informiert sein. Mit diesem Gewaltstart standen sie sowieso im Focus der Feindraumer.

„50 Sekunden bis Kollision – 45 Sekunden – 40 Sekunden …"

Mit vor Müdigkeit brennenden Augen starrte Bor-Atak auf sein Hologramm. Wenn die 140 Beiboote nicht in der Lage waren das ihnen am nächsten liegende Schiff effektiv zu beschädigen, dann brauchten sie sich keinerlei Hoffnung bezüglich einer irgendwie gearteten Zukunft zu machen.

„30 Sekunden – 25 Sekunden …"

„Holt eure Geschwader zurück! Sofort!"

Der Kommandant der ATROX zuckte zusammen. Wer hatte da den Vid-Com-Kanal benutzt? Die Stimme war ihm unbekannt.

„Braucht ihr das schriftlich?" Die Stimme klang ungeduldig und befehlsgewohnt.

Kurz darauf kam die erregte und laute Stimme von Meiora-Seth: „**Die ODIN ist zurück!** Ich übertrage das Kommando auf Jan Eggert, hört auf sein Kommando – holt die Schiffe zurück, wir brauchen sie noch!"

10 Sekunden vor der Selbstvernichtung drehten 14 Geschwader ab und eilten hinter den flüchtenden C-Raumern her.

Bor-Ataks Herz schlug schneller. Die ODIN war tatsächlich zurück! Konnte sie ihnen helfen? Hastig regulierte er sein Hologramm auf ‚weiter' und tatsächlich: Die ODIN flog ihnen entgegen und somit frontal auf ihren ärgsten Verfolger zu. Er befahl eine entsprechende Übersicht auf einem der Nebenmonitore in Flugrichtung zu schalten.

„Ich verschaffe euch Zeit. Nehmt die DISKs wieder an Bord und verschwindet in Richtung – Datenfile mit Kursvektoren kommt gleich!" ‚Jan Eggerts Stimme hörte sich kein bisschen angestrengt an, wie es sich eigentlich für einen unmittelbar bevorstehenden Raumkampf gehörte', dachte Bor-Atak. Kurz darauf bekam er die Weisung von der SHIRTAN, den Antrieb abzuschalten und im freien Fall die DISKs einzuschleusen. Mit einer Handbewegung gab der Captain der ATROX seiner Brückencrew zu verstehen, dass so zu handeln sei. Er selbst ließ die ODIN auf den Frontschirm schalten und fokussierte sein Holo auf den 2.000-Meter-Raumer. Um nichts in der Welt wollte er die nächsten Aktionen der Menschen verpassen. Hatten sie ihr Raumschiff mit effektiven Waffen ausrüsten können? Er war mit seinen Gedanken noch nicht ganz fertig, da flog die ODIN zwischen den beiden kleineren C-Raumern hindurch. Geblendet schloss Bor-Atak wenig später die Augen, als die 2.000-Meter-Kugel zu feuern begann. Mit großer Anspannung beobachtete er, wie die Laserstrahlen und die Energie der Pulswaffe auf den Quader trafen. Sie glitten am starken Schutzschirm ab und die Energie floss in gleißenden Verästelungen seitlich ab.

„Schutzschirme auf halbe Leistung gesunken", meldete seine wissenschaftliche Beraterin. „Keine Schäden an Bord des Quaders!" Bor-Atak ächzte. Die Waffen der ODIN waren zu schwach – sie würde dem wesentlich größeren Feindschiff unterliegen. Mit halbem Ohr hörte er zu, dass der Einschleusungsvorgang seiner DISKs in etwa 30 Sekunden abgeschlossen sein würde, da schrie er laut auf. Das Feindschiff war übergangslos in eine gleißende Explosion eingehüllt und gleich darauf explodierte noch etwas unmittelbar im flackernden Schutzschirm.

„Schutzschirm zusammengebrochen! Multiple Schäden an der Außenhülle!" Die junge Frau an den Scannern schrie ihre Begeisterung geradezu heraus. Bor-Atak begann zu zittern. Was waren das für Waffen? Zwei Detonationen rissen einen derart großen Raumer an den Rand des Abgrundes. Der Gunner der ODIN gab sich damit nicht zufrieden. Zwar musste auch das Riesenschiff der Menschen einige Treffer hinnehmen, jedoch hielt der Schutzschirm mühelos. Wieder traten Laser- und Pulsstrahler in Aktion. Sie schlugen auf oder innerhalb des Quaders ein und lösten eine Reihe von Explosionen aus. Dann legte der Gunner noch ein Päckchen oben drauf, offenbar wollte man das erste Großschiff komplett vernichtet haben, wenn die anderen die Kampfzone erreichten. Alle vorhandenen Waffen feuerten und eine dritte Explosion, so groß wie die ersten beiden, vernichtete den HUTCH-Raumer komplett. Schnell ausglühende Trümmerteile drifteten in alle Richtungen weg. Kurz darauf passierte die ODIN diese Explosionswolke. Blitze zuckten über ihre Stahlhülle, als mehrere Wrackteile im Schutzschirm vergast wurden.

ODIN-Brücke:

„Gib mir die Captains der beiden Raumer auf den vorderen Vid-Com, Nina! Ich will wissen, ob wir **unsere** GENUI gefunden haben!" Jan war in seinem Element. Die beiden anderen Feindschiffe würden noch fünf Minuten brauchen, um die Kampfzone zu erreichen. Er konnte sich einen kleinen Augenblick mit dem Kontakt beschäftigen. Wenig später war die Frage keine mehr. Von der einen Bildschirmhälfte sah eine GENUI-Frau mit bemerkenswert dunkelroten Augen auf sie, den anderen Herrn mit den rosa Augen kannte Eggert nicht. Meiora-Seth lächelte erleichtert, aber Jan war nicht nach Small-Talk zumute.

„Ich kann ja verstehen, dass ihr das Ganze spannend und unterhaltsam findet. Die ODIN ist aber nicht unbesiegbar. Wie ich sehe, habt ihr eure Geschwader wieder an Bord. Ab mit euch, wir treffen uns an den übertragenen Koordinaten!" Jan ließ keine Antwort zu, schaltete den Kanal ab und konzentrierte sich auf die anfliegenden Feindschiffe.

Auf der SHIRTAN gab Meiora-Seth das Signal zum Abflug. Die C-Raumer beschleunigten und behielten zunächst die Richtung bei, damit die Verfolger an der ODIN vorbeifliegen mussten.

„Johann! Analyse – wie gehen wir vor?" Jan hatte seinen Platz verlassen und stand hinter dem Gunner. Der Österreicher reagierte sofort: „Einer der beiden Schiffe ist uns näher als der andere."

„Wieviel?"

„Etwa 15 Sekunden."

„Dann müssen 15 Sekunden eben reichen. Carson – Dogfight! Direkt drauf zu – jetzige Geschwindigkeit halten. Johann – Feuererlaubnis sobald möglich! Ich hoffe auf eine Wiederholung des letzten Erfolges."

Die beiden Angesprochenen bestätigten die Befehle, während Jan wieder zu seinem Kommandopult zurückeilte.

„Das führende Schiff wird etwas langsamer", Eleonore Klaffke warnte mit schnell und laut gesprochenen Worten.

„Scheiße", murmelte Jan und lauter: „Carson Vollgas – wir können keine zwei gleichzeitig brauchen. Elli, gib den Abstand der beiden Schiffe laufend an."

„Aye", kam es von vorn und seitlich von der Wissenschaftlerin.

„14 Sekunden, 13 …, 12 …, 11 …, 10 …", abgehackt sprach die Physikerin die Zahlen aus.

„Feuer!", kommentierte der Gunner selber und löste zwei Torpedos der A-Klasse aus. Die mit Tarnmechanismus versehenen Raketen waren auf das erste Ziel eingeloggt, und wenn sie kein Zufallstreffer vernichtete, würden sie erheblichen Schaden verursachen. Carson überhöhte den Kurs der ODIN augenblicklich um gute 100 Kilometer, damit das kurz darauf beginnende Energiewaffenfeuer nicht die eigenen Raketen traf. Die ODIN schleuderte im Salventakt dem entgegenkommenden Raumer ihre Lichtblitze und Energiebögen entgegen. Es gab leichte Erschütterungen auf der Brücke, als das GENUI-Schiff seinerseits getroffen wurde. Ergeben seufzte Jan, dann gab er den nächsten Befehl: „Das muss reichen, Feuer auf den nächsten Quader konzentrieren!"

Das Manöver wiederholte sich. Johann feuerte zwei A-Torpedos ab, Carson ‚hob' die ODIN etwas an und der Österreicher setzte die Energiewaffen ein. Gerade als Johann die Energiewaffen auslöste, gingen mehrere heftige Erschütterungen durch die ODIN.

„Schildbelastung auf 90%", schrie Elli in den beginnenden Kampflärm.

„Johann, wann kommen deine Raketen an?" Jan hatte seine vorherige Ruhe etwas verloren.

„Jetzt!", rief Hochreiter und Jans Kopf ruckte rum zum Kampffeldmonitor. Die kurz nacheinander erfolgenden heftigen Explosionen wurden von der Kamera blitzartig abgedunkelt, sodass man die Wirkung schon sehen konnte. Die erste Rakete hatte den Schirm überlastet und damit zusammenbrechen lassen, die zweite riss ein Riesenloch in das Schiff. Aufgrund des elektromagnetischen Pulses war der Raumer nicht mehr kampfbereit. Drüben waren sprichwörtlich die Lichter ausgegangen. Jan hatte nicht vor sie dort auch wieder angehen zu lassen, aber zunächst musste sich die ODIN auf das dritte Feindschiff konzentrieren.

„Alma! Wieviel Alpha-Fighter hast du zur Verfügung?"

„106, Captain!" Falkengren hatte ihre Zahlen parat.

„Raus damit! Auftrag: Vernichtung dieses angeschlagenen Quaders – und Beeilung bitte. Ich möchte nicht, dass dort noch Beiboote ausgeschleust werden können."

„Aye, Captain." Die Schwedin hatte sich ihr neuronales Interface aufgesetzt und kommunizierte bereits mit der KI auf dem Flugdeck. Wenig später wurden alle 106 Maschinen in den Raum geschossen. Wie ein Schwarm wütender Wespen stießen sie auf das angeschlagene Schiff zu und begannen schon aus großer Entfernung ihre größtmöglichen Kaliber, D-Torpedos, abzufeuern. Ohne auch nur durch Kraftfelder behindert zu werden, stießen die Raketen weit in den gegnerischen Raumer vor, bevor sie ihre atomare Vernichtungskraft weitergaben. Es gab eine Unzahl verheerender Explosionen im Inneren des Quaderschiffes, dann detonierte es ganz. Offensichtlich war die Energieerzeugung getroffen worden.

In der Zwischenzeit hagelte es Einschläge in den Schutzschirm der ODIN. Allein war jedoch das letzte Schiff der HUTCH nicht in der Lage die ODIN zu stark zu bedrängen. Die Besatzung des Quaders fasste ihrerseits den verhängnisvollen Entschluss gerade in dem Moment alle etwa 500 Beiboote in den Raum zu entlassen, als die erste Atomrakete auf den Schirm traf. Alle ausgeschleusten Einheiten trudelten sofort antriebs- und energielos durch das All – der Puls hatte wieder zugeschlagen.

„**Johann, mach ihn fertig**", rief Jan in die zweite Explosion hinein.

„Alma – deine Flieger sollen die Beiboote abschießen – **alle!**"

„Schirm des Gegners ist zusammengebrochen", meldete Klaffke.

„Carson! Ich brauche die ODIN etwa 200 Kilometer unterhalb der jetzigen Flugbahn." Johann hatte offensichtlich was Besonderes vor und Jan war gespannt. Cunningham hob die Hand zum Zeichen des Einverständnisses und änderte dann den Kurs.

„Ja, ja, ja, genau so und **jetzt!**" Hochreiter löste den Abschuss einer weiteren A-Rakete aus und schaltete dann zur Verwunderung aller sein Pult ab. Das nicht genug, nein, er stand auf und betrachtete hinter Carson stehend die weiteren Abläufe auf dem Kampffeldmonitor. Jan war etwas amüsiert und beschloss in Ruhe die weiteren Vorgänge abzuwarten. Die ODIN war außerhalb einer echten Gefährdung und daher ließ er auch die nächsten Energieschüsse der HUTCH mit Seelenruhe vom starken Schutzschirm abhalten.

„Was hast du gemacht, Johann?", Eleonore fragte nach und Johann antwortete kurz: „Wart's ab."

Draußen hatte ein Klasse-A-Torpedo sein Ziel erfasst und handelte streng nach seiner Programmierung. Die Zielautomatik hatte den Quader fest im Visier und der Torpedo beschleunigte seinen Flug immer noch. Das Feindschiff wurde größer und größer und dann wurde das Ziel des Torpedos sichtbar – eine etwa 15 x 15 Meter große Öffnung in der äußeren Hülle. Die Atomrakete rauschte dort hinein, durchschlug nach 200 Metern ein Schott, richtete bei der Durchquerung des halben Schiffsrumpfes eine üble Verwüstung an und dann gab der interne Countdown, der nach Erreichen der Außenhülle angelaufen war, nach Bruchteilen von Sekunden den Auslöser zur Aktivierung des Atomsprengkopfes.

Jan und Crew konnten auf der Brücke verfolgen was eine nukleare Wasserstoffbombe aus der chinesischen Spezialfertigung von Huang Li anrichten konnte, wenn sie inmitten eines Feindschiffes zur Explosion gebracht wurde. Das Schiff explodierte mit einem Schlag.

Johann schnipste mit den Fingern und sagte nur ein Wort: „Bitte!" Dann ging er wieder zu seinem Pult.

„Ausgezeichnet – ausgezeichnet", urteilte Eggert und richtete sich an die Schwedin: „Wie weit sind deine Jäger, Alma?"

„Sie werden in wenigen Augenblicken alle ausgeschleusten Feindeinheiten vernichtet haben!"

219

„Prima! Sam, schick ein paar Kampfdroiden auf das Landedeck!"
„Okay, Captain."
„Elli, das gesamte Landedeck nach HUTCH scannen, setz die neue Scanmethode ein. Ich will nicht wieder unliebsamen Besuch. Und bitte das Landedeck auf den Hauptschirm!"
Wenig später sah man ein Dutzend der sechs Meter hohen und zwei Meter breiten Kampfroboter auf das Landedeck marschieren. In den mechanischen Greifklauen hielten sie Pulsgewehre.
Wenig später konnten die Droiden wieder abziehen. Bei keinem der gelandeten DISKs war ein HUTCH gescannt worden.
Jan stand auf. „Ich danke euch – ein Supereinsatz. Vielen lieben Dank!"
Nun machte sich die nervliche Anspannung bemerkbar. Laute Jubelrufe waren zu hören. Man stand auf und lag sich in den Armen, bis Jan den neuen Kurs angab – hinter den flüchtenden GENUI her in Richtung des Treffpunktes.

8. EDEN

<u>05.06.2014, 15:30 Uhr, Brücke SHIRTAN:</u>

Meiora-Seth hatte die kleine Gruppe der Schiffe, es waren ja nur zwei, anhalten lassen. Sie standen nun nahezu ohne Fahrt dort, wo Jan sie hingeschickt hatte – irgendwo im Nichts. Tatsächlich war im Abstand von mehreren Dutzend Lichtjahren nicht mal ein Krümelchen, bzw. Atom. Die Kanzlerin löste den Zustand aus, zu dem Menschen sagen würden ‚Toter Mann'. Die aktiven Scanner wurden abgeschaltet, wie auch die meisten sonstigen Energieverbraucher. Bor-Atak versprach auch die Automatik soweit zu programmieren, dass sie zunächst nachfragte, bevor sie SLE-Einheiten aktivierte. So war man nahezu blind – und taub.
„Ich bin das Warten so leid", flüsterte Bat-Rar auf der SHIRTAN so leise, dass nur seine Partnerin ihn verstehen konnte. „Ob die ODIN gegen die Feindeinheiten bestehen konnte?" Der Mitkanzler zeigte auf einmal Nerven.
„Sie wird", Meiora-Seth gab sich optimistisch. „Mit wenigen Feuerschlägen einen 4.000er zusammenzuschießen – und sie sind gekommen, wie ich gesagt habe." Die Kanzlerin freute sich darüber und schließlich hatten die Menschen schon dafür gesorgt, dass die GENUI-Siedler

entkommen konnten, selbst wenn die ODIN jetzt noch vernichtet würde. Aber daran wollte die Kanzlerin nicht glauben.

„Wir registrieren auftreffende Taststrahlen", meldete Bor-Atak von der ATROX. An Bord der SHIRTAN wurden kurz darauf ebenfalls ankommende Strahlen gemessen. Der Mitkanzler ließ eine Auswertung laufen. „Könnte von der ODIN stammen. Typisch für Scanner Marke GENUA", meldete er erleichtert. „Sollen wir Funkkontakt aufnehmen?"

Meiora wehrte ab. „Nein, wir warten. Wir haben fast die letzten zwei Tage nichts anderes getan als Warten. Dann werden wir die paar Minuten auch noch schaffen."

Fünf Minuten später kam ein Funkanruf, der sich gleichzeitig als von der ODIN kommend identifizierte. Kurz danach lächelte ein entspannter, aber abgekämpfter Jan Eggert vom Frontbildschirm aus.

Meiora-Seth erhob sich von ihrem Platz und ergriff das Wort: „Im Namen der GENUI-Siedler meinen Dank für die Rettung in fast letzter Sekunde."

Jans Lächeln wurde breiter. „Sagen wir: Wir fühlen uns ohne Freunde in dieser Galaxis etwas einsam. Daher halten wir es geradezu für unsere Pflicht, keinen einzigen davon zu verlieren."

Meiora-Seth senkte etwas den Kopf. „Habt ihr den Rest ..."

„Ja, ja", antwortete Eggert schnell. „Haben wir vernichtet!"

Die Kanzlerin wurde ernst: „Ich möchte euch nicht zum Feind haben!"

Jan lachte. „Warum solltest du das, Kanzlerin? Warum?"

„Die Waffen? Was habt ihr für Explosivwaffen?" Die Stimme kam von der ATROX und gehörte Bor-Atak. Jan drehte sich etwas, damit er zu der anderen Hälfte des Monitors stand und musterte den Mann mit den rosafarbenen Augen. Dieser verbeugte sich kurz und sagte: „Entschuldigung. Mein Name ist Bor-Atak. Ich bin der Captain der ATROX."

Jan nickte. „Sehr erfreut. Man nennt es bei uns Atomkraft oder Nuklearkraft. Eine der fürchterlichsten Waffen, die meine Zivilisation erschaffen hat. Ich bin nicht stolz darauf, aber hier im All scheint sie wirkungsvoll zu sein."

„Wir haben auch mal daran geforscht. So vor etwa 49.000 Jahren", nahm Bat-Rar den Faden auf. Seine Scanner hatten die typischen Strahlen gemessen und er hatte gleich nachgeforscht, um was es sich da handeln könnte. „Wir haben aber aus ethischen Gründen schnell die Forschung eingestellt."

221

„Hätten wir auch tun sollen", gab Jan zu. „Stattdessen haben wir sogar damit herumexperimentiert und auch Bomben auf unserem Heimatplaneten gezündet."

„Wie unvernünftig", rutschte es Bor-Atak heraus, aber Eggert nickte nur dazu. Der GENUI hatte völlig Recht.

„Was nun?", fragte die Kanzlerin.

„Ich finde", begann Jan, „es als wenig hilfreich, zwei so große und unbewaffnete Schiffe zur Verfügung zu haben. Das nächste Mal kann die ODIN vielleicht nicht helfen oder aber braucht selbst Hilfe. Wir bieten an, eure Schiffe gleich unserem auszurüsten. Mit Hilfe der Droiden werden kaum vier Wochen vergehen und ihr habt dann zwei schlagkräftige Einheiten inclusive der Geschwader." Erwartungsvoll sah er Meiora-Seth an. Jan wusste, dass er den GENUI-Siedlern da so einiges zumutete. Meiora besprach sich mit ihrem Partner. Die Ansicht von Bor-Atak war von vornherein klar.

„Wir nehmen das Angebot an", eröffnete sie dann. Sie würde sich vor den anderen GENUI für ihre Entscheidung rechtfertigen müssen – später, nicht jetzt. Nun galt immer noch ihr Wort allein.

„Gut", Jan war erleichtert. „Dann fliegen wir jetzt gemeinsam zu einem Ort, den wir JUNKYARD getauft haben. Wir benötigen die Rohstoffe von dort. Übergebt eure Nav-Systeme für den gemeinsamen Flug an die KI der ODIN. An Ort und Stelle können wir uns dann austauschen und die weitere Planung beraten."

06.06.2014, 16:00 Uhr, JUNKYARD:

Die drei Schiffe hatten einen ganzen Tag gebraucht, um die Rohstoffquelle JUNKYARD zu erreichen. Auf der ODIN wurden kleinere Reparaturen durchgeführt und unter der Regie von China-Town machte man sich bereit, die Teile herzustellen, die man auf den C-Raumern einzubauen gedachte. Die Droiden waren ohne Unterlass damit beschäftigt, soweit noch Rohstoffe an Bord waren, entsprechende Güter herzustellen. Kurz vor dem Erreichen des Ziels waren die Lager leer. Jan schickte zwei Staffeln Beta-Disks als Aufklärer weit nach außerhalb. Er wollte vor unliebsamen Überraschungen sicher sein. Kaum hatten die Schiffe ihre Fahrt aufgehoben, als bereits der Tender der ODIN mit seiner Sammelaktion begann. Jan forderte die Tenderschiffe der ATROX und der SHIRTAN an und wenig später sammelten diese ebenfalls Rohstoffe ein, um sie zur ODIN zur weiteren Verarbeitung zu transportieren.

„Wir würden uns glücklich schätzen euch und Begleitung, sowie den Captain der ATROX, ebenfalls mit Begleitung, bei uns zum Abendessen empfangen zu dürfen. Es ist Brauch bei uns, gelegentlich ein kleines Fest zu feiern, zumal ein Anlass vorliegt." Jan hatte wohltönende Worte gefunden, um die Kanzlerin auf die ODIN zu bitten. Sie lächelte daher vom VID-Schirm herab. „Dieser Brauch ist uns nicht ganz fremd. Wahrscheinlich sind wir uns näher als wir vermuten. Wäre 19:00 Uhr recht?"

Eggert vollführte eine kleine Verbeugung. „Sicher, Kanzlerin. Mit wie vielen Gästen dürfen wir rechnen?"

„Ich denke, wir werden unsere Brückencrews mitbringen. Rechne also mit 16 Personen."

Wieder verbeugte sich Jan. „Eine kluge Entscheidung, Kanzlerin."

Der Kom-Kanal wurde abgeschaltet und Jan richtete sich ruckartig auf und änderte sein fast diplomatisch/politisch zu nennendes Verhalten radikal. „Kinders, wir kriegen Besuch! Und gar nicht mal so wenige! Dass ihr euch alle benehmt, nicht kleckert und trinkt nicht so viel Alkohol!"

Leises Lachen klang auf; die letzte Bemerkung des Captains wurde nicht ganz ernst genommen. Jan fand die Entscheidung der Kanzlerin, die beiden Brückencrews mit einzubeziehen, tatsächlich klug. Man würde demnächst aufeinander angewiesen sein und da half es schon zu wissen, wer sich dahinter verbarg.

„Nina – schiffsweite Kommunikation!"

„Steht, Jan!"

„Hallo Crew – hier spricht euer Captain. Zum Anlass des freudigen Wiedersehens mit den GENUI findet heute Abend um 19:00 Uhr an Bord der ODIN in der Hauptkantine ein kleines Fest statt. Die Besatzung wird gebeten, möglichst vollzählig zu erscheinen. Danke für die Aufmerksamkeit."

Nina schaltete ab, um gleich darauf einen Anruf von China Town anzumelden. Jan nickte ergeben.

„Ist es möglich, dass ich der Vergnüglichkeit fernbleibe? Ich hätte zu tun." Die Tonlage der von Huang Li ausgesprochenen Worte verrieten nur allzu deutlich, was er von dieser Veranstaltung hielt. Die Brückencrew hielt den Atem an. Eine postwendende und geharnischte Antwort des Captains schien nun unausweichlich. Sie wurden alle überrascht, denn stattdessen fand Jan einen geradezu freundlichen Ton. „Dem Antrag wird stattgegeben. Ich werde dich wegen deines diesbezüglichen Einsatzes wohlwollend in meinem Testament erwähnen, lieber Li. Schick aber bitte deine Familie."

Der Asiate grummelte ein unfreundliches „Okay" – könnte auch ein Fluch gewesen sein, dann schaltete er ab.

Jan wollte zur Tagesordnung übergehen als er bemerkte, dass er von allen angeschaut wurde.

Theatralisch hob er beide Arme und sagte im besten Kohlenpottslang: *„Datt is'n Partykiller, Leute! Besser er bleibt wech!"*

Jan sah sich um. „Wo ist dieser Parker? Immer wenn man ihn braucht, ist er nicht da! KI – ich brauche Parker! Hatte ich nicht gesagt, er soll sich auf der Brücke zu meiner Verfügung halten?"

„Das stimmt, Captain", erwiderte die kühle und weibliche Stimme des Bordrechners. „Allerdings hat ihn China Town für Produktionsarbeiten angefordert. Ich fand es logisch. Soll ich ihn dort abziehen?"

„Ja – er bekommt Sonderaufgaben." Jan schüttelte den Kopf. Was sich Li und die KI alles erlaubten.

„Er wird in Kürze zur Verfügung stehen."

Jans suchendes Auge fiel auf Alma. „Alma, du bist unser Vergnügungs-ausschuss. Richte die Kantine so her, dass wir dort ein Fest feiern kön-nen. Nimm mit, wen du noch gebrauchen kannst."

Den letzten Satz hätte Jan besser nicht gesagt, denn innerhalb von 20 Sekunden gab es auf der Brücke kein weibliches Besatzungsmitglied mehr. Beim Rauslaufen stießen die Damen fast mit Parker zusammen, der sich offenbar sehr beeilt hatte, dem Captain zur Verfügung zu ste-hen. Jan überwand seine Überraschung bezüglich des Verschwindens des weiblichen Teils der Crew recht schnell.

„Parker, wir erwarten Gäste von der ATROX und der SHIRTAN. Stell in der Hauptkantine ein Buffet für ungefähr 40 Personen zusammen. Richte dich nach den Anweisungen von unserer Commander Space Group."

„Sehr wohl, Sir." Parker verbeugte sich und entschwand wieder.

„So und wir werden uns rasieren, duschen und etwas Feines anziehen. KI – übernimm den Laden hier!"

„Laden?"

„Du hast das Kommando, bei Auffälligkeiten informierst du mich."

„Ay, Captain."

Jan schmiss den Rest der Brückenmannschaft aus der Zentrale. Die Jungs sollten sich frisch machen und natürlich auch ein bisschen chic, schließlich war dies das erste offizielle Zusammentreffen mit den GE-NUI.

Kurz nach 18:00 Uhr, ODIN, Hauptkantine:

Jan war zu seiner großen Verwunderung bereits um 17:45 Uhr von seiner Partnerin aus dem Quartier hinauskomplimentiert worden. Nun ja, ‚geworfen‘ wäre ein bisschen hart ausgedrückt. Nina hatte ihn lieb gebeten, zu gehen, denn ihr Outfit sollte eine Überraschung werden. Jan selbst hatte sich schon vor Tagen einen grauen Anzug mit einem großen und feinen, braunen Quadratmuster replizieren lassen. Dazu trug er ein auberginefarbenes Hemd ohne Krawatte, einen schwarzen Gürtel und ebensolche Halbschuhe. Nina hatte anerkennend genickt.
Jan schaute sich um. Man hatte mit einigen Stellwänden die riesige Kantine in einen kleinen Bereich mit vielleicht 30 x 30 Metern abgeteilt. Es gab eine Theke mit einigen Barhockern, mehrere im Raum verteilte große und kleine Stehtische, sowie an den Wänden Sessel und Couchgarnituren mit entsprechend niedrigen Tischen. Überall standen Teelichter, die die abgedimmte Beleuchtung zu unterstützen suchten. Die Tische waren ausnahmslos mit cremefarbenen Hussen bedeckt, am Rand sah der Captain einen breiteren Tisch – offensichtlich der, der das Buffet trug. Eggert fand in der verwaisten Kantine lediglich Parker vor, der auf die Gäste zu warten schien. „Was gibt's denn Schönes, Parker?", mit diesen Worten hob er den Deckel eines Gerätes empor, welches auf der Erde durchaus ein Einkochkessel hätte sein können – ein futuristischer. Heißer Dampf schlug ihm entgegen und Parker antwortete: „Heißwürstchen und Kartoffelsalat."
„Was?" Jan tat entsetzt.
„Mit scharfem und mittelscharfem Senf, Sir."
„Ja, ja", entfuhr es dem verdatterten Captain. „Ich meinte nur: ‚*Würstchen*‘?"
„Jawohl Sir. Würstchen", erklärte der Droide ungerührt. Ihm war die merkwürdige Betonung des Subjekts nicht aufgefallen, jedenfalls tat er so. Unsere Commander Space Group klärte mich dahingehend auf, dass es sich um eine ganz besondere Delikatesse von der Erde handelt.

225

Wir sind sicher die Originalrezeptur in Geschmack, Konsistenz und Inhalt zu 100% getroffen zu haben. Sie werden begeistert sein, Sir!"
Jan bezweifelte das zwar, aber was sollte es, nun war es eh zu spät. Bevor er die Diskussion fortführen konnte, erschien Sam Waterhouse. Offensichtlich hatte Arzu ähnliche Pläne. Jan musste zugeben, dass der ehemalige Marine hervorragend aussah. Er hätte genauso gut als Dressman auftreten können, dabei war Waterhouse völlig leger gekleidet. Zu einer wollweißen Stoffhose trug er ein graues T-Shirt, darüber ein an den Ärmeln aufgekrempeltes Jeanshemd. Zu diesem Outfit steckten seine Füße in weißen Stoffturnschuhen.
„Na, auch rausgeflogen?", unkte Waterhouse. Jan nickte ergeben. Es schien als hätten die Damen eine Art Modenschau verabredet. Jan gönnte ihnen den Spaß, schließlich hatte man in den letzten Wochen zu wenig davon. Und wieder öffnete sich die Tür. Der Österreicher betrat zurückhaltend, wie es seine Art war, den Raum. Johann war, ganz wie Jan es erwartet hatte, klassisch gekleidet. Ein glänzender, graphitgrauer Anzug, selbstverständlich mit Weste und Krawatte mit ebensolcher Farbe, sowie ein dunkelbraunes Hemd und schwarze Halbschuhe machten seinen Dress komplett. Jan nickte anerkennend. Zweifellos war Johann der Bestgekleidete. Sein schüchternes „Hallo" wollte nicht so recht zu einem Gunner passen, der Torpedos mit Wasserstoffatomsprengköpfen durch den Raum auf den Gegner jagte. Man nickte sich zu – Johann hatte die Klamotten seiner Freundin auch nicht sehen dürfen.
„Fehlt noch ein Mann", bemerkte Sam und Jan unkte dazwischen „und Bob." Wer zuerst erscheinen würde, war klar. Man wusste mittlerweile, dass Alma und der Schotte … und schon stand der kräftige Mann in der Tür. Wenn Bob schon dagewesen wäre, dann hätte er sicher Mühe gehabt, seinen Joint im Mund zu behalten. Carson kam in Landestracht – seiner Landestracht. Cunningham trug einen dunkelgrünen Kilt mit schwarz durchsetztem Schottenmuster, ein Rüschenhemd, welches durch eine schwarze Weste halb verdeckt wurde, sowie ein schwarzes, offenes Jackett. Er trug dazu schwarze, kniehohe Socken mit schwarzweißen Bömmeln und derbe Trekkingschuhe. Vor seinem Kilt hing ein, Jan sah genauer hin, nein, das war keine Tasche, sondern eher eine verzierte Feldflasche. Die bereits anwesenden Männer konnten nicht anders: Sie applaudierten und Carson verbeugte sich lächelnd. Er stieß zu ihnen und wurde noch mal beglückwünscht. Dann ging erneut das

226

Schott auf und vier Männer drehten sich um. Bob Hillary betrat den Raum – unbekümmert wie immer. Auf seinem Kopf thronte eine überdimensionierte Wollmütze in den unvermeidlichen Farben rot-gelb-grün. Sein schwarzes T-Shirt, welches er über eine gelbe, knielange Schlabberhose trug, zierte ein stilisiertes Abbild in rot von Bob Marley. Seine braunen Füße steckten in roten Flipflops. Die Hände trug er passend zum Outfit in den Hosentaschen.

„Hallo Bob", rief Sam, aber der Jamaikaner beachtete den Gruß nicht und bestaunte dafür die präparierte Lokation.

„Hallo Bob!" Der Amerikaner winkte zu dem laut ausgerufenen Gruß und endlich reagierte Bob. Er zog keinesfalls verlegen zwischen seinen Rasterlocken kleine Ohrhörerstöpsel heraus. Der Reggae-Fan hatte tatsächlich einen kleinen digitalen Walkman in Betrieb. „Alles cool, Brüder?" Beim Lächeln kamen seine Mundwinkel verdächtig nahe an die Ohrläppchen heran. Die medizinische Stasekapsel hatte dem Jamaikaner bestechend weiße Zähne geschenkt, die nun recht kontrastreich zwischen seinen breiten Lippen hervorblitzten.

„Er sieht aus wie Bob – muss Bob sein", kommentierte Jan belustigt. Eggert schaute auf seine Uhr. „Wird Zeit, dass die Damen erscheinen. Schließlich müssen wir noch die GENUI vom Landedeck abholen." Man wartete noch eine ganze Weile, bis Jan entschied, dass er und sein Vertreter Carson jetzt zum Landedeck zwecks Gästeempfangs gehen würden. Jan sagte während des gesamten Weges zum Landedeck nichts. Er war ein wenig verärgert. Frauen und zu spät kommen – nun gut. Aber doch nicht heute! Schweigend beobachteten die beiden Männer auf dem leeren Deck, wie vier Alpha-Disks, nacheinander und majestätisch langsam, das Kraftfeld zum offenen Raum durchstießen und dann nahezu geräuschlos in ihrer unmittelbaren Nähe aufsetzten.

Das Schott der vorderen Disk schwang auf. Langsam schritt Meiora-Seth daraus hervor und kam auf die Männer zu. Die trug ein knappes Achselshirt und eine kurze, enganliegende Shorts. Desweiteren ein Schultercape von silbergrauer Farbe, welches ihr bis zur Hüfte reichte. Ansonsten trug die Kanzlerin nichts. Sie ging barfuß auf die Männer zu. Jan bewunderte diesen katzenhaften Gang und den perfekten Körper. Der Stoff verhüllte nicht allzu viel davon und an silberne Hautschüppchen konnte man sich gut gewöhnen, wie auch an den haarlosen Kopf, der etwas nach hinten verlängert war. Die dunkelroten Augen leuchteten wie Glut, als Jan sagte: „Kanzlerin, willkommen auf der ODIN!"

227

Eggert wollte zum formvollendeten Diener ansetzen, als Meiora-Seth die letzten Meter schnell überwand und Jan an die Schultern fasste. „Ich habe mich ein wenig umgesehen in eurem Zeremoniell bei der Begrüßung. Ich sage hallo und danke", dabei umarmte sie Jan und küsste ihn anschließend auf die linke und rechte Wange. Der Arme stand da wie vom Donner gerührt.

„Ja, äh – bitte."

Die Kanzlerin drehte sich zu den DISKs um und heraus kamen die restlichen GENUI. Alle waren ähnlich gekleidet wie die Kanzlerin, aber nur Bat-Rar trug ebenfalls ein Cape, die anderen hatten verschieden farbige Streifen quer vor der Brust. Jan vermutete Rangabzeichen. Er bat seine Gäste, ihm zur Hauptkantine zu folgen. Während des Weges ging Meiora-Seth neben Jan und Bat-Rar direkt dahinter neben Carson.

„Ein schönes Schiff", bemerkte die Kanzlerin.

„Möchtet ihr es wiederhaben?", fragte Jan.

„Nein, nein", wehrte Meiora-Seth ab. „Es ist euer Schiff und ein gefährliches Ding, wie ich erleben durfte. Wir können noch nicht mit solchen Mitteln umgehen. Ihr werdet es uns lehren müssen."

„Ihr müsst es wollen, Kanzlerin. Darin können wir euch nicht unterstützen. Außerhalb von GENUA PRIME zu bleiben heißt ums Überleben kämpfen zu müssen. Leider ist der Weltraum nicht so friedlich. Wenn ihr überleben wollt, dann geht es nur mit Abschreckung. Abschreckung durch Stärke. Stärke leider nur mit Waffen. Das bedeutet nicht, wahllos seine pazifistische Grundeinstellung bei jeder Gelegenheit gleich über den Haufen werfen zu müssen. Die SUBB und die ANGUIDEN werden uns demnächst akzeptieren und wahrscheinlich auch in Ruhe lassen. Bei den HUTCH können wir wahrscheinlich jedwede Friedensaktivität gleich beerdigen. Die sind so grundsätzlich verschieden von uns, dass wir keine gemeinsame Basis zur Kommunikation finden werden – wahrscheinlich. Da hilft bei Begegnungen nur der rasche Griff zu den Waffen. Ansonsten sind wir nur ein Hauch in der Geschichte."

„Du magst Recht haben, Jan", sagte Meiora-Seth, als sie kurz vor ihrem Ziel angekommen waren. Das Schott schwang auf und gab den Blick in die Hauptkantine frei. Beruhigt stellte Jan fest, dass der weibliche Teil der Crew, sowie China-Town und alle Jugendlichen bzw. Kinder ebenfalls anwesend waren. Feng Pu steckte in einem metallicblauen Anzug, dessen Jackett verlängert war. Das Muster des Anzuges bestand aus

Drachen. Die beiden chinesischen Frauen trugen halblange, enganliegende Kleidchen mit asiatischen Mustern – sehr hübsch, dachte Jan. Dann sah er eine Art Rednerpult, welches wohl erst kürzlich inmitten des Raumes abgestellt worden war. Wer da die große Rede schwingen sollte, war klar: Er selbst. Für große Aufmerksamkeit sorgte in diesem Augenblick Johann Hochreiter, als er sich seiner österreichischen Wurzeln erinnerte und von innerem Zwang getrieben auf die Kanzlerin zuschritt und ihr mit einer gekonnten Verbeugung einen ebensolchen Handkuss auf den Handrücken hauchte. „Küss die Hand gnä' Frau", mit diesen Worten zog er sich, immer noch in leichter Verbeugung, rückwärts zurück.

„Ich fass es nicht", murmelte Jan. „Ein Handkuss als Signum der menschlichen Kultur in der Black-Eye-Galaxie. Dass ich das noch erleben darf", flüsterte er den Satz, den er von so manch älteren Leuten öfters gehört hatte. Meiora-Seth war amüsiert. „Ist das bei euch üblich?", fragte sie Jan mit einem gekonnten Augenaufschlag und nickte Johann dankend zu.

„Nein, nicht unbedingt. Nur in wenigen Teilen der Welt", gab er leise zurück und Waterhouse, der danebenstand und die kleine Unterhaltung zwischen Eggert und der Kanzlerin mitgehört hatte, fügte hinzu: „Vornehmlich in den Teilen der Welt, wo vor 200 Jahren die Uhren stehen geblieben sind." Jan genoss das auflockernde Geplänkel und lächelte, aber trotzdem – die Rede. Mit leichtem Seufzer und gesenktem Haupt fügte er sich also in sein Schicksal und trat hinter das Pult auf eine Art Podest, sodass er über seine Crew und die Gäste schauen konnte. Er ließ sich Zeit, bis Ruhe eingekehrt war und er sich einen groben Überblick verschafft hatte.

Er wollte gerade seine kurze, hastig vorbereitete Ansprache beginnen, als seitlich Alma Falkengren in sein Blickfeld geriet. Etwas herausfordernd lächelte sie ihn an – und dann bemerkte der nervöse Jan ihr Outfit: Die goldene Lockenmähne mit Rotstich bedeckte ihre bloßen Schultern – *ihre bloßen Schultern!* Die Schwedin trug ein silberfarbenes, enges Top ohne Träger. Dazu einen weißen engen Rock, der reichlich über dem Knie aufhörte, und silberne Pumps und große Ohrringe gleicher Farbe.

„Ähm", da ging nichts mehr: Frosch im Hals bei Jan Eggert.

„Also", stammelte Jan weiter, während ihm heiß und kalt wurde. „Also, hier – auf der ODIN wünsche ich, nein, ich begrüße euch, liebe GE-

229

NUI, auf das, äh … Herzlichste. Ich finde toll, dass wir so gemeinsam hier, äh … hier sein können."

Eggert machte eine kurze Kunstpause, obwohl bei dem Gestammel von Kunst keine Rede sein konnte. Er schaute wieder hoch und bemerkte, dass sich jemand nach vorn gedrängelt hatte. Wieder blieb ihm das Wort im Halse stecken, als er die Person erkannte. Klaffke – Dr. Eleonore Klaffke. Die Physikerin hatte es tatsächlich geschafft, sich in ein Dirndl zu zwängen. Kurz, pinkmetallic, weiße Bluse mit großem Ausschnitt, weiße Pumps – ein echter Hingucker, der nächste Frosch.

„Also, dann wollen wir, äh … mal nachsehen, was uns so an Speisen geboten wird, und ich wünsche euch, äh … uns und mir natürlich auch, einen schönen Verlauf des Abends – natürlich."

Gerade wollte Jan irgendwie einen flüssigeren Abschwung finden und das Buffet doch noch so ein ganz klein bisschen souverän eröffnen, als ihm seine eigene Liebste ins Blickfeld geriet. Nina lächelte aber auch sowas von eindeutig, dass der Gute völlig aus seinem nicht vorhandenen Konzept geriet. Sie trug das traditionelle kleine Schwarze als eine Art Wickelkleid mit weitem Ausschnitt und atemberaubend kurz. Dazu exzellente, schwarze Hochglanz-High-Heels und keinerlei Schmuck – hatte sie auch nicht nötig. Sorgfältig geschminkt, hatte Jan kein Auge mehr für etwas anderes.

„Ich, äh … was weiß ich, äh … wollte sagen, das Buffet, wir können – da hinten steht es", mit weit ausgestrecktem Arm wies er mehr als deutlich darauf hin. Hastig verließ Jan das Podest und einer der ersten, die applaudierten, war Sam Waterhouse. „Ich bin ganz ergriffen. Welch eine Rede", raunte er ihm spöttisch zu.

„Halt' die Klappe", zischte Jan zurück und stieß kurz darauf auf Carson.

„Du hast auch schon mal bessere Reden gehalten", grinste der Schotte und Johann Hochreiter gesellte sich zu ihnen.

„Habt ihr mal unsere Frauen gesehen? Da soll man nicht aus der Fassung oder aus dem Konzept geraten. Da, da – guckt mal!" Jan wies völlig entgeistert auf Arzu, die lächelnd zwischen ein paar GENUI stand. Die Pakistani trug ein gerafftes und natürlich kurzes Chiffonkleidchen in der Farbe irgendwo zwischen altrosa und leicht grau – ebenfalls ohne Träger! Die farblich dazu abgestimmten Riemchenpumps trug sie allerding in der Hand. Offenbar hatte sie noch keine

Übung darin, auf hohen Absätzen zu laufen. Trotzdem, mit der sorgfältig sortierten, dunklen Haarmähne sah sie hinreißend aus.

Hochreiter lächelte verstehend. „Wir hatten ja schon ausreichend Gelegenheit, die Weiblichkeit unserer Damen zu bewundern, bevor du zu deiner ergreifenden Rede ansetzen konntest. Aber was willst du, Jan? Es sind Frauen! Irgendwie haben wir ihnen in den letzten Wochen zu wenig Möglichkeiten gegeben zum Shoppen – Handtaschen, Schuhe, Kleider und dergleichen. Die weibliche Seele hat offenbar gelitten. Nun sind sie in der Lage gut mit den Replikatoren umzugehen und eine solche Gelegenheit wie heute Abend lassen sie sich nicht entgehen – seien wir froh, dass wir sie haben!"

Eggert nickte. Trotz seiner unglücklichen Figur, die er soeben abgegeben hatte, konnte er mit dem letzten Satz gut was anfangen.

Der Abend nahm seinen Lauf. Zuerst wurde eine mehr oder weniger breite Schneise ins Buffet, sprich Kartoffelsalat und Heißwürstchen, geschlagen und die Geräuschentwicklung der Unterhaltung von über 30 Personen verringerte sich dabei. Es zeigte sich, dass die GENUI Genusswesen waren. Sie speisten und tranken langsam und offensichtlich mit viel Freude. Meiora-Seth bemerkte, dass sie neugierig beobachtet wurde. Von männlichen Wesen war sie es gewohnt, dieses war aber eine Menschenfrau und dazu noch eine sehr junge. Es war die Pakistani. Arzu registrierte gar nicht, dass ihre Bewunderung allzu offensichtlich war. So selbstsicher und souverän wie die Kanzlerin der GENUI-Siedler wollte Ödeniz auch sein. Sie beobachtete, dass der Mann an ihrer Seite offensichtlich auch ihr Partner war, denn er brachte ihr ständig Nachschub zum Essen oder Trinken und gab sich sehr aufmerksam. Die Blicke, die sich beide zuwarfen, sprachen selbst für die unerfahrene Frau Bände. Und schließlich, Arzu stockte der Atem, kam die GENUI auf sie zu.

„Du siehst aus, als würdest du dich für uns interessieren", sagte die Kanzlerin und lächelte dabei gewinnend. „Dieser Abend dient der Beantwortung verschiedener Fragen. Möchtest du etwas wissen über uns oder über mich?"

„Ja, doch", stotterte Arzu und eine leichte Röte stieg in ihr Gesicht. „Der Mann dort", sie wies auf den Mitkanzler, „ist das dein Freund?" Von der eigenen Courage ganz verdattert fügte sie schnell hinzu: „Verzeih, die Frage steht mir nicht zu."

Meiora-Seth lachte hell und entgegnete: „Das mag vielleicht sein, aber wie sollen wir uns näher kennenlernen, wenn wir die Hälfte der Fragen von vornherein vorsichtshalber aussortieren? Du kannst mich alles fragen. Du bist sehr jung und wirst vieles lernen müssen – da hilft fragen. Und um zu antworten: Ja, das ist mein Partner, mein Freund, mein Mann – wie auch immer. Mit ihm teile ich die Führung der Siedler wie auch das Bett."

Obwohl sehr verlegen, stellte Arzu noch eine weitere Frage: „Wie geht das bei euch GENUI? Gibt es sowas wie eine Hochzeit, versprecht ihr euch etwas, wie läuft der Beginn einer solchen Partnerschaft ab?"

Die Kanzlerin überlegte einen Augenblick. Wohl auch deshalb, weil die Übersetzungsmatrix wohl kein entsprechendes Wort für Hochzeit fand. Schließlich nickte sie: „Bei den GENUI wählt die Frau. Der Tradition ist Genüge getan, wenn die Frau eine selbstgefertigte Speise dem Mann anbietet. Isst er davon, so ist der Bund besiegelt. So war es bei Bat-Rar und mir. Ich habe ihm auf dem Weg zum SHELTER, weil es nicht besser ging, aus dem Nahrungsreplikator zwei Speisen zusammengemischt und er aß davon. Seitdem sind wir ein Paar. Wie läuft denn sowas bei euch ab?"

Arzu machte ein ziemlich ratloses Gesicht. „Ich bin an eine andere Familie verkauft worden! Ja, so muss ich das jetzt sehen", gab sie wiederstrebend von sich.

„Was?" Meiora geriet leicht aus der Fassung.

„Das ist nicht überall auf der Erde üblich", schränkte Arzu ein. Aber es gibt große Teile in der Welt, wo Mädchen auch heute noch verkauft werden. Als Sklaven, als Bräute – wofür auch immer. In meinem Kulturkreis ist die Frau nicht viel wert."

Die Kanzlerin atmete durch. „Ich habe das Dossier über deine, sagen wir ... Rettung, gelesen. Wie fühlst du dich hier an Bord des Schiffes?"

Arzu sah sich um, bevor sie antwortete. „Ich bin, neben dem Jungen, die einzige aus diesem Kreis der Erde. Ich habe mich einsam gefühlt. Man gibt sich hier unglaublich viel Mühe, mich zu integrieren. Man respektiert und fördert mich. Das ist ungewohnt. Dieser Mann dort ...", dabei wies sie auf Waterhouse, der zusammen mit einem der GENUI-Männer an einem kleinen Tisch saß, „... hat mich vor ein paar Tagen aus den Fängen der HUTCH, so nennen wir die Feinde, befreit. Ich hatte viel, sehr viel Angst. Er blieb Tag und Nacht bei mir und gibt mir Halt und Sicherheit. Es ist ein tolles Gefühl, nicht allein zu sein.

Freunde zu haben und irgendwo dazu zu gehören als Mitglied einer Gruppe."
Ödeniz hatte für ihre ansonsten recht zurückhaltende Art sehr viel gesprochen und die GENUI hatte aufmerksam zugehört.
„Ihr Menschen seid eine sehr widersprüchliche Spezies", gab sie zurück. „Der Mann, der dich Tag und Nacht begleitet – ist es dein Partner?"
Arzu senkte verlegen den Kopf und schüttelte ihn.
„Was glaubst du, warum er das tut? Ich kenne euch Menschen nicht, aber bei uns GENUI wäre es eindeutiges Interesse an der Person des anderen."
Ödeniz zuckte die Achseln – sie war zu jung und wusste es tatsächlich nicht. Die Gefühle einer jungen Frau waren ihr noch zu fremd. Sie wollte bei den ganzen Neuerungen und Lernphasen der letzten Wochen nicht noch zusätzlich durch sich selbst verunsichert werden. Sie dankte Meiora-Seth für das Gespräch und ging ein paar Schritte auf einen kleinen Tisch zu, an dem Alma Falkengren saß.
Die Schwedin sah das Mädchen auf sich zukommen und lächelte.
‚Hübsch ist sie', dachte Alma und in ihr regten sich, wie immer im Umgang mit der Pakistani, Muttergefühle. Sie wusste auch nicht warum, aber irgendwie hatte sie das Gefühl, sich um die junge Frau kümmern zu müssen. Vielleicht lag es am melancholischen oder traurigen Blick, den Arzu so manches Mal draufhatte. Alles konnte Sam nicht abfangen, das war ihr klar, auch wenn er sich redlich Mühe gab.
„Setz dich", lud Alma das Mädchen ein und Arzu nahm ihr gegenüber Platz. „Hattest du eine interessante Unterhaltung mit der Kanzlerin?"
Die Pakistani berichtete und Alma staunte, dass lediglich die GENUI-Frauen ihre Partner wählen.
„Ich glaube, ich hol' mir einen Wein", beschloss die Schwedin. „Du wieder das Übliche?"
Arzu nickte: „Ja, Wasser bitte."
Falkengren holte zwei Becher mit den verschiedenen Getränken und sie prosteten sich zu.
„Was ist mit Sam?", wollte die Schwedin wissen und deutete Richtung Waterhouse, der nun allein am Tisch saß und auf einen weiteren Gesprächspartner wartete.
„Was soll mit Sam sein?", fragte Arzu und drehte sich in Richtung des Amerikaners. Mit leichter Sorge sah sie, dass sich eine der GENUI-

233

Frauen zu Sam an den Tisch setzte und ihn ansprach. Sam antwortete und lachte dabei. Obwohl Arzu das Gespräch nicht mitverfolgen konnte, spürte sie einen Stich in der Brust und sie wusste nur, dass ihr diese Situation nicht gefiel. Einordnen konnte sie das Ganze nicht. Alma beobachtete als erfahrene Frau sehr genau und sie konnte in Arzus Mienenspiel lesen wie in einem offenen Buch.

„Hallo, junge Frau! Ich sprach mit dir über Sam. Wie verhält er sich dir gegenüber?"

Ödeniz sah gar nicht zu ihrer Gesprächspartnerin, so sehr fesselte sie die Situation ein paar Tische weiter.

„Ja, er ist sehr aufmerksam. Geradezu fürsorglich. Es geht mir gut, wenn er in der Nähe ist."

„Sonst nichts weiter?" Alma wollte es wirklich genau wissen.

„Nein. Warum?"

„Och nur so", wiegelte die Schwedin ab und beobachtete Arzu weiter.

Die Pakistani tastete, ohne Sam und die GENUI-Frau aus den Augen zu lassen, nach ihrem Becher und nahm anschließend einen ordentlichen Schluck. Kühl und wohltuend rann die Feuchtigkeit durch ihre Kehle – aber halt, das war kein Wasser! Die Becher waren von der Form identisch und sie hatte sich vergriffen. Sie hustete und hielt sich die Hand vor dem Mund.

„Was ist passiert?", fragte Alma.

„Ich glaube, oje, ich habe von deinem Wein getrunken", Arzu machte den Eindruck am Boden zerstört zu sein.

„Ist doch nicht schlimm, ich gönn ihn dir. Kann mir ja gleich einen neuen holen", beschwichtigte die Schwedin.

„Nein, nein – ich darf keinen Alkohol trinken, mein Glaube verbietet das!" Arzu blickte panisch zur Schwedin.

„Ähm", begann diese und zog eine Augenbraue in die Höhe. „Das ist doch der Glaube, der, wie ich erfahren habe, angeblich deiner Familie ermuntert hat, dich um die Ecke zu bringen – oder? Du bist ein sehr intelligentes Mädchen, Arzu. Mich wundert, dass du diesem Glauben in einer Entfernung von 24 Millionen Lichtjahren immer noch anhängst!"

Ödeniz war immer noch wegen ihres Fauxpas schockiert, trotzdem antwortete sie. „Ich habe nachgelesen und Antworten gesucht. Mein Glaube erlaubt keinen Mord. Viele meiner Leute sind irregeleitet. Trotzdem will ich keinen Alkohol trinken."

„Ja", gab die Schwedin zu. „Ist vielleicht auch besser, jetzt aber kein Beinbruch. Hat er denn geschmeckt?"

Zögernd nickte die Pakistani.

„Dann trink ihn doch aus – aber langsam", ermunterte und mahnte Alma gleichzeitig. „Ich muss mich mal einen Augenblick um Carson kümmern. Das geht mir mit den Damen dort hinten ein wenig zu weit!" Sprach's, stand auf und ließ Arzu allein zurück.

Die Pakistani fühlte ein angenehmes Prickeln auf ihrer Haut. Sie sah Waterhouse ein wenig genauer an und wie von selbst führte sie den Becher an ihren Mund und sie nahm noch einen Schluck. Wie – sie hatte das Gefühl klein und unscheinbar zu sein? War sie nicht Mitglied einer schlagkräftigen Truppe? Erst hatte man die ANGUIDEN, dann die SUBB, oder war es umgekehrt – egal, in die Flucht geschlagen und das letzte Gefecht mit den HUTCH machte ihnen so schnell keiner nach. Und sie war Mitglied dieses Teams. War sie weniger wert als eine der GENUI-Frauen? Nein, nein und nochmals ganz klar – nein! Sie kam zwar von der Erde und war dort weniger als eine Ziege wert gewesen, doch hier in der Black-Eye-Galaxie gab es nur wenige Menschen. Sie war einzigartig und was bildete sich diese blöde Pute da ein, so vertraulich mit Sam – mit ihrem Sam! Was hatte Meiora gesagt?

Das kann ich auch! Etwas wackelig stand sie auf und warf entschlossen ihre Pumps über eine Schulter, dann einen im Weg stehenden Stuhl um und ging nicht ganz gerade zum Nahrungsreplikator. Sie blickte über die Schulter und stellte zu ihrer Erleichterung fest, dass Sam wieder allein am Tisch saß. Gut! Dann musste sie sich beeilen. Sie atmete durch und irgendwie ergriff sie ein schwindeliges Gefühl. Das musste der Alkohol sein! Trotzdem war sie fest entschlossen – Sam würde ihr nicht entgehen! Am Replikator angekommen stellte sie ärgerlicherweise fest, dass sie kaum einen Plan hatte, was sie bestellen sollte. Für diesen Fall gab es ein kleines Display und man konnte da nach Bildern sein Menü zusammenstellen. Arzu tippte munter und alkoholbeschwingt drauflos und irgendwann öffnete sich die Klappe und dort stand ein Tablett mit einem dampfenden Teller darauf. Arzu hakte die Riemchenpumps auf ihren linken, kleinen Finger und ergriff sicherheitshalber mit beiden Händen das Tablett. Auf dem Weg zu Sam warf sie noch zwei Stühle um und damit war ihr durch das Gepolter die Aufmerksamkeit aller sicher. Etwas heftig setzte sie die Schale mit dem Teller direkt vor Waterhouse auf den Tisch. Während der Ex-Marine sie überrascht ansah, richtete sich das Mädchen auf. Sie zeigte, eine aus der Form ins Gesicht gerutschte Haarsträhne vollkommen ignorierend, entschlossen mit dem Finger auf den Teller und sagte im klaren Befehlston: „Essen!"

Waterhouse schaute völlig entgeistert auf die Zusammenstellung vor sich. Er erkannte eine Art Sahnehering, Spinat und Speckknödel. Wie er fand, eine etwas gewagte Kombination – sozial ausgedrückt.

„Das da?", fragte er daher mittelmäßig entsetzt und schaute die junge Frau irritiert an.

„Ich habe es selber zusammengestellt", bekräftigte diese, als wäre das schon die Garantie für mindestens ein oder sogar zwei Gourmet-Sterne.

Sam sah auf den Teller und glaubte ihr das auf's Wort. Niemand anderes konnte auf solche Ideen kommen. Man musste schon wirklich gar keine Ahnung von westlichen Speisen haben, um so etwas über Herz und dann auf einen Teller zu bringen.

„Vielleicht", hörte man eine angenehme, weibliche GENUI-Stimme sich einschalten, „sollten wir dem jungen Mann einmal erklären, worum es hier geht." Meiora-Seth hatte sich nach vorn gedrängelt und Arzu wurde verlegen, denn sie erkannte in diesem Augenblick, dass alle, wirklich alle, ihr Tun beobachteten.

„Es wäre zumindest fair", erläuterte die Kanzlerin weiter. „Unsere Männer wissen um die traditionelle Bedeutung und können dann eine Wahl treffen."

Arzu schwieg und sah auf den Boden.

„Welche Bedeutung hat dies denn?", fragte dann Sam, dem die ganze Aufmerksamkeit nicht angenehm war. Er deutete dabei auf den Teller.

„Ich erzählte diesem Mädchen hier von unserer Tradition. Die Frauen wählen den Partner und bieten ihm dann eine selbst hergerichtete Speise an. Isst der Erwählte, dann akzeptiert er die Partnerschaft." Meiora-Seth war gespannt, wie Sam reagieren würde.

„Arzu hält also um deine Hand an, Mann", halb irres Gelächter klang auf. „Krass Mann, völlig krass!" Es ist nahezu überflüssig zu erwähnen, dass es der Jamaikaner war, der mit diesem Spruch Arzu in tiefste Verlegenheit stürzte.

„Ah", machte der Amerikaner und schaute misstrauisch auf den Teller. „Ich muss das alles aufessen?"

„So verlangt es unsere Tradition", bekräftigte Bat-Rar, der dem Schauspiel ebenfalls zusah.

„Ist es auch Tradition, dass ich mit den Fingern essen muss", fragte Sam ruhig.

„Nein", erscholl es aus zahlreichen GENUI-Kehlen.

„Wenn ich dann mal bitten dürfte", Waterhouse sah sich um und da sich Arzu aus lauter Scham überhaupt nicht bewegte, eilte Alma los und reichte Sam schließlich das Besteck. Ohne sich aus der Ruhe bringen zu lassen, begann der Amerikaner zunächst mit dem Spinat. Vorsichtig versuchte er die Sahne aus dem Grünzeug heraus zu halten. Danach kamen die Speckknödel dran – es waren zwei. Er schluckte heftig. Zum Schluss machte er sich mit deutlich erkennbarem Nicht-Appetit über den Hering her – es ging sehr langsam. Nachdem er auch unter den Augen aller innerhalb der Kantine den Teller restlos leergekratzt hatte, sagte er: „Nun brauche ich meine Frau an meiner Seite und ein großes Bier, damit ich den Geschmack aus dem Hals bekomme!" Alma rannte wieder los um das Gewünschte zu holen, Klaffke dirigierte die vollkommen starre Arzu neben Sam und der Rest der Menschen begann zu applaudieren. Die GENUI deuteten das ganz richtig als Geste der Begeisterung und ahmten die für sie ungewohnte Handlung kräftig nach – es wurde laut.

„Wir feiern Verlobung", rief Bob und kramte in den weiten Taschen seiner Hose nach einem weiteren Joint.

Nachdem Sam einen guten Schluck kühlen Gerstensaft aus einem großen Krug genommen hatte, schaute er Arzu von der Seite an und nahm ihr zärtlich die wilde Haarsträhne aus dem Gesicht. „Ist es das, was du wolltest, Arzu?" Scheu sah die junge Frau zu ihm auf und nickte zaghaft. „Es ist noch ein langer Weg, aber der Anfang ist gemacht", lächelte Sam und drückte seine Partnerin fest an sich. Die beiden beschäftigten sich mit sich selbst und die Zuseher zerstreuten sich wieder.

Im Laufe des Abends, den man durchaus auch als Partyabend sehen konnte, bemerkte Jan, dass Bob einem der GENUI-Männer einen Joint anbot. Offensichtlich konnte dieser dem Versuch, Farben riechen und hören zu können, nicht widerstehen. Kurz nachdem sich die ersten Rauchwölkchen zur Decke erhoben und die Klimaanlage vor eine weitere Herausforderung stellte, musste Doc Holliday gerufen werden. Der GENUI war kollabiert und Hillary stand mit Unschuldsmiene im Mittelpunkt. Dies tat dem netten Abend aber keinen Abbruch, denn dank der Hilfe des robotischen Arztes war der Zusammengebrochene schnell wieder auf den Beinen und mit von der Partie. Allerdings machte er einen weiten Bogen um den Rastalockenträger.

Die Einzigen, die zurückhaltend agierten, waren die Bewohner von China-Town. Zwar nahmen die Asiaten eifrig teil am Geschehen, jedoch mieden sie den Alkohol, zumindest in seiner scharfen Form.

Zur vorgerückten Stunde, Alma saß wie festgenagelt an seiner Seite, lüftete Carson das Geheimnis um seine Feldflasche. „Echter schottischer Whiskey", prahlte er, schob seinen Bierkrug an die Seite und holte ein paar kleine Gläschen hervor. Unter den Augen einiger neugieriger GENUI, denen die ausgelassene Art zu feiern gut gefiel, goss er die Gläser voll. „Wer wagt es?", fragte er dann in die Runde. Die Mutigen sollten es bitter bereuen. Zwar kam man ohne die Dienste des leitenden Mediziners an Bord aus, aber die Tatsache war nicht abzustreiten, dass der Whiskey nicht nur sein Aroma, sondern auch seine Wirkung entfaltet hatte – und zwar fatal. Die GENUI verhielten sich ganz unterschiedlich, wie die Menschen. Einer lag auf drei Stühlen und schnarchte seinem Kater entgegen, ein anderer wurde lustig und übermütig, der nächste versank in tiefe Melancholie. Nur Streit suchte keiner und diese Tatsache gefiel dem Hausherrn, Jan Eggert, ausgesprochen gut. Die GENUI, die der Wirkung des Schnapses nicht ausgesetzt waren, labten sich entweder an Wein oder Bier. Jan hatte mit Engelsgeduld darauf hingewirkt, dass man nicht durcheinandertrank – jedenfalls nicht viel. Meiora-Seth hatte Rotwein gewählt, weil ihr die Farbe zusagte. Leider war dieser von der etwas schwereren Sorte und man beschloss recht schnell, nicht zurück zu den eigenen C-Raumern zu fliegen, sondern die noch nicht angebotene Gastfreundschaft der Menschen anzunehmen. Eggert ließ sich allerdings nicht lange bitten und beauftragte Parker mit der Herrichtung einiger Kabinen. Platz genug gab es ja an Bord der ODIN. Nachdem dieses ebenfalls geklärt war, gab es kein Halten mehr. Alma schoss sich erfolgreich mit Whiskey ab, während sie krampfhaft versuchte, auf dem Schoß des edlen Spenders sitzen zu bleiben und dabei den kurzen Rock nicht unanständig weit hochrutschen zu lassen. Nina verführte Jan sogar zum Tanzen, obwohl dieser eine ähnlich gute Figur wie bei seiner einleitenden Rede machte. Die Bord-KI spielte auf Zuruf Lieder aus dem kopierten Internet ab. Bob machte ein ganz verklärtes Gesicht, als er seinen Lieblingsinterpreten, Bob Marley, singen hörte. Der Jamaikaner lag auf einem Tisch, starrte verzückt die Decke an und qualmte den x-ten Joint. Den Vogel schoss aber unzweifelhaft Carson Cunningham ab. Offensichtlich hatte er sich in der Kürze der Zeit optimal auf diesem Abend vorbereitet. Hinter der Theke holte er tatsächlich einen waschechten Dudelsack, einen der wenigen Gegenstände, die er von der Erde mitgebracht hatte, wie er versicherte, und begann zu spielen. Er rief der KI kurze Kommandos zu, damit diese die Drums einspielte, die Carson wohl zuvor abgespeichert hatte. Zur atemlosen Spannung aller begann der Schotte mit ‚Scotland The Brave‘ und donnernder Applaus war ihm sicher. Alma schaute ganz verzückt, sicherlich auch dem Alkohol zuzuschreiben, dennoch – sie war begeistert. Speziell die GENUI lauschten ganz verzückt den doch eher gewöhnungsbedürftigen Klängen. Es folgten ‚Mull of Kintyre‘, ‚Highland Cathedral‘ und ‚Amazing Grace‘, dann verbeugte sich Carson vor dem begeisterten Publikum und hob sein Glas. Es wurde ausgelassener.

Jan konnte so gerade noch verhindern, dass Meiora-Seth sich in angetrunkenem Zustand bei ihrem Schiff meldete, um zu verkünden, dass alle GENUI die Nacht auf der ODIN verbringen würden. Jan beauftragte Parker mit dieser Mission. Die Butlerfigur war gerade mit dem Organisieren von Unterkünften der zahlreichen Gäste fertig geworden und machte sich ans Werk. Bedauerlicherweise tat er es von einem Vid-Com-Gerät der Kantine aus. Der angerufene GENUI auf der SHIRKAN konnte den Droiden zu den Klängen von AC&DC's ‚Highway To Hell‘ kaum verstehen, daher brüllte Parker etwas lauter: „Die edlen Damen und Herren der Brückenbesatzungen der SHIRTAN und ATROX geruhen ihre wohlverdiente nächtliche Ruhephase an Bord der ODIN zu absolvieren. Ich bin befugt, Ihnen diese Mitteilung zu überbringen.“

„Hä?“, oder ähnlich unverständlich äußerte sich der Gesprächspartner auf der anderen Seite und hielt ein Ohr fast in die Aufnahmeoptik.

„Nun gut“, gab der Robot nach. „Kleide ich es in verständlichere Worte: Aufgrund des Genusses ethanolhaltiger Getränke scheint es angeraten, sich nicht mehr den Widrigkeiten des Weltalls auszusetzen.“

Das zweite „Hä?“ von der Gegenseite wirkte auch nicht viel intelligenter.

„Also gut“, beschloss Parker. „Die Herrschaften haben Alkohol genossen und werden aller Voraussicht nach Schwierigkeiten haben, den

Heimweg überhaupt anzutreten, geschweige denn, ihn komplett zu absolvieren."

Dieses Mal blieb ein Kommentar ganz aus. Trotzdem war dem Gegenüber überhaupt nicht klar, was Parker eigentlich sagen wollte. Das fragende Gesicht deutete der Androide richtig, und wenn er ergeben hätte seufzen können, dann hätte er es bestimmt auch getan.

„Gut! Der Genuss von Ethanol, die Menschen sagen Alkohol dazu, führt zur Enthemmung und macht unlogische Entscheidungen wahrscheinlich, sowie eine gewisse Unfähigkeit, körperliche Bewegungen zu koordinieren. Das Verhalten insgesamt erscheint insofern wenig voraussehbar. Es kann zu Gefährdungen der Person des Trinkers wie auch anderer führen."

„Ach", kam es als Zeichen des Nichtverstehens zur ODIN herüber.

Parker räusperte sich, vergewisserte sich zu beiden Seiten, dass niemand mithörte, lehnte sich vornüber zur Optik und sprach in fast verschwörerischem Ton: „Die Brückenoffiziere sind dermaßen besoffen, dass an eine Rückkehr die nächsten 16 Stunden nicht zu denken ist. Behalten Sie solange das Kommando und warten Sie weitere Befehle ab!"

Das war endlich mal verständlich – halbwegs. Man wusste zwar darüber immer noch nicht, was jetzt genau passiert war, aber vielleicht war das auch in dem Lärm untergegangen, aber der Rest war deutlich geworden. Man bestätigte also den erhaltenen Befehl. Damit sah Parker seine Aufgabe als erledigt an und schaltete ab.

Die Party ging munter weiter. Alma schlief schon am Tisch, als Cunningham noch als einziger zwischen vielen GENUI wie ein Fels in der Brandung stand und noch ein Gläschen und noch eins kippte. Dann, als kein ‚Gegner' mehr übrig war, machte er sich an den Tisch der Menschen. Dort trank man Bier und ließ das Paar Waterhouse/Ödeniz zum x-ten Male hochleben. Arzu schlief bereits im Arm des Amerikaners. Man war einhellig der Meinung, dass die GENUI einfach keinen Alkohol vertrugen und schüttete munter weiter.

Gegen 03:00 Uhr verkündete Jan mit schwerer Zunge, dass nun doch wohl Feierabend sein mochte. Morgen sei schließlich auch noch ein Tag und so weiter und so weiter. Er musste seine Anordnung zweimal wiederholen, weil beim ersten Mal keiner zugehört hatte und beim zweiten Mal seine Aussprache nicht so richtig verständlich war. Der herbeigerufene Parker wurde beauftragt, alle GENUI, soweit es ging, auf die Unterkünfte zu bringen. In einem lichten Augenblick befahl Jan, dass Meiora-Seth sowie ihr Partner auf jeden Fall unterzubringen seien. Rings herum waren die GENUI, die es noch nicht zu den Kabinen geschafft hatten, einfach eingeschlafen. Die Kanzlerin und ihr Partner gehörten dazu.

Eine lärmende Menge Menschen, mit Ausnahme der chinesischen Fraktion natürlich, ging anschließend in schaukelnden Bewegungen durch die Gänge der ODIN und nur Parker und seine Helfer verhinderten, dass man sich verlief. Schließlich stand jeder in seiner Unterkunft.

<u>11:00 Uhr, ODIN, Unterkunft Eggert/Holst:</u>

Eggert fuhr wie ein Klappmesser aus seinem Bett auf. Es war dunkel. Er sah nichts und panischer Schweiß brach ihm aus. Hatte er geträumt – nur geträumt? Es roch normal beziehungsweise stark nach Alkohol. Nein, das konnte – das durfte – nicht wahr sein. Er fühlte eine weiche Decke – unnormal. Nein, nein, nein, hatte er den Kampf schon wieder verloren? Der Traum – er wollte ihn festhalten. Eine eiserne, kalte Faust drückte sein Herz zusammen. Er bekam keine Luft und begann zu würgen. Dieses Dreckszeug! Seine miese Bude in Essen-Bergerhausen. Die kranke Nina. Was war passiert? Er hatte mit Hilfe von Aliens …

„Hallo Jan, geht es dir nicht gut?" Ein mehr geflüsterter Satz und reichlich genuschelt holte den Mann, der verzweifelt und außer sich war, augenblicklich zurück auf den Boden der Tatsachen. In dieser Dunkelheit waren das die schönsten Töne der Welt, bzw. des Kosmos. Er hatte nicht geträumt – seine Traumfrau lag neben ihm! Unendliche Erleichterung machte sich breit, zumindest so lange, bis er die heftigen Kopfschmerzen und die Übelkeit bemerkte.

„KI, 20% Licht. **Nein, fünf, fünf, nur fünf Prozent Licht!**" Stöhnend erholte sich Jan von der schieren Lichtflut, die gerade mal mit einem mittelmäßig beleuchteten Weihnachtsbaum konkurrieren konnte. Jetzt konnten sich lediglich Katzen, Eulen und Jan zurechtfinden. Mit einem Stoßseufzer sank er in die weichen Kissen zurück. „Was ist passiert?", hauchte er.

Von der weiblichen Seite kam erst etwas, nachdem er seine Frage wiederholt hatte. „Du hast mir einen unsittlichen Antrag gemacht", seufzte Nina.

241

„Unsittlich?" In Jans Kopf befand sich lediglich ein Loch.

„Ja, du hast Parker gebeten, uns im Badezimmer zu trauen."

„Was?"

„Ja, aber vorher musste ich dir das Versprechen geben, dir noch mindestens drei Kinder zu gebären."

Jan kam wieder hoch – mit leichtem Stöhnen. „Was hast du geantwortet?" (War interessant!)

„Was weiß ich." Holst räkelte sich etwas.

„Und Parker? Was hat Parker dazu gesagt?"

„Er hat würdevoll oder so abgelehnt. Schließlich wäre er nicht der Captain des Schiffes."

„Und – noch was?"

„Ja, du wolltest ihm deswegen das Kommando übertragen."

„Und? Hat er angenommen?" Jans Stimme klang jetzt echt besorgt. Vielleicht war man mit dem Schiff schon ganz woanders. Dort, wo man vielleicht gar nicht hin wollte.

„Hat er auch abgelehnt. Er schob es auf verminderten Realitätsbezug oder Realitätsverschiebung, wenn ich mich recht erinnere. Schließlich gab er dir den Rat, du könntest ja auch ohne Trauschein mit mir …"

„Ja und?" Jan schwirrte der Kopf.

Nina wurde heftig. **„Ja und, und, ja und!** Wenn du es genau wissen willst: Das war genau so scheiße wie deine Rede und dein Tanzen – obwohl, bei deiner Rede ist zumindest was rausgekommen!"

„Au", Jan war wegen der mehr als deutlichen Worte heftig zusammengezuckt. Blamiert hatte er sich offensichtlich auch noch. „Ähm, das tut mir leid – wirklich."

„Schon gut! Ich gebe dir Revanche", kicherte Nina und schlug ihm seitlich ein Kissen gegen den Kopf. Eggert hatte das Gefühl, als wollte ihm jemand den Schädel von den Schultern schlagen. Völlig fertig fiel er in sitzender Stellung einfach seitlich um.

„Hab ich dich erschlagen?"

„Ich glaub' schon – und schrei nicht so", bat Jan.

„Soll ich nach Doc Holliday rufen?" Angesichts des leidenden Jan schien es Nina schlagartig besser zu gehen.

„Bloß nicht", entgegnete dieser und schwang unter Ächzen seine Beine aus dem Bett. Mit Mühe schaffte er es in die Hygienekabine und duschte – warm und kalt wie damals in Essen-Bergerhausen. Das half ein wenig. Wie gesagt, ein wenig. Im leichten Jogginganzug verließ er die gemeinsame Suite. Die Idee mit Doc Holliday ging ihm nicht aus dem dröhnenden Schädel. Auf dem Gang prallte er fast mit Parker zusammen.

„Guten Morgen, Sir. Oder soll ich guten Mittag sagen?"
Jan fiel die Ironie überhaupt nicht auf. Er winkte nur müde ab und befahl ihm, sich um Nina zu kümmern. Jan ging weiter und trat dabei ganz besonders sanft und vorsichtig auf, um die Erschütterungen, die über die Wirbelsäule an sein Groß- und Kleinhirn weitergeleitet wurden, möglichst klein zu halten. Er schaffte es, sich zu verlaufen. Relativ kleinlaut bestellte er bei der KI einen ‚Wegweiser'. Kurz darauf wies ihm ein Pfeil auf dem Boden den Weg in Hollidays Reich. Leicht schwankend kam er dort an, und als er durch das Zugangsschott gegangen war, erschrak er. Vor ihm standen auf dem Flur nahezu alle GENUI-Besucher. Dabei konnte man von Stehen nicht recht reden. Sie hingen mehr oder weniger wie Fragezeichen in der Gegend rum. Leises Stöhnen drang an sein Ohr. Die Augen waren bis auf winzige Schlitze verschlossen, sodass Jan nicht einmal deren Farbe erkennen konnte. Mittendrin stand der halbhohe, leitende Mediziner der ODIN im weißen Kittel und wedelte mit seinem Stethoskop. „Ethanolvergiftung, Ethanolvergiftung und nochmal Ethanolvergiftung", attestierte er in leicht vorwurfsvollen Ton und begann durch die Reihen zu schreiten. „Ihr werdet so viel von diesem Zeug nicht eingeatmet haben. Ich gehe auch nicht davon aus, dass man es euch zwangsweise eingeflößt hat. Also: Ihr habt es freiwillig zu euch genommen! Wo hat man schon einmal gehört, dass sich ein GENUI freiwillig selbst vergiftet?" Holliday war stehen geblieben und schaute die mehr als doppelt so großen Organischen an. Aus seiner Perspektive war es nicht so einfach, auf größere Wesen herunterzublicken – er schaffte es trotzdem. Schließlich bemerkte er Jan und drehte sich ihm zu.

„Hast du ähnliche Symptome, Captain? Hast du dich etwa auch vergiftet?"
Eggert straffte sich und schaffte es, in seinem leichten Jogginganzug tatsächlich würdig auszusehen.

„Nein, nein, natürlich nicht. Ich bin der Captain. Ich wollte mich lediglich nach dem Befinden unserer Gäste erkundigen", log er und unterdrückte mit reichlich Mühe seine Übelkeit.

Doc Holliday kam zu ihm und richtete den medizinischen Scanner auf ihn. Dann besah er sich das Ergebnis und erinnerte sich gleichzeitig an das Arztgeheimnis. „Ich empfehle, den Gästen zukünftig weniger bis kein Ethanol unter die Speisen und Getränke zu mischen."

Jan verbeugte sich leicht: „Danke für den Rat, Doc." Dann beugte er sich weiter herunter und flüsterte dem Bordarzt zu: „Wenn du hier fertig bist, begibst du dich in die Kabine von Kanzlerin Meiora-Seth und Bat-Rar und versorgst sie. Verstanden?"

„Alles klar, Captain!" Doc Holliday war kurz davor zu salutieren.

Jan machte sich wieder gerade. „Dann an die Arbeit, Doc."

Mit zackigen Schritten verließ der Captain der ODIN den medizinischen Bereich, um kurz danach völlig entkräftet stehen zu bleiben und sich an der Wand abzustützen. Nach mehreren Minuten, in denen er schwer atmete und sich nicht wesentlich erholte, ging er langsam weiter. Er kam tatsächlich ohne Führung innerhalb der dreifachen Zeit zum Zugangsschott der Brücke. Er schritt oder besser: quälte sich durch die automatisch öffnenden Türen und fand lediglich einen halb abgedunkelten Raum vor, in dem einzig Carson vor seinen Kontrollen saß bzw. hing.

„Oh, Captain – moin."

Der Schotte machte zwar einen gehörig relaxten Eindruck, aber keinen katermäßigen.

Jan schleppte sich zu seinem Kommandostand.

„Haben wir so etwas wie einen Zustandsbericht?", krächzte er.

„Das Schiff ist innerhalb normaler Parameter", entgegnete Carson und sah dabei auf seine Anzeigen.

„Die Mannschaft?" Jan musste verhalten husten.

„Navigation ist online, China-Town zu 100% produktiv, Captain zumindest", dabei drehte Cunningham um, „anwesend."

Eggert murmelte etwas Unverständliches, woraufhin sich der Pilot erhob und zum Replikator ging. Er kam mit einem merkwürdig aussehenden Gebräu zurück und brachte das Zeug Jan. „Trink das und es geht dir besser."

Jan schaute mehr als skeptisch.

„Vertrau mir!"

Jan griff zu und kippte den Inhalt, etwa 200ml, in einem Zug hinunter. Zunächst spürte er gar nichts, dann ein warmes Gefühl in Speiseröhre und Magen. Sein eben noch verschwommener Blick klärte sich, die Übelkeit verschwand und machte einem gewissen Appetit sowie auch

Durst Platz. Cunningham beobachtete interessiert, dass sich die verkniffenen Gesichtszüge des Captains entspannten. „Wie geht es dir?"
„Besser, besser, sehr viel besser", antwortete Jan merklich erleichtert.
„Wie lange hast du das Zeug schon intus?"
„Noch gar nicht", kam es zurück und Carson wandte sich ab.
„Wie?", entfuhr es Jan.
Der Schotte blickte nicht zurück, als er langsam zum Nav-Pult schritt und seine Antwort gab: „Ich habe mir schon in der Nacht gedacht, dass wir unter den Nachwirkungen der Feier leiden würden. Der eine mehr, der andere weniger. Ich habe rechtzeitig Verbindung mit Doc Holliday aufgenommen und ihn gebeten, etwas dagegen zu entwickeln. Du hast das Ergebnis gerade getrunken. Das Zeug beseitigt auch innerhalb kürzester Zeit sämtlichen Alkohol aus unseren Blutbahnen. Das kann mal wichtig sein, wenn es zu unvorhergesehenen Schwierigkeiten kommen sollte – beim Feiern."
Die Gedanken wirbelten in Jans Kopf. Schließlich stand er auf und folgte dem Schotten zum Pilotenstuhl, in dem dieser gerade Platz genommen hatte. Eggert stützte sich von hinten auf die Lehne des Sessels auf und beugte sich vor und flüsterte dem Mann ins Ohr: „Ich bin froh, dich in meiner Mannschaft zu haben, Carson. Weißt du das?"
Cunningham drehte sich nicht um, grinste aber: „Ich geb' mein Bestes."
Jan klopfte ihm auf die Schulter. „Ich bin impulsiv und bedenke nicht immer die Folgen meines Tuns. Du bist meine sichere Bank, mein Anker, du hältst mich auf dem Boden und mir den Rücken frei. Ich danke dir dafür."
Es entstand ein kleiner Augenblick der Ruhe, in der beide Männer über die gemeinsam erlebten Dinge nachdachten.
„Was ist mit unserer tapferen Crew?", wollte dann Jan wissen.
„Nun ja", begann Carson. „Unsere tapfere Crew, mit Ausnahme der Asiaten, leidet unter den Auswirkungen des Alkohols – und zwar erheblich. Ich habe, bis auf Bob, mit allen gesprochen. Alma hat mir mehrfach versichert, ihr ganzes Leben lang keinen Alkohol mehr zu trinken. Derzeitig hütet sie das Lager und kühlt ihre Stirn mit Eis. Sam und Arzu versuchen im neu errichteten Wellnessbereich mit Sauna und Solarium wieder fit zu werden. Elli berichtete mir, dass unser österreichischer Charmeur die Nahrungsaufnahme komplett verweigert und stattdessen in der Badewanne in der Hygienezelle liegt. Er traut sich

245

nicht so recht raus, weil er friert. Sie selbst kann sich nicht erklären, wie es bei ihr zu so einem Brummschädel gekommen sein kann."
Jan grinste. Oh, er konnte sich das erklären. Der schwere Rotwein war schuld. Elli hatte das Zeugs getrunken wie Apfelsaft.
„Was ist mit Bob?"
„War nicht in seiner Kabine."
Jan wandte sich an die KI. „KI, Bob Hillary lokalisieren!"
„Crewman Hillary befindet sich auf Deck 1."
„Was?", tönten beide Männer. Deck 1 war das unterste Deck und dorthin zu gelangen war mit einigem Aufwand verbunden.
„Biocheck bei Hillary!"
„Die Biowerte sind innerhalb normaler Parameter, wenn auch leicht abweichend von der Norm. Der Körper ist leicht unterkühlt, deshalb habe ich vorsichtshalber die Temperatur auf diesem Deck erhöht."
„Wieso unterkühlt?" Irgendwas passte da nicht.
„Im Gegensatz zu euch trägt Crewman Hillary im Moment keine Kleider."
Jan und Carson schauten sich an und angesichts der Tatsache, dass dem Jamaikaner keinerlei Gefahr zu drohen schien, prusteten sie lauthals los. Anschließend rief Jan nach Parker und schickte ihn mit einem Glas des Wundermittels zu Deck 1. Carson kontaktierte alle anderen noch hinfälligen Crewleute und teilte ihnen das Kürzel mit, unter dem man das Gegenmittel aus den Kabinenreplikatoren holen konnte. Zwei Stunden später war die Mannschaft fit und die Brücke vollständig besetzt. Eggert hielt eine eher allgemein gehaltene Besprechung ab und traf sich wenig später mit Meiora-Seth und Bat-Rar, die ihm beide Dankbarkeit dafür zollten, dass er Doc Holliday zu einem ‚Hausbesuch' vorbeigeschickt hatte. Die genuische Delegation verabschiedete sich herzlich und man beschloss, derartige Festivitäten gelegentlich, wenn auch anders, zu wiederholen.

In einem hatte sich Jan vertan. Die Aus- bzw. Umrüstung der SHIRTAN und der ATROX dauerten nicht vier, sondern ganze zehn Wochen. Es waren ja nicht nur die Systeme an sich einzubauen, sondern auch ganze Produktionsanlagen. Die zusammenarbeitenden Droiden aller drei Schiffe absolvierten ein ‚Rund-um-die-Uhr-Programm'. Federführend waren die beiden Chinesinnen, Ojuna, die Frau des Huang Li als Maschinenbauingenieurin und Hong Chan, Frau von Feng Pu als

Architektin. Die beiden Frauen leisteten mit asiatischer Geduld und Strebsamkeit eine Arbeit, die allen Zusehern, insbesondere den GENUI, Achtung abnötigte. Johann Hochreiter war als Oberverantwortlicher der waffentechnischen Umrüstaktion praktisch ständig mit einer Beta-Disk zwischen den Raumern unterwegs. Sam Waterhouse kümmerte sich weiterhin und sehr erfolgreich um Arzu Ödeniz. Man sah, dass aus dem jungen Mädchen eine selbstsichere Frau wurde. Zwischenzeitlich gab Sam weiterhin Kurse in Kampftechniken mit und ohne Waffen. Zu seiner großen Überraschung gesellte sich ein breitschultriger und muskulöser GENUI dazu – Bor-Atak. Zwischen beiden Männern entstand innerhalb kürzester Zeit eine Freundschaft. Sie waren beide im Grunde ihres Herzens Kämpfer und der Ex-Marine lernte auch vom GENUI noch so einiges. Während Hochreiter mit seiner Disk die dunklen Abgründe durcheilte, ging seine Freundin, Dr. Klaffke, oder Elli, wie sie jetzt von allen genannt wurde, in ihrer Eigenschaft als Lehrerin auf. Sie wurde dabei von Manfred Holst und Sharon Hitman unterstützt. Der Unterricht war anschaulich und dementsprechend beliebt bei den Kindern und Jugendlichen. Jan stellte erfreut fest, dass seine 21 Menschen immer enger zu einem Team zusammenwuchsen. Er legte Wert darauf, dass jeden dritten Abend gemeinsam in der Hauptkantine gegessen wurde. Selbst Huang Li taute etwas auf, denn er hatte häufiger Besuch von den GENUI und diese machten keinen Hehl aus ihrer Bewunderung für den Wissenschaftler und Forscher. Das tat seiner wunden Seele gut und so wurde er insgesamt etwas ‚flauschiger‘, wie Nina sich ausdrückte. Carson, Alma und Nina waren ebenfalls ständig unterwegs. Meistens zu den C-Raumern. Sie vertieften ihr Wissen um die GENUI-Technik und deren Lebensweise und Kultur.
An einem der letzten Abende, an dem die Gemeinsamkeit in der Hauptkantine wieder im Vordergrund stand, kam es unverhofft zu einer weitreichenden und wichtigen Diskussion. Kurz nach dessen Beginn konnte niemand mehr sagen, wer eigentlich den Stein ins Rollen gebracht hatte. Das Ergebnis war jedoch, dass niemand, nicht einmal Bob, ernsthaft daran dachte, wieder auf der guten, alten Erde zu leben. Jan hatte eigentlich vorgehabt, dieses Thema zu einem späteren Zeitpunkt zu entscheiden, so aber war das Ergebnis bereits jetzt allen bekannt. Die menschliche Crew war insbesondere darüber begeistert, dass man dieses einstimmig beschlossen hatte. Aus diesem Hochgefühl heraus ergriff Manfred Holst das Wort und richtete es an Jan: „Du bist

Captain dieses Schiffes und in dieser Eigenschaft bitte ich dich um einen Gefallen."

„Lass hören, Manni", antwortete Jan Eggert wohlgelaunt.

„Nach Tradition irdischer Schiffslenker hast du das Recht, Trauungen vorzunehmen. Wie ihr alle wisst, ist Sharon schwanger. Kannst du dich damit anfreunden, uns zu verheiraten?"

Manfred berührte damit einen wunden Punkt in Jans Seele und somit änderte sich seine Gefühlslage schlagartig. Manfred bekam das natürlich mit und ruderte sogleich zurück: „Es macht auch nichts, wenn du es nicht tun willst", lenkte er von seinem Wunsch ab und nahm seine schwangere Freundin in die Arme. „Wir werden auch so glücklich – nicht wahr, Schatz?" Sharon nickte.

„Das ist es nicht", wehrte Jan ab. „Es geht nicht darum, ob ich will oder nicht, aber unsere soeben abgeschlossene Debatte ist leider doch noch nicht abgeschlossen. Wenn wir dauerhaft in diesem Sektor der Galaxie menschliches Leben etablieren wollen, muss es eine Chance haben. Und ich befürchte, dafür sind wir zu wenige. Die Evolution kann sich nicht auf 21 Individuen stützen."

Nachdenklichkeit machte sich breit bei der Mannschaft und Alma gab zu bedenken: „Hattest du nicht mal angeregt, wir holen noch ein paar Leute von der Erde?"

Jan bestätigte seine damaligen Worte durch ein Kopfnicken. „KI – Verbindung zum medizinischen Zentrum an Bord."

„Verbindung ist geschaltet, Captain."

„Doc, wir brauchen deine Hilfe in der Hauptkantine!"

„Gibt es einen medizinischen Notfall?", scholl es aus dem Munde des Droiden zurück.

„Nein, ich hatte dich vor einiger Zeit gebeten herauszufinden, was wir tun müssen um genetisch als Spezies in der Black Eye Galaxie zu überleben. Komm also her und berichte!"

Der Bordarzt bestätigte und bis zu seiner Ankunft wurde lebhaft in der Kantine diskutiert. Jan ließ sie reden und beteiligte sich nicht daran. Als der Doc erschien bat er um Ruhe und die halbhohe, goldene Nachbildung der GENUI begann zu sprechen.

„Unter normalen Umständen würde ich ein paar tausend Individuen eures Volkes für die richtige Anzahl halten, um der Evolution genügend Raum zu geben. In Anbetracht der medizinischen Behandlung durch die Stase-Einheiten sind jedoch Erbkrankheiten, auch latent vor-

248

handene, aus euren Genen entfernt worden, sodass nicht einmal inzestuöser Zusammenschluss von Paaren als schädigend angesehen werden kann. Trotzdem solltet ihr, damit eine halbwegs vernünftige Mischung der Gene stattfinden kann, zwei- bis dreihundert Personen sein – mindestens. Das wird aber erst Thema werden, wenn die übernächste Generation reif zur Reproduktion wird. Ihr habt also Zeit."

„Okay", beendete Jan den kurzen Bericht des Docs. „Ihr habt es gehört, wir werden uns in absehbarer Zeit um noch ein paar Auswanderer kümmern müssen. Deswegen kann ich nur eins sagen: Alle Kinder, die uns geboren werden, sind unsere Kinder. Wir alle werden uns um sie kümmern, denn sie sind unsere Zukunft in dieser Region. Ihre Betreuung und Ausbildung hat Vorrang vor allen anderen Dingen."

Die Mannschaft, bis auf die Kinder, die derlei Dinge noch nicht einordnen konnten, klopfte zum Einverständnis mit den Fäusten auf die Tische. Jan Eggert konnte nicht ahnen, dass er fast dieselben Worte wählte, wie über 100 Jahre später ein gewisser Ron Dekker.

„Darum, mein lieber Manfred, müsst ihr entscheiden, ob ihr verheiratet werden wollt. Glück gibt es auch ohne Trauschein und ich sehe mich im Moment nicht in der Lage so etwas wie ein Familien- und Scheidungsrecht aus der Taufe zu heben."

Mit den letzten Worten sah man größere Probleme auf sich zukommen. Man musste sich eine Art Verfassung geben. Man musste festlegen, nach welchem moralischen Kodex man miteinander umgehen wollte. Sie waren zwar nur 21, aber die kulturellen Unterschiede waren jetzt schon deutlich zu spüren. Streit galt es unbedingt zu vermeiden – jedenfalls gewalttätigen. Der Start der Menschheit in der Black-Eye-Galaxie erschien mit einem Male nicht mehr so leicht. Jan beschloss für sich, diese Probleme erst einmal zu verschieben, bis man irgendwo, vielleicht auf Eden, sesshaft geworden war. Doc Holliday begab sich wieder auf seine Station, aber die vorherige ausgelassene Freude wollte nicht mehr so recht aufkommen. Jeder hing seinen Gedanken um die Zukunft nach und so beendete Jan nach einer weiteren Stunde das Beisammensein.

Wenige Tage später waren die Modifikationen an Bord der C-Raumer sowie deren Geschwader abgeschlossen, die Mannschaften im Umgang mit der Waffentechnik vertraut und die Lager voll mit Rohstoffen. Nach kurzer Absprache mit Meiora-Seth und Bor-Atak, den Captains der beiden kleineren Kugelschiffe, beschloss man am Folgetag aufzubrechen – in Richtung EDEN.

9. Intermezzo

<u>17.08.2014, kurz vor 16:00 Uhr, ODIN, Brücke:</u>

Nun war es endlich soweit. Seit fast neun Stunden flogen die drei Einheiten, die ODIN voraus und keilförmig in deren Kielwasser die etwas kleineren SHIRTAN und ATROX in Richtung des Zielplaneten, den die Menschen voller Hoffnung ‚EDEN‘ genannt hatten. Die Stimmung an Bord der ODIN war gut. Die KI des Verbandsflaggschiffes hatte, wie bei solchen Formationsflügen üblich, die Steuerung aller Einheiten übernommen, sodass die Piloten auf den C-Raumern die Hände in den Schoß legen konnten. Man hatte beschlossen, lediglich mit halber Kraft zu fliegen, sodass man ungefähr 36 Stunden bis zum Ziel benötigen würde. Jan hatte ein paar Übungsmanöver eingeplant und daher würden sie wohl auch erst in einer Woche ihr Ziel erreicht haben. Teile der Mannschaften und Passagiere, auf beiden Seiten, hatten zwar ein wenig gemurrt, aber nach einer Ansprache von Meiora-Seth die Übungen als unerlässlich akzeptiert. Jan gab die Übungen ohne Vorwarnung vor und die erste sollte sogleich stattfinden.

„Carson! Überlichtflug unterbrechen!“ Jan setzte unmittelbar zur ersten Übung an.

„Ay, Captain!“ Cunningham gab die entsprechenden Kommandos und alle drei Raumer fielen aus dem Überraum in den Einsteinraum.

„Nina, Flottenfrequenz!“

„Du kannst sprechen“, Nina hatte nach den ersten Worten von Jan an Carson bereits die Finger auf den Schaltungen gehabt. Mit ein wenig Fantasie konnte sie sich ausmalen was ihr Partner wollte. Und genau darauf kam es an. Man übte ein Räderwerk, ein Zusammenspiel ohne langwierige Order.

„Flottenverband! Gefechtsalarm! SHIRTAN und ATROX – alle Alpha-Disks ausschleusen. SHIRTAN auf Position …“ Jan wollte Koordinaten durchgeben, als er unterbrochen wurde. Die Gesichter der beiden anderen Captains waren unterteilt auf einem der vorderen kleineren Monitore zu sehen.

„Jan, bitte einen Augenblick …“, bat die Kanzlerin.

„Meiora-Seth, Kanzlerin, wir haben Gefechtsalarm", Jan wollte sich nicht durcheinanderbringen lassen, aber die Kanzlerin redete dazwischen: „Jan! Wir empfangen einen Notruf!"

Das war ein Argument, beschloss Jan, schwieg und sah zu Nina. Diese nickte, also empfing sie auch etwas. „Übung abbrechen! Habt ihr schon Jäger ausgeschleust?"

„Nein", kam es von der ATROX und ebenso ein „Nein" von der SHIRTAN.

Zur Überraschung der GENUI reagierte Eggert anders als gedacht: „Das nächste Mal geht das schneller. Wenn ihr erst überlegt, ob ihr einen Befehl ausführt, dann kann es bereits zu spät sein! Aber okay für den Augenblick – was empfangt ihr?"

In diesem Augenblick schaltete sich der ansonsten eher zurückhaltende Bor-Atak von der ATROX ein: „Es handelt sich um einen Hilferuf aus dem Volk der GENUI. Wir haben den sich wiederholenden Spruch aufgezeichnet und dekodiert."

„Ja gut", forderte Jan auf, „dann mal rüber damit. Ich will ihn hören."

Bor-Atak gab nach schräg rechts einen Wink und ein Rauschen kam über die Lautsprecher, dann eine verzweifelt klingende, weibliche Stimme: „Wir sind in Gefahr – wir brauchen Hilfe. Wir sind etwa einhundert GENUI und auf dem Weg nach Hause von den Feinden abgefangen worden. Man hält uns fest! Unser Leben ist bedroht. Bitte, wenn irgendjemand uns hört: Helft uns! Hier spricht Sina-Randor."

Jan überlegte angestrengt, während der Notruf ein zweites Mal abgespielt wurde. Auf der Brücke der SHIRTAN kam es zu einer bewegenden Szene. Der Pilot und Freund des ersten Offiziers, Koj-Lot, war unbeherrscht aufgesprungen und auf die Kanzlerin zugeeilt. „Es sind unsere Siedler. Sina-Randor ist, oder war, meine Partnerin. Wir müssen sie retten, Kanzlerin – unbedingt!" Bat-Rar schaute nachdenklich zu seiner Partnerin. Er wagte nicht abzuschätzen wie sie reagieren würde. Das Leben aller riskieren für 100? Auch Meiora schien nicht recht mit der Situation umgehen zu können, daher waren alle froh, als ihnen Jan die Entscheidung per Funk aus der Hand nahm.

„Ich möchte alle Eingangswerte des Notrufs übermittelt bekommen! Wir sind zwar nicht allzu weit auseinander, aber vielleicht reicht es für eine Peilung. Bis dahin fallen wir weiterhin antriebslos durch das All!"

Die beiden GENUI-Captains hatten verstanden und gaben ihren Kom-Offizieren die Order, die gewünschten Daten an die ODIN zu übermitteln. Man hatte zwar nie richtig und offiziell darüber gesprochen, aber da man erwartete, nicht ohne Kampfhandlungen EDEN zu erreichen, hatte man die Kommandogewalt stillschweigend in Jans Hände gelegt. Daher fügte man sich hier ohne Widerspruch. Lediglich fügte der Mitkanzler hinzu, dass der Notruf aller Wahrscheinlichkeit nach von einem Teil der GENUI stammt, der nach GENUA-PRIME aufgebrochen war. Jan hatte dazu genickt und erst einmal die Kommunikation unterbrochen.

Auf der ODIN hatte Dr. Eleonore Klaffke ein ordentliches Arbeitspensum vor sich. Aus den Scannern der ODIN und der beiden kleineren Schwesterschiffe war eine wahre Datenflut auf ihren Rechner geströmt. Ihre Aufgabe war es nun herauszufinden, aus welcher Richtung und aus welcher Entfernung der Spruch abgesetzt worden war. Entschlossen warf sie ihre Locken nach hinten und machte sich ans Werk. Jan drängte sie nicht. Ein winziger Rechenfehler und man würde Lichtjahre daneben liegen. Unterdessen nahm die Physikerin Verbindung mit der SHIRTAN auf. „Wie weit reichen die Funkgeräte in euren Rettungskapseln?" Elli wollte diese naheliegende Frage beantwortet haben, allein um eventuell grobe Rechenfehler schneller entdecken zu können. Man stellte zu einer entsprechenden Fachabteilung durch und sie erhielt die Antwort, dass bei etwa 1.500 Lichtjahren das Äußerste erreicht sei. Allerdings könnte man nicht unbedingt davon ausgehen, dass auch tatsächlich von einer Rettungskapsel gefunkt worden war. Den breit gestreuten Notruf habe man übrigens nur empfangen können, weil man außerhalb des Überraums gewesen ist. Mit dieser wenig weiterhelfenden Antwort versehen, begann Elli mit der Rechenarbeit.

„Ich hab's", rief Elli rund 20 Minuten später und beschrieb eilig eine Folie.

Jan nickte Nina zu und diese ‚holte' die beiden anderen Captains auf den Monitor.

„Bitte, Elli – dein Ergebnis", forderte Jan die Wissenschaftlerin auf.

Klaffke schaltete sich mit einem Tastendruck in die bestehende Kommunikation ein und man sah nun, einschließlich Elli, drei Personen auf dem Vid-Kom Monitor.

„Das Signal ist sehr schwach und die Entfernung liegt im Bereich von 950 bis 1050 Lichtjahren. Dafür kann ich die Richtung besser bestimmen. Sie liegt der Navigation und der Astrogation der ODIN bereits vor."

Zahlreiche fragende Augen richteten sich auf Jan. Was sollen wir tun, schienen sie zu fragen.

Eggert wandte sich an Ödeniz. „Arzu, was gibt es in diese Richtung zwischen 950 und 1050 Lichtjahren?" Jan hoffte auf eine Antwort, wenn es digitales Kartenmaterial in den Speichern der ODIN gab, aber Arzu schüttelte den Kopf. „Keine Daten vorhanden, Captain. Wir müssen nachsehen."

Jan sah Meiora-Seth an: „Kanzlerin? Wie ist die Meinung der GENU-I?"

„Ich weiß nicht", begann die Frau zögerlich. „Immerhin müssen wir fast 2.000 unserer Leute in Sicherheit bringen."

Eggert nickte verstehend. Eine Gegenüberstellung der Optionen war auch für ihn nichts Neues. „Gut", begann er, „dann werdet ihr jetzt eine Eigenschaft der Menschen kennenlernen – zumindest für die Menschen, die sich in der Black-Eye-Galaxie befinden: Wir betrachten die GENUI als Freunde und Freunde lässt man, wie Leute seines eigenen Volkes, nicht im Stich. **Wir lassen niemanden zurück!**" Eggert hatte den letzten Satz lauter ausgesprochen, und während die Kanzlerin gelassen akzeptierte, meinte Jan in den rosa Augen des Captains der ATROX ein wildes Feuer zu entdecken. Bor-Atak war ob des Ausrufs begeistert und brannte förmlich darauf, seine Landsleute aus den Fängen des Feindes zu befreien. Wenn der Captain der ATROX bisher eher ein wenig skeptisch gegenüber den Menschen eingestellt war, so änderte sich dieses nach Jan Eggerts Appell. Der GENUI würde Jan folgen.

„Wir nehmen Kurs in Richtung Ausgangspunkt des Notrufs. In 900 Lichtjahren werden wir unseren kleinen Verband stoppen und mittels einer DISK einen Aufklärungsflug unternehmen! Gibt es Einwände?"

Es gab keine und Jan gab den Startbefehl, dieses Mal mit dem Zusatz: ‚Höchstgeschwindigkeit'.

Die Schiffe benötigten wegen ihrer herausragenden Triebwerke nicht viel Zeit, um diese Distanz zu überbrücken. Wohl aber brauchte man zum vollständigen Stopp fast sechs Stunden, schließlich wollte man kein Energiefeuerwerk veranstalten, welches auf lange Distanz angemessen werden konnte. Jan hatte deswegen eine Ruhepause für den Flug ausgerufen und nur Carson und Arzu besetzten die Brücke der ODIN. Alle anderen ruhten einem möglichen Einsatz entgegen.

Weit nach Mitternacht, gegen 03.00 Uhr, zeigten die Instrumente von Carson an, dass der Verband nahezu fahrtlos, soweit man das im Universum messen konnte, im Raum stand. Wegen der Entdeckungsgefahr schlossen sich aktive Scanner aus und ein Blick auf Arzus Kopfschütteln sagte dem stellvertretenden Captain, dass es innerhalb des passiv messbaren Bereiches nichts Nennenswertes gab. Cunningham fuhr die Energiemeiler herunter und ließ nur die Lebenserhaltung weiterlaufen. Eine entsprechende Empfehlung gab er über Kurzrichtfunk an die beiden kleineren Schiffe weiter. Dann drücke er die Ruftaste von Jans Kabine.

Der Captain war wenig später in lockerer Aufmachung auf der Brücke erschienen und richtete eigenhändig eine Verbindung zur SHIRTAN her. Er erreichte Meiora-Seth in ihrem Quartier. „Ich denke", so die Kanzlerin, „wir sollten ein gemischtes Zweierteam mit einer Beta losschicken."

Jan fand diese Idee völlig in Ordnung. Niemand sollte hinterher sagen können, die GENUI hätten sich nicht beteiligt. „Okay. Ich schicke einen Mann zu euch rüber. Such bitte jemanden aus."

Nach Ablauf von einer weiteren Stunde verließen Bat-Rar und Johann Hochreiter mit einer Beta-Disk den Kleinverband. Die Aufklärungsmission hatte begonnen. Jan hatte Bob auf die Brücke als Wache gebeten und war dann wieder in seine Unterkunft verschwunden. Man musste nun in Geduld die Mission des gemischten Teams abwarten – helfen konnte man nur, indem man ausgeruht war, wenn es dann losging.

Der Österreicher saß allein im kleinen Cockpit der Beta-Disk. Er hatte sich kurz mit seinem Team-Kollegen ausgetauscht und festgestellt, dass dieser in den letzten anderthalb Tagen kaum Schlaf gefunden hatte. Kurz entschlossen hatte sich die charmante Ader des Alpenländers durchgesetzt und er hatte den Kameraden kurzerhand in eine der kleinen Kabinen zum Schlafen geschickt. Nun schaute er, durch die transparente Kuppel kaum gehindert, auf die Wunder des Weltraums. Man war hier in einem Ballungszentrum und viele helle Sterne schienen fast zum Greifen nah. Die Innenbeleuchtung hatte Johann bereits abgestellt und trotzdem reichte das Sternenlicht aus, um den Arbeitsplatz weitgehend auszuleuchten. Viel war nicht zu tun.

Die Beta flog zwar im Hyperraum, jedoch war die Geschwindigkeit eher gering. Die hochempfindlichen passiven Sensoren scannten in Flugrichtung und wegen der Entdeckungsgefahr durfte das Bremsmanöver selbst mit diesem Kleinstraumschiff nicht mit aller Gewalt durchgeführt werden. Jan hatte diesbezüglich nicht mit Hinweisen und Verhaltensmaßregeln gespart.
Der Österreicher wappnete sich mit Geduld.

Die Stunden vergingen und schließlich passierte mit Hochreiter das, was er insgeheim befürchtet, aber gehofft hatte, dass es ihn für immer in Ruhe ließ. Elli hatte ihn in den letzten Wochen auf andere Gedanken und Trab gebracht, und wenn sie in seiner Nähe war, dann ließen ihn die Geister der Vergangenheit in Ruhe. Auch dies vollkommen neue und aufregende Lebensumfeld hatte ihn seine damaligen Erlebnisse vergessen lassen. Ständig war er auf irgendwelche Dinge konzentriert und damit abgelenkt. Jetzt aber war er mit sich und seinen Gedanken allein. Es gab nichts zu tun, als die Instrumente im Auge zu behalten und auf eventuelle Hinweise der KI zu reagieren. Die Disk hatte schon mehrere Dutzend Lichtjahre zwischen sich und die ODIN gebracht, und die Leere ringsherum griffen nicht nur Johanns Geist, sondern mit voller Wucht auch seine Psyche an. Er sah ihn wieder – seinen Freund. Den Mund zu einem letzten Schrei geöffnet, der ihm heute, etwa 30 Jahre später, immer noch in den Ohren gellte. Johann begann gleichzeitig zu zittern und zu schwitzen. Er bedauerte die offensichtliche Tatsache, dass die medizinischen Stasetanks der GENUI lediglich körperliche Schäden beheben konnten. Bei der Psyche konnten auch die so weit entwickelten Silbernen nicht auf technische Möglichkeiten zurückgreifen. Er überlegte, ob er nicht Bat-Rar rufen sollte, aber dieser würde ihm, neben der Peinlichkeit, auch nicht helfen können. Seine Gedanken eilten zurück – zurück in die Zeit seiner Kindheit.
„Johann, Johann – Was hast du getan?"
Der erst 13-jährige Johann Hochreiter eilte von seinem winzigen Zimmer in dem einfachen und schlichten Haus in die Küche, aus der er die entsetzten Worte seiner Mutter hörte.
„Ja, Mutter?"
Seine Mama, eine verhärmt aussehende und leidgeprüfte Frau von knapp 40 Jahren, stand mit in den Hüften gestemmten Fäusten vor

255

einem geöffneten oberen Küchenschrank. „Wo ist das Weckerl (Brötchen) von heute Morgen geblieben?"

Johann war sich keiner Schuld bewusst. „Ich hab

s gegessen, vorhin. Warum?"

Die Mutter nahm eine vorwurfsvolle Haltung an: „Du weißt, dass das Weckerl für deinen Vater war? Das Einzige, was er noch zu sich nimmt? Die einzige Freude seines langen, schmerzvollen Tages? Und du isst es einfach auf! Sieh zu, dass du noch eines besorgst und lass dich nicht blicken ohne!"

Johann schossen die Tränen in die Augen. Nein, das hatte er nicht gewusst. Sein Vater lag oben im Bett, eine Etage höher, zum Sterben – Magenkrebs. Aus dem stattlichen Mann, zu dem sein Sohn bisher aufgeschaut hatte, war ein Schatten seiner selbst geworden. Ein Gerippe, lediglich noch mit etwas krank aussehender Haut bedeckt. Johann rannte aus dem Haus – irgendwohin, am besten dort, wo es noch Brötchen gab. Sein Vater würde die nächsten zwei Wochen kaum überleben und er hatte, obwohl unbewusst, ihm die letzten Freuden genommen. Voller Verzweiflung holte er sein Fahrrad aus dem Schuppen und radelte ins Dorf hinunter – kein leichtes Unterfangen, denn es war Mitte Februar und auf den Nebenstraßen, die ihn zum Dorf führten, lag etwa 20 Zentimeter Neuschnee. Johann fror sich bald die Hände ab, bis er den Bäckerladen erreichte. Hastig warf er sein Fahrrad beiseite und wollte in den Laden stürmen, doch die Tür war geschlossen. Sein Klopfen hörte kein Mensch, sodass er sich wenig später ohne Hoffnungen auf seinem Fahrrad sitzend den Hintern abfror. Da kam ihm eine Idee. Wieder radelte er los und wenig später stand er vor dem Haus von Großtante Ida.

„Tante Ida, hast du noch ein Brötchen von heute Morgen oder gestern?"

Fast flehentlich schaute er die greise Frau an, die ihm freundlich lächelnd die Türe nach heftigem Geklopfe geöffnet hatte.

„Komm erst einmal herein, mein Junge. Du bist ja ganz kalt." Mit hängendem Kopf schlurfte Johann an seiner Großtante vorbei in die gut geheizte Küche. Ida war Witwe und das schon seit 20 Jahren. Sie hatte ein freundliches Wesen und schien immer ausgeglichen und ruhig.

„Was ist passiert?", fragte sie den Jungen.

„Ich habe meinem Vater das Weckerl weggegessen und nun hat er nichts zu essen. Er nimmt nichts anderes und ich habe es nicht gewusst." Die Tränen schossen dem verzweifelten Jungen ins Gesicht.

Tante Ida nickte verständnisvoll. „Ja, ich weiß. Das weiche Ding bestreicht deine Mutter mit Leberwurst. Das mag dein Vater. Deine Mut-

ter hat es mir erzählt – neulich. Ich schau mal gerade nach." Tante Ida stand wieder auf und öffnete einem Küchenschrank. „Du hast Glück", sagte sie und zog ein Weckerl hervor. Überglücklich sprang Johann auf und Ida übergab ihm das begehrte Lebensmittel. Hastig stopfte er es in seine Tasche und verabschiedete sich schleunigst. Den Weg zurück mit dem Fahrrad bergauf und bei aufgekommenem heftigem Schneetreiben war nicht einfach. Trotz der eisigen Kälte schwitzte Johann erheblich. Schließlich erreichte er das elterliche Haus. Sein Fahrrad ließ er achtlos draußen liegen, obwohl es sein liebster und wertvollster Besitz war. Er riss die Tür auf und sah als erstes den Dorfpfarrer im Flur stehen. Kraftlos sank seine erhobene Hand mit dem Brötchen wieder nach unten. Ein Blick auf seine Mutter, die weinend in der Küche auf einem Stuhl saß, die Hände vor dem Gesicht geschlagen, ließ ihn wissen, dass sein Vater verstorben war – während seiner Suche nach dem Weckerl.
Die folgenden Tage liefen für Johann wie ein Film vor ihm ab. Unfähig auch nur das leiseste Gefühl zu zeigen, stand er am offenen Grab seines Vaters und wusste nicht, wie er sich zu verhalten hatte. Seine Mutter war ausschließlich mit sich selbst und ihrer Verzweiflung beschäftigt und der einzige Rückzugspunkt für Johann war Tante Ida.
So kam der Frühling und Tante Ida ging.
Wieder stand ein fassungsloser Johann am offenen Grab und verstand diese Welt nicht mehr.
Der Pfarrer kam nun öfter ins Haus der Hochreiters.

Johann Hochreiter war von diesem Ereignis jetzt 32 Zeitjahre und 24 Millionen Lichtjahre entfernt. Trotzdem rannen ihm in der Beta-Disk die Tränen über die Wangen. Zu gern hätte er mit seinem Vater, zu dem er Zeit seines Lebens kein besonders gutes Verhältnis hatte, noch das eine oder andere Wort gewechselt, vielleicht eine Frage gestellt und auch eine Antwort erhalten. Doch das Jahr 1982 hielt noch mehr Ungemach für den jungen Mann bereit.

Johann war 1969 im Nordtirol/Österreich in einem kleinen beschaulichen und sehr konservativen Bergdorf geboren. In dem Sommer, als sein Vater und Tante Ida gestorben waren, passierte leider noch viel mehr. Mit seinem Kumpel Franz, mit dem er, seit er laufen konnte, freundschaftlich verbunden war, begab er sich Mitte August heimlich zu einer Kletterpartie. Heimlich deswegen, weil die besorgten Mütter ein derartiges Wagnis niemals zugelassen hätten. Nun hingen die Jungs nicht etwa in der steilen Wand, aber es gehörte schon etwas Ausrüstung und Mut dazu. Die Wege waren eigentlich für den ungeübten Kletterer zu meistern, aber keinesfalls ungefährlich. Nach knapp fünf Stunden hatten sie den Berg bestiegen und das Gipfelkreuz erreicht. Sie hockten sich auf den kahlen Felsen und nahmen die Rucksäcke ab. Brüderlich teilten sie die mitgebrachte Wegzehrung und stärkten sich für den Abstieg. Sie genossen noch eine Zeit lang den gigantischen Ausblick über die österreichische Bergwelt, dann mahnte Johann zum Abstieg. Nach dem ersten Drittel driftete das leichte Gespräch, man wollte sich auf keinen Fall in der Konzentration ablenken lassen, in Richtung Mädchen. Entsetzt stellten beide Jungen fest, dass sie ein- und dasselbe Mädchen, eine gewisse Marie, bevorzugten. Beide prahlten damit, dass Marie sie und niemanden anderen wollte. Das Gespräch wurde immer lauter und hitziger. Schließlich blieben sie auf einem etwas breiteren Sims stehen und beschimpften sich. Die jahrelange Freundschaft war von einem auf den anderen Augenblick wie weggeblasen. Es blieb nicht bei Worten. Die Jungen wurden in ihren Gefühlen zu dem Mädchen, die sie noch gar nicht richtig einschätzen konnten, hitzig und wütend. Bald begann man sich zu schubsen und schließlich zu schlagen. Franz geriet nach einem Treffer von Johann ins Wanken, stolperte, stürzte aufs Knie und drohte das Gleichgewicht zu verlieren. Johann konnte den vor Schmerzen und Angst schreienden Franz im letzten Augenblick zurückreißen. Von diesem gefährlichen Augenblick auf den Boden der Tatsachen zurückgeholt, vereinbarten sie, das Mädchen wählen zu lassen. Johann untersuchte oberflächlich das verletzte Knie. Franz konnte es weder belasten noch bewegen. Jedes Mal, wenn er es versuchte, musste er vor Schmerzen abbrechen. Johann hakte ihn unter und stützte ihn für den gemeinsamen Nachhauseweg.

„Johann, schau!" Franz zeigte mit der Hand und deutlichem Entsetzen in den Augen in Richtung Westen. Johann wirbelte herum und tatsächlich, da braute sich was zusammen. Dunkle Wolken kamen ziemlich schnell näher.

„Los, wir müssen uns sputen, Unwetter. Wir müssen hinab!", rief Johann und trieb seinen Kletterpartner an sich nicht allzu sehr auf seine Schulter aufzustützen. Beide Jungen beeilten sich und humpelten voran, so schnell es die jeweilige Streckensituation zuließ. Es dauerte nicht lange und sie hörten ein Gewitter näherkommen. Und ein Gewitter in

den Alpen ist nichts für schwache Nerven! Zwischen den Bergschluchten wird der Donner x-fach hin- und hergeworfen und ist damit deutlich lauter. Dann begann es zu regnen. Dabei, regnen ist der falsche Begriff. Kurz nach den ersten Tropfen begann es wie aus Waschkübeln zu gießen. Das Wasser lief in Strömen die Bergwand hinunter und versuchte immer wieder, den Jungen die Füße wegzureißen. Innerhalb weniger Sekunden waren sie durchnässt und da auch ein empfindlicher Wind aufkam, froren sie und zitterten wie Espenlaub. Johann ging an der Bergseite und hatte den Freund oder ehemaligen Freund einigermaßen fest im Griff. Er mochte gar nicht an Franz vorbei nach unten sehen. Hier war eine schroffe Kante und es ging tief, sehr tief und fast senkrecht abwärts. Zwischen den einzelnen Donnerschlägen hörten die Jungen ein dumpfes Poltern und Franz riss den Kopf nach oben. „Steinschlag", brüllte er und warf sich gegen Johann, der daraufhin eng an die Felswand geriet, strauchelte und den Griff um Franz lockerte. Franz selbst hatte Pech, ein mehr als faustgroßer Stein traf ihn an der Schulter und die Wucht des Aufpralls reichte, ihn weiter zum Abgrund taumeln zu lassen. Er schrie vor Schmerzen und als er dann, weil es nicht anders ging, sein Knie belastete, knickte es ein und er rutschte langsam über den Rand. Johann hechtete auf dem Bauch liegend hinterher und bekam Franz an einem Armgelenk zu fassen.
„Nein, Johann! Um Gottes willen! Lass mich nicht los – ich will nicht sterben!"
Johann hielt den Arm mit aller Kraft gepackt, musste aber mit panischem Entsetzen feststellen, dass er selbst keinen Halt auf diesem glitschigen, vom Regen durchnässten Sims hatte. Langsam rutschte er hinter Franz her.
„Halt' mich fest, bitte, halt' mich fest!", schrie Franz immer wieder und Johann schaute sich hektisch nach einer Möglichkeit um, sich zusätzlichen Halt zu verschaffen. Nichts! Es gab nichts, wo er sich hätte verankern und den Freund hochziehen können. Sein Herz klopfte wild vor Panik. In welche eine Situation waren sie dort hineingeraten! Die Mütter hatten Recht. Langsam aber sicher rutschte er immer weiter auf den Abgrund zu. Franz versucht mit seiner freien Hand sich irgendwo zu halten – es gelang ihm nicht. Johann schaute nun mit seinem Kopf bereits über den Rand und dem Freund in die angstvoll aufgerissenen Augen. ,Ich kann ihn nicht halten', schoss es Johann durch den Kopf. ,Wir werden beide sterben!' Es gab einen kleinen Ruck und Johann

rutschte noch weiter hinüber. Dann ließ er – er ließ Franz schließlich los. Der Arm rutschte aus seinen Fingern und der Druck auf seine Brust ließ augenblicklich nach. Mit einem unglaublichen Gefühl der Trauer sah er in das fassungslose Gesicht seines Freundes. Dann erfolgte ein langgezogener Schrei in höchster Todesangst und Franz wurde, begleitet von Blitz und Donner, schnell kleiner und verstummte erst, als er schwer an der sich verbreiternden Felswand anschlug, abprallte sich schnell überschlug und dann weiter nach unten fiel. Panisch robbte Johann zurück und setzte sich mit dem Rücken zur Felswand. Sein Freund war tot! Das waren bestimmt an die 300 Meter gewesen – keine Chance, diesen Sturz zu überleben. Und warum? Man war unvorsichtig gewesen und man hatte sich gestritten. Ohne die Verletzung wäre Franz nicht abgestürzt. Wer hat diese Verletzung verursacht? Somit stellte Johann fest, war er schuld am Tod des Freundes. In diesem Augenblick setzte sein Verstand aus. Er schlug die Arme um die herangezogenen Beine und blieb einfach sitzen. Es war ihm alles egal. Den Regen spürte er nicht und die Schmerzen in der Brust, offensichtlich hatte er sich eine Rippe gebrochen, fielen ihm kaum auf. So blieb der Junge fast drei Stunden zitternd und frierend sitzen und erst als sich das Gewitter verzogen hatte und die Sonne seine Glieder wieder wärmte, regte sich in ihm Überlebenswillen. Mutlos raffte er sich auf. Was sollte er zuhause überhaupt erzählen? Nach einigen Stunden gelangte er an den Fuß des Berges und wenig später fiel er einer Gendarmeriestreife auf. Die beiden Polizisten vermuteten ganz richtig einen Unglücksfall und befragten Johann. Dieser gab zögernd und stockend Auskunft. Sie seien zu zweit gewesen und sein Freund sei abgestürzt. Alles andere ließ er weg – sicherheitshalber.

Die Polizisten verfrachteten Johann in ihr Fahrzeug und verständigten die Bergrettung. Ihn selbst fuhren sie nach Hause.

Wieder erschien der Pfarrer, um Beistand zu leisten.

Es dauerte ganze zwei Tage, bis man in einer unwegsamen Schlucht den Leichnam von Franz fand. Kurz darauf fand die Beerdigung innerhalb des kleinen Bergdorfes statt. Johann bemerkte, dass man ihn mied. Es kamen Gerüchte auf, dass er möglicherweise nicht unschuldig an Franz Tod sei. Insbesondere der Vater des tödlich Verunglückten ließ als einflussreicher Mann keine Gelegenheit aus, der Witwe Hochreiter und ihrem Sohn das Leben schwerzumachen. Die Mutter verlor ihre Beschäftigung als Hilfe im örtlichen Bäckerladen. Als seine Mutter daraufhin hemmungslos weinte, schlug Johann vor, woanders hinzuziehen. „Wohin denn?", fuhr ihn seine Mutter an. „Das alte Haus hier ist unser ganzer Besitz. Mehr ist nicht geblieben."

Dann kam das Gerücht auf, seine Mutter hätte ein Verhältnis mit dem Dorfpfarrer. Johann vermutete dahinter eine weitere gezielte Kampagne aus Franz Elternhaus. Allerdings fand er es selbst langsam merkwürdig, wie oft der Kirchenvertreter bei ihnen zu Gast war.

Es war an einem der lauen Herbsttage im Jahr 1982, am späten Nachmittag. Johann war einsam, man mied ihn noch immer, durch die angrenzenden Wälder gestreift und hatte wie so oft versucht, dass entsetzte Gesicht seines Freundes zu vergessen, kurz bevor dieser in die Tiefe stürzte. Er kam nach Hause und öffnete die Zugangstüre, deren Holz längst schon einen weiteren Anstrich benötigte – wie das ganze Haus eigentlich. In der Küche, wo sonst eigentlich immer, war seine Mutter nicht. Da er ihr Fahrrad vor dem Haus gesehen hatte, musste sie im Hause sein. Während er suchte, fiel ihm auf, dass das gesamte Haus sorgsam gereinigt und aufgeräumt war. So hatte er das Haus noch nie gesehen. Schließlich fand er sie – auf dem Dachboden. Sie hatte ihr Lieblingskleid angezogen und hing an einem Strick aus Hanf. Die dunkle Gesichtsfarbe und der in die Länge gezogene Hals ließ keinen Zweifel aufkommen – sie war tot.

Johann schossen die Tränen in die Augen, als ihm schlagartig die gesamte Reichweite ihres Todes klar wurde. Der Vater war verstorben, kurz darauf Tante Ida und jetzt seine Mutter – er war allein. Es gab keine sonstige Verwandtschaft mehr. Über eine Stunde saß er zu Füßen seiner Mutter, bevor er sich an den einzigen wandte, der noch etwas mit ihnen zu tun hatte. Er radelte wie ein Verrückter zur Dorfpfarrei und holte kirchlichen Beistand. Wenige Stunden später war der Leichnam beseitigt und die Gendarmerie hatte ihre Ermittlungen abgeschlossen. Eindeutig: Suizid.

„Du kommst mit mir", sprach der Pfarrer und die Vertreter der Ordnungsbehörden nickten dazu. Wenn der Pfarrer etwas sagte, dann war dieses in der Region des Landes immer noch Gesetz. Johann packte ein paar persönliche Sachen ein und bezog ein Zimmer im Haus des Würdenträgers. Zwei Tage später stellte er ihn zur Rede wegen der Gerüchte mit dem Verhältnis seiner Mutter und so.

Der Pfarrer, ein Mann von ungefähr 50 Jahren, nickte bedächtig und schien ihm diese Vorhaltungen nicht übelzunehmen. „Du musst jetzt stark sein, mein Sohn. Du hast ein Anrecht auf die Wahrheit." Er setzte sich mit dem Jungen an den Tisch in der Stube und begann zu erklären: „Dein Vater konnte keine Kinder zeugen und deine Mutter wünschte sich sehnlichst ein Kind." Während der Geistliche eine bedeutungsvolle Pause einlegte, ratterte es im Gehirn von Johann. „Dann bist du also mein Vater? Es stimmt was die Leute sagen?" Der Pfarrer schüttelte traurig den Kopf. „Glaub mir, mein Sohn, ich würde an dieser Stelle nicht leugnen und tatsächlich würde es mir gefallen, einen Sohn wie dich zu haben. Es ist aber ganz anders. Vor etwas mehr als 13 Jahren klopfte es spät abends hier an diesem Haus. Als ich öffnete, hörte ich noch wie jemand eilends weglief. Als ich auf die Schwelle der Eingangstür sah, entdeckte ich einen größeren Pappkarton mit Decken darin. Ich trug den Karton hinein und hier in der Stube sah ich ein Baby darin – dich. Ich erinnerte mich an den Kinderwunsch deiner Mutter und trug dich zu ihr. Sie nahm es als Gottes Geschenk an und niemand erfuhr, dass du ein Findelkind bist." Johann starrte den Mann an und überlegte, was denn noch in diesem Jahr mit ihm geschehen würde. Dieses Jahr hatte ihm sprichwörtlich den Boden unter den Füßen weggezogen. Er hatte niemanden mehr und seine toten Eltern waren auch gar nicht seine Eltern gewesen. Er war nichts – niemand. Johann ließ den Kopf hängen und sein Gesprächspartner sah, wie dicke Tränen von den Wangen herabfielen. „Du wirst jetzt vielleicht verstehen", fuhr der Pfarrer fort, „warum ich mich für dich verantwortlich fühle und warum du hier in diesem Haus wohnst. Deine Mutter hatte mir von ihren Todessehnsüchten erzählt und ich habe versucht, es ihr auszureden, ihr zu helfen – ihr Beistand zu geben. Daher war ich so oft bei euch. Mir war auch klar, dass dies zu unschönen Gerüchten führen kann. Ich wollte deine Mutter nicht an einen Psychologen übergeben. Eine Einlieferung in eine geschlossene Abteilung wäre unausweichlich gewesen. Damit hätte sie gar keine Chance gehabt. So ging ich das Risiko ein und verlor. Ein Grund mehr, dass ich mich um dich kümmere. Es sei denn, du willst in ein Heim?" Johann sah den Mann nicht an, schüttelte aber stumm den Kopf. „Gut, mein Sohn. Dann lass uns sehen, dass es dir an nichts mangelt. Du brauchst eine anständige Bildung und Ausbildung."

263

Durch den Freitod seiner Mutter änderte sich wieder die Einstellung der Dorfbevölkerung und sie sahen in Johann das, was er eigentlich war: ein entwurzelter jungen Mann. Es gab zwar immer noch irgendwelche Gerüchte, leise und heimlich, aber man mied ihn nicht mehr. Man war davon überzeugt, dass Gott gestraft hatte – und damit gab man sich dann zufrieden. Der Pfarrer versorgte ihn gut und schließlich kam Johann dahinter, dass der Geistliche doch ein Verhältnis hatte und zwar mit seiner Haushälterin, einer drallen Blondine, die für Johann sorgte wie eine Mutter. Der Junge mischte sich nicht in derlei delikate Dinge ein und schwieg darüber. Schließlich hatte er es gut und dabei sollte es möglichst lange bleiben. So kam dann Johann doch noch in den Genuss eines harmonischen Familienlebens.

Eins blieb allerdings: seine beinahe allnächtlichen Albträume, in denen immer wieder Franz seinen Fingern entglitt und er schreiend in die Tiefe stürzte – immer wieder – immer wieder …

Dieses Mal war es besonders real und auch anders. Er hatte Franz mit beiden Händen gepackt und hoffte nun, ihn dieses Mal retten zu können. Er schrie vor Anstrengung, als er mit beiden Händen fest zufasste. Mit einem Mal veränderte sich das Gesicht von Franz. Die Haare verschwanden und aus den braunen Augen wurden graue. Dann verlängerte sich sein Hinterkopf etwas und das Gesicht wurde silbern.

„Johann, Johann! Was ist mit dir?" Die Stimme benutzte eine andere Sprache und trotzdem verstand er sie. Was war das? Hochreiter fühlte sich von kräftigen Armen geschüttelt und wachte nur langsam aus seinem Albtraum auf. Er befand sich an Bord einer Beta-Disk in der Black-Eye-Galaxie und verfolgte eine Spur vermisster GENUI-Siedler und Franz war nicht Franz, sondern Bat-Rar, der Mitkanzler der GENUI – sein Begleiter auf dieser Erkundungsmission.

„Johann! Alles klar mit dir?" Bat-Rar schaute besorgt und das nicht ohne Grund. Johann Gesicht war zu einer schmerzverzehrten Grimasse zusammengekniffen, Schweißperlen standen ihm auf der Stirn und seine Gesichtsfarbe war unnatürlich rot. Man ließ sich vorsichtig los.

„Es geht schon, es geht schon", stammelte Johann und versuchte die letzten Eindrücke abzuschütteln. „Entschuldige bitte."

„Was ist passiert?", fragte der Mitkanzler noch einmal und Johann atmete heftig. „Die Geister der Vergangenheit haben mich eingeholt. Entschuldige bitte, aber das Alleinsein hier und das Hinaussehen in die

Unendlichkeit hat mir offensichtlich nicht gutgetan. Ich bin so etwas nicht gewohnt. Bitte schweig darüber."

Bat-Rar nickte und Johann vermutete, dass von derlei Problemen auch die GENUI befallen sein konnten.

„Lass uns schauen, wo wir bereits sind", schloss der Mitkanzler die für Johann peinliche Situation ab. Ein Blick auf die Instrumente ergab, dass man bereits 980 Lichtjahre incl. der von der ODIN absolvierten Strecke geflogen war.

„Zeit, die Geschwindigkeit zu reduzieren", gab der Mitkanzler bekannt und gab einen mündlichen Befehl an die KI des kleinen Schiffes. Bat-Rar verschwand für einen kurzen Augenblick und kam dann, in den Händen hielt er zwei Teller mit dampfenden Speisen, zurück. Johann dankte und schweigend verzehrten sie ihr Mahl. Hochreiter aß mechanisch und wenn man ihn gefragt hätte, dann wäre eine Definition der Speisen für ihn wohl schwierig gewesen. Die Erinnerung an seine Kindheitserlebnisse war noch zu frisch, als dass er sich auf das Essen konzentrieren konnte. Im Prinzip musste er aufpassen, dass er nicht wieder abrutschte, abrutschte in dieses schwarze Loch, in der es keine Zeit und keine Gefühle gab. Er stellte seinen Teller ab. „Ich gehe mich mal frisch machen", erklärte der Österreicher und in Anbetracht seiner schweißdurchnässten Uniform war das eine gute Idee. Als er nach einer Viertelstunde frisch geduscht wieder im Cockpit der Maschine eintraf, konnte Bat-Rar mit den ersten Ergebnissen aufwarten.

„Ich habe weiter verlangsamt. In etwa 30 Minuten treffen wir auf ein System, aus dem der Notruf stammen könnte." Einer der Monitore zeigte ein Sonnensystem mit nicht weniger als 25 Planeten, sowie einen Ring aus Gesteinstrümmern rundherum und unzähligen Monden. Die Angaben waren noch nicht sehr genau. Sie würden von besserer Qualität sein, wenn man dichter heran war. Die Zeit verging schleppend. Zwischenzeitlich sprach Johann einen kurzen Bericht auf einen Datenträger, raffte und verschlüsselte ihn und schoss ihn dann in der Richtung ab, aus der die Beta gekommen war. Somit war der Verband informiert.

„Wie weit sollen wir hinein?", fragte Bat-Rar und Johann antwortete: „Wenn wir klare Aussagen nach unserer Rückkehr treffen wollen, dann müssen wir mitten hinein. Es wird schwierig sein, in diesem Riesensystem 100 deiner Landsleute zu finden." Bat-Rar nickte verstehend und in diesem Augenblick begann die KI mit einem kleinen Countdown.

Bei null fiel das kleine Beiboot aus dem Hyperraum zurück in den Einsteinraum und die passiven Scanner begannen ihre bisher unvollständige Arbeit zu korrigieren. Und Johann präzisierte seine eigenen Worte: „Und ich werde nicht eher hier abrücken, bis wir deine Leute gefunden haben!"

„Könnte ein klein wenig aufregend werden", kommentierte der GENUI und zeigte auf die roten Punkte, die einer nach dem anderen, verteilt über das gesamte System in unregelmäßigen zeitlichen Abständen auftauchten. Johann atmete scharf aus, als er die Daten dazu sah. Innerhalb der ersten 45 Sekunden waren nicht weniger als 13 Schiffe der 14.800er-Klasse der HUTCH detektiert worden. Und es wurden mehr.

„Ein offener Angriff scheidet damit ganz klar aus", stellte der Österreicher fest. „Damit wird unser Teil der Rettungsmission umso wichtiger. Wir müssen feststellen wo die GENUI festgehalten werden. Im Übrigen, wenn du nichts dagegen hast, nenne ich dies das HUTCH-System."

Bat-Rar hatte keine Einwände und so stand der Name fest.

„Verflixt! Die Daten, nach denen wir hergeflogen sind, helfen uns jetzt auch nicht weiter. Einer der Planeten hat allein schon drei Dutzend Monde und auf jedem davon könnten deine Leute sein."

Der Mitkanzler schaute mehr oder weniger hilflos auf die Scannerergebnisse. Wenn sie ohne Informationen zum Verband zurückkehrten, dann war die Mühe umsonst gewesen und man konnte die gesamte Rettungsmission streichen. Gegen derart viele Feindschiffe kamen die drei GENUI-Einheiten nicht an. „Wenn wir logisch …", begann er, wurde aber von Hochreiter unterbrochen: „Mit Logik kommen wir hier nicht weiter. Was haben wir eine Ahnung, nach welcher Logik unsere Feinde agieren? Wir könnten genauso gut falsch liegen. Daher schlage ich vor, dass wir Daten sammeln und nach Informationen suchen. Vielleicht gibt es ja irgendwas. Wir dürfen nur nicht den Fehler machen anzunehmen, dass sie so handeln wie wir."

Bat-Rar gab sich diesen Argumenten geschlagen. In der nächsten Stunde, in der die Beta-Disk antriebslos durch das HUTCH-System fiel, vervollständigte sich das Scannerbild. Johann bekam dicke Backen. Hier hatte eine stattliche Versammlung feindlicher Großschiffe stattgefunden bzw. war hier beheimatet. Die Scanner verrieten aber noch mehr. Wenn man den HUTCH einiges an Härte zugestand, dann waren nicht weniger als sieben Planeten in der erweiterten habitablen Zone.

Es blieb ihnen nichts anderes übrig, als zunächst alle Sieben anzufliegen. Zwar ging man mit den entsprechenden Kurskorrekturen und Antriebsemissionen ein nicht geringes Risiko ein, aber niemand hatte damit gerechnet, dass man ganz ohne Risiko 100 GENUI retten könnte. Johann machte sich daran, einen Kurs zu berechnen, der ihnen immer den größtmöglichen Abstand zu den Feindschiffen bot. Nach einer knappen Stunde lag der Kurs an und würde bestehen bleiben, wenn es keine Verschiebungen der feindlichen Kräfte gäbe.

„Können wir die Bio-Scanner soweit modifizieren, dass sie nach GENUI suchen können?" Johann schaute seinen Missionskollegen hoffnungsvoll an.

„Ich habe da auch schon dran gedacht. Allerdings sind die Ergebnisse recht störanfällig und über die Reichweite lässt sich nicht allzu viel sagen. Ich will mit Hilfe der KI eine Modifikation versuchen."

Bat-Rar machte sich ans Werk und Johann nahm Kurs auf den ersten Planeten in der habitablen Zone.

Das erste Ziel war auch gleich die erste Enttäuschung. Auf diesem Himmelkörper gab es außer Steinen nichts. Mittlerweile hatte auch der Mitkanzler so etwas wie ein Ergebnis erzielt.

„Lass hören", forderte ihn Johann auf, nachdem Bat-Rar einen Teilerfolg gemeldet hatte.

„Ich gehe davon aus, dass wir Drohnen einsetzen. Also, wir sind mittels dieser Technik in der Lage, Biowerte aus etwa 500 Kilometern anzumessen. Um diese Werte zu unterscheiden, benötigen wir einen Abstand von 50 Kilometern, gerne weniger."

„Wie viele Drohnen mit Tarnmöglichkeiten können wir einsetzen?"

„Zwei."

„Wie, zwei?"

„Nur zwei. Die Beta ist das kleinste Beiboot und wir transportieren noch andere Ausrüstungsgüter. Wir haben von jedem nur ein bisschen", bedauerte Bat-Rar.

„Das dauert ja Wochen, bis wir damit alles abgesucht haben", stöhnte Johann.

„Eher Monate", bestätigte Bat-Rar.

Hochreiter drehte sich mit seinem Stuhl zum GENUI um: „Halten wir mal fest: Eile ist dringend geboten, denn wir wissen nicht, was die HUTCH mit den Gefangenen machen – ich will keine Leichen befreien. Weiterhin kann uns jetzt nur ein dummer Zufall helfen und das Glück ist eine launische Braut."

„Launische Braut?"

Johann winkte ab, war nicht wichtig. Mit Sprichwörtern hatte die Übersetzungsmatrix offensichtlich Probleme. „Ich will sagen, dass wir Hilfe brauchen. Fasse einen entsprechenden Funkspruch auf einen Datenträger, während ich das Schiff wende. Man soll uns so viele modifizierte Drohnen zur Verfügung stellen, wie es geht. Gib die Kursvektoren für dieses System mit an. Wir regen an, Alphas von den KIs hierhin fliegen zu lassen. Kurz vor dem System sollen die Drohnen ausgeschleust werden und unter unsere Fernsteuerkontrolle fallen."

Bat-Rar nickte und machte sich an die Arbeit. Johann wendete den Jet und man verließ wieder das HUTCH-System. Der erste Angriff war ins Leere gelaufen. Das nächste Mal wollte man besser vorbereitet sein.

Stunden später, die Beta stand etwa 30 Lichtjahre vom HUTCH-System entfernt still im Raum, erwachte Bat-Rar aus seiner Lethargie und weckte Johann, der in seinem Sitz eingeschlafen war. Die KI hatte aus Richtung des Verbandes einen leisen Alarm ausgelöst. Die aktiven Scanner waren in diesen Teil der Galaxie gerichtet und sollten daher eine Annäherung der bestellten Drohnen rechtzeitig detektieren können. Es waren aber nicht die Drohnen – es war der gesamte Verband. Kurz darauf wurden sie gerufen.

„Hallo Leute. Uns war langweilig. Bitte überspielt uns die Scannerergebnisse aus dem System", ein bestens gelaunter Jan Eggert lächelte gewinnend vom Vid-Com-Schirm. Nach der Begrüßung und Übersendung der Daten schaltete Jan wieder ab. Bat-Rar und Johann schauten sich verwundert an. Warum war man gleich mit allen drei Schiffen gekommen?

Ca. 30 Minuten später wurden sie erneut gerufen. Der Rendezvouszeitpunkt war noch etwa 20 Minuten entfernt.

„Gute Arbeit – meinen Respekt. Nicht weiter vorzudringen war die beste Entscheidung", lobte Eggert, doch Johann widersprach: „Wir haben kein Ergebnis über den Aufenthaltsort der Gefangenen."

Jan schüttelte den Kopf und sah schließlich zur Decke: „Woran liegt es zumeist, wenn Untergebene keine richtige Arbeit abliefern?"

Außer einem ‚öh' kam nichts von der anderen Seite des Funks.

„Weil Vorgesetzte …", klärte Jan in perfekter Selbstironie auf, „… offensichtlich nicht in der Lage sind, ihre Wünsche und Vorstellungen in klare und verständliche Worte zu fassen. Ihr solltet nach dem System suchen und Scanergebnisse mitbringen. Das habt ihr getan und nun werden wir einen Plan umsetzen. Ihr habt euren Teil dazu beigetragen und gut vorgearbeitet, und auch wir waren in der Zwischenzeit nicht untätig." Jan grinste. „Sobald wir neben euch sind, schleust ihr in die ODIN ein und übernehmt eine präparierte Alpha-Disk. Bis gleich!"

Das Auftauchen der drei Kugelraumer im Sichtbereich der Beta geschah so übergangslos, dass Johann erschrocken zurückzuckte. Sie standen einfach von einem auf den anderen Moment vor ihnen. Obwohl die Scanner die Ankunft per Countdown angemeldet hatten, passierte es plötzlich. Johann beauftragte die KI mit der Einschleusung. Langsam schwebte die Beta durch das Kraftfeld aufs Landedeck. Dort herrschte schon rege Betriebsamkeit. Captain Eggert stand im Kreis einiger seiner Crewleute und auch einige GENUI waren zu erkennen.

„Ah, da sind sie! Kommt her, wir halten gerade ein Briefing", Jan forderte die gerade ausgestiegenen Johann Hochreiter und Bat-Rar auf, näherzukommen. „Ich hoffe, ihr seid noch fit für einen weiteren Auftrag?" Die Neuankömmlinge nickten zur Bestätigung.

„Gut! Ihr werdet in drei Teams zurück zum HUTCH-System fliegen. Team ROT besteht aus Sam und Bor-Atak, Team GELB aus Johann und Bat-Rar und Team BLAU aus Koy-Lot und Carson. Damit Carson auch mal vor die Tür kommt!" Beim letzten Satz grinste er und zumindest der menschliche Anteil der Individuen auf dem Flugdeck lachte verhalten. „Jede Alpha wird von einer weiteren unbemannten Alpha in Navigationskopplung eskortiert. Diese Boote dienen dazu, die Befreiten anschließend auch transportieren zu können – sollte es klappen. Alpha GELB und BLAU sind vollgestopft mit tarnfähigen Scannerdrohnen, modifiziert nach den Angaben von Bat-Rar. Wir haben bis eben 200 davon zusammengeklöppelt. Sie werden ausreichen – hoffentlich. Nehmt euch zunächst die Monde bewohnter Planeten vor. Alpha ROT ist lediglich mit 40 Drohnen, dafür mit Nuklearwaffen bestückt und mit weiteren eventuell nützlichen Dingen, zumindest das, was wir für nützlich hielten. Unter anderem eine Kampffelddrohne, die uns im Bedarfsfall ein Lagebild innerhalb des HUTCH-Systems übermitteln kann. Diese ist sofort nach Ankunft auszusetzen und aktiviert sich nach einem Hilferuf eurerseits automatisch. Denn dazu sind wir da. Benötigt ihr Hilfe, so zögert nicht, den Hilferuf abzusenden. Wir werden dann Ablenkungsangriffe fliegen. In den Waffenschränken lagern die Maschinenpistolen mit Spezialmunition. Wir haben uns für Projektilwaffen entschieden, weil diese die Energieschirme der Fremden durchschlagen können. Außerdem ist es unseren Tüftlern in China-Town gelungen, Munition zu entwickeln, die sich auch im luftleeren Raum abfeuern lässt. Hat jemand Fragen?"

Jan sah sich um, aber niemand ergriff das Wort.

„Okay. Leiter der Mission ist der mit der meisten Kampferfahrung – Sam Waterhouse. Commander, ich wünsche viel Erfolg und kommt heile wieder!"

Die Teilnehmer drehten sich um und eilten zu ihren Maschinen. Die Orientierung war leicht, da irgendjemand mit einem dicken Pinsel die Worte ‚ROT', ‚GELB' und ‚BLAU' auf die Hüllen der Schiffe aufgebracht hatte, allerdings in grün. Da es offensichtlich hatte schnell gehen müssen, lief die Farbe teilweise noch am Schiffsrumpf herunter, aber der Zweck war erfüllt. Wenig später startete eine Alpha nach der anderen, dicht gefolgt von ihrem jeweiligen Begleitschiff. In einem Dreiecksverband, Alpha ROT voraus, nahmen das Geschwader Geschwindigkeit auf und war bald darauf in der Tiefe des Alls verschwunden.

„Jetzt können wir nur noch hoffen und Daumen drücken", sprach Jan und verließ mit den Zurückgebliebenen das Landedeck.

„Leader Alpha ROT an GELB und BLAU!"

Die beiden gerufenen Jets meldeten sich und Sam sprach weiter: „Wir nutzen ab sofort eine permanente Funkbrücke. Die KIs richten die Sendeenergie genau in die Richtung der anderen beiden Alphas, sodass eine Ortung wegen der zielgerichteten Kommunikation nur schwer möglich sein wird. Außerdem werden die Funkimpulse stark komprimiert. Mehr als Rauschen sollte für den zufälligen Empfänger nicht zu hören sein. Ich teile jetzt die Suchgebiete ein. Ich muss Prioritäten setzen und gebe hiermit die ersten Ziele aus: Es werden die Monde der Planeten innerhalb der habitablen Zone sein. Je nach jetziger Konstellation, Flugwege sind berücksichtigt, nimmt GELB die Planeten sieben, neun und zwölf, Alpha Blau kümmert sich um acht und zehn, den Rest erledigen wir. Ich habe die Anzahl der Monde miteinkalkuliert und die Suchgröße, nach vorhandenen Drohnen, gleichgehalten. Die Kurse sind bereits berechnet und werden jetzt in euer Nav-System übertragen. Ich wünsche baldigen Erfolg, Leader Ende!" GELB und BLAU bestätigten und nach der Hälfte der zurückzulegenden Strecke trennten sich ganz langsam die Flugrichtungen der eingesetzten Schiffe. Die Suche hatte begonnen.

„Da bin ich doch mal sehr gespannt", äußerte sich der Captain der ATROX, Bor-Atak, an Bord der Alpha ROT. Sein Spannmann, Sam Waterhouse, grinste flüchtig. Er hatte das von seinem neu hinzugewonnen Freund auch nicht anders erwartet. Bor-Atak brannte förmlich darauf, endlich auch mal die weniger friedliche Seite seiner Spezies zeigen zu dürfen. Es fehlten nur ein akzeptabler Anlass und ein paar gebrauchsfähige Waffen. Nun, der Anlass war gegeben und wehrlos war man auch nicht, schließlich schlummerte im Bauch der Alpha ROT die eine oder andere nukleare Überraschung. Etwas ganz Neues war eine flugfähige Mehrzweckmaschine in der Größe eines der Droiden. Das technische Gerät war mattschwarz, mit einem Vid-Com-Monitor und einer Sprachsteuerung versehen und sah aus wie ein Badezimmerboiler alter Bauart. Angeblich sollte man damit Zugriff auf andere prozessorgesteuerte Systeme nehmen können. Sam war gespannt, was das Gerät zu leisten imstande war. Jan hatte in seiner typischen Art nur kurz „R2D2?" dazu gesagt, jedoch hatte Bat-Rar widersprochen. Die Kurzbezeichnung des Gerätes sei: F2-D134/DF45-231-18DD. Jan hatte den Sprecher einen Augenblick skeptisch angeschaut und gesagt: „F2 reicht!"
Bat-Rar hatte dazu genickt: „Sicher …"
Sam hatte dem GENUI die Steuerung der Alpha gern überlassen. Seiner Meinung bestand ansonsten die Gefahr, dass der mehr als motivierte Bor-Atak kein Ventil für seinen Tatendrang finden würde. Der GENUI steuerte ihr nächstgelegenes Ziel an: Planet 13, von der Sonne aus gesehen. Einen Blick auf die Angaben des Vorauskommandos ergab, dass dieser Himmelkörper nicht weniger als 14 Monde hatte. Sam machte sich an die Arbeit und programmierte die Drohnen und als Bor-Atak einige Zeit später meldete, dass man in eine weite Kreisbahn um den Planeten Nr. 13 eingeschwenkt war, aktivierte Sam die Drohnen. Rechts wie links der Alpha öffneten sich daraufhin eine Klappe und je 20 fußballgroße Drohnen stürzten sich in schneller Folge von Bord. Gespannt warteten Sam und Bor-Atak auf die ersten Ergebnisse.

Die Mannschaft von Alpha GELB hatte sich für eine andere Vorgehensweise entschieden und so klammheimlich, würde natürlich niemand zugeben, hatte ein kleines Wettrennen darum begonnen, wer wohl die ersten Ergebnisse vorweisen konnte.

„Die Monde sind nach den Unterlagen samt und sonders ohne Atmosphäre", hatte der Österreicher dem aufmerksam zuhörenden Mitkanzler erklärt. Bat-Rar wartete ab, schließlich würde Johann seinen Gedankengang weiter erläutern. Der GENUI wurde nicht enttäuscht, denn Johann fuhr fort: „Das bedeutet, wenn man die Gefangenen am Leben erhalten will, dass man Energie braucht. Energie ist eine Detektionsquelle, die sich aus viel größerer Entfernung lokalisieren lässt."

„Du willst also", begann Bat-Rar, „dass unsere Drohnen zunächst nach Energiequellen scannen, diese dann anfliegen und erst dort auf die Bioscanner zurückgreifen?"

„Du hast es erfasst, Teamkollege!" Der Österreicher grinste, weil er sich dadurch einen zeitlichen Vorsprung erhoffte und der GENUI machte sich an die Arbeit der Umprogrammierung. Ihm standen immerhin 80 Drohnen zur Verfügung. Schließlich berichtete er den Abschluss seiner Arbeiten und bei Johann meldete sich das schlechte Gewissen und er gab seinen Tipp an die anderen beiden Alphas weiter.

In Alpha BLAU genoss Carson Cunningham seinen ersten ernsthaften Außeneinsatz. Zu oft schon hatte er Captain Jan Eggert vertreten müssen, wenn dieser glaubte, selbst seine Haut zu Markte tragen zu müssen. Der etwas zurückhaltende Koj-Lot bewunderte den Schotten seit seiner Dudelsackeinlage beim letzten Fest und führte alle Anweisungen des Menschen sofort und zuverlässig aus. Der GENUI war dankbar dafür, dass er bei der Suche mithelfen konnte. Er hatte Meiora-Seth und Bat-Rar geradezu beschworen, ihn auf diese Mission mitzunehmen. Niemals hätte er auf der SHIRTAN die Ruhe zum Nichtstun finden können, während seine große Liebe bei den HUTCH Gefangene war. Spätestens als er aus ihrem Munde den Notruf hörte, waren die alten Gefühle wieder voll entflammt. Er hoffte diese Frau wieder für sich gewinnen zu können.

Aber bisher war nicht Aktion, sondern Geduld gefragt, denn die Drohnen suchten einen Mond nach dem anderen ab – ohne messbaren Erfolg. Sam teilte Ruhepausen ein. „Ein Kämpfer ruht, wenn Zeit dazu ist", gab er seine Weisheit bekannt. „Wir werden uns jetzt alle vier

Stunden ablösen. Der Teamkollege geht in eine der Kabinen und schläft – das ist übrigens ein Befehl, kein Vorschlag! Beginn: Sofort!"

19.08.2014, 23:15 Uhr, HUTCH-System,
Cockpit Alpha GELB:

Mittlerweile hatte man sich mit der Ruhephase ein paar Mal abgelöst und die Idee, die modifizierten Drohnen noch einmal zu verändern, zahlte sich nun aus und zwar ausgerechnet für den, der diesen Geistesblitz gehabt hatte. Sekundenlang starrte Johann Hochreiter auf ein grün pulsierendes Signal auf der Scanneranzeige eines der Monitore, bevor er überhaupt begriff, was dieses Signal zu bedeuten hatte: Der Bioscanner hatte GENUI detektiert!
Rasch warf er einen Blick auf die Masseanzeige, aber diese war noch offline, offenbar war die Drohne noch nicht nahe genug. Trotzdem, das immer noch pulsierende Licht veranlasste den eher ruhig agierenden Alpenländer mit der Faust und voller Wucht die Kom-Taste nahezu in den Tisch zu hauen: „Kontakt, Alpha GELB hat Kontakt!", tönte es lautstark aus allen Lautsprechern der eingesetzten Alphas. Johanns Teamkollege, Bat-Rar, stand nahezu übergangslos senkrecht im Bett. Da er seine Kleidung nicht abgelegt hatte, stürmte er sofort in Richtung Cockpit.
Auf Alpha BLAU hatte der Schotte gerade Wache und wollte soeben genussvoll eine heiße Tasse Kaffee zum Munde führen. Die lautstarke Erfolgsmeldung des Österreichers ließen ihn jedoch einen viel zu großen Schluck nehmen, der nicht nur viel zu heiß war, sondern auch noch in die Luftröhre geriet. Carson bekam dicke Backen und einen hochroten Kopf, konnte aber das Folgende nicht vermeiden: Mit der Lautstärke eines blasenden Wals sprühte er das heiße Gebräu über die vor ihm liegenden Monitore und das Eingabetableau. Der atemlose Koj-Lot, der kurz darauf die Befehlskanzel erreichte, starrte verwundert auf die braune Brühe, die langsam an den Oberflächen herunterrann. Von der Unterlippe des im Gesicht immer noch roten Schotten löste sich noch ein Tropfen Kaffee und fiel in eine Pfütze des gleichen Gebräus auf der Arbeitsplatte.
Wie der Zufall es wollte, war im Kommandoschiff, Alpha ROT, ebenfalls der Mensch an der Reihe gewesen, die Drohnen zu überwachen. Sam Waterhouse war ein Folienstift entfallen, den er gerade unterhalb

des Arbeitsbereiches auf Knien liegend suchte, als Johanns Gebrüll ihn erschrecken ließ. Ruckartig richtete er sich auf und schlug sich den Schädel unter der Tischplatte an. Heftig fluchend rappelte er sich hoch und saß gerade halbwegs ordentlich in seinem Stuhl, als die schnellen Schritte des massigen GENUI die Alpha erzittern ließen. Wenig später stand Bor-Atak im Cockpit.

Sam sprach nur wenige Worte: „Wo und wie viele?"

„Mond 9/13", kam es zurück. „Keine Masseanzeige – Drohne noch zu weit entfernt oder Signale werden gestört." Johann Stimme klang aufgeregt.

„Hier Leader. Suchroutinen weiterlaufen lassen. Wir warten, bis Johann nähere Angaben machen kann."

Die Entscheidung des Ex-Marine war logisch. Bisher war nur erreicht worden, dass die Ruhephasen an Bord der Schiffe unterbrochen worden waren. Es hielt die GENUI nicht in ihren Betten, schließlich waren es ihre Leute, die man da suchte. Bange 30 Minuten harrte man aus, bis Sam dann doch noch einmal nachfragte: „Johann, was sagt der Masse-Anzeiger des Bio-Scanner?"

Ein unverständliches Gemurmel kam zurück und Sam wiederholte seine Frage.

„Unklar, Sam, völlig unklar. Die Drohne ist dicht genug heran, wie mir scheint, jedoch gibt es Störungen. Vielleicht sind die Gefangenen weit unterhalb der Oberfläche."

Sam atmete durch. Er fühlte sich virtuell von allen angestarrt, auch wenn diese 100.000 Kilometer weiter entfernt durchs All flogen. Hier war er gefragt. Eine Entscheidung musste her und er traf sie: „Suchaktion abbrechen, Drohnen an Bord nehmen. Nach Abschluss Anflug auf Mond 9/13 – langsam. Johann, über die Kampffelddrohne einen Rafferspruch mit deinen Ergebnissen an die ODIN senden!"

„Verstanden", kam es von Alpha GELB, mittlerweile wieder im ruhigen und sachlichen Ton.

Es dauerte mehr als zwei Stunden, bis alle Drohnen den Rückweg zu den Alphas absolviert hatten und man sich in der Nähe des Mondes 9/13 versammelt hatte.

„Hier Leader. Landeoptionen?"

Johann antwortete: „Ja, ungefähr 500 Meter vom Zentrum des Signals aus ist eine Hügelkette. Die Schwerkraft des Mondes beträgt nur ein

Zehntel Normal. Wenn wir uns vorsichtig nähern, wird unsere Energie-emission nicht besonders groß sein. Wir müssen es wagen und von dieser Kette anfliegen."

Das Wagnis war auch Waterhouse bekannt. Wer nicht wagt, der nicht gewinnt. Niemandem war hier gedient, wenn man hunderte von Kilometern zu Fuß lief. Außerdem mussten die ferngesteuerten Einheiten eben dicht ran an die Gefangenen. Niemand wusste, in welchem gesundheitlichen Zustand diese waren.

„Hier Leader. Team BLAU: Ihr bleibt im Orbit. Übergebt die Fernsteuereinheit an die Nav-Kopplung von ROT – wir übernehmen. Aufgabe: Beobachtung des Umfeldes – ihr seid unsere Augen. Da unten bekommen wir nicht viel mit."

Carson bestätigte. Zwar tat es ihm leid, nicht direkt dabei zu sein, aber einer musste die Augen offenhalten. So reagierte er wie ein Profi – emotionslos.

Die fünf Alphas, geführt von GELB, machten sich an den langsamen Sinkflug auf Mond 9/13 und etwa 70 Minuten später setzten sie in einem Krater auf, der bestimmt 500 Meter Durchmesser besaß und dessen schräg abfallende Wände von durchschnittlich 50 Metern Höhe einen guten Sichtschutz abgaben – sofern er bei der eingeschalteten Tarnung überhaupt benötigt wurde.

„Leader an GELB. Schick eine Video-Drohne los! Ich will sehen was uns am Ziel erwartet.

Gehorsam startete Hochreiter eine der winzigen Übertragungseinheiten und knapp fünf Minuten später sahen alle, einschließlich BLAU im Orbit, das von der Scannerdrohne detektierte Ziel. Unverkennbar war die metallene Tür, die sich in einem flachen Hügel befand, nicht natürlichen Ursprungs. HUTCH entdeckte die Video-Drohne nicht.

„Hier Leader. Wir steigen mit schweren Raumanzügen aus. Aktiviert die KIs auf Sprachfunksteuerung, damit wir die Beiboote anschließend nachholen können. Bewaffnung: Handfeuerwaffen und M4 sowie unsere Spezialmunition. Ich nehme noch den vielgepriesenen F2, Granaten und Sprengstoff mit. Ausführen!"

20.08.2014, 01:30 Uhr, ODIN,
Appartement Eggert/Holst, Schlafraum:

Man lag erst seit etwa 3 Stunden im Bett und zunächst wollte sich der dringend benötigte Schlaf nicht einstellen. Als Jan jetzt von der KI durch leise Töne geweckt wurde, fühlte er sich völlig gerädert. Schnell schlüpfte er aus dem Bett und beeilte sich in den Wohnraum zu gelangen. Dort begab es sich an den Vid-Com-Monitor und wählte die Nummer der KI.

„Captain, es ist eine Nachricht von der RESCUE-Gruppe eingetroffen. Soll ich sie abspielen?"

„Ja, abspielen."

Jan erhielt kurz darauf die Nachricht, dass die ausgesandten Alphas, die man RESCUE-Gruppe genannt hatte, sich anschickten, auf einem der Monde zu landen. Es wurden noch ein paar technische Daten mit übertragen, dann war die Sendung zu Ende.

„Befehle, Captain?"

„Ja, Parker soll mit einem mittelgroßen Kopfkissen und einer Decke auf der Brücke erscheinen."

„Verstanden, Captain", antwortete die KI völlig emotionslos. Jeder andere hätte zumindest mal nachgefragt, was denn dieser Auftrag zu bedeuten hätte.

Eggert zog sich die leichte und bequeme Borduniform an und begab sich zur Brücke. In dieser Nacht würde er so schnell kein Auge zutun, das war mal sicher. Dann konnte er auch gleich dort sein, wo man im Bedarfsfall am schnellsten sein musste. Als er die Suite verlassen wollte, ging die Tür zum Kinderzimmer auf und Heinz trottete über die Schwelle. Treuherzig sah er zu seinem Herrchen hoch und beschloss offensichtlich diesen zu begleiten. Aus dem Welpen Heinz war mittlerweile ein schlanker und aufmerksamer Junghund geworden. Er dehnte sich ausgiebig und gähnte herzhaft dazu. Dann verließ er an der Seite von Jan die Privatgemächer. Beim Eintreffen auf der Brücke wurde das Duo bereits von Parker erwartet. Wie angeordnet, hielt er ein mittelgroßes Kopfkissen und eine Decke parat. Etwas ratlos, das war er bestimmt nicht, schaute er auf den Hund herab. „Wie befohlen, Sir. Wenn ich natürlich gewusst hätte, dass der Hund ... also, ein Körbchen hätte ich auch noch auftreiben können, Sir."

„Danke, Parker – zu viel der Mühe. Es handelte sich um einen Begleitentschluss mit kurzer bis keiner Vorlaufzeit, sodass der Hund nun ohne klarkommen werden muss", erklärte Eggert mit leicht blasiertem Tonfall.

Jan ging zu seinem Kommandositz und überzeugte sich davon, dass die beiden kleineren Einheiten immer noch an der Nav-Kopplung hingen. Dann holte er sich die Kommandocodes des Nav-Panels auf seine Konsole, sodass er selbst alle drei Einheiten gleichzeitig auf den Weg bringen konnte, um dem Rescue-Trupp Hilfe zu bringen. Nun würde sich zeigen, ob seine Taktik Früchte tragen würde. Vor zwei Wochen hatte er angeordnet, dass jeder auf der Brücke mindestens in zwei Funktionen fit sein musste. Nun fehlte ein Drittel der Besatzung. Zumindest Carson als Pilot und Johann als Gunner mussten auf ihren Positionen unbedingt ersetzt werden. Zur Not konnte Jan als Pilot oder auch als Gunner zusätzlich agieren. Aber wie heißt es so schön: Wer selbst malocht, verliert den Überblick! Und das darf einem Captain eines solch großen Schiffes selbstverständlich nicht passieren. Daher war seine Planung: Alma als Gunnerin und Eleonore als Pilotin. Beide hatten sich bei den Übungen in den Disziplinen gut geschlagen. Sollte der Einsatz von Geschwadern erforderlich werden, so konnte Jan immer noch selbst das Gunnerpult bedienen. Da waren die beiden GENUI-Schiffe personell besser dran. Sie konnten jede Position mehrfach besetzen. Nur kurz hatte Jan überlegt, ob er sich Fachpersonal aus den Reihen der GENUI an Bord holen sollte, aber dann hatte er den Gedanken wieder verworfen. Vielleicht waren die Mentalitätsunterschiede doch zu groß zwischen den beiden Spezies und Jan hatte keine Lust, sich ein instabiles Element auf die Brücke zu holen.

Unter den neugierigen Blicken des Golden Retrievers klappte Jan seinen Sitz in die Horizontale, legte das Kissen auf die Nackenstütze, sich selbst auf die Liegefläche und deckte sich mit der Decke zu. „KI – Licht auf 5%!" Es wurde dunkel auf der Brücke und nur langsam gewöhnten sich Jans Augen an das Dämmerlicht. Ein leises und zufriedenes Knurren von unterhalb des Gestühls ließen Jan wissen, dass sich der Hund ebenfalls zur Ruhe zusammengerollt hatte.

Gleiche Zeit, HUTCH-System, Mond 9/13:

Zwei Menschen und zwei GENUI hatten sich unterhalb der gelandeten Jets getroffen und begaben sich nun schnellstens zum Rand des Kraters. Bei einem Zehntel Schwerkraft war die Überwindung der schroffen Felswände nicht weiter schwierig. Bald hingen sie oben am Kraterrand und schauten in Richtung des Einganges. F2 hing neben ihnen. Alle Personen, sowie die technische Einheit, hatten weder Schutzschirme noch die Tarnung eingeschaltet. Sam wollte keine unnötigen Energieemissionen. Er rechnete mit entsprechenden Detektoren, sobald sie näher an diese ominöse Tür gekommen waren. Untereinander verständigten sie sich mit dem Sprechfunk auf Minimalenergie. Auch F2 nahm so an der Kommunikation teil.

„F2! Kannst du Sensoren in unmittelbarer Nähe aufspüren?" Sam schaute nur leicht über den Rand des Kraters hinaus.

„Ich bitte um Definition ‚unmittelbar'."

Sam grunzte. Er würde immer so seine Schwierigkeiten bei der Sprachsteuerung haben. Warum konnten diese Mistdinger nicht für fünf Cent mitdenken?

„Umkreis 500 Meter", bellte er.

„Jede Menge, Commander."

„Was? Leute Deckung! Kann sein, dass wir entdeckt wurden!" Sam ließ sich los und schwebte nun, für ihn viel zu langsam, den Kraterrand wieder hinunter, dicht gefolgt von den drei Teamkollegen. Endlich unten angekommen, warf er sich hinter einen großen Stein und sicherte mit dem M4 in alle Richtungen. Seine Gefährten taten es ihm nach, aber nichts passierte. Sam fand diese Stille unheimlich.

„F2, aus welcher Richtung hast du Sensoren angemessen?"

„Aus Richtung unserer gelandeten Alpha-Jets."

„Was?"

„Ja, die Sensoren befinden sich an Bord der Schiffe."

Waterhouse zerdrückte einen Fluch zwischen den Lippen, der die GENUI aufhorchen ließ. ‚Verdammte Scheißdinger', dachte Sam jetzt nun zum zweiten Mal. Streng genommen hatte der Droide Recht, aber … warum denken die Dinger nicht mit?

Sam knirschte vor Wut leicht mit den Zähnen, als er F2 die nächste Frage gefährlich leise stellte: „Kannst du Sensoren orten, die nicht zu uns oder unserer Ausrüstung gehören?"

Bevor der Robot antworten konnte, lief es Johann eiskalt den Rücken hinunter. Sam machte den Eindruck, als wolle er die robotische Hilfsmaschine übergangslos in ihre Einzelteile zerlegen.

„Nein, Sir."

„Das ist gut – das ist sehr gut", zischte Waterhouse, der sich von der Maschine vor allen blamiert sah. „Wieder vorrücken!"

Bald hing man wieder oben am Kraterrand und nun zeigte sich, dass das Intermezzo mit dem ‚strohdoofen Mülleimer', wie Sam dachte, doch zu etwas nütze war: Die Tür stand offen! Hastig zog Sam eine Minikamera aus seiner Beintasche, klemmte sie an den Sims und bedeutete allen, sich wieder zurückzuziehen. Innerhalb weniger Minuten hockten sie nun zum zweiten Mal unten. Nun projizierte die oben angebrachte Kamera die Aufnahmen auf die Innenseite ihrer Helme. Atemlos beobachteten die Männer die Szenerie. Aus der geöffneten Tür spazierten HUTCH – einer nach dem anderen. Sam zählte mit. Es waren 35 von ihnen ohne Schutzanzug auf die Mondoberfläche getreten, auf der es kaum Gravitation und erst recht keine Atmosphäre gab. Was mussten das für Wesen sein, die ohne Wärme und irgendeine Atmosphäre existieren konnten? Während Sam noch überlegte und sich die goldfarbenen Aliens ansah, trat ein weiterer durch die Tür. Sam hörte Johann überrascht schnaufen: Dieser war im Gegensatz zu seinen Artgenossen weiß! Die Szenerie wirkte gespenstisch. Die Goldenen bildeten einen Kreis und fassten sich an den Händen. In der Mitte stand der Weiße. Er ging nun vor und legte einem der anderen seine Hände auf die Schulter. Dann erstarb jede Bewegung.

„Sam, Sam – hör doch!" Waterhouse zuckte zusammen. Er hatte sich so auf die Aliens konzentriert, dass er die Kontaktversuche von Bor-Atak nicht bemerkt hatte.

„Was ist?"

„Die HUTCH sind draußen! Wie hoch ist die Chance, dass es alle sind?"

Sam überlegte. Die Beschäftigung der HUTCH dort war aus seiner Sicht völlig irrational, schien aber wichtig zu sein.

„Gut möglich, dass es alle sind."

„Dann müssen wir jetzt angreifen – jetzt! Wenn sie wieder in ihrer Höhle sind, wird es schwerer und gefährlicher für uns! Außerdem sehe ich keine Waffen bei ihnen!" Sam starrte durch die Helmscheibe in die rosa Augen seines Freundes. Blitzschnell entschied er, dass der GENUI Recht hatte. Jetzt!

„Wir greifen an", teilte Sam mit und holte aus seiner Beintasche eine Sprenggranate heraus. Kräftig drückte er den roten Knopf ein, dann wog er das Teil in den Händen, schaltete kurz die Videoübertragung aus und warf es dann schräg nach oben – mit viel Gefühl. Vier Augenpaare verfolgten den Flug wie in Zeitlupe. Die Waffe wurde auf dem Weg zum Rand immer langsamer und kam ihm immer näher. Sam hatte außerordentlich gut gezielt. Unter Aufatmen stellten die Teilnehmer der Mission fest, dass die Granate den Rand des Kraters überwand und anschließend wieder fiel. Sam schaltete die Videoübertragung wieder ein. Er konnte so gerade noch mitverfolgen, dass sich der Kreis gerade in der Auflösung befand und einer der HUTCH verwundert auf das runde Ding schaute, das da in ihre Mitte rollte. Die nachfolgende Detonation zerfetzte die nahestehenden HUTCH und auch die Kamera.

„Hoch, los hoch und Feuer frei!", rief Sam und sprang den Rand hinauf. Wie eine Katze ergriff er den einen und anderen Felsvorsprung und zog sich daran hoch. Unterwegs wurde er von Bor-Atak überholt, der weit über den Rand hinaus segelte und dabei schon die verbliebenen HUTCH unter Feuer nahm. Waterhouse erreichte den Sims später und auch seine M4 ruckte in seinen Händen. Sam fand es befremdlich, so gar kein Geräusch dabei zu hören. Dabei war der Auftreffort der Spezialmunition deutlich zu sehen. HUTCH-Leiber zerbarsten und selbst mittlere Felsbrocken wurden in mehrere kleine gespalten. Kurz darauf regte sich nichts mehr vor dem Eingang. Johann und Bat-Rar waren kaum dazu gekommen, ebenfalls ihre Waffen zu benutzen.

„Johann bleibt hier und hält Wache, die anderen folgen mir", rief Sam und schickte sich an, mit dem F2 in den Eingang zu gehen. Dem Österreicher war allein bei der Vorstellung schon schlecht geworden – er wieder allein, hier draußen – das konnte nicht gutgehen. Sam fühlte eine Hand durch den dicken Schutzanzug auf seiner Schulter. Er drehte sich um und erkannte Bat-Rar. „Lass mich hier Wache stehen, bitte."

Waterhouse nickte: „Natürlich, wenn du willst. Gib Team BLAU Bescheid über den Verlauf der Aktion." Dem Commander der Mission war es tatsächlich egal, wer diese Funktion ausübte, und wegen der gebotenen Eile dachte er nicht weiter darüber nach. Johann schlug dem GENUI als Dank freundschaftlich auf die Schulter und nickte ihm zu, dann verschwanden zwei Menschen, ein GENUI und ein F2 im Eingang zur HUTCH-Stellung.

Bat-Rar drehte sich zufrieden um. Damit, dachte er, hatte er ein gutes Werk getan. Er würde hier den Rückzug decken. Über seine Alpha setzte er einen Bericht an Team BLAU ab und bekam die Bestätigung. Dann beobachtete er weiter die Umgebung. Sein Blick bemerkte nichts Außergewöhnliches, auch nicht, dass sich drei Greifklauen langsam bewegten.

Sam war mit seinen Gefolgsleuten in einen Vorraum gelangt, der sicherlich 10 x 10 Meter groß war und etwa drei Meter hoch. Von dort ging nur eine weitere Tür ab in das Innere der Station.
„Öffnen", befahl er dem F2. Der Robot schwebte vor, wenn auch die Männer nichts bemerkten, die Tastsinne des Droiden erfassten die komplexe fremde Technik und werteten sie aus. Kurz darauf verschloss sich die Eingangstür. Bevor Sam vor Wut explodieren konnte, erklang die Stimme des F2: „Es handelt sich um eine Schleuse. Diese wird gerade mit einem atembaren Gasgemisch gefüllt."
Sam schaute auf seinen Armbandscanner – tatsächlich. Die Wärme betrug bereits 10 Grad, weiter steigend. Kurz darauf waren 20 Grad erreicht und eine für Menschen und GENUI atembare Atmosphäre vorhanden.
„Wir lassen die Helme auf", bestimmte Sam und ging vor der Innentür mit dem M4 in Anschlag. Dann öffnete sich zischend die Tür. Vor ihnen lag ein Korridor, der ebenso hoch war wie der Vorraum und drei Meter breit. Er führte erkennbar über eine schiefe Ebene nach unten.
„F2, geh voraus und mach Licht."
Die Maschine glitt vor und schwebte den Gang hinunter. Dann wurde es hell im Gang und niemand konnte sagen, ob F2 die Helligkeit ausstrahlte oder er einfach nur den Schalter gefunden hatte. Ohne zu zögern schloss sich der Trupp der Maschine an. Es ging abwärts. Sam warf einen Blick auf Johann, der seinen Scanner vor sich hertrug. „Na? Was sagt die Technik?", erkundigte sich der Teamchef.
„Es werden die Biowerte von GENUI angezeigt – eine ganze Menge. Ungefähr 500 Meter geradeaus."
„Dann mal los", forderte Sam und mit ihren leichten Sprüngen, die unter der niedrigen Gravitation grotesk aussahen, legten sie gleich im-

mer mehrere Meter zurück. Dabei mussten sie aufpassen, der Decke nicht zu nahe zu kommen. Waterhouse drehte sich hin und wieder um, es war ihm nicht ganz wohl bei der Sache, nur einen Mann als Rückendeckung oben gelassen zu haben. Hier unter steckten sie möglicherweise in einer Falle. „Bat-Rar, kannst du uns verstehen", fragte Sam über Funk nach.

Team BLAU hing wie eine bleierne Ente bewegungslos im Raum, wie eine getarnte bleierne Ente, etwa 100.000 km vom Mond 9/13 entfernt. Die Energieerzeuger waren auf ein Minimum heruntergefahren worden und man spielte wieder ‚toter Mann'. Koj-Lot hätte viel darum gegeben, selbst mit auf dem Mond zu sein und aktiv an der Suche nach seinen Leuten, bzw. seiner Freundin, teilzunehmen, statt hier fern von jeglicher Aktion zu warten. Allerdings hatte er es nicht gewagt, einen entsprechenden Wunsch zu äußern. In Anbetracht der Rangfolge war er bei den eingesetzten GENUI lediglich Pilot. Bor-Atak war Captain und sein Freund Bat-Rar sogar Mitkanzler. Nun hockte er neben Carson Cunningham vor den Scanneranzeigen und beachtete jede Änderung der Daten. Der Mensch war ein ruhiger und schweigsamer Mann. Trotzdem war Koj-Lot voller Bewunderung für seinen Team-Kollegen. Insgesamt hatte er eine große Achtung vor den Menschen, standen sie doch zu ihrem Wort, was man nicht von allen Spezies in diesem Teil des Universums behaupten konnte. Sie hätten es auch bleiben lassen können – die Suche nach den geflüchteten GENUI. Sicherlich hätten sie früher oder später eine besiedlungswürdige Welt gefunden. Stattdessen hatten sie sich vehement in die Schlacht geworfen und auch jetzt, im Gegensatz zu ihrer eigenen Spezies, keinen Augenblick gezögert, dem Hilferuf zu folgen.
„Ich sehe eine Bewegung von Planet 12 aus", die ruhige Stimme des Schotten riss Koj-Lot aus seiner Bewunderung. Hastig suchte er auf seinem Bildschirm den entsprechenden Bildausschnitt heraus und ließ sich die Daten anzeigen. Tatsächlich, ein etwa 300 Meter langer Quader löste sich auf dem Schwerefeld des Planeten. „Ich sehe ihn" bestätigte der GENUI und wandte sich an die KI: „KI, Kursvektor des markierten Schiffes berechnen!" Während er den Befehl erteilte, markierte er digital das 300-Meter-Schiff auf seinem Monitor.
„Das Schiff fliegt in Richtung Mond 9/13 und wird uns in etwa 500 km Entfernung passieren."

282

„Zeit bis zum Rendezvous?", fragte Carson dazwischen.

„Vier Stunden und acht Minuten bei gleichbleibender Geschwindigkeit. Wahrscheinlichkeit für gleichbleibende Geschwindigkeit liegt unter 10%."

Koj-Lot warf einen hilfesuchenden Blick auf seinen Teamgefährten: „Was sollen wir tun? Die Hilfe rufen?"

Carson Cunningham blieb völlig ruhig: „Nein, werden wir nicht – noch nicht. Wenn der Verband hier auftaucht, sind die Minuten unseres Außenteams und deiner Leute dort unten gezählt. Das wird unser letztes Mittel sein."

„Aber irgendwas müssen wir doch tun", antwortete der nervöse GENUI.

„Werden wir auch. Wir werden uns vorbereiten. KI! Zwei Nuklear-Torpedos der Klasse D schärfen und in die Tuben laden."

„Verstanden!"

Koj-Lot bekam große Augen. In aller Seelenruhe bereitete Carson sich auf eine gewaltsame Auseinandersetzung mit dem Feind vor. Das Schlimme an der Sache war hier eindeutig, dass die Triebwerke des Feindes ganz ausgezeichnet waren. Wenn er wirklich wollte, konnte er binnen Minuten hier sein. Offensichtlich kalkulierte der Mensch das mit ein. Im Hintergrund hörte er das Bollern der Ladeautomatik.

„Torpedobänke geladen und feuerbereit!" Die nüchterne und weibliche Stimme zeigte nicht den Hauch eine Emotion – wie und womit denn auch.

„KI", Carson hatte bereits die nächsten Befehle auf der Zunge, „ab dem Zustand ‚Gefechtsalarm' wirst du blitzartig die Energieerzeuger hochfahren und zuerst den Schutzschirm aktivieren und laden. Dann führst du Energie zu den Strahlwaffen."

„Ich habe verstanden."

Carson sah seinen Kollegen an: „Vielleicht wäre es eine gute Idee, unseren Leuten auf dem Mond etwas mehr Eile anzuraten. Funk sie bitte an, Koj-Lot!"

„Bat-Rar von Team BLAU – kommen!"

Nun wurde der Mitkanzler von zwei Parteien gleichzeitig angefunkt. Des ungeachtet hatte der GENUI allerdings größere Probleme, die Anfragen auch zu beantworten. Er hatte sich gerade auf einen größeren Steinblock gesetzt und war in sich gegangen, als er eine schattenhafte

Bewegung sah, die sich auf seiner Helminnenseite bewegte. Hastig drehte er den Kopf in die entsprechende Richtung und war starr vor Schreck. Vor ihm stand in voller Größe ein HUTCH und noch schlimmer, in den beiden hoch erhobenen Armen hielt er einen Stein gefährlicher Größe, der augenblicklich auf ihn niedersauste.

Rein instinktiv duckte er sich weg und bekam einen mörderischen Schlag auf den Helm. Jedoch konnte er zu diesem Zeitpunkt noch von Glück sprechen, denn durch seine Bewegung war der Stein nicht frontal auf den Helm geprallt, sondern seitlich abgerutscht. Ansonsten wäre er bereits auf dem atmosphärelosen Mond gestorben. Daher knisterte das glasähnliche Material lediglich gefährlich und in seinem Sichtbereich tauchten ein paar Risse auf. Zwei rote Lämpchen konnte er nicht sofort richtig zuordnen und verschob es auf später. Eines bedeutete den Ausfall der Anzugfunkanlage. Bat-Rar war durch den Angriff vom Steinblock gerutscht und lag nun rücklings daneben. Zum Handeln blieb nicht viel Zeit, denn der HUTCH hatte bemerkt, dass er seinen Feind nicht richtig getroffen hatte und holte zur zweiten Attacke aus. Dieses Mal war der GENUI wenigstens etwas vorbereitet. Er ließ seine angezogenen Beine vorschnellen und trat den Stein damit von sich weg. Der HUTCH, der den Stein immer noch umklammert hielt, kam aus dem Gleichgewicht und torkelte seitlich weg. Nun nutzte Bat-Rar die geringe Schwerkraft. Mit der Kraft seines linken Arms drückte er schwungvoll seinen Körper in die Höhe, während er mit der rechten Hand seine M9 Pistole aus der Gürteltasche riss. Der HUTCH hatte gerade den Stein losgelassen und wollte sich aufrichten, als ihn die ersten Schüsse aus der Pistole trafen. Die Explosivgeschosse rissen große Stücke aus seinem Leib und trieben den HUTCH durch die mechanische Wirkung von Bat-Rar fort. Ein letzter Schuss in den Kopf ließen diesen regelrecht explodieren. Sich mehrfach rückwärts überschlagend rollte der Feind über die raue Mondoberfläche, bis er an einem Felsblock hängen blieb. Gehetzt und mit schussbereiter Waffe schaute sich Bat-Rar um. War da noch jemand dem ersten Angriff entgangen? Man war äußerst leichtfertig gewesen, sich nicht vom Tod aller Gegner zu überzeugen! Es regte sich jedoch nichts, dafür nahm er umso lauter ein Warnsignal wahr, welches von seiner Anzugautomatik stammte. Am unteren Rand wurde ihm die Ursache auf seine Helminnenseite projiziert: ‚DRUCKVERLUST'! Der GENUI bekam einen Schrecken und gleichzeitig die Auswirkungen des Schadens zu spüren – ihm schwindelte. Schnell drehte er sich zu den gelandeten Alpha-Disks. Allein diese Drehung bekam ihm nicht gut. Irgendwie bekam er sein Gleichgewicht wieder hin und machte sich mit schnellen, grotesk anmutenden Sprüngen auf den Weg. Das Leck in seinem Anzug zu suchen, kostete zu viel Zeit und er verwarf die Idee sogleich. Mittlerweile war ihm auch die zweite Warnmeldung bewusst geworden – der Ausfall seiner Funkanlage. Mit einem Riesensatz sprang er über den Sims hinunter in den Krater. Ein Klettern würde ebenfalls zu lange aufhalten. Sein Pech, er hatte die Flugbahn nicht korrekt beachtet oder er war mit unterschiedlicher Kraft seiner Beine abgesprungen. Er drehte sich in der Luft und kam seitlich den Hang herabgeschwebt. Verzweifelt ruderte er mit den Armen, was ihm ohne Atmosphäre nichts außer weiterem Sauerstoffverbrauch einbrachte. Der Boden kam näher und Masse bleibt Masse, egal wie hoch oder niedrig die Schwerkraft ist. Bat-Rar knallte schmerzhaft auf die linke Seite und stöhnte laut. Vorsichtig bewegte er sich und außer dem Schmerz des Aufpralls spürte er nichts weiter. ‚Glück gehabt', dachte er und schaute sich nach den Beibooten um. In einiger Entfernung standen, das Bild verschwamm vor seinen Augen, acht Disks? Der Sauerstoffmangel war schon weiter fortgeschritten, als er dachte. Zügig machte er sich auf den Weg und fand es mit einem Mal lustig, so elegant über die Steinbrocken zu springen. Mal tauchten die Disks auf, dann waren sie wieder weg. Dann waren es vier. Mit wie vielen waren sie eigentlich gelandet und warum wollte er dahin? Hier draußen war es doch so schön! Egal, er behielt seinen einmal eingeschlagenen Weg bei und schon wieder waren die Maschinen weg. Dann tat es einen heftigen Schlag und die Risse in seinem Helm verstärkten sich. Bat-Rar war mit voller Wucht gegen eine der Alphas gerannt. Mühsam rappelte er sich hoch. Was stand das blöde Ding auch hier so im Weg und was wollte er eigentlich?

„Druckabfall kritisch!" Die Worte seiner Anzug-KI rissen den vom Sauerstoffentzug vernebelten Geist zumindest teilweise in die Wirklichkeit. Nun musste er unbedingt in eine der Maschinen hineinkommen. Panik befiel ihn! Ohne Funk? In seiner Angst übersah er völlig, dass es einen autarken Com-Kanal zwischen Anzug-KI und Bord-KI der Alphas gab. Aus gutem Grund hatten die GENUI die Möglichkeit geschaffen, verschiedene künstliche Intelligenzen miteinander zu vernetzen. So reagierte die Bord-KI auf den Zustandsbericht des Raumanzuges. Die größere und leistungsfähigere Recheneinheit auf der nächstgelegenen Alpha registrierte den Druckverlust und die Meldung über den Defekt des Funks und zog daraus die logischen Schlüsse – das Zugangsschott öffnete sich. Leider bekam der mittlerweile verwirrte Mitkanzler nicht mit, dass sich der rettende Eingang längst geöffnet hatte. In seiner Panik ergriff er einen mittelgroßen Stein und hämmerte damit auf die Außenhülle der Alpha ein.

Im Inneren des Mondes waren Sam und seine Mitstreiter die 500 Meter bis zum Ziel bereits hinabgeeilt. Bat-Rar hatte zwar den Funkanruf nicht beantwortet, jedoch war sich Sam nicht sicher, ob die Wände das Signal überhaupt durchlassen würden. Daher war er nur leicht in Sorge, als er beschloss, sein Team weiter nach unten zu führen. Der schnelle Gang war nur unterbrochen von gelegentlichen Sicherheitsschleusen, die sich aber alle auf Annäherung von selbst öffneten. Offenbar rechneten die HUTCH nicht mit dem Eindringen von Fremden. Bisher hatten sie keinen weiteren Feindkontakt gehabt und je länger diese Phase dauerte, umso weniger rechneten sie damit. Waterhouse hatte die Anzugdeflektoren einschalten lassen und somit waren sie zumindest vor ein paar Treffern aus Strahlwaffen sicher. Sam setzte nun ausschließlich auf Schnelligkeit, denn irgendwann würde bemerkt werden, dass es den Außenposten Mond 9/13 nicht mehr gab. Ein einziger Funkspruch würde dazu ausreichen. Und dann würde man nachsehen kommen.
„Stopp! Wir sind zu weit!", rief Johann über den Anzugfunk. Sam, der als Erster lief, fluchte leise und hielt an. „Geh du voran, Johann." Der Österreicher drehte sich um und beobachtete aufmerksamer seinen Scanner. Nach knapp 50 Metern hielt er an und deutete auf eine der Gangwände: „Dahinter!"
Sam besah sich die Wand. Es gab keine Fugen, nichts.
„F2! Detektierst du hier eine Tür, ein Schott oder sonstigen Öffnungsmechanismus?"
Die Maschine begann zu summen und wenig später erscholl die unpersönliche Stimme aus ihren Helmlautsprechern: „Hier gibt es keine Öffnung. Die Wand ist massiv und hat eine Stärke von 20 Zentimetern."
Waterhouse wiederholte seinen Fluch. Offenbar mussten sie weiter den Gang hinab und dann von hinten herum, irgendwie zu den Gefangenen vordringen. Das kostete Zeit. Zeit, die sie nicht hatten.
„Bor-Atak! Gibt es eine Art Morsesprache bei euch?"

Der GENUI zeigte sich irritiert. Eventuell konnte die Übersetzungsmatrix auch nichts mit dem Wort ‚Morsesprache' anfangen. „Eine Art Klopfcode zur Verständigung", half Johann nach.

„Ja, gab es mal", antwortete der Captain der ATROX. „Das ist mehrere zehntausend Jahre her. Die Wahrscheinlichkeit, dass die noch jemand beherrscht, ist gleich null."

Waterhouse fasste einen Entschluss. „Was glaubst du, tun deine Leute, wenn sie hinter dieser Wand einen lauten Knall und eine Erschütterung hören?"

„Sie werden sich von der Wand zurückziehen – ganz bestimmt und schnell."

„Dann wollen wir mal hoffen, dass du Recht hast", mit diesen Worten heftete Sam ein kleineres Sprengstoffpaket an die Wand und drückte den Knopf ein. „Los Abstand!" Die Männer dieses Teams zogen sich schnell zurück, obwohl die Körperschutzschirme ausreichend stark waren, um derartige Gefährdungen vom Träger abzuhalten. Nach fünf Sekunden gab es einen lauten Knall, eine merkliche Erschütterung des Umfeldes, sowie viel Staub an der Explosionsstelle. Sam beeilte sich, wieder an diese Stelle zu kommen und stellte dort fest, dass es lediglich eine leichte Beschädigung der Wand gegeben hatte. Er schätzte die Stärke der nächsten Entladung ab und befestigte dann zum zweiten Mal, nun ein wesentlich größeres Sprengstoffpäckchen an der Wand, drückte den Zünder und eilte zu seinen Gefährten. „Los, weg hier!" Gemeinsam rannten sie den Weg zurück, bis es wieder heftig rumorte und ihnen Steinsplitter in den Schutzschirmen verglühten. Sofort begann der Weg zurück durch die aufgewirbelten Staubmassen. Stellenweise mussten sie sich mit den Händen an den Wänden entlangtasten. Dann erreichten sie die Öffnung. Sie war noch nicht groß genug, um einen Menschen oder GENUI hindurchzulassen, aber Bor-Atak verbreiterte das Loch mit reiner Körperkraft. Im Schein ihrer Anzuglampen stiegen sie dann nacheinander durch die Öffnung.

„Bat-Rar antwortet nicht", stellte Koj-Lot fest und sah seinen Teampartner an.

„Habe ich mitgekriegt", brummte der Schotte.

„Und was tun wir jetzt?", wollte der GENUI wissen.

„Abwarten – versuch es in Abständen erneut!"

287

Carson erkannte, dass sein Partner mehr als nervös war und daher verwickelte er ihn in ein Gespräch. „Sag mal, warum hast du dich freiwillig zu diesem Außeneinsatz gemeldet?"

Koj-Lot druckste ein wenig herum, aber dann berichtete er dem Menschen, wie er seine Partnerin Sina-Randor kennen und lieben gelernt hatte. Sie waren ein tolles Paar gewesen bis sich die Frage stellte, ob man zurück nach GENUA-PRIME wollte, oder ob man weiterhin den Gefahren des ungeschützten Aufenthalts trotzen wollte. Es war zum Eklat gekommen. Seine Partnerin wollte unbedingt zurück in sichere Gefilde. Ihren Teil an Aufregungen im Leben hatte sie bereits mehr als genug erhalten, hatte sie gemeint, und damit war klar: Sina-Randor würde zurückfliegen, Koj-Lot würde bleiben, die Partnerschaft würde zerbrechen.

„Was schätzt du, ändert sich, wenn wir sie retten können?" Carson ließ auch während der berechtigten Frage seine Instrumente nicht einen Moment aus den Augen.

„Ich weiß nicht", stammelte der GENUI. „Wenn sie immer noch nicht bleiben will, dann gehe ich wahrscheinlich mit zurück."

„Vorausgesetzt, die Rettungskapseln gibt es noch oder Meiora-Seth gibt euch neue. Wie du weißt, ist die Ersatzbeschaffung in unserer Situation nicht ganz so leicht."

Koj-Lot nickte dazu. Das war sicherlich ein Problem. Aber bei allem, was er bisher so erlebt hatte, würde er gerne bei Meiora-Seth und den Siedlern bleiben – natürlich mit Sina-Randor.

„Die HUTCH haben die Geschwindigkeit erhöht", zischte Carson und wechselte damit zwangsweise das Thema. Nun kam es erst einmal aufs Überleben an, bevor man sich den Kopf über die weitere Zukunft zerbrach. Der GENUI schaute alarmiert auf seinen Scanner. „Sie sind in fünf Minuten in Waffenreichweite!"

10. EDEN, zum 2.

20.08.2014, 02:25 Uhr, HUTCH-System, Mond 13/9:

Sam versuchte sich durch den aufgewirbelten bzw. aufgesprengten Staub, der sich aufgrund der geringen Schwerkraft nur langsam absetzte, zu orientieren. Kurz darauf sah er sich ein paar GENUI gegenüber, die zu allem bereit schienen. Sie gaben ihre drohende Haltung aber schnell auf, als sie Raumanzüge aus eigener Fertigung erkannten.

„Ist jemand verletzt? Seid ihr transportfähig? Gibt es sonstwie Probleme? Wir müssen uns beeilen!" Laut hallte die Stimme Sams über die Außenlautsprecher. Bor-Atak mischte sich sofort unter seine Leute und wenig später meldete er: „Die Leute haben Hunger und Durst. Nichts Ernstes. Wir können sie evakuieren!"

„Dann los!", rief Sam. „Ab durch das Loch und bergauf. Das Ganze ziemlich zügig! Johann, geh vor und schaff Kontakt nach außen. Bat-Rar soll einen Andockschlauch legen und die Disks vorbereiten!" Der Österreicher stand schon wieder auf dem Gang und machte sich zügig auf den Weg. Bor-Atak führte seine Speziesgenossen an und Sam bildete den Abschluss. Jeden und jede Einzelne schaute er sich so genau an, wie es in der Kürze der Zeit möglich war. Sie machten allesamt einen verwahrlosten und unterernährten Eindruck, aber keiner war so schwach, dass er nicht allein laufen konnte. Hier half die geringe Schwerkraft. Als der letzte durch die gewaltsam geschaffene Öffnung geklettert war, folgte Sam nach einem letzten Blick in den ‚Aufenthaltsraum'. Mit bitterem Blick stellte er fest, dass es keine Toiletten gegeben hatte. Wahrscheinlich wussten die HUTCH überhaupt nicht, was das ist. Die Exkremente lagen in einer Ecke. Waterhouse war froh, über eine autarke Luftversorgung zu verfügen. Der Gestank musste bestialisch sein. 100 Leute über mehrere Tage in einem Raum von 25 x 25 Metern!

Wenn eine Bord-KI hätte verzweifelt sein können, dann wäre es die gewesen, auf deren Außenhülle Bat-Rar mit langsamer werdenden Bewegungen und einem Stein eindrosch. Der GENUI fühlte sich der Ohnmacht nahe und im Prinzip wusste er gar nicht mehr, was er eigentlich tat und warum. Aber irgendwie machte das Spaß, mit einem Stein die Hülle des Beibootes zu verkratzen. Die Bord-KI musste den bereits im Delirium befindlichen GENUI aufmerksam machen. Die Computereinheit errechnete aufgrund der Daten des Anzuges, dass in 30 Sekunden jede Hilfe zu spät kommen würde. Die KI schaltete das Licht in der Schleuse in schneller Folge ein und aus. Zunächst reagierte der Mitkanzler nicht. Vor seinen tränenden Augen erschien das Bild von Meiora-Seth, die ihm zuzurufen schien: ‚Gib nicht auf!'

‚Die hat gut reden‘, dachte Bat-Rar und lachte irre, dann lenkte ihn eine Lichterscheinung rechts von ihm ab. Er ließ den Stein fallen und wandte sich dem Ereignis zu. Schließlich stand er vor der geöffneten Schleuse und wusste nichts damit anzufangen. Ein klein wenig Instinkt in seinem hintersten Gehirnzipfel zwang ihn, den Einstieg zu vollziehen. Kaum hatte er die Schleuse passiert, als sich das Schott blitzartig schloss und … zunächst leise, dann immer lauter werdend, zischend Atmosphäre in die Schleuse strömte. Urplötzlich sah sich der matte Körper satten 2,5 Gravos ausgesetzt, die die KI nicht ohne Grund geschaltet hatte. Wegen dieser Brachialmethode stürzte der Mitkanzler heftig auf den Boden und das glasähnliche Material seines Helmes, welches vorher schon ordentlich gelitten hatte, brach beim Aufprall auf den harten Schleusenboden auseinander. Kurz nur legte sich Raureif über das Gesicht des GENUI, dann sogen die Lungen gierig den so dringend benötigten Sauerstoff ein. Es dauerte nicht ganz drei Minuten, dann war der widerstandsfähige GENUI wieder auf dem ‚Damm‘.
„Hier ist Johann! Bat-Rar, melde dich!"
Die KI hatte den Funk in die Schleuse geschaltet und der Mitkanzler antwortete im Liegen und noch leicht benommen. Johann gab die Anweisungen des Teamleiters durch und Bat-Rar raffte sich auf und beeilte sich ins Cockpit zu kommen, um die Disk zu steuern und den Befehlen nachzukommen.

Koj-Lot bewunderte schon zum zigsten Male die scheinbar unerschütterliche Ruhe seines Gefährten. Der Schotte schaute ruhig auf die Scanner und führte die Zielerfassung der beiden geschärften Torpedos kontinuierlich nach. Längst schon war der Feind innerhalb der Waffenreichweite, hatte aber stark abgebremst und flog jetzt langsam auf den Mond zu. Carson wollte unter allen Umständen Zeit gewinnen, zumal er eben vom Stand der Mission erfahren hatte. Bat-Rar hatte sich gemeldet und Bericht erstattet. Seinerseits hatte er Sam weitergegeben, dass die HUTCH bereits aufmerksam geworden waren. Waterhouse hatte aufgefordert, den Feind noch irgendwie aufzuhalten – ein paar Minuten wenigstens.
„Ich bedaure", gab Cunningham flüsternd von sich, dann legte sich sein rechter Zeigefinger auf einen roten Sensorpunkt. Blitzschnell öffneten sich Verschlussklappen an der Außenhülle der Alpha-Disk BLAU und zwei Nuklear-Torpedos der Klasse D schossen mit langen Feuer-

290

schweifen, die Restluft in den Torpedoschächten machte es möglich, aus den Tuben hervor und stürzten sich auf den ganz in der Nähe befindlichen Feind.

„Gefechtsalarm!", brüllte Carson und erschreckte damit seinen Kollegen, der seine Meinung teilweise revidieren musste, dass Carson immer die Ruhe selbst sei. Die Bord-KI reagierte augenblicklich und fuhr die Energiemeiler hoch. Der Schutzschirm wurde aufgebaut und die jetzt zur Verfügung stehende Energie in die Ladebänke der Strahlwaffen geführt. Ein grünes Licht signalisierte Cunningham, dass der Laser und die Pulswaffe einsatzbereit waren. Der Schotte zögerte keinen Augenblick und überhöhte die Disk mit einem kurzen Schub der Korrekturtriebwerke am Bauch. Noch bevor die abgefeuerten Torpedos das feindliche Schiff erreichen konnten, krachten dort die ersten Laser und Pulsstrahlen in den Schutzschirm und schwächten diesen. Bevor der völlig überraschte HUTCH einen Hauch von Gegenwehr starten konnte, explodierten die beiden Nukleartorpedos im kollabierenden Schutzschirm. Die Alpha-Disk BLAU wurde heftig durchgerüttelt, als das 300-Meter-Feindschiff explodierte und dessen Druckwellen und Einzelteile den Standort der Jet erreichten.

„Treffer!", kommentierte Koj-Lot, aber Carson war bereits dabei, die Schlingerbewegung des Schiffes aufzuheben und nach einer eventuellen Reaktion der HUTCH Ausschau zu halten. Er brauchte keine fünf Minuten, um das festzustellen. „Setz den Notruf ab!", kommentierte er seine Beobachtungen knapp.

ODIN:

Als der Alarm kam, musste sich Jan erst einmal orientieren. Die Decke flog im hohen Bogen von seinem Körper und deckte den auf dem Boden liegenden und völlig überraschten Heinz zu. Der Hund knurrte nur kurz und lugte mit seiner Nase etwas unter der Decke hervor. Die Rückenlehne des Gestühls ruckte in die senkrechte Position und Eggert begann zu schalten.

„KI! Sind Daten der Kampffelddrohne eingetroffen?"

„Treffen soeben ein, Captain."

„Holografisch darstellen!"

Vor Jan baute sich ein Hologramm auf und stellte die Ausgangssituation im HUTCH-System dar. Mit Auslösung des Notrufes hatte sich die

Kampffelddrohne eingeschaltet, aktiv das System gescannt und die Daten mit dem Überlichtfunk an die ODIN gesandt.

„Navigationshilfe ein! Ich will, KI, dass du uns hier hinbringst!" Eggert griff mit einer Hand in das Hologramm und bezeichnete grob mit seinem Zeigefinger eine Stelle innerhalb des Systems, die ihm günstig schien, um den Kameraden beizustehen.

„Kurs liegt an, Captain!"

„Dann los – Höchstgeschwindigkeit!"

Die ODIN und mit ihr die beiden Schwesternschiffe SHIRTAN und ATROX, die immer noch an der Nav-Kopplung hingen, ruckten simultan an und beschleunigten mit irrsinnigen Werten in Richtung HUTCH-System. Die knapp 1.000 Lichtjahre würden recht schnell überbrückt sein. Jan öffnete den Flottenkanal für den Rundspruch in allen drei Schiffen: „Gefechtsalarm! Kampfstationen besetzen! Der Notruf wurde ausgelöst und wir befinden uns bereits im Anflug auf das HUTCH-System! Gefechtsalam – ich bitte um Bestätigung! Systeme checken, Energiemeiler hochfahren – Klar Schiff zum Gefecht!" Jan schaltete die Übertragung aus und befahl der KI einen Countdown bis zum Rückfall in den Einsteinraum innerhalb des Zielsystems einzurichten. Dann lehnte er sich zurück und wartete ab. Mehr konnte er im Moment nicht tun. Nicht ganz zwei Minuten später stürmten Nina, Alma, Eleonore, Arzu und Bob auf die Brücke und besetzten ihre Arbeitsstationen. Im Fall von Alma war das die Feuerorgel und Eleonore klemmte sich hinter die Nav-Kontrollen.

„Macht euch mit dem Kampfgebiet vertraut", forderte Jan seine Mannschaft auf, sich mit den Gegebenheiten im Zielsystem aufgrund der Drohnendaten auseinanderzusetzen. Kurz darauf flammte der zweigeteilte Kom-Bildschirm auf. Meiora-Seth als Kommandantin der SHIRTAN schaute Eggert konzentriert an. Die andere Dame, eine GENUI mit strahlend blauen Augen, sehr schlank, stellte sich als Silu-Tri, stellvertretende Kammandantin des C-Raumers ATROX, vor.

„Meine Damen", begann Jan Eggert, „wir werden in Kürze die Gefechtszone erreichen. Ich konnte dem Notruf entnehmen, dass die Vermissten offenbar aufgefunden worden sind. Im Moment läuft eine Evakuierung. Leider sind unsere Aktivitäten entdeckt worden und Team BLAU hat bereits den ersten Feindkontakt gehabt. Unsere Aufgabe wird es sein, die Evakuierung eurer Leute zu sichern und unsere

Teams mit den Gefangenen nach Möglichkeit an Bord zu nehmen. Danach machen wir uns aus dem Staub!"

„Staub?" Die blauäugige GENUI fragte nach.

„Eine menschliche Redewendung", klärte sie Jan auf. „Wir werden uns zurückziehen, wenn es geht ohne Hinweise darauf wohin."

Die stellvertretende Kommandantin der ATROX nickte, das war plausibel.

„Wie gehen wir vor?", fragte die Kanzlerin und ihre dunkelroten Augen leuchteten intensiv.

Jan warf einen Blick auf den Countdown, der auch auf den beiden Schwesterschiffen zu sehen war.

„Bei X minus 120 Sekunden werden die Schilde bis Maximum hochgefahren. Bei X minus 90 Sekunden wird die Nav-Kopplung aufgehoben. Bei X minus 60 Sekunden werden die Torpedos einsatzfähig gemacht. Bei X minus 30 Sekunden bekommen die SHIRTAN und die ATROX von unserer Gunnerin die Ziele zugewiesen. Wir müssen höchst effektiv das Überraschungsmoment nutzen! Bei X minus null tauchen wir in den Einsteinraum und beginnen sofort den Angriff!"

Jan ging etwas näher an die Aufnahmeoptik heran. „Meine Damen! Nicht zögern – handeln!"

Beide Frauen nickten, wenn auch etwas betreten. Es war nicht leicht, dem jahrtausendalten Prinzip des Pazifismus derart gewalttätig den Rücken zu kehren. Jan nickte ihnen zu und schaltete ab.

„Alma?"

„Captain?"

„Ich erwarte, dass die ODIN mehr als die Hälfte der anfliegenden Feindschiffe auf Mond 9/13 aus dem Weg räumt. Unsere Bündnisgenossen sind ein wenig, wie soll ich sagen, verhalten in ihrer Begeisterung für den anstehenden Kampf."

„Ich tue, was ich kann", versicherte die Schwedin und Jan war sicher, dass dieses nicht wenig war. „Geben wir ihnen die Chance Kampfmoral aufzubauen." Danach sichtete die blonde Frau noch einmal die aktuellen Scannerdaten vom Zielsystem und nahm eine grobe Aufteilung auf den kleinen Verband vor. Jan, der sich die Ergebnisse anzeigen ließ, nahm zur Kenntnis, dass Falkengren 65% der Feindschiffe auf die Liste der ODIN geschoben hatte. Jan zählte nach. Es konnten nicht alle Schiffe im HUTCH-System sein und vielleicht war das ihre Chance. Mit knapp 50 anfliegenden Einheiten vom 300er- bis zum 2.000-Meter-

Schiff schienen die HUTCH den Angriff des Verbandes zu unterschätzen. Befriedigt stellte Jan fest, dass keiner der 14.800-Meter-Pötte sich auf den Weg gemacht hatte. Das würde sich spätestens beim ersten Feuerschlag ändern. Eggert hoffte, dass die Außenteams bis dahin die Befreiten in Sicherheit gebracht hatten.

„Arzu! Wir brauchen einen Treffpunkt, falls wir die Alphas nicht an Bord nehmen können!"

„Ay, Captain." Die Pakistani rief die Sternenkarten auf ihr System und suchte nach einem geeigneten System. Wenig später konnte sie Vollzug melden.

„Prima. Dann ab mit den Koordinaten zum Rest des Verbandes und zu Nina."

Ödeniz schickte den Datenfile los.

„Nina! Sobald wir aus dem Überraum fallen, funkst du unsere Teams an und gib den Treffpunkt durch."

„Geht klar, Jan."

Mond 9/13:

Mit einiger Mühe hatte Bat-Rar den Andockschlauch der ersten Alpha am Zugang befestigt. Das durch Kraftfelder gehaltene System war mit Luft gefüllt und die ersten Gefangenen stolperten durch das System und beeilten sich auf der anderen Seite in die Disk zu kommen. Sam Waterhouse drängte zur Eile bis der Mitkanzler, der neben dem Andocksystem stand und die Personen zählte, ein Stopp gebot. Die erste Alpha war voll und nachdem der Zugang zum Bergschott geschlossen war, zog die Automatik das Schlauchsystem ein. Beim zweiten Andockvorgang lief es einfacher und schneller, da die Automatiken miteinander kommunizierten und lernten. Die zweite Welle begann soeben.

Team BLAU:

„Fesselfelder aktivieren!" Nach dem Kommando von Carson Cunningham fühlte sich Koj-Lot von unsichtbaren Kräften in seinen Sitz gepresst. Aus den Augenwinkeln nahm er wahr, dass sein Kollege die Jet über den Maximalwert hinaus beschleunigte. Offenbar wollte er sich den beiden 500-Meter-Einheiten in den Weg stellen, die als erste und mit einigem Abstand zu den restlichen Feindschiffen auf ihr Einsatzgebiet zuflogen. Koj-Lot schloss mit seinem Leben ab. Ein 20-Meter-Schiff konnte niemals gegen zwei so große Schiffe bestehen. Mit Verzweiflung sah er, dass der Abstand bis zur Waffenreichweite erschreckend schnell kleiner wurde. War dieser Mensch wahnsinnig? Der GENUI bedauerte es nun, in diesem Schiff mitgeflogen zu sein. Nun würde er seine Partnerin, selbst wenn sie gerettet wurde, nicht mehr wiedersehen. Angstvoll beobachtete Koj-Lot, wie der Schotte lediglich einen einzigen atomaren Torpedo der Klasse D schärfte und mit einem schnellen Anschlag auf die Starttaste losschickte. Auf dem Scanner beobachtete der GENUI, dass der Torpedo offensichtlich sein Ziel verfehlen würde, denn er würde genau mitten zwischen den feindlichen Einheiten hindurchrasen. Doch in dem Augenblick, als er auf gleicher Höhe mit den Feindschiffen war, explodierte die Waffe. Der GENUI konnte nicht erkennen, dass die beiden 500-Meter-Schiffe nennenswerte Schäden davongetragen hatten, jedoch veränderte sich das Zeichen der Schiffe auf dem Scanner.

„Was ist passiert", würgte der GENUI hervor.

„Der elektromagnetische Puls", kommentierte Carson. „Eine Auswirkung von Nuklearexplosionen. Elektrisch betriebene Geräte funktionieren eine Weile nicht mehr. Sie sind ohne Energie."

Bevor der GENUI staunen konnte, wurde er durch mörderische Andruckkräfte in den Sessel gedrückt. Carson war eine halbe Schraube geflogen und verschwommen erkannte Koj-Lot, dass der Schotte volle Energie auf die Pulsstrahler geleitet hatte. Voraus wurde das All gleißend hell erleuchtet, als die Energietorpedos auf dem Leitstrahl auf den ersten Feind abgefeuert wurden. Sie fraßen sich mit einer Heftigkeit in den Leib des ersten Gegners, dass es dem GENUI fast übel wurde. Carson hatte gut gezielt und kurz darauf waren seine Pulstorpedos bis zum Energiemeiler des HUTCH durchgekommen und ließen ihn in einer gigantischen Explosion vergehen. Cunningham leitete sofort Energie auf die Schutzschirme, da die Disk in die Ausläufer der Explosion geriet. Und wieder japste Koj-Lot nach Luft. Der Mensch zwang die Alpha in eine überaus enge Kurve und damit dem zweiten Feindschiff hinterher, das man soeben passiert hatte. Eile tat Not, denn der Puls wirkte nicht ewig. Als die DISK nahe genug heran war, jagte Carson die Pulsstrahler in die rückwärtigen Triebwerke. Der zweite Feind explodierte daraufhin schneller als der erste. Ein Blick auf den Scanner verriet Team BLAU, dass sie nun selbst Hilfe brauchten, denn in ihrem

Schlepp befanden sich nicht weniger als 45 Einheiten des Gegners. ‚Wenn die ODIN nicht bald auftaucht, sind wir Sternenstaub‘, dachte Cunningham, hütete sich aber diese Bedenken gegenüber seinem Copiloten auszusprechen, der immer noch angstvoll in seinem Stuhl hockte – was sollte er auch sonst tun, die Fesselfelder hinderten.
Mit größter Beschleunigung rasten sie in Richtung Mond 9/13 zurück.

Mond 9/13:

Die zweite Gruppe hatte die nächste Jet bestiegen. Der Wechsel der dritten und letzten Alpha stand unmittelbar bevor. Sam trieb die Leute immer wieder zur Eile an. Soeben hob die zweite Disk, voll mit Geretteten, vor dem Eingang ab und machte Platz für die dritte.

ODIN:

Wie gebannt starrte Jan auf den Countdown und das solange, bis er durch das Flackern eines der Nebenbildschirme vorn abgelenkt wurde. Feng Pu erschien darauf mit seinem Oberkörper. Der Chinese saß an einem Tisch und hatte die Arme vor sich verschränkt.
„Die Arbeiten an den Waffen sind abgeschlossen, Captain." Sein Gesicht drückte neben einer gehörigen Portion Selbstgefälligkeit auch den Wunsch aus, aufgrund dieser Meldung sofort und ausreichend gelobt zu werden.
Jan war irritiert: „Arbeiten an den Waffen?"
Pu nickte überdeutlich und sein Mund zog sich lächelnd noch ein wenig mehr in die Breite.
„Welche Arbeiten – Pu?" Jans Mimik zeigte keine Spur von Zufriedenheit, eher im Gegenteil. Dies hatte Auswirkungen auf die Gemütslage des Asiaten. Nervös blinzelte er mit den Augen, obwohl man es bei dem geringen Abstand der Augenlider voneinander kaum sehen konnte. Hektisch blickte er sich um und von der Kamera abgewandt sprach er zu jemandem im Hintergrund: „Li, hast du unserem Captain nicht ..." Weiter kam er nicht, da wurde er grob unterbrochen: „**Wer redet denn von uns gern und ständig?**"
Huang Li drängte sich gebückt vor die Kamera und schob dabei seinen Wissenschaftskollegen unsanft beiseite. „Die Modifikationen an den Pulsstrahlern sind jedenfalls abgeschlossen."

296

„Aha", machte Jan und lehnte sich ein wenig vor. Bei dieser Stimmlage bei nur einem einzigen Wort fröstelte es Arzu. „Welche Modifikationen?"

„Sie werden funktionieren", drängelte sich wieder Pu nach vorn und nickte reichlich mit dem Kopf.

Eggert zwang sich mühsam zur Ruhe und warf noch einen kurzen Blick auf den Schiffschronometer. „Ich bin außerordentlich beruhigt, dass ich so ca. sechseinhalb Minuten vor einer entscheidenden Raumschlacht so mehr nebenbei von meiner technischen Abteilung mitgeteilt bekomme, dass aller Voraussicht nach die Waffen dann doch wohl funktionieren werden!" Jans Worte waren im Laufe des Satzes immer lauter geworden.

„Aber ...", begann Feng Pu.

„Meine Herren! Seid ihr bei Trost?!", unterbrach Jan donnernd Pus Versuch einer Rechtfertigung. „Darüber reden wir später! Woraus besteht die Modifikation? Ich und meine Gunnerin sind ganz Ohr!"

Auf der Gegenseite packte Huang Li seinen ganzen Charme aus, schubste Feng Pu vollends vom Stuhl und setzte sich selbst darauf. „Es betrifft lediglich die Pulsstrahler. Durch eine Modifikation der Energiewandler haben wir mehr Energie reinpacken können. Der Leitstrahl entfällt und damit ist zusätzliche Kraft in den Energietorpedos enthalten. Rein optisch sind die Leuchterscheinungen jetzt pastellgrün. Wir haben alle Pulsstrahler an Bord der ODIN umarbeiten können."

„Pastellgrün", ätzte Jan. „Wie hoch ist die Effizienzsteigerung?", Jan ergab sich der Situation.

„Knapp Faktor zwei", antwortete der sonst wortkarge Li. „Wir haben außerdem ..."

Jan winkte ab, er hatte keine Zeit für wissenschaftliche Erklärungen, die er eh nicht verstand. „Hört sich gut an! Habt ihr es ausprobiert?"

„Nein", kam es aus beiden asiatischen Kehlen. Pu stand jetzt hinter Li und war daher kaum zu sehen.

„Das hört sich überhaupt nicht gut an", grollte Jan. „Wisst ihr, was mich bei der gesamten Sache am meisten stört?"

Beide Chinesen schüttelten stumm den Kopf.

„Dass ich euch nicht mehr zur Rechenschaft ziehen kann, wenn eure kleine Bastelei in wenigen Augenblicken versagt!" Bevor die Asiaten noch etwas sagen konnten, unterbrach Jan die Verbindung.

„Alma?"

„Mein Tableau zeigt für alle Pulsstrahler Grünwerte, Captain." Die Gunnerin hatte selbstverständlich mitgehört und bereits aus eigenem Antrieb, oder Überlebenswillen, die Systeme gecheckt.

„Dann wollen wir mal hoffen, dass weder unsere Freunde in China-Town noch die Technik uns verarschen!"

X-120 Sekunden: Um alle drei Schiffe bauten sich mächtige Schirmfeldgitter auf. In Ermangelung eines funktionierenden wissenschaftlichen Offiziers kontrollierte Jan seine eigene Anordnung auf den Scannern der ODIN. Er ließ Nina die schiffsweite Kommunikation einschalten.

X-90 Sekunden: Mit einem Tastendruck und einer mündlichen Bestätigung an die beiden C-Raumer entließ die ODIN die beiden Schwesternschiffe aus der Nav-Kopplung. Wie Jan angeordnet hatte, zog sich die Formation etwas auseinander. Schließlich wollte man sich im Kampf nicht gegenseitig behindern. Die ODIN bildete dabei immer noch die Speerspitze des kleinen Verbandes.

X-60 Sekunden: Mit wenigen Handgriffen schaltete Alma die auf den Geschützlafetten bereit liegenden Torpedos scharf. Die SHIRTAN und die ATROX brauchten fast 20 Sekunden für dieselbe Aktion. Jan bekam weiche Knie, wenn er sich die Effektivität der C-Raumer im Kampf vorstellte. Hoffentlich hatte er die Mentalität der GENUI nicht völlig falsch eingeschätzt.

X-30 Sekunden: Alma Falkengren, Gunnerin auf der ODIN, wies per Datenfile an die Waffenstationen der Begleitschiffe die Ziele zu, die per Datenstrom von der Kampffelddrohne kamen.

X-0: ...

Team BLAU:

Carson hörte einen erstickten Schrei und bei einem Blick auf die Instrumente sah er es selbst. Unmittelbar vor ihnen waren drei große Einheiten aus dem Hyperraum gekommen. Die Scanner hatten noch keine Zeit gehabt, zwischen Freund und Feind zu unterscheiden, daher fand Carson als Einziges auch die Zahl drei sympathisch – für den eigenen Dreierverband – hoffentlich.

„Aus dem Weg! Euer Job ist erfüllt – hier kommt die Kavallerie!" Laut hallte Jans Stimme per Funk durch das Cockpit der Alpha BLAU und Carson blies mit pfeifenden Geräuschen die Luft aus dick aufgeblasenen Backen. Ein weiterer Blick auf den Scanner hatte sich erübrigt. Hart riss Cunningham den Jet wieder aus der Flugbahn. Er kannte zwar die blassgrünen Dinger da nicht, die dicht an ihm vorbeiflogen, aber sicher war sicher. Im weiten Bogen nahm er sich vor Mond 9/13 anzufliegen, um dort die Evakuierung zu decken.

ODIN:

Der Feuerbefehl hatte sich beim Rücksturz in das Einsteinuniversum erübrigt. Alma wusste genau, was sie zu tun hatte. Kurz vor dem ersten Schlagabtausch hatte sie sich noch einmal die Scannerdaten aus dem Kampfgebiet angesehen, kleine Nachbesserungen durchgeführt, noch einmal eine verbesserte Zielzuweisung an die SHIRTAN und die ATROX durchgegeben und natürlich gehofft, dass die Modifikation von China-Town an den Pulsstrahlern nicht ins Chaos führen würde. Nun lagen die schlanken Finger der Schwedin auf den Feuerknöpfen und soeben hatte der Countdown seinen Schlusspunkt erreicht. Ein kurzer Blick zur Orientierung reichte aus – sie lagen exakt auf Kurs. Kräftiger als erforderlich drückte Alma auf die Touchfelder der Feuerorgel. Die ODIN, von der vor der dunklen Schwärze des Alls zuvor nichts zu sehen gewesen war, verwandelte sich in eine Lichtorgel. Nukleare A-Torpedos feuerte Alma gleich halbdutzendweise ab. Die Feuerschweife der Antriebe glühten durch den Raum. Teilweise verwandte die Schwedin diese zur direkten Zielbekämpfung wie auch zum Hervorrufen des Pulses, um kampfunfähige Schiffe anschließend mit Strahlwaffen bekämpfen zu können. Die gelben Energiebahnen der Laser rissen die Dunkelheit des Alls auf und verursachten bei ihrem Auftreffen kaskadenartige Leuchterscheinungen. Neu, gut anzuschauen, dafür umso effektiver, waren die pastellgrünen Energietorpedos der Pulsstrahler. Jan konnte es nicht genau verfolgen, aber pro Schuss wurden drei bis vier Einheiten auf einen der Gegner geschleudert. Das All war übergangslos voll von diesen grünen Energieeinheiten, denn Alma hatte die Effektivität bemerkt und feuerte nun aus allen Pulskanonen.

Jan beobachtete das Feuerwerk teilweise über die Außenbeobachtung und teilweise über den Kampffeldmonitor. Die ODIN hatte mit dem ersten Feuerschlag etwa die Hälfte ihrer Ziele entweder vernichtet oder kampfunfähig geschossen.

„Captain", rief Arzu. „Unsere Begleitschiffe schießen nicht!"

Eggert unterdrückte einen Fluch und nickte Nina zu. Mittlerweile waren die beiden nicht nur in privaten Dingen ein eingespieltes Team. Nina schaltete eine Kom-Verbindung zu den zwei Schwesterschiffen. Jan war das höchst zweifelhafte Vergnügen vergönnt, in die fassungslosen und starren Gesichter von Meiora-Seth und Silu-Tri zu schauen. Offenbar waren die beiden nicht Herr der Situation. „Meine Damen!", rief Jan mehr als aufgeregt. „Feuer frei! Worauf wartet ihr?"

In diesem Augenblick wurde die ODIN zum ersten Mal in diesem Gefecht nennenswert getroffen. Nicht gefährlich, aber schon ausreichend, um nachdrücklich Unterstützung durch die aufgerüsteten Schwesternschiffe einzufordern. **„Worauf wartet ihr? Wir werden zusammengeschossen! Wehrt euch!"** Zum Entsetzen des Captains reagierte man nicht. Jan wollte gerade weniger schmeichelhafte Worte verwenden, als zum einen die beiden Schwesterschiffe getroffen wurden und zum anderen er eine schrille Stimme vernahm. „Ich kann die Waffenstation eines der Schiffe von hier steuern!" Jan schaute sich um. Der Jamaikaner sah in seine Richtung und er nickte so heftig, dass seine Rasterlocken wild hin und her flogen. ‚Warum nicht', dachte Jan und sprach Meiora-Seth auf der SHIRTAN direkt an: „Meiora! Die Kommandocodes deiner Gunstation zu uns – sofort!"

Die Kanzlerin schien wie aus einem Traum zu erwachen, denn die Anrede nur mit dem ersten Namen drückte für alle anderen aus, dass man schon einmal das Bett ... die GENUI waren da nicht prüde.

„Meiora-Seth, bitte nenn' mich Meiora-Seth", flüsterte sie. Jan kapierte den Hintergrund nicht und scherte sich im Moment auch einen Dreck darum. **„Du kannst dir meinetwegen einen Namen aussuchen, aber übertrag die Kommandocodes – sofort!"**

Die Kanzlerin begann zu schalten und Jan bemerkte auf seinem Pult einen File-Eingang. Schnell schaltete er für Bob das Gunnerpult der SHIRTAN auf seinen Arbeitsplatz.

„Es geht los", kicherte Bob und schob sich das neuronale Interface auf den Kopf. Kurz darauf war er im Hier und Jetzt geistig weggetreten. Sein Körper erschlaffte, während sich sein Geist mit der Feuerorgel der

SHIRTAN verband. Bruchteile von Sekunden später begann das Schiff der Kanzlerin in den Kampf einzugreifen. Jan war ein klein wenig erleichtert, aber auch nur wenig. Wenn er die ODIN mit 50% Schlagkraft des Verbandes einrechnete, fehlten immer noch 25%. Von der ATROX hatte auch niemand den Nerv, auf die Feuerknöpfe zu drücken. Jan bedauerte die Tatsache, dass Bor-Atak nicht an Bord war. Ihm hätte er zugetraut, dass er selbst gefeuert hätte. Mitten in einem kräftigen Treffer, der die Brückenbeleuchtung flackern ließ, hörte Jan das Zischen der Brückenschotts. Neugierig drehte er sich um und sah einen Jugendlichen, fast noch ein Kind, in die Zentrale des Schiffes gerannt kommen. Die Augenform verrieten den Asiaten, der kräftige Körperbau, der braune Teint und die stahlblauen Augen den Sohn von Huang Li. Im Moment war es um die schüchterne asiatische Zurückhaltung schlecht bestellt. Der junge Mann wirkte aufgeregt und suchte die Aufmerksamkeit des Captains.

„Batu! Was machst oder willst du hier?" Jan hatte wirklich keine Zeit, sich um die Sorgen eines Kindes zu kümmern, jedenfalls nicht jetzt.

„Mein Vater schickt mich", sprudelte es aus dem Jungen heraus.

„Okay – und weshalb?", mit unbewegtem Gesicht registrierte Jan am Rande, dass Alma drei weitere mittlere Einheiten des Feindes zur Explosion gebracht hatte. Dafür verriet der Scanner, dass sich eine erheblich größere Streitmacht auf den Weg gemacht hatte.

„Wir brauchen noch zehn Minuten", rief eine wohlbekannte Stimme aus dem Äther. Sam Waterhouse hatte seine Rettungsaktion fast abgeschlossen und forderte alle auf, ihm auch noch die restlichen zehn Minuten Zeit zu verschaffen.

„Ich kann das, was Bob kann", rief der junge Asiate. „Ich habe Eleonore darauf angesprochen und Johann ließ mich üben – am Simulator. Ich kann das!"

„Zwischen Simulator und Wirklichkeit ist ein Unterschied", gab Jan zu bedenken, wurde aber sogleich von der Schwedin unterbrochen, die sich dabei nicht mal im Geringsten von ihrer Tätigkeit ablenken ließ: „Lass ihn, Jan! Was soll passieren? Wir brauchen noch ein paar Minuten!"

Jan war nicht der Typ, der die Meinung seiner Crew einfach in den Wind schlug. Alma hatte recht: Was sollte dabei schon schiefgehen?

„Okay – setz dich auf den Platz von Sam", rief Jan dem Jungen zu und zeigte mit der Hand darauf. Batu beeilte sich auf den zugewiesenen

Platz zu gelangen. Als Jan wieder hochschaute, sah er das Abbild von Silu-Tri auf einem der Monitore. Er reckte seinen Daumen nach oben in Richtung Nina, die wieder einmal seine Wünsche vorausgesehen hatte und begann zu sprechen: „Nun du, Silu-Tri! Deine Gunner-Codes und schnell bitte."

Im Gegensatz zur Kanzlerin war die junge GENUI offensichtlich froh, eindeutige Befehle zu bekommen, denn kurze Zeit später konnte Jan den eingehenden Datenfile an den jungen Asiaten weitergeben, der wenige Augenblicke später dasselbe Bild abgab, wie der Jamaikaner.

„ATROX beginnt zu feuern", gab Arzu bekannt, die nun ein wenig an Ellis Stelle an der Sensorenphalanx aushalf.

„KI! Nav-Kopplung wiederherstellen!"

„Nav-Kopplung aktiv, Captain!"

Jan wollte verhindern, dass die beiden kleineren Einheiten allzu weit abdrifteten und er traute den Piloten an Bord ungefähr so viel zu wie den Gunnern. Eleonore gab jetzt also Nav-Befehle für den gesamten Verband.

„Es wird heikel, Captain!" Ödeniz warnte und Jan erkannte bei einem Blick auf den Kampffeldmonitor auch warum. Etliche der 14.800er-Quaderschiffe hatten sich in ihre Richtung auf den Weg gemacht und wurden von einem ganzen Rudel Schiffe begleitet, von denen keines kleiner als die ODIN war. Der Selbsterhaltungstrieb gebot es, mehr oder weniger sofort das Heil in der Flucht zu suchen.

„Scheiße", fluchte Jan und im Stehen wählte er eine Kom-Verbindung zu seinen Gunnern an. Diese spezielle Verbindung erlaubte eine Kommunikation, selbst wenn diese mit dem neuronalen Interface kaum ansprechbar waren.

„Neue Order! Wir müssen uns zurückziehen. Bis ich den Befehl zur Umkehr gebe, feuert ihr ausschließlich nukleare A-Torpedos in die Reihen der Angreifer. Macht sie durch den Puls aktionsunfähig! Und los!" Jan beobachtete die Reaktion der Angesprochenen auf dem Kampffeldmonitor und auf der Echtzeitübertragung. Er konnte nur noch die Klasse-A-Torpedos erkennen und deren charakteristische Antriebsschweife. Alma und Bob feuerten im Akkord und auch der kleine Chinese blieb nicht hinter ihnen zurück. Mit Windeseile huschten Jans Finger über sein Tableau. Er holte sich die Kommandocodes von Almas Geschwader auf seinen Arbeitsplatz, dann schob er sich das neuronale Interface auf den Kopf, konzentrierte sich und gab nur einen einzigen Befehl: Start aller Geschwader – Ziel Feindbekämpfung! Die Odin spuckte nun alle Alpha- und Beta-Geschwader aus. Über 330 Einheiten nahmen, gesteuert von der Geschwader-KI, den Kampf gegen eine übermächtige Armada des Feindes auf. Jan erhoffte sich damit ein paar Minuten mehr Zeit. Mit Schmerzen dachte er daran, dass jeder Verlust einer Maschine wahrscheinlich nur schwer auszugleichen war. Jan zählte anschließend in Gedanken bis 60, dann gab er Elli den Befehl zum Rückzug. Der Verband scherte aus diesem Dogfight seitlich aus und beschleunigte maximal, um dann in einer weiten Parabel in Richtung Mond 9/13 vorzustoßen. Die Energiefinger der HUTCH tasteten ins Leere, fanden aber höchstens unter den Disks Ziele. Jan malträtierte sich das Hirn, welche Möglichkeiten er noch hatte, und wollte eben die Schwesternschiffe auffordern, ebenfalls alle Geschwader in den Kampf zu werfen, als er die Stimme von Sam mit den Worten hörte, die er so sehr herbeigesehnt hatte: „Hier Team ROT! Die Evakuierung ist abgeschlossen! Wir starten zum Treffpunkt – ROT Ende!"

„Elli! Abbruch! Mit Höchstgeschwindigkeit zum Treffpunkt!"

„Ay, Captain!"

Und während der Verband wieder einmal simultan die Flugrichtung änderte, befahl Jan der Geschwader-KI über das Head-Set, die DISKS schnellstmöglich zum Sammelplatz zu fliegen. Ein Landen und damit Einsammeln der Geschwader auf dem Flugdeck war unter den gegebenen Umständen unmöglich. Gehorsam brachen die Geschwader ihre Angriffe ab, drehten bei und beschleunigten mit Höchstwerten raus aus dem HUTCH-System. Mit einem Auge sah Jan, dass sich die Verluste bei den Geschwadern in Grenzen hielten. Mit ein wenig Glück sollten sie jetzt den geordneten Rückzug schaffen. Jan erkannte kein gegnerisches Schiff in Waffenreichweite.

Fünf Minuten später war auch das letzte GENUI-Schiff aus dem HUTCH-System verschwunden und befand sich im sicheren Überraum. Aus den Augenwinkeln erkannte Jan, dass sich die beiden Aushilfs-Gunner Bob Hillary und Huang Batu mit müden Bewegungen die neuronalen Interfaces von den Köpfen nahmen. Wenig später glaubte Jan seinen Ohren nicht trauen zu dürfen: Aus der Ecke von Bob hörte er das klassische Klicken eines Feuerzeuges. Und tatsächlich: Von dort drangen kleine Qualmwölkchen gegen die Decke. Bob gönnte sich gerade einen Joint – mitten auf der Brücke. Eggert war viel zu erleichtert, um dagegen aufzubegehren. Er hatte mitverfolgt, welche Leistung Bob vollbracht hatte. Also ließ er ihn in Ruhe, stand auf und ging dafür zu dem jungen Chinesen. Er schlug dem Jungen auf die Schulter: „Gut gemacht, mein Junge!" Batu hatte doch wirklich das Maximum herausgeholt. Gleichwohl hatte ihn der ungewohnte Gebrauch des Interface sehr erschöpft. Kalter Schweiß stand ihm auf der Stirn und das Lob des Captains quittierte er mit einem mehr als müden Lächeln. Jan nutzte die immer noch aktive schiffsweite Kom. „Huang LI! Hol deinen erfolgreichen Sohn von der Zentrale ab!"

„Bin unterwegs", kam die mehr als nüchterne Antwort des stämmigen Chinesen.

Der Dreierverband raste durch das Universum dem Treffpunkt entgegen und Jan verfluchte die Tatsache, dass man im Überraum ohne genauen Standort der anderen Einheiten keine Chance hatte, diese anzufunken. Er wusste also nicht, ob alle Teammitglieder den Einsatz wohlbehalten überstanden hatten und leider auch nicht, wie viele GENUI gerettet werden konnten.

Fünf Minuten später erschien der große Chinese auf der Brücke: „Konnte mein Sohn dienlich sein?"

Seufzend stand Jan von seinem Platz auf und ging zu Huang Li.

„Nein, Li. Dein Sohn war nicht dienlich – er war ganz große Klasse. Meinen Glückwunsch zu so einem Nachwuchs", Jan schaute den Asiaten ernst an und glaubte tatsächlich im Anschluss an seine Worte den Anflug eines Lächelns beobachtet zu haben. Der große Mann senkte leicht den Kopf, dann nahm er seinen Sohn und verließ die Brücke.

Team BLAU:

„Wir haben es überstanden, nicht?" Vorsichtig fragte Koj-Lot nach und seine Stimme zitterte noch immer. Carson haute dem GENUI kräftig auf die Schulter und dieser zuckte ordentlich zusammen. „Nicht nur überstanden, mein Bester. Wir waren erfolgreich! Unsere Mission war ein Erfolg!" Tief befriedigt schaute Carson auf seine Monitore. Seine Disk war vor wenige Minuten in den schützenden Hyperraum eingedrungen und er hatte der KI die Aufgabe übertragen, die Maschine zum Treffpunkt zu fliegen. Das würde in etwa zwei Stunden geschehen sein. Bis dahin wollte Carson geduscht haben, denn bei aller Beherrschung hatte er doch ordentlich geschwitzt. Außerdem hatte er Hunger.

20.08.2014, 05:30 Uhr, Mitten im Nichts:

Vor einigen Minuten war der Dreierverband, bestehend auch der ODIN, SHIRTAN und ATROX, aus dem Hyperraum gefallen und fiel mitten im Nichts antriebslos durch eine völlig leere Gegend des Kosmos. Ein schneller Check der drei Schiffe ergab kaum nennenswerte Beschädigungen, die zügig mit Hilfe der bordeigenen Droiden beseitigt werden konnten. Teilweise waren die Robots schon am Werk. Von einem Monitor der ODIN schaute Meiora-Seth schuldbewusst auf die Menschen und als sie beginnen wollte zu sprechen, hob Jan abwehrend eine Hand: „Ich will nichts hören, bis ich weiß, dass alle Mitglieder meines Teams wohlbehalten hier versammelt sind."
Die Kanzlerin nickte und schaltete ab.
Jan hatte die KI angewiesen, die zurückkehrenden Maschinen zu zählen. Allerdings ging es ihm nicht um die unbemannten Einheiten. Er wollte Sam Waterhouse, Johann Hochreiter und Carson Cunningham gesund zurück wissen. Nach bangen 20 Minuten gab die KI Entwarnung. Die entsprechenden Disks waren eingetroffen und wenig später ergab ein Funkkontakt, dass alle Einsatzteams ohne Verluste zurückgekehrt waren. Sam meldete 97 befreite GENUI und zu Koj-Lots großer Erleichterung war auch eine gewisse Sina-Randor unter ihnen. Gelassen nahm Jan zur Kenntnis, dass zehn Alpha-Disk und 15 Betas nicht zurückgekehrt waren.
Jan funkte seine Einsatzteams an und bat sie die GENUI zu den entsprechenden Schiffen zu bringen und sich dann alsbald auf der ODIN einzufinden. Die angeordnete Aktion dauerte fast drei Stunden. Danach verfügte Eggert eine Ruhephase bis 18:00 Uhr. Anschließend bat er um eine Videokonferenz zum Thema Ergebnis und Manöverkritik.

17:00 Uhr, ODIN, Kantine:

Wie der Zufall es wollte, traf sich die gesamte Besatzung der ODIN in der Hauptkantine. Vor der Videokonferenz mit den Verbündeten schien es angeraten, sich noch einmal mit einem Essen zu stärken. Zwar rechnete niemand mehr mit einer langfristigen und aufregenden Aktion an diesem Tag, aber trotzdem: Die Menschen hatten gelernt, gewisse Dinge, dazu gehörten Essen, Trinken und Schlafen, dann zu erledigen, wenn Zeit dazu war. Hier herrschte die Ruhe ausnahmsweise mal nach dem Sturm. Nachdem die Mahlzeit verspeist worden war, berichteten Sam, Johann und Carson direkt an alle Anwesenden ihre Erlebnisse um die Befreiung der GENUI und gerade die Kinder und Jugendlichen hörten mit offenem Mund zu. Kurz vor 18:00 Uhr bedankte sich Jan noch einmal ausdrücklich für die spontane Hilfe von Bob und Huang Batu.

„Wo wir gerade dabei sind, uns zu bedanken", fiel Dr. Eleonore Klaffke ein, „unser Team China-Town hat uns ein großartiges Waffensystem zur Verfügung gestellt. Ich habe nach dem Kampf das Vergnügen gehabt, die gespeicherten Daten zu sichten und zu analysieren. Huang Li und Feng Pu haben das ganze Pulssystem praktisch neu erfunden. Beim Einloggen eines Pulsstrahlers auf das Ziel erfasst ein überlichtschneller Taststrahl die Frequenz des Schutzschirmes. Danach berechnet eine abgespeckte Kampf-KI die zeitlichen Abstände und die Stärke der jeweiligen drei bis vier Energietorpedos. Die ersten zwei bis drei Treffer bewirken ein Hochschaukeln der auf diesen Teil des Schutzschirms eintreffenden Energie, bis dieser an genau der Stelle zusammenbricht. Erst der letzte Puls geht durch den Schirm hindurch und trifft den Gegner direkt. Ich habe eine Auswertung der Effektivität vorgenommen. In allen Fällen, wo die Pulsserie den Gegner getroffen hat, ist erheblicher Schaden entstanden. Für mich gab es die Erkenntnis, dass das Versagen der SHIRTAN und der ATROX, plus dem Fehlen der Pulsmodifikation unweigerlich zum Untergang der ODIN geführt hätte. Ich rate also dazu, die Pulsstrahler auch an den Geschwadern entsprechend zu modifizieren." Elli stand auf und sprach weiter: „Als Wissenschaftlerin und als Mitglied dieser Crew verneige ich mich vor dieser grandiosen Innovation. Sehr verehrte Kollegen: Ich ziehe meinen Hut!" Elli begann zu applaudieren und schließlich standen alle auf und klatschten. Etwas verlegen erhoben sich die beiden asiatischen Wissenschaftler und verbeugten sich leicht. Jan ging zu ihnen und reichte ihnen die Hand: „Versteht meine Worte nicht falsch, aber ich wüsste gerne, wenn an den Waffen gearbeitet wird." Feng Pu versicherte, dass der Captain selbstverständlich zukünftig rechtzeitig informiert würde. Dann rief Jan alle Anwesenden auf, ihm auf die Brücke zu folgen. Beim gemeinsamen Gang dorthin fand sich Manfred Holst an seiner Seite ein. Nicht nur er, sondern auch die Crew war neugierig, wie Jan mit der Situation der nicht kampfbereiten GENUI umgehen würde. Ohne die Hilfe von Bob und Batu hätte sich die ODIN allein der Feinde erwehren müssen. Die Frage stellte er Jan auch.

Jan Eggert gefiel es, dass Manfred seine Nähe suchte. Bisher war man wegen der Vorgeschichte und Nina sich immer ein wenig aus dem Weg gegangen. Jan fand das schade, denn im Grunde handelte es sich bei Manfred um einen gescheiten Kerl, den die Umstände so gemacht hatten, wie er war.

„Was meinst du denn, soll ich machen, Manfred? Den Lauten machen? Schimpfen?" Jan grinste seinen Gesprächspartner an.

„Wird wahrscheinlich nichts nützen", gab Holst zu. „Aber so kann es auch nicht weitergehen. Irgendwann werden wir abhängig sein von der Hilfe der GENUI und dann kommt – nichts!"

Jan konnte die Sorge seines Gesprächspartners verstehen. Zwar war Manfred nicht direkt im Außenteam gewesen, aber seine Partnerin war schwanger. Das macht einen Mann für das Thema Sicherheit sensibel.

„Hier spricht die KI. Wir werden von der SHIRTAN gerufen!" Die Bord-KI der ODIN unterbrach das Gespräch der beiden Männer und gab zu verstehen, dass man auf der Seite der GENUI schon vor den Geräten saß. „Sollen warten!", gab Jan wenig diplomatisch zur Antwort. Es konnte nicht schaden, wenn man die Herrschaften spüren ließ, dass man unzufrieden war.

„Wir werden sehen", orakelte Jan dann als Antwort auf Manfreds Bemerkung.

Wenig später erreichte man die Zentrale. Die Brückenmannschaft setzte sich an ihre Arbeitsstationen, der Rest verteilte sich in dem riesigen kreisrunden Raum. Auf einem der Nebenschirme war ein zweigeteiltes Bild zu sehen. Auf jeweils einer Hälfte war Meiora-Seth und Bat-Rar, sowie auf der anderen Bor-Atak und Silu-Tri zu sehen.

„Nina! Die Kommunikation bitte auf den Hauptschirm! Wir wollen alle gut sehen!" Nina schaltete und als Ergebnis waren die GENUI überlebensgroß zu sehen. Die Gesprächspartner hatten die letzten Sätze selbstverständlich mitgehört und es wurde ihnen leicht unwohl, in die Gesichter aller Menschen blicken zu müssen. Sie kamen sich etwas vorgeführt vor.

Auf der Brücke der ODIN konnte man eine Stecknadel fallen hören und Jan sah in Richtung Meiora-Seth. Er dachte überhaupt nicht daran, die Unterhaltung zu eröffnen. Es vergingen einige unangenehme Sekunden, dann begann die Kanzlerin zu sprechen:

307

„Wir, die GENUI-Siedler, stehen wieder einmal in eurer Schuld. Der Einsatz hat uns 97 unserer Brüder und Schwestern widergegeben, die wir schon verloren glaubten. Wir danken und verneigen uns vor euch." Alle vier GENUI senkten das Haupt.

Jan sprach immer noch nicht. Mit verschränkten Armen stand er hochaufgerichtet auf seiner Kommandoempore. Er glaubte zwar nicht, dass die Kanzlerin etwas von der Körpersprache der Menschen verstand, aber mit Nichts deutete darauf hin, dass ihre Worte bei ihm ankamen.

Die ansonsten in ihrem Auftreten sehr sichere Meiora-Seth war wegen der fehlenden Antwort von der ODIN irritiert und schwieg – genau wie Jan. Wieder gab es eine unangenehme Zeitspanne, bei der niemand etwas sagte. Schließlich ergriff Jan doch das Wort: „Ist das alles?"

Meiora-Seth schwieg, dafür antwortete Bor-Atak von der Atrox leise: „Ich versichere, Captain, dass, wenn ich an Bord gewesen wäre, die ATROX gefeuert hätte."

Eggert wandte sich dem GENUI zu: „Das glaube ich dir, Bor-Atak. Aber du warst nicht an Bord und unsere Rettungsmission hätte für uns alle in einer Katastrophe enden können. Wir haben zwei C-Raumer der GENUI mit Offensivwaffen bestückt und diese waren im Kampf einfach eine Null-Nummer!" Bor-Atak senkte den Blick und auch Meiora-Seth blieb stumm.

„Wir müssen leider davon ausgehen, dass dieser Feindkontakt nicht der letzte gewesen ist. Habt ihr Vorschläge, wie das demnächst besser laufen soll?"

„Ich würde …", begann Bor-Atak, aber Jan hob die Hand. „Ich weiß, du würdest selber auf die Knöpfe drücken. Aber du bist der Captain und musst das Ganze im Blick haben. Wir können nicht immer in Nav-Kopplung fliegen."

Die Gesprächspartner schwiegen.

„Dann habe ich einen Vorschlag", eröffnete Jan. „Bob Hillary wird auf die ATROX versetzt und den jungen Batu bitte ich mitsamt seinen Eltern auf die SHIRTAN. Unsere chinesischen Freunde haben eine Modifikation an den Pulsstrahlern vorgenommen, die auch bei euch zum Einsatz kommen soll. Wenn die Erweiterung auf der SHIRTAN durchgeführt worden ist, wechseln Bob und die Huangs die Schiffe." Jan sah aufmerksam in die Gesichter der GENUI. Er sah Überraschung und im Gesicht des Captains der ATROX offene Ablehnung. Ein Seitenblick auf Huang Li genügte. Der Chinese nickte und mit ihm würde die Familie hingehen, wo er es für richtig hielt. Bob nickte heftig und fügte noch ein: „Krass Mann!" hinzu. Auch er war einverstanden. „Wir sollen einen Menschen auf unserer Brücke akzeptieren?", fragte Meiora-Seth nach. Jan wusste, dass die Kanzlerin von den Menschen eine hohe Meinung hatte, aber das war beileibe nicht bei allen GENUI so. So mancher würde dieses vielleicht als Affront werten. Bor-Atak wäre in seinem Stolz verletzt und das konnte man jetzt schon deutlich an seinem Gesicht ablesen.

„Nun", begann die Kanzlerin. „Was passiert, wenn wir dem nicht zustimmen?"

„Nichts", antwortete Jan. „Wir können und wollen euch nicht zwingen. Allerdings werden sich dann unsere Wege hier und jetzt trennen."

Meiora-Seth machte einen erschrockenen Eindruck. „Ich will das nicht alleine entscheiden", gab sie schnell bekannt.

„Willst du dein Volk fragen oder einige der politischen Vertreter?"

„Nein, nein", wehrte die Kanzlerin ab. „Wir müssen uns schnell entscheiden. Daher will ich zunächst den Captain und 1. Offizier der ATROX fragen, wie auch meinen Partner hier. Bor-Atak, ich will deine Meinung hören!"

Sam Waterhouse registrierte blitzschnell, dass die Antwort vom Captain der ATROX entscheidend sein würde. Silu-Tri würde höchstwahrscheinlich nicht von der Aussage ihres Captains abweichen und somit wäre höchstens ein Patt herzustellen. Und damit würde man niemandem einen Gefallen tun. Die nächsten Worte des Captains der ATROX würden entscheidend sein für die nähere Zukunft beider Spezies. Bor-Atak wäre viel zu stolz, um nur einen Handspanne weit von seiner einmal geäußerten Meinung abzuweichen. Er würde zwar der Kanzlerin auf Gedeih und Verderben überall hin folgen, aber wenn sie ihn schon nach seiner Meinung fragte ...

Darum stand Sam Waterhouse auf und trat vor den großen Monitor. Bor-Atak, der eben beginnen wollte seine Einstellung in Worte zu fassen, blieb zunächst ruhig und sah auf seinen ehemaligen Teamkameraden.

„Bor-Atak", begann Sam. „Um unserer Freundschaft Willen! Nur gemeinsam werden wir in der Lage sein, den HUTCH so richtig in den Arsch zu treten! Denk daran, wie viele Abenteuer wir noch zusammen bestehen werden – falls du zustimmst." Sam zog sich wieder an seinen Arbeitsplatz zurück und hoffte auf die Wirkung seiner Worte.

Bor-Atak überlegte und ihm wurde klar, dass mit der SHIRTAN allein ein stetiges Weglaufen vor jeglicher Feindberührung erfolgen würde. Die Kanzlerin würde sich keinem einzigen Gefecht stellen. Er schien einer der wenigen GENUI zu sein, die den Jahrtausende alten Pazifismus zu überwinden in der Lage waren. Wenn er um das Recht einer intelligenten Lebensform, sich frei und ohne Grenzen in der Black-Eye-Galaxie bewegen zu können, kämpfen wollte, dann musste er jetzt der menschlichen Verstärkung in seinem Team zustimmen.

„Ich denke …", so sprach er die entscheidenden Worte ruhig aus, „… dass Bob ein guter Gunner hier an Bord der ATROX wäre. Auch der junge Vertreter der menschlichen Spezies ist mir willkommen."

Jan nickte zufrieden und sah auf Meiora-Seth. Die Kanzlerin schien die junge GENUI an Bord der ATROX anzuschauen und diese gab kund, dass sie sich auf die Zusammenarbeit mit den Menschen freuen würde. Ein weiterer Blick zwischen ihr und ihrem Partner reichte aus, dann gab sie ihr Einverständnis an Jan weiter.

„Schön", schloss Jan diese spannenden Minuten. „Richtet für beide entsprechende Quartiere her. Eine entsprechende Liste mit den benötigten Dingen wird euch in Kürze zugehen. Wir wollen doch, dass sie sich bei euch wohl fühlen."

Die Einrichtung entsprechender Quartiere an Bord der C-Raumer dauerte bis zum nächsten Mittag. Anschließend fand der Transfer von Bob Hillary auf die ATROX und der Familie Huang auf die SHIRTAN statt. Am 21.08.2014, exakt um 12:00 Uhr Bordzeit, nahm der Dreierverband Fahrt auf – in Richtung EDEN.

11. Ziel

21.08.2014, 12:30 Uhr, ODIN, Brücke:

Vor einer halben Stunde war der Schiffsverband in Richtung EDEN aufgebrochen. Die Stimmung war gut an Bord der ODIN. Das Aufmunitionieren der Waffenarsenale war auf Deck 38, also in China-Town, im vollen Gange und langsam füllten sich die Magazine. In ein bis zwei Tagen würde die ODIN auch mit Nuklearwaffen wieder voll bestückt sein. Die kleineren Reparaturen nach dem Gefecht waren bereits abgeschlossen. Alle drei Raumer waren zu 100% fernflugtauglich. Jan Eggert schlenderte auf der Brücke von einem zum anderen und unterhielt sich jeweils leise. Das gelegentliche Lachen deutete darauf hin, dass Jan bemüht war, die Crew mit Humor auf die neue Heimat vorzubereiten. Langsam kam die Erleichterung auch tatsächlich in der Psyche der Menschen an. Man scherzte miteinander und überall sah Jan in lächelnde Gesichter. Das für ihn schönste Gesicht saß vor der Kom-Konsole und grau-grüne Augen strahlten ihn unter einem schwarzen verwuschelten Kurzhaarschnitt an. Die Haare waren in Ermangelung eines regelmäßigen Frisörbesuches nun etwas länger geworden, was der Frau außerordentlich gutstand. Er ging auf Nina zu, beugte sich hinunter und küsste sie sanft. „Bald werden wir unsere neue Heimat sehen, meine Liebe!"

„Ich bin neugierig", gab Nina zu verstehen. „Aber ich fliege mit dir überall hin. Wie lange werden wir brauchen?"

„Arzu hat mir versichert, dass wir morgen Mittag das Avalon-System erreichen werden."

Jan richtete sich wieder auf und strich Nina sanft über die Wange.

„Captain? Sollten wir uns nicht auf EDEN vorbereiten?" Elli war von ihrem Pult aufgestanden und schaute zu Jan und Nina hinüber.

„Vorbereiten?" Jan wusste, dass Elli das Wort nicht ohne Grund ergriff und daher war er gespannt, was die Physikerin vorzubringen hatte.

„Nun ja", erklärte sie und breitete die Arme aus. „Wir werden schlecht in der ODIN bleiben können, wenn wir EDEN als Heimat ansehen beziehungsweise annehmen. Ich glaube auch nicht, dass wir eine komplette Campingausrüstung für 21 Menschen an Bord haben." Elli stemmte die Hände in die Hüften und sah den Captain auffordernd an.

Jan schmunzelte. „Du hast doch schon einen Plan, oder?"

Die Wissenschaftlerin nickte lächelnd. „Ich schlage vor, dass wir Alphas als vorübergehende Domizile benutzen. Wir haben genügend davon und jeder kann es sich in einer davon gemütlich machen. Zudem können wir bei Gefahr gleich mit der ganzen Unterkunft starten und uns in Sicherheit bringen. Wir können die Zeit des Anfluges nutzen, um eine Alpha auszusuchen, vielleicht mit Hilfe der Droiden umzubauen und persönliche Dinge an Bord zu bringen." Erwartungsvoll sah Klaffke den Captain an, der wiederum nur einen kurzen Blick mit Nina wechselte.

„Das ist eine ausgezeichnete Idee, Elli! Ich stimme zu. Wo wir die ODIN parken, werden wir noch feststellen. Du übernimmst bitte die

Koordination und vergiss nicht jeweils eine Bleibe für Bob und Li herzurichten oder herrichten zu lassen. Vielleicht können die Fengs helfen. Für mich werden das Nina und die Mädchen übernehmen. Nicht wahr, Nina?"

Nina strahlte. „Sofort?" Das war was für die in letzter Zeit arg gebeutelte weibliche Seele. Ein Nest einrichten! Im Nu hatte sie ein paar gute Ideen.

„Ja, sofort. Jeder kann sich ans Werk machen. Ich bleibe zunächst hier und überwache den Automatikflug." Nina spurtete los und Jan stellte verwundert fest, wie schnell sich die Brücke leerte. Als Letzte verließen Carson und Alma die Brücke. Kaum hatte sich das Schott hinter ihnen geschlossen, als Alma den Schotten leicht mit dem Ellenbogen in die Seite stieß: „Eine Alpha?", fragte sie und sah mit einem unwiderstehlichen Augenaufschlag an dem großen Mann hoch.

„Sehr gerne, Alma, sehr gerne", antwortete dieser mit belegter Stimme.

„Prima", freute sich die Schwedin, dann brauchst du ja nur deine paar Sachen zusammenpacken und rüberbringen. Den Rest besorge ich schon."

Carson war wie angewurzelt stehengeblieben. „Ja, dann kann ich ja erst noch …", dabei zeigte er mit dem Daumen über seine Schulter.

„Sicher, sicher", nickte Falkengren. „Ich mache das schon – bis nachher."

Nachdenklich ging Cunningham zur Brücke zurück. Irgendwie hatte er sich vorgestellt, dass … aber war auch egal …

„Du bist schon fertig?", wurde der Schotte von Jan auf der Brücke begrüßt.

Carson wies wieder mit dem Daumen über seine Schulter: „Ja, äh also, Alma hat – also sie will …"

Jan Eggert fing an zu lachen: „Genau deshalb habe ich von vornherein beschlossen, mich nicht einzumischen."

Etwas betreten schlich Carson zu seinem Pilotensitz und er saß noch nicht ganz, als sich das Zugangsschott wieder öffnete und Johann im Rahmen stand. Ihn erwartete brüllendes Gelächter. Verlegen winkte er lediglich ab und beschloss ganz dringend die Lagerbestände der Munition und die Bereitschaft der Strahlwaffen zu kontrollieren. Irgendwie wartete man noch auf Sam, aber die junge Pakistani würde noch kein so großes Selbstbewusstsein entwickelt haben. Sicherlich würde Waterhouse … aber da öffnete sich wieder das Schott und der verdatterte

Sam wurde mit viel Gelächter im Kreis der Betroffenen, wie man sich spontan nannte, begrüßt. Kopfschüttelnd ging er zu seinem Platz und überdachte, was ihm da gerade auf dem Flur passiert war. Arzu hatte es als selbstverständlich angesehen, dass sie sich eine Alpha teilten. Sie hatte dem Ex-Marine äußerst selbstsicher mitgeteilt, dass die Einrichtung des gemeinsamen Wohnbereichs ausschließlich Sache der Frau sei. „Aber …", hatte Sam versucht einzuwerfen.

„Ausschließlich", hatte Arzu mit hoch erhobenem Zeigefinger betont und als Sam eine kleine Ewigkeit in die braunen Augen geschaut hatte, war sein Rückwärtsgang wie von selbst eingelegt. Das konnte ja heiter werden!

Jan stand auf und schlenderte zum Multifunktionstisch. „Los Jungs! Wir können unsere Systeme noch oft genug überprüfen. Ganz zu schweigen von der Tatsache, dass jede Abweichung von der Norm automatisch von der KI gemeldet wird. Wenn unsere Frauen Spaß haben, dann wollen wir den auch: Lasst uns Skat spielen!" Mit einem Grinsen holte Jan die Karten aus seiner Beintasche und warf sie auf den Tisch. Als alle versammelt waren, zischte das Zugangsschott noch einmal und die Männer verrenkten sich die Köpfe, wer denn jetzt noch kommen könnte. Als dann Heinz hereintapste und die Nähe seines Herrchens suchte, fand die Heiterkeit kaum ein Ende. „Na, bist du auch überflüssig?", rief Sam und streichelte den Vierbeiner.

Beim anschließenden Skat sollte sich zeigen, dass lediglich Sam das Spiel nicht kannte. Man sah es daher als gemeinsame Aufgabe an, dem Amerikaner möglichst schnell die Skat-Regeln beizubringen. So vergaß man tatsächlich die Zeit, und da der weibliche Teil der Crew sich weder meldete noch auftauchte, ließ Jan am frühen Abend von Parker Speisen und Getränke bringen, während man den Multitisch schlicht zweckentfremdete. Als Jan kurz vor Mitternacht das gemeinsame Appartement aufsuchte, war von Nina und den Kindern noch immer nichts zu sehen. Erst Stunden später bekam Jan im Halbschlaf mit, dass Nina unter seine Decke schlüpfte.

Als Jan am anderen Morgen um 09:30 Uhr erwachte, war er wieder allein. Nina war schon wieder weg und als er noch etwas schlaftrunken nachschaute, war auch seine übrige Familie ausgeflogen. Er beglückwünschte sich nachträglich zu seiner Entscheidung, den Dienst am heutigen Tag erst um 11:00 Uhr aufnehmen zu lassen. Er duschte ausgiebig, legte dann eher lockere Kleidung an und da er keine Lust hatte, allein zu frühstücken, suchte er die Kantine auf. Vielleicht leistete ihm jemand Gesellschaft. Jan wurde mit großem ‚Hallo' von seinen gestrigen Mitspielern begrüßt, die bereits mit dem Frühstück beschäftigt waren. Launige Sprüche flogen hin und her. „Na, deine Partnerin auch schon weg? Noch gesehen gestern Abend? Oder heute früh? Wie – auch nicht?" Jan grinste. Seit gestern war so etwas wie Normalität eingetreten. Die Frauen nahmen ihre seit Jahrtausenden bestehenden Rollen unbewusst wieder an. Ohne auf emanzipatorische Rechte zu verzichten, schon gar nicht auf Achtung und Respekt, sahen sie es als ihre Aufgabe an, eine Art Heim herzurichten. Und die Männer taten das, was ihnen übrigblieb. Sie warteten geduldig ab, um anschließend das Ergebnis ausreichend zu bewundern und zu loben. Jeder von den Vieren war gespannt, was die Partnerin zuwege bringen würde. In den bordeigenen Werkstätten würde sich nach den Vorlagen aus dem kopierten Internet so ziemlich alles herstellen lassen. Die Robots waren da ziemlich schnell und effizient.

Jan holte sich ebenfalls ein ausreichendes Frühstück und begann gutgelaunt die Speisen zu genießen. Kurz vor elf Uhr ging man dann, ohne sich groß dabei zu beeilen, zur Brücke.

ODIN, Brücke, 13:30 Uhr:

Die vier Männer saßen nicht etwa wieder am Multitisch, sondern hinter ihren jeweiligen Instrumenten. Die KI hatte gerade bekanntgegeben, dass in 15 Minuten die Überlichttriebwerke abgestellt würden – das Ziel sei dann erreicht.

„Tut mir leid, meine Damen, aber ich habe keine Lust auf unliebsame Überraschungen. Ihr werdet euren Spaß für einen Augenblick unterbrechen müssen", flüsterte Jan zu sich selbst und nahm die Schaltungen für eine schiffsweite Durchsage vor. Gleichzeitig schaltete er die SHIRTAN und die ATROX hinzu.

„Hallo Crew, hier spricht euer Captain. Wir werden in etwa 15 Minuten das Avalon-System erreicht haben und den Überraum verlassen. Ich will vorsichtig sein und ordne daher an, dass alle Einheiten in 10 Minuten gefechtsbereit sind. Zeit läuft! SHIRTAN, ATROX – verstanden?"

Es kamen die entsprechenden Meldungen der beiden Begleitschiffe und Jan nickte zufrieden. Bald darauf kamen vier völlig übernächtigte Frauen auf die Brücke. Man sah ihnen an, dass sie kaum mehr als vier Stunden in der Nacht geschlafen hatten. Elli warf sich ächzend hinter ihre Wissenschaftsstation, Alma sagte keinen Ton, dafür sprach ihr unordentlicher Wuschelkopf eine deutliche Sprache. Lediglich Arzu hielt sich tapfer. Man musste die junge Pakistani schon genau kennen, um die kleinen Anzeichen der Erschöpfung zu erkennen.

Jan hatte der Idee widerstanden, per Video das Treiben der holden Weiblichkeit auf dem Landedeck anzuschauen. Er konnte sich auch so gut vorstellen, dass mehrere Dutzend Robots damit beschäftigt waren, die Spezialwünsche der Frauen umzusetzen. Vor anderthalb Stunden hatte Nina auf der Brücke nachgefragt, ob Parker abkömmlich sei. Jan hatte ihr den Adjutanten widerspruchslos überlassen. Nun kam seine Partnerin mit dunkel geränderten Augen auf ihn zu. „Wir sind fertig mit dem Umbau. Eva und Zoe achten darauf, dass die Robots unsere Habseligkeiten korrekt auf die Zimmer verteilen."

„Gut", antwortete Jan und schaute seiner Partnerin in die müden Augen, „Wenn ich mich gleich als übervorsichtig blamiert haben werde, dann gehst du ins Bett und schläfst ein paar Stunden."

„Was – so kurz vor EDEN?" Nina war schlagartig wieder wach.

„Wir werden das Avalon-System genauestens untersuchen, bevor wir uns EDEN auch nur nähern. Das wird vor morgen früh nichts."

Nina machte einen kleinen Schmollmund, sah aber die Notwendigkeit ein. Sie nickte, wandte sich ab und besetzte ihre Kom-Station.

„Nina, Flottenverbindung!"

„Steht, Jan!"

Eggert war aufgestanden und rief die SHIRTAN und die ATROX. Wenig später schaute er in die Gesichter von Meiora-Seth und Bor-Atak.

„Ihr seid gefechtsbereit? Wie kommt ihr mit euren Gastarbeitern klar?" Beide meldeten Gefechtsbereitschaft und Meiora-Seth die Chinesen als sehr disziplinierte Crewleute. Die Meldung von Bor-Atak sah da schon ein wenig anders aus. „Merkwürdig bis ungewöhnlich ist euer Bob", gab er zu verstehen und Jan grinste. „Das ist er wohl. Du kannst dich aber auf ihn verlassen." Der GENUI nickte.

Die lockere Unterhaltung wurde durch den Countdown der letzten zehn Sekunden, den die KI herunterzählte, unterbrochen. Übergangslos tauchte der Dreierverband am Rande des Avalon-Systems auf.

„Voller Scan!", ordnete Jan an. Wenn jemand im System war, dann sollte er es auch mitbekommen. Eggert hatte nicht vor, sich auf EDEN zu verstecken. Nur wenn das System frei von anderen Spezies war, würde man landen.

„Ich muss den Kurs korrigieren. Wir durchfliegen die Meteoritenschale", gab Carson bekannt und änderte die Flugrichtung für alle drei Raumer, die SHIRTAN und die ATROX befanden sich noch immer in der Nav-Kopplung.

„Okay", sagte Jan. „Wenn wir da durch sind, wird die Nav-Kopplung aufgehoben. Elli, ich brauche ein Suchmuster für drei Schiffe. Schick die Ergebnisse an die Piloten. SHIRTAN, ATROX – wenn die Suchraster eintreffen, dann bitte dorthin und mit allen geeigneten Drohnen das Zielgebiet absuchen."

Die Schwesterschiffe bestätigten den Befehl und wenige Augenblicke später trennten sich die Kugelschiffe.

„Arzu, was haben wir bisher an Daten vorliegen?" Jan wandte sich an seine Astrogatorin.

„Ich registriere eine Sonne vom G-Typ und einen Planeten mit zwei Monden. Ansonsten gibt es hier nur noch diese Meteoritenschale. Hier werden wir auch mit der Suche beginnen." Für die Pakistani war die Frage leicht zu beantworten. Ein voller und damit aktiver Scan brachte recht schnell die gewünschten Ergebnisse. Jan nickte befriedigt. „KI – du übernimmst die Steuerung der Drohnen. Gemäß Suchmuster ausschwärmen lassen. Suche nach allen Dingen, die unnormal oder nicht natürlichen Ursprungs sind, Lebensformen und selbstverständlich auch Gefahrenquellen. Anfangen!"

Die KI bestätigte und wenig später schossen aus den Öffnungsklappen der ODI ein paar Hundert Drohnen ins All und machten sich auf den Weg ins Suchgebiet. Die ODIN folgte langsam und setzte selbst ihre gesamte Sensorenphalanx ein. Jan hatte die Devise ausgegeben, dass Zuverlässigkeit vor Schnelligkeit ging. Nun hatte das Avalon-System eine Ausdehnung von der Sonne bis zur Meteoritenschale von drei Lichtstunden oder etwas mehr als 3,237 Milliarden Kilometer. Eine gigantische Entfernung, selbst für eine so fortschrittliche Technik. So flossen Stunde um Stunde dahin, während die Drohnen und auch die Sensoren der Schiffe nichts Ungewöhnliches entdeckten. Erst weit nach Mitternacht, die reguläre Mannschaft lag schon im Bett, meldete die KI dem wachgebliebenen Captain der ODIN, dass der Auftrag erledigt sei.

Am Rande habe man eine ganze Menge an Rohstoffen in der äußeren Meteoritenschale registriert und gespeichert. Ein Ergebnis gemäß Suchauftrag habe es nicht gegeben. Das AVALON-System sei frei von Anomalien und abgesehen von EDEN und seinen Monden selbst, die bis dahin nicht untersucht wurden, auch frei von jedweder Lebensform. Hinweise auf Technik oder Dinge, die nicht natürlichen Ursprungs waren, habe es auch nicht gegeben. Todmüde erteilte Jan der KI und den beiden Schwesterschiffen den Befehl, die Drohnen wieder an Bord zu nehmen und dann langsam Kurs in Richtung Eden zu setzen. Dabei sei weiterhin die Sensorenphalanx zu nutzen und in einem Abstand von 1 Mio. Kilometern in einer geostationären Umlaufbahn um EDEN einzuschwenken. Danach sei das Erwachen der Crew abzuwarten und bei ungewöhnlichen Ereignissen oder Gefahrenlagen der Alarm auszulösen.

Die KI sowie die SHIRTAN und ATROX bestätigten. Jan verließ daraufhin mit Heinz, der treu und brav neben ihm gelegen hatte, die Brücke und suchte die gemeinsame Unterkunft auf. Vor Ort waren alle bereits tief im Schlaf versunken. Nina befand sich schon seit mehr als sechs Stunden dort und gab keine Regung von sich, als Jan unter die Decke schlüpfte. Jan schmiegte sich eng an die nackte Haut seiner Partnerin und atmete ihren Geruch ein. Er entspannte sich bei dem Gedanken an den nächsten Tag. Er freute sich darauf, die zukünftige Heimat näher in Augenschein zu nehmen. Hatte sie Ähnlichkeit mit der Erde? Gab es dort Tiere, Blumen, Bäume, überhaupt Pflanzen? Unzählige Fragen schwirrten ihm im Kopf herum, bis die Natur ihr Recht forderte und den erschöpften Mann einfach einschlafen ließ.

„Aufstehen, du Faulpelz! Die Sonne steht schon im Zenit und du liegst hier immer noch rum!" Jan hörte die Stimme seiner Liebsten, die er heute Morgen als gar nicht so lieblich empfand. Gleichzeitig merkte er, wie ihm die Decke weggezogen wurde.

„Was, wie?", stöhnte er leicht und kniff die Augen zusammen, weil Nina das Licht im Schlafzimmer voll aufgedreht hatte.

„Wir haben jetzt 11:00 Uhr Bordzeit! Die Brückencrew ist bis auf uns beide vollzählig und man hat gerade nachgefragt, ob der Captain nicht mal endlich aufstehen möchte!"

Mit einem leisen Fluch auf den Lippen raffte sich Jan auf. Die Herrschaften hatten gut reden, da sie etwa sieben Stunden früher vor ihm

Feierabend gemacht hatten. Nun waren sie fit und er hing noch in den Seilen.

„Sag ihnen, wir kommen", quetschte sich Jan heraus und verschwand im angrenzenden Hygieneraum. Zehn Minuten später war er leidlich frisch und drängte zum Aufbruch. Nina klemmte ihm eine Art Butterbrotdose unter den Arm. Er sah nicht nach, fand die Geste aber rührend, zeigte Nina doch, dass sie sich um sein Wohlergehen kümmern wollte. Um 11:30 Uhr erreichten sie die Brücke und traten durch das Hauptschott ein. Die anwesende Crew erhob sich von den Plätzen und Sam brüllte überflüssigerweise: „Captain auf der Brücke!"

Jan wollte ihm gerade sagen: „Lass den Scheiß", als Carson eine vorschriftsmäßige Meldung abgab: „Brückencrew vollständig angetreten. Die ODIN befindet sich im Abstand von einer Million Kilometern in einem geostationären Orbit um Eden. Keine besonderen Vorkommnisse. Die ODIN, sowie die SHIRTAN und die ATROX warten auf entsprechende Befehle!" Arzu drückte ein paar Knöpfe und schon sah man auf dem Hauptschirm Meiora-Seth und Bor-Atak erscheinen.

Jan nickte gnädig. „Danke und rührt euch!" Dann sah er sich noch einmal um. „Guten Morgen Crew!"

„Guten Morgen Captain!"

„Rühren!" Jan machte diese Scharade offensichtlich Spaß und die beiden beobachtenden GENUI wunderten sich, was da so auf der ODIN ablief.

„Kann ich bitte einen Kaffee haben?", äußerte Jan überfreundlich und Nina machte sich auf den Weg, das Gewünschte zu holen. Jan ging zu seinem Kommandostand und sprach anschließend direkt die Verbündeten an: „Ich bitte die SHIRTAN und die ATROX, die beiden Monde von EDEN genauestens zu untersuchen. Die ODIN setzt sich derweil in Richtung Endziel in Bewegung. Seid ihr einverstanden?"

Die beiden GENUI nickten und schalteten die Verbindung ab.

„Carson! In einer Stunde will ich über EDEN schweben!"

„Ay, Captain!"

„Elli! Du scannst mit allem, was deine Phalanx hergibt!"

„In Ordnung, Jan."

Nina brachte Jan einen Becher Kaffee. Dieser probierte vorsichtig den dampfenden Inhalt und hatte auch gleich die nächste Aufgabe für Nina parat: „Ruf bitte alle Leute auf die Brücke zusammen. Wir wollen uns gemeinsam die neue Heimat ansehen." Nina bestätigte und machte sich an einen Rundruf. Ca. 30 Minuten später waren alle auf der Brücke. Manfred Holst und Sharon Hitman hatten heute Unterrichtsdienst und so brachten sie die Kinder gleich mit. Kurz darauf erschienen die Fengs. Jan nahm die Schaltungen höchstpersönlich vor, nachdem alle irgendwie einen Platz gesucht und auch gefunden hatten. Das Ziel erschien formatfüllend auf dem riesigen Frontschirm.

„Ich darf vorstellen, unsere neue Heimat – EDEN", gab Jan bekannt und irgendwie war ihm feierlich zumute. „Ich hätte Sekt ordern sollen", schalt er sich selbst und einige lachten. Alle spürten, dass dies eine geschichtlich bedeutsame Angelegenheit war. Die Menschen sahen zum ersten Mal ihre neue Heimat, etwa 24 Millionen Lichtjahre von der guten, alten Erde entfernt. Blau und Grün waren die vorherrschenden Farben, wenn man von weißen Wolkenflecken absah.

Jan wandte sich an die KI: „KI – der Planet vor uns soll kartographiert werden. Vorschläge?"

Der Bordrechner mit der kühlen, weiblichen Stimme reagierte nahezu sofort: „50 Drohnen der Klasse B. Ich steuere den Flugverlauf und stelle anschließend die benötigten Daten, zum Beispiel in einem Hologramm, dar."

Jan nickte zufrieden. „Ausführen!"

„Kartographierung läuft – Abschluss in ca. drei Stunden."

„Elli, was wissen wir bisher über diese Welt?" Jan drehte sich zu seiner wissenschaftlichen Mitarbeiterin.

„Nun", begann sie. „Nicht viel. Der Tag hat 25 Stunden. EDEN besitzt eis- und schneebedeckte Polkappen, ansonsten ist er vom Typ M-N mit außerordentlich viel Wasser. Die einheimische Flora existiert über die Photosynthese und produziert Sauerstoff. Somit erdähnlich. Die Temperaturen außerhalb der Polkappen beträgt irgendwas zwischen 15 und 35 Grad, in extremen Gegenden können die Werte über- oder unterschritten werden. Über die Fauna ist nichts bekannt. Da die GENUI den Planeten als für Menschen geeignet ansehen, soll die Gravitation im erdnahen Spektrum liegen und wohl eine ausreichende Menge Sauerstoff und hauptsächlich Stickstoff vorhanden sein. Für genauere Daten müsste ich eine Bio-Drohne starten."

Jan nickte: „Tu das! Schick die Daten gleich auch an Holliday. Er soll rausfinden, ob etwas Schädliches für uns Menschen dabei ist."

Mittlerweile war der Planet sehr viel näher gerückt – oder aber die ODIN, eine Frage des Standpunktes. Jedenfalls füllte das Ziel den Frontschirm mehr als aus.

„Carson! Ich schalte jetzt die Kameras an unserer Polschleuse auf den Hauptschirm. Lass die ODIN immer 2.000 Meter über dem Boden schweben und folge dem Tagesverlauf. Fürs Erste nicht schneller als 1.000 km/h."

„Ay, Captain."

Carson ließ das Flaggschiff noch ein wenig schneller auf den Planeten zustürzen, dann fing er die Kugel ab und Jan schaltete. Mittlerweile hielt es keinen mehr auf den Sitzplätzen. Alle standen vor dem großen Frontschirm und schauten, teilweise mit offenem Mund, auf die Welt unter sich. Die nächsten 90 Minuten sagte niemand einen Ton. Carson hatte eine Flugroute eingegeben und überließ es der KI, die ODIN von der Flughöhe her an die Topographie anzupassen. Sie starten auf eine Welt voller Grün mit urwaldähnlichen Gewächsen, mit Palmen, riesigen Farnen. Immer wieder durchzogen von kleinen und großen Flüssen, malerischen Wasserfällen, teilweise bis in die Spitze bewachsene Bergen, andere waren dagegen schroff oder karstig. Dann gab es weite Ebenen, die mit Gras bewachsen schienen, Sandstränden an grünen oder blauen Wassern. Hin und wieder waren Tiere zu erkennen, einzeln oder im Rudel. In dieser Höhe sichteten sie auch den einen oder anderen Vogelschwarm. Es verging Minute um Minute, während sie größeren Bachläufen folgten oder an Stränden weißen oder gelben Sand entdeckten. Bisweilen war das Wasser überaus klar, an manchen schnell fließenden Strömen gab es nur eine undurchsichtige braune oder gelbliche Färbung. Das eine oder andere Gebirge war auch schneebedeckt. Jan ließ langsamer fliegen und Elli erinnerte sich an die gestartete Bio-Drohne. Schnell ging sie zurück zu ihrer Station und las die eingegangenen Werte ab.

„Wir haben hier 22% Sauerstoff und 75% Stickstoff. Der Rest verteilt sich auf viele und damit unbedeutende Edelgase. Die Luft ist gut atembar für uns. Unser Doc hat eine Luftprobe analysiert und ist zu dem Ergebnis gekommen, dass unsere Lungen lediglich durch die absolute Sauberkeit Schaden nehmen könnten. Von der Erde würde er ganz andere Schadstoffwerte kennen."

Jan dankte und sah weiterhin auf den Schirm. Das Gelände und die Botanik kamen ihm irgendwie fremd und doch so bekannt vor. „Wenn ich nur wüsste, an was mich das erinnert?", murmelte er leise vor sich hin, wurde aber von Sam, der direkt neben ihm stand, verstanden. „Ich kann dir sagen, wo es auf der Erde fast so aussieht", gab er mit schmerzlich verzerrtem Gesicht bekannt.

„Und?"

„Du siehst solche Geländeformationen und auch ähnliche Botanik in Laos, Thailand, Myanmar, Kambodscha und Vietnam." Sam schaute bei dieser Erklärung nach unten.

„Vietnam?", fragte Jan nach.

Waterhouse nickte betroffen. „Du berührst einen wunden Punkt, mein Freund. Ich bin nicht der hohle GI, der wild drauflos ballert. Ich bin geschichtlich gut informiert und weiß um die Rolle der Amerikaner in diesem Gebiet. Allein in Laos wird man noch in tausend Jahren die Blindgänger suchen, die die amerikanische Armee ohne Kriegserklärung dort abgeworfen hat. Sie verhindern immer noch ein ungezwungenes Bewegen auf diesem herrlichen Stück Erde. Statt bei der Beseitigung der gerade für Kinder gefährlichen Bomben zu helfen, überlässt man die armen Menschen ihrem Schicksal. Ein Umstand, über den viel zu wenig in der Welt berichtet wird."

Jan sah seinen Kampfexperten an. „Wie kommt es, dass ein Mensch deiner Gesinnung dann in der US-Army diente?"

Sam sah nicht hoch, als er antwortete: „Es verhält sich ein wenig anders, als du jetzt vermutest. Meine Rolle war eine andere, aber nun ist nicht der rechte Augenblick, darüber zu reden. Vielleicht später." Sam befasste sich übergangslos wieder mit der Außendarstellung und für Jan war klar, dass er selbst bei nachdrücklichem Fragen im Moment keine Antwort erhalten würde. Also schwieg er und genoss, genau wie Sam, die Aussicht. Eine schöne, unverdorbene und scheinbar unberührte Welt. Die Zeit verging und keiner merkte es.

„Die Kartographie ist abgeschlossen!" Die kühle Stimme der KI riss die Menschen in die Wirklichkeit zurück und wenn diese Störung der andächtigen Stille nicht ausgereicht hätte, dann wäre es die gleich darauffolgende Meldung von Meiora-Seth gewesen: „Keine Feststellungen auf den Monden!"

Jan Eggert riss sich gewaltsam von dem Anblick los und antwortete der Kanzlerin: „Danke, Kanzlerin. Folgt uns nach EDEN. Uns erwartet ein herrlicher Planet."

„Wir sind unterwegs."

Jan ließ die Flottenkom abschalten und sah sich um. Niemand achtete auf ihn. Immer noch waren die Bilder der Oberfläche von EDEN um ein Vielfaches interessanter als alles andere. „Meine Herrschaften!" Seine Aufforderung, sich ihm zuzuwenden, blieb fast unbeantwortet, lediglich Nina und Heinz sahen ihn an. Daher sagte er etwas lauter: **„Ich möchte landen! Lasst uns beraten wo!"** Ein Ruck schien durch die Crew zu gehen und Alma schüttelte mit Gewalt die Eindrücke ab: „Es ist überall schön. Wo sollen wir landen?"

Jan schaltete mit einem Ruck die Außenübertragung ab und somit war ihm, wenn auch widerwillig, die Aufmerksamkeit aller sicher. „Wir können aus dieser geringen Höhe, ohne Messdaten, kaum eine Entscheidung treffen. Lasst uns die Auswertung der Kartographierung hinzunehmen!"

Die Mannschaft nickte dazu – eine logische Entscheidung.

„KI! Ich möchte eine große holografische Wiedergabe des Planeten!"

„Selbstverständlich!"

Im nächsten Augenblick wich die Crew zurück, denn einige standen mitten in der Holografie. Mindestens zwei Meter im Durchmesser schwebte eine blau-grüne Kugel, ohne Wolkenformation, inmitten der Zentrale. Sie drehte sich langsam und so konnte man aus fast jeder Perspektive die neue Welt, wie ein überdimensionierter Globus, betrachten.

„Werden Informationen gewünscht?" Die weibliche KI-Stimme unterbrach auch hier wieder die stille Betrachtung des Zielplaneten.

„Selbstverständlich", wiederholte Jan im spöttischen Ton die Antwort der KI vor ein paar Augenblicken.

Davon völlig unbeeindruckt fasste die KI das Ergebnis zusammen: „EDEN besteht im Wesentlichen aus sechs großen Kontinenten und eine Vielzahl von Inseln. Die größte Erhebung liegt bei 4.325 Metern über NN. Die größte Tiefe in den Meeren beträgt 2.320 Meter. Im Allgemeinen sind die Meere aber bedeutend flacher. Im Äquatorialbereich liegt die durchschnittliche Temperatur am Tage bei 28 Grad Celsius. In der Nacht sinkt sie um 10 Grad ab. Der Luftdruck ist bei Normalnull exakt im Bereich der Erde. Die Meere sind leicht salzig, im Schnitt bei 1,015. Die Luftfeuchtigkeit beträgt im Mittel 64%. Die Windgeschwindigkeit im Durchschnitt Windstärke 3. Daneben können Wetterextreme erhebliche Mengen an Regen und Sturm bis 150 km/h mit sich bringen. Schnee und Eis gibt es nur im Hochgebirge ab 2.500 Metern."

Die KI verstummte und jeder versuchte das Gehörte zu verarbeiten.

„Jetzt wissen wir immer noch nicht, wo wir landen sollen", unkte Johann und die KI hörte wie immer mit.

„Darf ich einen Vorschlag machen?" Jan wurde nachdenklich. Seit wann zeigte die KI Eigeninitiative? War Parker etwa hier im Spiel oder war die Programmierung lernfähig? Egal – das Ergebnis interessierte.

„Wir können es uns ja mal ansehen", antwortete er deshalb und sogleich verschwand die Holografie und ein Höhenbild einer Insel entstand auf dem Frontschirm.

„Größte Ausdehnung 18 x 16,5 Kilometer", klärte die KI auf. „Größte Erhebung im Osten ein Wall von 650 Meter. Größtenteils bewachsen, wegen der geringen Größe eine übersichtliche Fauna. Liegt im Äquatorialbereich und liegt von den Temperaturen im Durchschnitt"

Die Crew beobachtete auf dem Frontschirm das vorgeschlagene Zielgebiet. Es ähnelte einem geschwungenen U, mit der offenen Seite nach links, in diesem Fall nach Westen. In der Mitte des U befand sich eine langgestreckte und dicht bewachsene Insel mit den Ausmaßen, ein Kilometer breit und sechs lang. Mit Ausnahme der Ostseite waren alle ufernahen Bereiche seicht und mit hellem Sand bedeckt. Die mittleren Bereiche der U-Führung waren dicht bewachsen und mit kleinen Hügeln versehen. Im Norden existierte ein recht großer See, daneben fast von der Ostseite kam ein recht breiter Fluss und fiel zwei Kilometer vor Erreichen des Meeres in einem 150 Meter hohen Wasserfall zu Tal. Auf der Südseite, beginnend im Osten, vereinigten sich aus den Höhenlagen zwei Flüsse, die in mehreren Etagen malerisch über kleine Fälle abwärtsflossen und anschließend bis in die Spitze des U immer breiter werdend dort in einem großen Delta ins Meer mündeten.

„Boh ey", entflutschte es Jan. Ein Ausdruck aus seiner Kohlenpott-Heimat. Die Übersetzerchips verhinderten, dass außer Elli, Nina und die Mädchen alle ihn verstanden. Für die anderen war es ein Ausruf der Bewunderung – was es ja auch war.

„Wir sollten dort landen", schlug Nina vor und Jan musste sich gewaltsam zusammenreißen, um nicht sofort den Wünschen seiner Partnerin nachzugeben. In den Gesichtern der übrigen Besatzungsmitglieder spiegelte sich Begeisterung. Alle wollten festen Boden unter den Füßen haben und Sonnenlicht und Wind auf der Haut und …

323

Sam entfuhr voll Bewunderung: „HOMELAND!"

Jan hob beschwörend beide Arme: „Okay – ich nehme Sams Vorschlag an. Unsere Heimatinsel hat somit den Namen HOMELAND. Allerdings wollen wir am Ende unserer Odyssee, kurz vor dem sprichwörtlichen Happy End, es auf den letzten Metern nicht noch vermasseln – oder?" Jan sah sich um und sah in erwartungsvolle Gesichter. Man wartete auf die nächsten Befehle.

„Na also", nahm Jan das Schweigen als Bestätigung. „Bitte die Stationen besetzen. Nina, Kontakt zu unseren Verbündeten, bitte!"

Kurze Zeit später, als die Brückencrew wieder hinter ihren Geräten saß, stand die Verbindung und Jan schaute in das lächelnde Gesicht von Meiora-Seth und auf der anderen Seite des Bildschirms schaute der Captain der ATROX auf die Brücke der ODIN – mit unbewegtem Gesicht.

„Gefällt euch die Welt, die GENUA-PRIME für euch ausgesucht hat?", fragte die Kanzlerin mit gewinnendem Lächeln.

„Wenn im Kleingedruckten kein Haken ist, unterschreibe ich den Kaufvertrag", gab Jan locker bekannt und erntete dafür ein ratloses Gesicht seiner Gesprächspartnerin. Jan lachte, denn so etwas wie einen Kaufvertrag kannten die GENUI bestimmt nicht. „Ich würde gerne wissen, ob für uns Menschen Gefahren auf dieser Welt lauern?"

Die Kanzlerin nickte ernst und verstand Jans Skepsis. „Diese Welt birgt selbstverständlich Gefahren – wie eure Heimatwelt auch. Die KI wird programmierungsbedingt die Landung auf einer kleineren Insel im Äquatorbereich vorgeschlagen haben – richtig?"

„Ah", Jan nickte und ihm ging ein Licht auf. Er hatte die KI vorschnell schon als lernfähig in Bezug auf Ideen eingestuft.

„Die Fauna ist dort überschaubar und ungefährlich. Ihr solltet diesen Ratschlag befolgen. Wir selber werden uns auf der südlicheren Insel in der Nähe niederlassen. Dort ist es wärmer und wir kommen mit diesen Bedingungen besser zurecht. Ich hoffe auf einen regen Besuchsaustausch. Der Planet ist keinesfalls erforscht – eure Aufgabe, wenn ihr wollt."

„Wir danken", gab Jan zurück und tatsächlich empfand er diesen Planeten als Geschenk und in seinem Innersten empfand er die Verpflichtung sorgsam damit umzugehen.

„Wir haben zu danken – so sagt ihr doch – oder?" Meiora-Seth lächelte und ihre dunkelroten Augen leuchteten verhalten.

„Ich möchte aber noch ein bis zwei Probleme diskutieren, bevor wir hier unsere Zelte aufschlagen", rückte Jan heraus.

Überraschenderweise schaltete sich Bor-Atak in das laufende Gespräch ein. „Ich habe mittlerweile die Gedankengänge der Menschen verstanden und weiß, worüber der Captain der ODIN sprechen will!"

Jan hob lediglich eine Augenbraue und sagte erst einmal nichts und der GENUI fuhr fort: „Du sorgst dich um eine rechtzeitige Warnung, falls der Feind in Gestalt der HUTCH hier auftaucht und du willst nicht mit der ODIN auf EDEN landen, sondern mit Alpha- oder Beta-Disks, um sie zunächst als Übergangswohnung zu benutzen."

Eggert nickte anerkennend. „Du solltest als Gedankenleser arbeiten, Bor-Atak. Du hast recht. Habt ihr Vorschläge? Über den zweigeteilten Bildschirm konnte man erkennen, dass Meiora-Seth nicht Jan, sondern ihren Speziesgenossen ansah und ihn damit aufforderte, weiterzusprechen.

„Teils, teils", redete Bor-Atak weiter. „Das erste Problem habe ich bereits gelöst. Durch die Meteoritenschale können Raumschiffe nicht im Hyperraum bis dicht vor EDEN heranfliegen. Sie müssen außerhalb zurück in diese Dimension. Nach Durchquerung dieser Schale ist die Distanz zu kurz, um nochmals in den Hyperraum zu wechseln. Unterhalb der Lichtgeschwindigkeit braucht es, mit reichlich Sicherheit, über einen Tag Flugzeit bis EDEN. Dabei habe ich Beschleunigungs- und Bremsphase mit eingerechnet. Wir haben beobachtet, dass die Überraumsteuerung unserer Gegner ziemlich ungenau ist. Selbst bei einem Geschwaderflug brauchen die Einheiten sehr lange, um sich zu formieren, weil sie an unterschiedlichen Stellen aus dem Überraum kommen. Ich habe, eure Erlaubnis vorausgesetzt, in der Meteoritenschale ausreichend Scanner eingesetzt, die im großen Umkreis passiv die Umgebung wahrnehmen. Sie werden uns warnen." Der Captain der ATROX schaute erwartungsvoll und Jan tat ihm den Gefallen: „Du hast umsichtig gehandelt. Wie mir scheint, hat die Kanzlerin den rechten Mann zum Captain ernannt." Mit einem leichten Seitlichlegen des Kopfes zeigte der GENUI, dass er das Kompliment durchaus gehört und auch so verstanden hatte. „Ich schlage dann weiterhin vor, die Kugelraumer in einem großen Krater auf einem der Monde zu landen und sie der Obhut der KIs zu überlassen. Wenn wir sie rufen, sind sie in knapp 30 Minuten da, um uns abzuholen." Der Captain der ATROX sah erwartungsvoll Jans Reaktion entgegen. „Du hast nicht nur meine Gedanken erraten, sondern auch Lösungen ausgesprochen, die mir zusagen. Was meinst du, Kanzlerin? Befolgen wir den Rat deines Captains?"

„Ich habe keine Einwände", sprach die Frau und so schaltete man nach einem kurzen Abschiedsgruß die Übertragung ab.

Jan sah sich wieder nach seiner Crew um. „Zeit ist dehnbar, wenn man keinen anderen Bezugspunkt hat. Ich möchte jedenfalls beim 24-Stunden-Rhythmus bleiben. Aus reiner Gewohnheit. KI! Rechne den Tagesablauf auf 24 Stunden um. Dann sind die Sekunden halt etwas länger. Mittag, dann, wenn die Sonne am höchsten steht über genau dieser Insel, dann ist 12:00 Uhr."

Jan drehte sich herum: „Arzu! Nimm Kontakt auf mit den GENUI und such gemeinsam einen ausreichend großen Krater auf den Monden. Wenn einer einen Namensvorschlag für die beiden hat: Bitte. Bis dahin heißt der Größere M-EINS und der andere M-ZWEI. Sie sind doch unterschiedlich groß – oder?"

Arzu nickte nach einem Blick auf ihre Daten: „Geringfügig!"

„Na bitte! Carson – Kurs nach Vorschlag Arzu auf einen der Monde."

Cunningham drehte sich zu der Pakistani um, die ihrerseits, unhörbar durch Akustikfelder abgeschirmt, mit der ATROX oder der SHIRTAN, vielleicht auch mit beiden, sprach. Wenig später hatte sie den Piloten einen Flugvektor auf die Konsole gespielt. Ziel war M-ZWEI. Dort hatten die Scanner der SHIRTAN einen ausreichend großen Aufschlagskrater gefunden, in dem alle drei Schiffe Platz hatten. Es dauerte eine knappe Stunde, bis der Dreierverband in einem fünf Kilometer durchmessenden und drei Kilometer tiefen Krater aufsetzte.

„KI! Wir verlassen jetzt das Schiff. Du wartest auf unsere Rückkehr und wirst das Schiff stets startbereit halten und gegen alle Einflüsse sichern. Wir werden Doc Holliday, Parker und weitere 20 Droiden in einer weiteren Alpha mitnehmen, dazu ein weiteres Geschwader Beta-Fighter. Funknachricht über besondere Vorkommnisse an ALPHA EINS. "

„Ich habe verstanden", antwortete die emotionslose Maschine.

„Parker? Wo bist du?" Jan drehte sich suchend um.

„Ich bin hier, Sir!" Gehorsam reckte der Droide wie ein Erstklässler den Arm hoch.

„Du hast mitgehört. Informier Doc Holliday und nehmt ausreichend Material aus der medizinischen Abteilung mit und drei von den Stase-

326

dingern da. Es könnte uns ja etwas zustoßen. Dann wähl 20 Kollegen von dir aus, die uns auf die Oberfläche von EDEN begleiten."

„Wird nach Ihren Wünschen geschehen, Sir!"

Jan nickte zufrieden, als Parker sich auf den Weg machte.

„Sam, ich denke, wir brauchen ein paar Waffen und Munition. Nimm mit, was dir geeignet erscheint."

„Ay, Captain."

„Alma! Kümmerst du dich bitte um das Geschwader BETA-Disks?"

„Geht in Ordnung, Jan."

„Johann, Nav-Kopplung für die beiden ALPHAS von den Huangs und Bob, sowie unserer Sanitätsalpha. Du bringst diese Disks mit nach EDEN – außerdem bitte die von Manfred und Sharon."

„Auch verstanden, Jan."

„Habe ich was vergessen?" Jan sah sich um, aber alle schüttelten den Kopf. „Wir können es nachholen, die ODIN ist nicht aus der Welt. Gut, dann ist ab jetzt in zwei Stunden Abreise. Wir treffen uns auf dem Flugdeck."

Während die Besatzung die Brücke der ODIN verließ, schaute sich Jan etwas wehmütig um. Er hatte sich hier wohlgefühlt. Ein unvergleichliches Gefühl im Kommandostand eines 2.000 Meter durchmessenden Technikriesen der GENUI zu sitzen und mit unvorstellbaren Geschwindigkeiten den Kosmos zu durcheilen. Einzig bei der Bewaffnung wusste er nicht, ob er stolz sein oder sich schämen sollte. Schließlich obsiegte sein Pragmatismus. Ohne terranische (hatte er ‚terranisch‘ gedacht?) Waffentechnik, hätte er höchstens vor den Problemen wegfliegen können. Ihre Freunde, die GENUI, wären einem ungewissen Schicksal überlassen, die von den HUTCH gefangenen sowieso. Alles in allem hatte Jan ein gutes Gefühl, als er langsam die Brücke verließ, sich umdrehte und noch einen Augenblick im geöffneten Hauptzugangsschott stehenblieb. Nina hatte ihm die paar Minuten gelassen, weil sie spürte, dass er einen Augenblick für den Abschied brauchen würde. Was war in den letzten viereinhalb Monaten alles passiert? Aus ihm, einem arbeitslosen Säufer und Hartz IV-Empfänger, war der Captain eines interstellaren und sogar intergalaktischen Raumschiffes geworden. Wahrscheinlich eines der schlagkräftigsten Schiffe überhaupt. Er hatte Akzeptanz und Freunde gefunden. Gar eine ganze Familie konnte er jetzt wieder sein Eigen nennen. Mit Zielstrebigkeit und Willen hatte er ein paar Handvoll Menschen zu einem Team geformt und tatsächlich

Geschichtsträchtiges geschaffen. Seine Überlegungen wurden unterbrochen, als die KI das Licht auf der Brücke löschte und Jan ins Dunkle starrte. Er wandte sich ab und hörte das Zischen der Schotts. „Wir sehen uns wieder", versprach er flüsternd nicht nur der ODIN, sondern auch sich selbst. Nun wartete Nina im Quartier. Es wurde Zeit, dass er sich dahin aufmachte und die paar Habseligkeiten half zum Flugdeck zu tragen.

Etwa anderthalb Stunden später betrat Jan, gefolgt von Eva, Zoe, Mehmet und Nina mit Hund, bepackt mit einigen Taschen, das Flugdeck. Überrascht blieb er stehen. Auf dem Landedeck standen acht 20 Meter durchmessende Jets, denen man ansah, dass in den letzten Stunden heftig an ihnen gearbeitet worden war. Unter anderem waren ihre Landestützen soweit eingefahren, dass sie mit dem Bauch fast den Boden des Decks berührten. Alle acht Disks sahen gleich aus. Offenbar hatten die Damen gemeinsam beraten und beschlossen. Als erste Maschine vor ihm stand eine ALPHA, auf deren Seiten man in violetten Zeichen eine ,1' gemalt hatte. Jan nahm an, dass es die von Nina ausgestattete Maschine war und er sollte Recht behalten.
„Welche strategischen Änderungen habt ihr an den Disks vorgenommen?", fragte daher Jan und stellte die Taschen vorsichtig auf den Boden. Im schwante Übles. War er etwa zu weit gegangen, als er es den Frauen überließ, für eine Bleibe zu sorgen. Er spürte eine Hand auf seiner Schulter. Er wusste, dass es Nina war, und kurz darauf hörte er ihre Stimme: „Wir wussten, dass du das fragen würdest. Darum: Wir haben lediglich alles entfernt, was mit Raketen und Torpedos zu tun hat. Wir alle fanden es makaber, auf Sprengstoff oder gar Atombomben zu schlafen – außerdem brauchen wir den Platz. Den Rest haben wir nicht angerührt. Sämtliche Energiewaffen, erweiterte Pulstechnik, haben wir nicht angerührt – unser Wort drauf."
Jan nickte erleichtert. Damit konnte er leben, allerdings war der erste Anblick der Disks nicht geeignet gewesen, ihm das Gefühl der Wehrhaftigkeit zu vermitteln. Diese 20-Meter-Disks bestanden im Prinzip aus vier Decks, wobei das unterste der Technik, Energieerzeugung und Antrieb vorbehalten war. Dieses sogenannte Techdeck war auch nur halb so hoch wie die anderen. Jan erkannte von außen, dass das dritte Deck von unten aufwendig umgebaut worden sein musste. Rings um die Disk zog sich ein meterhohes Fenster, welches nur durch stabilisie-

rende Streben in regelmäßigen Abständen unterbrochen war. Man konnte allerdings nicht hineinschauen, die Scheiben waren von außen verspiegelt. Ebenso, allerdings nicht in dieser umfassenden Breite, erging es dem Deck darunter. Auch hier gab es große, verspiegelte Fenster. Weiterhin erkannte Jan im unteren Bereich eine Zugangsschleuse. Man konnte diese statt der zentralen Leiter unter dem Mittelpunkt des Bootes benutzen, wenn die drei Teleskopstützen weit eingefahren waren. Offensichtlich fanden es die Damen besser, das Schiff von der Seite zu betreten, um dann über einen schmalen Gang den zentralen Antigrav zu erreichen. Ganz oben befand sich die Brücke des Kleinschiffes. Die durchsichtige Cockpitkanzel war nur andeutungsweise aus Jans Perspektive zu sehen. Eggert konnte sicher sein, dass dort keinerlei Umbauten stattgefunden hatten. Er war gespannt auf die beiden Zwischenebenen. Nina forderte ihn mit einer einladenden Handbewegung auf, den neu geschaffenen seitlichen Eingang zu benutzen. Mit einem ergebenen Seufzen nahm er die Taschen wieder auf und setzte sich in Bewegung. Nach dem schmalen Gang betrat er den Antigrav und wurde sogleich sanft nach oben gezogen. Jan nutzte die erste Öffnung, um diesen ‚Aufzug‘ wieder zu verlassen. Er befand sich in einem dreieckigen Raum, an denen an jeder Seite eine Tür angebracht war. Der Antigrav ging mitten hindurch und ließ seitlich so viel Platz, dass man von einer Tür zur anderen gehen konnte. Jan legte die Tasche ab und wartete ab. Eva drängte sich, dicht gefolgt von ihrer Schwester, vor und berührte leicht eine der Türen, auf der Jan die Initialen E&Z erkannte – offenbar das Mädchenzimmer. Die Tür glitt sofort seitlich in die Wand und gab den Eintritt frei in: tatsächlich das Mädchenzimmer. Allerdings hatte man nicht das an Bord der ODIN befindliche genommen. Eventuell nahmen die Mädchen an, das dortige noch einmal benutzen zu müssen oder zu wollen. Jan empfing ein Traum in Weiß und einem abgemilderten Cremerot. Die Mädchen hatten sich in dem großen Zimmer, das an den Außenrändern naturgemäß die Rundung der Außenzelle widerspiegelte, gestalterisch ausgetobt. Neben den üblichen Basics wie Bett, Tisch, Stühle, Schrank und Regale, hatte jede einen Schreibtisch und modernste Kom-Technik. Den Boden zierte ein kurzfloriger und grau melierter Teppichboden. In einem Bereich stand Heinz Körbchen, in das er sich sofort und vehement hinein katapultierte. Der Raum wurde indirekt durch große leuchtende Deckenplatten erleuchtet. Durch die Fenster sah Jan große Teile des Landedecks. Die übrige Mannschaft traf gerade mit Sack und Pack ein und betrat ihre Schiffe. Den Herren waren wahrscheinlich genauso große Überraschungen sicher wie Jan. Das nächste Zimmer auf dieser Ebene gehörte Mehmet. Gewohnheitsgemäß hatten die Ausstatterinnen Wert darauf gelegt, seine orientalische Heimat darzustellen. Der gesamte Raum war mit Teppichen ausgelegt und eine große Matratze mit Wasserinhalt befand sich am Rande des Zimmers. Überwiegend waren die Farben in Rot, Gold und Schwarz gehalten. Die Basics waren in etwa denen der Mädchen ähnlich, wenn auch in einer anderer Farbgebung. Der dritte Raum enthielt eine Badelandschaft mit weiblichem Touch. Badewanne, Dusche, zwei Waschbecken, Toilette – alles in einem Cremeweiß mit rosa Wand- und weißer Boden- und Deckenfarbe. Jan schwor sich, Mehmet ab und zu mit den anderen Jungs zusammenzubringen.

„Komm", lockte Nina. „Ich zeige dir unser Reich."

Jan ließ sich mit zum Antigrav ziehen und erlebte eine Etage höher eine echte Überraschung. „Donnerwetter", entfuhr es ihm und Nina führte ihn strahlend herum. In einem Dreieck, beginnend vom ‚Aufzug', war ein geräumiges Badezimmer eingerichtet mit Ein- bzw. Ausgängen zu beiden Innenseiten. Ein üppiger Whirlpool stellte den Mittelpunkt dar. In der spitzen Ecke war eine großzügige Dusche eingelassen, wo bei Benutzung ein sanftes Kraftfeld Wassertropfen zurückhalten konnte. Ein separater Raum für die Toilette / Pissoir war ebenfalls vorhanden, dazu natürlich ein großes Waschbecken, an dem bequem zwei Personen stehen konnten. An diesen Raum grenzte ein weiterer – einer! Von dort ging es zu einem kreisrunden Bett mit Blick nach draußen. Der ganze übrige Raum hatte Schränke an der Außenwandung herumgezogen. 90 cm hoch und gut 70 cm tief. Hinter dem Bett stand noch ein deckenhoher Schrank, der den Raum geringfügig vom nachfolgenden Wohnzimmer abtrennte. Bevor man dieses erreichte, ging es an einem Arbeitsplatz mit entsprechenden Kom-Einrichtungen und Monitoren vorbei. Das Wohnzimmer bestand aus einer Riesencouch in etwas mehr als Halbkreisformat, mit zwei runden Sesseln davor und einem kreisrunden Couchtisch. Der nächste Raum war, Jan blieb der Atem weg, eine komplett eingerichtete Küche. Mit Herd, Kühlschrank, Kaffeemaschine, etc.

„Was willst du denn damit?", rutschte es ihm heraus.

Aber Nina war bester Laune und so nahm sie ihm seine Überraschung nicht übel. „Hier werde ich kochen. Für meine Familie! Das ist ja sehr bequem – die Sache mit dem Replikator. Wir haben auch einen. Aber ich koche gerne und glaube ich – gut."

„Wir müssten die Botanik nach Essbarem durchforsten", dachte Jan laut nach.

„Oder Samen von der Erde einführen", konterte Nina und berührte damit einen Punkt, der schon lange nicht mehr angesprochen worden war. Jan wurde sogleich nachdenklich und nickte dazu. „Ich finde diese Küche prima und diesen dreieckigen Tisch hier mit sieben Sitzen. Verschweigst du mir etwas?"

Nina lächelte schelmisch und schüttelte den Kopf. „Nein, nein – du wärest der Erste, der es erfährt."

„Das will ich wohl hoffen", sagte Jan und nahm Nina, um seine gespielt strenge Äußerung abzumildern, sanft in die Arme. „Das hast du toll gemacht! Es sieht klasse aus und ich werde mich hier wohlfühlen. Ich kann es kaum erwarten auf HOMELAND zu landen."

Jan ging zum Antigrav und ließ sich nach oben auf die Brückenebene tragen. Von hier hatte er durch die transparente Kuppel einen guten Überblick über das gut ausgeleuchtete Landedeck. Da er niemanden sah, nahm er an, dass alle bereits in ihren Fluggeräten saßen. Schwungvoll setzte sich Jan in den Pilotensitz und startete den Selbstcheck. Noch während die einzelnen grünen Lämpchen die Bereitschaft der verschiedenen Technikbereiche kundtaten, öffnete Jan einen Kanal zu den anderen Alphas.

„Hier Alpha EINS. Bitte Statusbericht!"

„Hier Alpha ZWEI", ertönte Almas aufgeregte Stimme. „Wir sind startbereit, ebenso eine Staffel Betas in Nav-Kopplung."

„Hier Alpha DREI", kam es mit leicht österreichischem Akzent über den Äther. „Wir sind ebenfalls startbereit. In der Nav-Kopplung habe ich Alpha-RESCUE und die Alphas FÜNF bis ACHT! Und ihr müsst unbedingt unseren Wohnbereich sehen!"

„Hier Alpha VIER", kam die leise Stimme der Pakistani aus dem Lautsprecher. „Wir können starten! Allerdings haben wir uns erlaubt, eine weitere Alpha in Nav-Kopplung zu nehmen. Wir haben eine als eine Art Gemeinschaftshaus ausgerüstet und mit allerlei Nützlichem beladen!"

„Okay", Jan war überrascht, aber nicht abgeneigt. Diese Eigeninitiative hatte durchaus Sinn.

Jan nickte befriedigt und der Übermut ging mit ihm durch: „Dann tun wir das doch! Auf los geht's los. Los! KI – Landedeckschott öffnen! Nach unserem Verlassen schließen – du hast deine Befehle!"

Langsam öffnete sich das Außenschott und da der Mond EDEN immer die gleiche Seite zuwandte, konnte man ganz am Rande des Ausblicks einen Teil ihrer neuen Heimat sehen. Zur Verwunderung von Jan bestätigte die KI nicht nur den Befehl, sondern fügte noch hinzu: „Ich wünsche eine gute Reise!"

Kurz darauf befanden sich 20 Maschinen, Alpha EINS leicht voraus, von der ODIN im Anflug auf das Zielgebiet Homeland. Jan hatte sich eine Nav-Hilfe auf den HUD spielen lassen und lenkte die DISK per Hand. Ninas Gemütszustand ließ es nicht zu, dass sie sich bequem in einen der Sessel lümmelte. Hochaufgerichtet stand sie seitlich hinter Jan und hielt sich an dessen Sitz fest. Der Anblick aus grün-blau-weiß war gigantisch und ihre Augen glänzten feucht. Eigentlich sollte sie schon ein paar Wochen tot sein. Nun stand sie hier, hatte eine teilweise neue Familie, war so gesund wie nie zuvor und unendlich glücklich. Nina schwor sich diesen Umstand niemals zu vergessen und dem Schicksal für diese Wendung dankbar zu sein. Zärtlich fuhr sie ihrem Freund mit einer Hand durchs Haar. Dieser nahm am Rande diese Berührung wahr, ahnte jedoch nicht den tieferen Grund. Langsam fielen die Maschinen dem Planeten entgegen. Eggert hielt nichts davon, allzu schnell zu landen. Der erste Anflug sollte ein bleibendes und einprägsames Erlebnis für die neuen menschlichen Bewohner sein, ein Mahnmal, mit der neuen Welt umsichtig und pfleglich zu verfahren. Schließlich wussten alle um die Umweltzerstörungen auf der Erde. Hier sollte es nie so weit kommen. Die Schwärze des Alls machte einem strahlenden Blau Platz und bald drangen die Maschinen durch die ersten Wolkenfetzen. Als diese dichter wurden, verließ sich Jan vollständig auf die Nav-Hilfe und nahm vorsichtshalber alle Maschinen in Nav-Kopplung. Dann waren sie durch und unter ihnen erstreckte sich die neue Welt. Eggert deaktivierte das Schlepptau der übrigen Maschinen und als die ersten Boten der neuen Welt sichtbar wurden, verlangte er eine Verminderung der Geschwindigkeit. Die drei Kinder der Alpha EINS standen dicht vor der transparenten Kuppel und sahen Vögel. Bunte Tiere mit einer Spannweite von sicher mehr als zwei Metern kreisten dicht neben der Alpha. Jan hatte die Bodenkamera eingeschaltet und sah mehrere Schwärme auftauchen.

332

„Hier Alpha-EINS! Geschwindigkeit reduzieren! Achtet auf die Tiere! Denkt daran: Wir sind hier Gast und als solcher haben wir uns zu benehmen und Rücksicht walten zu lassen!"

Zu seiner Überraschung antwortete Carson mit sonorer und ruhiger Stimme: „Wir sind uns des Augenblicks und der Verantwortung bewusst, Jan. Wir werden diese Welt nicht nur als Heimat annehmen, sondern sie auch schützen. Vor allem Übel und auch vor uns. Wenn es nach uns geht, soll es nie wieder einen Planeten geben wie die Erde, die unter der Last und der Verantwortungslosigkeit langsam aber sicher die Fähigkeit verliert, Leben zu tragen."

‚Donnerwetter', dachte Jan. ‚Besser hätte ich es nicht ausdrücken können.' Er überlegte kurz, was er dazu sagen könnte, aber dann beschloss er, einfach mal den Mund zu halten und Carsons Worte wirken zu lassen. Man hätte es nicht treffender ausdrücken können als der Schotte.

Die Jets waren jetzt etwa 2.000 Meter über dem Ziel und sanken langsam tiefer. Auf dem Monitor der Bodenkamera sah Jan einen im Mittel einen Kilometer breiten, gelben Sandstrand, der sich über eine geschwungene Länge von etwa 7,5 Kilometern an der Ostseite der Insel erstreckte. Die Innenbucht der Insel, die wie ein auf der Seite liegendes Hufeisen aussah, war bestimmt zehn Kilometer lang.

„Alpha EINS an Alma! Lande die Betas im Südosten der Insel. Ich sehe da eine Baumgruppe – irgendwo dazwischen und vorsichtig!"

„Ich habe verstanden", rief die Schwedin über Funk.

„Die bewohnten Alphas landen in Reihe 100 Meter vom Strand entfernt. EINS als Mittelpunkt, dann je 50 Meter Abstand. Die Alpha-Rescue und das Gemeinschaftsdingen dahinter!"

Die Bestätigungen kamen der Reihe nach herein.

Dann kam der Augenblick der Landung, kurz nachdem Jan die drei Teleskopstützen ausgefahren hatte. Oben in der Kanzel war eine leichte Erschütterung zu bemerken und da Jan die Außenmikrofone eingeschaltet hatte, war das leise Knirschen des Sandes zu hören. „Touch down!", meldete der Captain und schaltete die Triebwerke ab. Mit einem Blick nach draußen bemerkte er, dass die Landestützen leicht und unregelmäßig im Boden einsanken. Die Alpha bekam Schlagseite. „KI! Schiff in die Waagerechte bringen – Ausgleich der Landestützen!"

Statt der kühlen, weiblichen Stimme erklang eine männliche mit gefälliger Stimmlage: „Sofort, Captain!" Mit gerunzelter Stirn schaute Jan seine Freundin an, aber diese lächelte nur. Klar, war das ihre Idee gewe-

333

sen, mit der männlichen Stimme. Man spürte, wie sich der Jet bewegte, anschließend war die Schlagseite überwunden. Jan beobachtete, wie die anderen Maschinen ebenfalls landeten.

„KI! Landestützen soweit einziehen, bis der Boden vom Rumpf nur 10 Zentimeter entfernt ist."

„Jawohl, Captain!" Sogleich bewegte sich die Alpha und zwar abwärts. Schließlich kam sie zur Ruhe und die gesamte Familie schaute aus fast acht Metern staunend auf die neue Welt.

„Los, raus Leute! Oder wollt ihr jemand anderem die Ehre überlassen, diese Welt als Erster zu betreten?" Jan schob Nina vor sich her Richtung Antigrav und unten angekommen, sorgte er dafür, dass seine Freundin zuerst ihren Fuß auf den Sand von EDEN setzte. „Damit bist du die erste Frau, die diesen Boden betreten hat", stellte er fest. „Und du der erste Mann", konterte sie wahrheitsgemäß.

Beide atmeten die frische und leicht salzige Luft ein. Nur am Rande war das leise Rauschen des Meeres und des etwa zwei Kilometer entfernten Wasserfalls zu hören. Jan schätzte die Temperatur auf angenehme 30 Grad. Nach dem Stand der Sonne musste es kurz vor Mittag sein. Ein Blick auf das angepasste Bordchronometer würde zeigen, ob er Recht hatte. Die Sonne wärmte und fühlte sich angenehm auf der Haut an. Ein tolles Gefühl wieder festen Boden unter den Füßen zu haben, frische Luft zu atmen und zu riechen und die leichte Meeresbrise im Haar zu spüren. Jan zog seine Schuhe aus und steckte seine nackten Füße wohlig in den warmen Sand. Schließlich kamen die Besatzungen der anderen Jets langsam von zwei Seiten auf sie zu. Im Hintergrund landeten zwei Betas der SHIRTAN und der ATROX. Jan erkannte, dass sie die Huangs und Bob Hillary ausluden, um sich sodann wieder in den Himmel zu erheben und in Richtung Süden abzudrehen. Schließlich war die Menschheit in der Black-Eye-Galaxie wieder vereint. Parker, Doc Holiday und zwanzig Droiden hielten sich in Richtung Landesinnere etwas im Hintergrund.

„Willkommen auf EDEN und speziell hier auf HOMELAND", rief Jan seiner Mannschaft zu. Dann brach Jubel aus und selbst die zurückhaltenden Asiaten zeigten offen ihre Freude und umarmten jedermann. Jan ließ sie gewähren. Arzu rief Parker zu sich und flüsterte ihm etwas ins Ohr. Jan beobachtete, wie Parker mit ein paar Droiden zur Gemeinschafts-Alpha ging, wenig später kamen sie mit Strandliegen zurück und noch etwas später saßen alle 21 Menschen im Kreis in diesem Gestühl und machten es sich bequem.

Nina flüsterte ihrer Sitznachbarin zu: „Fehlt nur noch der Grill und eine Bar mit kühlen Getränken!" Arzu lachte leise: „Haben wir alles in der Gemeinschafts-Alpha und brauchen es nur ausladen oder ausladen lassen. Wir verfügen über eine komplette Campingausrüstung, Angelausrüstung, Sportgeräte, selbst zwei Kanus sind dabei." Nina war begeistert.

Anders erging es Jan. Nun kam nämlich der Moment nach den Anforderungen und Aktionen als Captain einer kleinen Mannschaft, in dem alles auf ihn einstürzte, was er die letzten Jahre und insbesondere in den letzten Monaten erlebt hatte oder erleben musste. Der tiefe Fall mit dem Verlust seiner Familie, der Alkoholismus, die Krankheit Ninas, die GENUI, die überlebten Kämpfe, selbst Mehmet – ein einschneidendes Erlebnis – jetzt EDEN. Ruhe – der Körper nahm sich jetzt die Zeit auf diese ständige Anspannung zu reagieren. Fast unmerklich begann Jan zu zittern. Nervös blinzelte er mit den Augen, als er merkte, dass sich diese mit Tränen füllten. Alle wollten ihn sprechen hören, aber Jan hatte einen Kloß im Hals und Blei in den Gliedern. Er war unfähig zu sprechen oder gar aufzustehen. Mit einem Seitenblick stellte sein Sitznachbar Carson Cunningham fest, wie es momentan um Jan bestellt war. Es sprach für den Schotten, dass er dieses in keiner Weise kommentierte, sondern in seiner ruhigen und pragmatischen Art vorübergehend das Kommando ergriff und die wichtigsten Befehle erteilte: „Wir werden sicherlich in der nächsten Zeit die straffe Disziplin, wie sie an Bord der ODIN herrschte, lockern oder ganz aufgeben." Die Mannschaft nickte dazu und hatte nichts anderes erwartet. Man war jetzt mehr oder weniger privat.

„Ihr werdet mir allerdings Recht geben, wenn ich euch bitte, in den nächsten Wochen ein Mindestmaß an Sicherheitsregeln zu beachten." Auch das war klar. Sie befanden sich schließlich auf einer fremden Welt und wussten von keiner Gefahr.

„Man hat uns diese Insel zwar als ungefährlich dargestellt, aber wer weiß schon, ob sie das immer noch ist. Wir wissen nicht, wann die GENUI diesen Teil von EDEN untersucht haben."

„Das sehen wir ein", antwortete ausgerechnet Huang Li. „Worin bestehen diese Sicherheitsregeln?"

335

Carson nickte ihm dankbar zu. „Unsere Sorge gilt zunächst den Kindern. Parker wird jedem unserer Kinder einen Droiden zur Seite stellen. Ausflüge in die Botanik oder ins Wasser haben zunächst zu unterbleiben. Für uns Erwachsene gilt: Eine Kurzwaffe ist mindestens mitzuführen. Expeditionen in die Botanik hinter uns nur zu zweit und nach Anmeldung bei Jan oder mir. Wenn abends Zapfenstreich ist, werden die Alphas verriegelt. Sam! Hast du Kraftfelder mitgebracht?"
Der Marine nickte nur.
„Okay, dann in den ersten Tagen einen Ring um uns damit."
Carson sah Jan an, in der Hoffnung, dass dieser sich einigermaßen gefangen hatte. Eggert reckte einen Daumen nach oben – er war einverstanden.
„Gut", stellte Carson fest, „Dann lebt euch ein!"

Kurz vor dem Abend, Jan hatte sich wieder gefangen, traf man, wie bestellt, wieder an diesem zentralen Punkt zusammen. Nach der ersten Freude und den überwältigenden Gefühlen überwog der Forscherdrang. Man wollte wissen, was diese Welt den Menschen zu bieten hatte. Keinesfalls wollte man sich vor irgendwelchen hypothetischen Gefahren verkriechen. Gleichwohl waren alle der Meinung, zunächst einmal eine ordentliche Pause nach den Strapazen und Gefahren der letzten Monate verdient zu haben. Irgendjemand hatte aus den Replikatoren Fleisch herstellen lassen und der tatsächlich mitgeführte Grill verströmte bald darauf einen Wohlgeruch, der wohl noch fremd auf dieser Welt war. Während sie mit Genuss aßen, betrachteten sie voller Bewunderung den ersten Sonnenuntergang auf dieser Welt, die sie EDEN getauft hatten. Schließlich holte Carson wieder seinen Dudelsack hervor und dieses eher seltsame Instrument sandte sicherlich ungewohnte Töne in diese Welt. Als er schließlich damit zum Ende gekommen war, holte Sam Waterhouse seine bis dahin erfolgreich verborgene Gitarre aus dem Flieger und stimmte mit dem Lied von John Denver ‚Take me Home, Country Roads‘ einen echten Gassenhauer an. Man feierte die Umstände und sich ausgelassen.

Stunden später standen Jan und Nina Arm in Arm vor dem großen Panoramafenster in der Nähe ihrer Schlafgelegenheit und schauten nach draußen. Einer der Monde war aufgegangen und eine Unzahl hell leuchtender Sterne zeigte die Umgebung zwar in Schwarzweiß, aber dafür ziemlich deutlich. Nina sah an Jan hoch: „Wie lange werden wir bleiben, Jan?"

„Solange du willst, mein Schatz."

„Du hast dein Wort gegeben, Menschen nachzuholen, damit unsere Spezies in dieser Region des Universums überleben kann, Jan." Ernst sah ihn die junge Frau an und Jan nickte. „Ich weiß und ich werde es auch tun. Wir kehren zur Erde zurück und finden Freiwillige, die mit uns nach EDEN kommen. Zunächst werden wir hier Ferien machen und uns einrichten. Dann, erst wenn wir damit fertig sind, werden wir zur Erde zurückfliegen. Sieh es als eine Art Betriebsausflug an. Uns kann nichts gefährden!"

Nina drückte sich glücklich und enger an Jan und vertraute auf seine Worte.

Keiner ahnte, wie sehr sich Jan in diesem Augenblick auf dem Holzweg befand …

ENDE des zweiten Teils

Wie geht es weiter im dritten Teil?

Antwort darauf gibt der Folgeband:

2014 A.D. Black Eye (III)
Die Verstärkung

Buch Nummer 3 beginnt kurz vor der Rückkehr der ODIN
in die Milchstraße.

Das A.D.-Epos von Harald Kaup.

Die Science-Fiction-Romane der besonderen Art

Zum Schluss eine Bitte:

Ich freue mich immer über Kommentare, über positive natürlich besonders. Rezensionen bei Amazon helfen mir, bekannter zu werden.

- **Neuigkeiten gibt es über meine Homepage www.harald-kaup.de** (gerne Gästebucheinträge)
- **Anschreiben per E-Mail unter 2120adneuland@gmx.de**
- **Freundschaftsanfragen über FB Harald Kaup (Autor)**

Wer die Bücher über mich beziehen will: Einfach eine Mail an die oben angegebene Adresse.
Vielleicht mit Signierung oder Widmung – als Geschenk?

Lieben Dank!

Euer
Harald Kaup

12. Anhang

Die Menschen:

Jan Eggert:
Als arbeitsloser Säufer und Hartz-IV-Empfänger zum Kommandanten der 2.000 Meter Kugelschiff ODIN aufgestiegen.
35 Jahre alt, 178 groß – schlank, schmales Gesicht, bartlos, braune Haare, braune Augen, geschieden, hinterlässt auf der Erde seine zwei Jungs, Sven, acht Jahre, Marco sechs Jahre, die mit seiner Ex-Frau Marie in Kanada leben. Geburtsort: Deutschland

Nina Holst:
32 Jahre alt, 165 groß – zierlich – knabenhafte Figur, grau-grüne Augen, schwarzer und kurzer Pagenschnitt. Nina ist die Partnerin von Jan Eggert und hat aus erster Ehe mit Manfred Holst, ebenfalls an Bord, zwei Zwillingsmädchen: 11 Jahre alt, Eva und Zoe. Nina bedient die Kom-Konsole. Herkunft: Deutschland.

Dr. Eleonore Klaffke:
39 Jahre alt, 168 cm groß, lange braune Haare, grüne Augen, besetzt als Physikerin die Wissenschaftsstation an Bord der ODIN. Seit ihrer Wandlung im ersten Teil der Geschichte vom hässlichen Entlein zur selbstbewussten Frau, ist sie sicherer geworden und unterhält eine Beziehung zu Johann Hochreiter. Herkunft: Deutschland

Johann Hochreiter:
Der Österreicher, mit dem entsprechenden Charme, ist auf dem bisher einzigen Schiff der Menschen als Gunner eingesetzt und bedient die sogenannte ‚Feuerorgel'.
Er ist 45 Jahre alt, besitzt graue Augen und graumelierte Haare, und ist 178 cm groß. Er hat ein Faible für die anfangs so spröde Akademikerin Klaffke aus Eisenach entwickelt und hat außer seinem Job an Bord kaum noch Augen für etwas anderes.

Robert (Bob) Hillary:
Zweifellos die schillerndste Persönlichkeit an Bord des GENUI-Raumschiffes. Der schwarze und schlacksige, 180 cm große und coole

Reggae-Fan aus Jamaika macht keinen Hehl daraus, dass er gerne mal einen Joint zu sich nimmt. Er trägt Rasterlocken und Vollbart, ist 35 Jahre alt – Nickelbrille, hohe Stimme. Bob steuert die Drohnen bzw. Sonden der ODIN.

Alma Falkengren:
Die 43 Jahre alte Schwedin hat lange, rotblonde Haare, blau-grüne Augen, ist 165 cm groß und vereinzelte Sommersprossen zieren ihr frauliches Gesicht. Sie ist CSG (Commander Space Group) und damit verantwortlich für alle Geschwader an Bord. Sie unterhält eine ziemlich lockere Beziehung zu Carson Cunningham.

Carson Cunningham:
Der Schotte, genannt CC, ist der Pilot der ODIN und vertritt Captain Eggert bei dessen Abwesenheit. Er hat graue Augen, kurze, schwarze Haare mit leicht angegrauten Schläfen, ist 187 cm groß, verfügt über breite Schultern – 40 Jahre alt. Spielt gelegentlich Dudelsack.

Arzu Ödeniz:
Mit ihren gerade mal 17 Jahren ist die Pakistani das jüngste, reguläre Besatzungsmitglied. Bei einer Größe von 176 cm erweckt die schlanke Frau mit den schwarzen Haaren und dunkelbraunen Augen einen eher scheuen Eindruck. Sie wurde von der KI des Schiffes als hochintelligent eingestuft und versucht mit Hilfe des ebenfalls an Bord befindlichen Sam Waterhouse einige Generationen Entwicklungsgeschichte zu überspringen. Arzu sitzt an der Astrogations-Konsole.

Sam Waterhouse:
Der 30-jährige Amerikaner ist Ex-Marine und stammt aus Annapolis/Maryland (Ostküste der USA), grüne Augen, 183 cm groß, kraftig, Dreitagebart, braune Stoppelhaare. Sam ist der einzige mit militärischer Erfahrung an Bord und übernimmt auch deswegen das Kommando über die ferngesteuerten Bodentruppen. In seiner Freizeit bemüht sich Sam um einen Kulturangleich im Hinblick auf Arzus Herkunft. Tatsächlich bemüht er sich um das Mädchen selbst.

Neu hinzugekommen,
bevor man zurück in die Black-Eye Galaxie fliegt:

Manfred Holst:
Ist seit 11/2012 von Nina getrennt. Zwei 11-jährige (2014) Zwillingsmädchen mit Nina. 35 Jahre alt, 1,78 cm groß, blonde kurze Haare, schlank – normale Figur, Vollbart, graue Augen.
Er ist Mitarbeiter des Bundeswirtschaftsministeriums, Kontakt zur NSA, seit 06/2012 Kontakt zu Sharon Hitman, Mitarbeiterin eines amerikanischen Geheimdienstes. Kam an Bord der ODIN über die beiden Zwillingsmädchen von Nina, die in seiner Obhut waren. Er ist mittlerweile mit Sharon Hitman liiert.

Sharon Hitman:
Die Amerikanerin ist 27 Jahre alt, 170 cm groß, schlank, kurze blonde Haare, blaue Augen und mit Manfred Holst liiert. Sie warb ihn für die NSA an, allerdings nahmen die Gefühle Oberhand. Gemeinsam ,betrogen' sie die NSA mit gefakten Daten aus Deutschland. Bei dem Versuch der US-Geheimdienste, das Paar mitsamt der Zwillinge verschwinden zu lassen, griff Jan Eggert ein und holte sie an Bord der ODIN.

Huang Li:
Der 40-jährige Chinese mit überlangem, schwarzem Haar, stahlblauen Augen, braunem Teint, beeindruckender 180-cm-Größe und breiten Schultern, kam gegen Ende des ersten Berichtes an Bord, weil man einen Fachmann für Nuklearwaffen brauchte. Der Experte aus dem Land der aufgehenden Sonne hatte sich mit der autoritären Führung seiner Heimat überworfen und wurde mit vorsätzlich zugefügten Strahlenschäden von Jans Crew aus einer Art Gefängnis befreit. Seine Bedingung war, seine Familie mitnehmen zu dürfen und einen weiteren Freund nebst Familie. Li hat die Art und Weise, wie man mit ihm zu Hause umgegangen ist, immer noch nicht verarbeitet. Er ist daher häufig introvertiert und reagiert abweisend.

Seine Frau: Ojuna, 167 cm groß, lange schwarze Haare, dunkle braune Augen, sehr schlank, Maschinenbauingenieurin, Uigurin und damit Stein des Anstoßes zwischen Li und Chinas Führung.
Seine Kinder:

Zwillingspärchen (13 Jahre alt)
Tochter: Thuy (Abbild der Mutter)
Sohn: Batu (Abbild des Vaters)

Feng Pu:
Von der Mentalität ist Pu das genaue Gegenteil von seinem Landsmann Li. Immer freundlich ist der kleine (161 cm), schmächtige Mann mit chinesischer Einheitsfrisur und stark geschlitzten, braunen Augen. Immer hilfsbereit und immer ein Lächeln auf den Lippen. Der 37-Jährige ist Fachmann für Raketenantriebe.
Seine Frau: Hong Chan, 160 cm groß, ebenfalls schmächtig, lange schwarze Haare zum Zopf geflochten. 33 Jahre alt, starke Schlitzaugen – Architektin
Sein Sohn: Hu, 8 Jahre alt. Schmächtiger Bursche, sieht aus wie das Kind seiner Eltern.

Die GENUI:
Eine 50.000 Jahre alte Kultur aus Humanoiden aus der Black-Eye-Galaxie. Hervorragendes Merkmal: Silbern und keine Haut, sondern winzige Schuppen. Der Körper ist völlig haarlos und der Kopf etwas nach hinten und oben verlängert. Ansonsten auffällige Ähnlichkeit mit den Menschen. Der Hauptstamm dieser Rasse lebt in einer Dunkelwolke auf GENUA und hat jeglicher Gewalt abgeschworen. Deren Siedler leben auf NEW GENUA seit 500 Jahren, tragen im Gegensatz zu ihren Vorvätern Kleidung und die dortige Sonne hat einen leichten grünlichen Schimmer auf die Schuppen gebracht. Die Crew um Jan Eggert nutzt GENUI-Technik, um die GENUI-Siedler vor der Bedrohung durch die SUBB zu schützen.

Meiora Seth:
Die 180 cm große GENUI mit den dunkelroten Augen ist erste Siedlerin oder Kanzlerin auf NEW GENUA. Es gibt dort sechs Städte und mit den 6 Delegierten stellt sie die Regierung in der Hauptstadt WAN-TANA. Meiora Seth ist sehr freundlich und Menschen gegenüber aufgeschlossen. Allgemein sind die GENUI-Siedler eher bereit Gewalt anzuwenden, weil sie sich auf einem urzeitlichen und damit äußerst gefährlichen Planeten niedergelassen haben.

Bat-Rar:
Adjutant der Kanzlerin auf NEW GENUA.
Graue Augen und 182 cm groß. Gelegentlich teilt er mit seiner Chefin
das Bett.

Die SUBB:
Einzelexemplare sind zu Beginn des 2. Teils 2014 nicht bekannt.

Die SUBB sind humanoid. Ihre Körper sind mit einer dünnen, gummi-
ähnlichen Substanz von olivgrüner Farbe überzogen. Die tiefliegenden
Augen scheinen nur aus einer rabenschwarzen Iris zu bestehen. Der
Kopf hat ein spitzes Kinn und einen kleinen Mund, in dem dornähn-
liche schwarze Zähne die Mahlzeiten zerkleinern. Beim bisher einzigen
Kontakt trug das Individuum einen schwarzen Umhang, der bis auf den
Boden reichte. Im Gesicht und an allen sichtbaren Körperstellen waren
dabei deutlich Muskel- und Sehnenstränge zu erkennen. So etwas wie
Fett oder Fettschicht scheinen diese Spezies nicht zu kennen. Für
menschliche Augen wirkt dieser Körper hässlich, als hätte man einem
Lebewesen das Fett unter der Haut abgezogen. Die Spezies hat eine
Körpergröße von etwa 150 cm.

Die SUBB sind die Widersacher der GENUI-Siedler. Mit ihren kegel-
förmigen Schiffen haben sie vor NEW GENUA eine Blockade errich-
tet und warten höchstwahrscheinlich auf Verstärkung, um die Schutzschilde um die sechs Städte knacken zu können.

Die ANGUIDEN:
Diese Individuen als humanoid zu beschreiben hieße, die Fantasie
etwas zu stark zu strapazieren. Sie haben eine Ähnlichkeit mit aufrecht
gehenden Schlangen – mit drei Meter hohen aufrecht gehenden
Schlangen. Der Kopf ist hinten breit und verjüngt sich nach vorne
stark. Die im Verhältnis viel zu kleinen und stechenden Augen stehen
weit auseinander. Im hinteren Kopfbereich wachsen starke Stränge
nach unten – es sind Arme mit Händen, die aus dem Kopfbereich
wachsen und bis in die Mitte des ansonsten schlanken Körpers führen.
Sie münden in Händen, die zwei Daumen und drei Finger haben, genau
wie ein zweites Armpaar, das im ‚gefühlten' Schulterbereich aus dem
Körper wächst. Der Schwanz dieser Lebewesen nimmt sicherlich noch

einmal zwei Meter ein, gemessen ab Boden. Kurze und kräftige Beine vervollständigen das Bild. Bekleidung scheint unbekannt zu sein und die lederartige Haut schillert im leichten Grünbereich, die Grundfarbe ist ein Grau in verschiedenen Schattierungen. Statt Ohren gibt es Öffnungen.

Die ANGUIDEN sind ein äußerst aggressives Volk. Sie sind in der Lage über 20 Meter Gift zu spucken, das für die meisten Individuen tödlich ist, wenn es über die Haut aufgenommen wird, außerdem verfügen sie über gewaltige Körperkräfte.

FRAKTORTZ:
Einzig bekannterer ANGUIDE. Verkaufte den Menschen um Eggert die erste Bewaffnung für die ODIN. Seit sich herausstellte, dass wertloses Zeugs eingebaut wurde, hat man mit diesem Individuum noch eine Rechnung zu begleichen.